相聚相離

三個書商，和他們的女人

黃國榮◎著

原書名：書商

你能踏進同一條河流嗎？

你能走進同一時間嗎？

十五年前，三個知青在衙前村分別。聞心源去海防當兵；沙一天被推薦上大學，莫望山成最後一名知青。

十五年後，他們又在江都市書業重逢，出演了一場人間話劇。華芝蘭把大學名額讓給沙一天，沙一天把她肚子搞大又將她拋棄；官運亨通成老市長乘龍快婿，正飛黃騰達妻子反離他而去，啷鐺入獄還疑惑在夢中。

聞心源在部隊遇整編，為搞新聞放棄將軍夢，轉業誤入出版局大門，真誠為人深得沙一天妻子敬愛，德才兼備卻一直未遇上伯樂。

莫望山拯救華芝蘭於絕望，養育沙一天女兒如親生，與命運抗爭離婚回城，與華芝蘭共患難用心血和汗水鋪出一條創業之路，商場中一次次躲過刀光暗箭，卻被世俗扼殺；他把愛全給了華芝蘭，華芝蘭卻始終忘不了沙一天給她的痛……

目錄

第一章　回家　007

第二章　老友重逢　031

第三章　以退為進　057

第四章　一物降一物　085

第五章　走前人沒走過的路　115

第六章　再強強不過光陰　141

第七章　不管白貓黑貓，捉著老鼠的就是好貓　177

第八章　江都書市　211

第九章　再尋出路　247
第十章　書才是里程碑　279
第十一章　決賽前的運動員　315
第十二章　人在江湖身不由己　355
第十三章　沙灘上的高樓　385
第十四章　政治搭台，經濟唱戲　423
第十五章　人出於眾，人必誹之　463
第十六章　今天的結束是明天的開始　491

第一章

回家

1

莫望山喊了一聲媽，立即就尷尬在大門口。讓他尷尬的不是他與這家人之間的陌生，而是他媽滿臉的苦笑和難堪。他後悔來到這門口，讓他一時進退兩難。

莫望山上午十點一刻走下火車。爸媽離婚，是他們都重又再婚後，姐姐寫信告訴他的。插隊離開家，回家不再是一件讓人愉快的事情，一趟有一趟不同的心酸。如今，他成了衙前村最後一名知青。他是個男人，不能眼睜睜看著老天爺這麼擺佈他們一家三口的命運，他堅信唯有他回城，才有可能重新創造他和她們母女倆的未來。他回來了，可他已沒有落腳安身的家。他知道媽現在這個家不可能收留他，但他還是決定先來看媽。

他媽現在的一家人正準備吃飯。莫望山從那個伯伯和他的兒子、兒媳、女兒還有孫子的目光裡看到了自己的落魄，在他們眼裡，他是個叫花子。那位伯伯連請他進屋的話都沒能像樣地說出口，而向兒子和兒媳投去懇求。看老頭那窩囊相，媽的苦笑和難堪便不難理解。那位伯伯沒得到兒子兒媳恩准，勉強地說要不要吃了飯再走。莫望山心裡在笑，他腳還沒跨進門就說走，要不要？問誰呢？是人問的話嗎？看他兒子兒媳那樣，就算桌子上擺的是山珍海味，他也絕不會摸他們家的筷子。媽走出這個家的門，才恢復成他的媽。兒子永遠是媽的孩子，媽一出門就不顧腳下的地只管側著臉盯著莫望山看，好像找回了失散多年的兒子。媽看到兒子雖然還是理著那種平頭，但人壯了。

鄉下不光強壯了他的身子骨，還給他骨子裡注進了不屈的威嚴和兇狠。莫望山看出，他不留下來吃飯，媽是高興的。兒子就是兒子，莫望山可以不計較他們對他是冷還是熱，但他在乎媽在那裡開心還是不開心。「媽，您過得好嗎？」「這把年紀了，還什麼好不好的，過一天算兩個半天。」「您別忘了，您還有我這個兒子呢！」莫望山下意識地把手伸向自己胸前的口袋。他媽說，「兒啊，那時你在哪裡呢？」

莫望山伸進胸脯的手又縮了回來。是啊，那時他又能幫媽什麼呢？這時他也沒法把手伸進口袋去，那裡面是有錢，整四百塊。他們家的積蓄只有五百塊，華芝蘭全給了他，臨走莫望山又抽出了一百塊，華芝蘭和莫嵐還要過日子。他的手指觸到錢時才想起，這錢是華芝蘭讓他帶回來派用場的。看到可憐的媽，想給媽一點，可他一想不能，這錢另有重用，他只好愧對自己的媽。「我算個什麼兒子！」「哪能怪你呢！回城就好，回城就好。」「還不知道知青辦批不批呢。我沒有事，您自己多保重，別委屈自己，有什麼事跟我說，如今我回來了。」莫望山說得母親掉了淚。

莫望山沒一點回家的快樂。窗外這個喧鬧的都市讓他陌生，陌生得叫他不敢相認，陌生得讓他難以融入，這裡的一切似乎都與他無關。這座城市養育了他，給了他十九年幸福的歲月。命運把他帶到了那個衙前村，他給了衙前村十五個春秋，衙前村給了他十五年艱辛。十五年，人生一個相當的生命段落，他幹了什麼？他得了什麼？空空而去，空空而回。他無奈地搖搖頭，搖斷自己的思想。「爸。」莫望山背著背囊走進自家的門，他爸現在的一家剛吃完飯，父親悠閒地坐椅子上剔著牙，隨便應了句，「回來啦。」彷彿莫望山是剛出門去打醬油回來。在廚房洗碗的阿姨聞聲，倒是立即讓那位毫不相干的妹妹給莫望山端來一杯白開水。「是回來看看，還是長住？」父親若無其事地問。「打算回城。」莫望山肚子很餓，但他這時還顧不得肚子。「回城？家裡可沒地方住啊！」莫望山端著水杯，傻著兩眼看父親，他不相信這會是他爸說的話。成千上萬的人一起下鄉的，人家父親傾家蕩產想盡一切辦法，利用一切能利用的關係，把兒女都弄回了城。早回城的房子都分到了，有的還當了官。他自己兒女的事不管，只顧謀劃自己的日子，喜新厭舊，拋棄了媽，又弄了個年輕的。把人家的女兒當親的養，自己的骨肉倒往外推，開口就說沒地方住。他可以不計較那阿姨的態度，也可以不管那位既不同爸又不同媽的妹妹的感受，也體會到自己妹妹和妹夫的難處，可你是爸，我是你親生的兒子，這裡的財產有我的一份！莫望山受不了了。「你還沒有宣布我不是你的兒子！這房子有我的一份！」莫望山忍無可忍，手裡的杯子和話一塊兒落到地上，他轉身衝出了自己的這個老家。

莫望山的心裡好痛，離開衙前村時，他沒法讓莫嵐停止哭喊；華芝蘭在離婚過程中，超乎尋常地平靜，讓他很不安；回來見母親寄人籬下，蒙受屈辱，叫他抬不起頭；自己婚離了，知青辦是不是就能批准他回城還是個未知數。三十四歲的人了，他卻成了沒人管的孤兒。莫望山忍著眼淚衝出門，他好像聽到父親追出門吼他，問他要上哪去！他心裡更酸，眼淚止不住湧出，他不去抹它，任它在臉上流淌，兩腳堅定地朝前走，他沒回頭看身後的一切。其實追出門的不光他爸，還有那個阿姨和那個既不同爸也不同媽的妹妹，還有他的妹妹和妹夫石小剛。火發了，想收也收不回來。莫望山在一家小麵館裡吃了碗陽春麵。莫望山很餓，但吃得很慢。他一邊吃一邊盤算，指望不了天，指望不了地，一切還得靠自己。吃了麵，喘口氣，他直接上了知青辦。當莫望山看到那個院子的大門時，心裡不免緊張起來。這裡他並不陌生，當年下鄉時，他們就是在這裡辦手續的。後來他又來過三次，三次的印象讓他終生難忘。

第一次他領著妹妹莫嫵媛走進這裡，沒有一點準備，只是想碰碰運氣摸摸底，當時已有三分之一的知青以「特困」、「疾病」等種種理由回了城。接待他們兄妹的是位中年男子，態度還算和氣。「你們有什麼特殊情況？」「我們爸媽離婚了。」「離婚算啥特殊？爸媽離婚的多著呢！特困是指特殊困難！」「我和妹妹兩個都在鄉下。」「家裡再沒有兄弟姐妹了？」「姐姐出嫁了。」「還是啊，家裡不是還有子女嘛！」「出嫁了，不在父母身邊，我們兩個應該可以先回來一個吧？」「現在的政策是特困戶和重病可照顧。兩個下鄉算啥特困呢？人家三個四個的都有呢！」莫嫵媛在背後拽莫望山的衣服，莫望山捏住妹妹的手。「我爸沒有人照顧。」「你爸多大年紀？」「五十三。」「幹什麼？」「教師。」「有什麼病嗎？」「病？氣管炎。」「五十來歲的教師，正當年。氣管炎算什麼病？還有你姐嘛！」「姐姐不在家住。」「不在家住也在城裡啊，也不能算身邊沒有人啊，回去吧，好好幹，廣闊天地嘛，同樣有前途。」莫嫵媛用一根食指摳莫望山的手心，她一直躲在哥哥的身後，沒說一句話。第二次莫望山來之前跟別人學了些經驗，聽說一家兩個下鄉可以先回來一個。他提著兩瓶「五糧液」先上了那位接待過他的官員家，此人已經升了辦公室副主任。副主任態度還是很和氣，他說是有這個精神，但原則還是先照顧特困戶。莫望山比原來聰明多了，他說妹妹在學大寨的工地上摔壞了腰。副主任問有沒有醫院的證明。莫望山說沒有帶。副主任就告訴他，醫院證明是一定要帶的。莫望山就千恩萬謝地把酒留下告辭，副主任還是客氣讓他把酒帶回去，莫望山當然不能這麼做。莫望山求了同學，同學求了他爸，同學他爸再求了同事，莫望山給妹妹弄到了一張腰椎錯位後遺症的證明。妹妹就順利回了城。第三次是華芝蘭拖著他一起來的。那位副主任已經當了主任，他親自接待了他們夫妻倆。莫望山給主任帶了一些田七、天麻，說是土特產。主任沒有客氣，說土特產他可以收，他認這些東西。整個會見只見華芝蘭說話，主任聽了說事情有些麻煩，在當地結了婚，又有了孩子。現行政策是孩子的戶口隨低不隨高，父母雙方哪一方是農業戶口就隨哪一方，這樣回城等於拆散了家庭，加劇了城鄉、工農之間的矛盾，也影響到黨群關係。

莫望山來到門前，不由得一驚。他睜大眼睛仔細看門牌，沒有錯，愛民街七百四十八號，可牌子不對，「上山下鄉知識青年辦公室」換成了「市體制改革委員會辦公室」。傳達室老大嫂給了他一頭霧水，說可能是撤銷了，也可能是搬家了，具體情況說不準。莫望山給自己的神經放了假，迎著人迎著車馬走上街頭，身邊人來人往，車水馬龍，全是一片茫茫。他沒有目標，也沒有方向，就這麼漫無目的地在大街上走著，走得鬆鬆垮垮，郎郎當當。不時有人撞他碰他，別人回過頭來罵他，他只當沒聽見。此時，衕前村妻子女兒揪著他心。

夜幕剛剛一抖一抖落地，村子裡便晄當靜如一池死水。村東周家那隻貓在叫春，饑渴難耐的求愛呼喚，一聲一聲在夜空中嘹亮而尖厲，刺激著村前村後的角角落落。莫望山默默坐在舊竹椅上，把自己按在《今夜有暴風雪》裡。華芝蘭埋頭批學生的作業，只是床上睡得香甜的女兒莫嵐，不斷讓她分心，不時分去她的目光。屋子裡的空氣有些黏稠，稠得有些沉悶。寂靜中只有華芝蘭醮筆劃過紙面的哧啦聲，是對勾，是叉，清晰可辨。除此，間或也夾進莫望山一兩聲翻閱雜誌的聲響和莫嵐的夢囈。「望山，咱們離吧。」華芝蘭沒有抬頭，也沒有看莫望山。「咱們？……」莫望山的目光慢條斯理離開雜誌，把眼睛投到華芝蘭的臉上。「嗯。咱們。」華芝蘭仍埋頭批著作業。「離？」「離。」華芝蘭十分平靜。他們彷彿在商量一件生活瑣事，好比說，望山，把襯衣換下來洗洗吧？噢，換。望山，咱們吃飯吧？噯，吃。望山，咱們睡吧？好，睡。莫望山把眼睛移到華芝蘭的臉上，她眼睛裡閃著晶亮，她的話說得這麼軟綿，鼻子卻在發酸。

2

聞心源從沒有想要包裝炒作自己。轉業這個現實，逼迫他不得不收起那點可憐的清高，羞答答地把自己十四年軍旅生涯中一個個人生亮點挑撿出來，湊成一份足以顯示他才能、人品和業績的個人履歷。當他把自己在《人民日報》、《解放軍報》上發表的通訊、經驗、理論、言論，分類選出代表作，複印成三套，加上十幾個獲獎證書，還有那些二等三等功獎章放到一起時，他的心裡鼓起了一張風帆，已往的人生沒有讓他產生一絲遺憾。他相信，無需他表白炫耀，別人看到這些，會認識他瞭解他的。

聞心源背著這些東西，像背著個核武器那麼牛，省報大樓在他眼裡跟自己的家似的，他誰也不求，直接找了總編輯。總編輯沒把聞心源拒之門外，聞心源對這位總編輯卻怎麼看怎麼不順眼。乾瘦乾瘦，小眼睛，四十郎當歲，至多一米六，聞心源一點也沒辦法把他與總編輯這個職務聯繫起來。聞心源問：「請問，你是總編嗎？」總編閃著小眼睛不滿地說：「你是誰啊？」「我叫聞心源。」「聞心源是誰呀？」「聞心源是我。我在部隊當宣傳處長，想轉業繼續搞新聞，這是我的一些資料，想請你過目。」總編沒說話。聞心源帶去的東西很快把總編的寫字臺覆蓋。聞心源只管一件一件展，總編輯只顧拿眼一件一件瞅，聞心源擺完了，總編也看完了。他們誰也沒說話。聞心源看看總編，總編也看看聞心源。聞心源再看看總編，總編也再看看聞心源，兩人就都笑了。「完啦？」總編問。「完了。」聞心源答。「完了就放下吧。」總編說。「這就走？」聞心源有些意想不到。「我要開會。」總編說。「你看我……我再怎麼聯繫？」「研究研究再說。」「那我什麼時間……」聞心源不想問得太白太直接。「這難說。」總編一直滿不在乎。「假期有限，若要不行，我好再到新華分社、市報、晚報、電臺、電視臺看看。」聞心源想抬高一下身價。「等不及，現在拿走也行。」總編卻無所謂。「我首選是省報，不要求職務，當記者、編輯都行。」聞心源感覺到了這門檻的高度，只好自己找梯子下。「願意等，放這兒看看也行。」總編的話和態度無邊無岸，聞心源的感覺沒抓沒撓。

聞心源退出總編的辦公室，一腳踩在了身後人的腳丫子上。那人倒沒有什麼，他自己驚得差點摔下樓去。轉身看，竟也是位軍人。那軍人反他鄉遇故知，神祕地問胃口大不大？什麼胃口？聞心源沒聽明白。那軍人立即轉移了話題，問聞心源他們能要幾個人。聞心源沒有想到要問這個問題。那軍人客氣地說那好那好，後會有期，弄不好咱還成同事呢！說完那軍人提著皮包進了總編的辦公室。聞心源下樓，心裡空落落的，好像掉了什麼，又像缺點什麼，到底掉了什麼缺點什麼，又說不上來。

聞心源再次走進總編辦公室，總編笑瞇著小眼睛稱讚聞心源文章寫得好，他們非常需要他這樣的人才。聞心源心裡湧出許多甜蜜，希望像肥皂泡一樣呼呼地鼓起。沒等那肥皂泡鼓滿心胸，總編一指頭又把它戳了個粉碎。總編很抱歉地告訴聞心源，因為他太出色了，正團職他們安排不了。聞心源哭笑不得，他再次表態不要求職務，當記者編輯都可以。總編卻說他可以能上能下，能官能民，但政策不允許，這是對軍轉幹部的態度問題。聞心源禁不住問總編他們是不是要了那天跟他一起來的那位軍人。總編很不自然地說還沒最後敲定。聞心源覺得自己的問題問得太傻。　聞心源總結經驗教訓，不能在一棵樹上吊死，他依次把三份資料送給了新華分社、市報、晚報。再一輪又上了電臺、電視臺。前前後後整整跑了半個月，居然沒有一家接收他。不是說他來晚了，就是說他的職務太高，他來他們社長和總編就得給他倒位置，有的乾脆直接拒絕，軍轉幹部要省市安置辦統一分配。聞心源那點高傲被軟的硬的釘子碰得落花流水，他服了，終於有了自知之明。在縣機關做事的小叔勸他，不行就回縣裡來算了。聞心源的尊嚴受到了無情的嘲弄，他想或許自己太自以為是了，天下不只你會寫兩篇文章，這地球離了誰都行，為何非接收你呢。聞心源眼睜睜瞅著桌子上的東西犯愣。一邊是那一摞報紙文章的剪貼，二等、三等功和各種獎項的證書；一邊是一張小小的省委宣傳部辦公用的便箋，上面只幾個淡淡的鉛筆字。他越看越不可思議，一直被他視為比生命還寶貴的東西，在這裡竟不如那張小紙片。聞心源只能妥協，穿上筆挺的校官服，威武地站在了公共汽車裡，口裝著部長那便條，決定上省安置辦拜見那位主任。

省安置辦主任接過聞心源那張條子，反感立即掛到兩個腮幫子上。聞心源沒有因為那主任反感而做出對應的反應，他努力不讓內心的情緒跑到臉上，盡力保持著軍人的儀表，不卑不亢，不媚不俗。主任看完那張宣傳部長寫的條子，沒說話，卻冷笑了兩聲。那笑聲讓聞心源心裡很不舒服，他沒讓不舒服跑出來搗亂。事實立即證明他的忍耐非常正確，主任冷笑歸冷笑，那張條子卻仍牢牢地捏在他手裡。聞心源真切地感受到了權力的威力，就這麼一張白條，上面既沒有宣傳部的公章，也沒有部長的私章，不過他的一個簽名，而且還是鉛筆寫的字。「你們真有本事啊，解放軍啊解放軍，不佩服不行啊，你們什麼樣的條子開不出來？是啊，當兵的辛苦，風雪高原，邊防哨卡，戍邊保國，十五的月亮，血染的風采，怎麼再能下縣城呢？省機關幹部應該把位置都倒出來，讓咱轉業幹部來坐。軍隊是所大學校，軍人什麼不能幹呢？」

聞心源在那些新聞單位的頭頭腦腦面前沒勾一次頭，也沒哈一次腰，可安置辦主任的這幾句卻把聞心源說勾了頭，說哈了腰。聞心源不是裝樣，他真切地感到，安置軍隊轉業幹部確實是件讓地方政府十分頭痛的事，編制崗位不說，這要耽誤多少地方幹部的提拔。可話說回來，這又有什麼辦法呢？軍隊要精簡整編，聞心源懷著一種體諒的心情讓主任嘲諷，他不想這樣，可他沒辦法。他的老主任器重他，贊成他放棄超配師政治部副主任職務到地方繼續搞新聞，才給宣傳部長打了電話，這條子沒有一點銅臭味。他原本不想利用這張條子，可如今別的路走不通。聞心源沒法解釋，他只能站這裡接受嘲諷，事情雖然有了著落，但他心裡並不痛快。

3

聞心源走出省政府大門，已不再有進去時那風采。迎面一個人非常面熟，兩個人隔著人流和車流對望著，幾乎是同時，他們讓對方的名字從嘈雜中突現出來。聞心源和沙一天同時從人群中穿向對方。四隻手緊緊地握到了一起，久久不散，十四年沒見但都還是一眼就認出了對方。聞心源是一九六九年由縣城下鄉插隊到倴前村的，沙一天和莫望山是一九七〇年由江都市下鄉插隊到倴前村的。倴前村接收了十五名知青，他們三個最合得來。一九七二年聞心源先當了兵，一九七三年沙一天被推薦上了大學，從此三個人天各一方。

沙一天叫聞心源先別回老家，明天參加他的婚禮，他正在送喜帖。聞心源讓沙一天一堆無序的資訊搞暈了頭，他怎麼到現在才結婚？新娘子是誰？沙一天說明天一切就都清楚了。聞心源望著匆匆而去的沙一天的背影感慨萬千。他還是那麼英俊，那麼精幹，那麼聰巧，只是小分頭換成了大分頭。聞心源想新娘子會不會是華芝蘭呢？想當初他們兩個可是情投意合，形影不離。

華芝蘭父親是大隊支書，華芝蘭是七一屆高中畢業回鄉的。沙一天得到華芝蘭爹信任成為倴前村知青中的頭面人物是一九七一年秋天。倴前村出了件大事，死了一個知青，死的知青叫許林。許林是大隊的拖拉機手，他開著拖拉機過橋，直接把拖拉機從橋上衝下了河，撈上岸來已經死了。知青在農村、在邊疆吃苦受累是件光榮的事，出大力流大汗是接受貧下中農再教育，出事可不行，那是破壞知青運動，可大可小，小吃官司，大要掉腦袋。許林一死，華芝蘭爹的頭大了，一看到許林的屍體，那顆神經牙立時就痛得鑽心。目擊者是倴前村的女青年劉小田，劉小田說許林是當著她的面開著拖拉機從橋面衝下河去的，她還交給了華芝蘭爹一份許林的遺言。遺言只一行字：小田，妳好狠心，不愛我也就算了，還讓支書來訓我，我死給妳看。華芝蘭爹立即把那張紙捏到手心裡，對劉小田說，他沒給過妳這紙，妳也沒給過我這紙，咱們誰也沒見過這紙，這幾個字爛在妳心裡，也爛在我心裡。遺言沒有了，可華芝蘭爹不知該怎麼向上面報告，也不知該怎樣向許林的父母交待。

華芝蘭爹牙痛得手捂著右腮幫子整天嘶嘶地吸涼風，沙一天救了他。沙一天給華芝蘭爹出了個主意，華芝蘭爹立即就忘了牙痛。沙一天胸有成竹，他說：「毛主席說過，任何事物都存在著矛盾，存在矛盾著的兩個方面，好事可以變成壞事，壞事也可以變成好事。許林的死可以說是他自己開車衝下河淹死，也可以說是拖拉機出故障不幸掉到河裡淹死，衝和掉，只一字之差，事情卻成了兩種完全不同的性質。開車衝下河是自殺，掉下河是因公犧牲。人已經死了，怎麼死，對死者來說已經沒有任何意義，可對活著的人，對你，對劉小田，對許林父母卻大不一樣。如果確定自殺，原因是劉小田耍弄了他的感情，是書記不做好思想工作反訓斥他，你們就得承擔全部責任，還會給許林不光彩。如果確定是掉下河，那是因公犧牲，許林無疑是烈士，資料整理出來是先進事蹟，交給他父母的是烈士證書和撫恤金，上面還會表揚你培養了優秀知青，你和劉小田都無須承擔任何責任。」華芝蘭爹聽縣革委主任作報告也從沒這麼聚精會神。待沙一天得意地含笑合上嘴，華芝蘭爹才忽兒茅塞頓開雙手拍屁股，對！因公犧牲！他的那顆神經牙立時就不痛了。他滿懷感激地反覆拍著沙一天的肩頭，拍到最後，華芝蘭爹說：「這資料就交給你了，好好地發揮發揮你這秀才的文才，連夜把許林烈士的先進事蹟整理出來，明天我就報到公社去。」華芝蘭爹對付劉小田就非常得心應手了，他先說劉小田腳踩兩隻船，逼得許林用死來證明自己感情，說得劉小田兩隻手抖得沒處放，接著再表示怎麼幫她，讓她說是掉到河裡。許林是烈士，她也沒了責任。劉小田感激得要給他跪下。

一個月後，許林的先進事蹟《把青春獻給廣闊天地》在省報上登出。死的人死了，活著的人各得其所。死了的許林，得到了許多知青朋友的眼淚。許林的父母除了悲痛還拿到一張烈士證書，領到一筆撫恤金，心裡得到許多安慰。華芝蘭爹虛驚了一場，雖不像出了英雄那麼光榮，但出了烈士也是一種光彩。最光彩的還是沙一天，他不僅因此而出了名，而且得到了華芝蘭和她爹的另眼相看。聞心源望著沙一天的背影，感慨萬千，命運這東西真讓人難以琢磨。他忽然想起忘了問莫望山，他隔著人流把話射過去，沙一天把話喊過來：「他還在徜前村！」

4

莫望山一步一步丈量著熟悉而又陌生的大街。他生在這兒，長在這兒，這兒是他地道的故鄉，可現在他只有一種感受，陌生。

莫望山沒找著知青辦，只好去找舅舅。舅舅比爸親十倍，見面就把他爸臭罵了一頓，罵他是陳世美，罵他是中山狼，罵他喝墨水把心都染黑了。舅媽只給莫望山生一個表姐兩個表妹，沒給他生表弟表哥。大表姐和大表妹都嫁出去了，家裡只剩個小表妹，挺出息，在讀研究生，只星期日回來看看，空著一間屋，專為大表姐大表妹她們臨時回家預備的。舅舅讓他在那兒住，再不回那個家，他不想要這個兒，他還巴不得要這個外甥呢！吃過晚飯，莫望山把回城的事細細跟舅舅說了。舅舅說不用急，不論是撤了，還是搬了，這事總會有人管，明日咱分頭去打聽。

轎車一聲尖叫把莫望山嚇一哆嗦。莫望山停住腳步，懶懶地抬起眼，是輛黑色「皇冠」。莫望山往後讓了一步，「皇冠」在省城是最高檔轎車，不是官員就是老闆，讓一步是必須。原來是婚車隊，好大氣派，一長溜十幾輛全是「皇冠」。莫望山側臉看，他這才發現走到了天夢大酒店。天夢大酒店是江都市最高檔的五星級酒店，能坐著「皇冠」搞一溜車隊進這裡面來辦婚宴的人，一般不了。莫望山等最後一輛喜車開過，正要抬腿走，一個人的叫喊讓他不由得轉過頭去。莫望山的驚愣有點嚇人。他怎麼也想不到，那個喊人的新郎倌竟是沙一天！被他招呼那軍人聞心源。莫望山本能地抬腿要跑過去跟他們打招呼，加入這喜慶的日子。右腳剛抬起邁出一步，他又把落地的右腳拉了回來，立在原地沒動。結果身後的人撞著了他。你幹什麼呢？有毛病啊？莫望山克制住自己，給人陪了笑臉，再加了一句對不起。接著自己跟自己說，我是有毛病。等他了結完這插曲，再回過頭來看他們時，沙一天和聞心源走進了天夢大酒店。

莫望山也犯疑惑，這狗日的！怎麼到現在才結婚？莫望山和沙一天同年，從小學一直同學到高中畢業，又一起插隊到衙前村。莫望山今天不能在這場合出現，他不想叫沙一天下不了臺，他只能在心裡默默地為他祝福，狗日的，你好好珍惜吧，但願你能找到幸福。莫望山收回目光，心裡突然冒出一股酸醋。人生一輩子三件大事：學業、事業、愛情。學業，他沒有，他們這代人幾乎都沒有；事業，他也沒有，他在偣前村種了十五年田，還不知能不能回城；愛情，他更沒有，現在連婚姻都沒有了。

這是命，讓他趕上了。華芝蘭投河是一九七四年，沙一天上大二。那一年暑假，沙一天回了偣前村，兩人在村裡形影不離纏纏綿綿待了幾天，每天沙一天都是凌晨一兩點才回到知青屋，莫望山每晚都是閉著眼睛醒著等他回來才能入睡。在偣前村住了一個禮拜，沙一天把華芝蘭帶回江都市，見了沙一天的父母。沙一天與華芝蘭戀愛，不只是因為華芝蘭是支書的女兒，也不只是因為華芝蘭爹和華芝蘭把上大學的名額讓給了沙一天。

沙一天插隊到偣前村，第一次看到華芝蘭就喜歡上她了，是他自己在知青屋裡坦白的。說華芝蘭有一對跟影星一樣明亮美麗的大眼睛，說她有文化，有氣質，穿衣打扮既沒有農村姑娘的土氣，又沒有城市姑娘的妖氣，全色的青，全色的藍，全色的墨綠，顯示著一種特有的清純。頭髮既不梳鄉下姑娘常見的大辮子，也不留城裡姑娘的馬尾巴，而是披蓋衣領的半長髮，既瀟灑又自然。她常跟他們知青一起游泳、打籃球、打乒乓球、打羽毛球、談天說地。她和沙一天的戀情全公社都知道。沙一天上了大學能再回來看華芝蘭，還帶她上江都市見他父母，他們的事就算板上釘釘敲死了。變故是沙一天開學後發生的。華芝蘭突然收不到沙一天的信，被愛火燃燒的華芝蘭揪心挖肺地坐臥不寧。她娘和她的學生算是倒了黴，代沙一天受過，飯怎麼做也不香，作業要有一點差錯就得受罰，老師以往的親切和藹不見了。

華芝蘭發生這種變化是醫生告訴她懷孕了，可沙一天那裡她一天一封信卻得不到半點回音。華芝蘭走投無路，乘火車去了江都。走進江都大學的華芝蘭已經扔掉羞澀，她不再單純為了愛情，她更為肚子裡的孩子著急。兩天後，華芝蘭默默地回到村裡，她不再焦躁，也不再找娘的麻煩，更不再拿指頭戳孩子們的頭，她沉默了。華芝蘭的反常，引起了莫望山的警惕。事情是華芝蘭回村後第十一天發生的，華芝蘭把一切都告訴了她爹娘。她爹沒有責怪華芝蘭，只是把沙一天罵成了一堆狗屎。華芝蘭跟父母分歧在肚子裡的孩子上。華芝蘭決計把孩子生下來，她爹則寧死不答應，堅決要她打掉，他把話說絕了，她要生這孩子，他就去死。華芝蘭當然不願意讓爹去死，她決定自己去死，她跳進了村前的河裡。

莫望山救華芝蘭是不願意村裡人把城裡人當畜牲。沙一天拋棄華芝蘭，全村人不只罵沙一天，而把知青都罵成了豬，罵成了狗，罵成了畜牲。要是他回了城，人們怎麼罵他也聽不到，一切與他無關。問題是他還沒有回城，他還在村裡掙工分吃飯。這事他不能不管。村裡人的罵無所謂，叫他擔心的是華芝蘭的沉默。有了這份擔心，莫望山就沒再讓華芝蘭走出他的眼睛。人救下了，事情怎麼了結。救人救到底，莫望山沒想當英雄，想當英雄的早都當了，這禍是沙一天缺德惹下，江都人是人不是畜牲。莫望山把華芝蘭橫趴在背上，他左手攥著華芝蘭的手，右手握著華芝蘭的小腿，均著勁拿華芝蘭在背上顛，顛到華芝蘭吐盡喝進肚子裡的水，吐得他渾身酸臭。然後把她送回家，他給了華芝蘭和她爹一句話：「你們要是看得起我，我願意做這孩子的爸。」莫望山做出這個決斷，並非一時意氣用事，華芝蘭畢竟是衙前村裡最美最有教養的姑娘。他莫望山名聲不好，打過他們生產隊長。儘管那個隊長在電影場裡把手伸進女知青的襯衣裡，但打人不對，他被公社裡關了五天。知青們都拍手稱快，但村裡老百姓卻另眼看他。該做的事他做，讓他們看著辦。

莫嵐十一歲了。莫望山原以為他跟華芝蘭結婚，就可以改變這孩子的命運，孩子是無辜的天使，她應該享受人間的一切美好。可他改變了她什麼呢？他只給了她一個爸爸的名義，他沒能給她帶來任何好運，他連帶她進城都做不到，只能把她扔在衙前村。他進城還沒有開始自己的生活，卻碰到孩子的親爸在這裡結婚做新郎倌。莫望山不知道該怎樣去想這世上顛七八倒的事情！

5

葛楠在新婚喜宴上把聞心源弄了個大紅臉，沙一天還沒介紹完，葛楠就緊緊握住聞心源的手，毫不遮掩地說，好英武好軍人氣噢！聞心源本來心裡就生著怪念頭，這輩子他絕對是頭一次見葛楠，可讓他奇怪的是她好面熟，彷彿早就相識，葛楠這麼一說，再讓那美麗而坦蕩的眼睛一掃，聞心源就制止不住渾身的熱血往臉上湧。聞心源頭一回見識這麼大方的新娘子，聽了沙一天的介紹他才找到答案。葛楠是江都市葛老市長的女兒，而且在家排行老小，是老爺子惟一的女兒，老爺子給了葛楠三個哥哥。聞心源不得不打心裡佩服沙一天，一同下鄉插隊，一樣地接受貧下中農再教育，一樣地學大寨，一樣地出大力流大汗，好事卻都落到他一個人頭上。衙前村最漂亮的姑娘華芝蘭死心塌地愛他，全大隊只一個上大學的名額，支書居然不給自己的女兒而讓給了他，現如今由省新聞出版局黨委辦公室副主任升為南風出版社社長，還娶了市長的掌上明珠。人啊，得認命。

聞心源一邊喝著茶一邊在心裡感慨的時候，莫望山在勞動局尷尬得頭上冒汗。沒人知道知青辦還有沒有，他從團市委問到民政局，又被民政局支到人事局，人事局再把他支到勞動局。有的局在市政府大院，有的局不在市政府大院辦公，跑了一上午才找到勞動局。奔忙中沒管住自己的嘴，發牢騷順口罵了句髒話。人事局的人不買帳了，質問他憑什麼罵人。莫望山立即賠不是，說不是罵他，是順口罵他自己。人事局的人不依不饒，說他胡說，這兒沒有第三個人，明明是罵他，神經病才自己罵自己呢。莫望山只好說自己神經的確有病，不講文明，不懂禮貌，讓人事局的人別生氣，他真的是罵自己，罵他媽和爸，閒著沒事幹，生出他這麼個多餘人，說得人事局那人笑了才算完。

莫望山罵完自己，再坐上公共汽車回到市政府大院找勞動局，莫望山盡力擠出些笑容，獻給那位中年女幹部。女幹部覺察到了莫望山的笑容，那笑容讓她可憐，她和氣地告訴莫望山，知青辦撤了。莫望山打聽原知青辦主任的下落，他覺得那個主任還像個共產黨的幹部。女幹部搞不清那個主任的去處。莫望山沮喪地問那位女幹部，知青辦撤了，知青的遺留問題歸哪個部門管，女幹部告訴他歸勞動局的綜合科代管。莫望山滿腹擔憂地問，綜合科在不在這個樓裡？女幹部沒讓他失望，她告訴他綜合科就在四層。莫望山這才把真正的笑容湧到臉上，向女幹部感激，彷彿她給他辦成了要辦的事。

莫望山在綜合科見到的是一位只有二十多一點的女辦事員，模樣長得平常，皮膚卻白嫩得能掐出水來，一看就知道沒有接受過再教育，心裡便有一點點不平衡。莫望山平常確實不怎麼笑，這些年在農村也少有值得他笑的事情，但這時他還是盡力先在臉上弄出一些笑的意思才開的口。「同志。」女辦事員沒搭理他，卻側過臉來瞪了他一眼，還挺厲害。人年輕，手裡又有權，不狠白不狠，不狠就不知道她的價值。莫望山還沒這麼求過人，現在人窩在溝裡，人家站在堤上，你不仰望就看不到人家的臉，人家也不會理你。莫望山自己勸自己，改口重叫。「小姐。知青的遺留問題是不是妳這兒管？」「你什麼事兒啊？」女辦事員沒轉臉，一邊問一邊拉過電話機撥開了電話。莫望山看屋裡還有兩張寫字臺，卻沒人，他進這個門的時候還告誡自己，求人家的事，千萬別急，站人屋簷下，就得低低頭。可一見女辦事員這麼副不拿他當人看的樣，胸脯裡就有股東西在漲滿，他抻了抻脖子先喘兩口粗氣，耐下心來等她打電話。「怎麼啦？有話說啊！」「等妳打完電話再說吧。」女辦事員撥了兩通電話，沒能撥通，還在繼續撥，聽了莫望山的話驚疑地抬起頭，「怎麼啦？是不是要我立正站著聽你說話？」話音落下，但那兩片嘴唇並沒有停止她的不滿，莫望山清清楚楚看到那兩片嘴唇所完成的動作，是說「毛病」兩個字應有的口型，她在嘴上和心裡都罵了他，只是沒出聲。莫望山的心在顫抖，但不能發作，只好強忍在那裡。「沒事嗎？沒事別在這兒影響別人工作。」「我要回城，手續是不是在這兒辦？」莫望山把話扔到她的桌面上。「喲嗨，我還欠你的啦！」女辦事員的眼睛都睜圓了。「除了埋在那裡的許林，江都市跟我一起下鄉插隊還活著的知青只剩我一個在鄉下了。」莫望山也沒客氣。「是我讓你下去的嗎？是我不讓你回城嗎？你對我這麼橫幹什麼？你一直睡著啦？早幹什麼啦！」「我一直醒著來著！九年前就開始聯繫這事，開始說我不是特困戶，又沒長可以回城的病；後來聽說一家兩個下的，可以照顧先回來一個，我讓我妹妹回來了；後來別人都回來了，說我已經找了農村姑娘，結了婚，有了孩子，不能再回來了。」「對啊，既然在那裡結了婚，又有了孩子，他們都是農業戶口，又不能進城，你還回來幹啥？」「我已經離婚了！」莫望山火了。女辦事員一怔，瞇眼鄙視地看著他，「你少來啊！朝我發什麼火？看你自己做的那破事兒，年輕時猴急著找了人家農村姑娘，結了婚，生了孩子，如今想回城了，又把人家蹬了，還發火！發得著嗎？」莫望山心裡真想搧她個耳光，妳知道個屁，就妳這樣的真該去接受再教育，不用幹別的，只要妳躬著腰割一天麥子或者插一天秧，或者三伏天到水田裡拔一天草，妳不喊爹叫娘，我在大拇指上唱戲給妳看。但是他不能，他正求她，不敢惹她生氣，她要生了氣，他的事就完了。於是他說：「我是缺德。但畢竟把十五年大好青春扔給了廣闊天地，沒有功勞有苦勞，妳就權當可憐可憐我。」「上面並沒有規定下鄉知青都必須回城，仍然是照顧困難戶，照顧傷殘病人。你算哪種情況？」話雖還是這麼個調，語氣卻軟和了許多，也是頭順毛驢，吃軟不吃硬。「哪種情況我都符合。」「有證明嗎？」「有。什麼都有。特困證明，傷殘證明，離婚證，申請書，村民委員會和鄉政府的介紹信，妳看還需要什麼？」莫望山這時才顯出從容，磨難到今日，他明白了一切，也準備好了一切。女辦事員看了他的各種證明，然後給了他一張申請表。莫望山當場把表填了。女辦事員讓他半個月之後來看看。莫望山說能不能快點。女辦事員說，這就夠快的了，過去等一年兩年的都有。莫望山不再說什麼，給她鞠了躬，說了三聲謝謝。

莫嫵媛領著那個不同爸也不同媽的妹妹到舅舅家來找莫望山，莫望山正拿撲克在給舅舅算命。有了後爸後媽，兄弟姐妹之間的情分就多種多樣。常言道：同爹隔娘親兄妹，同娘隔爹路邊人。莫望山與這個妹妹既不同爹，也不同娘，隔爹又隔娘，這情分不知該怎麼論。「哥，回家吧。」這一聲甜甜的哥不是莫嫵媛叫他，而是那個不同爹不同娘妹妹叫的。莫望山抬起頭來，他還沒正眼看過她，人長得還真不一般，也有二十好幾了，T恤衫，牛仔裙，頭上翹著根長馬尾巴，胸脯豐滿而身材苗條，鼻子、眼睛、嘴，長得都恰到好處，安的都是個地方，讓人看著挺舒服。「妳這麼叫我，我還不知道怎麼稱呼妳呢。」莫望山仍把目光落到撲克牌上。「我叫苗沐陽，沐浴的沐，太陽的陽。」「苗沐陽，名字挺講究，是妳媽起的吧？聽說是語文老師，怪不得這麼有情調呢。」苗沐陽沒在意莫望山的譏諷。

莫望山捧杯子離家後，最不安的是苗沐陽，她經不得傷心事，看電視看電影經常看得淚流滿面。莫望山走後，她找了媽，也找了繼父，說哥不容易，在鄉下苦了這麼多年，回來弄得無家可歸，房間不要給她留了，她住到學校去。「不回去！那邊已經不是他的家了。」莫望山還沒開口，舅舅搶著做了決定。「舅舅。」「喲嗨，妳叫誰呢？我可沒那福氣！」「不管你認不認我這個外甥女，我可沒有第二個舅舅。」莫嫵媛看不過去了：「舅舅，人家沐陽拉著我來，是真心實意請哥回家，爸已經把沐陽的房間隔成了兩小間，這樣不領情，就太不給沐陽和阿姨面子了。」「除了星期六星期日，我平時都在學校住。」苗沐陽又委屈地加了一句。莫望山停住手裡的活，再強下去就有些不通情理，但他真不想回去：「沐陽，謝謝妳的好意，也謝謝妳媽。我在這裡住，並不是跟你們慪氣，舅舅這裡有空房，回去擠在一起，太委屈妳，也不方便我。」「哥，這話你得回家跟爸和阿姨說才是。」莫嫵媛認為不回去不合適。「得，明天我抽空回去一趟，好了吧？」苗沐陽噘著嘴跟莫嫵媛走了，走得很不情願，腳在地上一跺一跺的，那張小嘴還噘著。

舅舅看著莫嫵媛和苗沐陽齊肩離去的背影，心裡還是感到了一些寬慰，說：「望山，這丫頭還懂點道理。」莫望山沒有表示，他覺得這母女倆不簡單。莫嫵媛能陪苗沐陽來，證明她們母女與妹妹和妹夫相處得不錯，是手腕高超，還是真的素養好，得回去看看才知道。

第二章 老友重逢

6

今天是聞心源轉業到省新聞出版局頭一次出外執勤，執勤地點是廟街。

廟街在江都的老城區。廟街是條老街舊街，街窄，房舊，跟人民廣場、中山廣場、新華廣場形成了新舊的鮮明對照。那邊是現代都市，這邊是舊街陋巷，房屋都是木梁、木柱、木椽、青瓦，門面也還是清代老式的木板裝卸門板，都還保留著古樸舊貌。除了城隍廟，街上原先就有幾個古籍、古舊書店，如今新添了許多批發書店，還有幾爿茶館，古玩店，字畫裝裱店，工藝品商店，書畫店，刻字店，走進廟街如同走進了江都的歷史博物館。一進街口，聞心源就看到了那座城隍廟，廟街因這城隍廟得名。

省新聞出版局不在省政府大院，在江海路。聞心源走出辦公樓，戶外陽光燦爛，他心裡卻浮著片片陰雲。書刊發行處，聞心源做夢也想不到，他會上這樣一個部門。他不得不佩服那位安置辦主任的權術，不管他出於何種原故，他這一招稱得上絕妙。你不是想搞新聞嘛，我就偏不讓你搞新聞，可還叫你啞巴吃黃連有苦說不出，上面也怪罪不了。新聞出版局，是新聞單位的主管部門，你能說與新聞沒關係？轉業到省政府機關，你能說不好？一拳捅在腰眼上，叫你沒覺著痛，卻讓你喘不過氣，厲害。聞心源覺得這種人要麼百分之百的清正廉潔，對不正之風深惡痛絕；要麼就是個十足的政治流氓，他是咽不下宣傳部長這口氣，心裡窩囊，憋氣，所以給他來了這一招。進了省政府機關，人家一個個豔羨得在背後罵老主任偏心眼，聞心源哪能得了好處再賣乖，只好把搞新聞那份心思掖到鞋墊子底下，從頭學書刊發行。

聞心源在樓梯上碰著了符浩明局長，因為姓符，局裡人叫他只好不帶姓，只叫他局長，免讓外人聽了產生誤會。聞心源也叫了局長，符局長立即停下在樓梯上跟他說話，說這樣安排很好，市場管理就得拿點軍事管制的味道出來才行。廟街要規劃成書刊批零一條街，已經有十幾家集個體書店在那裡開張營業，是重點管理區域。聞心源騎上那輛除了鈴鐺不響哪都響的公車，一路向廟街進發。

趙文化對聞心源的專業培訓只用了半個多小時。趙文化是新聞出版局副局長，一米八幾的大個兒，說話很板。他介紹，書刊發行管理處工作主要兩大塊，一是書刊發行業務管理，一是書刊市場管理。處長叫賈學毅，在外地療養還沒回來，由年副處長主持工作。老年是老蔫，只管書刊經營許可證的年檢、各種書刊發行管理工作文件的起草、各種檢查考核統計表的數字統計，市場管理的事、處裡的人事、行政管理一概不管。聞心源問市場管理任務是什麼。趙文化說書刊市場管理主要就是掃除黃色出版物和打擊非法出版物，具體任務是三查：一查有沒有內容不健康的書刊，有，當場封存，禁止銷售，帶回樣書樣刊審查；二查有沒有非法出版的書刊，假冒的、盜印的，一旦發現，立即查封處理；三查有沒有非法經營的，無照擺地攤、超範圍經營、沒有批發權在搞批發，都屬非法經營。這工作非常需要軍人的戰鬥作風和工作氣魄，相信他會勝任。趙文化看出聞心源讓他說得有點暈，立即就草草結束談話，讓他邊實踐邊體會。後悔的陰影在聞心源心頭彌漫，放著師政治部副主任官不做，到這裡來當文化巡警，真是有病。要知道來幹這種活，要他命都不轉業。

聞心源在城隍廟前存好車子。說城隍是守護城池的神，能「剪惡除凶，護國保幫」。他們縣裡的城隍廟，「文化大革命」時拆了，這城隍廟倒安然無恙，還成了省裡重點保護文物。聞心源進了城隍廟，城隍廟成了商業場。院子裡擺滿了個體商販的小攤，賣服裝的，賣小商品的，賣土特產的。土特產並不是本地所產，什麼新疆葡萄乾，東北香蘑、木耳，舟山魚片、乾魚、海帶、紫菜，都是外地販來的，非常豐富。還有小吃，小籠包、餛飩、麵、麻辣燙，應有盡有，很是熱鬧。改革開放讓小商小販歡天喜地，調動了他們骨子裡的發財慾望，院子裡一片叫賣聲，到處都是招徠顧客的呼喊。聞心源在裡面轉了一圈，立即步出城隍廟。

聞心源走進的頭一家書店沒掛牌子，走進店裡才從營業執照上看到它叫鴻雁書刊批發部。名曰批發部，不過一間舊屋。店裡就一個小夥子看店，店中央橫著一張舊長條桌，上面擺了樣書和樣刊，靠牆堆著一捆一捆書和雜誌。店裡沒什麼生意，小夥子在看一本書。書攤在桌面上，看不到書名。這本書很吸引小夥子，他的一雙眼深深地被書吸引，聞心源走進店，他頭都沒抬，彷彿生意做不做無所謂，趕不上他看書重要。聞心源沒跟小夥子打招呼，也沒伸手拿書刊，只用眼睛盯著桌子上的樣書和樣刊查。

聞心源查得很認真。一個書店裡有上百上千種書，怎麼查？趙文化教了他竅門，看封面和內容提要，發現封面上有裸體半裸體的，內容提要寫得稀裡糊拉的就先封存停止銷售，帶回樣書樣刊審查後再決定處理方式。假冒和盜印的書刊怎麼分辨？趙文化也做了輔導，主要看外觀，假冒、盜印的書刊印刷品質都很差，用紙也很差。一旦發現無照經營和超範圍經營怎麼處理？趙文化也交了底，視情況，一般的停止銷售，沒收書刊；嚴重的罰款。

聞心源遺憾地收起目光，把桌子上的樣書樣刊逐一掃瞄後，沒有發現趙文化交待那三查內容。聞心源想起趙文化教的那些竅門，禁不住笑了。這一笑，笑斷了小夥子的視線。他抬起頭來，一眼看到了聞心源胸前那塊小牌，他手忙腳亂藏手裡那本書。他們都非常熟悉那塊牌，那是文化市場管理人員的特別標誌，是書商們的瘟神，書商們都見牌喪膽。小夥子呼地立了起來。小夥子的慌張讓聞心源警惕起來，他讓小夥子把那本藏到桌子下面的書拿出來。小夥子做出一副哭喪相，遲遲疑疑彎不下腰去。聞心源問是不是要他親自動手。小夥子才迫不得已，一邊拿書一邊說，這不是我們店的書，跟人家借的，千萬別誤會。聞心源拿起書來，《查泰萊夫人的情人》，那份禁銷書刊的單子裡有這本書，他也聽說過這本書，西方社會的女人好像把它稱之為女性生活指南。你們店裡沒有這書？聞心源把眼睛盯住了小夥子的眼睛。沒有，絕對沒有，查禁的書誰還敢賣。小夥子沒有躲避聞心源的眼睛，迎著他說。你從哪借的？我同學不知從哪裡買的。那你回去問問你同學，他是在哪兒買的。聞心源把書裝進了提兜裡。哎！這書……我賠人不起，沒地方買！小夥子扮出一副苦相。讓你同學找我，我賠他。他哪有這膽，還不是我倒楣。聞心源已轉身走到門口，回過頭去，從提兜裡摸出那本書丟給了小夥子。讓他告訴那同學收好這本書，別再借了。聞心源身後傳來一迭聲謝謝。

聞心源走出書店，自己問自己為什麼要把書還給他？他一時竟找不出答案。可憐他？怕他在同學面前為難？仁慈？他要是撒謊呢？把這樣一本充滿性描寫的書還給這麼年輕的小夥子，不是毒害青年嘛！其實還是他的職業道德在起作用，他意識到自己的職權是管理書刊市場，並不是管理每一個公民的閱讀。

出得門來，聞心源見二十五米外的街邊，有一人在擺地攤賣書。聞心源像發現了敵情，本能地腳下發力朝地攤衝過去。那人眼疾手快，拿起背起書包撒腿就跑，跑得兔子一樣快。聞心源像獵犬一樣緊追不放。聞心源畢竟在特務連當過兵，底子還在，加上他一直沒停止打乒乓球，他和那人的距離在一步一步縮短。廟街沿街的人都停下手裡的活，觀賞他們這怪異的比賽。那人突然拐進一條胡同，聞心源側著身拐彎，沒有減速。在聞心源離那人不到五米的時候，聞心源大喝一聲，讓那人站住。那人被聞心源的吼聲震一愣，但他沒有停下，速度慢了下來。就在聞心源繼續衝刺時，那人突然剎住了腳步，聞心源衝力過大，收不住腳，整個身子撞在了那人身上，兩人一塊倒地上。聞心源和那人都沒有急於爬起來，他們讓自己大口大口地喘息，緩解心臟的壓力。當他們不約而同坐起時，兩個人都愣了。

聞心源驚疑怎麼會是莫望山，莫望山自然也想不到追他的竟會是聞心源。聞心源和莫望山進了一家茶館。茶館是廟街的古老行業，喝茶是這裡人的一個傳統習慣，從清晨到晚上，茶館裡的人絡繹不絕。這裡的茶館不像那些供文人雅士老闆官僚消遣品茗的茶樓那麼高檔，也不像日本茶道那麼講究，是大眾聊天休息的地方，三元錢一壺茶，管你喝半天，與其說是茶館，不如說是聊天室。過去喝茶似乎是男士們的專利，現在，男女老少都進茶館，連情侶也到茶館談情說愛。當聞心源和莫望山在一張小茶桌前坐定再看對方時，兩個人都笑了。聞心源把自己如何轉業，如何陰錯陽差分到書刊發行管理處，沒有宿舍住招待所，戶口還沒有落下，愛人還沒找到接收單位的境況說了一遍。

莫望山也把自己離婚，剛剛回城，無家可歸，沒有職業的情況訴說了一番。兩個人感慨萬千，活了三十多歲，轉來轉去，重又轉到了人生的十字路口。聞心源問：「往後怎麼辦？」莫望山說：「我也不知道，只能走到哪算哪。」「你想搞書店？」「這麼大年紀，又沒有專業技術，這些年啥也沒學，只是看了些書，就書還熟悉一點。」「怎麼沒辦個照呢？」「想辦來著，沒人理，咱也送不起禮。」「你沒有找找沙一天，他原來在新聞出版局黨辦當副主任，現在是南風出版社的社長，他應該能幫這個忙。」「我不想給他添為難，也不想讓他尷尬，他結婚那天，我在天夢大酒店門前看到你們了。」「你也在？怎麼沒露面呢？」「我正巧路過，這種場合我怎麼好出現呢。」「你們是同班同學，又一塊兒下鄉的，華芝蘭的事你都給他兜了，他幫你還不應該嗎？」「十幾年了，我們也沒什麼來往。在學校，大家都是毛孩子，現在每個人都要過日子，都要打算自己的一生，有了華芝蘭這事，我就不大想去找他，誰知道他會怎麼想呢？」「沙一天待人還是蠻熱情的，都是患難朋友，我想我們還會跟過去一樣的。」「但願如此，有你在新聞出版局，這書店我算是辦定了。」

7

週三下午，單位辦公樓院裡的浴室可以洗澡。辦公樓院裡的浴室十分簡陋，是專供在辦公樓院裡住的食堂、司機班、電話班、維修班、勤雜班的職工、臨時工們用的。浴室很小，就幾個噴頭，連浴池都沒有；更衣室裡沒有櫃子，只在四周的牆上釘了一圈掛衣鉤。水也是忽涼忽熱，熱的時候可以殺雞退毛，涼的時候能讓你第二天就感冒歇病假，跟單位宿舍院的浴室相比真是天壤之別。說不清是從哪天起，也說不上是誰帶的頭，有那麼一天，幹部們忽然一個個都用辦公時間在辦公樓院裡的浴室洗起澡來。一到週三下午，辦公樓的樓道裡便彌漫著香皂、洗髮水、頭油、髮膠、汗臭等各種氣味混合而成的澡堂子味。洗澡，男士們常常捎帶著理理髮，女士們也順便整整頭。一位位滿頭頂著五顏六色塑膠髮卷的小姐女士坐在辦公室裡，讓外面來辦事的人鬧不清這裡在幹什麼，十分的不好意思。其實宿舍院浴室每張浴票就兩角五分錢，只是辦公樓院裡浴室洗澡不要票。再就是燙頭吹風能省一點兒電，省一點兒工餘時間。有人說，能省不省是傻瓜，別人省你不省犯神經。

「聞心源，洗澡。」葛楠的話聽不出是叫聞心源洗澡，還是跟聞心源打個招呼，聞心源含糊其辭模棱兩可地「嗯」一聲點點頭。聞心源到新聞出版局上班，頭一件讓他意外的事是，沙一天的愛人葛楠也在發行處。聞心源沒有在辦公樓洗澡的願望，不是因為他到地方時間短要故意做樣子給人看，也並非認為不用辦公時間洗澡比用辦公時間洗澡的人高尚，可能是多年部隊生活的習慣，也許是軍人性格的原因，他不願生活得太小農民太小市民。再說在辦公樓洗澡，來回帶換洗衣服也不方便，額外多操一份心。聞心源來到局裡，周圍的人明顯與他保持著距離。人長了一張嘴，當然是用來吃飯和說話的。說話人跟人不一樣，平常人們大多是為了工作、學習、生活、情感、友誼而說話，有那麼一些人，他的嘴專門是用來搬弄是非的，一個人就能把一個單位搞亂。聞心源還沒上班，局裡就傳得沸沸揚揚。說聞心源是省委宣傳部長安插到局裡來的，說聞心源是宣傳部長的老部下，別看聞心源才三十五歲，在部隊已經當了好幾年處長了，明擺著是來頂替賈學毅的；說賈學毅也活該倒楣，「掃黃」沒掃著別人，倒讓人把自己給掃了。早不出事晚不出事，偏偏在提他當副局長的時候鬧了桃色新聞，不光副局長當不成，只怕連這個發行處長也懸了。有了聞心源，年副處長也就甭著別再做扶正夢了。人性的弱點往往同情弱者，而不分是非，聞心源沒出場幾乎成了洪水猛獸。葛楠讓他知道其中的原因之後，聞心源只能在心裡叫苦。

貨運站打來電話，開口就訓聞心源，問他托運的東西還要不要，催領單都發一周了，為什麼不來取。真是活見鬼了，聞心源幾乎天天都在給車站打電話查問，每次得到的回答都是沒有兩個字。現在反來訓他，他想爭辯，沒等他開口，那邊已經掛了電話。聞心源到收發室查催領單，老大爺十分抱歉地把催領單交給了他，說不小心掉櫃子底下了，剛才掃地才掃出來。聞心源一看催領單上的時間，已經過一個禮拜了。其實，火車站的電話先打到了收發室，老大爺這才找到了這張催領單。

聞心源一臉焦急來到行政辦公室，請求為他派車到火車站拉家具。辦公室主任比他還為難，說今日是週三，下午洗澡，剛洗了澡，誰願意出車拉家具？要是去接個客人什麼的還可以商量，拉家具裝卸車是要出大力流大汗的，明日再說吧。聞心源初來乍到，心裡再急又能說什麼？這江都市里，舉目無親，他一點辦法都沒有。

莫楠洗澡回來，發現聞心源臉色不好。「哎，你怎麼啦？不舒服嗎？臉色這麼難看。」葛楠甩一下披散的頭髮去打電話。「臉色是不好看。」小常也發現聞心源臉色不好。「這可不是部隊啊，在這裡你可別玩覺悟，玩覺悟只好自討苦吃。」

聞心源拿出了那張催領單，說辦公室派不動車。老高說這不像話，小常說要是當官的要車派不派。葛楠啪地扣下剛撥通的電話，一陣風出了門。小桂朝小常做了個鬼臉。聞心源看到了小桂的鬼臉，不知他是什麼意思，小桂那詭祕樣肯定不是什麼好意思。年副處長在那個角落裡始終沒有介入這邊的事，按說賈學毅不在，他該管這事，可他只顧埋頭在他那永遠都統計不完的數字裡。葛楠凱旋的將軍般回到辦公室：「走！車要好了。」聞心源佩服地看著葛楠，他發現她身上有一股正氣，還有一股霸氣，這兩股氣很像軍人的性格。

五分鐘之後，聞心源硬被小常他們擁進了駕駛室。給自己拉家具，自己坐駕駛室，而叫別人站車斗裡，而且別人都剛剛洗了澡，心裡著實不自在。再說，來幫忙的人，不都是出於自覺自願。當葛楠說了去兩個人幫聞心源到火車站拉家具的話之後，屋子裡十幾秒鐘沒一點聲音。自然，葛楠既不是處長、副處長，也不是處裡資格最老的，憑什麼向別人發號施令？副處長倒是有一位，但他總是喜歡把自己與別人隔開，喜歡與世隔絕地獨立工作，他不喜歡打擾別人，也不喜歡別人打擾他。聞心源對眼前的事實很有感觸，要是在部隊他不至於這麼狼狽。當然，他沒有因為如此而對處裡的人產生不滿，他理解，在這個時候，即便是局長來說這句話，也會如此，誰願意剛洗完澡跑火車站去幫別人搬家具呢！第一個回應的是小常。第二個是老高。葛楠說，哪能讓你老去呢。說著她就叫聞心源跟她一起走。他們就要出門了，小桂才說，哪能讓大姐妳去出這樣的汗呢，還有小弟在此呢！他似乎這時才醒來。聞心源在心裡不停地埋怨江秀薇，他主張把家具處理掉。可江秀薇捨不得，說這些家具都是東北榆和水曲柳做的，又都是按聞心源自己設計的樣子做的，品質好，也實用。沒想到現在這麼麻煩。

到了火車站，聞心源給司機、小常、小桂陪完笑臉，給他們一人買了一瓶礦泉水，站進了取貨窗口的長蛇陣。終於挨到窗口，聞心源把催款領單、身分證塞進了窗口。「五十八塊六！」聞心源沒敢有二話，老老實實迅速遞上錢。一會兒，裡面把單子和身分證啪地扔了出來。聞心源看單子上只多了個戳。「上哪？」「提貨口！」聞心源找到提貨口送上單子，不一會兒，裡面把單子又扔了出來。「怎麼啦？」「二貨場！」「二貨場在哪？」「東郊！」「哎，怎麼到二貨場了呢？」「廢話！你三個月不來取，還當廢品處理呢！」「昨日問，還說沒到呢！」「別煩人啊，走走走，誰說的你問誰去，忙著呢！別耽誤別人幹活！」聞心源無可奈何退了出來。他沒工夫顧及自己內心的感受，也沒工夫發洩自己內心的不滿，他必須先十分抱歉地向司機、小桂、小常作解釋，以求得他們對他的理解。他自己就是氣死也該，這是他自己的事。車開了四十分鐘，停了五次，問了八個人才找到了二貨場。聞心源找到提貨處，交上單子。這裡沒有窗口，辦事的小夥子就在桌子對面坐著。看得見，說話也方便，踏實。小夥子確認了單子，聞心源才顧得大口地喘了氣。「二百三十八塊五。」「我在那邊已經交錢了！」聞心源的窮急無法掩飾。「那邊是那邊的，這邊是這邊的，取不取？明天來還要另加錢呢！」「怎麼要這麼多錢？人家不是花了運費了嗎？」小常也認為太過分了。「這你就不懂了，運費是付給鐵路的運輸費，貨到了站，沒人卸，貨能自動跑到月臺上？不能，卸，就得花裝卸費；貨到了月臺，沒人搬，貨能自動進庫房？不能，搬，就得付搬運費；進了庫房，你要是及時來取，你省錢車站也高興，大家都方便；要是不及時來取，貨物每天源源不斷地到來，庫房怎麼盛得下，盛不下就要從庫房轉到二貨場，轉，就得花轉運費；到了二貨場，貨物都敞在這裡，讓日曬，讓雨淋，東西壞了，打不清的官司，要是被偷、被撬、著火，事情就更大了。要入庫，要雇人看管，超過規定的保管時間就要加收保管費，第一天每件加收兩塊，第二天每件加收三塊，第三天起每件加收五塊，你大小二十一件，自己算算吧。知道收款還不來取，要不收款，我們再加兩個貨場，再蓋十個庫都不夠用。」聞心源和小常讓他說得啞口無言。「你們可真黑！」「黑？這不叫黑，這叫要吃飯，咱還沒到共產主義，咱也沒有發達到用機器人的時候，不收款，這麼多臨時工誰給開工資？不開工資，他們吃什麼？」「我前日，昨日，今日都打電話問了，都回答我貨沒到。」「那是行李房的事，誰答覆你的你去找誰去，我這裡只能照章辦事，取，趕緊交錢；

不取，明天來又要加一百多。」聞心源被噎得說不出話來，除了掏錢還能說什麼呢。

在單位的一間空車庫卸完家具，天色已經擦黑，不用司機和小桂有任何表示，聞心源已很過意不去。聞心源把司機、小桂和小常請進了風味餐廳。到了這時候，聞心源沒法不大方，菜點得反讓司機和小桂有了過意不去的意思。

8

做飯對葛楠是一種負擔。說葛楠懶，冤枉，葛楠不懶，葛楠很勤快，她自小愛乾淨，愛收拾屋子。她爸常誇她小時候的可愛。說她三歲時，看到她爸在家裡穿布鞋趿著鞋後跟，她總跟在爸後面給他提鞋，直到爸自己提起鞋後跟為止。每次爸媽領她上街，她都要求換衣服，說人家會誇她漂亮。自己的小鞋上要沾上一點土，一經發現她會立即找鞋刷把土刷掉。結婚前，她在家總是與保姆爭著擦地板，衣服喜歡自己洗。只是五歲的時候在廚房被油燙了手，爸媽不再讓她進廚房，加上家裡一直有保姆，葛楠就不太會做飯，不是不愛做飯。

葛楠進屋，沙一天還沒下班。葛楠換了衣服，給自己倒了杯水，坐在客廳裡一邊喝水，一邊謀劃，晚上做點什麼好吃的。洗了澡回到家，渾身有些慵懶。她從書櫃的玻璃上，發現頭髮有些蓬鬆，她對著鏡子看自己的頭髮，同時便看到了自己烏黑的杏眼，看到了自己高挺的鼻子，看到了自己小巧的嘴。她非常感激爸媽，說他們把自己的優點都給了她，葛楠一邊欣賞自己一邊想，晚上就不油煎炸炒了，做個沙拉，冰箱裡還有醬牛肉，再做個番茄雞蛋湯，悶一點米飯。她打算先弄一弄頭。

葛楠正吹著頭，一雙手從身後悄悄地伸過來把葛楠緊緊地摟住。葛楠一聲驚叫，扭頭看是沙一天，吹風機的聲音蓋過了沙一天進屋的聲響。沙一天的舉動把葛楠嚇出一身汗，葛楠警告他以後不准這樣偷偷摸摸搞襲擊。沙一天以溫柔的撫愛檢討自己的冒失。他的手像帶著電，馬上把葛楠燒熱。沙一天哄女人似乎頗有經驗，當他感到葛楠的呼吸加快變粗，噴到他臉上的熱氣已帶一種特殊的氣味時，他的手變得強壯有力，急切而又猛烈地把葛楠的身子轉了過來，當葛楠發出夢囈般喘息時，他那張貪婪的嘴一下把葛楠的溫順全部吞沒。葛楠感覺身子不由自主在一點一點飄起來，她怕從空中摔下來，兩條胳膊緊緊吊住沙一天的脖子。葛楠覺得他們兩個都飄了起來，由洗手間慢慢地飄向臥室。葛楠有些控制不了自己，渾身的血已洶湧澎湃，頭有點窒息般眩暈，身子輕得像雲，他希望沙一天把她壓住，不要讓她再往上飄。她感覺到了床的鬆軟，也感覺到了沙一天鬆開了她。她求助似的請助，別，別鬆開我。沙一天沒有丟下她，他只是讓他的兩隻手暫時解放出來，這兩隻手有更需完成的緊急任務，它們要幫助葛楠解除束縛，讓她像天使一樣自由自在。葛楠始終閉著眼睛，讓自己沉醉在甜蜜之中。她感覺到自己被沙一天徹底解放了，沙一天的兩片火炭一般的嘴唇，把她燃燒起來，她覺得自己快要融化，她求救般地呼喚。沙一天便立即充當消防隊員，而且是個奮不顧身，勇猛異常的消防隊員，儘管他身子並不那麼壯，但他非常拼命，非常賣力。一場烈焰被撲滅，剩下的餘火還在喘息，慢慢地一點一點完全平息。

臥室裡靜得沒有一點聲息，他們不知睡了多久，也說不清是睡著了還是沒有睡著。「我想今晚咱們做沙拉吃。」「今晚我什麼也不吃，吃妳就行了。」「你吃不了我。」「我現在就吃妳。」沙一天再次把葛楠壓到身下。「說你吃不了，你就吃不了。」葛楠奮力把沙一天掀到一邊。「不做了，要吃，咱到外面吃。」「是不是嫌我做得不好吃？說，說實話。」「不，娘子做的飯非常好吃，我是怕娘子累著。」沙一天來個油腔滑調。當他們在小上海餐館點了獅子頭、溜青豆、炒茭白，要了一紮冰鎮啤酒，相對而坐，舉杯碰杯時，葛楠想起了聞心源拜託的事。「一天，你有個朋友叫莫望山是不是？」沙一天一口啤酒正下嚥，聽了葛楠的問話一怔，啤酒一下嗆到氣管裡，他轉過身不停地咳嗽起來。葛楠給他端起茶杯，讓他壓一壓。「妳，妳怎麼會認識他？」沙一天反問作答，一臉緊張。讓沙一天緊張的不是莫望山，而是華芝蘭，現在莫望山是華芝蘭的丈夫。他緊張的不是擔心華芝蘭來找他算帳，要算帳，華芝蘭到江都大學去找他那回就算了。當他把他媽不能接受她，以死威脅他，不許他找農村姑娘的原因告訴她後，她什麼要求都沒提，轉身就離開了學校，從此再無音訊。他幾次去信，她連一封信都沒回，她就是這麼個心氣很高的人。越是這樣，沙一天越怕葛楠知道他與華芝蘭的事，他認為這是他做的最缺德的一件事，他也知道葛楠最討厭最瞧不起不講信義的人。「看你緊張的！你跟他有仇啊？」「不不不，哪裡話，他是我同學，一塊兒下鄉的，妳認識他？怎麼啦？有什麼事嗎？」「我哪認識他，是聞心源找我的，他說莫望山剛回城，連工作都沒有，他想開個書店。」「他回城了？他在鄉下結婚安了家，還生了孩子。」「聞心源說他們離了，孩子跟她媽在鄉下，莫望山父母也離了，都又成了家，他連家都沒有，現在住在他舅舅那裡，真夠可憐的，你怎麼一點都不知道？」「他父母離婚我知道，他一直沒回來，我也沒機會去鄉下看他，聯繫就中斷了。」「你得幫他，給市局打個電話，給他批個執照，電話我也可以打，我想還是你打比較好。」「行，明天我給市局喬副局長打個電話，他管這事。他留電話沒有？」「他家哪有電話，要行，告訴聞心源就行了，你去告訴他也行啊，老同學了，人家這麼難，你也該去看看人家。」「也行。我跟聞心源聯繫吧。」兩口子一邊吃一邊聊。「我看聞心源這人還真不錯。」「是嗎？我們也十幾年沒見了，人當然不錯，要不在部隊怎麼能提處長呢。」「我說他不錯，是說這人有素養，我們局裡的處長副處長沒有能趕上他的，他到我們那裡算是埋沒了。」「我可有點吃醋啦！」「小心眼兒！喏，醋這裡有的是，你吃吧！」葛楠的眼睛裡閃過一道不易察覺的神色，這一閃即逝的神色沒能逃過善於察顏觀色的沙一天的眼睛，他立即做出大男人的微笑：「開個玩笑嘛！」葛楠笑了，但只笑在皮上。

聞心源回到招待所放下自行車，兩條腿莫名其妙地顫抖起來，裝車卸車，他一直是一個人對小常小桂兩個，吃奶力氣全拼出來了。這是自己個人的事，勞動別人，他必須這樣，要不，心理沒法平衡。

聞心源拖著兩條疲乏的腿爬上三樓，推門進屋，撲面而來的是一股冷氣。江秀薇陰著臉默默地坐在床沿上，女兒泱泱也悄無聲息地趴在三屜桌上寫著作業。聞心源在心裡罵了自己一句，真該死，忙暈了頭，忘了給她們打個電話。「泱泱，吃飯了嗎？」「沒有，飯做到一半，罐裡沒氣了。爸爸，媽媽說你不管我們了，是嗎？」「泱泱，爸爸有事去了，爸爸到火車站去拉咱們的家具，爸爸一個人拉不了，要請叔叔他們幫忙，拉回來要卸，幹完了活得請叔叔他們吃飯。爸爸不好，忘了給你媽打個電話。」聞心源的話自然是說給江秀薇聽的。聞心源說了這些，掃了江秀薇一眼，江秀薇臉上依然冷若冰霜。聞心源心裡泛起滾滾的苦澀。他不冤嗎？還有誰比他更冤？堂堂一個正團職幹部，到這兒來當聽差，指揮不了誰，連個司機都得求。專業丟了，職務丟了，只剩這一點尊嚴，眼睜睜也在一點一點丟。新來乍到，工作不喜歡也得認真去做。戶口問題、糧油關係、泱泱上學、秀薇的工作、住房、液化氣罐，家裡的一切都要靠他來跑，要他來解決。人生地不熟，凡事得求人，這裡的人誰也不欠他什麼，給你冷落，給你白眼，該！誰讓你到這裡來擠！聞心源沒心思去想這些，江秀薇在那裡陰著呢，她要一陰，他就六神無主，哪還顧自己的委屈。「泱泱，妳做作業，爸爸去給妳們買點吃的。」聞心源見江秀薇仍默不做聲，他怕事態進一步擴大，趕緊忍下疲勞，主動彌補。

聞心源出了招待所走上大街，他覺得自己從頭到腳窩囊透頂。在部隊無論當戰士，當幹事，還是當處長，他從沒嘗過窩囊的滋味，他一直生活在說話有人聽，做事有人幫，成功有人同喜，苦悶有人排解的大家庭環境之中，到了這裡，這一切蕩然無存，他再找不到那種大家庭的感覺。到這裡作為男人，作為丈夫，作為父親，他覺得難以挺起胸來。轉業到省機關，別人視他交了好運登了高枝，他的真切感受卻是走進了迷宮。本來很簡單的事情，到這兒一切都變得深奧莫測。沒有住房，戶口就落不下來；戶口落不下，糧食關係便辦不下來；沒有糧食供應，就只能吃黑市糧；買了糧食，招待所的房間沒有廚房。給招待所所長送了兩條菸，再算上一層同鄉的關係，才同意在二樓洗手間的旮旯裡給一塊放液化氣灶的地方。有了做飯的地方卻又沒了液化氣罐。部隊帶回來的液化氣罐這裡不認，成了爛鐵桶，花多少錢也不給灌氣。想買一套帶本市戶口的爐具和煤氣罐沒地方出售……這一堆火燒眉毛不能不辦卻又十分難辦的雞毛蒜皮面前，聞心源急得嘴唇燎泡，口腔潰瘍，沒一點辦法。

街上一片燈火。這裡不是鬧市，沒有那麼多高樓和大廈，也沒有爭奇鬥豔的霓虹燈，路燈、街燈和小商店倒也是燈火通明。聞心源看著街上匆匆而來，匆匆而去的人群，覺得他們誰都比他過得自在。嗷！嗷！嗷！聞心源忍不住吼了三嗓，旁邊人讓他嚇一跳，驚恐地扭頭看他，以為他神經出了毛病。聞心源看著周圍人的驚異，心裡反舒服了許多。他挺起胸膛，雄赳赳氣昂昂地走進副食店。「給我來隻烤雞！」售貨小姐盯了他一眼，心裡話神氣什麼，不就是買隻烤雞嘛！買架飛機你吼吼，買隻烤雞你吼什麼。「再來根火腿腸。」「還要什麼一塊兒看好了。」售貨小姐有些煩。「煩什麼煩？不給錢嘛？」「還不知道誰煩呢！還要不要？」「不要了！」售貨小姐把烤雞和火腿腸一起丟回了原處。「哎！妳這是幹什麼？不想做生意是不是？」「嗨！是你說的不要了！」「妳抬槓是不是？妳是問我還要什麼，我說不要了。」「還是你說的呀！你應該說就要這些，或者說別的不要了。就這麼吼一聲不要了，誰知道你不要什麼。」聞心源被售貨員噎了個倒憋氣，搞文字十幾年，倒讓售貨員給治了。「算妳厲害，我上別處買去。」

聞心源提著一大包食品回到招待所，江秀薇仍然陰在床上。「泱泱，快來吃，餓了吧？」聞心源把食品一一裝到盤裡擺到桌子上，雞、熏魚、雞胗、雪裡蕻醃青豆，還有一個大蛋糕，泱泱一看愣了。「爸爸，今天我不過生日。」「傻丫頭，不過生日就不能吃蛋糕嗎？快吃，還是熱的。」江秀薇終於轉過身來，盯著滿桌的食品，驚疑地看著聞心源。「你這是幹什麼？」江秀薇終於開了口，她問得很平和，卻非常認真。「吃呀！不吃飯怎麼行呢！人家能快快活活過，咱為什麼就不能快快活活過？」江秀薇一歪身子呼騰躺下了。聞心源的心也跟著呼騰往下一沉。有人說沉默是金，聞心源的體會是，沉默是劍，是江秀薇治聞心源的利劍，鋒利得能刺透他的心臟。這武器江秀薇使用起來得心應手，屢試不爽。表面上看起來江秀薇不言不語，不急不吵，可平靜的表面下掩蓋著的是針鋒相對寸步不讓，她就用這種不言的對抗來宣告她在痛苦。因為她痛苦，她就可以不履行做妻子和母親的責任。她可以不做飯，不料理家務，不說話，不搭理任何人。你要是不主動消解她的痛苦，讓她發洩出內心的痛苦和惡氣，她可以三天、五天、十天、半月、甚至一個月不開口，不搭理你，更不可能給你以甜蜜。更讓聞心源擔驚受怕的是，她絕食，她會因此而一天不吃，兩天不吃，三天不吃。她知道聞心源非常愛她這個漂亮的身子，你越愛它，我就越作賤它，虐待它，迫害它，看誰心痛，好像這身子不是她的，而是聞心源的。她摸透了聞心源的脾氣，就怕別人跟他慪氣，她一慪氣他什麼也幹不了。他還擔心女兒，兩口子彆彆扭扭，女兒也跟著難受。只要江秀薇一陰臉，一沉默，聞心源就變戲法的跪地上——沒一點法了。聞心源挨到床邊，坐到江秀薇的身邊，非常溫和地勸說：「秀薇，咱們相互體諒一下好不好？」聞心源把屁股往裡挪了挪，身子往江秀薇那邊探過去，「我也想一天之內把一切都安排得順順當當，我何嘗不想到省報到省電臺當個大記者，何嘗不想給妳安排個專業對口的工作，我也不想讓火車站罰款，也不想麻煩同事，欠下人情還要貼上二百多塊飯錢……」「是我要你這樣的嗎？」江秀薇生氣的時候說話也還是細聲慢氣的，但這話觸到了聞心源的痛處。「這樣說話就有些不體諒人了，是我要轉業的，可要是不撤編我會想轉業嗎？誰又會想到回地方幹不了專業呢？命運不在咱自己手裡捏著，我也是無能為力。我知道你煩，工作還沒著落，可事情只能一步步來。不要說我是名正言順轉業的，就算我自作主張來這裡闖蕩，妳也應該說句寬心的話呀。」「我不會說話，我知道我們娘倆是你的累贅，既然工作不好安排，戶口和油糧關係也落不下，我們還是回去算了，也省得你操心受累。」「爸爸，媽媽，你們不要吵好不好？到這裡來了你們老是吵，我好怕喲！」泱泱含淚站在那裡停止了吃東西。聞心源看著女兒，沒再說什麼。他過去摸著女兒的頭，讓她坐下好好吃。江秀薇起了床，但沒吃晚飯，只是到公共洗手間刷了牙洗了臉，繼續沉默地躺下。聞心源等泱泱吃完，收拾好桌子，拿起《大地震》，一邊看，一邊等泱泱做作業。泱泱做完作業，看媽仍躺在床上生氣，她就挨過去，放出嬌腔，說媽，妳吃點東西吧，妳要不吃，我和爸都睡不著。江秀薇繼續沉默。泱泱朝聞心源翹起右手的食指，指指床上的媽，讓他過去哄她。然後，泱泱出去刷牙洗臉。聞心源沒過去哄江秀薇。他先讓泱泱睡，自己繼續看書。他的精力難以完全集中到書上，看著看著眼前的字就花了，他只好看江秀薇。江秀薇居然一直側著身子沒有翻身。她的側身線條非常優美，睡態也非常恬靜。

聞心源繼續看書，一直看到泱泱沉入夢鄉，他才去洗臉。聞心源滅燈躺下後，他輕輕地向江秀薇伸出左手。他的左手剛撫到江秀薇的肩頭，江秀薇生硬地把他的手推開。聞心源不氣餒，再把左手伸出。江秀薇再次把他的手推開。伸去，推開，再伸去，再推開，兩人戰鬥了十幾個回合。或許是江秀薇累了，聞心源的左手終於撫住了秀薇的肩頭。聞心源是有計劃的，在第一次交鋒勝利後，他稍事休息，接著他開始扳秀薇的肩頭，他要她轉過身來。聞心源輕柔但非常堅決地好不容易把江秀薇的肩頭扳過來，江秀薇又側了過去；聞心源再輕柔地扳，江秀薇再默默地側回去。他們在這無聲的戰鬥中對抗著，他們都不想發出聲響，泱泱就躺在旁邊。在聞心源的堅持不懈下，江秀薇終於平整地躺直了身子。聞心源又稍事休息，他的左手繼續戰鬥，目標是秀薇豐滿的胸脯。他伸過去，江秀薇則把他的手推開，他再伸，她再推；他再伸，她再推；他再伸的同時，一下側起身子，他那饑渴的嘴準確無誤地一下找到了江秀薇溫熱的唇。江秀薇狠心地咬了聞心源的舌頭。聞心源很痛，但他沒有撤退。聞心源繼續進攻，江秀薇最後全線崩潰，她的右臂一下摟住了聞心源，摟他的同時，她在他的背上使勁地擰了一下。聞心源很痛，但心裡很舒服。接下來的搏鬥很順利地進了高潮，儘管他們沒說一句話，但搏鬥的結果宣告：江秀薇的沉默已經結束。

10

吃過晚飯，莫望山跟舅舅說：「舅舅，我回家看看。」舅舅說：「是這理，該回去看看，說到底他是你爸你是他兒。再說那什麼陽的丫頭先主動來請了你，人家佔了理，回去看看，別輸了理。另外把辦書店的事也跟你爸打個招呼，有錢幫個錢場，沒錢幫個人場。」

莫望山出了舅舅家門，沒直接回家，先乘上了去他媽家的公共汽車。莫望山落魄到這步田地，但他心裡還掛著三個人，一個是媽，一個是華芝蘭，一個是莫嵐。他爸在他心裡已沒有位置，也無需他掛心。說到底他是個教師，收入穩定，待遇也不差，自己又有房。再說那阿姨是一個學校的，也是教師，兩人只怕早就情投意合，要不父親這把年紀也不會鬧離婚。看嫵媛和那沐陽的關係，一家人相處也不錯，他們過得比他好，用不著他掛心。媽就不一樣了，一個退休工人，那老頭找她也就圖個伴。看那兒子兒媳那天的神氣，對他媽好不了，他一千個放不下心，這麼大年紀，有兒有女，再過那種寄人籬下的日子，當兒子的臉上真沒光。自己雖然過著飄泊的日子，可媽總是媽。下了車，路邊食品店還開著門，莫望山拐了進去。莫望山買了兩袋高鈣奶粉，買了兩包麥乳精，擺地攤多少也能掙幾個錢。

莫望山沒有直接進屋，立在門外想把媽叫出來。剛要敲門，屋裡傳出他媽帶哭腔的聲音。「你也是有孩子的人了，說話要憑良心，不好這樣隨便冤枉人的。」「丟了東西還不讓說嗎？我說說怎麼啦？妳多什麼心？我明打明買的一斤二兩毛線，怎麼就不見了呢？不讓人說話嗎？」那女人的嘴跟刀子一樣。莫望山頭皮麻了，渾身的汗毛根根立了起來。他呼地推開門闖了進去。「哎呀娘哎！我以為來了打劫的呢！」「放妳娘個屁！妳把話說清楚點，誰是打劫的？」莫望山的拳頭攥得叭叭響。要以他年輕時的脾氣，一巴掌早扇得她滿地找牙了。那兒子聞聲從房裡竄了出來：「你是誰啊？闖人家家裡來找事！想打架？」「小子我告訴你，你，還有你老婆，要是敢欺負我媽，我要你們好看！」「喲嘿！這麼孝順，怎麼連個媽都養不了，要推到人家家裡來。」那媳婦尖刻地插上來。「這事沒有妳說話的權利，讓妳老公問他爸去，他爸要是說是我們把媽推到妳家，我現在就把我媽帶走！」就在這時，那老頭倒操著拖把衝了出來，對著他兒子就是一棍子，他兒子一把捏住了拖把。「你這孽障！我沒有你這麼個兒子！你給我滾！這房子還是老子說了算！」莫望山的媽趕緊過來奪拖把：「你這是幹什麼？血壓這麼高，發什麼火呢。」莫望山看到這裡，實在忍不下這口氣，他對那兒子說：「我不想跟你吵，既然大家都在這裡，我把話說在明處。阿伯，你拿主意，如果你想跟我媽一起安度晚年，那麼你必須跟你兒子分開過，要這樣混在一起讓我媽受氣，我明天就來把我媽接走。」說完，莫望山把買的東西給了他媽，轉身離開了那個家。擔心什麼來什麼，本想去看看媽，結果撞上了這一幕，平常還不知道他們怎麼氣她呢。莫望山下定了決心，要是老頭不跟他兒子分開過，他一定把媽接回來。

莫望山回到家，沒了一點情緒。苗沐陽正好從學校回來，她倒是喜出望外，又是泡茶又是拿水果。他爸看莫望山臉上一臉憂鬱，問：「有什麼難事？回家還繃著臉。」莫望山當然不能在這裡說媽的事，他只好說：「到現在還沒找著可做的事。」他爸問：「有什麼打算？」莫望山說：「省新聞出版局有個朋友，他勸我開書店。」他爸說：「開書店不錯，別的行業都放開了，就書業還沒完全放開，早開店，早站住腳，早佔市場，說不定以後很有發展前途。」莫望山說：「辦書店挺難的，沒錢也沒房子。」他爸問：「開張要多少錢？」莫望山說：「辦營業執照，流動資金至少得五萬塊。」苗沐陽來了興趣，說：「我畢業後，可以到你店裡當會計搞業務。」在一旁一直沒開口的阿姨制止苗沐陽：「商量正事呢，別瞎鬧。」苗沐陽噘起了嘴說：「誰瞎鬧了，人家就是說正事嘛！」莫望山也覺得她是瞎鬧，說：「堂堂財經學院的大學生，到個體書店搞業務不是開玩笑嘛！」他爸問：「店準備開哪裡？」莫望山說：「八字還沒有一撇，市里規劃要把廟街建成圖書批發一條街，要辦只能辦到廟街去，辦執照必須先找到房，也不知道廟街的房子好租不好租。」苗沐陽又興奮起來，說：「二姨家的老屋就在廟街，可以租二姨家的房。」阿姨說：「這倒真可以商量，她們有新宿舍，那老房空著，我幫你去說說，這個忙她會幫的。」莫望山的心情慢慢好起來，說：「那就真的拜託阿姨了，跟那位阿姨說說，如果能租最好不過了。」阿姨滿口答應說：「沒有問題，這個主我可以給她作一半。」苗沐陽又說：「哥，你回家來住吧，有事也好商量。」莫望山說：「謝謝，我在舅舅那裡挺好的，辦了書店我就住在書店，以後要是賺了錢，我會買新房子的。爸，你把沐陽屋裡的隔牆拆了吧。」

莫望山從家裡回來，心情好了許多，沒想到回家會有這樣的收穫，如果店面解決了，這書店就辦成了，他進門立即把好消息告訴了舅舅，舅舅也跟著高興。說一家人還是一家人。

第三章 以退為進

11

請客定在天夢大酒店的大上海餐廳，地點是市局那位喬副局長定的。莫望山興致勃勃乘公共汽車趕去，把華芝蘭給的四百塊錢揣到衣兜裡，出門了，又折回來，這是要上五星級大酒店，他又跟舅舅借了二百塊，以防萬一。天夢大酒店的旋轉門把莫望山轉進大廳，大廳裡水晶燈耀眼的燈光讓他眼花，鮮紅的緹花地毯比他床上的褥子還暄，他正尷尬沒法把沾滿泥土的運動鞋踩上去，聞心源正好出來迎他，喬副局長和沙一天已經在喝著茶等他。

莫望山當然要請喬副局長點菜，喬副局長在省局的人面前自然要客氣一下。聞心源就讓沙一天點，沙一天翻開菜譜為了難。這裡的涼菜都是二十、三十，熱菜掉下一百的很少。沙一天心裡有數，讓莫望山這無業遊民在這裡請吃真是勉為其難。沙一天把菜譜從頭翻到尾，再從尾翻到頭。他點了白切雞、十八鮮、煮花生、松花蛋四個涼菜，再點了半斤蝦，想點鱔糊，一看太貴，他點了獅子頭；再看魚，鱸魚、桂魚、甲魚都太貴，他點了一條清蒸鯇魚；點了一個豆苗，煲湯一看不敢點，又回過頭來找，找來找去，點了燉牛腩，五個熱菜。幸好喬副局長不喝白酒，沙一天悄悄鬆了口氣，他要了五瓶啤酒。批個經營許可證，沒有多少話要說的，純粹是吃飯表示意思。意思表示了，事情就好辦，喬副局長讓莫望山過一個禮拜去取。除了感激，莫望山沒有別的可以表達。

沙一天和聞心源去送喬副局長，莫望山去結帳。莫望山接過單子一看，額頭上冒出了汗，四個人吃了七百二十塊，可他兜裡只有六百塊錢。莫望山紅著臉跟小姐商量，他先交上六百塊，把身分證壓這裡，明日上午送來。小姐和周圍的人都笑了，笑得莫望山恨不能找條地縫鑽進去。小姐說不行，讓他跟一起來的人借。莫望山頭一次碰上這種尷尬，家裡沒有電話沒法聯繫，沙一天和聞心源走了，也沒法把他們叫回來，身上又沒有值錢的東西可作抵押。莫望山正走投無路，聞心源回來了。他送走客人在大廳等莫望山，久等不來，進來看看。他也沒想到會碰上這種事，聞心源幫他解除了為難。上了公共汽車，莫望山跟聞心源說，要是他也走了，這事不知怎麼了結。

莫望山第九次走進區工商行政管理局，心裡彌漫著一種悲哀。辦理工商營業執照的這間辦公室，至多十三平米，可它在那些申辦營業執照的心目中，如同神聖的宮殿。莫望山每次來，每次都擠滿了人。申辦個體書攤的、飲食店的、修車的、賣小百貨的、賣眼鏡的，七十二行，行行都有。屋子的主宰是位戴眼鏡的只有二十四五歲的女辦事員。讓莫望山悲哀的是，凡走進這間屋的，無論年長年輕，是男是女，當官為民，在這位小姐面前脊梁一律都是彎的，該笑不該笑，會笑不會笑的，一律都在臉上擠出各式各樣的笑。莫望山老練地退出屋子，在走廊的一個窗戶邊若無其事地倚在那裡抽菸。沙一天先跟喬副局長定下吃飯的日子地點，再和聞心源一起找莫望山的。沙一天離開偏前村這十多年裡沒再跟莫望山碰面。見到沙一天，莫望山沒有特別的反應，作為同學，作為朋友，他都對得起沙一天，也對得起華芝蘭。沙一天卻不行，他十分尷尬，華芝蘭畢竟是沙一天的初戀情人，而且他們之間的交往和情感都已經超過了一般的戀愛關係，讓沙一天尷尬的是他拋棄了華芝蘭，莫望山卻跟華芝蘭結了婚。他說不清自己是一種什麼樣的心態，反正知道這事後他心裡很不舒服。這麼長時間不見，突然面對面，善於應酬的他，也無法做到坦然。莫望山仍是大大咧咧跟他招呼，還故意叫他一日，主動給他遞菸，這才讓沙一天少去一些尷尬。正是下午，他們就在廟街的茶館喝茶，喝了一通茶，說了一堆話。觸動最大的還是莫望山，想當年他們一起在徜前村泥裡水裡比插秧誰插得快，比挑擔誰挑得重，比割稻誰割得多，嬉笑打鬧，分不出誰高誰低，親如兄弟。如今一個是社長，一個是團職軍官，他卻是個無業遊民。他們一塊兒說著話，卻再也不能像從前那樣說開玩笑話。沙一天把市局副局長的電話給了莫望山，說他已經答應幫這個忙，讓莫望山直接去找那位副局長。莫望山發自內心地感激。有了這一層關係，吃了一頓飯，經營許可證順利地拿到了，沒想到這營業執照卻卡了殼。

莫望山在窗前抽完第八支菸，探頭朝屋裡看了一眼。這屋裡終於只剩下兩個人，一位中年婦女和那位眼鏡小姐。莫望山懶懶地走進屋，那位比他先來卻比他還沉住氣的中年婦女友好地向他送來謙讓的眼神，還伴以不討人嫌的微笑。她手裡有一只漂亮的真皮坤包，雖然背在肩上，包裝卻還沒有去掉。「哎！你什麼事啊？」眼鏡小姐對莫望山發了話。儘管已是第九次見面，每次她都嚴厲認真地教導他，他每次也都恭順謙和地聆聽她的教導，她還是不認識他。「這位大姐先來，先給她辦。」莫望山覺得自己有些狡猾，他看出中年婦女故意磨蹭是要對眼鏡小姐表示什麼意思。他卻故意要讓眼鏡小姐明白他不是傻瓜。「同志，小姐讓妳先辦妳就先辦吧，我不急。」「那我就不客氣了。」莫望山朝中年婦女會心地笑笑。莫望山畢恭畢敬雙手把改了八遍的申請執照草表呈給眼鏡小姐。「按照妳上次提出的要求改好了，妳看還有什麼問題？」莫望山用半個屁股坐到眼鏡小姐寫字臺前的椅子上，準備再次接受她的教導。眼鏡小姐把草表往桌子上隨便一扔。「你回去吧，我看了以後再通知你。」莫望山知道她想儘快打發他，於是他就拿出十二分的謙虛和十三分的乞求：「小姐，這方面的知識我實在有限，一次一次麻煩妳太過意不去，今天我想坐在這裡當妳的面在妳的直接指導下一次改好。這樣吧，我先去上趟廁所，妳先把這位大姐要辦的事辦了，我再來麻煩你細細指點。」「貧什麼貧？」眼鏡小姐聽出莫望山話中有話，「你要願意等，現在十一點了，我只能下午再看。」「小姐，這方面妳是專家，這幾張表哪裡行哪裡不行，缺什麼，要補什麼，妳一目了然，耽誤妳幾分鐘，妳先看一看。」眼鏡小姐朝莫望山瞥了一眼，想說什麼卻沒有說，或許沒找著恰當的詞，很不情願地翻開了草表。

「不行，缺法人職務的任命書。」「小姐，我是個體書店，誰給我任命？」「個體？個體怎麼能搞批發呢！只能零售、郵購，要搞批發必須有主辦和主管單位，主辦和主管單位必須是事業單位！要不誰給做資信擔保？」「小姐，妳再看看還缺什麼？還需要什麼？別一次看一樣。妳看，第一次妳說申請書上承擔法律責任不行，要改為負責一切經濟和民事糾紛，我改了；第二次妳說缺資金證明，我補了證明；第三次妳說房產證明不行，要原房產管理部門出具證明，我也重新開了證明；第四次妳說經營管理的制度不詳細，我又重新作了修改；第五次妳說經營兼項太多，我又重新作了調整；第六次——」「幹麼？叫你改得不對嗎？」莫望山發現那鏡片後面的小眼睛瞪圓了。「對，對，對，我沒說不對呀！我只是說，妳能不能一次看完，把要改的一下改好，省得一次一次給妳添麻煩，也省得我一趟一趟跑。今天我回去補了擔保，明天不知道又缺什麼，也不知道究竟還要跑多少趟，請妳耐心地把表一次全部看完好嗎？算我，算我這個老百姓求妳幫個忙行吧？咱不是正在改革求效率嘛！」「你怎麼能這樣說話，照你這麼說，我們是故意刁難嘍？」「我可不敢這樣說，絕對沒有這個意思，是妳自己說的。」「哎呀！我說這位兄弟哎，辦事不能這樣急，她也有她的難處，這裡要不仔細把好關，後面還有七八關呢，要不行退回來重搞不就更麻煩了嘛！」中年婦女既勸莫望山又討好眼鏡小姐。「喏，回去照著這上面的規定，一條一條檢查核對。」眼鏡小姐從抽屜裡拿出了一份資料。莫望山一眼就看清，那是一份《填寫工商營業執照申請表須知》。莫望山心裡的火騰地點著了，到這時候她才捨得拿出這份東西，他真想搧她的耳光，或者對著她的臉啐上一口，但他沒法讓自己出這口氣。「哎！同志！你的包！」莫望山走出工商管理局正要推車上路，中年婦女趕了上來。真讓眼鏡小姐氣昏了頭，他連手提包都忘那裡了。「你怎麼好這樣對她說話呢！人家求都求不下，如今辦事難喲！我這也是跑了十幾趟才辦下來，都這個樣，要靈活點。」莫望山發現好心的中年婦女肩上的那只精製的坤包不見了。

12

廟街在乾隆年間是條極繁華的商街。如今老了，衰了，冷清了，沒有了商街的熱鬧。市府把廟街規劃成書刊批零一條街，讓這老街重新有了生氣。這裡的房主們如夢初醒，預感財神爺的靈光終於要照到他們的門楣上，一時間這裡房子的租金便成倍翻番。

莫望山書店的門面在廟街一百八十八號。苗沐陽的媽把自己說出的話很當回事，她說服了妹妹妹夫，把一百八十八號租給了莫望山。一樓一底，一年五千塊錢。苗沐陽阿姨只提一個要求，對外說租金一年一萬五，要不就得罪了左鄰右舍。

聞心源再到廟街巡查，莫望山正在刷房子。莫望山戴了一頂破草帽，活像一個打漁翁。莫望山幹得挺歡，身上手上臉上到處都沾著白灰。聞心源遞給他一根菸，讓他歇會兒。聞心源一邊吸菸一邊看莫望山的店，心有感觸，說：「一個人能做自己想做的事，比什麼都高興。」莫望山說：「你可別生在福中不知福，堂堂國家幹部，還羨慕一個體。」聞心源說：「整天幹些不是自己想幹的，做皇帝也不痛快。」莫望山說：「這就叫人心沒足時。你知道我爸為啥給我起名叫莫望山嗎？是要我不要這山望著那山高；我姐叫莫昊高，妹妹叫莫嫵媛，是要她倆也別好高騖遠，結果他光知道勉勵孩子了，卻忘了告誡自己，自己卻喜新厭舊，這山望著那山高，連糟糠之妻都拋棄了。你不要不知足了，我要是有你這份差事，夢裡都會笑醒。」聞心源說：「我不是不知足，我只是有勁沒處使難受。執照辦下來沒有？」莫望山說：「這回治了眼鏡一下，結果她反過來又治了我，批發書店必須有主辦和主管單位，而且主辦和主管單位必須是事業單位。誰願意讓個體掛靠呢？只好先搞著零售，找到掛靠單位後再增項，反正許可證上是有批發的，要增項也容易。」聞心源說：「按說還是一次性辦齊好，這街上冷冷清清的沒什麼人，零售肯定不行。」莫望山說：「只好自己吃點苦，不行就出去流動銷售。」聞心源說：「掛靠也不難，可以找沙一天商量商量，掛靠在他們出版社不是名正言順了嘛！」莫望山說：「不是沒想過，可自己什麼實力都沒有，還是先別給他添為難好。」聞心源說：「自己同學怕什麼，你要開不了口，我跟他說。」莫望山說：「這事算了，辦執照他已經幫忙了，光讓你替我操心，也不知道什麼時間能讓我幫幫你。」聞心源開玩笑說：「等我出了書，你幫我賣。」莫望山說：「還真不是開玩笑，你筆桿子這麼硬，寫了書，我准幫你發好。」莫望山的話觸到了聞心源的痛處：「我哪有那水準，新聞和文學是兩回事，新聞都寫不了，哪還能搞文學？」莫望山說：「書可不只是小說，紀實文學、報告文學、散文隨筆、古文今譯、歷史典故、文化知識什麼都可以寫，你通訊、言論、雜文都寫過，有什麼寫不了呢？真不是開玩笑，沙一天在出版社，你寫，他出，我賣，准行。」聞心源讓莫望山說動了心，嘴上卻還是岔開話題說：「把店先辦起來，有什麼要我做的只管說。」莫望山說：「要你幫忙的時候，你不說，我也會去找你。」

聞心源從廟街回來，特意上了派出所，他們的「糧食關係」還沒落實。走進派出所，一看見那塊「糧食辦公室」的小木板，聞心源心裡就犯怵。通過大院老門衛認識了片警，悄悄給片警塞了條菸，一家三口的戶口算落下了，住址暫時寫的招待所，片警說一有宿舍立即來改，招待所是不能作為住址的。聞心源感激不盡，答應有了宿舍立即來改。辦糧油關係不知摸錯了那個開關，糧食辦公室人說小孩的定量好說，戶主和妻子必須要單位出具糧食定量證明才可以辦糧食關係。聞心源自己好說，秀薇的工作讓他四處碰壁，找不到接收單位，沒有單位怎麼出具定量證明。聞心源第一次為個人的事向組織寫了報告，請求組織在本單位照顧安排妻子的工作，儘管她是大學本科生，學防疫專業的，只要安排工作，願意放棄專業。領導批示：夫妻最好不要在一個單位工作，有些問題不好處理，這例不能開。沒有工作單位，就無法開定量證明，沒有定量證明，糧食關係就辦不下來。聞心源像隻無頭蒼蠅。聞心源強迫自己冷靜了兩個晚上，考慮來考慮去，他想明白了一個道理，凡事不能來硬的，誰都沒有義務一定要為你服務。聞心源上街買了一瓶「五糧液」，買了一條「玉溪」菸，再拿上一斤家鄉的明前毛尖，用手使勁搓了幾遍臉皮，然後走進了局行政辦主任的家。

第二天，聞心源便拿到一張單位的糧食定量證明。「這算什麼證明！回去重開！」這年頭，無論男女，說話都跟吃了槍藥似的。那位女辦事員也就二十八九，長得還挺標緻，可說話那腔調那麼不中聽。「那要什麼樣的證明？」聞心源耐心地問。「回去問管糧食的！」「先按本市居民最低標準定行不行？總得吃飯哪。」「不行！誰想怎麼辦就怎麼辦，那還要規定幹什麼？」「我不計較。」「你不計較？你不計較算什麼？我們不能亂來！該多少就多少，國家怎麼能虧個人呢！」「少一兩斤糧票你怕虧了我，可兩三個月不給我們供應糧食，你倒一點不著急！讓你告訴我什麼樣的證明，你不肯，你這是什麼邏輯？我沒法理解。」聞心源實在忍不住了。「呵！挺有水準！告訴你，就這規定，別瞎耽誤工夫，要辦就回去開證明，不辦與我無關！」標緻女人竟離開座位走了。

聞心源再一次上了行政辦主任家。行政辦主任也丈二和尚摸不著頭腦，他當主任來，局裡還沒辦過由部隊轉業到地方落戶口的事，也沒有聽說要辦什麼定量證明的事。主任答應明天問問。人與人之間一旦有了物質上的來往，關係就大不一樣，接受人家的東西，實際是對人家的一種承諾，等於答應了對方的要求，接受了對方的報酬，就有義務滿足對方的要求。行政辦主任真當回事，並且從一個單位要了一張制式的糧食定量證明，填好後蓋了公章交給了聞心源。聞心源很有些感動，真心實意地說了感激的話。

聞心源儘管口袋已經裝著制式的證明，但一想起那位標緻女人的神氣，心裡還是沒有底，但願她休班。真是活見鬼，櫃檯裡邊坐著的偏偏又是她。聞心源默默地把制式證明遞了過去。「不行！這算什麼證明！回去重開。」「哎，你們究竟要什麼樣的證明？」聞心源強作鎮靜。「你厲害什麼？不行就是不行！」「我說什麼啦？我只是問你們究竟要什麼樣的證明？我沒辦過這樣的手續，要什麼樣的證明我不清楚，麻煩妳跟我說明白不行嗎？」「回去問管糧食的人去！」「這就是我們行政辦公室主任給我開的，幾次證明都是他寫的，他也不明白啊！妳明白，就是不願說，妳說一下，或者把證明的樣子給我看一下，累不著吧？要不我給妳付手續費行不行？」「別那麼庸俗好吧？我忙著呢！上一邊涼快去！」「妳單位領導在嗎？」「誰誰誰呀！誰在這兒叫喚？人家還怎麼辦公？」裡屋走出一位腰圍足有三尺五的矮胖女人。「妳是這裡的領導嗎？」「你叫什麼叫？哪個單位的？」矮胖女人個子不高底氣十足，說話跟卡車高音喇叭一樣，「喲嗨！還國家機關幹部，就這水準！就這態度！」「你們這兒管說話叫叫喚？妳知道我要說什麼嗎？」「甭管你想說什麼，這態度就不行！」「妳態度好是不是？我態度不好行了吧？我給妳提條建議行不行？」「就妳這品質，國家機關怎麼會讓妳混進去的！」「我不想跟妳比品質高低，我只問妳們辦糧食關係究竟要什麼樣的定量證明？妳把樣子給我看一看行不行？」「不行！回單位問去！連個定量證明都不知道也有臉在國家機關混！」「妳這不是故意捉弄人嘛！妳看看，妳這裡貼的是什麼？為、人、民、服、務，就這樣為人民服務啊？還熱情、周到、主動、細緻！妳們的熱情呢？周到在哪裡？主動吵架嗎？細緻什麼啦？」「先把你自己的態度弄好了再說別人，我們的社會就是你這樣不講理的人太多，風氣才這麼差！」聞心源忍無可忍：「共產黨怎麼花錢養了你們這樣一幫五蠹！怪不得老百姓這麼多怨氣！誰要找了妳們這樣的女……」聞心源真想痛痛快快罵她們一頓，但他還是忍住了。無法理解，她們為什麼要用手中的權利難為老百姓，敗壞共產黨。共產黨欠了她們什麼？這個社會欠了她們什麼？老百姓欠了她們什麼？聞心源搞不明白。

他扭頭騎車一口氣上了糧食局，到了那裡他才弄明白：外地調入本市人員的糧食定量證明，要由工作單位出示工作性質或工種證明，然後到工作單位所在地的派出所糧食辦公室蓋章，再到所在區的糧食局劃定定量標準，然後拿著那個區糧食局劃定的定量證明，再到戶口所在地派出所糧食辦公室辦理糧食關係，發給糧食供應證。因為聞心源的工作單位與他們的戶口所在地不是一個區，必須走這套繁瑣的手續。外人誰會知道這一套呢！可知道這一套的就是不告訴他。聞心源騎上車，沒有立即去完成這一套手續，他的頭已經裂開來地痛，他回了單位。

13

沙一天下班前半小時接到省人民出版社汪社長的電話，說廣州來了一個書店老闆，晚上請幾家出版社的老總坐坐吃頓飯。沙一天問他是哪個書店，汪社長說是個體書店。沙一天有些猶豫，個體書店還是少交道好。汪社長覺得沙一天太謹慎，在局裡待這麼多年，上面的政策應該比他更清楚，國家新聞出版署一九八二年就提出了「三多一少」（即多種發行管道、多種購銷形式、多種經濟成分並存，減少中間環節），都已經四年了，再不打破新華書店一家包銷全國的壟斷式經營，出版社就沒法活了。他跟沙一天說，與個體做生意更保險，現款交易，比新華書店回款還快，有什麼不敢交通的。汪社長還勸他，到了出版社，思想要解放一點，辦事要靈活一點，不要老跟在機關那樣死板，再說南風出版社還不比人民社，人民社有一部分教材，還有學習資料，皇糧就夠吃的，可以不依賴市場。南風不行，每一本書都要投到市場賣出去之後才能產生效益。汪社長說這一方面他們副社長章誠很有見地，很有經營思想。沙一天聽了汪社長的這一番教導，心裡很不舒服，人民社從來就是老大，說話牛哄哄的。他誇章誠，沙一天便順口說那就叫章誠去吧。汪社長聽出沙一天的意思，趕緊往回拉，人家請的是老總，你還是親自去好，多跟書店接觸接觸有好處，會掌握好多資訊。沙一天問他在哪裡。汪社長說在新華街的樓外樓，六點到，現在走，正合適。沙一天放下電話，立即向葛楠請了假。

沙一天剛跟葛楠說完話，副社長章誠像湊好了似的推門進了他的辦公室。章誠比沙一天小兩歲，恢復高考後的第一批大學生。南開大學中文系畢業後，分配到南風出版社當編輯，後來當編輯部副主任，直接當了副社長。有才，腦子靈活，做事也用心，為人又大氣，非常有思想，成了社裡的業務大拿。口碑好，有威信。老社長到點退休，親自到局裡推薦章誠當社長，局裡一拖再拖，把這位置拖給了沙一天。社裡一些人不平，還給局裡寫了信，提了意見。說下面出力出汗白辛苦，機關阿狗阿貓都進步。這一些，沙一天和章誠心裡都非常清楚。章誠對此表現出的大度和坦然讓沙一天找不到依據。儘管在局裡早就認識章誠，也知道他的能耐，兩人到了一起，面對章誠若無其事的反應，沙一天心裡反陷進百慕大三角似的，神祕得沒一點底兒。他分析來分析去，認為章誠這個人不可琢磨。明明自己的位置被別人佔了，自己被人壓了，竟會沒一點表示，反倒誠心誠意地幫他，為他獨擋幾面，替他排難解憂分擔工作壓力。難道他不是男人？難道他沒一點上進心？難道他就一點不想個人利益？這樣的人會是一種什麼樣的人？沙一天沒見過。他想來想去只有一個結論：君子報仇，十年不晚。這人城府太深，咬人狗不吠，必須小心提防。沙一天對章誠揣著這麼多複雜的思考，章誠出現他就難以做到平靜以待。

章誠進門，沙一天身不由己從圈椅裡站起來，急促之中碰翻了茶杯。如果進來的是省委宣傳部長或者副部長，或者是符局長，哪怕是趙文化趙副局長，這種急促可以理解。問題進來的是章誠，是副社長，是他的手下，這只能表明他心裡有鬼。章誠手裡拿著一份資料，非常平和地問，你急著出去啊？沙一天的思維正亂，隨意地說沒事。章誠就很自然地在他辦公室的沙發上坐了下來，他沒客套，直截了當說現在省新華書店把各社圖書總發行權還給了出版社，出版社要直接面對批發和零售市場，作為出版社，當務之急需要健全發行部門的機構，加強充實人員；同時要考慮建立相應的總發行經營的規章制度，要不就會被動。他搞了一個東西，一是對市場和出版社的現實作了分析；二是就發行科的機構、人員配備、工作任務提出了意見；三是總發行經營管理提出了一個方案，章誠把資料放到沙一天的寫字臺上。沙一天立即把注意力集中起來，章誠的每一句話他都聽到了，但章誠的每句話都刺激著他，他感受到了他的敏銳、智慧、敬業和才幹，也感到了自己的差距。這些問題他想都沒有想過，他也不知道市場的現實，對社裡的現實也還只知皮毛，他也沒有這個能力搞一套總發行的經營規章制度。他覺得這社長當得有點窩囊，一下就走了神。章誠這資料把他的思緒拉了回來，現在需要他表態了。沙一天能做的只能是很讚賞地接下了章誠的資料，一連說了三個很好，這已經表露出他的心理。章誠離開後，沙一天立即閱讀這份資料，看到第三部分他才突然想起今晚的活動。

沙一天蹬上自行車，朝新華路一路飛馳。沙一天在樓外樓剎住車，下意識地看了一下手錶，已經是六點三十一。沙一天跨下車來，感覺背心裡出了汗，屁股磨得有點痛，剛才蹬得是急了一點。沙一天存好車子走進樓外樓，小姐問他幾位，他問小姐，廣州一位客人請出版社的人在哪個包間。小姐居然搖了搖頭。沙一天有些生氣，妳搖什麼頭呢！不知道妳去問！小姐說不是不知道，是沒有廣州的客人訂餐。沙一天問人民出版社有沒有訂餐，小姐還是搖頭。沙一天說妳說話，別搖頭，搖得我心裡犯暈！小姐說沒有，今晚沒有哪位客人在本店訂餐請出版社的人吃飯。沙一天說這不是見鬼了嘛！明明說的是在樓外樓，怎麼會沒有呢？小姐沒再搖頭，說不知道，建議他到別處去看看。

沙一天沒趣地走出樓外樓，心裡直埋怨汪社長，沒搞清楚地點瞎通知什麼。他沒有大哥大，也沒尋呼機，沒法聯繫。沙一天開鎖推車那一霎，心裡有些猶豫。跟葛楠說了不回去吃飯，她肯定不會做他的飯，回去也沒飯吃，還不如到附近餐廳看看。沙一天先進了越秀餐廳。沙一天像蹭飯客似的有一點難為情，結果難為情了，越秀也沒有。他又到了重慶火鍋城，重慶火鍋城也沒有。他又到了淮揚菜館，淮揚菜館也沒有。這條街再沒有像樣的餐館，廣東老闆請客一般要講點檔次，不可能在路邊小餐館請客，何況請的都是社長。沙一天再問不下去了，掉轉了車頭回家，路過樓外樓時，餐廳裡生意興隆，他再一次在心裡埋怨汪社長。這時他扭頭看到馬路對面有個阿妹餐館，看錶已經七點零五分。他想與其回去泡速食麵，不如在這裡吃了再回家。沙一天走進阿妹餐館眼前一亮。阿妹餐館外面的門面不大，裡面卻不小，廳堂裡的吊燈不光造型漂亮，光線特亮。餐館挺深，生意也挺火，幾乎沒有空桌。沙一天在餐館裡面的角落裡找到一個四人桌空著，別無選擇，沙一天趕緊坐下。沙一天沒來這裡吃過飯，餐館裝修得非常雅致，四壁全用裝飾布包牆，包門包窗。牆上掛著一些造形別致的木雕，中廳兩旁是一個個包間。沙一天要過菜單，翻開一看，他有些後悔，阿妹是粵菜館，菜價貴得嚇人。可堂堂一個社長，走進來了再退出去，有失身分，挺丟面子。他要了菜單，有點渴，想要壺茶，一看鐵觀音，烏龍茶，龍井一杯都好幾十，他立即往酒水那面翻，小姐似乎看出了他的窮酸，含笑說菊花最便宜，一壺十元。沙一天說那就來壺菊花，喝茶晚上睡不著。其實菊花他也不想要，一壺菊花要十元，可開了口不好不要。乘小姐去泡茶那空，他趕緊把菜單翻了一遍，海鮮，跳過。湯煲，跳過。涼菜，最低的鵝頭一隻十五。小姐已經端茶回來，給他倒了一杯茶。沙一天只好認宰了，他點了一隻鵝頭。小姐說對不起鵝頭沒有了，要預訂。沙一天看了看小姐，吃鵝頭還要預訂？他點一個小份的鹵水拼盤，要三十元；要了一小份燒鵝，要四十元，再要了一個三鮮湯，也要十五元。要了一瓶啤酒，他又後悔喝啤酒不該要菊花茶，多花了十塊錢。沙一天喝著啤酒才發現餐廳裡小舞臺那裡還有人在吹薩克斯風，他立即自在起來，貴是貴，條件不一樣。既然花了錢，那就慢慢享受。他踏實下來，放慢喝酒和吃菜的節奏，一邊喝一邊嚼一邊欣賞音樂。他品味到對酒當歌，人生幾何的滋味。沙一天終於把一瓶啤酒和兩菜一湯一掃而光，似乎還沒盡興，他抬手招小姐，想要一小碗麵條。沙一天剛舉起手，我的娘哎！他立即把舉起來那手縮了回來，迅速換了個座位，背對著小姐的方向，低下頭喝茶，大氣都不敢喘，這一連串舉動都在眨眼間完成。原來他見汪社長，還有少兒社、美術社的一夥人正陪著那個書商腆著肚子，剔著牙，一步一步有說有笑地從樓梯上下來！他沒注意到這個阿妹小餐館還有二樓。他怎麼好意思讓他們看見呢！這不是叫自己尷尬嘛！而且不僅他尷尬，大家都會尷尬。沙一天待他們走出餐廳才轉過腦袋來張望，汪社長這個王八蛋正挺著肚子在門外跟書商握手告別呢。是樓外樓？還是樓外樓對面？是他說錯了？還是他聽錯了？他也說不清了。

沙一天回到家，葛楠已經洗完澡在客廳裡看電視。葛楠關切地問：「你找著他們沒有？」沙一天一愣，裝聾作啞地問：「找誰呀？」葛楠說：「汪社長把電話打到家裡來了，辦公室找不到你，等你半天你不去，他說錯了地方，不是樓外樓，是樓外樓對面的阿妹餐館。」不知沙一天出於何種心理，按說他這時完全可以跟葛楠直說，就是藉機把汪社長罵一頓也無妨，說不定葛楠還會對他的辛苦報以同情和好笑。但沙一天不是這個思路，他不願意讓葛楠知道這事的真相，竟若無其事地說：「知道，我沒去。」事有湊巧，汪社長來了電話，沙一天估計是他，主動接了電話，汪社長責問他為什麼不去，沙一天只好順著謊話編下去，他說實在抱歉，臨出門了，來了客人，都是老朋友，不好推。葛楠說：「還挺忙，應接不暇。」沙一天說：「已經答應人家了，不好不守信用，吃飯成負擔了。」葛楠繼續看她的電視。

沙一天並不是故意要騙葛楠，他是擔心葛楠不欣賞他這些行為，他已經有過教訓。新婚不久，他們一起上超市買食品，結帳時，小姐給了一個小塑膠袋，沙一天問小姐要大塑膠袋，小姐還是給他一小塑膠袋，沙一天不滿意，說了小姐。葛楠瞪了沙一天一眼。找錢時，不知小姐是因為受了干擾還是生氣，本來只要找四十一元錢，結果小姐找給沙一天五十一元。出了商店，沙一天好高興，說報復了小姐，讓她賠了十元錢。沙一天以為葛楠會跟他一起高興，沒想到葛楠卻非常鄙視地說他缺德，她轉身回到超市，給小姐退了十元錢。此後他們一起上街，無論買什麼，付錢時，葛楠總會不信任似的看他，弄得沙一天很不自在。從此沙一天不再向葛楠敞開心扉，他也不再與葛楠無話不說。

14

賈學毅成了金利來代言人，渾身上下全金利來。他瀟灑地出現在局辦公大樓時，局裡的人反倒比他尷尬。倒像他們犯了男女作風問題，而他是正人君子。他從療養地回來了，像一位出訪凱旋而歸的外交官。賈學毅不是嫖娼，也不是被人捉姦按到床上，他帶小情人到旅遊景點玩，在車裡做這種事，被到那僻靜處撒尿的巡警撞上了。撞著就不能不管，事情驚動了新聞出版局，趙文化很不情願地去執行了這個丟人的任務。這種事不敗露則罷，一旦敗露組織就不能不管，在上面的關照下，給賈學毅一個黨內嚴重警告處分，作廢了副局長任命書。賈學毅臉上無光，請假到外地療養避鋒頭。

賈學毅是兩天前從療養地回來的。聞心源與賈學毅相互還不認識，聞心源見他那談笑風生的神氣，一點不像是犯了錯誤，挨了處分跑到外地躲避新聞衝擊息事寧人後回來，倒像是剛剛參加了什麼戰鬥凱旋。新聞出版局「掃黃打非」的處長做出這種傷風敗俗的事情，在社會造成諷刺性影響，新聞出版局名聲大受損害，他竟還會如此神氣活現，讓聞心源費解。

聞心源打開辦公室門不由得一愣，趙文化叫聞心源與賈學毅合用一間辦公室，他覺得不合適。賈學毅是處長，他雖也當過處長，但那是在部隊，現在他是普通工作人員，與處長合用一間辦公室，賈學毅本人又不在，他來擠他的辦公室不好。但那個大辦公室裡已經有五個人，再加不進桌子，不合適也沒別的辦法。聞心源人沒動賈學毅一樣東西，只是在屋子的一個角落裡擠進一張桌子和一把椅子，連桌椅都顯得無奈。現在眼前的樣子讓聞心源驚異，整個佈局已重新調整。他的桌子挪到窗前與賈學毅面對面擺在了一起，沙發靠到了東牆，書櫃貼到了西牆。賈學毅讓聞心源完全介入了他的工作空間，成了這工作空間不可分割的一個組成部分。賈學毅的這一舉動讓聞心源有些受寵若驚，一時難以找到感覺，聽葛楠說，他原來的處分是黨內記大過，撤銷職務，後來因何改成嚴重警告是個謎。聞心源對他一點不摸底。

局黨委會對賈學毅做出處分決定的當晚，賈學毅笑眯眯地走進了符浩明的家。賈學毅彌勒佛一樣的笑容，符局長不明白怎麼會笑得出來。賈學毅沒讓符局長猜啞謎，很快讓符局長找到了他微笑的根子。賈學毅開了口。「局長，下午研究了我的處分？」「嗯，研究了。」符浩明謹慎地注視著賈學毅。「你們打算給我什麼處分啊？」「黨委分工趙副局長明天跟你談。」符浩明注視著賈學毅。「你還是現在告訴我的好，只怕等到明天趙文化跟我談就晚了。」符浩明一愣：「明天談怎麼就晚了呢？」賈學毅哈哈放聲大笑，笑得符浩明心裡發毛。「局長，你不要為我擔心，還是替你自己擔點心吧。」「你這話什麼意思？我給自己擔什麼心？」「我賈某人從來不胡說八道，你事先不徵得我的意見，直接把處分宣布出去，我要是不接受，再做點對你不那麼有利的事情，你後悔就來不及了。」「你別要脅我，我沒有什麼可要脅的。」「局長，這種大話，還是等咱們說完事再說。你先說說準備給我什麼處分？」「不妨可以告訴你，這是黨委集體研究決定的，黨內記大過，行政撤職。」「我要是不同意呢？」「這是黨委決定，你不同意也沒有辦法。」「我要你更改，改成只給黨內嚴重警告處分。」「這不可能。」「局長，話先別說這麼絕。」「黨委集體決定，我個人無權更改。」「世上沒有不可以改的事情，事在人為，你也不是沒有這個權，你是黨委書記。我念點東西你聽聽，你聽了我念的東西，或許你會改變主意的。」

賈學毅微笑地把手伸進胸脯，那隻手抽出胸脯時，手裡就多了一樣東西，有了一個巴掌那麼大的小本本。小本本很精製，塑膠皮，上面還燙了金字。他已經作了準備，要念的東西都已經把頁子折好了。沒有稱呼，沒有前言，也沒有鋪墊，他翻開小本本，照本宣科。「一九八五年二月十一日，符浩明參加全省宣傳工作會議，下午四點二十分借上廁所的時間，給局辦的女秘書周某某打電話，讓她晚上八點到花都賓館614房間。晚上八點零五分，周秘書進了614房間，再沒出來。周秘書離開614房間，是第二天上午九點零五分。那時符局長已在會議室聽省委書記作報告，符浩明在書記作報告的三個小時中，有兩個小時左右在睡覺。證明人原局辦男秘書肖某某，花都賓館六層服務員林某某。」賈學毅翻到下一個折頁繼續念：「一九八五年五月六日上午，在局辦公會上符局長說，省委書記在黨代會上的工作報告，基本是抄上一屆書記的報告，一個人要是沒有水準容易被下面的人糊弄，證明人，局全體處級幹部。」賈學毅再往下翻到另一個折頁：「一九八五年九月二十五日晚九點十七分，符局長給省委分管宣傳文化的副書記送去一張東北虎的虎皮，證明人小車司機徐某某。……」

賈學毅不看符浩明，只盯著小本本念。他一點沒注意到符浩明的額頭上冒出了汗。「一九八五年十月一日，符局長讓周秘書陪同，一起看望局裡的老幹部，看完老幹部，與司機三個一起吃的飯，吃完飯，一點零五分，符局長和周秘書一起回到辦公室。全局放假，辦公室只有值班室有人。一點三十分的時候，公務員去給符局長送開水，門鎖著，公務員敲門，門始終沒有開。兩個人在裡面一直待到下午三點半……」

符浩明一揮手，讓賈學毅停下。符浩明擦了一下額頭，問：「你想怎麼樣？」賈學毅仍是微笑地說：「我沒想怎麼樣，我只是幫你回憶一下你的故事。我的要求剛才已經說了。」符浩明說：

「我要是不答應你的要求呢？」賈學毅說：「局長這麼聰明的人，怎麼會不答應呢！我想趙文化和紀委對我這些都會非常感興趣。」符浩明問：「我要是答應了你的要求呢？」賈學毅說：「這很簡單，我還是到這裡來，當著你的面，把小本本上有關你的各項紀錄都撕下來當場燒掉。」符浩明說：「我怎麼能相信你不擴散呢？」賈學毅還是笑著說：「我這人不害人，只防人，我記這些，只是為了保護我自己。只要有第二個人知道，你就找我算帳，明的暗的，用什麼方法都行。」

賈學毅走出符浩明家院子就蹦了起來，他這小原子彈真他媽厲害，不過把它亮出了那麼一丁點，符浩明就一敗塗地了，真他媽過癮。符浩明給賈學毅老婆打了電話，讓她給宣傳部的副部長打個電話，再讓副部長給他回個話。第二天，符局長真接到了副部長的電話，趙文化也接到了副部長的電話，於是他們名正言順地再次召集黨委會，重新覆議賈學毅的處分，最後就成了那個結果。

嗒嗒兩下敲門聲讓聞心源抬起頭，門口站著一位衣著扎眼，體態婀娜，令人眼花繚亂卻又說不清長什麼模樣的女士。「賈學毅處長讓我來辦公室等他。」聞心源不卑不亢，「妳進來等吧。」「好的，打擾了。」「別客氣。」聞心源順便給女士倒了一杯水。女士非常禮貌地感謝，聞心源沒在意她的感謝，應付了之後就拆他從收發室拿回的幾封信。

賈學毅比聞心源先到辦公室。聞心源上班，騎車先去派出所糧食辦公室去領了糧本。那時賈學毅已經在辦公室給沙一天打電話了。沙一天開門見山，問賈學毅想從他這裡瞭解什麼情報。賈學毅放聲笑了，說還能瞭解什麼，和你的朋友坐一個辦公室辦公，你的朋友就是我的朋友，我不瞭解他怎麼做朋友啊？沙一天說你跟我就別真人面前說假話了，我知道你想瞭解什麼，我們兄弟一場，我就撿你想要聽的說，我還有個會，不浪費時間。我告訴你，他到新聞出版局沒有一點背景，宣傳部長是寫了條子，那是他老主任的關係，省安置辦主任耍了滑頭，他的目標是省報、新華分社，他們卻把他安到新聞出版局，他心裡非常不滿，但又毫無辦法，他要搞新聞專業，不是要當官。這是一，這二呢，他到了這裡有一大堆麻煩事，戶口、糧食關係、住房、孩子上學、愛人工作，弄得他焦頭爛額，兩口子經常吵，他愛人是不同意他轉業的，到現在他愛人的工作還沒有著落，住房沒有解決，連個做飯的液化氣罐都沒有。這三呢，人挺正，為人，做事都挺正，非常純正，是個做事情的，重名聲，講價值。怎麼樣？有價值吧？你可要付諮詢費喲！賈學毅在電話上不由自主地不住點頭，兄弟嘛！

賈學毅放下電話，立即上了局長辦公室。聞心源進辦公室時，賈學毅正在局長辦公室跟局長彙報思想，趙文化副局長也在座。賈學毅彙報完思想，開始實施他的策略，他說：「我已經不適合再做市場管理工作了，如果我再做，本身就是一種諷刺。我認為應該提拔聞心源當發行處副處長，專管市場管理工作。我覺得聞心源非常適合做這項工作，他有十個有利條件……」符浩明和趙文化聽完賈學毅的推薦，兩個人都愣了。他剛回來，兩個人才見一面，他居然對聞心源會這麼瞭解，比他們瞭解得還多，而且舉賢這麼真誠。他們只能把這歸結為挫折和教訓讓他聰明了，可能真想走好自己往後的人生道路。符浩明藉機把他大加讚揚，趙文化也不得不跟著附和了幾句。

賈學毅走出局長辦公室時，腳下有些輕飄飄的，他眼看就要醉了。他再一次在心裡表揚自己有城府，處亂不驚，這以退為守的戰略太高明了。「哎呀！秦晴妳來啦！」賈學毅走進辦公室，像久別重逢的戰友一樣撲向那位女士。聞心源聽他叫她「親親」，心裡直泛膩味。「小聞，」賈學毅居然很自然地這樣稱呼他，就像聞心源是他一手培養起來的心腹手下一般，或許此時此刻在他心裡已經有了那種概念，他還沒有告訴聞心源他對他的推薦和保舉，聞心源雖還沒有坐上發行處副處長的位置，但賈學毅卻已經有了這種感覺，「我們談點事，你先出去一下，一會兒我還有重要的事跟你說。」本來用不著賈學毅說，聞心源正打算迴避，可聽賈學毅這樣毫無顧忌地支開他，他心理上無法接受。「還有兩封信就拆完了，拆完我就走。」聞心源沒有抬頭，但他從賈學毅的呼吸聲中感覺到他很不滿意。

「怎麼樣，攆出來了吧？」聞心源捏著幾封信，沒趣地走進對面的大辦公室，葛楠樂不可支地對其他人炫耀她的判斷，「你還很有耐力，我說不出三分鐘，你居然會在裡面待了五分鐘。」屋裡的人包括老年、老高都笑了，只是小桂笑得有些勉強，小桂是賈學毅調來的。「你該明白了吧，為什麼咱年副處長死活不願意與他在一個辦公室辦公，按說正副處長在一個辦公室挺好，商量個事，找下屬談個話，都挺方便。可方便了這個，不方便那個，年副處長一天要被攆出來幾回，還做事嗎？」聞心源這才明白。「算了吧，還是把桌子搬我對面來吧，這兒是擠一點，可自在。」聞心源不解地看著葛楠，他不完全懂得葛楠的意思，同時他又發現小桂朝小常擠了擠眼。「咱們那位

『蔫』副處長都忍受不了，你能忍受得了？有人統計過，他的電話百分之六十五是私事，他接電話別人需迴避的佔百分之四十左右，他來訪的客人百分之七十五是女性，會客時別人需迴避的佔百分之八十左右。你要是不嫌彆扭就繼續在那兒待下去，你要是想幹事就搬這邊來。」聞心源下意識地掃視了這個大辦公室，這裡已經有七張寫字臺，有些擠，不過葛楠這兒再拼一張寫字臺也不是不行。「過來吧，別辜負了葛大姐的一片盛情。」小桂的話酸嘰嘰的。「鬼精靈！小心大姐我敲你的頭！」「不敢，再不敢。」「我還是跟賈處長商量一下再定吧。」

15

聞心源拆開的最後一個郵件，是北京的喜馬拉雅出版社寄來的。裡面是一套書，一套印製裝幀極差的武俠小說，書名叫《黃龍風雲》，作者是古龍。喜馬拉雅出版社的信寫得很清楚：最近在市場上發現了一套假冒我社名義出版的武俠小說，書名叫《黃龍風雲》，書上印的作者是古龍。經查，作者也屬假冒，古龍沒有寫過這本書。據銷售此書的書攤反映，此書由貴省興泰站發出，書由該地區的興泰縣印刷廠印刷。為維護我社的名譽和權利，請你們協助嚴肅查處。查處情況望及時與我社聯繫。盼覆。聞心源看完信，心裡有點急，這是他到發行處碰上的第一個案子。他看了看賈學毅的辦公室，門還關著。如果賈學毅沒有回來，他可以直接向趙文化彙報，現在他回來了，他不能越他而過。聞心源急，賈學毅那裡沒完沒了，不知在談什麼事，他也不好去隨便打擾。

賈學毅的門終於開了。聞心源急忙站起來，也就在同時，賈學毅喊他：「小聞，你來，我有事要跟你說。」聞心源進了屋立即把喜馬拉雅出版社的信、樣書遞給了賈學毅。賈學毅看了一眼就把信和書擱到一邊。聞心源問賈學毅這事怎麼辦？賈學毅說這是大事，先放著，咱先把不重要的小事辦了。聞心源非常奇怪，大事怎麼反而倒先放著？這是違法！這是損害國家利益，損害出版社和作者利益的事，怎麼能先放著呢！賈學毅說你剛來，經的事還少，地方上的事情複雜，凡事都要分輕重緩急，大事有大事的做法，小事有小事的辦法。聞心源聽他這麼一說，只好先聽他說事。賈學毅便開始了他的長篇談話。「我的情況你肯定也知道了一些，我是犯了錯誤受了處分的。好事不出門，醜事傳千里，尤其我們中國有些人對這種事特別感興趣，許多人的心理是，吃不著葡萄說葡萄酸，嘴裡饞得流口水卻還要整吃葡萄的。我呢無所謂了，這輩子沒啥奔頭了，你應該是知道的，副局長任命作廢了。我這個人沒有什麼大優點，就是愛才，講義氣。咱們雖然素不相識，但我一眼就認定你是個有才又能幹的人。我沒有什麼覺悟，也不喜歡唱什麼高調，我是個講實際的人。我要讓賢，我要推薦你當副處長，過渡一下再接我的班，剛才我已經向局長和趙副局長推薦了你，我給他們列了你十大優點，他們都記下了，我想他們會相信我是真誠的。」

聞心源有些搞不明白。全局都說賈學毅壞，可他這不是挺公道嘛！「我知道你對我的話持保留態度。」賈學毅發覺了聞心源的疑惑，「這不奇怪，你別把我想得那麼好，但也不要把我看得像某些人說的那麼壞，我就是我。這事就這樣了，看領導們怎麼定，我該做的已經做了。現在再談你個人的事。戶口落下了嗎？」「落下了。」「糧食關係辦好了嗎？」「今日剛拿到糧食供應證。」「現在住在招待所？」聞心源點點頭。「聽說做飯沒有液化氣罐？」「從部隊帶來的罐，這裡不認。」「愛人的工作呢？」「還沒有落實。」「她原來做什麼？」「防疫工作。」賈學毅問完這些，立即拿起了電話。

第一個電話打給天然氣公司，找了一位科長，他不是懇求，也不是商量，是直接下達指令，讓他幫聞心源換兩只帶本市戶口的煤氣罐，對方竟一連串是是是，不知道那人與賈學毅是什麼關係，居然這麼聽他招呼。接著賈學毅給區商業局局長打了電話。寒暄過後，賈學毅問他今晚有沒有空，商業局長問他什麼事。賈學毅說好像有次聽他說，他親家在防疫站當站長。商業局長說他親家是在防疫站當站長，快退了。賈學毅說要是晚上有空，約親家一塊出來喝酒。商業局長說有什麼事就說。賈學毅說小事一樁，局裡最近剛分來一個轉業幹部，就在我處裡，也是個處級幹部，他愛人是搞防疫工作的，大學本科，現在工作還沒有落實，想請你親家幫個忙。商業局長說這事好辦，不必吃飯了，把那人的資料拿來就行了。

聞心源看著賈學毅打著這些電話，心裡不得不佩服他的能耐。在這個江都市裡，一個人能活到他這份兒上，也就可以了。他這樣路路都熟，行行都通，憑的什麼呢？如果要說這人品行不好，他怎麼會交這麼多朋友呢？他跟他素不相識，非親非故，他為什麼要這樣真心誠意地幫他？他圖什麼呢？他又能給他什麼呢？這一連串的疑問聞心源找不到答案，眼前的賈學毅跟人們說的賈學毅完全是兩個人。

賈學毅打完電話，他拿過便箋把那兩個人的電話抄下來，交給了聞心源，讓聞心源直接跟他們聯繫，有困難再找他。然後賈學毅再回過頭來跟他說工作上的事。賈學毅說，不管領導讓不讓他當這個副處長，也不管領導讓他賈學毅幹什麼，只要他還在這個位置上，從今後市場管理工作全部由聞心源獨立處理，他管發行管理工作。聞心源說做事可以，但要他負責，名不正言不順的事做不得，他沒有經驗，有些工作程式也不明白，像喜馬拉雅出版社這事他都不知該怎麼處理。賈學毅告訴聞心源，這是大事，你剛來局裡。想打開局面，就要在這種大事上有作為，造成影響。所謂輕重緩急，是根據不同情況，採取不同方式處理不同問題，這就叫因地制宜，實事求是，也是中國特色。如果是本省本市舉報的事情，就輕就緩，領導不喜歡本省出太多的事情；如果是省外舉報的事情，就重，就急。像喜馬拉雅出版社的事，就急，他們是中央出版社，牛得很，你不處理，他們會跟新聞出版署的圖書發行管理司聯繫，讓發行司來壓局領導。聞心源的保持距離讓賈學毅發覺自己低估了他，他是搞新聞的宣傳處長，凡事有自己的思想。但他特別希望他立即就下去捅馬蜂窩，希望他碰壁，碰得頭破血流，煞煞他的銳氣。賈學毅故作姿態說：「剛才我已經說了，市場管理的事都交給你了，我的意見也說了，一切由你定。這樣的大事要麼不管，管就管狠，千萬不要幹打雷不見雨。」

第四章 一物降一物

16

莫望山記不清是跑到第幾趟，那個眼鏡小姐終於給了他營業執照。莫望山坐在廟街一百八十八號的第一級樓梯上，一支接一支地悶頭抽著菸。房子刷好了，經營許可證、營業執照也辦好了，莫望山卻愁了。一愁人，二愁錢。開書店，要人到出版社進貨，要有人在店裡賣書，要有人記帳，他一個人開不了這店。辦店要有資金。協議約定房租先付一半，房東是那阿姨的妹妹，人家仗義，他更不能不講信譽，可他兜裡已沒錢，華芝蘭給他的四百塊錢吃頓飯都沒夠。這盤棋走來走去，竟走成了死棋。莫望山不是糊塗人，刷房子的時候他就開始琢磨這事。錢，只能跟自己家裡人借，可家裡人有沒有錢？有多少錢？是個未知數。人，他也琢磨了，批發項目沒拿下來，書店只能零售。廟街的人流量小，光靠店面零售肯定賺不著錢，要賺錢，現有條件惟一的手段只能出去流動售書。書店至少得三個人，自己負責進貨，再要一個看店售書的，再要一個出去流動售書的。這些活只能自己的家人來做，外人誰願給你出這力。他頭一個想到的是媽。媽退休在家，身體還好，與其窩那家裡受氣，不如到這裡賣書，做活掙錢還散心，老頭子反正還沒退，退了要願意一塊到書店幹也行。好是好，只是說不出口。退休了，該讓她老人家養老享清福，自己盡不得孝，反還要把她拽來跟自己一起吃苦受累。第二個想到的是華芝蘭，可他對華芝蘭完全沒有把握。事已如此，再難也得往前走，愁是愁不出辦法來的。

莫望山上了媽的家。莫望山頭一次體會到他的話還有好使的地方，那老頭子真跟兒子分了家。莫望山看到母親的臉色好看了許多，趁著高興把他的打算告訴了媽。媽非常樂意，她說一直在想辦法找活幹，就是找不著，能在自己兒子的書店裡做事，比幹什麼都高興。莫望山說這是當兒子的跟自己媽客套，實際是要媽去一起拼命，一起吃苦受累。到店真撐起來，能雇得起人了，媽就休息。他媽說兒子的事就是媽的事，兒子的事情要碰到麻煩，媽睡不著，要是讓外人去看店，媽還不放心！阿伯一直笑著看娘倆說話，等他們說完，老頭子不聲不響把一張存摺交給了莫望山，他說他只有這一萬二千塊存款。莫望山說算是他借，賺了錢本息一塊兒還。

出了媽家，莫望山再上爸家。他爸沒有為難，倒是挺乾脆，他說他沒有錢。莫望山沒有不高興，他是來跟父親借錢，父親說沒有，他也沒法讓他變出來。莫望山沒有立即走，他怕父親和阿姨誤會，耐著心喝完阿姨給他泡的茶。喝完茶，莫望山平和地跟他爸說他走了。他爸也沒有一點對不住兒子的意思，說走就走吧。阿姨送莫望山出門，出了門，阿姨拿手碰莫望山的胳膊。莫望山把臉轉向阿姨，阿姨沒說話，悄悄地塞給他一張存款單。莫望山接過看，一萬五千塊，戶主是阿姨的名字。莫望山有些為難，阿姨朝他笑笑，轉身回了屋。莫望山還是納悶，他弄不清楚，這錢是父親的，還是阿姨的？這是阿姨過去的積蓄，還是現在家裡的經濟大權歸阿姨管？錢是借到了，可莫望山心裡不踏實。回到舅舅那裡，舅舅給莫望山兩張存單一個活期存摺，活期是舅舅自己的，兩張存單是舅舅跟人借的。莫望山一算，一萬三千五百塊。莫望山拿了兩張存單，九千六百塊，把舅舅那個活期三千九百元還給了舅舅。舅舅讓他拿著，莫望山說夠了，舅舅還要過日子。有了這些錢，莫望山心裡就有了底。他先還了聞心源墊的飯錢，再打算自己的店。

莫望山立在門前看自己的店，怎麼看怎麼彆扭，怎麼看怎麼不像個書店。房子裡邊拿白粉刷了，亮堂了許多。門面還是灰的，該裝修裝修，要不怎麼做生意？莫望山決定把樓下的兩間屋佈置成零售書店，買書架太貴，買材料，找人做合算。他到街上找了兩個木匠，一起規劃，一起買材料，做書架，還做了個收款臺。他把二樓隔成兩個房間，一間做華芝蘭和莫嵐的睡房，靠樓梯的一間做他的辦公室、臨時倉庫和睡覺的地方，不管華芝蘭來不來，他是這麼打算的。他想該做塊招牌鮮亮鮮亮。他請木工做了一塊高八十公分寬兩米的牌子，買了一罐白漆，一小罐黃漆和一小罐綠漆。他把牌子刷成米黃色，晾乾後再用綠漆寫店名。他練過隸書，還拿得出手。莫望山在店堂裡寫書店招牌，引了一些人圍看，或許那些人懷疑這個理著農民樣平頭的壯漢會寫字，他當然不會攆人家。自己的事情自己做，又不是賣字，愛看就看。店牌子寫好了，竟有人稱讚他寫得好，不管稱讚他的人是孩子還是老頭，識字還是文盲，有人稱讚比沒人稱讚好。他勞動舅舅一起來幫他掛書店招牌，兩個人顧了這頭顧不了那頭，竟也有人伸出友誼之手幫他，不管人家是學雷鋒，還是做好事積德，還是可憐他，有人幫比沒人幫好。招牌掛上去了，「野草書屋」，米黃色底，墨綠色字，別有一番韻味。莫望山看著招牌，像看著自己的女兒莫嵐，打心裡喜歡。

莫望山做好了這些，他去了徜前村。莫望山的突然出現，華芝蘭非常意外。莫望山的打算讓她沒有一點準備，她沒想到他會這樣打算。莫嵐卻喜出望外，放學回來，書包沒放下就撲向莫望山。莫嵐哭了，說她做了好幾回夢，夢見爸回來了，醒來卻沒有，好幾個月了，連一封信都沒有。莫望山也流了淚，他趁著流淚的時間說出了他的打算。莫嵐聽說爸要接她和媽上江都市，高興得蹦了起來。莫望山說完就眼巴巴地看著華芝蘭。華芝蘭臉上沒有喜悅，只有憂愁，莫望山的心涼了半邊。莫望山跟華芝蘭做了十幾年夫妻，他說不清華芝蘭愛他究竟有十分，還是九分，還是八分。這些年他們相互之間一直相敬如賓，生活再苦再難，誰也沒埋怨過誰。他知道她主動要求離婚是想讓他回城，他答應離婚也並不是要離開她和莫嵐。莫望山再回衙前村，不是一時衝動，也並非純粹出於道義，這是他經過周密思考之後做出的決定，是他人生中的一個抉擇。莫望山是務實的人，既然做出抉擇，他就不會改變主意。這些年來，莫望山知道華芝蘭心裡憋著口氣，從沙一天拋棄她那日起，她就賭上了這口氣。她自學英語，一直沒間斷。可老天爺沒給她機會，幹了十多年孩子王，現在還是個民辦教師，再幹下去也不一定能改變她的命運，但她至今並沒灰心。莫望山理解她，他心裡也有一個夢，他暗暗發誓一定要幫華芝蘭實現她的理想，也要給莫嵐一個美好的未來。實現這個理想的具體計畫就是辦好書店。如今政策放開了，只要把書店搞好，就會有未來。要是她能來幫他，這個書店就一定能搞好。他擔心的是華芝蘭能不能理解他的好意，也擔心她願不願意接受他這好意，還擔心她願不願意放棄民辦教師，也不知學校讓不讓她走。她一直不屈服自己的命運，莫望山也知道她並不指望他幫她改變自己的命運，她總想靠自己的努力來實現自己的理想。莫望山瞭解她的內心，從來不拿這事與她開玩笑，也從不捅她心靈那層窗戶紙。夫妻間過分的理智和冷靜，恰恰證明他們心靈上存有無法消除和難以溝通的隔膜。

華芝蘭沒有為莫望山做晚飯，突然離開了家，把莫嵐和莫望山扔在那個知青屋裡。莫嵐看到了媽媽的不高興，擔憂地問：「媽媽不願意到江都去？」莫望山說：「媽媽有好多事情要考慮，不是說離開就能離開的，她還在學校教書，就是走也要得到上面的同意。」莫嵐繼續問：「要是上面不同意媽媽走怎麼吧？」莫望山說：「只能慢慢做工作。」莫嵐說：「我看媽媽不想到江都去，她是不是怨你離開我們？」莫望山問：「媽媽跟妳說過這樣的話嗎？」莫嵐說：「沒有說，可是爸走了以後，媽媽在夜裡哭過幾回，把我都哭醒了。」莫望山聽了莫嵐的話，心情沉重起來。莫嵐說：「爸回去後，這麼長時間也不給媽媽寫信，你要是寫幾封信，媽媽就不會這麼難過了。」莫望山說：「是啊，是爸爸不對，是該寫信的，好壞都該報個平安的。」莫嵐說：「要是媽媽不願意跟爸上江都，我怎麼辦？我的戶口跟著媽媽呀！」莫望山說：「爸爸不會把媽媽扔這裡不管的。」

華芝蘭回來了，還是滿臉心事。她說她娘已經做了飯，讓莫望山一起到那邊去吃飯。飯菜是倉促準備的，但顯示著莊稼人的真誠和實在。殺了一隻雞，炒了雞蛋，還有臘肉，加上農家人的炒菜。華芝蘭爹早不當書記了，他沒提華芝蘭和莫嵐回城的事，只是問他回去後的一些情況，華芝蘭始終沒說一句話，晚飯吃得很沉悶。莫望山覺得在家裡沒法與華芝蘭談這事，他不想讓莫嵐知道他們的事情。他讓莫嵐在家看書，叫華芝蘭一起到外面轉轉。四月的鄉村分外迷人，他們走出村子，走過小橋，走入了田野。麥子正在抽穗揚花，田野飄散著一股股清香；菜花開始結籽，梢上還有稀疏的黃花，遠處看仍是一片金黃。晚風徐徐，沁人心肺。這種空氣，這種景致，城市是沒有的。莫望山在前面貪婪地呼吸著鄉野香甜的空氣，華芝蘭默默地跟隨其後，田野對她已習以為常。莫望山一邊走一邊把他的計畫一點一點全部告訴了華芝蘭。他們來到小河的石條橋上，華芝蘭停下了腳步，她終於開了口。「學校倒是走得開的，到這暑期，村裡的學校就撤了，另一個教師是師範畢業的，她可以到中心學校任教。上面沒有說怎麼安排我，不說就是不好安排。但是，我不想去江都市。」莫望山一聽急了，問：「妳這是為什麼？」華芝蘭說：「不為什麼，命運就是這麼安排的，一個人要聽命。我知道你是好意，但是這好意我不能再接受了，我只能說聲謝謝。」莫望山的心一沉，擔心什麼來什麼，她的話把他激瘋了。這些年來，他一直讓著她，不願傷她的自尊，也不願去觸她心靈深處的傷口。這時他再也忍不住了，他知道這是她內心深處的那個東西在作怪，過去他一直忍著，她愛他也罷，不愛他也罷，真愛也罷，假愛也罷，自己已經作了這種選擇，充當了這樣一個角色，義氣就義氣到底，高尚也高尚到底，他全都認了。可到了今天，他再要忍下去，就要毀掉他的全部計畫，他再這麼忍著，就對莫嵐不負責任，也對她不負責任。他沒有發火，但他的話直捅她的心窩。「這十幾年，的確委屈妳了。妳自己憑良心說，這些年，妳忘記他了嗎？這樣做值得嗎？妳想過沒有？妳這樣不是為自己活著，也不是為這個家活著，妳一直為他活著。妳說實話，妳真的愛過我嗎？妳對我的那些好，是愛嗎？我覺得妳並不愛我。妳對我只有感激，沒有愛。這都是妳心裡那口氣鬧的，妳始終忘不了那口氣，實際上妳是忘不了他！妳總想拿一種東西證明給他看，讓他真正認識妳，讓他後悔，然後滿足妳那顆虛榮心。可是到今天，我不能不說了。這有什麼意義呢？妳為別人在奮鬥，在艱難地活著，別人卻一點都不知道。妳想想，妳已經三十多了，妳還想考學？還想轉公辦？還想創造奇蹟？還是現實一點吧，就算妳能爭回這口氣，那又怎麼樣呢？又能說明什麼呢？又有什麼實際意義呢？一切還能重新來過嗎？時間不會倒流，青春不會重度，還是踏踏實實過自己的日子才是真實。妳不為自己想也要為莫嵐想想。我今天來，不是我莫望山多麼高尚，也不是來給妳什麼恩賜，也不是來討好妳，說實在的我沒有欠妳什麼。但是我有責任。莫嵐雖不是我親生，但她是我的女兒，她從心裡愛我這個爸，我也扔不下這個女兒。我這次來，是來請妳，來求妳，求妳幫我，求妳為咱們的女兒的前途創造新的天地。我要讓莫嵐得到好的教育，我希望她能上最好的大學，我甚至希望她將來考碩士、考博士，出國深造。像我這個年齡，在城裡已無法找到工作。可我趕上了好時候，現在制度改革了，開放了，每個人都可以做自己想做的事情，不用人提拔，自己只要肯吃苦，只要真有本事，誰都能找到自己的位置，實現自己的夢想。說句實話，我也有一個夢，我不信我不如別人，我要靠自己的努力，得到我應該得到的一切。說真的，要實現我的夢想，沒有妳的幫助不行！我的書店沒有妳也不行！我一個人是辦不好！沒有妳的幫助，我這一切美好的願望都只是幻想！」華芝蘭流下了眼淚。

莫嵐見到莫望山的悲喜交加，沒讓她感動，她沒掉一滴淚，莫望山的到來似乎與她毫無關係。

這一通挖心的話，像急風暴雨把華芝蘭澆了個透，把她的五臟六腑全掀了開來，讓急雨淋刷。她沒有一點反抗的願望，任憑莫望山把她心靈的傷痛撕裂，她還要掩藏什麼呢？在他面前，她感到自己再沒有一點秘密，他把她看得清清楚楚，沒有一點東西可以藏匿。她乾脆什麼也不藏，什麼也不想了，她把她的一切全交給了他，由他擺佈。經過這一陣無情的抽打和沖刷之後，她反感到自己乾淨了，渾身舒坦了，一身輕鬆得沒了一點牽掛，人也覺得自由自在了。她抬起淚眼，跟莫望山說：「我就是咽不下這口氣！」莫望山說：「那好啊，他就在江都市，而且我們也用得著他，妳幹出個樣給他看看，活出個樣給他看看。」華芝蘭看著莫望山笑了：「我是個不稱職的妻子，也是個不稱職的媽媽。」華芝蘭的眼淚越流越洶湧。莫望山走過去雙手輕輕地撫住她的肩頭。華芝蘭展開雙臂，緊緊地摟住莫望山。莫望山也幾乎是同時，緊緊地摟住了華芝蘭。兩個像久別重逢的戀人熱烈地吻在了一起。

17

葛楠用自行車拖著煤氣罐趕到招待所，已經過了開飯時間。葛楠問清聞心源的房號，到二樓敲門，門開著，屋裡卻沒人。葛楠正要轉身下樓，樓下傳來了女人溫柔的話語：「所長，你放下吧，等他來拿上去。」「沒事兒，一罐氣才多重。」渾身疙瘩肉的招待所所長雙手提著煤氣罐拼著吃奶力氣爬上二樓。「喲！所長在學雷鋒哪！這倒是少見。」所長的舉動讓葛楠很吃驚，這人名聲很差，整天拿著兩隻眼睛往上看，剩下的白眼給群眾；圍著領導狗顛屁股點頭哈腰，對著群眾端起架子吹鬍子瞪眼，他居然會給聞心源親自送煤氣罐！「喲，是葛大小姐，大駕光臨，有失遠迎。」「別說得比唱得還好聽，背後還不知怎麼咬牙切齒罵我呢！」「這說哪去了！對誰切齒也不敢對你切齒啊。」所長乘機喘口氣，然後把煤氣罐送進了洗手間。

江秀薇細細地盯著葛楠察看一番，她對葛楠的來訪備感意外。葛楠見她一臉驚疑，大大方方作了自我介紹。江秀薇知道沙一天，一聽她是沙一天的愛人，立即熱情起來。一聽說她是新聞出版局的，還跟聞心源在一個處，她心裡又不免警惕起來，葛楠的漂亮大方讓江秀薇心裡有一種本能的抵觸。葛楠說一直想過來看看，也沒得空。接著她就問她工作落實得怎麼樣了，孩子上學適應不適應，老家是哪裡，家裡還有什麼人，原來在部隊那裡做什麼，問了個遍，說到後來才說，聽說沒有煤氣罐，就送來了一罐，她們那裡已經通了管道天然氣。沒想到所長也送來了，這人勢利得很，他是不會白送人情的，少跟這種人交往。不知是因了江秀薇與葛楠不熟，還是因了剛才葛楠與所長說的那些話，還是因了葛楠目睹了所長向她獻殷勤，還是因了葛楠的漂亮大方，江秀薇對葛楠這位不速之客的關心，疑慮多於感激，她無法判斷葛楠是真誠還是別有用心。葛楠也敏感地發現了江秀薇的不冷不熱，葛楠看出江秀薇是個內向的弱女子，她從樓梯口看見她的第一眼，到屋裡交談，江秀薇竟紅了三次臉，她的皮膚又白，臉紅的時候連胳膊都是紅的。她完全是一副被動應付的樣子，葛楠問一句，江秀薇答一句，葛楠停頓，江秀薇就沉默。葛楠沒再讓江秀薇為難，也不想讓自己尷尬，葛楠主動地適時撤退。江秀薇也沒有挽留，連句明確的客氣話也沒說。

葛楠一走，江秀薇把自己關在屋裡埋怨自己。她怨恨自己無能，對任何人對任何事一輩子只會被動應付，見人只會答人所問，不知道問人家一句話。人家把她的家庭、個人的學歷、經歷全問遍了，對人家除了她自我介紹的，其餘一無所知。更讓她不舒服的是，竟讓她目睹了所長給她送煤氣罐，她還當著她的面諷刺挖苦所長，還要她少跟他交往，這不是等於暗示接受這種人的幫助，跟這種人也同流合污嘛！為這事她本來就心已不安。江秀薇最不願與人交往，她受不了女人們見面的庸俗，不是妳恭維我我恭維妳，要不就一塊兒哭窮，好像天底下就她最苦，就怕別人跟她借錢似的。她喜歡安安靜靜一家人與世無爭與人無求地生活，自己不欠人的，人家也不欠她的，誰也不要管誰的事。眼下的日子逼得她實在忍不下去了，食堂裡的菜貴不說，女兒一口都不愛吃，自己做又沒有煤氣。她到招待所食堂買飯，順便朝廚房裡多瞅了幾眼。她發現除了管道煤氣外，廚房裡還有臨時應急的煤氣灶和煤氣罐。回家後那煤氣罐一直在她的眼前亂晃。她想招待所肯定有好多個煤氣罐，能不能跟他們借一個用呢？這個念頭折磨了她一個下午，鼓了十幾次勇氣，她才下定決心帶著泱泱去找了所長。食堂的同志說所長回了家，並且告訴了他的樓號房號。江秀薇鬥爭了半天，想到老鄉這一層關係，她才鼓著膽子拉著泱泱的手走進了所長的家。江秀薇低著頭向所長陳述了她的請求，說完感到自己背上已經出了汗，從臉和脖子發燙的感覺，她知道自己的臉已經紅成了什麼樣子。當她抬起頭來聽候所長的答覆時，她的心抖了一下。她看到了一雙令她膽顫的眼睛，那充滿饑渴的眼睛直勾勾地盯住了她的乳溝。該死！江秀薇自己罵自己，怎麼穿這條連衣裙呢。她想提一下裙子過低的領口，可她的手沒有勇氣。她知道這樣等於戳穿了所長骯髒的靈魂，等於抽了他的耳光，他准會難堪，要是這樣，她就白來了。她只好裝作若無其事，但胸口感覺有一隻蜥蜴在爬一樣叫她噁心和害怕，這是她有生以來第一次意識清楚地忍受別人的欺負，這無異於出賣自己的貞潔，她心裡好痛。想著這些，眼淚不知不覺流滿了江秀薇的臉。

聞心源的出現打斷了江秀薇的自責。聞心源買來了煤氣罐，他拿著賈學毅給的電話找了那位科長，科長就賣給他一只帶本的罐。沒想到好事一塊湧來，一下有了三個罐。江秀薇卻在傷心，聞心源說這不是好事嘛！有什麼不好的呢？江秀薇遮遮掩掩地說了到所長家借罐的事。聞心源沒埋怨秀薇，卻更心疼她。「秀薇，好了好了，是我不好，這樣的事不該讓妳操心，以後我多抽點時間把這些事辦好。現在煤氣罐有了，而且有三個，妳再不用愁了，我們的泱泱就不愁吃不到媽媽做的好菜了。要不，我去把招待所這個罐退給他們。」「不，你去把那個罐送回去。」江秀薇突然冒出這麼一句。「哪個？」聞心源明知故問。「樓下那個，我不知道她叫葛什麼！」「為什麼要把她的送回去呢？沙一天是我的朋友啊。」「你把它送回去！我不要她的！」「這又為什麼呢？既然人家借給咱了，又何必送回去呢？」「你送回去！反正我不要借她的！」妒火中燒的秀薇任性無理，讓聞心源束手無策。勸說，她會更加任性；解釋，她會更加吃醋。聞心源只好苦笑。一會兒哭，一會兒惱，聞心源不明白她究竟為了什麼，豆腐掉在灰堆裡，吹不得，拍不得。聞心源只能答應明天把那罐煤氣還給葛楠家。

18

沙一天走進辦公室，放下包就撥了章誠的電話，叫他到他辦公室。章誠這份資料著實叫沙一天費了心思。那一天書商請客，就是因為他，陰差陽錯，跑了路還貼了飯錢。更可惡的是弄得他心情不好，在葛楠面前編了謊話，搞得他不能在葛楠面前堂堂正正說話，其中的不快雖然無人知曉，但沙一天心裡的不痛快如鯁在喉，弄得他挺難受。說穿了，沙一天骨子裡還是懼葛楠，儘管他年齡比她大，職務比她高，工資拿得也比她多，可家庭背景讓他沒有底氣，人家是市長的千金，他是鍋爐工的兒子，葛楠跟他結婚，總有那麼點下嫁的味道。他知道葛楠的脾氣，她最看不起小男人氣，可他知道自己肚子裡裝的儘是些小男人伎倆。當初他之所以說謊，是因為他非常清楚，他要是真的照實說出事情真相，她會笑他，他最怕她笑他。葛楠其實並沒在沙一天面前耍過小姐脾氣，但那種居高臨下俯瞰別人的優越感是與生俱來深入骨髓的，她一舉手，一投足都表現出自己的某種特獨的習慣。習慣是每個人都有的，比如賈貴的習慣是不願坐，喜歡在別人面前站著並且彎著腰。鄉民的習慣是擤了鼻涕隨手往身上擦，而且隨地撒尿，有婦人從背後經過還跟人打招呼說話，毫無忌諱；楊貴妃的習慣是喜歡吃從廣東騎馬送往長安的鮮荔枝。葛楠的習慣沒什麼特別的，她只是好使喚他。兩個人在家裡，屋子裡迴響的大都是葛楠的一道道旨意。沙一天，你幫我把菜洗一洗好嗎？沙一天，你上街去買瓶醬油好嗎？沙一天，我新買的那個髮卡放哪兒啦？沙一天，麻煩你幫我把洗腳水倒了好嗎？習慣當然是從小養成的，從小到大她就是這樣指使保姆的。加上父母與外人交往的方式、別人對她父母對她的獻媚、她向父母索取物質的方法，這一切的一切，潛移默化地滋養了她這一習慣。愛好也罷，痼癖也罷，習性也罷，習慣便成自然，已經自然了想改可不是件容易的事情，除非真的脫胎換骨。脫胎換骨必須有非脫胎換骨的特殊條件，一般情況下，一個人要是忽然改變自己的習慣，人家反會以為這人神經出了毛病。

那晚上，沙一天心裡那根魚刺一直鯁在那裡隱隱作痛，只能獨自默默地消受。沙一天就是在這種狀態下翻開章誠的資料。沒想到章誠竟救了他，這份資料很快讓沙一天扔掉了不快。章誠獨特的眼光，分析問題的透徹，主張的獨創性、實用性、可操作性，讓沙一天佩服又嫉妒。他把省店向出版社移交總發行權，歸納為矛盾的轉移，實際是把兩大包袱推到出版社的肩上：一是庫存包袱，二是周轉資金包袱。因為省店庫存已經過億，周轉資金已經赤字，完全喪失總發行備貨和周轉的能力，只好將總發行權還給出版社。圖書經營方式由包銷改為經銷，實際是由風險經營改為無風險經營。經銷的概念是，發貨店不備貨，省店這個中間環節，向全國徵訂到一百本，就向出版社要一百本；徵訂到十本，就跟出版社要十本，至於夠不夠起印數，出版社備不備貨，備多少貨，省店一概不管。這樣等於把發貨店這個本來與出版社風險共擔利益共用的中間環節，變成了純粹的中轉環節，一切風險全推給了出版社。面對全國流通管道幾乎喪失的現實，出版社必須更新觀念，按照市場的客觀要求，以發行為龍頭，按圖書這個特殊商品的本質屬性，調整出版社內部機制，全面實行改革，重新培育、建立出版社自辦發行的管道。章誠提出了一整套機制改革的方案。沙一天蹲機關快十年了，他還從來沒這樣一口氣看完過別人寫的資料，或許是心虛，或許是工作逼迫，社裡的現實已經讓他後悔到出版社，財務科頻頻向他告急，全社八十號人，要吃要喝要住要花，開門就得五千塊。今日工廠要結帳，明日作者要稿酬；剛兌現了年度分配，那邊又要交所得稅。銀行帳上只有十萬塊錢，已經亮了黃牌，除了發工資拒付一切款項。除此還有外界的壓力，南風和人民是省的兩個重點出版社，南風這邊經濟危機，人民社那邊卻不時傳來捷報，一會說《毛澤東傳》發了五百萬碼洋，一會說人民社每家宿舍都安了熱水器，一會又說人民社季度獎一人發了一千塊。這些消息像一記記重拳直捅沙一天的腦袋，捅得他頭暈眼花。沙一天越來越覺得到出版社是一步錯棋，這個位置不是做官，而是作難。

葛楠提醒沙一天該睡覺了。沙一天結婚來頭一次對葛楠睡覺的建議反應冷淡，葛楠發了話，他居然仍一臉陰沉。葛楠問：「什麼事情這麼嚴重？」沙一天說：「社裡印新書，買紙都沒有錢了。」葛楠說：「沒有錢就想辦法，沉重有什麼用。」沙一天說：「不只是錢的問題，發行體制一改，出版社的壓力太大，發行要自己搞了，機構人員都沒有。」葛楠說：「那就招兵買馬，建立機構，再難還能難過人家莫望山？」沙一天沒了話。兩個人躺到床上，房間裡出現了新婚夫妻不該出現的寧靜，沙一天沒像往日那樣主動去親近葛楠。葛楠知道他還在想社裡的事。葛楠說：「沙一天，你不要這樣，也不應該這樣，這樣是做不了大事的。遇事不能光愁，要想解決問題的辦法。這就好比打仗，面對敵人，不能只愁只怕，愁怕是沒有用的。要分析敵人有多少兵力，裝備的是什麼武器，會用什麼戰術，然後再分析自己，然後再以己之長，擊敵之短；避敵之長，掩己之短。小時候我爸常給我講打仗的故事，聽來聽去就這麼個道理。你自己剛到出版社，情況也不熟悉，那個章副社長不是很有才嘛！要會用人，多向行家請教，多與他們商量，有事與人商量，把最困難的事情交給群眾，什麼問題都能解決。」

其實葛楠並不真正瞭解沙一天。沙一天是個自尊心特強的人，一切他都想佔先，一切都想要最好，這給他帶來一個致命弱點，虛榮愛面子。葛楠以為沙一天在想出版社的事，主動幫他出主意教他方法，沙一天聽了卻在心裡好笑。他笑葛楠單純，總想當他的老師。他還笑人是個怪東西，會有這麼多思想，而且你盡可以自由自在地瞎想，沒有約束，沒有邊際，愛想什麼想什麼，想你做得到的事，也可以想你做不到的事，沒有任何人能管束你。你在想什麼，只要不開口，別人就無法知道。你微笑著看對方，卻在心裡罵操他娘，他也無法知道，他或許還會跟你握手，或許誇你，風馬牛不相及，知人知面卻不知心。

看完資料後，沙一天一直在沉思，他並不在想出版社，他在想章誠。他不得不承認，章誠管理出版社能力遠遠超過他，社內社外也都這麼認為，但他不願意接受這個現實，他不認這個帳。沙一天他要想一個招，想一個能夠駕馭章誠的絕招。章誠提出了改革，而且有了方案，他在想怎麼樣才能用自己的思想來統帥這個方案，讓章誠按照他的意圖來修改，來實施。既然他是社長，一切就應該在他的指揮之下進行，要不就是對他的嘲笑和蔑視。沙一天不是個蠢蟲，他的頭腦特靈，他特別會觀察別人的眼睛，他能從對方的眼睛裡看到別人心裡在想什麼；他也特別能辨析別人的話，他會從別人的話裡知道對方的好惡。他聽了葛楠的話，立即側過身來，先親葛楠一下，然後再誇她是他的好夫人，是他的高參，是他的智囊。女人都愛被人誇，一誇笑，二誇飄，三誇她就跟你跑，這是沙一天的經驗。想當初，他就是用這個方法，說手段太難聽，把華芝蘭誇得死心塌地愛他，現在也是用這個方法，把葛楠誇到了手。葛楠讓沙一天一誇，身子就軟起來，沙一天自然備加溫存。

門咣當被撞開，進屋的不是章誠，是一個陌生人，他氣急敗壞地拽著財務科長闖了進來。財務科長苦著臉，手裡捏著幾張單子。沙一天十分反感卻又不好發作。「你是社長吧？」「你是誰呀？幹什麼呢？」「你說怎麼辦吧？」那人說著，奪過財務科長手裡的單子，摔到了沙一天的寫字臺上。沙一天一看是紙廠的調撥單，知道是紙廠來要錢。欠人家錢理虧，再要耍態度就不講理了。於是沙一天軟了口氣。「有事坐下來說事，何必要這樣呢？」「說管用嗎？我這是跑了第六趟了，要紙的時候好話說盡，紙用了，就是不給錢。都要是像你們這樣，我們廠不關門了！」「最近我們資金比較緊張，我們會想辦法的。」「我才不信，這種話說幾遍了，今天不給錢，我就不走了！」「你怎麼能這樣呢！欠錢給錢，也不能耍無賴呀！」「好啊！這是你社長說的話，怪不得呢，根子在你這裡！」「事情要解決，只能商量，你在我這裡吵有什麼用？帳上沒有錢，你吵也沒有用！」就在這時，章誠走進沙一天辦公室。章誠見狀沒有發火，卻冷靜告訴那個要款的人，說他認識他們廠長，想當初他們廠發不出工資的時候，是南風出版社支持了他們，拉四家出版社買下了他們庫存的四百噸紙救了他們，現在欠這麼一點紙款，如果要是用這種方式要錢，他可以直接跟他們廠長交涉，幾句話把紙廠的人說軟了，讓他去跟財務科商量個具體辦法。財務科長要走，沙一天把他叫住了：「要你這財務科長，不是讓你領著人來跟我吵架的！別整天只會跟我叫苦，財務科長要參與生產經營。你們財務科好好研究研究，不能頭痛醫頭，腳痛醫腳，通盤考慮一下，下一步怎麼解決資金問題，拿個意見出來，給黨委寫個報告，黨委討論再決定。」

沙一天的好心情被攪亂了。他坐到沙發上，連喝了兩口茶，調整好心情，恢復他那胸有成竹的狀態才對章誠開口。「這份資料我看了，很及時，有超前意識，提出的問題很準確，改革的方案也可行。但是，我們出版社面臨的問題不單單是這些，是不是把目光放遠一點，範圍再寬一點，我想這樣，把資料複印給幾個副社長，讓他們都看一下，不是畫圈，而是提出具體意見。你也再考慮一下，在這個基礎上，我們再開社長辦公會，一起來研究。你看怎麼樣？」章誠自然沒意見。沙一天立即叫總編室的編務林風過來。林風一陣風進了沙一天辦公室，很是幹練的樣子。沙一天當面口授按語，林風站著就記下了沙一天的話。沙一天交待，把他的意見列印，連同方案，分發給各位社領導。

門外響起遲遲疑疑的敲門聲。開門進來的是莫望山，沙一天一愣。他有些怕見莫望山，又說不清怕什麼。莫望山開門見山說他的書店要開張，想從他們社進點鋪店的書。章誠見來了朋友要告辭，沙一天把他攔住，給他們作了介紹，來個順水推舟，說章副社長正好主管發行，讓莫望山直接跟章誠談，再關照章誠，說莫望山是他同學，一起插隊到農村，最近才回城，給予支持，給予照顧。沙一天望著莫望山的背影，心裡掠過一層憐憫。與聞心源一起去找莫望山之前，沙一天獨自去找過莫望山。作為同學，作為朋友，沙一天還是時常想到莫望山。他拋棄華芝蘭，除了主觀上喜新厭舊外，不是沒有一點外在因素，他媽確實跟他要死要活的。做了這件事，他內疚了很長一段時間。他曾經連續給華芝蘭寫了五封信，華芝蘭只給他回了一次信，華芝蘭的這封信僅寫了十四個字：沒有誰對誰錯，用不著為自己開脫。斷絕了書信，沙一天仍時常想到華芝蘭，他為她的婚姻擔憂。當他得知莫望山與她結婚後，心裡那塊石頭落了地，卻又時常想到華芝蘭的種種好處。他對莫望山的感情也複雜起來，既感激他，又為他擔憂；既有負疚的心情，又對他們的結合有一種說不出來的醋意。

聽葛楠說了那事後，沙一天抽了個下午騎自行車去找莫望山。小時候他常跟莫望山到他舅舅家玩，多少年不來了，已辨不清路。沙一天來到兩條小街交叉的十字街口，前面有人在吵架，把路給堵死了。一個收破爛的推著一板車紙箱和破塑膠桶要拐彎，彎拐得大了一點，碰著了路邊的水果攤。擺水果攤的女人潑得很，扯嗓門就罵，沒長眼啊，好大的譜，幸虧是輛破三輪，要是開輛皇冠還不把滿街的人撞死！收破爛的一直給她點頭賠不是，她卻西瓜皮擦屁股沒完沒了。員警聞聲趕來，又把收破爛的一頓臭訓，人窮挨人欺。收破爛的上車蹬車，那個女人抄起拖把往三輪車上的紙箱塑膠桶狠砸。有幾個塑膠桶被打落下來。周圍人看著不順眼，有人說那女人不能得理不饒人。女的更來了勁。說幫什麼腔，誰的褲襠破了露出你來了！幫腔的不幹了，要跟女人論理。收破爛的又求幫腔的息事寧人，再給那女人賠不是。在員警的制止下才算平息。收破爛的這才顧得去撿那幾個打掉在地上的破塑膠桶。其中一個桶就在那女的攤前，她一腳把塑膠桶踢得老遠。收破爛的只能搖頭，轉身去撿那個塑膠桶。

就在那人轉身的時候，沙一天一眼認出收破爛的就是莫望山。莫望山那一臉苦笑深深地紮痛了沙一天的心。過去有名的強驢，竟會變得如此忍氣吞聲，整個兒換了個人樣，要在過去，那女的臉上不淌血他就不叫莫望山。沙一天看到了這一幕，他進退兩難，他沒法在這時候去看他。他落得如此地步，有他一半責任。還在徜前村的時候，沙一天與華芝蘭約會回來，莫望山在知青屋前等他。他把沙一天拉到一邊。他問沙一天跟華芝蘭是不是玩真的。沙一天說他真喜歡她，她也喜歡他。莫望山厲聲說你糊塗啦？你不想回城啦？你想在這裡紮根一輩子你就跟她談，要是還想回城，就別玩這貓和老鼠的遊戲！沙一天爭辯說跟她談戀愛也不等於不能回城，事在人為，可以創造別的條件回城。莫望山說你本事大，你就談吧。這話至今都言猶在耳。按莫望山的心理，不是萬不得已，他是不會與華芝蘭結婚的，那麼他的萬不得已是什麼呢？沙一天一直想知道，但他一點都不知道。沙一天推著自行車尾隨莫望山。莫望山拐過胡同上了大馬路。他把板車停到馬路邊，從塑膠兜裡拿出一個麵包和一只水壺，坐到馬路沿上，一邊喝水，一邊啃涼麵包。沙一天看去，莫望山臉上一片漠然，兩眼茫茫地看著遠處，啃一口麵包，喝一口水，說不上是在生氣，也說不上是在憂愁。沙一天無法讓自己再向前一步。

19

賈學毅帶著無法掩飾的倦容走進辦公樓，懶怠地向碰面的人招呼。療養一個月，積聚了過剩的精力，熬到昨晚才有機會跟他的情人秦晴在白天鵝相會。小別讓雙方都產生了新鮮感，新鮮感刺激著慾望像輪胎充氣一般快速膨脹，膨脹的慾望讓他們無心用餐，一切從簡，他們沒像以往那樣到歌廳或咖啡廳作情感醞釀鋪墊。賈學毅迫不及待問秦晴，直接開房還是上歌廳，秦晴更急不可奈地回答開房。房門在他們身後閉合還沒來得及插上保險，兩個便不約而同地與對方黏合到了一起。

衣服、襪子、褲頭、背心在屋裡飛舞，手、腳、嘴、身子同時在忙。桌子、沙發、床、地毯，不可逃避地遭到他們的蹂躪和摧殘，發出一聲聲憤怒和慘叫。賈學毅還別出新招，帶著報復的情緒念念有詞。他說我叫你們整我，我今日就操你們。在桌子那裡，他一邊幹事，一邊說日你員警，日你員警；在沙發那裡，他說日你符浩明，日你符浩明；在床上，他說日你趙文化，日你趙文化；在地毯上，他說日死你沙一天，日死你沙一天。他的報復心理和這些設施的憤怒慘叫更激起他們無窮的鬥志，他們都拼出自己全部的力量和技能，以最野蠻的手段向對方攻擊，針鋒相對，你死我活，不置對方於死地而不甘休。

這場驚心動魄的肉搏和因此而發出的歇斯底里的吼叫，驚動了服務員。服務小姐迅速打開門，又驚駭地鎖上門。服務小姐的打擾一點沒影響他們的戰鬥激情，他們過了今天不指望明天地搏擊，直至精疲力竭，癱倒在地毯上。賈學毅人疲倦，心情並不壞，他一面跟人打招呼，一面在心裡甜蜜蜜地嘲笑對方。狗日的，人模狗樣的，神氣什麼！你有這福氣？只知道驢似的拉磨，先進怎麼啦？優秀值幾個錢？領導表揚趕得上跟女人睡覺舒服？下輩子吧！

賈學毅拖著疲倦的身子懷著喜悅走進辦公室，不早不晚，剛坐下電話鈴就響了。電話是商業局長打來的，他以彙報的口氣告訴賈學毅，他介紹的那個聞心源，前天去找了他，他直接讓他去找了他親家。他親家當天晚上就來電話，說姓聞的老婆條件真不錯，本科畢業，學的就是防疫，而且有工作經驗，上班就能頂班幹，他們那邊正好有一個空缺。賈學毅說這不是芝麻掉在針鼻裡碰巧了，那就成全他唄，事成之後讓他好好謝謝。商業局長說，事情真不湊巧，不早不晚就昨天下午，衛生局給他們壓來一個ㄚ頭，護校畢業的，專業也不怎麼對口，可人家是市里頭頭的外甥女。要早幾天報上去批了也就算了，現在趕在一起，兩個人就一個名額，他親家為了難，問姓聞的是幹什麼的。賈學毅一聽笑了，告訴他聞心源是他們局裡剛接收的轉業幹部。商業局長問他們是什麼關係？賈學毅說一般同事，純粹幫忙。商業局長徵求賈學毅的意見，另想辦法行不行？賈學毅說他不過這麼一說，能幫就幫，不能幫也不必勉強，過一段時間給他個答覆就結了，可以把責任推到上面去。商業局長連聲稱謝，倒像是賈學毅幫了他的忙。

商業局是個財大氣粗的單位，賈學毅跟這位局長非親非故，堂堂一個局長居然會讓一個處長指揮得溜溜地轉。凡事總有根由，這就叫鹵水點豆腐，一物降一物。賈學毅曾把江都市的「打非掃黃」搞得轟轟烈烈，賣盜版書的，尤其是賣淫穢錄影帶的，讓他逮著，罰款開口就是上萬，販賣黃的書商，聽到賈學毅的名字腿都發軟。一次接到舉報，他們用突然襲擊的手段抄了一家音像書店，搜出黃色錄影帶二百多盒。原來這店是商業局長兒子開的，商業局長把他們一起接到商業局的「三產」白天鵝大酒店。兩個公安說肚子餓了，局長立即安排晚餐。賈學毅給局長兩個處理方案任選：一罰款，吊銷執照，見報；二罰款，停業整頓。局長說剛開張沒多久，小子糊塗，急於收回投資，這兩條萬萬使不得，還有沒有別的選擇。賈學毅推說他一個人說了不算，得跟公安商量。局長又點頭又哈腰，拜託賈學毅好好跟公安商量。其實事情都是賈學毅定，他不過想把商業局長搞暈。

賈學毅再跟局長面談，說考慮局長面子，可以從輕處理，不吊執照，不見報，罰款兩萬。局長咬了舌頭一樣愣在那裡，說能不能變通一下。賈學毅問他想怎麼變通。局長說他們正在給客房配彩電，罰三臺25寸彩電，三個人正好一人一臺。賈學毅說千萬別搞錯了，罰款不可以歸個人，給公家，三臺彩電太少了一點。局長一再解釋剛開張，還沒掙錢，願意再加三千塊勞務費。賈學毅佯裝去跟公安商量，實際上了趟廁所。賈學毅在廁所裡撒尿，這才注意到小便池安裝了感應自動沖水設備，賓館檔次不低。他想要是有這麼個隨時可以出入的地方，倒是不錯。上完廁所回來，賈學毅給局長回了話，說與公安商量了，寫份檢討交發行處，三臺彩電給發行處一臺，治安股兩個辦公室各一臺。看局長是個可交的人，給局長面子，三千罰款就免了。局長驚喜不已，連聲稱謝。賈學毅不無暗示說，這白天鵝不錯，局長說以後有什麼事隨時可來白天鵝。局長立即給了賈學毅一張名片。

聞心源決定親自到興泰追查《黃龍風雲》假冒案。賈學毅沒讓他先說工作，故意先問他愛人的工作聯繫得怎麼樣。聞心源說防疫站那裡對他愛人非常滿意，說她的學歷、專業和業務水準都不錯，他們正需要這樣的人。那個局長的親家真不錯，答應立即向局裡打報告，批下來就去上班。賈學毅微笑著欣賞聞心源的滿心喜悅，他感覺到人都他媽一個德性，都他媽值不了幾個錢，多正的人，只要給他點好處，他就把你當爺。賈學毅臉上微笑，心裡也好笑。他一邊欣賞著聞心源的喜悅，一邊在心裡罵聞心源傻帽，你高興得太早了，有你難受的時候，你等著吧。賈學毅接受完聞心源的感謝，還故作姿態地催他要抓緊，抓而不緊，等於不抓，讓他常跟商業局長的親家聯繫。聞心源接著彙報了查《黃龍風雲》假冒案的計畫。賈學毅像釣魚高手感覺到魚已經張嘴在吞餌，心裡滾過一陣喜悅，他非常有興趣地聽完了聞心源的計畫，大加讚賞。「好！太好了！究竟是軍人出身，有氣魄、有膽略。這事一定要好好造造聲勢，讓那些不法分子有所畏懼。」

江秀薇聽說自己的工作有了著落，不再心急，她讓聞心源安心去出差。聞心源和常河堂在興泰下車，天色已晚，聞心源多了個心眼，為了不走漏風聲，他們當晚沒與縣文化局聯繫。第二天一早，他們來到文化局，說明來意，並請他們立即陪同去印刷廠。文化局局長挺沉得住氣，不慌不忙拿出自己的茶葉末給他們一人泡了一杯茶，一面泡茶一面不足為奇地說：「這一點不奇怪，別急，你們先喝著水，我打電話把廠長叫來。」聞心源生怕被他們糊弄了，說：「千萬不要打電話，要查就得到廠裡拿到證據。」文化局長嘿嘿嘿直笑，說：「你是怕他們把書藏起來？不會的，絕對不會的，他們不會不承認的。」聞心源不放心，說：「就算他們能承認，那也還是我們親自到廠裡查為好。」文化局長又是嘿嘿嘿笑，說：「這也好，這也好，其實是不必的，現在就去？」聞心源說：「立即就去。」局長說：「好，現在就去，」局長立即把頭伸出窗外喊：「小王！把咱的車開出來！」那個叫小王的在屋外應了一聲。不一會兒就聽到拖拉機一樣轟鳴的汽車聲響在院子裡。局長說：「咱們走吧，其實是不必的。」他還是堅持他的意見。聞心源跟著局長坐上了那輛破北京吉普，一屁股坐下去，坐墊的彈簧紮著了屁股，聞心源生怕褲子被紮破，不敢踏實地坐，用手一摸，幸好沙發彈簧還沒露出頭來。汽車一發動，聞心源忍不住笑了，吉普車渾身哆嗦，眼看要散架，他懷疑它能否把他們送到印刷廠。局長發覺了聞心源的懷疑，他又嘿嘿嘿地笑，說不要緊的，別看它破，還是能跑的。吉普車搖搖晃晃終於把他們送進了縣印刷廠。局長立即扯嗓門喊廠長。廠長在車間那裡露了一下頭，見是局長，就一步一步走來。局長繼續大著嗓門喊：「省裡來人了！你最近幫人偷印了什麼書？」聞心源說：「局長你先別嚷。」局長說：「不妨不妨，他們是不會賴的，賴也是賴不掉的。」這裡的人真怪，誰都是慢條斯理的。廠長聽到局長喊，慢騰騰地走過來，慢悠悠地打招呼。「喊啥喊啥，不印書吃啥？」局長問：「你們前些日子印《黃龍風雲》啦？」廠長說：「印了，印了五萬套。」局長問：「都運走了？」廠長說：「不運走我們還能賣啊？也沒人要啊！」聞心源問：「誰讓你印的？」廠長說：「誰給我錢，我給誰印。」聞心源一聽來了氣，責問廠長：「你還有沒有法紀觀念？印書要有出版社的委印單！你不知道嗎？」局長這時才想起還沒給他們介紹，他立即向廠長介紹：「這是省裡新聞出版局來的。」廠長卻滿不在乎地說：「中央來的我也是這麼說，什麼規定我都知道，可哪個出版社會跑到我們這窮鄉僻壤來讓我印書？我不印書工人吃啥？」廠長一點都沒有懼色，非常正大光明，看他那樣，就是省公安廳廳長來他也無所謂。他們爭吵著進了車間，好傢伙，滿車間都是《大地震》，是喜馬拉雅出版社剛出版的一本暢銷書。一臺人機廠出的單色全開機，三臺人機廠出的單色對開機，咣當咣當抒豪情寄壯志一般在印《大地震》，無法無天。聞心源厲聲對廠長說：「立即停下！」廠長驚疑地問：「停下？停下做什麼？後天人家就要書，要停下，我跟誰去要錢？」聞心源拿廠長一點辦法都沒有，在車間裡說話又聽不見，他把局長拉出車間。聞心源跟局長說：「還有王法嗎？明目張膽在盜印，還理直氣壯，你，你說怎麼辦？」局長沒有回答聞心源的話，卻走進車間，不知道他跟廠長說了什麼，車間裡忽然靜了下來，機器全都停了。局長領著廠長走出車間，叫聞心源一起上廠長辦公室。聞心源平下心靜下氣問廠長：「《黃龍風雲》是哪個書商讓你印的？」廠長說：「我不認識。」聞心源問：「不認識你怎麼給他印書啊？」廠長說：「印這種書都是不見面的，只用電話聯繫，電話上把印數工價說好了，他派人送來膠片，先付上三分之一的錢，我們就開機印，印完了，他派人來驗貨，驗好貨再付三分之一的錢，然後給我們一張發貨的分配單，我們的貨都上了站，把提貨單交給他派來的人，他當面再付那三分之一的錢。一手交單，一手交錢，我們怎麼會認識他呢，只要有活做，我們是不問他們什麼出版社，什麼書店的。他們也不讓我們知道。」聞心源問：「你們知道不知道這是違法的？」廠長說：「我們知道，可我們也是沒辦法，廠裡有上百人要吃飯，光靠印單據、帳本、小孩作業本工資都發不了。我們就靠印這樣的書才能活下來。我也不想做違法的事，只有兩個辦法，一個辦法是解散這個廠，縣裡把這些人安排到別的地方去工作；二一個辦法是縣裡把我們這個廠養起來，我保證一本這樣的書都不印。」

屋裡說著話，外面的工人把廠長的辦公室圍了個鐵桶一般，有幾個不請自來，直接闖進了辦公室。「怎麼？要抓我們廠長？那把我們都抓去算了！」「你們在省裡吃得飽，穿得暖，還住洋樓，我們在下面連飯都吃不上，這些你們不管，印點破書倒來管了！這書反動啊？這書黃色嗎？我看書寫得很好，人家印點賣賣，又塌什麼天啦？」「誰要敢沒收我們的書，我們就跟誰拼！」「誰要是敢動廠長一根汗毛，他就別想走出這廠門！」這陣勢是聞心源意想不到的。工人這麼一鬧，聞心源反倒平靜下來，他問廠長：「這是什麼意思？是向我們示威嗎？」廠長立即起身，把工人攆出屋去。聞心源說：「現在看來這事在這裡是沒法談了，我們得換個地方談。」文化局長說：「上我們局裡去談。」

他們連同廠長一起上了文化局。聞心源說了三點意見，一是廠方必須交待出書商，不允許給書商通氣；二是已經印好的書全部暫時封存，沒有印的不要再印；三是把他們廠近年來所印的這類書，如實地一種一種把情況都寫出來。至於這事怎麼處理，跟縣政府商量後再說。廠長說：「第一條做不到，書商確實不認得。」聞心源問：「有沒有電話？」廠長說：「沒有，都是他主動打電話給我們，他也不告訴我們電話。」聞心源問：「來送片子付錢的人認識不認識？」廠長說：「人不認識，能記得模樣。」聞心源問：「這個人的電話知道不知道？」廠長說：「最近來聯繫印《大地震》的這個人有他的電話。」聞心源問：「他什麼時間來驗貨？」廠長說：「這次不來驗貨了，他先付了一半錢，到上站交貨單再給另一半。」聞心源問：「在哪裡發貨？」廠長說：「在興泰。」聞心源問：「哪一天發貨？」廠長說：「還沒與車站聯繫好。」晚上，縣長在招待所招待聞心源和常河堂。縣長的論調與廠長幾乎一樣，說這塊窮得兔子不拉屎的地方，沒一點辦法。印刷廠連工資都發不出來，你怎麼罰他，要封他機器，這上百號工人怎麼辦。聞心源沒一點辦法，他從內心非常同情這個廠長和這個廠的工人，但不能因為窮就可以無視法規，難道叫花子就可以搶劫盜竊嗎？他給縣長提了個建議，是否可以把縣裡的企業通盤考慮一下，興泰根本就不應該建這樣規模的印刷廠，養不活自己就應該轉產。縣長說這個意見很好，他們也正想進行這方面的調整和改革。

晚飯後，聞心源再次把文化局長和廠長帶到他們住的招待所。磨到十一點，廠長才交出那個聯繫人的電話。最後聞心源跟文化局長和廠長敲定。已印的《大地震》全部封存，由發行處與出版社聯繫，讓出版社來接貨，請他們付生產成本。如果出版社不想要，再另作處理。那個聯繫人再與廠裡聯繫，可以與他約定在興泰車站交單的時間，約好後提前通知聞心源，他將趕到現場拘捕這個人。廠長有些為難，說他有家有口的，做這樣的事太危險了。聞心源讓廠長自己拿主意，既能抓到不法書商，又不給他帶來危險最好。廠長思來想去，憋到後來說，這一次就算了，我們以後再不印這種書行吧？聞心源說不行，你要不配合，現在廠裡印的這些書只能沒收。廠長抱著頭一直不吭聲。文化局長想出了個主意，約定交單的事能不能真做，不要假做。真做，當場在車站連工廠的人一起捕獲，與工廠就沒有多大關係，書商就不會拿廠長報復。聞心源想這樣有些冒險，但也沒有再好的辦法。書可以打包運去辦理發貨手續，但不能真發，讓那個聯繫人提前到場，他們與公安也提前到車站，只要那人出現，他們就提前動手。廠長也只好答應，但他垂頭喪氣沒一點情緒。

聞心源坐在回省城的火車上，一片茫然，心裡說不出是什麼滋味。他沒法評估自己這一趟差的成敗，腦子裡很亂，他還不知道該怎樣跟局裡彙報這樁案子，也不知局裡能不能同意他下一步的行動方案。

第五章

走前人沒走過的路

20

沙一天下班哼著小曲進家門，葛楠很感新奇。結婚到現在，她還沒見他這麼輕鬆地哼過歌。結婚那一天，大家逼著他們唱「夫妻雙雙把家還」，他死活不願張口，賴皮到後來也只講了個笑話。吃完晚飯，沙一天進了書房，在桌子上鋪開稿紙，拿起筆，一副得意忘形的樣子，臨寫了，他又放下筆，靠到椅背上，雙手抱住了後腦勺。

「一天，你在做什麼呢？我買了兩個西瓜，有好些日子沒去看你爸了，晚上咱們去看看你爸。」「哎。」沙一天立即收起紙筆，葛楠能主動提出去看他爸，那是求之不得的事。鍋爐工和市長之間的地位懸殊客觀存在，他爸對他和葛楠的婚姻曾經發表過某種看法，說你小子別上了兩天學就不知天高地厚，你找這麼個高官家的小姐，你準備侍候她一輩子吧。老爸的話對沙一天不能說沒有影響，他從來不敢主動要求葛楠回他家看他爸，反倒是常常主動提醒葛楠該回她家看她爸媽。葛楠早就發現沙一天這種自卑，她沒有點破，免得他尷尬，容易傷感情。沙一天主動提起兩個西瓜往外走。葛楠說：「咱騎車去，一人車筐裡擱一個，晚上也涼快。」沙一天關切地問：「妳累不累？」葛楠知道他是哄她，說：「我又不是什麼嬌小姐，騎車你不定趕上我。」沙一天說：「這倒是。」

沙一天騎在前面，沒與葛楠並行。葛楠在後面看著沙一天的背影，心裡閃過一個意念，瞭解一個人需要時間。儘管她與沙一天在一個局裡待了五六年，結婚後，她發現她並不完全瞭解他。沙一天從來沒對她敞開過心扉，她並不想插手過問他們社裡的事，可他憂，總是一個人躲著她憂；樂也是獨自一個人偷著樂，從來不願讓她介入他的內心世界。葛楠把這些理解為他自尊心強。葛楠就特別注意自己的言行，給他更多的自由。但是這些天，她感覺他心裡有大事，跟他那天晚上看的那份資料有直接的關係，前兩天，總是悶悶不樂，躺床上也在沉思。今天又一反常態，從裡到外一身樂。葛楠在一旁悄悄地觀察，不給他一點干擾。沙一天是樂，發自內心的樂。連他自己都不相信，他的智慧會在辦公會上突然噴發，發揮到極致。會前他是認真地做了準備，他的腦子一點不笨，真笨不可能當局黨辦副主任，也不可能直接讓他去南風當社長，要筆桿搞資料是他的長項。他把章誠的方案搞熟後，準備了一份意見，肯定他的超前意識，肯定他對市場的中肯分析，肯定他的改革精神，但是他認為出版社要擺脫目前的困境，不能頭痛醫頭，腳痛醫腳，改革不能局限在發行部，應該從全社編、印、發整體來思考，否則，光是發行改革，編輯部、出版跟不上，孤掌難鳴。會前他只是想到這些。到了會上，其他社領導發言後，在他做拍板總結發言時，渾身突然激情澎湃，腦子裡湧起萬千思緒。他的嘴好像成了一個單純的說話工具，新的思維不期而至。他說我們現行的機構能不能打散呢？編輯部、出版科、發行科能不能重新組合？沙一天說出這兩句話，他發現在場的社領導都突然精神起來，都把那急切的目光盯住了沙一天。社領導們的專注與振奮更激發了他的情緒，更啟動了他的思想。他接著說我們必須打破大鍋飯，把每個人的積極性創造性最大限度地調動起來。什麼東西最能調動積極性，還是利益。過去我們只重視思想工作的驅動作用，不重視制度和利益的驅動作用，忽略，甚至放棄利益的驅動作用。今天我們要利用這個利益。我們能不能讓編輯部與編輯部之間來個比賽，來個競爭？出版、發行人員能不能直接配到編輯部去呢，這樣編輯部就可獨立進行生產經營。沙一天看到社領導們都新奇得睜大了眼睛，他心裡就更有了底，他們被他征服了，他們誰都沒想到過，連聽都沒聽說過。他繼續說，我們就是要走前人沒有走過的路，為什麼我們不能讓每個編輯部向出版社承包呢？把各項指標都定到編輯部，首先叫他們自己養活自己，同時給社裡創造利潤。效益好的你就多得，效益不好的你就少得，沒有效益的你就不得！真正體現多勞多得，按勞分配，做到幹與不幹不一樣！多幹少幹不一樣！幹好幹壞不一樣！在場的社領導，包括章誠都情不自禁地為他鼓起掌來。沙一天立即從興奮中冷靜下來。

這方面他在機關已經修煉成精。對他影響最大的曾經是一篇叫《尾巴》的雜文。那雜文的主題是批判有些人老盯著別人屁股後面那條無形的尾巴，常常教導別人按照他的意願給那條無形的尾巴找一個合適的生存狀態。當人家有成績時，他就教導人家這尾巴千萬不要翹起來，臉上也不要一天到晚露著笑，說話也不要高聲，要夾著尾巴做人。作者提出自己的觀點，即使真有那麼一條尾巴，關鍵不在於翹不翹，而在於值不值得翹。如果是條漂亮的狐狸尾巴，真翹起來也是挺漂亮的；但要是根豬尾巴，那就不必了，翹起來也只能是顯醜。沙一天讀了這篇雜文深有感觸，他把它從報紙上剪下來，珍藏起來。但他並沒有從文章的主題中汲取營養，卻從文章批判的陋習中得到了啟發。

而且結合自己的實踐，總結出了一套機關幹部為人做事的理論：自己所做的，不一定是自己想做和願意做的，越是自己不想和不願做而領導要做的要格外認真地做好；自己所說的，不一定是自己想說和願意說的，越是自己不想和不願說而領導要你說的你更要漂亮圓滿地說好；自己想做的、想說的，必須變成領導想做的、想說的，然後替領導去做，幫領導去說；你的智慧只能是領導的智慧；你的聰明只能是領導的聰明，你的才能也只能是領導的才能。現在，他在這裡是領導，他目前還沒有找到具備他這樣素質智商的下級，但他知道他的地位與在坐的是同級，對同級不能採用對待下級的方法。他有一點是明瞭的，他要在這裡立住腳，必須在這些人裡樹立絕對權威，比他強的，必須降住；比他弱的，讓他敬服。於是他感到越是在大家擁護他的時候，他越是要想到大家。沙一天於是謙虛地說，我剛來，雖然一直在局裡工作，但畢竟是機關，不在第一線，我還是個外行，我只是提出這個想法，具體要靠我們這個班子集體的智慧來完善，來論證，來充實，最後形成我們集體的決議。這一方面章副社長是內行，具體變成文字方案還是要章副社長來費心。他這一謙虛，在場的又以笑聲給他回報。幾天來，他一直在為降不了章誠而犯愁，沒想到，這一急，急出了智慧，竟一下讓他真正有了居高臨下的感覺。當他看到章誠為他鼓掌，朝他微笑時，他心裡頓時開滿了鮮花，而且每一朵都在怒放。

回到家裡，他這根夾著的尾巴再也受不了這壓抑，他給它徹底解放，讓它筆直地翹了起來，直戳青天。就在那時他忽然想到了華芝蘭。自從在江都大學分手後，沙一天再沒有見到華芝蘭，這是他終生難忘的一幕，也是他一輩子不能原諒自己的一天。華芝蘭在學校的操場上找到沙一天，沙一天正穿著背心矯健地帶球三步上籃。華芝蘭沒有喊他，眼淚卻小河一樣流淌，不知是驚喜，還是委屈，還是痛苦。華芝蘭沒干擾沙一天打球，她默默地在球場邊一直等到沙一天打完球。同學們把沙一天見到華芝蘭的驚慌和失措理解為緊張和害羞。當他們兩個單獨在寢室面對面時，華芝蘭再也忍不住了，立即撲到沙一天的懷裡，眼淚再一次流淌。讓華芝蘭收住眼淚的是沙一天的麻木，他對華芝蘭的擁抱沒有回應，也沒有反應，暑假的瘋狂不見了，他竟像一條冬眠的蛇一樣毫無生氣，華芝蘭的大眼睛裡只剩下驚奇和疑問。沙一天做出一副殭屍般的可憐相，請求華芝蘭原諒，他說他沒有辦法說服他媽，他媽說如果他要找她這個鄉下姑娘，她就死給他看。沙一天勸華芝蘭，做夫妻不是交朋友，是一輩子的事，要是這樣不顧現實，不講實際，就算結了婚，日子也沒法過，也不會幸福。華芝蘭聽出，沙一天的表白是胸有成竹的，臉上表情雖然慌亂緊張，說出的話卻流利酣暢。

華芝蘭聽著沙一天冰碴子一樣冷一樣尖利的話，渾身的血液凝固了，她讓他說成了一條冬眠的蛇。叫沙一天刻骨銘心的是，華芝蘭沒有說一句責怪他的話，更沒有向他聲討，也沒有再在沙一天面前流一滴眼淚。沙一天在她面前愧疚得無地自容，他說的這些話，華芝蘭從開始就不止一次提出過。他也沒有忘記他自己說過的話，就在暑假裡，華芝蘭把自己的一切都獻給他之前，他還對她也對天說過，又不是他們娶妳，是我們兩個做一輩子夫妻，只要我們彼此相愛，任何人都阻止不了。不過兩三個月，還是他，還是這張嘴，竟對她說出這些話。華芝蘭一點沒讓他為難，一句話也沒與他爭辯，她只問他，之前對她這樣瘋狂，是真的愛她嗎？沙一天說是真愛，現在仍真的愛她，而且立即做出要與她親吻的動作。華芝蘭拒絕了，她再沒說什麼，她平靜地與他握了手，說了再見。

沙一天拋棄了華芝蘭，才漸漸體會到她的可愛；跟葛楠結婚之後，他才更留戀華芝蘭的賢慧、寬厚、溫柔和善良。當他翹著尾巴走進家，看到眼前的葛楠時，他忽然就生出這個意念，假如站在面前的不是葛楠，而是華芝蘭，他就不需要掩藏，不需要疑慮，他可以毫無顧忌地把心裡的一切都告訴她，她會跟他一樣高興，跟他一起欣喜，一起快樂，她還會誇他智慧，誇他聰明，誇他能幹。她還會主動地投入他的懷抱，把自己的愛加倍地奉獻給他。但站眼前的不是華芝蘭，而是葛楠。他一點都拿不準葛楠對他的舉動會怎麼想，或許她反會笑他，說他不是男子漢，說他心理陰暗。所以，他不能向葛楠敞開心扉，他只能向她敞開能敞開的那一部分，把不能向她敞開的那一部分留給自己，獨自憂，獨自喜，獨自樂。

沙一天在前面想，明天應該去見見符局長，把自己的新構思，新設想彙報給局長。符局長要是欣賞，那麼在局長那裡算是政績，是一種發現，一種創造，一項業績；然後再聽聽符局長的意見，想法讓符局長把自己的想法摻和進來，這樣就成了局長的意見，局長的支持。到社裡他可以利用符局長的話，把社裡的其他領導統一到他的思想上來，即使搞錯了，那也是局長支持的，局長也會幫他說話。要是符局長不欣賞，他可以根據他的意見修正，出了事也不至於別人說他不請示，不彙報，另搞一套。

沙一天把他的工作想妥後才想起葛楠，他趕緊回過頭來等她，與她平行前進。葛楠覺得沙一天的一舉一動很可笑，她說：「你的事情想好了？」沙一天一愣：「我沒有想什麼啊！」葛楠又是笑：「沒有想怎麼到這會兒才想起我啊？想怕什麼？人長著腦袋就是思想的，只要不想歪的，不想邪的就好。」沙一天說：「妳想哪去了，我是在想事，我們社要改革，等成功了，再向妳報喜。」葛楠卻笑著說：「你可不要報喜不報憂啊！」兩人說笑著到了沙一天家。

21

書店開業，莫望山要搬到書店住。莫望山跟舅舅說：「舅舅，我有自己的書店了，店裡沒有人不行，要搬到書店去跟那些書做伴，只好讓舅舅孤單了。」舅舅說：「你這一走，我還真覺得一閃，這屋裡又要冷清了，今晚咱爺兒倆得喝酒，老婆子啊，給我們加兩個菜。」舅媽立即忙活起來。舅舅從櫥裡摸出一瓶頭曲。莫望山奪過舅舅手裡的酒瓶，說：「這酒留著過年陪客人喝。」舅舅不幹，說：「店大店小都是店，開張也是件喜事，得喝這瓶酒。」莫望山說：「爺兒倆自己喝這種酒不實在，喝不出味來。」舅舅說：「真不喝？」莫望山說：「不喝，喝高粱燒。」舅舅說：「好，那就喝高粱燒。」舅舅把頭曲放回櫥裡，另拿出一瓶高粱燒，拿出兩只大茶杯，咕嘟咕嘟把一瓶高粱燒分成了兩杯。莫望山拿過舅舅的酒，往自己杯子裡再倒了一半。舅舅說：「這點酒算不了什麼。」莫望山說：「你的血壓夠嚇人的了，不能再這麼喝酒，我不在的時候，你更不要一個人喝酒。」外甥體貼舅舅，舅舅打心裡高興。舅媽炒了盤花生米，炒了個白菜溜肝尖，還有蘿蔔乾炒青豆。兩人就一口一碰杯喝起來，一邊喝一邊說話。舅舅問：「開張的錢湊夠了沒有？」莫望山說：「媽那裡拿了一萬二，阿姨給了一萬五，你這裡九千六，差不多小四萬，有這筆流動資金，辦個零售店也就湊合了。」舅舅說：「爸總還是爸，他沒能給你錢，總是有難處，以後還是要常回去看看。」莫望山說：「我知道，爸是真沒有錢，有錢他會給的。爸沒給，阿姨給了，阿姨的情也是爸的情。阿姨真不錯，幫著租房，又支持錢，幫了這麼多忙，以後得好好謝她。」舅舅說：「是啊是啊，喝！」兩個人端起杯子乾杯。

莫望山早早起了床，今天他的野草書屋要開張。莫望山下了樓，下了兩塊門板。自己的東西自己疼，莫望山在店裡看看這個書架，摸摸那個書架，整整這一排書，擺擺那一排書，看啥都親切，看啥都可心。不一會兒，他媽就來了，進屋就掃地收拾屋子。莫望山說：「媽，您這麼早就來了。」媽說：「今日開張，我半宿沒睡著。」莫望山說：「我也是，天沒亮就醒了。」媽說：「窮人家開店，身家性命都在裡面了，賠不起噢，不上心哪成啊。」莫望山說：「是啊，只是讓媽跟著我擔驚受累，我這心裡過意不去。」媽說：「跟自己的媽還客氣啥，把店辦好，多賺錢，媽心裡比什麼都開心。」莫望山說：「咱開張還放鞭嗎？」媽說：「開張當然得放，圖個吉利。」莫望山說：

「沒買鞭炮啊。」媽說：「你伯伯給你想著呢，昨日就買了，買了兩掛一千響。」莫望山說：「難得他這樣替我操著心，你替我謝謝他。」媽說：「跟他也沒什麼好客氣的，你心上有他，他也就高興了。」莫望山說：「今日開張，晚上我想叫沙一天和聞心源過來坐坐吃頓飯。」媽說：「應該，人家都幫了這麼大的忙，再說你們在一個村插隊的，該好好聚聚。」莫望山說：「你叫伯伯也過來一起喝杯酒。」媽說：「他就算了，血壓高，也喝不得酒，再說大老頭子，跟你們年輕人在一起，他也不自在。」莫望山一直憋到九點，才在門口點響了那兩掛一千響。鞭炮聲引來了不少人。他媽立即把莫望山寫的那個開業大吉，圖書一律九折優惠的牌子支到門口。

莫望山這邊鞭炮炸響的時候，聞心源正在給賈學毅彙報興泰假冒案。賈學毅聽得非常認真，聽了以後非常憤慨。「你可千萬別心軟，這些唯利是圖的奸商什麼事都幹得出來，既然有了線索，絕對不能放過他們。印刷廠要是不配合，就沒收印的書，讓他們賠，賠得他們傾家蕩產，不痛他們是記不住教訓的。跟工廠保持聯繫，一有情況立即行動。」賈學毅的話讓聞心源有了一點情緒。賈學毅藉機擺他的老資格。「這工作啊，就是出力不討好的差事，好人不想幹，一般的人還幹不了。人這麼少，事這麼多，更要命的是沒有法，政府的檔管什麼用呢，就算真查清了案子，人贓俱獲，證據確鑿，你也沒有辦法，要人家公檢法配合。你把案子報上去，人家問，他盜印假冒的書反動嗎？當然不反動。黃嗎？不黃。人家會說，那不得了，出版社賣是賣，書商賣也是賣，殺人放火，搶劫強姦都管不過來，哪有工夫管這種事呢？出版社這邊整天追著你不放，一天打二十四個電話問，你急急不得，推推不得，這種活哪是人幹的喲！領導理解支持還好，要是他們再跟你不一條心，你就等著倒楣吧。這些年我就是這樣得罪了人，到處有人恨。可咱是幹什麼的呀，咱要是再不堅持原則，這行業還有救嗎？得罪人咱也得幹哪！賈學毅看聞心源情緒沒高漲，覺得該給他鼓點勁。賈學毅說：「你這一趟沒有白去，他縣政府、縣文化局和工廠不會無動於衷。這就叫走三步退兩步，還是前進了一步。關鍵是工廠，這線索斷不斷全在工廠，只要他們配合，准能抓到不法分子。我看你很有這方面的才能，若能把這案辦好了，你在局裡就一炮打響。」聞心源說：「我想給局裡寫個報告，然後再給出版社回信。」賈學毅假惺惺地說：「一切都由你安排，工作上的事要抓緊，個人的事也要插空辦，愛人的工作有沒有進展？」聞心源說：「回來還沒問，抽空再去一趟。」賈學毅很關切地說：「趕緊去，個人的事要耽誤了，可真就耽誤了。」聞心源再一次感謝，賈學毅也再一次謙虛。

莫望山找聞心源，聞心源正在防疫站。商業局長的親家做出一臉苦大仇深那表情，他沒想到親家沒把這事向他做解釋，他遺憾地把結果告訴了聞心源。聞心源自然出乎意料，可悲的是賈學毅早就知道，事情第二天就有了這結果，他不過要作弄作弄聞心源。幾分鐘之前，賈學毅還在假模假樣關心這事，而聞心源卻一直蒙在鼓裡，還把賈學毅當恩人謝。聞心源回家跟江秀薇一說，江秀薇立即倒床上又沉默起來。沉默了一陣，江秀薇才細聲告訴聞心源，莫望山幾次來電話找他，他的書店今天開張，他和沙一天在書店等他。聞心源見江秀薇開口說話，心裡的壓力稍鬆了一點。他跟江秀薇說，別急，再想別的辦法。江秀薇說要急早急出病來了。就在這時，莫望山又來電話，聞心源這才放下心事去見莫望山和沙一天。莫望山舅舅也在，他舅舅愛喝口酒，只要喝酒莫望山就忘不了他。沙一天心情很好，南風出版社的書在野草書屋佔了整兩個書架。他覺得章誠這小子很會處事，他並沒有開口讓章誠給莫望山怎樣的關照，但他悄悄地辦了，他讓發行科給莫望山開了近三萬碼洋的書，以六八折結算，而且沒有讓他付現金，說到進下批書時，付這一批書的款。莫望山高興得恨不能給章誠磕頭。

頭一天開張，賣了將近三百塊。書價很便宜，一個印張不到兩毛錢，一本書才兩三塊錢。開業大吉，莫望山很高興。莫望山高興，他媽更高興，舅舅也跟著高興，只聞心源一人心事重重。到酒桌上沙一天和莫望山才顧得問聞心源的心事。聞心源把辦案的事和江秀薇工作泡湯的事告訴了他們。沙一天不知是喝了酒，還是老朋友的感情驅使，他提醒聞心源說：「害人之心不可有，防人之心不可無，對賈學毅還是不能太相信。」聞心源覺得賈學毅並不是他說的那樣，反為他爭辯，把賈學毅幫買煤氣罐，主動幫江秀薇聯繫工作的事說了。沙一天說：「你不知道，這些都是他跟我瞭解了情況之後動的腦筋，他越是主動，你越要小心。我與他在局裡共事七年，我瞭解他，他是不會免費幫人的，凡是付出的東西，他必定有目的，必定要回報。你想想，他犯了錯誤，挨了處分，他的工作肯定會有變動，你年輕，職務又不低，將來肯定要取代他，他這是在搞感情投資。」莫望山舅舅插話說：「林子大了，什麼樣的鳥都有，有的人壞著呢，當面一套，背後一套。多個心眼沒有錯。」聞心源對沙一天的話將信將疑，他這才覺得那局長親家話裡有話，賈學毅早就知道了結果。

沙一天繼續給聞心源出主意，說：「案子的事，不能光聽賈學毅的，要直接給趙文化彙報，甚至可以直接向符局長彙報，我見了符局長也可以打個招呼。局長、副局長的意見才是最重要的，尤其你來局裡不久，工作一定要爭取領導的支援，要讓領導認識你，瞭解你。我想你們部隊機關跟地方機關也會有共同之處，你都當處長了，應該比我有經驗。」聞心源感覺沙一天這一番話說得很實在，這是朋友說的話，人生一輩子，到哪也得有幾個真正的朋友。

莫望山打斷了他們兩個的話，讓他別光說不愉快的事情。聞心源這才意識到自己的不合適，今天是來給莫望山的野草書屋開業賀喜的，只顧著說自己的苦惱，真不好意思。聞心源主動檢討，說是他該死，攪了老弟的好心情，罰酒三杯！聞心源說到做到，自斟自飲，連乾三杯。莫望山過意不去了，主動陪了三杯。莫望山舅舅不在話下，也陪了三杯。沙一天耍了滑頭，他只乾了一杯。

22

葛楠走進聞心源的辦公室，賈學毅不在，葛楠氣哼哼地一屁股埋到沙發裡，她十分不滿地問：

「把煤氣罐退回來是什麼意思？」聞心源去送煤氣罐，葛楠沒在，他交給了沙一天。聞心源向她解釋：「我已經買到了一只罐，招待所又借給一只罐，有兩只倒替足夠了。」葛楠說：「你是真傻還是裝傻？我們宿舍早用管道天然氣了。所長是個什麼東西！自己朋友的東西不用，倒願意跟這種人打交道！」聞心源拿疑問的目光看了看葛楠。聞心源有些奇怪，他原來並不認識葛楠，到局裡工作後也沒有共過事，就因為他和沙一天曾經在一個村插過隊，她就視他如一家人，說話也不分彼此。聞心源心裡非常清楚，他跟沙一天在衙前村一起當知青的時候，他倆還有莫望山三個是挺好，合得來，也有共同語言，平時總玩在一起，但這畢竟才兩年多時間，並沒有親密到情同手足的兄弟情分。自己沒有那份情義，別人反當他有，心理上就不好接受，接受起來也不踏實。

葛楠不是那種一眼就招男人喜歡的女性，她是經得住男人觀察的女性，時間越長，越讓你注意。她性格開朗爽直，卻又帶著一股子毫不隨和的倔強；身材勻稱而豐滿，卻帶刺而叫人敬而遠之；眼睛明亮美麗，卻又隱藏著威嚴；辦事大方果敢，卻又常常對人苛刻。也許就是這些混合在一起的複雜，構成了她獨特的女性魅力。

說不上是什麼原因，聞心源不能看著葛楠的眼睛說話。聞心源解釋說：「既然人家送來了，不用也不合適。」葛楠說：「那麼我送去的不用就合適？」聞心源說：「我不知道你們已經用管道天燃氣。」葛楠故意挑釁地問：「不會是江秀薇有什麼想法？」聞心源掩飾地說：「她第一次見你，會有什麼想法呢？」葛楠說：「但願沒有，不過那天我覺得她並不歡迎我。」聞心源說：「也可能是妳們女人心細。」葛楠說：「女人對女人最敏感，我知道江秀薇不歡迎我，她跟我是兩種完全不同的女人，她不能接受我。不說這些了，今天有正事找你。」葛楠的話讓聞心源感到好奇，她找他，還正事？剛說的都不是正事？葛楠問：「領導跟你談了沒有？」聞心源更覺葛楠的話問得奇怪：「沒有啊！出什麼事了嗎？」葛楠笑了，說：「我看你不像軍人出身，倒很像書呆子。下面都知道了，市場管理要從發行處分出來，成立市場管理處，要讓你當市場管理處副處長，賈學毅繼續當發行處長，讓他籌建勞動服務公司。發行處和市場管理處的人員要重新統一調整。」聞心源坦白地說：「我沒聽說，領導也沒跟我談，你們也別瞎傳。」葛楠覺得聞心源傻得可愛，她說：「不是瞎傳，是真事。我和小常都不願在發行處幹，想到市場管理處跟你幹。」聞心源說：「我一點都不知道，到時候再說吧。」葛楠對他的不冷不熱很不滿意，她說：「你別不當回事！我們是看你人不錯才願意跟著你幹，我們也不是那種光拿工資不幹活的人。你也別只顧悶頭做事，別人塞給你什麼人你就要什麼人，到時候沒人給你幹活，你後悔就來不及了。」葛楠還沒離開，趙文化打電話叫聞心源上他辦公室。

一切如葛楠所說，這也是中國特色，無論黨內還是政府，已經沒有機密可言。還沒上會研究的事，會前已經有了意見；會上作出的決定還沒傳達，群眾連會上誰說的什麼都知道。不知道這是黨內民主的進步，還是黨的原則在喪失。趙文化徵詢聞心源意見，聞心源就提出要葛楠和小常到他手下的要求，還認真地向趙文化彙報了他決意把盜印假冒案追查到底的打算。趙文化完全同意聞心源的打算，還表揚了他，以工作為重，在個人利益的處理上體現了一個軍人的良好品質和素質。最後聞心源順便反映了自己的實際困難，請求領導將江秀薇安排到局裡勞動服務公司。趙文化意見夫妻最好不要在一個單位工作，有合適的可以考慮對調安排。不管事情成不成，聞心源先感謝了領導的關心。

苗沐陽跟她爸爸苗新雨提著「五糧液」、「大中華」到招待所找聞心源，聞心源感到十分奇怪。莫望山是跟他打聽過勞動服務公司的事，他也跟莫望山說了，勞動服務公司歸發行處負責組建，他只能幫著打聽一下。他還沒來得及跟賈學毅溝通，他們卻迫不及待地找上門來了。聞心源看苗沐陽本人，渾身透著一種成熟的青春氣息，很大方，一點沒有女學生那種羞澀和扭捏。她說不一定只做業務人員，行政、公關、財會她都可以幹。說著她就拿出了一疊獲獎證書，還有到電器公司實習的鑒定。聞心源覺得挺合適，可他無權決定能否要她。聞心源只能實說，他可以竭力向公司推薦，但不知道公司招不招應屆畢業的正式幹部，如果招的話他將幫助盡力爭取。苗新雨向聞心源自我介紹，他是單位的人事科長，單位領導同意接收安排苗沐陽，但他不願意讓自己的女兒上本單位，給人家留下話柄。他主動提出如果新聞出版局有人，可以對調安排。聞心源看苗新雨是個實在人，他就把江秀薇的情況向他作了介紹。苗新雨挺高興，讓聞心源把江秀薇的個人資料給他一份，他們單位雖然沒江秀薇的專業，但可以安排相應的工作。聞心源自然求之不得，他答應明天就找賈學毅談，有必要他會直接找局領導談。苗沐陽和她爸爸要告辭，聞心源實實在在地讓他們把東西帶回去，沒必要找這樣的為難，別說有莫望山這層朋友關係，就是沒有莫望山這層關係，他也不會接受這些東西。苗新雨看聞心源還是軍人的脾氣，倒是交了朋友。

聞心源本不想再跟賈學毅談個人的事，有了趙文化這話，為了江秀薇和苗沐陽，他只能找他，也只有找他。聞心源一上班先找了賈學毅。他如實地向賈學毅介紹了苗沐陽的情況，同時也把趙文化交換安排的意見告訴了他。賈學毅一直微笑著聽聞心源說，他看聞心源說得有滋有味，說得情真意切，心裡想，這事讓趙文化這狗東西做了人情，在聞心源那裡已成定局似的，他這裡不過是履行公事，跟他打個招呼而已。他不願別人這樣把他當瞎子的眼睛聾子的耳朵，他不是一種擺設，他是個人，是處長，是掌握著勞動服務公司進人大權的人，屬於他手裡的權力，誰也別想插手。因此，聞心源越說得急切，越說得動情，賈學毅就越顯得冷靜，越擺出老練。他自然不會把自己的內心暴露給聞心源，更不會給他當頭潑冷水，一點都不讓聞心源看出他拿把。待聞心源說完，賈學毅十分誇張地說：「太好了！哪去找這樣的好機會！這不是一舉兩得嘛！既幫了你朋友的忙，又給你愛人找到了工作，我這裡一點問題沒有。但事情要辦得巧妙，我知道你這人正，為了愛人的工作找領導不方便，一切由我來，我馬上把苗沐陽作為重點對象報給局領導審批。現在風氣很不正，不過你放心，告訴苗沐陽別給我來這個，我這人不圖別的，就喜歡交朋友，喜歡幫人，我這麼多關係怎麼來的？就是靠這種交情換來的。你去買那個煤氣罐，人家二話沒說吧？」聞心源想起了沙一天的話，眼前的人跟沙一天的評價判若兩人，他不知該信誰，他只能說多勞賈處長費心。

聞心源忍不住把事情告訴了葛楠。葛楠也跟著高興，說賈學毅要是真辦了這件事，算是辦了件人事。她說前兩天她還跟符局長說過江秀薇的工作問題，請局裡也幫著想想辦法。聞心源謝了葛楠的好意，他同時不好意思地要葛楠以後別再為他家的事操心，有時候好心不一定辦好事。葛楠覺得好笑，說你這軍人怎麼也婆婆媽媽起來了。

聞心源興沖沖回到家，一上二樓就聞到一股熟悉的煎魚香味。果不然江秀薇在做魚，還有豬肚。他看到江秀薇認真地調濟生活，心裡很高興。看著江秀薇苗條的身子，白如凝脂的皮膚，聞心源在陽臺上就忍不住捧過秀薇的臉蛋親了一口。江秀薇既沒迎合也沒有反對。她總是如此，談戀愛到如今，夫妻之間的一切她都是被動的，被動並不是她不需要，更不是她不愛，她的愛全部溶化在那種死心塌地的依附之中，她的全部情感總是在被愛中細膩地默默展現。「我不要安排在招待所。」江秀薇心事重重地說。「招待所？誰說要安排妳在招待所？哪個招待所啊？」聞心源好生奇怪。

下午，招待所所長喜滋滋地一手提著一條活鯉魚，一手拿著個豬肚，敲了她家的門。江秀薇開門見是所長，心裡不免一驚。「所長有事嗎？」江秀薇不想讓他進屋，儘管女兒泱泱也在家。「是有事啊，而且是好事。」江秀薇下意識看了一下自己的領口，幸好今天穿的是套裙，上衣的領口開得不大。她既沒讓坐，也沒倒茶，反順手拿起了剛放下的書。「領導說了，同意安排妳在咱們招待所工作。」「招待所！」江秀薇非常驚奇。「對呀！不過不湊巧，其他部門都不缺人，只有膳食科空著一個幹部的位置，你先幹著，我會慢慢想辦法給你調換的。」所長的眼睛逼得江秀薇不敢抬頭。「我沒有說要到你招待所工作呀！等他回來商量商量再說吧。」「還商量啥，都在一個單位，也好有個照應，招待所福利也好，別人求都求不到呢。再說有我在，妳還能吃虧嗎？」「請你把東西拿走。」「都自己人啦，還客氣啥！咱們是老鄉，老鄉不幫老鄉，幫誰啊？」所長一走，江秀薇狠勁把門關上，把泱泱緊緊地摟在懷裡。「媽！妳怎麼啦？妳摟痛我了。」「泱泱，妳聽不聽媽的話？」「聽。」「妳爸爸最討厭吃別人的東西，爸爸要是問，妳不要跟爸說這魚和豬肚是所長送來的，就說是媽媽買的。」「那泱泱不是撒謊了嗎？妳不是不讓我撒謊嘛！」「就這一次，是媽媽同意的，妳要是不撒謊，爸爸生氣怎麼辦？」「好，我就幫媽媽撒一次謊，就這一次喲。」江秀薇不願意讓聞心源知道這些，他要是知道了，會傷他的自尊。聞心源看江秀薇不應聲，有一點急：「妳怎麼啦？是誰告訴妳的？」泱泱眨著兩眼看著媽媽。「你別問，反正我不願意在招待所工作。」「爸爸，不是所長告訴的，是媽媽自己知道的。」聞心源奇怪地看著泱泱。「難道是因為前兩天葛楠找了局長……」「葛楠葛楠又是葛楠，她插什麼槓子！添亂……」「小心眼兒。」「我是小心眼兒，不如人家大方——」江秀薇看到泱泱痛苦的眼睛，她把話打住了。「小心眼兒別擔憂了，我已經給你找到工作了！」聞心源把與苗沐陽對調安排的事告訴了江秀薇。泱泱聽了高興得拍手，說好了好了，媽媽有工作了。

夜裡，秀薇破例主動偎到聞心源的身邊，雙手摟住了聞心源一條胳膊，一行行滾熱的淚水流在聞心源的肩膀上。聞心源不明白她為何要這般委屈，他明白她這委屈不是他帶給她的，可是誰呢？是葛楠，是她多疑吃醋？聞心源疼愛地把秀薇摟到懷裡，她緊緊地貼著他，從來沒貼得這麼緊……

23

「路遙的《平凡世界》多帶幾本，帶上十本八本，這書好賣，我看過了，挺好，可惜只寫出了第一部，聽說在修改第二第三部，不知道什麼時間出。還有張賢亮的《情感歷程》，也多拿幾本，他的讀者也不少，那裡面有他最著名的《男人的一半是女人》。對，《大地震》也拿幾本，還有《長征》、《第二次決戰》，這些都是暢銷書……」莫望山像個指揮員，一邊列著單子，一邊指揮著。華芝蘭和莫望山他媽按莫望山說的從書架和書堆裡拿書往門外的三輪車上裝，莫嵐也在幫忙，她在外面看著三輪車。華芝蘭幹得很專注，這事讓她陌生，又讓她新鮮。她不時從褲兜裡掏出手絹擦汗。華芝蘭來江都已半個月，她是等學校放暑假之後再來的。村裡的學校已經撤銷，合併到鄉里的中心小學。上面沒有安排她，讓她在家待分配，這對她是個沉重的打擊。這十來年她沒有偷一點力，把學生當自己的孩子一樣教。她一直存有一念希望，總覺得上面會念她這十來年的工作，會想法安排她的。結果上面還是只安排了那個公辦教師。她不想與人攀比，也沒法與人攀比，人家是師範畢業分配來的正式教師，她怎麼能與她相攀比呢。奮鬥的最後一線希望破滅了，華芝蘭躲在學校痛哭了一場。她覺得老天對她不公，來到這世界三十多年，沒給她多少陽光，學業、愛情、事業，全部是失敗的紀錄。她把心裡的委屈變成眼淚，流在學校的土地上。流盡眼淚，她再冷靜地思考自己以後的人生。儘管莫望山回來後幾乎是一個禮拜給她寫一封信，但從她本意來說，她不願再依附於莫望山，他已經幫她很多，她不想再拖累他，不願再欠他太多，一輩子陷在那個還債的泥潭裡走不出自己的路。可是她想到了莫嵐，她不能把不幸再帶給莫嵐。莫望山說得對，應該讓莫嵐受到好的教育，培養她上大學，改變她的命運。但這些，她無能為力。她別無選擇，只能放棄自我，放棄任性。

當她第一次坐在莫望山身後的三輪車上去火車站賣書時，她一路上低著頭。她感到滿街的人都在看她，看她這女書販。她很不喜歡這個稱呼，她已經習慣了人家叫她老師，每當聽到別人叫她華老師，她發自內心有一種自豪和光榮，每當教師節，學生們拿著小紀念品來到她面前，說祝老師節日愉快時，她總會激動得流淚。現在這一切都只能成為歷史，她再享受不到這份自豪和光榮，只能成為一個女書販，一個一天到晚只知道賺錢的書販子。她人坐在車上，心卻在亂飛。當她在火車站第一次聽到莫望山叫賣時，她很害羞，好像她做了什麼見不得人的事。她好奇地偷眼看莫望山，他毫無反應，十分地投入。他不停地在叫賣，在為讀者推薦圖書。什麼路遙的最新力作《平凡世界》，什麼寫唐山災難與人生的《大地震》，什麼張賢亮的《男人的一半是女人》。他這一吆喝，湧上來的人還真成倍增加。他再給不同的人，推薦不同的書，常常加上自己的讀書心得。跟這個說這《第二次決戰》把國民黨高級將領與共產黨在思想上靈魂裡的再次較量寫得活靈活現，作者自己就是國民黨將領的後代，你買去看，看了要是不值，你找我。跟那個說這《長征》是外國人寫的，那才叫真實，公允，是外國人看我們這舉世無雙的壯舉。他這麼一說，別人就都掏錢買了。華芝蘭覺得莫望山回城後，變了個樣，他再不是那個寡淡沉默的人，也不再看一切都無所謂。或許在他腦子裡，衙前村始終不是他的故鄉，那知青屋也不是他真正的家，那裡沒有他想多說的話，也沒有他想多幹的事，他只是在思考，只是在等待，只是在積聚。現在他不同了，他回到了自己的家，有了自己的店，有了自己想做的事。華芝蘭還感受不到這些，她還沒有完全介入他這個新的事業和新的世界。她不推銷，也不叫賣，只顧收錢。

今天是華芝蘭頭一次獨自流動售書，莫望山要到出版社去進新書。跟莫望山賣了五天書，她已經熟悉了上車站的路，也學會了蹬三輪。蹬三輪跟騎自行車大不一樣，自行車兩個輪，把握方向、拐彎，動作很小，只要意念到動作就到了。三輪車可不一樣，動作幅度是自行車數倍，如果要拐彎，車把的角度必須大於拐彎角度才能轉過向來，要不就會出事。華芝蘭在院子裡練了幾晚上才掌握，屁股磨得痛。「妳還是到火車站那老地方賣，那裡過往的人多。」「嗯。」華芝蘭不說哎，說嗯。「收錢的箱子關好，車站的小偷挺多。」「嗯。」「我進完書回來就去找妳，我再帶點新書去。」「嗯。」「小心點，要有人搗亂就找車站的員警，那兩個員警我常給他們遞菸，挺不錯的。」「嗯。」「中午飯之前我一定趕到，我給妳買了盒飯帶去。」「嗯。」「爸爸，我也跟媽媽去好嗎？」莫嵐跟莫望山說話總帶點嬌氣。「暑假作業還沒做完哪。」「我都做一大半了，還早呢！媽媽一個人，上廁所都沒人換她，我想陪媽媽賣書。」莫望山覺得莫嵐說得有道理，「也好，不玩啊，陪著媽媽，幫媽媽看著錢箱子。芝蘭妳說呢。」「嗯。叫她去，也好幫幫我。」

莫望山到人民社去進《毛澤東傳》，資訊是崔永浩提供。崔永浩，這名字很像朝鮮人，人長得也像朝鮮族。崔永浩不是朝鮮族，也不是江都市人，是陝西人。這人有點魄力，也有點眼力，他認為江都將會是全國最大的圖書集散市場。這裡南北交通貫通，東西水陸交通便利，可以輻射四個省。他跑江都來開了大江書局，而且掛靠在江都市民政局下面一個殘疾人福利機構，店裡故意安排兩個殘疾人，可以免稅。

讓莫望山長了見識，學無止境，什麼事情裡都有學問。大江書局有批發權，他們的書品種少，數量大，雜誌圖書一塊兒搞，雜誌比書還好批。莫望山看了他們店裡陳列的樣書樣刊，雜誌都是些地區級的文藝文化雜誌，內容不是傳奇，就是內幕，再就是案例，檔次很低，但看攤銷售人員說出那批發數量讓莫望山驚愕。銷售人員說雜誌比書走得好，昨天那本《江漢文藝》一上午就走了五千。莫望山問最近來什麼新書？崔永浩告訴他人民社出了本《毛澤東傳》，說是外國人寫的，今天就有小販來打聽。莫望山自愧不如，他一點資訊都沒有。莫望山離開大江書局，立即找公用電話找沙一天，請他幫忙給人民社的汪社長打個電話，他要三百本《毛澤東傳》，付現金。這個忙沙一天不能不幫，舉手之勞。莫望山提書回到店裡，立即拿五十本綁到自行車上，直奔火車站。

莫望山老遠就看到他們的書攤前圍滿了人，心裡一陣激動，這日子累是累，但非常有意思。本來就愛看書，幹這一行還逼著你看書，再宣傳書，宣傳作者，向讀者推薦書，還賺錢。每天晚上點那些賣書得來的錢時，心裡特舒服，特安慰，也特充實。這是自己的勞動所得，是自己創造的價值。一聲女孩的哭喊從那人堆裡飄出，悠悠地飄進了莫望山的耳朵。莫望山仔細一聽，渾身的毛髮倒立，胸背胳膊腿的腱子肉都緊張起來，那是莫嵐的聲音。

他飛車插過去，擠進人群，看到一位穿一身紅衣服的年輕姑娘在責問華芝蘭，讓華芝蘭推車跟她走。「幹什麼！幹什麼！」莫望山虎嘯般衝到跟前。「妳是誰呀？想吃人嗎？」紅衣姑娘挺老練。「你是誰呀？」莫望山反問。「我是東城區文化局的，怎麼啦？」紅衣姑娘手裡有權，挺橫。「我們怎麼了啦？」「違章！異地銷售懂不懂？」「異地？這兒不是江都市？」「這兒是江都市，但這兒不是廟街，你的執照規定的營業地點在廟街，這兒是火車站，廟街是西城區，火車站是東城區，明白嗎？」莫望山一聽，知道自己理虧，立即命令渾身的疙瘩肉解散自由活動，臉上的肌肉也放鬆下來，平和地向姑娘解釋：「市新聞出版局和工商局批執照的時候沒有說不能流動銷售啊。

我們剛開店，在廟街沒法零售，我們也不知道這規定啊。」「這還用說嗎，執照專門設營業地址這一項幹嘛！」「我們錯了，不知不為過，我們走，好了吧？」「不行，你必須把書留下。」

「什麼？把書留下！我這店開張到現在也沒掙出這些錢來呢！我們一家三口還活不活？」「那不是我管的事，我管的是市場。」「我錯了還不行嘛！誰還能沒有個錯，妳看看我的執照，才辦下幾天？我們在鄉下插隊十五年了，好不容易回來，自己開這麼個店，不給政府添麻煩，自食其力，妳通融通融行不行，權當可憐可憐我們這些老知青，好不好？我求妳了。」「不行，我沒有這個權，跟我把書送到局裡去。」周圍的群眾看不過去了，你一言我一語，都說這姑娘太狠，人家有執照，賣的也都是正版書，那些賣黑書，賣黃書的倒不管，專跟本分人過不去。做人不能這樣不通人情，人家一家三口夠難的了。

「阿姨，求求妳，放過我們這一次，我是暑假第一次陪媽媽來賣書，妳讓我有個好的記憶好嗎？我還要寫作文呢，阿姨，求妳了。」莫嵐開了口。「你們都怎麼啦？這是國家的政策！是法律！光講人情不講法律怎麼行呢！」群眾一時沒了話，只聽一個人說，這丫頭一輩子找不著對象，這樣狠的人誰敢要。華芝蘭轉身含著淚跑了，莫嵐追著喊媽媽，莫望山吼了一聲，讓莫嵐跟媽媽先回家。

莫望山鎮靜下來，心平氣和地問紅衣姑娘：「妳想怎麼處理？」「車上的書全部沒收。」「我要是不讓你沒收呢？」莫望山的眼睛裡已經噴射著火絲。「我就請公安來監督執行。」「那妳叫吧。妳把省新聞出版局市場管理處的副處長聞心源也叫來，把省新聞出版局發行處的賈學毅也叫來吧。」當莫望山說到賈學毅的名字時，紅衣姑娘看了她一眼。「你別拿這些人來嚇唬我，我見著多了。」「誰能嚇著妳呀！這天下只怕連鄧小平也不會在妳眼裡。」「少廢話，跟我走。」「你可以沒收我的書，可妳沒有權利罰我給妳出苦力，對不起，妳自己登記吧。」莫望山說著，自己動手把三輪車上剩餘的書一摞一摞都捧到地上。然後把自行車上那五十本《毛澤東傳》解下來放到三輪車車斗裡，把自行車也架到三輪車上。「把那些書也拿下來。」紅衣姑娘盯住了車上的《毛澤東傳》。莫望山的臉青了：「我說妳別太過分了！妳的手癢了，我告訴妳，這書是我剛從人民社批來的，沒有在這兒賣！妳要敢拿一本！妳試試。」「那你也是準備拿到這兒賣的！」「我現在心裡正想著要弄死妳呢！妳能說我現在已經對妳行兇了嗎？公安局現在就能抓我嗎？」周圍的群眾又哄起來，都說人長得還挺像樣的，心卻這麼黑。「請妳趕緊登記，給我清單，我還沒吃飯呢！」紅衣姑娘只好從包裡拿出紙筆，一本一本列清單……

第六章 再強強不過光陰

24

聞心源和賈學毅的任命宣布的當天下午，興泰文化局來了電話，印刷廠那裡有了消息，超過約定的交貨時間三天之後，書商的聯繫人突然來了電話，要求印刷廠先發貨，第二天再約定交單付款的地方。印刷廠感到不保險，問怎麼辦？聞心源告誡他們，可能是有人通風報信了，先沉住氣，別打草驚蛇，穩住他。聞心源問他們，沒有提貨單對方能不能從車站提到貨。文化局那邊說如果書店與車站熟悉，沒有提貨單也能提出貨來，有的車站，到貨後會發催領通知單，憑催領通知單照樣可以提出貨來。印刷廠就怕貨發出去後，剩下的一半款沒人付。

聞心源直接給印刷廠廠長打了電話，聞心源問他在火車站發貨有什麼辦法能制約對方。廠長說辦法倒是有，可以先報站辦理發運手續，然後讓對方付款，如果對方不付款，發運手續可以作廢，可以不上站，報了站不發貨也不用交運費。聞心源讓廠長給聯繫人打電話，堅持在車站一手交錢，一手交單，理由是發了貨收不到那一半款不好辦。可以跟他說定，見不到人就不發貨。聞心源勸廠長不要害怕，現在主動權在廠裡，著急的是他們，付了一半成本，你不發貨，他就白賠這些錢。他一定會答應。果不然，幾個小時以後，印刷廠來了電話，說對方答應，後天在興泰火車站交單付款。

發行處分成兩個處，處裡的人員也同時到位。葛楠到了市場管理處，小常仍然留在發行處，桂金林卻到了市場管理處。人員調整局裡既聽取了處領導的意見，但也沒有完全按處裡的要求辦，或許領導有領導的考慮，領導自有領導的道理。

葛楠對聞心源在處裡見面會上安排的工作有意見，她原想與聞心源一起去興泰破案，聞心源卻決定帶桂金林去，讓她在家負責正常工作。葛楠知道聞心源心裡想的是什麼，她覺得江秀薇對她有誤解，聞心源在心裡防著她。聞心源跟葛楠說了一句冠冕堂皇的話，說女同志出差不方便，兩個男同志開一個房間就行了，好省點錢。葛楠沒有話說，心裡可不高興。聞心源安排好工作，想到要出差，再到賈學毅辦公室落實一下苗沐陽的事。

賈學毅突然沒了往日那熱情，一臉為難。他不無遺憾地說：「勞動服務公司不是局裡的正式機構，上面不想招應屆大學生，大學生來了就得享受國家幹部待遇，萬一公司解散，不好安排。」聞心源很著急，他問：「要不要他直接再找局裡領導說說？」賈學毅立即制止，說：「千萬別找，千萬別找，一找反把事情弄僵了。對調安排牽涉你愛人的事，在領導面前太多地為個人的事提要求，影響不好，還是我再跟領導說說，再爭取一下。」聞心源從頭涼到腳後跟，本來是板上釘釘的事，自己局裡的人與人家對調安排，互相照顧，多好的事。不知江秀薇又要急成什麼樣。葛楠知道後說她知道他不會辦人事，說不定就是他在裡面搗鬼。聞心源回家一說，江秀薇的臉又陰了下來。聞心源給苗新雨打了電話，把情況如實告訴了他。苗新雨自然也不太高興，不過他當即表態，不管勞動服務公司接收不接收苗沐陽，江秀薇的安排他會盡力幫助。聞心源想說幾句感激的話，但他沒有說，他覺得像苗新雨這樣的人事幹部太少了，幾句感激話表達不了對他的敬仰。苗新雨理解聞心源的心意。他說這不要緊的，說聞心源經這樣的事太少，這種事他會辦，賈學毅並沒有把話完全封死，他可以直接找賈學毅試試，他知道賈學毅是公司的法人，他知道這事該怎麼辦。

聞心源和桂金林第二天趕到興泰，住下後立即與印刷廠廠長取得聯繫，印刷廠廠長告訴他們一切沒有變化。聞心源告訴廠長，要他們一切照平常發貨的程序辦，該幹什麼幹什麼，該怎麼幹還是怎麼幹，不要管他們。只要在聯繫人出現時，廠長做個扔菸頭的動作就可以。印刷廠的一輛加長「東風」拉著一卡車貨真價實的《大地震》於九點準時進入火車站的發貨場。聞心源、桂金林和興泰市文化局的同志坐在一輛麵包車裡。麵包車停在貨場旁邊的車站停車場裡，車頭正對著貨場，對貨場的情況一目了然，連印刷廠的人都不知道這就是他們的車。印刷廠廠長安排人報站辦理手續，其餘的人都進站去拉裝貨的拖車，廠長和司機看車。安排好一切，廠長靠著車頭若無其事地抽菸。大約過了二十分鐘，一個小夥子，匆匆走進貨場，他東張西望十分顯眼。他在貨場裡轉了兩圈。聞心源注意到他特意在興泰印刷廠的貨車前經過，廠長也看見了他，顯然廠長不認識他，要是認識，廠長會按約定的規定主動與他打招呼，並扔掉菸頭。小夥子轉了兩圈後，徑直走出貨場出口，悄然離去。一個小時過去了，既不見那個聯繫人出現，也再沒見異樣的人進入貨場。廠長有些著急，他也沒法與聞心源他們聯繫。工人們已經把拖車找來，一共拖來五輛；報站的也把手續辦了，票簽上都已經蓋上了當日的戳。廠長說做發貨準備。工人們就分頭按報站計畫，往一家一家的發貨包上拴票簽。一卡車書很快分別按收貨單位的省分、件數分裝到拖車上。聯繫人仍沒有出現。聞心源他們在車上也有些著急，會不會有人漏了風，或者剛才這小夥子就是打前站偵察的，他發現了什麼蛛絲馬跡。廠長更是著急，該進站過磅了，他再不出現，發貨時間就過了。貨當然絕對不能發，別說錢沒結清，省市場管理處也不會同意，這批書還不知怎麼處理。廠長沒有別的辦法，只好硬著頭皮等待。聞心源比廠長更急，已經下了決心，已經向局裡作了彙報，市場管理處第一次出擊，要是泡湯，這頭可開得不好。就在聞心源著急又無可奈何的時候，那個小夥子又出現了。他沒有東張西望，進了貨場直奔廠長而來。他在廠長面前停了下來。「你們是哪個印刷廠的？」小夥子問。「我們是興泰印刷廠。你是來結帳的嗎？」廠長說。小夥子點點頭，問：「有沒有異常情況？」廠長說：「一切正常，還是那個情況。聯繫人怎麼沒來？」小夥子說：「他有別的事出差了，由我來代替他結這筆帳。」廠長問：「錢帶來沒有？」小夥子說：「帶來了，等你們發完貨，一手交貨。」廠長說：「換了人，我們沒有打過交道，先小人後君子，發貨手續一切都完備了，你付了錢，我們就直接送進去過磅蓋章送月臺。」小夥子說：「書你們已經少印兩萬冊，已經給了你們兩萬五千冊的錢，只差五千冊的錢，給了錢你不發貨怎麼辦？」廠長說：「你可以先拿票清點貨，貨對了後再給錢，然後你拿著票跟我們一起送貨上月臺，然後再交運費。」小夥子想了想，說：「好吧，我這就去拿錢。」其實那個聯繫人並沒有出差，他就在火車站前不遠處的一個小商店裡。小夥子取錢，是去跟他彙報。小夥子去了不大會兒，提著個包回來了，這時聞心源看到離小夥子大約十五米遠，有一個人慢悠悠地跟隨，四十來歲，戴著墨鏡。到貨場入口處，他站住不進貨場。聞心源迅速改變計畫，他讓桂金林和興泰市文化局的人去拘小夥子，他和另一個公安人員去對付墨鏡。四個人不動聲色下了車，分頭行動。小桂和文化局的人一起來到印刷廠的車前，廠長扔了菸頭。桂金林履行公事地問工廠發的是什麼書，打開包看一看。小桂剛說完這句話，那個小夥子轉身想跑，文化局的人一把抓住了他的胳膊。貨場外那個戴墨鏡的中年人一看不妙，不露聲色轉身仍慢悠悠地離開。聞心源也不露聲色地走到他面前，輕聲跟他說：「你涉嫌非法盜印圖書，請你配合調查。」戴墨鏡的中年人突然掉頭就跑，他沒想到公安人員已經在他身後，公安人員大喝一聲：「別動！舉起手來！」墨鏡立即又轉身想穿過馬路，就在他拔腿想跑時，聞心源箭步插過去，墨鏡一個筋斗趴在地上。聞心源扭住他的胳膊把他拖起來：「我是省市場管理處的，你涉嫌非法盜印圖書案，請你協助調查。」桂金林和文化局的人也扣留了那個小夥子，他們把兩人一起帶上了車。聞心源過去告訴廠長，把這批書全部送到興泰造紙廠報廢化漿，化漿前他們會去監銷。這時廠長已無話可說。兩個人還算老實，到了文化局立即供出了幕後的書商，書商叫夏文傑，江都市人，在省城開書店，書店叫星星書店。今天，他們沒帶一分錢，夏文傑不甘心，不想白扔那兩萬多塊錢，叫他們來碰碰運氣。墨鏡把星星書店的地址、夏文傑的電話都寫到紙上。聞心源立即打電話給葛楠，讓她叫市發行處聯合行動，立即查封星星書店。

聞心源讓小桂留下監銷盜印圖書，他隨即返回江都，處理星星書店。葛楠帶著市發行處的人趕到新民路十四號，十四號是一個個體美髮廳。葛楠跟美髮廳的小姐一打聽，美髮廳的小姐說以前做什麼不清楚，她們是今年三月才租用的，讓他們問房主。葛楠問小姐房主在哪裡？小姐說在後面，小姐領他們到外面，給他們指了路。葛楠他們鑽進小巷子，找到了房主。房主是個六十多的老大爺。老大爺說：「原來是有個姓夏的要租這屋開書店，是叫星星書店，他要了我們的房產證明，可一天也沒來開書店，後來問介紹人，說不辦了，連一天房租也沒付，讓房子空了好幾個月。」葛楠問：「你見沒見過那個姓夏的？」老大爺說：「見是見過兩次，記不大住了，好像他右邊臉上那兒有個疤。」葛楠再打那個電話，電話通了，接電話的是個女的。葛楠問夏文傑在不在。女的很生氣地說他死了，還欠她好幾月房租呢。葛楠說能不能見見面，女的倒挺爽快，同意見面。女房東三十出點頭，見面就訴苦，說夏文傑今日上午突然跑了。這王八蛋騙了她，騙了她的房子，還騙了她的人，六個月的房租還沒付，突然就跑了。

夏文傑是勞改釋放犯，犯過搶劫罪，判了七年，勞改四年提前釋放。父親與他斷絕父子關係，不讓他回家，他到處流浪。他姨知道了這事，做了他父母的工作，也勸他做點正經事，他姨托人找關係幫他辦了書店的執照，他一是沒本錢，二是沒做那種生意的長性，店就沒開，高興了，進點書擺個小攤賣，不高興了就到處遊逛。去年他租了女房東的一間屋。她說他的事她都不清楚，做事就是關著門打電話，這部電話長途費有時候一個月上千。他的生意好像還是搞書，有時候印刷廠找他，有時候外地的書店找他，忙的時候忙得顧不上吃飯，閒的時候，一天到晚睡覺。搞不清他，神出鬼沒的。

聞心源聽完他們的彙報，說不上喜，也說不上憂，值得欣慰的是這期盜印案被查清了，也被扼制了，廠方和書商也算是相應受到了處罰。只是當事人逍遙法外，沒有得到懲處，只損失了兩萬多塊錢。他覺得事情有些蹊蹺，肯定有知情者在裡面通風，要不書商不可能這樣詭秘，夏文傑也不可能跑這麼快。這人是誰呢？

這人是賈學毅。在聞心源他們去興泰的那天晚上。賈學毅接了一個神祕的電話。那人開口就叫他賈大處長。賈學毅問他是誰，對方沒說，而說賈處長貴人多忘事，他一直沒敢忘賈大處長的恩德，時時想再報答。賈學毅問他有什麼事。那人說聞心源是不是去了興泰？他打算幹什麼？賈學毅一下來了情緒，但他沒有忘乎所以，他不能失身分，更怕對方錄音。賈學毅靈機一動，故意氣憤地說，你准是那不法書商！我奉勸你老實投案！你們完全在聞心源掌握之中，工廠已經作好了準備，老實投案，爭取寬大處理！對方說謝謝賈大處長，後會有期。賈學毅對自己的機智非常滿意，這樣既給聞心源出了難題，又沒給對方留下話柄證據，一舉兩得。

聞心源仍沒有丟掉新聞的敏感，他覺得應該利用這案子很好地宣傳一下，以達到教育和警示的效果。回江都的車上，別人以為他一直在沉睡，其實他在打腹稿。聞心源回到家，江秀薇熱情迎接他，接他的包，遞給他毛巾和臉盆讓他到洗刷間洗臉。聞心源好生奇怪，今天是怎麼啦？世上的事情老是這麼怪怪的，外面工作順了，家裡卻麻煩；外面工作棘手了，家裡卻溫暖。聞心源一邊洗臉擦身子，一邊這麼尋思。聞心源問江秀薇，今日為什麼這麼高興。江秀薇告訴他，她的工作落實了，她說昨天莫望山來了，說苗沐陽和她的事都辦好了，是苗沐陽的爸爸直接找了賈學毅，賈學毅接受了苗沐陽爸爸的禮，第二天就讓苗沐陽把檔案送去。苗沐陽直接把檔案交給了賈學毅，賈學毅非常喜歡苗沐陽，當場一口答應要接收苗沐陽，賈學毅還說幸虧見了面，要不就埋沒了一個人才。苗沐陽爸爸那裡的領導也同意接收江秀薇，她去見了領導，談了話。領導說看她性格內向，適合做室內工作，直接讓她留在人事處工作。江秀薇一口氣說完了這喜訊，問聞心源：「人事工作，你說我能做得來嗎？」江秀薇還跟大學生似的天真，她喜笑著還歪著頭問聞心源。

聞心源最喜歡她的就是這一點，她一直像一個女學生那樣單純，那樣脆弱，又那樣癡情，那樣溫順。聞心源說：「堂堂大學生，這樣一種簡單的文書檔案工作，怎麼做不來呢，這種工作只要三條，一口緊，二心細，三公允。」江秀薇高興地拍手，說：「這三條我都能做到。」聞心源看她那可愛樣，暫時丟掉了夏文傑，攔腰把江秀薇抱了起來。聞心源問泱泱呢。江秀薇說她已經有小朋友了，到院裡找小朋友玩去了。聞心源就迫不及待地親江秀薇，江秀薇逃出嘴來說把門插死。聞心源就放下江秀薇把門插死。

這是一場久旱的及時雨，風也狂，雨也急，一個有情，一個有意。結婚到現在，他們從來沒有這麼放肆過，大白天，兩人剝得一絲不掛。平常泱泱睡在旁邊，他們做事總是偷偷摸摸，不敢說話，不敢大聲喘息，也不敢有大的動作，每次都跟做賊一樣，一面做著事，一面還要注意著泱泱，生怕把她鬧醒了尷尬。尤其是江秀薇，有時正做著，只要聽到泱泱一聲喘息，她就立即不幹了，她的心理不能承受。如今他們總算擺脫了這束縛，這壓抑，長期壓下的情債今日一塊兒還。作為江秀薇，她心裡想的是，聞心源這些日子苦夠了，公事家事，他都要從頭開始，自己沒有體諒他，關心他，體貼他，反還常常跟他鬧彆扭，跟他賭氣，給他添煩，添壓力。作為聞心源，他心裡想的是，好好的工作，她突然像失業一樣在家待業吃閒飯，無所事事，家不像個家，屋不像個屋，做飯都沒地方，哪像是人過的日子，自己只知道在外面忙，很少與她談談心，關心關心她的內心世界。一個要補償，一個要付予。兩個想到了一起。江秀薇被聞心源啟動，她從來沒有這樣情不自禁，這樣無法抑制自己，她隨著聞心源掀起一個個巨浪。江秀薇史無前例地呼喚著聞心源的名字，這呼喚激起聞心源百倍的鬥志，他像一名衝鋒的勇士一往無前……

他們剛剛整好衣服，聞心源剛拔開插銷轉過身來，泱泱咚地撞開門闖了進來。聞心源和江秀薇不約而同相對一笑。這一笑竟讓機靈鬼泱泱發現，她先看自己的衣服，沒有發現異常，噘著嘴說爸爸媽媽笑她，不准隱瞞，笑她什麼。江秀薇竟紅了臉，還是聞心源來得快，他說爸爸媽媽正在誇妳，妳就闖進來了。泱泱鬼精靈，說不是，肯定是爸爸媽媽在背後罵我了。聞心源就乘機把泱泱抱了起來，說這麼聰明漂亮的女兒，爸媽怎麼捨得罵妳呢。

大老爺們讓個丫頭給治了，這真填補了莫望山人生中的一項空白。莫望山怎麼也咽不下這口窩囊氣，事實卻不管莫望山願意不願意，接受不接受，人家就這麼給他填補了，而且是在大庭廣眾的火車站，見證者有好幾百，而且治得他一句話都說不出來。

莫望山拉著五十本《毛澤東傳》把三輪車蹬回書店，已是下午一點。走進書店，華芝蘭拉著一張哭喪臉，她這輩子恐怕沒受過這種屈辱。再看莫嵐，悶著頭趴在那默默地寫作業，連點生氣都沒有。還有他媽，直拿眼睛看他，也不說一句話。全家人讓這臭丫頭整得灰溜溜的，莫望山心裡堵上了一塊磚。眼睜睜讓別人欺負自己的老婆和女兒，還把他這大男人當羅卜切，一家人在眾人面前丟醜，卻沒有一點辦法還擊，莫望山肺都要炸了。莫望山跑上樓上，抄起一瓶高粱燒，咕嘟咕嘟，一口氣下去半瓶。華芝蘭和他媽在樓下的清靜中沒事可做，都無聊地找了本書在翻。樓上突然呼騰一聲，一個沉重的東西砸到樓板上。三個人都嚇一跳，不約而同往樓上跑。莫望山已經醉倒在樓板上，三個人喊聲一片，慌得手腳直打顫。莫望山他媽立即讓華芝蘭去拿醋，拿開水，拿白糖。莫嵐看到她爸的樣子，抱著她爸的胳膊哭喊著。莫望山他媽給他硬灌了兩大缸子溫水，她和華芝蘭把莫望山駕到床上，把他翻過身來趴著。他媽讓華芝蘭拿來臉盆，她用手指塞進莫望山的嘴裡，摳莫望山的嗓子眼。莫望山嘔出了半臉盆酒水和苦水。他媽再給他灌了半碗醋，再給他灌了一大杯糖鹽水，這才讓莫望山躺到床上。天下還是娘最疼兒，他媽折騰得渾身是汗。

晚上華芝蘭看著熟睡的莫望山，滿心愧疚。她怨自己沒能替他分擔氣憤，反給他火上澆油。華芝蘭讓莫嵐先睡，她一直守在莫望山身邊，直到他半夜醒來，撒了尿，喝了水，吃了一包速食麵，莫望山安然躺下，她才回裡屋躺下，躺下後，心裡還是醒著，留心著屋外的莫望山。莫望山醒來再沒能睡踏實，清晨起來兩眼通紅。

莫望山沒跟華芝蘭打招呼，悄悄上了省新聞出版局，他去找聞心源，想叫他把那臭丫頭收走的書要回來，出出這口窩囊氣。聞心源去了興泰，莫望山灰溜溜地回到書店，他沒在店裡做事，也沒跟華芝蘭他們說話，自己獨自上了樓。莫望山坐著無事可做，從口袋裡摸出了那張單子，看了看，算了算，一共五百六十多塊錢。這數字，讓莫望山的心思朝另一個方向活動了一下。為這五百多塊錢，給聞心源添這為難，值當嗎？人家新上任，上下關係也不是太熟，人家是吃政府飯的，不好那麼感情用事，為自己一口怨氣，把堂堂處長當槍使，不應該，太不應該，幸好他沒在。就算自己倒楣，權當不小心丟了這錢。想是這麼想，可莫望山怎麼也丟不下這臭丫頭。莫望山頭一回見識這樣的丫頭，不過二十出點頭，就他損她的那些話，還有那些圍觀人的話，一般的姑娘誰受得了。她居然會面不改色心不跳，整個兒一個臨危不懼！莫望山心裡又有個東西活動了一下。說到底，人家是個丫頭，也是為了工作，好男不跟女鬥，跟女人一般見識沒出息。莫望山這麼一想，心裡那塊磚頭挪動了。

華芝蘭卻沒這麼簡單。華芝蘭雖沒表現出多麼氣憤，可心裡的傷深著呢。莫望山頭重腳輕地走下樓來，拿眼瞅她。華芝蘭知道莫望山心裡不舒服，但她還是給了他這麼一句話，她再不到火車站賣書了。莫嵐當然還理解不了大人們話裡的話，也跟著說她也永遠不再去火車站賣書了，說那個阿姨太凶了。母女兩個把莫望山那股掙錢熱勁趕了個精光，他說：「不去就不去，妳們以後就在店裡營業，我出去流動售書。」華芝蘭卻說：「你也不要再到火車站賣書。」莫望山看華芝蘭來了強勁，女人來了勁，沒法跟她爭，越爭越來勁，他軟下話來說：「江都也不只火車站人多，我可以到汽車站去賣。」華芝蘭說：「汽車站也不要去，別的地方也不要去，既然規定不允許流動銷售，那就哪也不要去。」莫望山還沒見華芝蘭這麼強過，他讓她說愣了，一時沒了話。哪也不要去，在家幹坐著啊？不去流動售書，能賺到錢嗎？這店能開下去嗎？一家人喝西北風啊！可他不能跟華芝蘭來硬的，一家人要是想不到一起，生意就絕對做不好。

莫望山走出店門，蹲在門口悶著頭抽菸。「哥！怎麼沒出去賣書？」莫望山懶懶地轉過頭，見是苗沐陽。她穿了條短裙，高挺著胸脯，腳下的高跟涼鞋咯吱咯吱，頭上的馬尾巴一擺一擺，肩背著一只小包，手提著一兜水果，邁著模特兒似的貓步，一扭一晃走得挺有情致。她總是喜歡把自己的腰板挺得那麼直，什麼新潮穿什麼。莫望山沒立即把轉過來的頭轉回去，他狐疑地端詳著苗沐陽，他有些搞不明白，她為什麼要對他這麼親近。難道是因為她媽擠走了他媽，破壞了這個家庭？替她媽還情？還是因為她佔了他的屋子，弄得他無家可歸？似乎沒有這個必要。父母的婚姻是父母的事，兒女不好管這事，也不該管這事。她媽與他爸重新組織家庭沒有什麼不合法，也沒違背什麼道德準則，用不著妳來找補。妳既然成了這個家庭的一員，你就有這個權利享受住房，何況那時他還在衕前村，沒有什麼對不起對得起這一說。莫望山百思不得其解，他弄不明白苗沐陽是錯了哪根筋，這麼沒由頭地親近他，他還有點擔不起，心裡總覺得不是那麼回事。

莫望山懶懶地說：「快上班了，還到處亂逛啥。」「嫂子啊，你看有這樣的哥嗎？人家來看他，他說人家到處亂逛。喲，大媽也在。」苗沐陽提著水果進了書店。她進門找莫嵐，華芝蘭告訴她莫嵐在樓上做作業，苗沐陽就在樓下喊莫嵐下樓吃水果，說葡萄、桃子還有李子，都是莫嵐喜歡吃的東西。莫嵐則一邊叫小姑，一邊下樓梯。本來沉悶的書店，讓她們兩個這麼一張揚，弄出了一片生氣。苗沐陽進屋做著這一切，眼睛卻關注著莫望山媽的反應，她知道，客觀上他媽對她和她媽是會抱敵意的。苗沐陽和莫嵐一起洗了桃子和李子。苗沐陽挑一個又大又鮮的桃，直接送到莫望山媽的面前。「大媽，這個桃子又大又鮮，妳吃。」「謝謝，我手不空，妳自己吃吧。」「大媽，妳要是不吃，就是不喜歡我，這樣我以後就沒法幫哥和嫂子做事，也沒法指導莫嵐學習。」莫望山媽看了看苗沐陽，這丫頭的確挺討人喜歡。丹鳳眼，一笑彎彎如兩道月牙，再配兩個圓圓的酒窩，要多討人喜歡就有多討人喜歡。嘴又甜，聽她一聲又一聲地叫莫望山哥，比自己那個親妹妹還親，她也不好拿她當外人。於是她接過了苗沐陽手裡的桃子，還說了聲，姑娘，謝謝。苗沐陽聽到這一聲姑娘，心裡舒服了許多。苗沐陽一高興，就開始賣關子。「哥，嫂子，今天你們怎麼感謝我吧？」

「小姑，妳給我們帶什麼好東西來啦？」莫嵐吃著桃子問。「這要看你做什麼了。小事小謝，大事大謝。」莫望山不大愛跟她逗。「那你就準備大謝吧。今天我去找了賈學毅賈處長，我把東城文化局沒收書的事說了一遍，求他幫忙替你要回來。」「他能要回來？」莫望山似乎有點興趣。「他是省新聞出版局的老發行處長了，江都市幾個區的文化局都熟，他當著我的面就給東城區的局長打了電話，我在旁邊說一句，賈學毅就學一句，說人家是老知青了，在鄉下待了十五年哪！沒向政府提一點要求，自己辦書店自食其力，書店剛開，局裡批的是有批發權的，區裡辦照時要他掛靠單位，一時沒找好掛靠單位，就只辦了零售。可店在廟街，零售怎麼搞啊，搞點流動銷售是可以理解的，也是服務讀者方便群眾嘛！再說賣的也都是好書，說一說，批評一下就可以了。」苗沐陽越說越有勁，因為她看到莫望山、大媽、華芝蘭還有莫嵐都越聽越喜歡。「姑娘，真的謝謝妳。」莫望山媽給苗沐陽倒了一杯水。「大媽，您說這話就見外了，一家人怎麼說起兩家話來了！」「哎，是這話。」莫望山媽把水杯端給苗沐陽。「等有了信，你就不必出面了，我去給你拉回來。」「那真得好好謝謝妳，在這兒吃中午飯。」「就吃飯啊！也好，我要吃嫂子做的菜。」「妳想吃什麼？我給妳做什麼。」華芝蘭接過她的話。「我要吃糖醋魚。」「好，我給妳做糖醋魚。」苗沐陽是個活躍分子，一下子把家裡的氣氛搞活了，大家就丟掉了昨天的不快。

華芝蘭忙著做飯，苗沐陽就跟莫嵐上樓做作業。上了樓，莫嵐先把做好的數學本給苗沐陽檢查，她再趴到桌子上做語文作業。苗沐陽拿著莫嵐的作業本，坐到了旁邊的床上。苗沐陽檢查著作業，一股股菸油味不時鑽進苗沐陽的鼻子，她停下檢查，觀察起樓上的房間。她看到裡面房間有一張大床，外面是一張單人床。她原以為坐的單人床是莫嵐的床，可這菸油味來自枕頭和被頭，顯然是莫望山在這裡睡，那麼莫嵐和她媽就肯定睡裡屋那張大床。為什麼要這樣睡呢？她有些不解。苗沐陽覺得奇怪，就小著嗓問莫嵐：「嵐嵐，這張床是妳睡的嗎？」莫嵐也小著嗓說：「是爸爸的床，我和媽媽睡裡面的大床。」苗沐陽再小著嗓問：「爸爸和媽媽吵架了嗎？」莫嵐說：「沒有，爸爸和媽媽從來不吵架。」苗沐陽再問：「爸爸和媽媽怎麼不睡一起呢？」莫嵐說：「剛來的時候，我說爸爸和媽媽睡裡屋的大床，我睡外面的小床，爸爸說他要做事，怕影響我睡覺，就讓我和媽媽睡裡屋。」苗沐陽問：「一直是這樣睡的嗎？」莫嵐說：「到這裡一直是這樣睡的，小姑，這樣睡不好嗎？」苗沐陽像是回答莫嵐的話，又像是自言自語：「爸爸和媽媽是應該睡在一起的。」莫嵐說：「到我開學，我就跟爸爸換。」苗沐陽好生奇怪，看他們兩個好好的，為什麼要分床睡呢？她百思不得其解。

華芝蘭做了四菜一湯，辣子雞、豆腐燉排骨、糖醋魚、番茄炒雞蛋，尤其是糖醋魚，酸酸的，又甜甜的，味都入到魚肉裡，苗沐陽一個勁說好吃。莫嵐看苗沐陽吃得很開心，她也很開心，說小姑要是愛吃我媽做的菜，妳就經常來。苗沐陽來了勁，說嫂子妳聽到了吧，以後可別煩我多打擾啊，是莫嵐邀請我來。

這一天，莫望山沒出去賣書，一家人早早吃了晚飯。天色尚早，莫嵐又要做作業，莫望山說別做了，這些日子光忙書店的事，你們來江都後，也沒帶你們出去玩，永澤書院離這兒很近，帶你們到永澤書院玩。莫嵐拍手贊成。華芝蘭當然也不反對。華芝蘭來江都後，一直寡言少語。莫望山把她和莫嵐從車站接到家，到樓上莫嵐看到兩個房間，裡一張大床，外屋一張小床，莫嵐說爸爸媽媽睡裡屋的大床，我睡外屋的小床。莫望山下意識地看華芝蘭，等她表態，華芝蘭卻什麼也沒說。華芝蘭不說，莫望山不能不說，要不說，在莫嵐心裡就成了問題，不能讓莫嵐亂想。於是莫望山就只好說，爸爸有好多事要做，會影響莫嵐睡覺，莫嵐要是睡不好覺，會影響學習，還是莫嵐跟媽媽睡裡屋的大床，爸爸睡外屋的小床。莫望山又一次看華芝蘭，華芝蘭沒說話，卻領著莫嵐進了裡屋。

華芝蘭這個舉動毫無疑義地表明，她雖然沒有向莫嵐公開他們離婚，但她心裡已經弄假成真，她似乎不想再與莫望山繼續夫妻關係。莫望山沒有勉強華芝蘭，他完全尊重華芝蘭的主權。當初，她主動提出離婚，並不是要離開莫望山，更不是討厭他，她只是想讓他回城。但當法律不再承認他們是夫妻，他們分開過了這些日子，華芝蘭的內心似乎發生了變化。現在把他們仍然聯繫在一起的是莫嵐，他們兩個首先想到的也是莫嵐，莫嵐離不開他們兩個，莫嵐需要他們兩個，他們也怕傷害孩子，要給她一個完整的家庭，讓她在溫暖的家庭裡健康成長。還有書店，這是他們共同的事業，書店是實現他們夢想的惟一。這些日子，他們就以這樣一種方式過著家庭生活。

上車坐了三站地就到了永澤書院。這裡是江都的一個休閒、鍛煉身體的公共場所，在傍晚金色的夕陽中，人們三五成群地走進書院。大門雖不高大，但飛簷、青瓦、白壁、木窗已體現了南方民居的特色，那一塊永澤書院的大匾，更顯示出它的歷史，也透出書院的學堂氣息。莫望山成了她們的導遊。莫望山向她們介紹永澤書院的歷史，永澤書院雖沒有河南商丘的應天書院、河南登封的嵩陽書院、湖南長沙的嶽麓書院、江西廬山的白鹿書院四大書院那麼有名，但也已有幾百年的歷史。莫嵐讓莫望山再說了一遍，她說要把四大書院記住，好寫作文。莫望山又說了一遍。莫嵐記了下來。莫望山說全國各地還有許多有名的書院，什麼徂徠書院、金山書院、石鼓書院、茅山書院、龍門書院，記不得都是哪個地方的了。莫嵐問書院是做什麼的。莫望山跟她說書院就是現在的學校，這個妳媽比我知道得多。莫嵐就讓媽媽說。華芝蘭只好說很久很久以前，學校都是有錢有學問的人私人辦的，辦學的人才學高，書院的名氣就大，教出來的學生的學問也深。我記得范仲淹、司馬光這樣的大文豪，當時都到嵩陽書院講過學，像王夫之、曾國藩、左宗棠、蔡和森、鄧中夏這樣有名的名人，也都是嶽麓書院畢業的學生。莫嵐非常羨慕，說這些書院好厲害喲，現在怎麼沒有了。華芝蘭說現在都改成了學校，現在的學校更厲害，像清華大學、北京大學，在全世界都是有名的。莫嵐說那我長大了一定要考清華大學，要不就考北京大學。華芝蘭說不是想考就能考上的，要學習成績拔尖才行。莫嵐說那我好好學習就行唄，我在學校，成績一直是第一名噢。華芝蘭說，那是在農村，到了省城妳就不可能是第一名了。莫嵐不服氣，說我可以努力呀，我一定會拔尖的。他們一邊說著一邊看書院的講堂，看學齋，看書院的藏書樓，還有文泉亭、荷塘、夕照亭。莫嵐說過去的人好幸福，他們的學校跟公園一樣。華芝蘭說現在的學校更好，到大學裡面學校還有體育館、禮堂、游泳館、圖書館，都是現代化的教學設備，比書院要高級得多。莫嵐說我知道媽媽的意思，要我好好學習，考好大學，請爸爸媽媽放心，我一定會爭氣的。華芝蘭笑了，這是她來省城後頭一次笑得這麼開心。

從書院回到家，一家人都很興奮。華芝蘭的話也多起來，主動跟莫望山說：「這些日子我一直在想，怎麼把書店的生意做好。光這麼騎著車出去流動賣書，不合人家的規定，也太累。我從《中國青年報》上發現，福建有一家書店在報上登廣告郵購圖書，每種書都有一句話的內容提要，報紙上登的書價比定價高，注明包括掛號郵寄費，巴掌大一塊廣告，數了數，有上百種書。不知道廣告費要多少，他們一定是有利才這樣做的，不妨咱也試試。零售不行，咱可以用郵購來彌補。」華芝蘭的話讓莫望山發生了極大的興趣，他覺得很有道理，他們的執照上也有郵購的服務專案，他說：「可以諮詢一下，要是行，咱也可以幹。」

夜裡，莫望山正迷迷糊糊要入睡，華芝蘭從裡屋出來。莫望山以為她要上廁所，或者哪兒不舒服。當華芝蘭坐到他身邊時，莫望山有一點受寵若驚。他與她分開有一年多了，自她來到這裡，他時時渴望著她，但他開不了這口。這不僅因為他們離了婚，他感到她總跟他保持著距離。華芝蘭現在主動來到他身邊，已經做出了一種姿態，他當然必須加倍回報。莫望山立即側過身子，把更多的地方讓給華芝蘭。沒等華芝蘭挪動身子，他主動把她摟進了懷裡。莫望山立即感覺到了華芝蘭也同樣渴望，一切都在無言中傳達。莫望山充當主人是當然的，他乘勢把雙方的渴望推向更高的層次。他們都知道莫嵐就近在咫尺，他們不可能放肆，更不會忘形。他們熱烈而又克制地向對方傳達著愛，表示著愛，奉獻著愛。他們平靜下來，莫望山說的第一句話是：「咱們重婚吧。」華芝蘭卻說：「何必興師動眾呢，讓嵐嵐知道還不好。」莫望山說：「這樣我心裡總覺得不太好。」華芝蘭說：「你娶我真的不後悔？」莫望山說：「妳嫁我後悔嗎？」兩個人久久地沉默。說不清是誰主動，他們又擁到了一起，他們似乎都想用熱吻來修改剛才的話，想抹去剛才的話。但他們又都不想用語言來表達想要表達的內心。後來華芝蘭意猶未盡地踮著腳尖回到裡屋，當華芝蘭重新躺在大床上時，她後悔忘了說一句，她只願同居，不想再重婚。

26

沙一天踏上二樓，遠遠地看到第二圖書編輯部主任老米蔫頭耷腦立在他辦公室門口。看他那蔫樣，沙一天就知道他找他是什麼事。米主任的蔫樣並沒有破壞沙一天的好心情，他心裡現在踏實著呢。

前天晚上，他特意到符局長家拜訪了領導。沙一天到符浩明家一般不空手，他們之間有一種特殊的關係，沙一天肩負著符浩明交給的一項秘密任務。這任務只有符浩明和沙一天兩個心照不宣，連符浩明的年輕的妻子都瞞著。那天沙一天進門先悄悄地送上局長需要的東西，其中有「早洩靈」、「一枝流」等等，都是補腎壯陽的補藥。符局長現在的妻子比他小一輪多，這些東西符浩明只交待給沙一天一個人給他辦，沙一天也知道局長只讓他一個人為他辦這些。有了這層關係，沙一天在局長心目中的地位就不言而喻。局長的夫人給他們泡來了茶，他們的事也辦完了，符局長吃這些東西不願讓夫人知道。沙一天把自己改革的新思路一一向符局長作了彙報，符局長一直微笑著聽他說，似乎每一句他聽著都新鮮。其實沙一天心裡明白，他在符局長那裡說工作上的事，彙報只是個形式，他幹什麼符局長都會同意。果不然符局長給了他很多鼓勵，大加稱讚，而且告訴他，一個人到一個單位，就是要幹幾件大事，幹好幹壞是另一回事，只要幹事，越幹大越有影響。符局長說這話並不是糊弄沙一天，沙一天的改革思路真的讓他感興趣。他給沙一天交底，新聞出版改革是個大難題，從上到下都在喊，可誰也拿不出招來，因為這是意識形態，誰都不敢隨便出招，弄不好就要犯大錯誤。但出版比新聞要好一些。他告訴沙一天，只要大原則沒有錯，放手幹，一切都依靠群眾，都經社黨委討論，有什麼阻力和困難，局裡給予支持。

經過符局長匡正規範，沙一天把完整的想法交社長辦公會討論，然後由章誠用典章制度的文字樣式表述，再交全社上下討論，形成了舉世無雙的出版社一體化經營管理責任制。他們內部俗稱它為「一條龍」經營，打破全社原有編制，以編輯部為承包核算單位，把發行科、出版科解散，由原編輯部主任挑頭，雙向選擇（主任可以挑選編輯、出版、發行人員，編輯、出版、發行人員也可以選擇主任），自由結合，優化組合，實行編、印、發一條龍經營。每個編輯部可以進一步細化管理，把責、權、利分解到每一個人，充分發揮每一個人的積極性和創造性，為社為編輯部為個人努力奮鬥，大家發財！沙一天在全社動員會上的話是這樣說的：一個編輯部就是一條龍，五個編輯部就是五條龍，每個編輯部裡的每個編輯又是一條獨立的龍，龍與龍之間展開競爭，造成一種群龍起舞的生動局面。全社人員一片大嘩，反應截然不同，完全對立。自覺能力強的拍手稱快，說沙一天是南風出版社改革的帶頭人、開拓者；那些年大體弱，組稿能力弱、市場意識差、左的東西多，大鍋飯吃上了癮的人，則堅決反對，說這是放棄四項基本原則，放棄思想戰線主控權，是鼓吹利益至上、金錢萬能。雙方對立的意見，在討論中各不相讓，各自都能找出上面的指示和偉人的思想語言批駁對方的立場，維護自己的觀點。那尖銳程度，不管天王老子的樣兒，完全像開鬥的公雞，真的急了眼。面對全社如此動盪和紛亂的局面，章誠心裡沒有一點把握。儘管這個方案是他整理的，但他心裡也沒法預料，一旦展開後會出現什麼樣的情況，社裡又如何來控制。他也心事重重地帶著疑問與沙一天作過長談。他最擔心的是社裡失控，一旦編輯部承包後，一切都按合同行事，但合同不可能預想到以後可能出現的所有問題。沙一天很明確，做事情不能前怕狼後怕虎，沒有做的事情誰也無法肯定它是對是錯，實踐是檢驗真理的惟一標準，誰也不是能洞察未來把握未來的天才。世上的事情，我們不可能把一切都想好了再做，我們只能一邊做一邊想，一邊想一邊完善。怕出錯，只有不做事，不做事的人永遠犯不了錯誤。沙一天的話千真萬確，章誠沒有反駁他的理由。

社黨委統一思想，堅決推行改革，何況還有局長的支持，誰要阻擋，誰要不理解，誰要不願意參與改革，隨時可以調離本社。「隨時調離本社」像根金箍棒，一下把不同意見壓制下去。胳膊自然擰不過大腿，有了這一條，誰還敢說什麼呢？出版這行業，比上不足，比下有餘，誰都不想離開。社裡把各編輯部主任的任命一宣布，焦點立即轉移，誰也顧不得找社領導再去論證這方案本身的好壞利弊，都立即忙活各自的雙向選擇，生怕被優化下來沒人要。

這位蔫了的米主任看來問題非常棘手，要不不會蔫成這等模樣，不光頭蔫得垂了下來，渾身都沒有一點精氣神，要不是兩條腿裡有幾根骨頭支撐著那個身子，只怕就要跟麵條似的拉起來一條，放下去一攤了。「說說，怎麼回事？」沙一天進屋一邊整理他的寫字臺，一邊讓米主任說他的蔫事。「我沒法幹了，我要辭職。」米主任蔫在沙發裡，說話也沒有點生氣。「怎麼個沒法幹？」「我選擇了，我前後找了五個人談了話，我們編制是六個人，除我之外還可組五個人。今天都第五天了，組合的時間也快到了，沒有一個人給我回話。他們都不願跟我幹，我找誰呀？」「你這話說到了要害，你是得問問自己了，沒有一個人給你回話！為什麼沒有一個人給你回話呢？」「我們是古典文學編輯部，古典文學沒有市場唄。」「古典文學沒有市場？中央的文學藝術出版社，他們的書一半是古典文學；各省的古籍出版社和文藝出版社，誰家不靠古典文學？我看問題不是什麼古典不古典，而是人。」「我自知能力差，沒有市場意識，人家不信任我，我也不想幹了，我辭職。」「你想幹什麼呢？」「我當編輯唄！當編輯總可以吧？」「你跟哪個編輯部聯繫過？」「還沒聯繫，我辭職後才好聯繫。都是你給鬧的，全社人搞得官不像官，民不像民，人不是人，鬼不是鬼。」「這種牢騷你就不必發了，你應該感謝改革。」「還感謝？！」「是感謝啊！沒有這種改革，你會這樣認識自己——」

正說著，咚！一傢伙闖進來四個人，兩男兩女。進門的四個人像商量好了似異口同聲說，社長你還叫不叫我們活？這陣勢讓沙一天心裡有些發虛，但他知道自己沒有退路。退，就等於宣告他的新思路失敗。這樣的失敗可不是決定錯了某一件事，錯批了一次差旅費，錯報了一次飯費，錯怪了某一位屬下，糾正過來就完了。這一回要是失敗，等於宣告沙一天在南風出版社的政治生命結束，可以說他再不可能有任何作為。他穩定住自己的情緒，讓他們有事慢慢說，不要起哄。沙一天立即撥了章誠的電話，讓他過來。「我在出版社工作二十二年了，現在老了，沒有人要了，你準備把我怎麼辦？」這是工齡與社齡相同的老編輯。「我雖然身體有病，可我進社的時候沒有病啊，再說了，這病也不是自己要得的，有了病就不管了，這是共產黨的政策嗎？」這是患腎炎的女編輯。「我編的書是沒有人家那麼好銷，可我也努力啦！我哪一天遲到過？哪一天早退了？病假都從來沒有休過，多會兒給領導提過要求添過麻煩？老實人好欺負怎麼的？」這是米主任手下的胡編輯。「我有時候脾氣是不好，但我可以改啊，把我扔一邊不讓我工作算怎麼回事。」這是位刺兒頭編輯。沙一天聽他們說完，心裡反而有了底，說來說去，幾位都是不那麼強的編輯，但他不想與他們爭，與他們爭有失自己的尊嚴，於是他讓章誠說話，問章誠這事怎麼處理。章誠沒有跟他們急，反而十分平靜地與這幾個人商量：「你們幾個沒有編輯部要，心理不平衡，對這個優化組合有意見，可以理解。可是你們也應該想一想，為什麼哪個編輯部都不要你們？你們自己有沒有問題？我們全社八十多個人，為什麼就你們四個沒有人要呢？編輯部這麼對你們，你們不服，證明你們還有點志氣。現在我倒有個主意，既然他們歧視你們，你們也不服，那你們五個人為什麼不能組成一個編輯部呢？人人都有兩隻手，別人行，你們為什麼就不行呢？你們不用現在作出回答，給你們兩天時間，你們商量好了跟社裡說，我想社裡是會同意的。」沙一天一直看著章誠，他從心裡覺得這小子腦子靈，肚子裡一套一套的。那五個人讓章誠說得無言以對，你看看我，我看看你。也是，人家都看不起我們，我們憑什麼自己看不起自己？但他們誰也沒把心裡的話說出口。

沙一天把五個人送出門，立即讓章誠叫幾位社領導開會。章誠出門，沙一天一屁股埋到沙發裡。怪不得改革家都沒有好下場，有人恨你啊！你要改，改掉的是不公平的制度，不公平，肯定是有人得便宜，有人吃虧，你改了，原來吃虧的人擁護，原來得便宜就會恨你。你要革，革掉的是特殊化和不合理的陳規陋習，沒有特殊化，不受陳規陋習保護的自然擁護，那些享受特殊化的，受陳規陋習保護的自然也會恨你。沙一天他現在也有些拿捏不住，他想像不出群龍起舞後將是一種什麼樣的情景，他也無法估計還會出現什麼樣的問題。今天是五個人來鬧，明天不知道又有幾個人來吵。這樣鬧下去，他這個社長還怎麼工作；誰都來跟他吵，他這個社長還有什麼權威。他立即意識到不能讓這樣的狀況繼續下去，不能把矛盾都集中到他這裡來，也不能讓群眾把矛頭都直接對著他。他再要赤膊上陣，就沒有一點迴旋的餘地，必須把矛盾轉移。

總編室的林風輕輕地推開了沙一天的門。林風今天笑得特別甜，沙一天沒有覺察，他這時的心情關注不到這。林風在南風出版社的女性中，是最有女人風度的一個，這是南風出版社男人們私下裡閒話時議定的。林風身高一米六五，社裡男人們對她的評價是身材苗條而不乾癟，臀胸豐滿而不臃腫。除了這，林風還有一般有風度的女人缺少的東西，她非常能幹，辦事俐落，公關特強，在總編室，南風出版社一切對上聯繫的事，無論出版局，無論宣傳部，無論辦公廳，凡事離她不行。女人要是有了出眾的特點就有了資本，但這資本用得不恰當也會成為累贅。林風自我感覺良好，目光也就比一般女人高一個檔次。結果老愛俯視別人，有了這種視角，能進入她視線的人特少。這在工作單位倒也沒有什麼，也就少一些朋友罷了，可要是把這帶進情感生活就麻煩了，老愛挑人家毛病，挑這挑那，挑到三十一了，還沒有挑到一個意中人。沙一天以為林風給他送來什麼文件，沒想到她文文靜靜地坐到了他的對面。沙一天這才好奇地看她，他便看到了一張笑得非常甜美的臉。沙一天下意識地眨了一下眼，林風還是給他那張甜美的笑臉。沙一天問她有什麼事。林風仍然甜笑著說，想跟社長商量個事。沙一天有所警惕，女人用這樣一種語氣跟自己的領導說話，肯定有個人目的。沙一天故意平淡地問什麼事。林風說我想挑古典文學編輯部這個頭。沙一天重新抬眼審視眼前的林風。還真不要小看她，她可能比那個老米要強得多。林風從沙一天眼裡發現了她要得到的東西，於是她說，我可以把那五個人全要下，我會給他們每個人都定出工作指標的，我只有一個要求，不要只限止我出古典文學，別的什麼要求都沒有。好有魄力，在南風恐怕沒有一個男人能有這種魄力。沙一天正需要這樣的人的支援，他立即表態，可以考慮，但必須經社長辦公會討論。林風說我在總編室已經給社裡貢獻五六年了，我自己覺得我有這個能力，希望你幫我。你別聽那些人瞎嚷嚷，南風社再不改革就死定了，我們不像人家人民社有皇糧可吃，就得把壓力壓到每個人的頭上，讓大家來操操社裡的心，不能還是讓他們吃大鍋飯混，大家來當當這個家。沙一天覺得她很有思想，於是他說，我一定幫妳，妳給社裡寫個報告，我來批。我相信妳會幹好的，有困難妳就找我。林風居然伸過手來，一下緊緊地握住沙一天的手說，謝謝你，將來我一定會報答你的。弄得沙一天有些丈二和尚摸不著頭腦。

會上沙一天讓各位社領導先彙報各自分管部門的情況，有的說這「一條龍」經營，是個新生事物，大家對它都還沒完全認識。有的說大家吃大鍋飯吃慣了，改革讓他感到了危機，他當然要反對。有的說就目前情況看是積極擁護的，也未必真就理解了改革的意義，很可能只看到了利，而沒有看他的責。大家認為有必要向全社把這個方案宣講一次，讓每個人都全面理解方案的精神實質。社長辦公會沒結束，林風就把報告送到了會上。大家對林風的舉動很欣賞，也都認為林風有這個能力，一致同意她的要求，也同意她接收那五個人組成編輯部。沙一天最後作出這樣的決定，由章誠掛帥牽頭，由總編室、社辦、財務抽人參加，成立一個改革指導小組。這個小組有領導，有管人事的，有管經營的，有管財務的，今後也是這個方案實施的指導小組。這個小組先把方案逐條逐句搞通搞懂，然後負責這個方案的解釋，解決全社人員的疑問，個別不能解決的難題再報到社裡研究解決，確保改革有理有節地順利進行。

27

莫望山沒跟華芝蘭強，她說流動銷售不做了，他就把流動銷售停下，一家人守著野草書屋做零售。莫望山是個很強的人，從上學下鄉到如今，他一直理板寸，頭髮根根支楞著，後腦勺還擰著兩個強螺旋，再加上一身腱子肉，生人誰見了都懼他三分。他再強強不過光陰，光陰像頭強驢不管天下風霜雨雪，也不管人間冷暖，它只顧悶著頭朝前拱，把你由小拱到大，再把你由少拱到老，拱到你老死斷氣那一刻，它都不停下，扔下你繼續朝前拱。拱完你再拱別人，把這世上的人一批一批拱倒，它還是不停，還是悶著頭只顧朝前拱。莫望山已不指望老天給自己帶來什麼幸運，自己的日子自己斟酌。野草書屋的生意淡得像白開水，一家人在屋裡待著沒生意，都抱著書看書。東城文化局那丫頭沒收的書讓苗沐陽要了回來，賈學毅也跟東城區打了招呼，苗沐陽告訴莫望山可以繼續到火車站賣書，但華芝蘭不放口，莫望山就只好憋著。

憋了幾天，莫望山走出了書店。他沒跟華芝蘭說他去做什麼，也沒跟他媽說他想做什麼，家裡人只知道他悶悶不樂地出了家門。一連五天，莫望山都是清晨不言不語地出去，晚上不言不語地回來。第六日，莫望山中午突然回來了，進門，家裡人看他臉上有了一點笑意。華芝蘭覷了他兩眼，忍不住問：「這些天，你悶不嘰嘰地做什麼呢？」莫望山一本正經地說：「我在執行夫人的指令啊。」莫望山不是那種愛嬉笑打鬧的人，講笑話他都是一本正經，別人笑得流眼淚肚子痛，他都不露一點笑。華芝蘭翻了他一眼：「我看你變了。」莫望山還是正正經經地說：「沒有啊，我真是在執行夫人的指令啊。妳說福建有書店搞郵購，我出去調查了，我照著那報紙上的電話給他們打了電話，開始我是以郵購者的身分諮詢，把郵掛費的比例，收到匯款後寄書的時間，差錯的處理都問清楚了。我也按報紙的電話給報社打了電話，廣告的價格也都問清楚了，聯繫的方法也知道了。我把咱們的廣告都寄去了，款也匯去了，我是想等見到廣告後再向妳彙報的，妳這一問，我就只好提前彙報，本來想顯一顯，博夫人一笑，結果流產了，包袱沒摔響。」

華芝蘭笑了：「說你變了還不承認，在衙前村，你這麼貧過？」莫望山說：「這叫到哪山打哪柴。我現在開始詳細彙報，他們的郵掛費不標明，合在廣告的書價內，暗裡佔百分之十五；咱們搞明的，不搞暗的，標明是百分之五，也合在廣告的書價裡。競爭嘛！咱總要跟人家有些不同才是。廣告後日就見報，我正琢磨做登記本呢。每一筆匯款都要把姓名、地址、郵編、錢數、書名、冊數、寄書時間，掛號號碼登記得清清楚楚。郵局我也去了，大宗郵件，他們同意單獨給咱建個戶頭，只要提前一天告訴他們，咱們送去就收，收了就發，價格還可以給優惠。當然我請他們吃了兩頓飯。」華芝蘭聽了，笑了，說：「油嘴滑舌。」華芝蘭嘴上不說，心裡還是非常高興。

夜裡她又偷偷溜出裡屋來到莫望山身邊。莫望山說，看樣我得努力去幹，幹好了事情，夫人才會慰勞。華芝蘭在莫望山的肩膀上咬了一口。華芝蘭和莫望山媽正在屋裡整理書架，門外有人一聲急一聲地喊莫望山。華芝蘭跑出店門，是郵遞員。華芝蘭問他有什麼事，郵遞員讓她到郵局去一趟，說有好多匯款單。這消息讓一家人高興得無法形容，莫望山到出版社去了，華芝蘭只好自己去。華芝蘭趕到郵局，問清了取匯款單的地方。營業員卻讓她找組長。華芝蘭找到了組長，組長是個中年女人，長一張馬臉，很古怪的樣子。組長用那樣的眼光看著華芝蘭，說話也是那樣一種腔調。「妳是野草書屋的？個體吧？這麼大數額的匯款，不能這樣給妳。」華芝蘭說：「是讀者匯給我們的購書款，怎麼不能取走呢？」組長說：「匯給個人的，可以拿身分證來取走，不是匯給個人而是匯給書店，要拿著書店的合法證件在我們這裡辦好手續才能簽收。另外匯款單取走後，因為數額較大，要提前約好才能取款，不約好不能取款。」華芝蘭說：「廣告上已經有承諾，規定一個月之內要讓郵購者收到書的，時間拖長了要失去信譽的。」組長說：「我們管不了這麼多，個體書店只能這樣辦，這就夠可以的了，妳給我們增加多少工作量哪！我們辛苦，讓妳們個體賺錢，按說該付點勞務費的。」華芝蘭說：「匯款的時候不是付了郵資費了嘛，我們寄書也是付郵費和掛號費的。」組長很不高興地說：「我們郵局也不能專門為你們個體書店服務呀！」華芝蘭懷著滿心的喜悅而去，帶著一肚子掃興而歸。

莫望山一聽笑了，說這事是他的疏忽，只想到了郵局寄書這一關，沒想到收匯取款這一關，香沒有燒到。莫望山帶上營業執照、書店的公章，自己的身分證和私章出了門。直到下午，莫望山帶著一身酒氣，背著一隻鼓鼓的郵袋回到了書店。還沒進門就喊：「媽！芝蘭，有活幹啦！嵐嵐！也來幫忙吧！」莫望山把郵袋搬到桌子上，「幹吧，裡面都是錢哪！」莫望山媽和華芝蘭圍上來，把郵袋解開，裡面全是匯款單。一家人眉開眼笑。

莫望山一邊往外拿匯款單，一邊跟華芝蘭說：「這可是個細緻活，抄單子時，不能有一點差錯，出一點差錯，別人花了錢就買不到要買的書，要是有一個人在報紙上抗議，咱們的店就開不下去。」華芝蘭拿出她拿複寫紙畫好的登記表，她說：「這事還是我一個人來做，媽的眼睛花了，嵐嵐的字寫得也慢，也容易寫錯。讓嵐嵐和奶奶一起在下邊看店，我到樓上登記，登記完了，再看著登記表寫包裹封皮，讓媽幫著裝書包書就行。」莫望山說：「妳一個人肯定是幹不過來，讓媽和嵐嵐看店，咱們兩個幹這事。我看這生意要做下去，得再雇兩個人才行。」華芝蘭說：「先不要擺譜，還是一家人幹著再說吧。」

莫望山的一聲呼嚕把華芝蘭一驚。也許她太專注，太投入了，她一點沒覺察莫望山趴桌子上睡著了。華芝蘭放下手裡的筆，呆呆地望著熟睡的莫望山。他睡著了，睡得死死的，像個貪玩的孩子一樣，幹著活就睡著了，右手還捏著那根圓珠筆。看著熟睡的莫望山，華芝蘭心裡泛起一股酸水。她跟他一起生活十二個年頭了，心裡是那麼敬他。這一輩子他並沒有欠她什麼，她也沒為他做過什麼。想當年他去衙前村插隊，他幾乎沒有進入她的視線，她的目光和心從來沒有在他身上作過停留，對他沒什麼印象。可是他在她最危難之時救了她，她對他發自內心地感激，不過也就感激而已。這十二年她就是以這樣的心情與他生活下來。她感激他，她敬他，她體貼他，全心全意照顧他，一心一意地與他做夫妻，可這些能不能算愛呢？華芝蘭從來不敢問自己，莫望山也一直迴避這個問題，他們一直相敬如賓。他們都瞭解對方的內心，都以非常細緻非常脆弱地讓對方體會自己，而不去觸動對方心靈最深處的秘密。他們結婚這十二年中，沒有發生過一次爭吵，高興了，不高興了；愉快了，煩惱了，他們都不過分地張揚，有時候他們都覺得自己理智得有些奇怪。

華芝蘭輕輕地歎了口氣，她覺得對不起莫望山，一開始她就有這種負疚感。她跟他一次都沒像跟沙一天那樣放肆瘋狂，也許她的激情就在那個暑期跟沙一天已經燃燒殆盡。跟莫望山悄悄地辦了離婚手續之後，華芝蘭一直有些恍惚。她弄不清楚她做的這件事是對還是錯。拿到那張離婚證書之後，她似乎就放棄了自己的一切，連同自己的靈魂。莫望山到衙前村去告訴她，他要把她和莫嵐一起帶到江都市去，她一點都沒有激動，也沒有欣喜，也沒有感激。彷彿這事本身與她毫無關係，這完全是莫望山與莫嵐的事，莫望山說怎麼辦就怎麼辦。到學校解散，她無路可走，她帶著莫嵐離開衙前村，她也沒有喜悅，也沒有鼓舞，她就這麼平平常常來了。她真把莫望山的話記到了心裡，她不再考慮自己，她意識到自己老了，她要考慮的只有莫嵐，莫嵐才是他們的連接，才是他們的共同。在她心裡要說還有一點屬於她自己的東西，那就是償還，她要償還莫望山為她所做的一切，她欠他太多了，她一輩子也還不清，她隔些日子從裡屋偷偷來到莫望山身邊就是最具體的償還。直到今天這一刻，在這寧靜的深夜，在她面對熟睡的莫望山的時候，她才有這個深切的感受。她覺得很對不起他，要不是因為她，他的人生絕對是另外一番景象。他太累了，為了她，為了莫嵐，也為了他自己，他過得非常沉重。可他從來不說，像牛一樣，認准了道，只顧朝前走，不顧自己的一切。華芝蘭扶他到床上去睡。

莫嵐的一聲驚叫把華芝蘭嚇一哆嗦。莫嵐從夢中醒來的那一霎，媽媽不在身邊，屋裡卻亮著燈，她一時不知道身處何地，她做了個夢，夢到爸爸被人家抓走了，她分不清是夢還是現實，於是她驚叫起來。華芝蘭跑進裡屋，莫嵐問她到哪裡去了。華芝蘭一邊安慰莫嵐，一邊告訴她，媽媽和爸爸還在做事。莫嵐說她也不睡了，她要幫爸爸媽媽做事。莫望山被吵醒了，說爸爸媽媽也累了，大家都睡。莫望山一看錶，凌晨一點多了。他真累了，他讓華芝蘭也睡，明日再幹。

第二天，莫望山又從郵局拿回來一摞匯款單。華芝蘭一算，近三萬元了，有一萬多冊書。頭一次登廣告，對市場估計不足，備貨不夠，有的書已經缺書。缺書，有的單子就不能寄發，分開寄要花兩次掛號費兩次郵寄費，沒有書退款，麻煩不說，還要失去信譽。莫望山立即聯繫進書，用了一整天時間，莫望山把本省出版社的書都補齊。難辦的是外地出版社的書，要是讓外地出版社發貨，時間拖得就太長，再說數也拿不準，量太小了出版社還不願意發貨。莫望山說頭一次廣告，一定要守信用，就是不賺錢，也一定要保質保量把書按時寄到讀者手裡，絕對不能失信。沒有辦法，他只好去批發書店求助進貨。

莫望山來到大江書局求崔永浩幫忙。崔永浩的橄欖臉上，加兩撇八字鬍，再加兩腮上的肉疙瘩瘩，越看越像朝鮮人。莫望山把自己要的書單遞給他，請他幫忙。崔永浩把書單扔給他們的業務小姐。小姐看了一下書單，說大部分都有，只三種沒有。莫望山問：「多少折扣？」小姐說：「代扣稅八五折。」莫望山說：「八五折再加上郵掛費就虧本了，能不能優惠一點。」崔永浩說：「聽老哥一句勸，郵購這種小兒科不能幹，利小，麻煩，還容易出糾紛。你把書寄出去了，他說沒收到，打不清的官司。我不怕競爭，也不搞壟斷，大家發財，想賺錢，搞批發。利雖然不大，七八個折扣，可量大，周轉快。碰上好書，五千本書一上午就完。」莫望山說：「一來沒找著掛靠單位，二來也沒這麼大流動資金。」崔永浩吩咐小姐：「幫莫老闆個忙，不賺錢了，七五折給莫老闆開票。」

莫望山跑了五個批發書店才把缺的外省版圖書補齊。華芝蘭忙得連頭都顧不得收拾。她把莫望山設計的登記表又作了補充，登記一張匯款單，要寫姓名、地址、郵編、款額、書名、冊數、匯單號、收款日期、寄發日期、郵掛號十個項目，還要貼上匯單附言、掛號存根備查。再碰上有的粗心的讀者，只匯了錢，沒在附言裡注明購什麼書，還要另外寫信查詢，有的字寫得潦草，根本就認不出，地址還好查，對著地圖，連猜帶查費事，卻八九不離十，要命的是姓名，你猜都沒法猜，名字錯了就出差錯，就帶來麻煩。幸虧華芝蘭當過老師，學生的各種各樣的字見得多，但也費工夫。匯單要她登記，一切信件要她寫，寄書的信封、郵件的地址也要她寫，取款、到郵局發送也要她去，她還要管著書店的現金帳、圖書的進、銷、存明細帳。但她幹很有興致，也很喜歡幹這件事。

真正讓華芝蘭從心裡熱愛上賣書這行的是那一封封讀者來信。第一批書發出去以後，沒出半個月就有讀者收到書後寫來感謝的信。說野草書屋的人是可敬可信的熱心人，款匯出不到半個月就收到了渴望的書，感謝書店員工對讀者的關心和幫助。華芝蘭頭一次體會到了賣書的意義和工作的價值，讀者居然會把她的工作看作是對讀者的關心和幫助。莫望山便乘機說了他辦書店的初衷。他說鄒韜奮、葉聖陶是中國現代書店的創始人，他們是通過辦書店來幫助左翼作家，通過辦書店來傳播新思想、新文化。他之所以取店名叫野草，是為了紀念魯迅先生。從此，華芝蘭真正愛上了野草書屋。

第七章

不管白貓黑貓，捉著老鼠的就是好貓

28

天高氣爽，陽光明媚，泱泱坐到自行車後座上，聞心源把自行車蹬得飛快。暑期結束了，聞心源送泱泱到學校註冊報名，他給葛楠打了電話，說上午先送泱泱去學校。聞心源蹬車輕鬆是因為心情好，聞心源心情好不只是因為天氣好，主要是今天有一種如釋重負的感覺。從部隊轉業到地方，一堆亂七八糟提起來都讓人頭痛的麻煩事，到今天終於算告一段落。江秀薇已經到苗沭陽爸爸單位上班。人事處的工作環境安靜，做的事情都屬機密，各人有各人的分工，每個人也都相對獨立，相互之間也不允許摻和，人與人之間在工作上也沒有什麼糾葛。江秀薇很喜歡這種環境，也很喜愛這份工作，臉上再不見往日那份憂傷，也再沒有那麼多心事，白嫩的臉上有了紅潤，下班進門總帶著笑，泱泱和聞心源都非常明顯地感受到了江秀薇的愉快，他們都得到了她更多的愛。夫妻恩愛，家庭幸福，工作順利，還有什麼比這些更讓男人開心的事呢。美中不足是江秀薇的單位離住處遠了一些，中午不能回來照顧泱泱吃飯，聞心源也捨不得讓她來回受罪，本來身子就嬌弱，再要暈車，吃胖了也得暈瘦了。每天中午都是聞心源回來照顧泱泱吃飯。

自行車是中國人的主要交通工具，也是中國的一景。聞心源上學就騎自行車，在部隊搞新聞報導，也是一天到晚騎著自行車機關基層滿世界竄，可到了這兒，他的技術還是跟不上趟。這裡的人火氣大，蹭一下，碰一下，其實什麼也沒壞，可誰也碰不得誰，誰要碰了誰，如同鄉下人誰挖了誰的祖墳一樣，吵架是小事，三言兩語就動起手來，自行車道上打得頭破血流的屢見不鮮。聞心源騎車總喜歡挨著路邊走，這樣好減少一面威脅。前面一位帶小孩的婦女突然剎車，聞心源急忙捏閘減速向左一偏擦了過去。左偏的時候，他感覺後輪的護瓦碰著了後面車子的前輪。聞心源扭頭看了看，是一位小夥子，一切都正常，他朝他笑了笑，繼續照常前行。政策一放開，市場越來越熱鬧，馬路邊的空地上，增設了服裝小攤，成了服裝一條街。琳琅滿目的各式服裝和爭先恐後的招徠叫賣，顯示著經濟政策的寬鬆和市場的活躍。車子太多，想快快不了，聞心源就隨著車流緩緩前行，一邊流覽著各具特色的服裝攤。沒等聞心源反應過來，他咣當一傢伙連人帶車還有泱泱一起摔到路上。他顧不得手腕和腿的疼痛，先把泱泱抱起，才顧得看是誰發壞撞他。原來是他身後的那個小夥子，他居然得意地一腳踩地，半個屁股擱在車座上欣賞著他的傑作。小夥子是故意悄悄跟上來，乘聞心源不備時突然超前剎車別他。聞心源忍無可忍，一把抓住了小夥子的車座。「你講不講道德？」「道德？嘿，剛才你幹麼別我？」「你沒見那位婦女帶著孩子剎車嗎？」「那你幹麼不停車，你碰我的車幹什麼？」「就算我無意碰了你，那你就故意撞人啊！」「你的技術也太差點了，練練再上街吧，還帶人。人不犯我，我不犯人，人若犯我，我必犯人，這是老人家教導的，要不服氣，你來啊！」「爸爸，爸爸我不痛。」泱泱一個勁拽聞心源的衣服。周圍立即圍上了幾十個人，聞心源被各種各樣的眼睛包圍，可沒有一個人出來說一句公道話。聞心源心裡比手腕和腿更痛。他放開了小夥子的車座。「小夥子我告訴你，要動手，你不是個兒，你滾吧，但你記住，你會有後悔的一天。」「但願你能活到那一天。」

望著飛竄而去的小夥子，泱泱產生了疑問。「爸爸，省城的人為什麼這麼不講理啊？他好凶喲！」「因為他們是省城人嘛！」「咱們部隊的人為什麼不凶？」「因為咱們是部隊嘛！」「省城的人就要比部隊的人凶嗎？」「他們沒文化，缺少教養。」「他們沒上過學嗎？」「上是上了，但他們沒學好，妳可不要跟他們學。」「這種人是壞蛋！我才不學他們呢！」

聞心源給泱泱準備好了中午飯，立即趕到辦公室。聞心源進辦公室剛坐定，葛楠推門進來，把省報和《報刊報》給了聞心源。葛楠看聞心源臉色不好，問他有什麼事，怎麼這麼副哭喪模樣。聞心源沒把路上那不快告訴葛楠，說沒事。聞心源跟葛楠說沒事時，已經看到了省報上的消息。這是他轉業到地方後寫的第一篇文章。《盜印圖書的背後……》，文章從盜印圖書的不法現象切入，對圖書發行的現實問題提出許多新的觀點：計畫體制下的壟斷經營造成了產、供、銷管道不暢；出版社自辦發行低水準推銷，網點不全，致使市場貨源短缺；集個體書店不公平競爭，良莠不齊，經營無序；印刷廠佈局不合理，生存困難，逼良為娼；不法書商惟利是圖，不擇手段，牟取暴利；行業人員法制觀念淡薄，是非不分，助紂為虐。結論是蕭條的市場和潛在增長的購買力，給不法書商提供了有機可乘、有利可圖的作案條件。文章同時提出了治理盜版的措施。省報沒有把它當作新聞通訊發表，而把它放到了第二版「改革筆談」的專欄，顯示了文章的分量。《報刊報》同時轉載，更擴大了文章的影響。

聞心源對省報編輯的眼光很滿意，他想不知那位接待他又拒絕他的總編輯是否看過這篇文章，或許他早忘了他是誰。聞心源當然沒有初學寫作者那種欣喜和激動，不過，他對葛楠的細心和善解人意感觸很深。女人的可愛有多種多樣，江秀薇全身心的託付和依賴是一種；葛楠的崇拜和知己體察又是一種。江秀薇的可愛，讓他幸福；葛楠的可愛則讓他自豪。江秀薇的可愛會讓他感受安寧和責任，葛楠的可愛能激發他追求奮進。「橫看成嶺側成峰啊！」葛楠不無讚賞地說，「真人不露相，局長和局裡的人都在看呢。」聞心源含笑看著葛楠，看得葛楠不好意思。「你這麼看人家幹什麼？」葛楠這麼一問，聞心源又不好意思了，但他沒隱瞞。「我在拿妳跟江秀薇比較，今天，妳特別可愛。」葛楠的臉騰地紅了。

聞心源頭一次把自己的心裡話說出口，而且這話是她盼望已久的，正好說到了她的心坎上。她也無法掩飾地頭一次在聞心源面前難為情。她輕輕地說：「我以為你是石頭呢。」這話讓聞心源一激凌。聞心源接著會心地笑了，他說：「只要心誠，石頭也會開花。何況我並不是石頭。人非草木，焉能無情，焉能無欲。其實正派與不正派在一個人的靈魂裡是並存的，男人見了美麗漂亮可愛的女人都會動心，尤其碰著美麗可愛的知音，相信女人見了英俊有才幹的男人也會有好感。所謂不正派，只是他一時沒把握好自己，不顧現實、不計後果、不負責任地隨自己的欲念行事，竭盡一切手段去佔有本不屬於自己的東西，往往鬧得不可收拾；正派的人只不過會冷靜對待，他會先考慮現實、責任和後果，他會克制自己，把對方作為一種美的東西來欣賞，而不會只想去佔有。」

聞心源的話音沒落，電話響了。聞心源拿起電話，想不到那個女人真會打電話來。聞心源很意外，上次去查案，聞心源讓葛楠給她留了電話。那女人報功似的滿懷興奮又十分神祕地向聞心源報告，夏文傑回來了！葛楠給那個女人留電話時，是有一搭沒一搭地跟她交待過，不能窩藏壞人，窩藏壞人跟壞人同罪，只要夏文傑回來，立即向局裡報告。聞心源聽到夏文傑三個字，渾身興奮起來，他問那個女人：「夏文傑現在在哪裡？」那個女人說：「夏文傑是昨天半夜來的，還帶了個小丫頭。」「小丫頭有多大？」「二十郎當。」「是他什麼人。」「這還用問，小姘頭唄。」「現在在哪裡？」「一早就走了，把他原來放這裡的東西都拿走了。」「到哪裡去了？」「不知道。」聞心源真想罵她一句，他當然不能罵她，只能說：「妳怎麼這麼糊塗！等他走了妳才想起來打電話！」

那女人說：「我是一早打了電話，可你們還沒上班，沒人接。到了上班時間想打時，我尿急上了趟廁所。我在廁所還沒有出來，夏文傑就起來了。好容易等到夏文傑進了廁所，我正要打電話，那丫頭又起來了，她問我家裡能不能洗澡，她想洗澡。騷丫頭片子，還挺講究，她做夢，老百姓家還能隨時洗澡！一會兒，夏文傑就從廁所出來了。從廁所出來，他就到房間裡拿了錢，把欠的房租一把還清了。這王八蛋發了財了，箱子裡有的是錢。數了數，他還多給了一點，我就不好意思立即打這個電話了，人家還了錢，還多給了一點，再打電話告發人家，這心裡就過意不去了，所以就沒有打。等他走了之後，我想這電話還是該打，夏文傑不是什麼好東西。」聞心源又好氣又好笑，他只能歎氣。歎完氣，聞心源還是不想放棄這線索，問那女人：「聽沒聽到他們說要去哪裡？」那女人說：「聽到他打電話了，好像是問一個人書寫完了沒有，那個人好像說差不多了，夏文傑要他寫得好看一點，讓他照著毛片寫，不帶色沒人愛看，寫得葷一點，真一點什麼的，我也聽不懂。」聞心源問：「妳還聽到了什麼？」那女人說：「好像說在什麼花賓館見面，對，想起來了，叫櫻花賓館。」

聞心源扣下電話，立即讓葛楠跟他上櫻花賓館。櫻花賓館是三星級賓館，賓館不大，但裝修還算有風格，有一點日式的意味。聞心源顧不得欣賞壁畫和裝飾，直接上總臺亮出了他的工作證，要求他們協助查夏文傑的房間。總臺小姐查看了所有住房卡，沒有夏文傑這個人。葛楠說會不會以那個女孩的名義登記。總臺小姐問叫什麼名字。他們都不知道那女孩叫什麼名。

聞心源就讓小姐查年輕小姐個人包房。總臺小姐查了登記，有十一位小姐包房。他們對十一位包房的小姐女士進行查對，沒有一位是今天上午入住的，再晚也是昨天下午入住的。要抓的人就在眼前出沒，可就是逮不著他，讓你拳拳打空，讓人憋氣。沒辦法，聞心源只好把自己的電話留給了總臺，請她們注意，一旦發現這個人，立即通知他們。聞心源他們正準備離開櫻花賓館，總臺小姐把他們叫住了，說有電話找聞處長。聞心源接過電話，是桂金林打來的，接到市新聞出版局的報告，廟街大江書局在批黃色書刊。

29

大江書局門前黑壓壓站滿了人。騎三輪的，騎摩托的，騎自行車的，把書局圍了個水泄不通。一個個書攤小販，不進書局，都站在門口，不時拿眼睛朝廟街的兩頭張望，做著各種各樣焦急的表情，讓人好笑。買減價商品見過這場面，買書沒見過。崔永浩昨天就讓人把消息散佈出去，說今天上午有好書到，帶色的。一傳十，十傳百。人為財死，鳥為食亡，書攤小販一早就蜂擁而至。莫望山也得到了這個消息。他不十分相信，老崔膽子再大也不至於大到這份上。吃過早飯，他跟華芝蘭說他出去看看，讓華芝蘭獨自在店裡登錄匯款單，正好是兩個廣告之間的間歇，匯款單不太多。莫望山出了門，老遠就看到大江書局門口那一片人群。他沒過去湊熱鬧，只是遠遠在街邊上蹲下，看光景一樣注意著事態的發展。崔永浩帶著一輛130卡車出現在街口時，大江書局門前的書攤小販們立即騷動起來，爭先恐後，生怕拿不到書白跑一趟。130卡車來到門口，立即讓書攤小販團團圍住，無法前進。崔永浩站在駕駛室門下的踏板上高聲喊：「不要擠，車上有一萬冊書呢！保證都能拿到，這次一律八折優惠！」折扣是書刊經營中出版商、批發商、零售商之間分配利潤的一種方式，莫望山費了心思才搞明白。因為書刊不同於其他一般商品，書刊是明碼標價的特殊商品。不像服裝，南京賣三百，上海可能賣三百五，北京可能賣四百，書刊無論從新疆到黑龍江，還是北京到海南島，全國一個定價，直接印在書刊上，銷售商是不能加一分錢的，隨便加價，是違法行為。因為明碼標價，出版社、批發商和零售商各自的利潤，就只能以折扣形式（即批發價佔實際定價的百分比）進行分配。出版社給全國總包銷批發商的折扣是定價的68％，叫六八折；給全國經銷批發商的折扣是定價的67％，叫六七折；給大城市特約經銷店的折扣是定價的72％，叫七二折。一級批發商給零售店的折扣是定價的75％，叫七五折；批給個體小書販的折扣是定價的82％，加代扣稅3％，是85％，叫八五折。

崔永浩剛喊完，有人就爬上了卡車，先下手為強，拖下一編織袋佔為己有。其餘人立即仿效，紛紛上車搶書，任崔永浩喊破嗓子，無人理他。崔永浩的手腳亂了套，他也從沒見過這種場面，僅十五分鐘，一車書被一搶而空，各歸其主。少的搶到一編織袋，多的搶了兩編織袋。忙亂中有的從卡車上跌下，磕破了膝蓋，有的手被抓破，有的衣服被車幫掛破，全然不顧，好像不要錢，誰搶著歸誰似的。崔永浩毫無辦法，只好喊自己的手下，到街上現場收款。搶書的小販，並不是搶著書就跑，只是怕拿不到書。他們自己早都在算帳，準備錢。莫望山靜靜地看著這場面，有些不可思議，什麼樣的書用得著搶呢？一萬冊書，這麼一陣就批完了！莫望山站起來向大江書局走去。拿了書交了錢的小販已經心滿意足地在離開。

莫望山來到一個細心點數的小販跟前，順眼看去，《美的旋律——人體攝影藝術大展》，原來是一本人體攝影畫冊。連人體攝影都開放了！莫望山有些不相信自己的眼睛，可封面上那個全身裸露美不可言的少女明明在朝他微笑。小巧緊繃的兩隻乳房，粉紅的乳頭乳暈，豐滿的陰部，連稀疏的陰毛都清晰可辨。定價三十元。一萬冊，就是三十萬碼洋，他要是賺十個折扣，就是三萬元，要是賺十五個折扣，就是四萬五千塊；要是賺二十個折扣，就是六萬塊哪！僅僅十五分鐘哪！看著別人大把大把賺錢，真難受。怪不得崔永浩勸他，要賺錢，搞批發，他真沒有騙人。

莫望山往回走的時候，聞心源、葛楠和小桂還有市局的人呼呼拉拉趕到廟街，來到大江書局門口。莫望山停住了腳步，把眼抬起往大江書局門口張望。「經理呢？誰是經理？」小桂搶在前面。「我是，我是經理，請問你們是……」「我們是省新聞出版局市場管理處的，這是我們聞處長，這是市局發行處的周處長。」小桂非常神氣。「喲喲喲，失禮失禮，裡面請裡面請。」崔永浩堆起滿臉的笑容。「別客氣了，你把剛才批的書，給我們一本樣書看看。」聞心源不文不火。「聞處長，實在對不起，一本樣書都沒能留下。」崔永浩十分抱歉。「是什麼書啊？」「是咱們本省南風出版社的正版書。」「問你是什麼書？」葛楠有些討厭崔永浩。「是人體攝影藝術畫冊，叫《美的旋律》。」「上市前，你們把樣書報市局發行處審過嗎？」「本省版的書，該是出版社送審吧？」「你們批發，出版社給你們委託書了嗎？」「有有有……」崔永浩立即進屋拿出了委託合同。葛楠接過合同，「怎麼是編輯部的章呢？編輯部怎麼有委託的權利呢？」「這恐怕要問出版社，他們改革了，現在都是各個編輯部對外，叫一條龍獨立經營。我是聽他們瞎說，說一個編輯一年分五個書號，每個書號給社裡交一萬塊，剩下的就是個人的工資獎金。不准啊，我聽人家瞎說。」葛楠看看聞心源，聞心源也看看葛楠，南風出版社就是沙一天的出版社。聞心源從沒聽說過他們進行了這種改革，葛楠在家裡也從來沒聽沙一天說過他們要進行這樣的改革。

莫望山看著聞心源他們空手撤走，很有些失望。連他都覺得，滿世界賣這樣的裸體攝影畫冊，不管老人小孩，小青年，大姑娘，都捧著看那赤裸裸的女人身體，這成何體統。連《金瓶梅》、「三言」「兩拍」這樣的小說都不能看，光屁股女孩的身體倒讓看，小青年不看出毛病才怪呢！

葛楠的電話追到沙一天辦公室，財務科長正在給沙一天彙報。這幾個月來改革初見成效，有的編輯部把全年的應繳利潤都繳了，社裡的帳上已經有了一百二十萬元流動資金，請示他借銀行的貸款是不是先還掉三十萬。沙一天滿懷成就。他來當社長的時候，帳上只有十萬塊錢，貸款八十萬，省新華書店欠書款五十多萬。現在省店的書款還沒還，還三十萬貸款，帳上存款還有九十萬，整整賺了七十萬哪！沙一天告訴財務科長，可以先還三十萬，還有五十萬，讓省店直接劃給銀行。這樣等於沒有外債，而且有了存款。他要財務科長繼續努力，督促各編輯部提前完成上繳利潤指標。財務科長請示的另一個問題是，各編輯部要求獨立開銀行帳戶，問沙一天可以不可以。沙一天問他開新帳戶難不難。財務科長說他跟銀行關係還可以，通融通融問題不大。沙一天問他請示過章副社長沒有。財務科長說還沒有。沙一天讓他告訴要求開帳戶的編輯部，先給分管的副社長寫報告，他們提出意見後再交社長辦公會討論。就在這時葛楠的電話打了進來，財務科長立即告辭。

沙一天一聽是葛楠的聲音，很是奇怪，他們夫妻兩個，上班時間一般不通電話。沙一天仰靠在圈椅上，心情舒暢地問：「今天是什麼風，把妳的溫柔提前吹到辦公室來了。」葛楠卻非常生氣地說：「誰有工夫跟你開玩笑，你們是怎麼搞的？把書號都分給個人了，想拆散這個社嗎？！」沙一天一聽不對勁，立即坐直身子，問：「妳聽到什麼啦？是不是有人給局裡反映了什麼？」葛楠說：「局裡反映！全社會在反映了！你們出的那本人體畫冊報局裡批過嗎？」沙一天緊張起來，他甚覺奇怪，急忙爭辯：「我們沒有出人體畫冊啊！誰說我們出人體畫冊啦？」葛楠冷笑一聲，說：「你這個社長是幹什麼的！社裡出什麼書你都不知道！你們的人體畫冊滿街都是了！」沙一天狐疑地說：「不會吧！沒有這個選題啊，只有第二編輯部報過一個攝影畫冊，沒有說人體畫冊啊！」葛楠冷冷地說：「我看你這社長算當到頭了。」說完就扣了電話。

符局長、趙文化副局長聽完聞心源的彙報，沒等符局長表態，趙文化接過聞心源的話說：「這可了不得，膽兒夠大的，人體也敢碰，還賣書號，這麼個大案，必須立即找市局和公安協調，果斷處理。我們要是手軟，等上面查下來再處理，一切就被動了。」符局長則非常沉住氣，說：「別急，心急容易草率，草率則容易失誤。這是件大事，越是大事越要冷靜處理，牽涉到咱們自己的出版社，要把情況搞清，對書商毫不手軟，對出版社要慎重。先把情況搞清，然後再研究處理。」

賈學毅聽到聞心源抓了南風出版社出人體畫冊的事，高興得在辦公室裡直搓手。真是天地良心，老天爺這麼幫他。符浩明、趙文化、沙一天，還有那個聞心源，看著他們自在，他心裡不舒服。這一回讓你們舒服，叫你們痛快。人體畫冊！還賣書號！兩罪並罰，有你們好看的。高興之餘，賈學毅想，老天爺送賈某這個機會，千萬不能輕易放過，該好好利用利用，該好好出口氣。賈學毅神祕兮兮走進聞心源辦公室，虛張聲勢地問：「怎麼，出大事啦？沙一天這麼個精明人，怎麼會做出這種糊塗事！聽說符局長想捂？」聞心源感覺賈學毅在幸災樂禍看熱鬧，不動聲色說：「事情正在調查。」賈學毅擺出前輩的神氣說：「這種事想捂是捂不住的，什麼也不用說，只要上面看到這畫冊，絕對不會放過，別小卒子保不住，連車馬炮都丟了。大家都看著你市場處呢！要整不好，以後什麼事也管不了。」賈學毅是特意來給聞心源施加壓力的，他怕聞心源對沙一天下不了手，壞了這場好戲。

局裡正在緊急協調，沙一天在出版社也忙得手足無措。沙一天接完葛楠的電話，毛了手腳，他懂，這樣的事可不是鬧著玩的，他們社真要是出了這種書，他什麼美夢也別做了，這社長就當到了頭。他立即把分管的孔副社長叫到辦公室。孔副社長說沒有出過人體畫冊，第二編輯部只報了藝術攝影畫冊。沙一天又把第二編輯部的林風叫來。林風說這不是她定的選題，是老米定的選題。林風心眼子多，她怕初到編輯部不熟，審稿把不好關出事，她請示社裡讓老米當她的副主任，負責稿件的二審，老米高興，社裡還覺得林風有風度。老米叫來後，他也說沒有，胡編輯只報了藝術攝影畫冊。沙一天又讓老米把胡編輯叫來。胡編輯也說沒有人體畫冊，只有藝術攝影畫冊。沙一天叫把樣書拿來。胡編輯說樣書還沒送來。沙一天火了，樣書沒有送來，怎麼滿街都賣開了。他責問胡責任編輯稿子是誰編的。胡編輯說他不懂攝影，畫冊的版式也不會設計，都是請的外編。沙一天說請外編也得審稿啊！你讓誰審的稿啊？胡編輯說都是攝影作品，也出不了政治問題，所以沒拿回來審，人家給了咱四萬塊錢，全部由他們投資，由他們組稿，由他們編輯，由他們找書店包發。沙一天說一切都由他們，還要我們幹什麼？你這一由他們不要緊，他們在攝影藝術畫冊前面加上「人體」了！你們說怎麼辦？孔、米、胡三位你看看我，我看看你，最後都看著自己的手，沒了主意。

沙一天立即把章誠叫來。章誠問有沒有合同？老米說有合同。章誠問合同上寫的是什麼書名？胡編輯說是《美的旋律——藝術攝影畫冊》。章誠說嚴格講，責任在我們，沒有三審，付印也沒有看樣，生產全部在社外迴圈；我們讓人家給騙了。沙一天畢竟是沙一天，章誠這一個騙字，點撥了他心頭的靈氣。他沒有喜形於色，相反十分嚴厲地說：「我們一再強調一級對一級負責，你們負什麼責啦？什麼責都沒有負！圖書付印時，我們開沒開委印單？」老米說：「開了，寫的也是藝術攝影畫冊。」沙一天繼續說：「現在我們顯然是讓人家鑽了空子，要爭取主動，我們只能宣布這本人體藝術攝影畫冊是假冒我社名義。立即給局裡寫一份報告，說明我們打算出版一本《美的旋律——藝術攝影大展》，但是不法書商假冒我社名義，出版了一本《美的旋律——人體藝術攝影大展》，兩字之差，內容完全不同，宣布這書為非法出版物，與我們就沒有關係，這四萬塊錢，書商要也不能退，作為他對我社名譽損害的賠償。資料立即寫，寫好我就到局裡去。這件事的教訓，我們以後再好好總結。章副社長，你認為怎麼樣？」章誠搖了搖頭說：「只能這樣做，要不我們誰也承擔不了這個責任。不撤銷社號，也得停業整頓。」大家一怔，事情會這麼嚴重。

章誠沒有隨他們立即離開沙一天辦公室。沙一天問他還有什麼事。章誠欲言又止的樣子讓沙一天不是太高興，他對章誠說：「有話就說嘛，自己人還客氣什麼。」章誠為難地說：「我是怕打擊你的積極性。」沙一天說：「怎麼講？」章誠說：「你還是挺有辦法的，但是這件事可能這樣避過去了，後面的事會更麻煩。」沙一天皺起了眉頭，他不滿意章誠以先知的口氣跟他說話。章誠繼續說：「我感覺潛在的危險很大，我們做這樣大力度的改革，說實在話，我們人員的素質離這種機制的要求差距太大，有些人只能靠收書商的書號錢來完成任務。」沙一天很不願意接受章誠這種第三者俯瞰的姿態，好像他總比他們高一籌似的，從內心來說，他承認章誠看得是遠，而且提出的問題總切中要害，但他受不了他總這樣跟他說話，商量工作可以，但我不是你的學生。於是沙一天說：「我也想全社人員都是精英，現實可能嗎？我只能看是不是比原來好，原來死水一潭，幹活的還不如不幹的，現在不管怎麼說，積極性都起來了，都在幹活了，這就是好，好就堅持。」章誠還是冷靜地說：「這一點我們是一致的，要不我也不會搞出這個具體實施方案，現在是大家起來之後怎麼管理的問題，這一點我們還沒想或者說還沒有想好，我擔心的是失控，萬一失控，問題怕還不止這些。」沙一天沒有反駁的道理，他就順水推舟，先給章誠戴高帽子，說：「你這方面是權威，好好琢磨琢磨，搞個管理辦法，然後再研究。」沙一天在局裡黨辦這些年，跟領導學到了不少，你不是有點子嘛！你就出力幹活吧，幹了活，辛苦了，成不成，還是我說了算。

章誠一離開，沙一天立即給符浩明打了電話，他沒有跟他說過程，上來就說書商假冒他們的名義出了一本人體畫冊，無法無天。符局長說事情他知道了，社裡要好好總結經驗教訓，不要讓人家鑽空子，也不要給局裡添太多的為難。沙一天一聽這話，心裡感激不盡。下級能得到上級如此的關照，也不枉為他鞍前馬後。

沙一天把報告送到符局長那裡，符局長當即把趙文化和聞心源叫到了辦公室，符局長指示聞心源立即把這個情況報告國家新聞出版署，宣布這本書是假冒南風出版社的名義出版，同時通報全省，沒收這本圖書，禁止銷售，一點沒有商量的餘地。聞心源沒顧符局長滿意不滿意，他直接問沙一天：「真實情況是不是這樣？不要情況剛上報下達，再弄出其他情況，再出現反覆，問題就麻煩了。」沙一天說：「絕對是這樣。」聞心源說：「大江書局可是有你們社編輯部蓋了章的委託書。」沙一天說：「那委託書委託的一定是《美的旋律——藝術攝影大展》。」聞心源拿出那張委託書，上面的「人體」兩字確實是後加的。趙文化正要發表意見，符局長卻搶先開了口，他對聞心源較真很不滿，反給沙一天開脫。「改革嘛！本來就是摸著石頭過河，走一步摸一步，誰也不能保證不摸在空裡，摸在空裡，那就嗆幾口水唄。你們好好總結經驗，不過你們的改革試驗還是卓有成效的，聽說你們還了貸款還有了存款，還給大家改善了福利。現在不是說空話的年代了。還是小平說得好，不管白貓黑貓，捉著老鼠就是好貓。不管你搞什麼樣的管理，建什麼樣的制度，能有社會效益和經濟效益就是好制度。現在目標已經明確，重點打擊不法個體書商，應該立即行動，嚴肅懲處。」

符局長這麼一說，趙文化就沒再開口。聞心源卻沒有草率了事，他說：「我也不想咱們自己的出版社出事，我更不想南風出版社出事，這不僅僅因為沙一天與我是朋友，主要考慮他們正在改革，雖不是局裡的試點，但局領導十分關注，南風要出事，影響就不一般。但我們是做具體工作的，必須重證據講實際，根據個體書商提供的情況，南風出版社對出這本書是知道的，既開了委印單，也開了委託發行單，也有合作協議，而且書商給了社裡四萬塊錢。問題在我們出版社究竟審沒審稿，如果沒有審稿，只收管理費，一切都放手讓個體書商自己去搞，這就是賣書號。如果上面知道了這內情，處理起來就不會這麼簡單。」

符局長臉上露出了鮮明的不滿意。沙一天也不摸底地看著聞心源。趙文化倒是暗暗佩服聞心源。「現在看來，問題在兩個方面，一是個體書商瞞天過海，二是出版社放棄權利。按說簽合同應該看到稿子，但不知道南風看沒看樣稿子？開委印單時，也應該看到片子，也不知南風看沒看片子？給委託發行單時，應該看到樣書，也不知南風看沒看到樣書？我想這些必須做到，不是我要跟南風過不去，上面一定會按這些方面來查。事情要是不搞清楚，我們要是不根據實際情況來作準備，就算想保護南風，只怕應對中也會漏洞百出。」符局長聽聞心源說完後面的話，心裡不痛快，可又覺得有道理，他也不好再一味袒護，一時沒了話。

趙文化到這時才有了開口的機會，他說：「我覺得聞副處長說得很有道理，是不是請市場處和南風好好核實一下，把事情搞清楚，原則是不要讓出版社陷進去，至於如何向署裡說，你們商量好了，有個文字東西讓局裡看後再上報。」

沙一天從局裡回家，他沒把聞心源的話放心裡，又恢復了財務科長帶給他的愉快。符局長的話他記得很深，不管白貓黑貓，捉著老鼠就是好貓。不管什麼制度，有效益就是好制度。真理！絕對真理！他的愉快一直帶到家裡。葛楠卻沒有配合，葛楠一肚子氣，她一邊做飯，一邊數落。「你們倒好，一個報告，把自己的責任推得一乾二淨，讓我們滿世界替你們消毒！你們的責任編輯、你們的主任、你們的社領導是幹什麼吃的？稿子審都沒有審，就把書號給了人家。書出來了，有了問題，一紙報告就交待了。你們真聰明！」「事實確實如此。我們是有責任，沒有把好審稿關，讓他們鑽了空子，他們明打明想坑我們嘛！」「你別官僚啊！你認真瞭解沒有？一個社出書連稿子還沒有看到就給書號，有這麼出書的嗎？問題只怕沒那麼簡單。人家要是兜出來，我看你們怎麼辦。」「兜就兜，反正我沒有從中得一分錢好處。」「不得好處就沒責任啦？你們這麼搞也叫改革？」「葛楠，咱們在家裡不談單位的工作好不好，在單位忙活一天，夠煩的了，回家兩口子還要為單位的事慪氣，累不累，值得嗎？」葛楠扭頭看了看沙一天，他的話讓她感到了他的某種變化，結婚到現在他還是第一次用這樣的口氣與她說話，話聽起來是一種商量的口氣，實際上隱含著責怪。葛楠聽出他心裡的潛臺詞是，當妻子的怎麼這樣不體貼丈夫。葛楠把沒說完的話咽了下去，有話要說而沒能說，誰心裡都不會愉快。葛楠自然也不愉快，廚房裡鍋鏟和鐵鍋的碰撞，立即就變得生硬鏗鏘，每一下都敲在沙一天心上。

沙一天正心情不好，賈學毅來了電話，一副關心的口氣，說怎麼能出這種事呢？你們可是符局長抓的改革試點啊！趕緊想法子拿出應對措施，要不局裡也要承擔責任。賈學毅在關心的同時，給沙一天再加點壓力。接著又變了口氣，聽說聞心源抓著不放？他怎麼能這樣呢？你們不是很好的朋友嘛！這太不應該了，不能為了往上爬，不顧自己兄弟的死活呀！沙一天一句話沒說，賈學毅也不讓他說，他只要沙一天把他的話聽進心裡。賈學毅這一通電話，打得沙一天心裡更是七上八下。

30

廟街真正成為圖書批發一條街，並在全國聞名，新天地書刊發行公司開張成為里程碑式的象徵。江都和四鄰省市的一些有點文化頭腦或者商業頭腦的人，好像從新天地書刊發行公司的成立聞到了什麼氣息，悟出了什麼道理，發現了一樁可以賺錢的買賣，而且還是個文明的行業——圖書發行。一時間書刊批發部、書刊經營部、書局、書屋，呼啦啦雨後春筍般拱滿了廟街的各個角落。新天地書刊發行公司的牛氣，不只是門面氣派，也不是因為那塊牌子大，讓他們牛氣的主要是招牌上面那個主辦單位：省新聞出版局。它表明，圖書批發業在江都可以大搞而特搞。

新天地書刊發行公司開業典禮的宏大場面莫望山沒能見識。儘管苗沐陽提前兩天就告訴了他這個消息，還給了他一個請柬，他也真想看看人家的氣魄，但莫嵐上學比這更重要。廟街上不少書店對新天地的成立開張抱有敵意，尤其是大江書局的崔永浩。原來不管別人承認不承認，在他自己心目中，廟街的書商他是老大，他也一直是以老大的身分自居，管這管那，說東道西。新天地的出現無疑把大江書局給蓋了，別看他爭先恐後地給新天地送花籃致賀，心裡卻巴不得它明天就關門。莫望山卻是打心裡歡迎，不只是因為公司裡有苗沐陽，好給他一些照應，重要的是資訊。新天地是省新聞出版局辦的，他們是風向標，他們怎麼幹，他就怎麼幹，保險出不了問題。

新天地這邊鼓樂齊鳴，鞭炮竄天，莫望山帶著莫嵐則在校長室為難。莫望山領著莫嵐帶著笑容走進教導主任辦公室。教導主任眼力很好，莫望山來聯繫莫嵐轉學的事只找過他兩次，連飯都沒有吃一頓，教導主任竟一眼就認出了他。認識是好事，這年頭，認識好辦事。莫望山很感激主任能記著他，主任卻因為認識他而犯了難。教導主任臉上的笑容沒能保持到打完招呼，他為難地告訴莫望山，當時他疏忽了，沒注意到莫嵐是外地農村調來的，戶口不在本市是要交錢的。莫望山說不是說普及初中教育嘛！主任說普及是普及，但也是劃區教育，經費是按地區分配的。她從農村到這裡，勢必要佔別人的教育經費。莫望山問要交多少錢。教導主任說最少也得一萬塊。一萬塊！莫望山一愣，登一次廣告，忙兩個月也就掙一萬塊。莫望山頓時覺得自己比別人矮了兩頭，懇求說：「一萬塊可不是個小數，現在一般的工人一個月工資還不到二百塊錢，你一個月工資也就二百塊錢，莫嵐是來上六年級，明年就考初中了，實際只上一年學，一年交一萬塊，等於讓莫嵐一個人負擔四五個老師全年的工資，能不能少一點。」教導主任說：「我作不了這主，你直接找校長說吧。」

莫望山沒讓莫嵐跟他一起上校長辦公室，他不想讓孩子增加更多的心理負擔。莫望山跟校長說了同樣的話。校長沒有開口說話，卻拿眼睛直直地盯著莫望山看。看了半天，他突然說：「你不是開書店的嘛！」莫望山聽出他的意思，他就向他解釋：「小書店開張沒幾個月，也就混口飯吃，在鄉下待了十五年，也沒有積蓄。再說咱的小書店沒有批發權，只搞點零售，賣一本兩塊錢的書也就掙兩毛多錢，挺難的。」校長聽了他的訴說，又不再說話，還是拿眼睛看著莫望山。莫望山心想他是不是要他有所表示。於是莫望山為難地說：「要是掙錢多，一萬塊也就一萬塊了，小本經營真拿不出這麼多錢來，如果校長要看什麼書，我那裡倒是什麼書都有。」校長的眼睛忽閃了兩下，又停頓了片刻，好像他自己在跟自己商量。當校長再把眼睛盯住他時，他突然說：「要是實在交不起，你就另找個學校吧。」莫望山的腦袋嗡一下大了。莫望山半日才鎮定下來，為孩子上學，他已經費了不少工夫，他也到教育部門作過諮詢，也知道一些情況。於是他稍把自己的話變得有一點硬度：「校長，這事我半個月之前就聯繫了，我也是本著省裡就近上學的原則到學校來聯繫的，你們的學校離我們住的地方最近。學校給我的答覆是全國普及初中教育，沒有問題，還說我的孩子學習成績不錯，用不著留級，誰也沒有提錢的事。如今要開學了，我再到別的學校去聯繫，這不是要耽誤孩子的學習嘛。校長你抬抬手，就算支持我這個老知青一次，我給學校贊助五千塊錢，再給學校圖書館送兩百本書，給孩子一個上學的機會，怎麼樣？」莫望山把一個大問號懸到校長的頭上。校長又拿眼睛盯著莫望山，莫望山覺得這人有什麼毛病，不知道他心裡究竟在想什麼，也不知道他什麼時間開口說話，他能說出什麼話，一切都叫你不可琢磨。校長不開口，莫望山就不知道再說什麼好。校長看著看著突然又開了口。「煩死了，你去跟教導主任說吧！」莫望山不知道他是火了，還是同意了，看他那樣，莫望山就不再想說什麼，他知趣地退了出來。

莫望山把他與校長商談的過程告訴了教導主任之後，主任笑了：「就按你說的辦。」莫望山感激不止。臨走教導主任特意囑咐莫望山：「給校長帶幾部武俠小說，他愛看武俠。」莫望山在回來的路上想想只覺好笑，這校長原來是讓武俠小說給弄的，怪不得神神道道半人半仙似的。莫嵐不怎麼高興，她聽到了教導主任和她爸說的話，為她上學，要另外交五千塊錢，還要送兩百本書，還要給校長送武俠小說。那些錢都是爸爸媽媽和奶奶沒白沒黑一分一分掙來的。她是個懂事的孩子，她在心裡知道爸爸媽媽的苦，也知道爸爸把她和媽帶到城裡的艱難。她在心裡暗暗下決心，一定要好好學習，用最好的成績來報答爸爸媽媽。她沒有把這些話說出來，只是自己在心裡暗暗想。

莫望山帶著莫嵐回到廟街，新天地開業儀式已經結束。莫望山還是忍不住走出店門。花籃在新天地門口擺了一片，莫望山這才想起自己疏漏了一件事，倒不是新天地缺他一只花籃，人家賈學毅處長正經是幫過他忙的，要回來的那些書也幾百塊錢哪！不表示一下，太失禮，太小家子氣了。新天地店堂裡已經清靜下來，那些佳賓和來祝賀的人都上「大上海」酒樓吃請去了。莫望山不知該怎麼彌補好，到「大上海」去彌補顯然是不合適，這更像是去蹭飯。莫望山帶著這個不快回到店裡，把這事說給華芝蘭聽。華芝蘭卻拉動嘴角一笑。莫望山疑惑不解：「妳笑什麼？」華芝蘭說：「笑你那個認真樣，一件小事用得著這麼認真？」莫望山遺憾地說：「事有大小，情可沒有大小。」華芝蘭又拉嘴角一笑，華芝蘭最欣賞莫望山這一點，凡事重情講義。她就不再跟他兜圈子，說：「我已經幫你辦了。剛才去，你沒看到咱的花籃？一點都不比別人的寒酸。」莫望山定定地看著華芝蘭，要不是媽在，他真想衝上去吻她。

野草書屋的業務在悄悄地擴大，儘管莫望山常常被批發書店大進大出的興旺生意所誘惑，但他也多少知道一點搞批發說不出口的難處和痛處。十種書，九種判斷準確了，還不能算全勝，有一種判斷不準，利潤就下去，庫存就增加；有兩種書失誤，就只能打個平手，白忙半天；要是有三種書判斷不準，就會心痛，剛掙的錢就賠了進去。而他的郵購，沒人搶沒人爭，看起來生意平平淡淡，但他是賣一本賺一本。華芝蘭在登記來款中發現，內蒙的一個大學圖書館要了他們廣告上所有的書，而且每種都要三冊。莫望山立即想到，可以直接向大學和工礦企業圖書館徵訂。為了掌握情況，他先跑了本市的幾個大學和省市公共圖書館，他們都有這個需求。還有些工廠企業圖書館反映，他們特別需要權威的專業技術工具書，莫望山就手記下了圖書的內容，書名和出版社。受這個啟發，莫望山想到了搞專項徵訂，把現有圖書印成書目，直接對各圖書館徵訂。華芝蘭非常贊同莫望山的打算，她也覺得這樣好，不用跟人爭，也不會判斷失誤出大錯。只是這麼搞起來，人手不夠，媽媽年紀大了，該讓她休息。莫望山說臨時工有的是，到保姆市場隨你挑。華芝蘭下午就上了保姆市場。

店裡只剩莫望山和他媽兩個人，莫望山在樓上核對華芝蘭登記的匯款單，他媽在樓下看店。莫望山媽悄悄地上了樓。莫望山媽給莫望山的茶杯裡添了水，添完水，他媽沒有下樓，站在那裡呆呆地看著莫望山幹活。莫望山好奇地看了看媽，他發覺他媽有心事。莫望山想，是不是華芝蘭跟他說讓她退休，她聽到了不高興？莫望山停下手裡的活，問：「媽，妳是不是有事要說？」他媽欲言又止，十分為難的樣子。莫望山說：「怎麼跟兒子客氣起來了，有什麼事妳就說，就是罵我也是應該的。」他媽遲遲疑疑開了口：「有件事想跟你商量，總是開不了口。」莫望山一聽媽心裡真有事，有些不安，什麼事不能說呢？他說：「媽，有什麼事妳只管說，妳要這樣，我心裡就不舒服了。」「你也挺難的，我說不出口。」莫望山有些急，說：「媽，妳急死我了，我是妳兒子，是不是伯伯有什麼事？」「不是，是你妹妹。」「妹妹怎麼啦？」「嫵媛找我兩次了，說小剛他們單位要集資蓋房，他們老住在家裡也不是事，她錢不夠，又不好意思向你開口。」莫望山心裡的石頭才落了地：「她缺多少錢？」「第一批要交四萬塊，她只湊到兩萬五，還缺一萬五。」「她怎麼不來找我？」「你的店剛開，也沒賺什麼錢，她不好意思，現在還在家佔著你的房子，她開不了口。」「她能跟你說，就不能跟我說？我什麼事情虧過她啦？」「你是一直護著她的，就因為這她才開不了口。她也是命苦，這麼小就下了鄉，回城也沒有找到好工作，打字員有什麼出息呢？也掙不到什麼錢。你那妹夫又沒有什麼本事，自來水公司一個埋管道的，一個月才多少錢。要是嫵媛不下鄉，也不至於找這麼個對象，什麼都耽誤了，還是我沒有本事，要不她也不會過這種日子。」說到了傷心處，他媽落下了淚。莫望山讓媽說得心裡也酸酸的：「媽，您把我們養大就不容易了，再不要為兒女操這麼多心了，下鄉也不是您的過錯，不要老拿這事難為自己。嫵媛的事我來幫她想辦法。」

華芝蘭帶回來兩個漂亮姑娘，一個叫高文娟，一個叫馮玉萍，兩個都是高中畢業，看著都挺機靈，尤其是那個高文娟，嘴挺巧，有眼神；馮玉萍內向，很穩重，一看就是個做事細緻的孩子。莫望山說這麼快，還沒找住的地方。華芝蘭說她與後面那一家房東商量好了，隔出一間小屋，一個月給二百塊錢。莫望山說還是老闆娘想得周到。莫望山和華芝蘭正說著話，莫嵐從裡屋出來，一本正經地跟他們說：「爸爸媽媽，明天我就要上學了，從今天起爸爸媽媽到裡面屋睡，莫嵐在外面屋睡。你們晚上做事做得很晚，在裡屋做事也不影響我睡覺，媽媽早晨也不要早起為我做早飯，我自己會下麵條，我吃了就上學，爸爸媽媽也好多休息一會兒。」華芝蘭聽莫嵐說完，眼淚都湧出來了，她把莫嵐緊緊地摟抱在胸前。華芝蘭的衝動並非因為她可以與莫望山同床，而是莫嵐的懂事，她為自己有這樣的好女兒而激動。

31

賈學毅喜氣洋洋當上了公司老闆。新天地書刊發行公司開業典禮的日子，對公司來說是開業，對賈學毅個人來說，是一洗晦氣重抖威風之日。他把局裡的領導和各處的處長都請來了，市局的領導和業務科室的負責人也請來了，各出版社的社領導、發行科長也沒有忘了，他還把省委宣傳部的副部長給搬來了，利用他經營多年的關係，還請了一幫電視臺、電臺和各報紙的記者。這些被請的記者，有的請他幫過忙，有的利用他的關係在省裡的出版社出過書，有的得過他這樣那樣的好處，都得給他面子。攝像機、照相機給了他許多光彩，讓他心理上得到了許多滿足。

賈學毅拽上苗沐陽，要她陪他到各桌敬酒。苗沐陽說她不能喝白酒，賈學毅說只要是人都能喝酒，只是沒試過，這酒關係到公司的命運和發展，權當是公司的工作，拼也要拼一把。苗沐陽從進公司到求他幫她哥要回那些書，一直欠他的情，說到這份上她也不好推辭，她也不是扭捏的人，豁出去了，大不了就是個醉。

賈學毅領著苗沐陽先來到了符浩明和趙文化這一桌，敬酒當然是要先敬領導。宣傳部副部長不吃飯已經走了，符浩明在這裡是最大的官。賈學毅發現符浩明見到苗沐陽時兩眼放光，一掃這些日子的憂愁。苗沐陽穿衣服的主題向來是時髦，今天她上身穿一件淺紫色、袖口和領口都帶五色亮片的喇叭袖時裝，下身穿一條白色緊身的短裙，渾身上下透出青春的氣息，是男人看著都心動。賈學毅不失時機地給局長介紹，符浩明主動握住苗沐陽的手，但一時忘了鬆開，漂亮姑娘的手握著是舒服，她讓人忘記一切。握了人家半天手，酒自然就不能不喝，兩個一碰杯痛快地幹了。賈學毅拍手稱好，說好事成雙，今天公司也是雙喜臨門，一是開業，二是招進小苗這樣的專業業務人才，小苗再敬局長一杯。符局長一點沒推辭，苗沐陽只好再敬一杯。然後再敬趙文化。趙文化說小苗的名字很有文化意味，禾苗沐浴在陽光裡，那是一種蒸蒸日上的景象。賈學毅抓到了機會，立即喊世上黃金容易得，人間知己再難求，趙副局長是字畫的鑒賞專家，最講文化情調，遇到這樣的知音領導還不趕快敬個雙杯。苗沐陽又跟趙文化喝了雙杯，趙文化也爽快地乾了兩杯。賈學毅看著他們喝酒的痛快樣，心裡話，平日裡一個個都道貌岸然，裝得像個人似的，心裡還不是跟我一樣，要是苗沐陽願意，你們一個個准都跟狼似的。敬完酒，賈學毅附在兩位局長的耳朵上告訴他們，飯後就在大上海的舞廳搞個小舞會，老闆選了一些出色的服務小姐與領導聯歡。兩位遲疑了一下，符局長說現在哪還有心情跳舞！趙文化也說不參加，也說有事。賈學毅就沒有勉強。

酒敬到聞心源面前，沒等苗沐陽開口，賈學毅搶先說好好敬敬我們聞處長，聞處長現在是江都書業界有名的包龍圖，今後有什麼麻煩事，還要請聞處長高抬貴手。苗沐陽知道聞心源是她哥的朋友，如果說敬局長副局長酒是工作，那麼敬聞心源酒是發自內心的誠意。賈學毅非常神祕地悄聲跟聞心源說，你朋友的事，我給他擺平了。聞心源對賈學毅的話有些不解，朋友？他在江都市的朋友也就莫望山、沙一天兩個。賈學毅看出聞心源不知道這事，就把莫望山在火車站賣書被東城區文化局沒收圖書的事告訴了他，聞心源當然要客氣一下，說生薑還是老的辣，你跺跺腳，江都還不地動山搖。賈學毅接著悄聲說，局裡人都在誇你呢，說「畫冊」的事你堅持原則。聞心源聽了，不置可否地苦笑一下。

酒敬到沙一天和汪社長他們這一桌，苗沐陽也知道沙一天是她哥的同學，也就不再推辭，實心實意地敬了酒，沙一天在苗沐陽面前仍提不起精神。賈學毅又悄悄跟沙一天說了他幫莫望山要回圖書的事。沙一天也不知道這事，當然也要說兩句客氣話。賈學毅當然更忘不了挑撥他與聞心源的關係。他問畫冊的事了結沒有。沙一天搖搖頭。賈學毅說他只是擔心聞心源意氣用事，要是把事情捅到上面，上面知道了真相就麻煩了。沙一天被賈學毅扔進了霧裡。聞心源和沙一天對賈學毅幫莫望山要書的事，不過這耳朵進，那耳朵出，聽了也就聽了。

但在賈學毅那裡卻不是這樣，無論單位工作上的事，還是平常人與人之間的交往，他總是把所有的事情都分類記入他個人的恩怨人情帳。只要是他付出的人情，他不怕重複記帳。按說莫望山那事，他已經在苗沐陽那裡重重地記下了一筆帳，但他覺得也應該在聞心源和沙一天那裡再記一筆，誰叫你們在一起插過隊，平常還稱兄道弟的。他每記下一筆付出的人情帳，被記的人就都欠他一次人情。不管時間長短，一旦他需要的時候，他會毫不客氣地讓你一一償還。人情帳倒是小事，要是記入他的恩怨帳，你可就算倒了黴，他會用紅色的筆重重地記在他胸前那個小本本上。這些帳他不讓任何人知道，連他老婆都不知道，對小情人秦晴他也不露，他的城府深著呢，所有事全記在心裡。他那個處分，符浩明、趙文化、沙一天他們該負什麼責任，他記得清清楚楚，他一刻都沒忘記報復，他不會放過任何機會，他要隨時讓他們不得安寧，剛才這一番小動作沒白費心思，沙一天已經上了心，他真怕聞心源往上捅。

幾桌敬下來，苗沐陽的臉白了，她幾乎沒有吃什麼菜，她感到渾身燥熱，手腳嘴都有些不那麼聽招呼，心裡很清楚，表達起來卻挺困難。賈學毅看到了苗沐陽的狀態，他還有別的打算，立即讓她喝湯，吃菜，喝湯麵，喝茶。苗沐陽隨著賈學毅走向舞廳時，像在跳太空舞。賈學毅藉機扶住她，確切地說不是扶，而是摟，他的左手捏著她的左胳膊，右手從她背後摟過去，再穿過她的胳肢窩，手掌正好摟住她的前胸。苗沐陽感覺到了他那隻討厭的手已經按在了她的右乳上，而且不顧廉恥地使著勁。

她想說把你的爪子拿開，可嘴裡說不出來，她只能扭轉頭來，拿眼睛瞪他，可她也不知道自己的眼睛能瞪出個什麼模樣。圓舞曲奏起時，賈學毅搶先來到苗沐陽身邊。苗沐陽明白他的意思，她自然要與他跳，他是她的領導，她還欠著他的情。思維已經不能正常的苗沐陽感到吃驚，身材已顯粗笨的賈學毅，怎麼會跳這麼嫺熟的探戈舞！姿勢雖然不怎麼美，而且很有些誇張，但看出他是舞場老手。她也知道了他的桃色醜聞，舞廳開放沒幾年，他竟會如此熟練，想必他在這方面下的功夫不會太少。苗沐陽很快就感覺到了不適，他向前的跨步太大太快，已經幾次碰著她大腿的內側和姑娘的禁區。左手被他舉得太高，也拉得太緊，她的胸脯經常受到騷擾。苗沐陽很反感，可她無能為力，她的情緒很不好，懶懶地隨著賈學毅晃來晃去，心裡越來越難受，胃裡的東西在發酵。她剛說出不行兩個字，有東西已經頂到嘴裡。她沒能跑出舞廳，胃裡的酒菜全吐在了舞池邊。

32

國慶前夕，南風出版社的辦公樓裡充滿節日的氣氛。「人體畫冊」的事，符浩明一手給他們擋過去了，板子都打在了個體書商的屁股上，出版社只是學習整頓。那是領導的事，群眾不過是一人犯病，大家跟著吃藥罷了耽不了過日子，也影響不了大家賣書號掙錢。社財務科往每個人的工資袋裡悄悄地塞進去一百元過節費。社辦公室又到郊區漁場拉了活魚，每人分了六斤魚、一盤大蝦，還有一桶油。全社員工歡天喜地，見著辦公室主任就像見著恩人，有的直接就喊了萬歲，反正現在萬歲已沒大用場了，毛澤東他老人家走後，沒人敢讓人喊他萬歲，真有人想讓人喊，這人准出事，老不喊這詞就死了。全社人都感念辦公室，感念社領導。辦公室主任真就神氣了許多，一副牛哄哄的架式，真就把這福利當作是他的功績，當作是他給大家的恩賜。

事情總是這樣矛盾著。福利不搞不好，人家搞，你這裡搞不了，大家會罵領導無能；搞了，也不見得就都說好。這邊辦公室主任還沒來得及仔細品味感激和稱讚那滋味，那邊第二編輯部的主任林風找事來了。林風問辦公室主任：「我們的蝦為什麼特別小？魚也是死的多，是不是看我們老實好欺負？」辦公室主任有些火，說：「不搞福利大家嘀咕，罵社罵領導；搞了福利，你們又斤斤計較。蝦總是有大有小，魚也總會有死有活，大小死活總得有人要，別鬧騰了，影響不好。」林風說：「那好啊，你說得很有道理，事情很簡單，把你們辦公室的魚和蝦跟我們的換換，這樣問題不就解決了嗎。」這就將了辦公室主任的軍，叫他下不了臺，下不了臺總得想法子下，於是他就發了火。他說：「林主任，別那麼小市民好不好？要不是社裡搞改革，還搞福利？只怕連工資都發不出了。就是搞了改革，也儘量搞平均主義，要不你們編輯部那幾個憑什麼分蝦分魚？他們能掙出自己的工資嗎？給社裡交多少錢啦？還有那人體畫冊，還用我說嗎？自己心裡沒一點數嗎？」林風現在是主任，她得為自己的人說話，她說：「主任請你搞清楚了，這種福利本來就是大鍋飯，既然是大鍋飯，人人都應該一樣，不能這樣欺負人哪，為什麼要單對我們不一樣呢？你要這樣不講理，我找社長去！」林風掉頭就去找沙一天。

沙一天就在跟前，剛才這一幕他看得清清楚楚。他跟林風說：「有事好好商量，什麼大不了的事用得著動肝火，妳先回去。」林風看了看沙一天，她知道沙一天不會讓她吃虧，他還是處處向著她的。沙一天讓她回編輯部，她就聽他的話回了編輯部。沙一天再跟辦公室主任說：「做事情要耐心，辦公室就是為大家服務的，服務就少不了挨埋怨。如果沒有服務精神，好事反會辦成壞事。再說不應該這樣對林風，她給社裡創利是數一數二的。讓人去看一看，如果真都是死魚，就換一下，把死的留給食堂吃。」沙一天說得主任沒了話，心裡卻不服氣，他看不慣林風仗著自己為社裡掙了點錢就霸道，仗著社領導護她就橫行。可領導說了，他不辦也不行，只好給第二編輯部換了魚。

林風又贏了一次，她在心裡感激沙一天，沙一天總給她面子。沙一天給葛楠打電話，說社裡分了些過節的東西，他想送點魚給他爸，晚上不回去吃飯，他也讓她送兩條魚給她爸。沙一天打完電話，讓社裡的司機，把他的油、蝦和魚送到他家，他自己給他爸去送魚。沙一天騎車趕到自己家，他爸已經做好了飯。沙一天的媽阻止完沙一天與華芝蘭的婚姻之後就去世了，死於心肌梗塞。沙一天爸雖然與小兒子住在一起，但他不願與小兒子一起過日子，不是他不喜歡小兒子，而是他打怵小兒媳婦。小兒媳罵起丈夫來像罵自己的孩子。沙一天的姐姐家住在城郊，日子過得不好，很少來看老人。這些年，沙一天爸一直是自己一個人過日子。沙一天說社裡分了活魚，送兩條來，做條魚吃，在這裡吃了飯再回去。沙一天爸就洗魚，沙一天說由他來做。他爸沒有冰箱，沙一天把兩條魚都煎好，一條放到盤子裡讓他爸放櫥裡明天再做著吃，另一條就加佐料做成了紅燒魚。沙一天到門口的小商店買了兩瓶啤酒。父子倆有些日子沒在一起吃飯了，連他爸也感覺出了沙一天的異樣，過去他對他沒有這樣孝順。沙一天是有些異樣，他主動給葛楠打電話說他要給他爸送魚還說不回來吃飯，這就不同尋常，他們結婚後，葛楠不提看他爸，他是從來不敢提的。不知是因為葛楠對他的改革提出了質疑，還是「人體畫冊」的事讓他踏實不下心，還是社裡沒完沒了的煩人事讓他感到疲倦，他來找父親並留下來吃飯，是要找一種家的感覺，現在和葛楠在一起很少有家的溫暖。

沙一天對父親一直是同情多於感激，父親是個燒鍋爐的，沒有權，也沒什麼錢，但他忍著困苦一直供他上學到高中畢業，沙一天能記住的是父親一輩子受的苦。他的那雙手比衙前村農民的手還要粗糙，他的臉被火烤了一輩子，黑裡透紅，紅裡透黑，像個打鐵匠，一輩子躬著腰扒煤渣，鏟煤捅爐底，他的背都駝了。他沒有享過什麼福，他也不知道福是什麼，一輩子就這麼默默無聞地活著。沙一天不光自己吃，還不停地給他爸夾魚。魚做得挺好吃，他爸說比沙一天媽做得還好吃。

爺兒倆吃著喝著。父親突然問了這樣一句話：「社長是個多大的官？」沙一天笑笑，不明白老爸怎麼想到這麼個問題。「有我們廠長大嗎？」「比他要大一點。」「有縣長這麼大？」「跟縣長一樣大。」「還行哎，只可惜你媽看不到了，她要在，她能高興死。」兩個人又喝酒。「跟葛楠吵架啦？」「沒有。吵什麼架？你怎麼會這麼想呢？」「我瞎想。葛楠回家了？」「沒有。她自己在家，我是特意來給你送魚的。」「你沒跟我說實話，自己的兒子還不知道，你過去對我沒那麼細心。」「現在不同了，我有老婆了。」「她對你好嗎？」「好，挺好的。」「是真好？」「是真好。」「我看不是，我覺著你老怕她。人家是市長的千金，我也不知道這市長的官有多大，反正是大官，我們廠長聽了都驚得張嘴。人家這麼高的門第，能嫁給咱這平民百姓，咱是上輩子積德了。其實呢，要我說人一輩子，好好過日子才是真的。人漂亮不漂亮也就年輕時這麼想，一生孩子也就完了。要說過日子，我看葛楠真不如衙前村那個姑娘好。我是很滿意，你媽毛病，看不上人家農村人。農村人吃過苦，心眼好，你要是找了她，她真侍候你一輩子。」沙一天不說話，由著父親說。「一天，你們怎麼還不要孩子呢？你都三十五歲了，就是現在生，享到孩子的福也老了。」「葛楠不想這麼早就要孩子。」「還早！她也二十九歲了！女人過了三十生孩子，容易出事的。」「她不想要孩子。」「這是什麼話？不要孩子？不要孩子嫁什麼人？不要孩子結的什麼婚呢！」「如今這樣的人很多。」「這不是害人嘛！不孝有三，無後為大，你看，你弟弟生了個丫頭，你姐也生了個丫頭，我還指望著你呢！這倒好，她連孩子都不想生！要早知道這樣，你找她做啥呢！這事兒，我得去找她爸，他官再大，也得講理啊！生兒育女，天經地義嘛！」「爸，這事不是你能管得了的，還是我自己來解決吧。」

沙一天老爸的話戳到了沙一天的痛處，勾起了他的心事。無後為大，一個人來到這世上活一輩子，沒有兒女算什麼？老了怎麼辦？沙家就這麼斷了根嗎？這不是白活一輩子嘛！一想到這，他就止不住想華芝蘭。要是華芝蘭，兩個孩子都給他生了。華芝蘭已經來到江都，就在眼前，可他不敢去看她。他不光覺得無顏面對華芝蘭，他更無法面對莫望山，他也不敢再往感情上去想她。

沙一天回到家，葛楠在看電視。沙一天進門沒說話，悄沒聲地換衣服。葛楠覺得他有些反常，扭頭看了他一眼，順便問：「怎麼沒精神？不是在你爸那裡吃飯的嘛！」沙一天沒精打采地說：「是在爸那裡吃飯的，我還給他做了魚，爸說我做的魚比我媽做的還好吃。」葛楠說：「這不挺好，怎麼沒精神呢？」沙一天便乘機說：「我爸說了我一頓。」葛楠問：「說你什麼啦？」沙一天找到了說心裡話的機會：「他問了我一件非常尷尬的事。」葛楠問：「什麼事啊？」沙一天說：「他問咱們為什麼還不生孩子？」葛楠一聽，放下了臉，說：「你怎麼告訴他的？」沙一天說：「我說妳不想要孩子。我爸說不孝有三，無後為大，弟弟和姐生的都是女孩，他還指望咱們給他生個孫子呢。」葛楠扭過頭去，她聽著這話已不像是老公公說的話，完全是沙一天在乘機指責她。葛楠看了看沙一天，他情緒的確不好，臉色也不好，剛才的話實際是他的心裡話。於是她覺得有必要鄭重提醒他。她非常認真地說：「沙一天，咱可說清楚，不是我不負責任，咱們是有約在先啊。」

沙一天再沒說一句話。他無趣地仰靠在沙發上，又止不住想起了華芝蘭。

第八章 江都書市

33

市場管理處到南風出版社重新調查「人體畫冊」案，是事發後一個半月的事。儘管符浩民通過各種關係跟上面打了招呼，但上級主管部門把局裡那報告否了，上面要求直接追究南風出版社的責任。符浩明也沒了轍。上面的批覆，等於給符浩明發通報，而且是通報全國。符浩明自然掂得出這分量，沙一天就算是他兒子，那也沒他的烏紗帽重要。他連電話都沒給沙一天打，說什麼呢？葛楠也故意沒跟沙一天打招呼。她倒不是想搞什麼突然襲擊，她心情不好，有了那天晚上的談話，她不想跟沙一天說話。局裡只賈學毅一人異常興奮，他看著符浩明垂頭喪氣，別提有多高興。

上面的電話一打來，聞心源主動讓葛楠迴避，他讓她在辦公室值班，他和桂金林直接參與事件的處理。葛楠明白聞心源的用心，他是怕她尷尬，也怕沙一天尷尬。那天下午，聞心源與市局和公安當即商定了行動計畫。行動的目標一是藝華印刷廠，二是書商。書商是G省天海圖書發行公司，經理叫肖洪彬，住在新橋賓館309房間。

會議結束，兵分兩路，立即行動。由桂金林帶市局和公安人員，查封藝華印刷廠；聞心源和公安人員直接殺到新橋賓館拘捕書商。出其不意，行動迅速，工廠裡還有一萬多冊書沒能發出貨，全部封存。聞心源他們趕到新橋賓館，電梯和樓梯兩路上樓。聞心源上在樓梯上碰著兩個人下樓，其中一個就是夏文傑。聞心源從他左側上樓，正好與他們擦肩而過，沒能看到他右腮上的傷疤。夏文傑看到了聞心源和身邊的公安人員，他急步下樓，出門立即招手鑽進了一輛計程車。他剛剛從肖洪彬房間出來，要是聞心源他們早一步來到，或者夏文傑他們在肖洪彬房間裡多待一會兒，聞心源就能一起抓住夏文傑。世上的事情就往往比電影電視裡編的還巧，他們就這樣錯過了。

聞心源推開309房間，房間裡三男一女在喝茶聊天。聞心源問誰是天海圖書公司的肖洪彬。一個三十出頭的南方人大大方方站了起來。當晚審訊，書商對欺騙出版社，偷印裸體攝影畫冊供認不諱。照片是在賓館跟人買的畫冊。有人背著外國畫冊，主動到賓館來找買主。那人在日本待過兩年，帶回了好幾本日本和美國畫冊。一本畫冊開價五千塊，肖洪彬還他一本三千塊，那人不幹，又另找了三家，沒人敢要他的畫冊。那人仍舊回來找肖洪彬，肖洪彬花一萬二千塊買了四本。那人不留名，也不留住址，不是本地人，一手交錢，一手交雜誌。為了保證畫冊的效果，肖洪彬到深圳找工廠用電分制的版，書印了三萬冊，本市投放一萬冊，由大江書局獨家包銷，外地打算發兩萬冊，只發了一萬冊。外地書店都是在賓館見貨後當場付款，然後發貨。給出版社交了四萬塊書號費，另外給胡編輯六千塊編審費，讓他在社裡打點。他還招認在他們本省非法印製了兩種武俠小說，每種印五萬套。新橋是各地書商聚集的地方，常有出版社找上門來賣書號。胡編輯也是別人領他找上門來賣的書號。

第二天，江都市各區文化市場管理部門紛紛出動，沒收人體畫冊。沒有得到消息的全部被沒收，得到消息的立即轉入地下銷售。葛楠則按照書商提供的收貨地址，分別與各省聯繫，通知各地查沒這批圖書。

上面否定局裡那報告，讓局領導，包括聞心源非常疑惑，他們誰都沒想到會有人不想放過他們。那人給上面寄了一本樣書，書裡還夾了南風出版社開的委印單和發行委託書。他們更想不到寄書人是賈學毅。這事讓賈學毅得意得找秦晴快樂了兩次，這事太妙了，可說是一箭三鵰，他本來就對符浩明和趙文化整他懷恨在心，對符浩明偏袒沙一天生氣，對他們重用聞心源嫉妒，他正想看他們的好戲，局裡給上面報告卻歎上瞞下要幫沙一天蒙混過關，他心裡很不舒服。他得知趙文化和聞心源對這報告不同意，便想把這出戲演得更精彩一些，不能浪費了這些素材，他要請上面幫他完成這次導演。他很在行，他知道有了這兩樣東西，什麼都不用廢話，南風出版社就脫不了干係。

聞心源正要出門去南風出版社，趙文化到辦公室找他。趙文化特意跟聞心源交待：「好好查一查，與書商交待的是否一致，不要把咱們蒙在鼓裡。」聞心源一路上琢磨趙文化這話，聞心源是想，管市場不能只當滅火隊，哪裡出事哪裡衝，就這麼三四個人，累死了也是遠水救不了近火。他準備通過這案件的調查處理，摸癥結所在，然後採取有效措施扼制，真正把出版秩序和市場秩序搞好。他拿不準趙文化的意思是不是跟他一致。

聞心源先見沙一天，儘管是老朋友，沙一天還是把他當作上級機關，他說他先彙報。聞心源沒讓他彙報，聞心源說他想先搞調查。調查工作在小會議室進行，聞心源為了節省時間，不搞輪番彙報，把三個當事人一起叫來，採用他提問，他們回答的方式進行。聞心源稿子是怎麼來的，胡編輯說是通過朋友找書商搞來的。聞心源問為什麼出版社反過來跟書商要稿子，胡編輯說自己沒能力策劃選題，完不成任務就沒有工資，書商在市場一線混，熟悉市場和作者，手裡有稿子。聞心源再問書稿為什麼沒有三審就生產，孔副社長說是藝術攝影照片一般出不了什麼政治問題，所以沒履行三審。老米跟著說書商開始說是人像風光攝影照片，太信任他們，受了騙。胡編輯也說自己不懂攝影，看也是走過場，所以沒有審稿。聞心源問的第三個問題是跟書商怎麼合作，胡編輯說組稿、生產、發行、投資全部由他們負責，給我們交四萬塊管理費。兩萬交給社裡，兩萬留編輯部分配。聞心源問除此之外，還有沒有別的。胡編輯看看孔副社長，又看看老米。孔說給了六千塊編審費，他們三個一人拿了兩千。聞心源問書印了多少，胡編輯說印數沒有給他們限制，他們能發多少印多少。聞心源的第四個問題是出版社實際只在賣書號，個體書商反倒在做出版經營，出版社為什麼反不如個體書商。孔、米、胡三個異口同聲承認，他們確實不如個體書商。孔說出版社和新華書店都事業單位體制，都是大鍋飯，幹多幹少一個樣，幹好幹壞一個樣，沒有積極性，也不可能有創造性，個體書商不一樣虧盈都是自己的，沒有依賴。米說出版社發行依賴新華書店，新華書店管道不暢通，各地都搞貿易壁壘，山東管不了山西，湖南管不了湖北，一種書只能要幾百本，出一本賠一本，書商發書一發就是幾萬。胡說出版社稿酬是死標準，不分稿件品質優劣，不肯出高稿酬，拿不到好稿子，拿了好稿子，也沒人給你發。個體書商環節少，有得賺就幹，他們五折就發貨，社裡和新華書店要七五折、七二折才發貨，個體書店都不要出版社的書。聞心源的第五個問題是你們認為出版社怎麼搞才行，三個人面面相覷。胡說現在我們社的辦法還行。米說這也是沒辦法的辦法。孔說這是個大課題，得上面拿主意，但現在上面也沒啥好主意。

聞心源單獨見了章誠。聞心源聽沙一天說社裡的規章制度都是章誠起草，聞心源就到章誠辦公室見了章誠。章誠很坦率，他說：「這件事暴露了我們社改革中的問題，管理失控、制度不嚴、自我生存能力弱，單純靠利益驅動，職業道德、敬業精神、人員素質可能越來越差。」聞心源很喜歡章誠的坦率，兩個人一拍即合，就出版社的現實問題、新華書店體制的弊病、個體書商給圖書市場造成的混亂廣泛地交換了意見。弄得桂金林非常不耐煩，這哪是在處理案子，整個一個在搞市場調查研究，可不耐煩也只能忍著。眼看到了吃飯時間，他才不得已提醒聞心源。章誠要留他們吃飯，聞心源感謝了章誠的好意。

回機關的路上聞心源徵求桂金林的意見，小桂毫不客氣地說聞心源對他們太客氣，這事他們起碼有一半責任，不審稿就給書號，生產也不監控，個人還撈好處，這樣的出版社還辦它幹什麼，解散算了。聞心源說出版社是有問題，但根子還在個體書商，稿子是他組的，而且他是故意坑騙南風出版社。

大江書局的崔永浩是聞心源找的最後一位當事人。崔永浩根本沒把這事當回事，嘻皮笑臉地一邊給聞心源倒茶一邊說：「人家出書，咱賣書，人家出什麼書，咱就賣什麼書。」聞心源對崔永浩的態度很反感，但他沒有把這種反感表露，反而非常平靜地開始了他的調查和取證。聞心源問：「一共進了多少書？」崔永浩說：「你們知道的，一萬冊。」聞心源問：「什麼折扣進的？」崔永浩說：「五折，這你們也知道。」聞心源問：「什麼折扣批的？」崔永浩說：「八折，街坊鄰居都知道。」聞心源問：「你是怎麼進的貨？」崔永浩有些為難，答非所問地說：「這重要嗎？」聞心源說：「實話實說，必須說清。」崔永浩說：「當然是從出書的人那裡進的貨。」聞心源說：「講具體一點，跟誰聯繫的，從哪裡進的貨？」崔永浩這才認起真來，一眼不眨地看著聞心源，心裡話，這個姓聞的，表面溫和，骨子裡卻咄咄逼人，賴是賴不掉了，他只好說：「是從個體書商那裡進的。」聞心源問：「在什麼地方談的生意？」崔永浩說：「在新橋賓館他的房間裡談的。」聞心源問：「是他打電話找你的，還是你主動到賓館找的他。」崔永浩說：「算是我找他的吧。」聞心源問：「你怎麼知道他有這種書？」崔永浩說：「賣書的都知道新橋賓館裡住著好多個體書商，他們的折扣比出版社低，有事沒事總愛去轉轉，那天就碰上了他。」聞心源問：「當時你看了樣書沒有？」崔永浩看了聞心源一眼，這小子挺厲害，越追越深了。他當然只能實話實說，他知道他們已經拘了那小子。他說：「看了。」聞心源問：「你看了樣書當時是怎麼想的？」崔永浩爭辯似的說：「我當時就說了，這書能賣嗎？他說怎麼不能賣？是正式出版社出的書怎麼不能賣呢？不僅能賣，而且會非常好賣，一倒手就賺錢。」聞心源問：「你知道新書上市要先送審批准後再銷售這規定嗎？」崔永浩說：「知道，市局有這個規定。」聞心源問：「你送審了嗎？」崔永浩推託說：「我以為出版社送審了。」聞心源說：「你想想，市局的規定是讓出版社送審還是書店送審？」崔永浩沒法再推，說：「規定是書店送審。」聞心源問：「書批發之前你都做了什麼工作？」崔永浩說：「沒做什麼，只是跟來批書的書攤小販打個招呼。」聞心源問：「是怎麼說的？」崔永浩說：「隨便說一句，明天有新暢銷書。」聞心源加重語氣問：「是這樣說的嗎？」崔永浩軟下聲來說：「可能有的小夥子說有帶色的畫冊這樣的話。」聞心源確定地說：「這麼說有兩點你是完全清楚的，一是你完全知道這本書不是出版社的正規出版物，二是你也知道這本書是裸體畫冊，上面不一定會同意銷售，鑒於這兩點，所以你沒有送審，所以你提前打招呼做工作想一下子批完。」崔永浩沒話可說。聞心源拿過小桂的紀錄，讓崔永浩簽字。崔永浩一下收住了笑，說：「這、這怎麼還要簽字呢！」

上面主管部門批准了省局的第二次報告，並表揚局裡工作過細，調查深入，處理果斷。聞心源沒有一點喜悅的心情。人體畫冊假冒案的處理轟動了全省，省報頭版以醒目的大標題《書商假冒印製裸體畫冊，南風上當受騙教訓深刻》刊登了長篇偵破紀實，作者新元，是聞心源的化名。全部圖書銷毀，沒收書商非法收入十二萬五千元，罰款五萬元；沒收大江書局該書非法收入九萬元，罰款一萬元；對藝華印刷廠提出警告，罰款兩萬元；南風出版社停業整頓，沒收四萬元書號費，對當事人追究責任。報紙剛到聞心源的桌上，他還沒來得及看，沙一天就來了電話，說你的頭把火燒得旺啊，燒得好，祝賀，祝賀。聞心源聽不出沙一天究竟是祝賀還是諷刺。讓聞心源奇怪的是賈學毅跑來向他祝賀，說他幹得漂亮，還說長江後浪推前浪，他以前輩自居，還要請聞心源吃飯，以示慶賀。聞心源對他的得意很不舒服。

34

莫望山告訴苗沐陽，人民社要出一本最新暢銷書《毛澤東生活實錄》，他預訂了四百本。莫望山跟苗沐陽說，像新天地這樣新開張的批發公司，要是能獨家包下這本書，一下子批火爆了，造出影響來，往後的生意就好做多了。苗沐陽立即向副經理常河堂彙報了這個消息，常河堂也覺得這書能暢銷。常河堂又向賈學毅作了報告。賈學毅在電話上表揚了苗沐陽，也同意他們的意見，讓他們到人民社去談，有困難他再出面。

常河堂和苗沐陽趕到人民社，省新華書店業務科長白小波正好下樓。常河堂和苗沐陽都不認識白小波，白小波下樓他們上樓，在樓梯上擦肩而過。常河堂和苗沐陽來到發行部，發行部的一位女業務問他們找誰，他們說找發行部的負責人。那位女業務噗哧笑了，發行部的負責人就立在苗沐陽的屁股後面。他們彼此也不認識，常河堂和苗沐陽上樓時，這位負責人咸主任正好送白小波下樓。常河堂和苗沐陽找到發行部，咸主任也回到了門口。這位咸主任不急不躁，也不叫苗沐陽他們讓他進屋，悄沒聲地立在苗沐陽屁股後面。苗沐陽見女業務笑，轉身看，一腳正踩在了咸主任的腳面上，他挨她挨得太近了一點。苗沐陽只好反客為主，主動給這位咸主任讓道，請他進屋，他們再尾隨咸主任，來到他的辦公桌前。常河堂把他們公司向咸主任略作介紹，然後直奔主題說明來意。咸主任還沒有開口，對面的那位胖漢插進來陰陽怪氣地說：「你們來晚了，省店的白科長剛下樓梯，他們包了。」咸主任趕緊介紹：「這位是我們的談副主任。」苗沐陽忍不住笑了，兩位主任，一咸一談，挺有意思。這位談副主任對苗沐陽的笑很不滿意，他以為她是笑他胖。常河堂問：「省店怎麼個包法？」談副主任沒理他。咸主任態度挺好，嘻著嘴說：「他們包全國五萬冊。」苗沐陽果斷地說：「我們包本省五萬，怎麼樣？」談副主任仍是陰陽怪氣地說：「什麼事都得論個先來後到，人家省店是主管道。」常河堂說：「我們也是局裡的公司，也是國營單位，也是主管道，我們包江都行不行？」咸主任問：「江都你們能包多少？」苗沐陽說：「兩萬。」咸主任有點動心，說：「這要跟省店商量商量。」談副主任卻不滿地制止說：「沒什麼好商量的，已經答應人家了，講不講信譽？」咸主任就沒了話。苗沐陽看出，這談胖子作著咸主任的主。常河堂說：「做生意嘛，大家可以競爭，我們本省就包五萬，你們還不考慮。」談副主任一副滿不在乎的樣子：「別說五萬，十萬都無所謂，我們是出版社，不是書商，不是靠一本兩本書過日子，也不是今天賺一把，明天就歇菜，我們一年要出幾百本書，暢銷書給別人，一般書讓人家驢似的給你拼命，合適嗎？再說我們出版社也不能指望你們新天地吃飯呀！好銷的書抓一把，一般書你們掃都不掃一眼，靠你們靠得住嗎？得靠人家省店。我們的全部品種都由他們全國經銷，這你們做得到嗎？一本學習資料，人家一發就是幾十萬，甚至上百萬，你們能行？兩季的教材，我們躺著吃都夠了，我們不靠他們還能靠你們？」讓談胖子這麼一說，苗沐陽來了氣：「都什麼年月了！你們還搞老一套？借用一下電話行不行？」咸主任立即把電話拿給苗沐陽。

苗沐陽當著談胖子的面給賈學毅打了電話，把這邊的情況都告訴了他。賈學毅讓他們在那裡等著，他直接給新華書店和汪社長打電話。苗沐陽和常河堂就一邊看他們的其他樣書，一邊等賈學毅的電話。至多半個小時，談胖子桌子上的電話響了。電話是談胖子接的，他很神氣地說：「誰姓常？姓常的接電話。」常河堂接完電話，臉上沒了生氣，他跟苗沐陽說：「這書咱不要了，走吧。」苗沐陽不解：「賈學毅說什麼？」常河堂沒好氣地說：「賈處長說新華書店和公司都是局裡管的單位，爭來爭去都是一家人，沒有那個必要。」苗沐陽隨著常河堂，灰溜溜地離開了人民社。他們出門的時候，苗沐陽聽到談胖子發出一聲怪笑，心裡不是滋味。她想不通賈學毅為什麼不跟新華書店爭。

完全出乎華芝蘭的意料，等她統計完那些匯款單和圖書館訂單，她忍不住歡叫起來：「望山！望山，你快來！你快來！」莫望山三步並作兩步竄上樓，不知道她那裡出了什麼事。到了樓上，華芝蘭把統計表給了莫望山，莫望山看了也是又驚又喜，好傢伙，《毛澤東生活實錄》徵訂了一千八百六十五本。他們只跟出版社訂了四百本，差不多缺一千五百本。人家款都匯來了，沒有書怎麼向人家交待，還有什麼信譽。

莫望山騎車趕到人民出版社發行部是上午九點半。發行部的門虛掩著，裡面熱鬧異常。莫望山推開門，剛邁進一條腿，又燙了腳似的退了出來。莫望山再次抬頭確認門牌，沒錯，有機玻璃的門牌白底紅字，發行部三個字鮮鮮亮亮。可是裡面的情景讓他犯疑惑。屋子裡三男一女正圍著房間中央的茶几不知在幹什麼。女的是位很年輕的姑娘，莫望山推門時，姑娘手腳並用趴在地上，正在往茶几底下鑽，三個男的連呼帶叫加跺腳，為姑娘的動作喝彩。莫望山待在門口拿不定主意，不知道是進好，還是不進好。《毛澤東生活實錄》很搶手，來之前莫望山與咸主任通了電話，說再要一千五百本，咸主任說很困難，來看看。屋裡沒有看到咸主任。莫望山覺得這麼傻乎乎地在門口等不是法。莫望山再次推開了門。呵，裡屋還有一局，一位三十開外的胖漢頭上戴一頂用兩張報紙卷成的足有一米高的帽子，帽子上畫了一個奇醜無比的豬頭。這種旁若無人一本正經的樣惹得莫望山差一點笑出聲來。「請問咸主任在嗎？」莫望山盡力把話說得親切動聽。「在不在你看不見嗎？」胖漢說話的時候，高帽子跟著一晃一晃。「咸主任什麼時間回來？」莫望山看出他們都不歡迎他的打擾，但他還是問了這一句。「不知道。拱豬！」胖漢一邊回答一邊出牌。莫望山尷尬在屋裡，感覺沒有立足之地。對他的出現，八個人沒有任何反應，連眼皮都沒朝他抬一下，整個身心無法從牌桌上分出空來。「請問有負責同志在嗎？」莫望山又討厭了一句。「沒見在休息嘛！」「噢，對不起，實在對不起。」

莫望山灰溜溜地退了出來，他沒有在國營單位上過班，不懂得國營單位的作息制度。真不錯，上班跟學校一樣，還有課間休息。莫望山在走廊裡無聊地站著，站得實在無聊，他就無奈地在走廊裡一步一步來回走。走廊兩邊的門都虛掩著，一陣陣不同程度的歡笑嬉鬧不時從一個個門縫裡衝出來。稍一側耳便能聽出各個屋子裡的玩具有所不同，有麻將、有象棋、有康樂球、有撲克。究竟是出版社文化單位，上班時間辦公樓裡都洋溢著活躍的娛樂氣氛。莫望山在樓道裡丈量著走廊，向前走，走到頂頭的窗戶，再轉身往回走，走到走廊的另一頭窗戶，然後再轉身向前走，再往回走，走了大約半個小時。

電鈴突然驟響，嚇莫望山一跳，以為是空襲警報。電鈴響過，各個門洞裡立即湧出許多男女，莫望山真以為他們在搞防空演習，再一看，不是，他們急，是因為尿急，衝出屋子的人都直奔男女廁所。莫望山避到走廊盡頭的視窗，等他們都減負輕鬆之後，估摸他們也收拾好了「戰場」，大概都各就各位了，莫望山才再次走進了發行部。「請問哪位是負責同志？」莫望山堆起笑臉從頭重來。「哪兒哪兒啊？」接他話的是那位戴過高帽子的胖漢談副主任，可能剛才手氣不好，他很煩躁。「野草書屋。」「個體吧？什麼事兒？進貨樣書櫃在那邊，隨便看隨便選，帶執照了嗎？」「執照？沒有帶，在鏡框裡鑲著呢。」莫望山有些不解。「那明天帶了再來吧。」「前天我已經在咱們社進過書了。」「是嗎？我怎麼沒見過你？」「我是找咸主任辦的。」「那你等咸主任吧，我姓談，管不了咸主任的事。」「我是想再添點《毛澤東生活實錄》。」「沒有貨了。」「哎，不是剛出嘛？」「讓人家包了。」「咸主任說讓我過來看看，說儘量幫解決。」「那找咸主任去嘛！」

「他上哪了？」「不知道。」「他什麼時間回來？」「不曉得。」

「哎喲！主任大人，幾天不見又發福不少啊！喏，張科長；喏，李科長……」莫望山正跟胖漢說著話，進來了一位不用介紹便知是書商的中年漢子，腰間的錢袋鼓鼓的，肩上的挎包滿滿的，進門見人一律稱主任、科長，一邊招呼一邊扔菸，無論男女，一人一包「紅塔山」。「幹什麼去了？這會才來。」中年漢子打點一圈，最後回到談胖子面前，看樣他們的關係不一般。「哎，你還有事嗎？」談胖子特意招呼莫望山，莫望山明白他在下逐客令。「主任，我想咱們還是商量一下，匯款我們都收了，能不能勻一些給我們。」「這一批是沒戲了，等下一批吧。」「下批要什麼時間出？」「一個月差不多吧。」「這樣我們就要失信了，主任請你幫個忙。」莫望山也改口叫主任，「我跟咸主任打了電話後才來的。」「他答應你，你找他呀！我們還有事，你要願意等就等。哎，老翟，這邊坐，多少？」那位老翟伸出兩根指頭。「錢，齊啦？」「老規矩，先付一半，現的，那一半提貨十日內一次結清，咱誰跟誰，沒說的。」那位老翟說著從錢袋裡拿出兩疊鈔票拍在桌上。胖漢笑笑拿出提貨單就開單。「主任，這不是還有嘛，勻點給我吧？」莫望山再一次懇求。「人家這是早就定下的，你不是也定了四百嘛！」「我們是郵購，數字掌握不准，你照顧一下。」「掌握不准，以後慢慢掌握吧，這回是不趕趟了。」談胖子開完單就點錢。

「這位兄弟面生，哪兒啊？」那位老翟閒著沒事找話說。「野草書屋。」「廟街的是吧，別著急，心急吃不得熱豆腐，路要一步一步走，飯要一口一口吃，我看你是個辦實事的人，認識一下，今後多照應。」老翟給了莫望山一張名片，「好了，我走了，十日之內再來拜見。」老翟說著從袋裡拿出一個鼓鼓的信封，不露聲色地隨手擱在談胖子的桌子上。莫望山跟在老翟的身後下樓，提不起一點精神。老翟一腳踩著他的摩托，一溜煙出了出版社大院門。莫望山騎上自行車，窩囊的心情加上一副窩囊的模樣。讓他吃驚的是出版社竟也這樣黑暗。

「哎，老弟別走呀！」莫望山剛過一個胡同，那位老翟又騎著摩托拐了回來。「你真想要這書？」「是啊，款都匯來了。」「我看你是個實誠人，老哥幫你一把，我把書讓給你。」「你能讓給我多少？」「你想要多少？」「至少一千五。」「算了，我成全你，兩千全讓你，說不定還有匯單在路上呢！」「真的都給我？」莫望山有些不相信。「君子一言，駟馬難追。」「那叫我怎麼謝你呢？」「先別謝，咱把事情辦完了謝不遲，這是提貨單，後天就可以直接到工廠去提，搞經營講究的就是速度。新華書店為什麼沒有好書？官商，要人家送。你等著送吧，人家都批光了才到貨呢！咱可不能學那一套。」「你多少折扣給我呢？」「你都看見了，人家跟我的交情不是三秋兩冬了，這種暢銷書出版社掉下七五折不會給你，人家衝我的交情給我一級批發的折扣，六八折，單子上寫著呢。」「沒看你們談折扣呀！」「這就傻了吧！折扣能在那裡談嘛！那裡是冠冕堂皇辦事的地方，要辦的事情早在之前私下裡談妥了，交道多了，都明戲，老規矩了，用不著說，要真在那地方說多沒有勁。」莫望山傻小子似的聽老翟侃。「咱明人不說暗話，你也看到了，咱能白讓人幫忙嗎？咱是什麼人？我給他們撂下了兩個折扣，這樣吧，我七四折給你，你等於比正常進貨折扣還低一個扣，你呢，算給我點辛苦費；我呢，算幫你個忙，交個朋友。」莫望山一時說不出話來，他真佩服這位老翟的精明能幹，騎在摩托車上都想著做生意，說起來他救人所急，幫人所難，實際上他一倒手，一點力都沒費，白得四個折扣的利，真厲害。「還猶豫啥？這可是搶手貨，我拉到店裡七八折批，一個小時就光了。你要等下一批，那得一個月之後。你要覺不合算，我不勉強，你自己去想辦法吧。」老翟說完跨上摩托想走。莫望山笑了，說：「好，這貨我要了，我身上沒帶這麼多錢，要不明天我上你店裡去，交了錢你再給我提貨單。」「嗨！這麼說就見外了，一回生，二回熟，交朋友就得實在，提貨單，你拿著，錢早一天晚一天無所謂。老哥還有句話要說，對這些出版社的人不能那樣公事公辦，這些捧鐵飯碗的日子過得不怎麼樣，他們圖什麼？圖個舒服，圖個安穩，圖個保險。你能額外給他點好處，他能不幫你？這年頭都知道錢這玩意兒重要，多大的官也是如此。你要是死心眼，一根兒筋，這店辦不好。算了算了，別說我引你走邪道，不過裡面的道理你要明白，回見。」莫望山望著遠去的老翟，他琢磨不透這老兄是個什麼樣的人。聽了他這一番話，他似乎明白了什麼，似乎又沉重了許多。

莫望山正準備出門去提貨，苗沐陽沒精打采地來到野草書屋。莫望山見苗沐陽沒一點精神，說：「丟了魂似的，出什麼事啦？」苗沐陽說：「《毛澤東生活實錄》沒包著，讓新華書店搶了先。」莫望山說：「這有什麼，生意多得很，這回做不成下回做。」苗沐陽洩氣地說：「新天地生意不會好，在那裡沒有勁。」莫望山說：「國營有國營的好處，上面又沒有讓妳承包，妳著的哪門子急。」苗沐陽說：「看著別人做事，自己沒事做，多難受。」莫望山勸她別著急，慢慢來。其實莫望山嘴上這麼說，心裡很喜歡她這脾氣，女孩子能有這樣的事業心和工作責任心，不容易。苗沐陽問：「這書你要了多少？」莫望山就把缺書和老翟幫忙的事告訴了她。苗沐陽十分氣憤：「人民社的風氣不正，我們在你前一天去的，他們就說沒有貨了，個體書店去了，反而有貨，還都是局裡一個系統的，什麼作風！這種社不能跟他們打交道。」莫望山說：「做生意先得交朋友，沒有朋友就沒有生意，有了朋友就有了生意。」苗沐陽說：「跟這些人做朋友，噁心。」莫望山說：「做生意嘛，什麼樣的人都得交。這回就算了，以後多掌握些資訊，有好書別忘了妳哥。快去批妳的書，把生意做好。」苗沐陽盯著莫望山一眼不眨地看著。莫望山笑了，說：「妳這麼看我幹什麼？」苗沐陽說：「我覺著你這人挺怪，讓人不好琢磨。」說完一甩她長長的馬尾巴，跑回公司去。「怪？我有什麼怪的？」莫望山不明白她的話。

35

沙一天行走在辦公樓的樓道裡，腳下的皮鞋製造出節奏分明的腳步聲。清脆的腳步聲向前飄去，撞到牆上又回頭向他撲來，樓道裡便到處都迴響著他的皮鞋聲。當他忽然意識到這皮鞋聲的異怪，他才發覺這辦公樓裡竟沒有人。他不由自主地看了看手錶，他以為自己搞錯了時間。手錶上的日曆告訴他沒有錯，今日是星期五；手錶上的時間也告訴他沒有錯，現在是八點零五分。可辦公室裡怎麼沒人呢？沙一天進了自己的辦公室，放下包，泡上茶，坐到那把圈椅裡，心裡仍想著樓道裡的清靜。這清靜讓他感覺到一種不祥。這種不祥近些日子時常爬上他的心頭，一爬上心頭，他便什麼也做不下去，做什麼也沒有情緒。三個月停業整頓，檢查報上去兩份。沙一天單獨寫了份檢查；孔副社長挨了個行政警告處分，被免職；米主任記過撤銷職務；胡編輯記大過，到發行看倉庫；三個人吐出六千塊編審費。局裡倒沒這麼認真，學習了兩個禮拜就讓工作，書號也沒停止賣，只是人心散了。沙一天雖逃過了這難，但傷了元氣，上上下下都知道南風出了事，那種無形的影響不可估量。更有一件讓他放不下的事是，究竟是誰捅到了上面？賈學毅暗示他是聞心源，他想說服自己不是聞心源，可他找不到說服自己的理由。

有人敲門，沙一天讓他進來。進門的是辦公室主任。沙一天問他：「社裡怎麼沒有人？」主任說：「都忙著個人掙錢去了。」「個人掙錢？」沙一天不明白他的話。辦公室主任說：「現在編輯都學聰明了，自己組稿編稿費心血不說，市場還判斷不準，弄不好就賠錢，賣書號既方便，又省事，又穩當，不操心，不費力，還快當，一手交錢，一手給號。他們生意越做越精。聽說一般的選題一萬塊錢書商都嫌貴，可武俠小說，能給兩三萬，交社裡一萬塊，個人能拿一兩萬；要是賣掛曆號，一個書號能賣三四萬，多的能賣到四五萬，個人能掙三四萬。這些日子正是書商要掛曆號的時候，他們都到賓館找書商去了。苦就苦了搞行政的。大家一致要求我來找社長，給辦公室也分幾個書號，編書不行，賣書號誰還不能賣，也讓我們掙兩個，縮小貧富差距，免得兩極分化。」沙一天不滿意辦公室主任的說法：「不要亂開玩笑！」辦公室主任卻一本正經地說：「社長，我可不是跟你開玩笑，我是代表全辦公室人員來向你申請懇求的。」

正說著總編室主任來送選題報告。沙一天對總編室主任說：「正好你來了，你來說說，辦公室主任說要我分給他們書號，他們也要賣書號，你說這像話嘛！」總編室主任說：「社長你還別說，辦公室的要求不是沒有道理，我們總編室的人也有這個要求，反正書號又不受限制，多賣一個少賣一個無關緊要，要不誰願搞行政搞事務？社領導也賣幾個，不能光讓編輯部的人發財呀。別的人不說，林風原來也是總編室的，也沒有編過什麼書，現在到了編輯部，一下就發了，已經賺幾十萬了！前段時間她一氣賣了八個武俠小說書號，少說得二十萬。那個書商對她可不一般，據說那批武俠小說至少賣了十萬套，書商還另謝了她一筆錢，不知道有多少，人家小車都開上了。這回一下又賣給他五個掛曆號，這帳誰不會算。」沙一天讓他們兩個說暈了頭，想想他們的話不是沒有道理。「既然你們都有這個要求，那你們就寫報告，交給章副社長，聽聽他的意見，然後再交社長辦公會研究。依我看，只要把選題內容把好關，多賣一個少賣一個書號是沒啥問題。」兩個主任像領了聖旨一樣歡天喜地出了門。

沙一天拿過總編室主任送來的選題一看，發現了新問題。文學、文化、傳記、婦女、兒童、文教、醫藥、科技、檯曆、掛曆、月曆，五花八門，什麼都有，一傢伙已經出去了二百八十多個書號。尤其是武俠小說，佔了將近三分之一。那本《美的旋律》人體畫冊，幸虧他想到了假冒這個名目，要不然，他們社不吊銷社號才怪。不能再胡來了，這二百多個選題，他一點把握都沒有，誰知道這些編輯，這些主任都看過稿子沒有？再要出問題，他就不知該怎麼辦了。

沙一天正在犯愁，門外響起了一個猶豫的敲門聲。沙一天叫進來。進門的是傳達室的老頭陳大爺。陳大爺給沙一天送來一封信。沙一天說：「一封信用不著單獨送，等報紙來了一起送就行。」陳大爺說：「沒有事，別耽擱了事情。」陳大爺放下信，一邊朝門口走一邊又回過頭來看沙一天，像是有事欲言又止。沙一天看到了陳大爺的遲疑。沙一天問：「陳大爺，是不是還有別的事？」陳大爺不好意思地回轉身來，只是嘿兒嘿兒地假笑，卻不說話。沙一天說：「有什麼話儘管說，不要緊的。」陳大爺還是嘿兒嘿兒說不出口。沙一天問：「是不是社裡有人欺負了你？」陳大爺使勁搖頭，一口否定。沙一天又問：「是不是辦公室發什麼東西漏了你？」陳大爺又使勁搖頭，一口否定。沙一天問：「是不是家裡遇到了什麼困難，需要社裡幫助？」陳大爺使勁點頭，嗯嗯肯定。沙一天問：「什麼事只管說。」陳大爺說：「不好意思說，添麻煩。」沙一天說：「有困難就說，不要緊的，你不說，我就不知道，社裡怎麼幫你解決呢？先說出來聽聽，能不能辦到是另一回事。」陳大爺就十分難為情地說：「社裡的那些個書號能不能也給我一個？」沙一天真有點哭笑不得，他，陳大爺，傳達室的看門老頭，他也要賣書號！沙一天問：「你要書號幹什麼？」陳大爺說：

「我兒子的工廠想印一本掛曆送人，印上他們工廠的產品廣告，聽說我在這裡看大門，廠長讓我兒子聯繫幫著買一個書號。要是能給他一個號，他也好賺幾個錢，老太婆的肺結核長年要吃藥。」章誠匆匆來到沙一天辦公室，聽說陳大爺也要賣書號，忍不住苦笑：「這不是開國際玩笑嘛！連看大門的老大爺都想賣書號了！這社成什麼了！」陳大爺聽章誠這麼一說，嚇一哆嗦，立即轉身走了。沙一天倒是挺可憐老大爺，衝著老大爺背影說：「我們研究研究再說。」

章誠說：「真不像話，辦公室總編室也要賣書號！還說你同意了！你答應他們了嗎？」沙一天說：「我正要找你商量，我真讓他們說得沒主意了，圖書絕對不行，掛曆行不行，掛曆一般出不了問題。」章誠說：「你可千萬別麻痹大意，掛曆照樣出問題，他給你印上些『三點式』，咱擔當得起嗎？」沙一天一愣：「這倒也是，剛才看了這二百多個選題，我是有些擔心，這麼多選題，書稿都看過沒有？校對怎麼樣？封面也不知設計成什麼樣？」章誠說：「這樣下去絕對不行。」章誠立即把《關於加強業務管理的暫行規定》（草案）給了沙一天。沙一天接過草案認真看起來，章誠就書號管理，選題三審、書稿三審、取消編輯部帳號等問題作出了明確的規定。

沙一天看完後，覺得有道理，說：「立即上會研究，確定後發給全社，不這樣控制不行，不過取消編輯部帳號的事，要研究一下，編輯部肯定不幹。」章誠說：「不幹也得幹，不能再猶豫，再要出事這個社就完了！」下午，沙一天召集了社長辦公會。會上原則通過了章誠起草的草案，但都不同意取消編輯部的帳號，說這樣會打擊編輯部的積極性。爭來爭去，章誠落了個少數服從多數。

沙一天看到自己那幢宿舍樓，心情就陰沉下來。昨天晚上，沙一天以開玩笑的方式再次與葛楠商量生孩子的事。他說人苦悶的時候特別想要一個溫馨的家，他個人認為沒有孩子的家庭是不完整的家庭，不完整的家庭就不能算是美滿的家庭，不美滿的家庭就不可能溫馨。葛楠一聽這話來了火，說這理論應該在戀愛的時候說，不應該在結婚以後再創造，既然認為不完整的家庭不美滿，你有重新選擇幸福的權利。事情一開頭就頂上了火。沙一天說就事論事，不要隨便聯想到別的話題，當初同意那個觀點是當時的沙一天的思想，但人的一切都是會變化的，世界上沒有不變的事物。葛楠說你有變化的自由，別人有不變的自由；你有表現變化的自由，別人也有不欣賞的自由；誰也不能無視誰，誰也不能勉強誰。兩個人的話越說越不投機，葛楠在氣勢和依據上都佔理，說得沙一天找不到開口的話語。最後兩個人誰也沒理誰，一直到天亮，一夜無話。一覺醒來，誰也沒能忘記夜裡的不愉快。葛楠沒料理早餐就獨自上班。

沙一天把鑰匙插進鎖孔之前已經作好了心理準備，他打算主動和解，主動作自我批評，以求太平。他知道葛楠的脾氣，他要是不這麼做，她是不會主動理他的。別一波剛平，後院又起火。現在怕老婆是尊重女性的象徵，是一種時尚。屋裡的寧靜徹底粉碎了沙一天的計畫，待他把廚房、衛生間、臥室、書房、會客室巡掃之後，心裡的慌亂便無法控制。他是自己沒事找事，她說暫時不要孩子是事先約定的，自己也是認了的，自己看上的是她的人，她的能力和她的背景。現在人得到了，可感到沒得到她的心，她不只是不幫他，連心裡話都不敢跟他說，他感覺身邊有個安全部的人在審視他一般。他是故意找茬鬧的事，自知不是她的對手，事情要是鬧大，吃虧的一定是他；要是鬧到她爸那裡，更沒法收拾。

沙一天先打電話到葛楠的辦公室，電話沒人接。沙一天又打電話到招待所找了聞心源，聞心源說沒有什麼緊急任務，下班她說早走一會兒。沙一天再拿起電話撥岳父家的電話，撥了兩個號碼，沙一天立即把電話扣了。打電話不行，在與不在，都沒法向岳父解釋，既然主動就主動得徹底一點。沙一天鎖上門下樓蹬上車，直奔岳父家。沙一天的慌張讓葛老爺子嚇一愣，葛楠並沒有回家。葛老爺子問：「兩個鬧彆扭了嗎？」沙一天立即掩飾：「沒有沒有，我回家，看她不在家，以為她到你這裡來了。」葛老爺子當然不會相信，問：「那你這麼慌幹什麼？小倆口鬥鬥嘴，沒什麼。」沙一天只能實話實說：「我爸多事，問我們怎麼還不要孩子。我回來一說，她生了氣。」葛老爺子說：「生兒育女是天經地義的責任，老人問是理當的，好好商量，慪什麼氣呢，有空我也勸勸她。」沙一天一聽老丈人的話，如釋重負，立即告辭說：「說不定她回家了，我回去找她。」

沙一天四處找葛楠的時候，葛楠正興致盎然地在新華廣場逛商場。東西走向的中山路與南北走向的新華路在這裡交匯，形成了江都市的第二廣場，確定了新華廣場商業中心的地位。逛商場花錢似乎是女人生氣時報復男人發洩鬱悶的最佳方式。自從昨晚與沙一天不歡而睡後，清晨起床，結婚來她頭一次產生不願看他不願跟他說話的厭惡心理。一天的工作並沒能沖淡她的那種情緒，下班前她把辦公室抽屜裡的錢都揣上，跟聞心源打了招呼，直接上了商場。帶著氣逛商場的女人往往有些瘋狂，買起東西來像不用付錢。能讓她看上眼的，當然是夠上她消費檔次的東西，連價都不問，張口就買下，報復的快感就彌漫在這果斷消費的瞬間。葛楠先逛江都百貨商場，從一層一直逛到四層，在二層買了一件羊毛衫。在三樓買了一條西褲。每買一樣東西，好比給沙一天一個打擊，消一口氣，享受一次痛快，心情就好一分。逛完江都百貨，她又上了賽特商場。賽特是江都的高檔商場，「耐克」、「阿迪達斯」、「銳步」、「聖羅蘭」、「鱷魚」等各類名牌在這裡都設有專賣區。葛楠在二樓買了一雙「耐克」運動鞋，不上班的時候，她喜歡穿運動鞋。葛楠來到三樓，一眼看上了那件風衣，深墨綠色，小條絨。服務小姐在一旁添油加醋地奉承：「小姐妳穿上這風衣，特顯氣質呀！妳看，妳的身材多好啊！這風衣的顏色也特配妳！妳的皮膚白，配這種深色特高雅！」不管什麼樣的女人，知識分子也好，名流也好，幹部也好，市民也罷，女人都經不起誇，三句好話就暈了。葛楠算是見過世面的，自小在幹部家庭長大，優越感這麼強，讓服務小姐三句好話一說，也有些飄飄然，不好意思不買。開好票，葛楠到收款臺交款，五百八十元，把錢包打開一點，呀！錢不夠了。葛楠從沒碰上過這種事，非常尷尬。服務小姐自然沒了那又甜又美的話，美麗的小嘴噘了起來。這些早都收在葛楠眼裡，葛楠跟小姐說：「這是沒想到的事，衣服真想要，要是信得過，借我一百元，我把工作證身分證壓妳這裡；要不行，衣服給我留著，明後天我再來買。」服務小姐琢磨了一會兒說：「我身上沒帶錢，還是明後天再來買吧。」

離開了岳父家，沙一天不知道再到哪去找葛楠。最後他想到了自己家，難道她會直接去找他父親談，真要這樣，一切就都完了。沙一天懷著滿肚子陰雲朝自己家走去，接著又沒趣而回。一路上沙一天想得很多。他後悔跟葛楠爭辯，什麼幸福不幸福？完美不完美？還他媽談哲學，都是社裡那些事鬧的，好像自己成了什麼人物似的，在她眼裡，你還能算個人物？又不是不知道她的脾氣，萬一真惹惱了她，什麼事她都做得出來。男子漢大丈夫，能伸能屈，跟自己老婆生什麼氣呢！

宿舍裡的燈光讓沙一天一喜，他鎖好車子，在樓下調整好情緒，作好認罪準備，想好了檢討的話語，然後一步比一步堅定地走上樓去。「葛楠，是我的錯，對不起，妳原諒我吧。」沙一天進門立在客廳裡勾下頭檢討起來。沙一天說完仍勾著頭立在那裡，沒聽到葛楠的反應。沙一天慢慢抬起頭來。葛楠不在客廳，在臥室，剛才他的那番話說給了牆壁。他只好再走向臥室，立到臥室門口，再次重複了那番話。「你傻在那兒幹什麼呢！快幫我把後面的帶子繫好。」葛楠正在組合家具的穿衣鏡前試風衣。她特喜歡這風衣的顏色和款式，小姐不肯借錢也不肯欠錢，她想來想去，到二樓跟售貨小姐解釋半天，把「耐克」鞋先退了，買下了這件風衣。逛完商場花完了那些錢之後，她心裡已經萬里無雲。她也感到沙一天這些日子夠可憐的，不跟他計較了，饒他一回。沙一天一看她的神色，立即跑過去幫她繫風衣後面的帶子。葛楠對著鏡子旋轉一圈，問：「好嗎？」「好！好！好！」沙一天一連說了三個好，這倒不是他故意討好，他覺得葛楠的身材，配上這風衣，真的特別美。再加她的大眼睛，她的高鼻子，她的尖下巴，尤其是她那又黑又亮的馬尾巴，他恨不能給她跪下。葛楠說：「別傻，好在哪兒？」沙一天說：「墨綠色高雅，風衣的腰身卡得恰到好處，更顯示出妳身材的苗條美麗；小條絨既隨意又顯得厚重，顯出妳的端莊。」葛楠一笑，說：「臭貧。」沙一天順勢摟住葛楠，他附在她的耳邊說：「對不起，請原諒我，以後我不會再說那些蠢話，妳今天讓我多擔心，我跑到妳家，又跑到我家，我打遍了所有能打的電話。」葛楠歪著頭說：「這麼說你心裡還裝著我。」沙一天指著自己的心說：「這裡面全是妳，我永遠愛妳。」葛楠說：「我沒有聽清。」沙一天再次大著聲說：「我愛妳！永遠愛妳！」兩個人擁到了一起，言歸於好。

36

書市，新鮮事。別的商品一搞展銷總火，賣書搞市頭一回，不參加怕錯過商機，莫望山也要了一個攤位。

莫望山垂著兩手，看著那塊攤位的空地犯愣。三米寬，四米深，他不知道拿什麼東西來搭這種攤位。搭攤位必須搭棚子，不搭棚子太陽曬可以忍，下雨不得了，下雨書就會泡湯，賺不了錢，還得賠本。十天書市，誰能保證不下雨。

其實書市是市場逼出來的。出版社自辦發行後，省新華書店雖然仍幫出版社向全國徵訂，可書目徵訂已被認為是一種「隔山買牛」的盲目方式，管道嚴重萎縮，訂數直線下降。八十年代前一種書一次徵訂三五萬冊，前兩年一下降到三五千冊，現在只有三五百冊，指望這，哪本書都沒法開機；自己徵訂，沒有管道，只能靠幾個大城店搞特約經銷；集體個體書店左手不敢相信右手，不收款發書等於扔，書出去了可能收不回錢，只能現款交易。現款，書商們不幹，風險都得自己擔。如此一來，出版社每本書都只能自己主動備貨，出書後再慢慢推銷。兩年下來，出版社的庫存積壓圖書翻了幾番，壓得出版社喘不過氣來。幾個社的發行部主任在一起叫苦，叫到後來就叫出這個主意，在人民公園辦書市，自己擺攤降價賣書，邀請各地的書店和圖書館來訂貨買書，實際是想了一個卸庫存的招。

新鮮事物，幾家報紙搶先聲援幫著鼓吹，出版社踴躍報名參加，集個體書店也積極回應，他們都有庫存積壓。廣大讀者聽說降價賣書，更是歡迎。江都市新華書店卻不高興，認為這是明打明擠他們的市場，他們門店都是全價銷售。降價銷售誤導了讀者，把市場搞亂，以後新華書店還怎麼正常銷售。更讓市新華書店生氣的是，省市兩級新聞出版局居然也給予支持，說這是改革。省委書記還親筆給書市題了詞，叫江都書市，新華書店有氣憋在肚裡沒處出。

頭一回搞書市，誰也沒想到書市賣書這麼複雜。一個攤位費要一千二百塊，還要搭棚子，還要防火設備，還要守夜值班。書市明天就開始，周圍出版社和那些國營書店、公司神氣地搭起了由書市辦公室統一製作的制式棚子，鐵柱鐵梁鐵皮瓦，煞是漂亮。漂亮是漂亮，可一個棚子要四百五十塊。莫望山大方不起來。一些集個體書店雖然五花八門，也都搭起了各色各樣的棚子，差不多都在運書上架佈置櫃檯了。莫望山在東西樹林裡轉，有個書店的棚子給了他啟發。他們用鋼管搭了個架子，上面蓋了塊大篷布。他想到了廟街工地上的腳手架。他到南風出版社的攤位前找著了沙一天，借了他們的卡車。莫望山帶著車回到家，華芝蘭已經倒出兩個書架，把上書市銷售的書都捆紮好。他跑到工地發了兩包菸，借了二十根腳手架鐵棍，到商店買了二十米編織袋塑膠布，買了幾斤鐵絲，一把老虎鉗。

莫望山拉著滿滿一車搭棚子材料和圖書，還有華芝蘭和高文娟、馮玉萍三個趕到人民公園，已是下午兩點。卸完貨送走司機，他就帶著三位女同胞搭棚子。他先把棚子的搭法告訴她們，然後就分別讓她們用鐵棍子綁架子。幸虧三位都是農村出身，都還有點力氣。尤其是高文娟幹活有股潑辣勁。莫望山讓她們扶鐵棍，他綁鐵絲。高文娟嫌慢，自己到隔壁攤位上借了把老虎鉗，讓馮玉萍給她扶，她和莫望山兩個綁。他們一個小時就把棚架支了起來。攤位正巧在兩棵古柏中間，古柏能遮陽擋風，給了好大便利。搭好架子，莫望山就爬到架子上固定塑膠布。高文娟爭著要上，莫望山沒讓。上這種架子得有點膽量，就幾根鐵棍沒依沒靠的，他哪敢讓女孩子上。華芝蘭一個勁提醒小心，莫望山還沒來得及回答，呼騰就躺倒地上。圓鐵棍碰圓鐵棍，鐵絲怎麼綁也固定不死，他一爬上去鐵棍就滑脫下來。幸虧只三米高，莫望山除了摔痛了屁股，沒傷著別的。華芝蘭和高文娟搶著扶他起來，站是站起來了，但屁股摔得很痛，怕影響她們三個情緒，他只好強忍著不當回事。高文娟見對面一個攤位有梯子，她跑過去，幾句好話就把梯子借來了。莫望山早去借過，人家沒說不借，梯子明明擺在那裡沒用，他們卻說自己要用，還是漂亮姑娘好辦事。他們搭好棚子，擺好書架，天就黑了。莫望山留下看攤位，他讓華芝蘭、高文娟、馮玉萍明天八點趕到。

莫望山收拾棚子後，在樹林裡轉了轉，發現忙亂中有個疏忽。人家的攤位上都有牌子，出版社是出版社，書店是書店，公司是公司，不光賣書，等於做了廣告，他這兒只是個沒名分的賣書攤。到印染店印已經來不及，他請鄰居幫他關照攤位，自己上了人民公園的辦公室。果不然，公園管理處有個宣傳科，宣傳科那裡看板、筆、墨、紙、硯，什麼都有，只是要錢。莫望山跟那位值班的老科長磨了半天，花錢租了一塊告示牌、四米一條橫標，花了他一百塊錢。他在宣傳科自己動手，製作了野草書屋的店標，把告示牌設計成看板，最醒目的是本店圖書一律八折優惠，下面是各種重點圖書推薦。

華芝蘭她們清晨趕來，莫望山已經把店標掛到攤位上，看板也靠著古柏杵在那裡，非常顯眼，圖書也都上了架。高文娟稱讚經理是全才。莫嵐也跟來了，她給莫望山帶來早點，一個勁地叫爸爸吃飯，主食麵包夾煎雞蛋火腿腸，還有熱茶，莫望山樂得忘了屁股痛。莫嵐看著公園裡的一個個書攤，像到了遊樂場一樣高興。華芝蘭給莫望山倒了茶，悄悄地問他，晚上怎麼睡的？昨天忙暈了頭忘了帶折疊床和被褥。莫望山說人睏了，哪兒都能睡，把一捆捆書擺平，在書上睡了一夜，好在九月的天氣還不涼。

書市在一片喧鬧中開幕。雖然沒有開幕式，也沒有造什麼聲勢作什麼宣傳，人民公園裡卻是人山人海。開幕的日子選得好，正好是星期天，人流如潮。聞心源帶著江秀薇、泱泱來到野草書屋的攤位前，他們無法挨上去，書攤前擠滿了人。書店的生意很好，降價銷售非常受歡迎。莫望山、高文娟、馮玉萍三個招徠顧客開票，華芝蘭一人收款，排隊交款。莫嵐也跟著在幫忙。

聞心源站在遠處給江秀薇介紹，莫望山沒有發現。江秀薇今天穿一條白底紅藍格子連衣裙，在戶外的陽光下不吸熱，與她白嫩的皮膚相配，再加那頭烏黑　亮的垂肩秀髮，更顯出她高潔雅淡的審美取向。她是頭一次見到莫望山和華芝蘭，女人的眼光總愛更多地關注丈夫朋友的女人。江秀薇從華芝蘭的美目和沉靜穩健老練的一舉一動中，她感覺出她是受過苦經過難的女人，她看出她非常內斂，她覺得她是個有主意能做大事的人，在過日子方面她肯定比自己強。江秀薇也看到了莫望山，她一眼就覺得這人是個實幹家，是個生存能力很強的男人。她看在心裡，什麼也沒有說。她非常喜歡莫嵐，是個小美人胚子，而且懂事，一點也不像泱泱那麼嬌氣。她跟泱泱說，你看人家，自小就知道幫爸爸媽媽幹活。泱泱噘起了嘴，說她也幫媽媽洗過碗，還洗過自己的衣服。

聞心源沒打攪，先領著她們逛書市。逛完所有攤位，聞心源已經負擔沉重，江秀薇買了許多服裝書，還有菜譜。泱泱要了一包小人書。他們再回野草書屋時，路上碰著了沙一天和葛楠。聞心源依然如故，熱情招呼。沙一天卻自然不了，自從心裡有了那個疑問後，他沒法像過去那樣面對聞心源。莫望山覺察到了他們之間的變化。江秀薇見到葛楠沒開口先紅了臉，倒是葛楠故意沒心沒肺地主動跟她招呼握了手。葛楠穿了件麻紗提花連衣裙，還是紮著一根馬尾巴，保持著姑娘的氣質。

他們一塊兒再到野草書屋，已到了吃飯的時間，攤位前人少了，莫望山和華芝蘭也從繁忙中解脫出來。三家人頭一次相聚，表面上都親親熱熱，其實心情可不一樣。沙一天見到華芝蘭內心很緊張，他想見她又不敢迎接華芝蘭的目光，不敢迎接她的目光卻又忍不住偷著看她。在江都大學分手後，他再沒有見過她，她也再沒有找過他，一晃就十三年。沙一天發現她模樣並沒有多大變化，可人變了，她變得沉穩寡言，她臉上留著勞累的疲倦。沙一天心裡想，要是我娶了她絕不會讓她這麼勞累。華芝蘭沉靜地與葛楠、江秀薇一一握手，她叫了聞心源聞處長，感謝他的關照；也叫了沙一天沙社長，也感謝了他對書店的關照。她還偷眼看了沙一天，覺得他沒有什麼變化，還是那個分頭，還是那麼高挑，那麼瀟灑。當她的目光與他相碰時，她立即避開了。面對葛楠，她覺得葛楠很漂亮，氣質不同一般。看著葛楠，她心裡控制不住地有些酸楚。儘管她不知道他們過得怎麼樣，也不知道他們彼此如何相愛，但她在他們面前很難做到自然，不能無動於衷，因為這畢竟是她的初戀，他是她的初戀情人，更何況他們還有莫嵐，而且莫望山也清清楚楚。她無法向他也不敢向葛楠介紹莫嵐，她覺得自己會控制不住自己。華芝蘭藉故要照看攤位，主動退出這難堪的局面。沙一天也只好裝樣與聞心源、莫望山湊到一處。大人們說著話，莫嵐和泱泱卻自然地玩到了一起。泱泱問莫嵐：「這些書都是妳家的嗎？」莫嵐說：「是啊。」泱泱驚歎：「哇，妳家有這麼多書！妳怎麼看得過來呢？」莫嵐說：「這些書都是大人看的，我沒有時間看這些書。泱泱，妳要不要書？看上哪本書妳就拿吧，我送給妳。」泱泱就回過頭來找她爸爸。

南風出版社的人來找沙一天，說符局長和宣傳部長來了。沙一天一邊揮手打招呼一邊就跑回他們社的攤位。沙一天跑回攤位，宣傳部長已經看過了他們社的攤位，沙一天不甘心跟著追了過去。符局長想為他挽回一點影響，特意向部長介紹了沙一天。宣傳部長是見到了，卻挨了一頓說。部長說：「南風出版社是省裡真正面向市場，面向群眾的文學藝術出版社，某種意義上說，南風才真正代表本省的文學藝術創作水準，代表本省的文藝出版方向。可是你們攤位上的書太少了，新書少，老書多。看不出品牌，也看不出你們的追求，也反映不了我們省的文學藝術創作水準。我們江都的作家在全國有名氣的不少，怎麼老在別的地方出書不在自己省裡出啊？你們是不是還在賣書號啊？賣書號可永遠賣不出品牌來，要汲取上次的教訓，要培育自己的品牌才有出路。前些日子我在報紙上看了一個叫新元的人寫的《規範出版，繁榮市場》的系列文章，很有見地，分析的問題，提出的建議都很有價值，其中有一篇就是談的選題，叫《培育品牌，確立風格，優化選題，提高品質》，你們看過沒有？」沙一天說：「看過。」部長說：「可不要只把眼睛盯著錢袋子噢，出版是意識形態的一部分，這一點不能否認，圖書是商品，但它也是精神產品。你們這工作責任重大，生存壓力也大，工作有不少困難，越難才越要改革。你們可以找找那個新元嘛！我看這人思想不一般。」沙一天知道新元就是聞心源，但在部長面前他不願說出這層關係。結果符局長露了底。「部長，那個新元就是我們局裡的一個副處長。」部長很新奇，說：「你們局裡藏龍臥虎啊！」符局長不無表白地說：「部長，新元的真名叫聞心源，是我們局市場管理處的副處長，從部隊上轉業來的。」部長說：「這個名字是有點熟悉？」符局長說：「聽說，他是你推薦給安置辦的。」部長這才想起來：「是有這回事，他是我們老部隊的人，讓他有空來見見我。」沙一天聽了心裡涼冰冰沉甸甸的。他一腔熱情來認識部長，結果自己挨了一頓批，反給聞心源在部長心裡造下這麼好的印象。不知為什麼符局長沒把部長的話告訴聞心源，沙一天也沒有轉告聞心源，聞心源完全不知道有過這回事。

沙一天在這邊尷尬，苗沐陽在那邊熱情張羅聞心源他們吃飯。苗沐陽穿一身米黃色短套裙，朝氣蓬勃。她本來是來看莫嵐的，一上午忙得她連廁所都顧不得上。他們新進了兩種武俠小說，連賣帶批，十分紅火。中午抽空趕緊來看莫嵐，結果碰上了這一大群客人。她要請客，說公園裡就有餐館。聞心源和葛楠都推辭。最後莫望山說了話，說請客今天就免了，大家都忙，吃也吃不舒服。等書市結束了好好請一回。他們一起在莫望山那裡吃盒飯，苗沐陽把莫嵐和泱泱帶走了，她要帶她們去吃肯德基。吃飯的時候葛楠跟江秀薇和華芝蘭說，他們三個在一起插隊，咱們三個在這裡相識，也是有緣，以後不要老在家待著，也走動走動，出去玩玩。江秀薇和華芝蘭都看葛楠。江秀薇說妳自由自在，想上哪就上哪，家裡有個孩子，星期天哪也去不了。華芝蘭說有了書店別說玩，連星期天上街買菜工夫都沒有。葛楠說所以我不想要孩子，沙一天還想不通。華芝蘭聽了心裡咯噔一下。

聞心源是書市開幕第三天在莫望山的攤位上看到那個請柬的。聞心源來書市不是逛，而是執行公務，例行檢查各個攤位的圖書。喧鬧了一天的公園清靜下來，要收市了，聞心源來到莫望山的攤位，於是就看到那個請柬。邀請由三個個體書商發出，說要開一個個體書店聯誼會，會場就在公園的沁園，注明冷餐會，還挺時髦。莫望山說他沒工夫去，聞心源倒想去聽聽，他把請柬揣到兜裡。

華芝蘭和高文娟在把一捆一捆裝了徵訂單的信搬到三輪車上。華芝蘭能幹又會打算，書市的活稍鬆一點，她立即把家裡的活搬來，一邊讓高文娟、馮玉萍賣書，一邊往信封裡裝徵訂單，再貼各地圖書館的地址。這項業務是四五個月前增加的，華芝蘭統計圖書館訂單時，發現有的圖書館把北京發行所、上海發行所新書目徵訂的訂單也報給了他們。要是拒絕，辜負了圖書館對他們的信任；要是接受，新華書店卻不接受私營書店訂貨，直接向出版社要，數量少，人家無法發貨，也不能按批發折扣供貨。為做這個生意，莫望山費了腦子，最後想到與郊區縣新華書店合作的辦法。莫望山跑到江安縣新華書店商量，請江安新華書店替他們向兩個發行所報訂數，給他們五個折扣的利潤。報一報訂數，收一收貨，賺五個折扣，江安縣店一口答應。然後莫望山再召集江都市的圖書館館長開會，請圖書館把這兩個發行所的訂數全部交由他們代辦，他返五個折扣給圖書館作為勞務補貼，圖書館也都贊成。幾個月下來，業務量翻了兩番。人是累一點、工作量也大一點，但業務擴大了，而且穩定。

聞心源看著她們三個坐著三輪車離去的背影，跟莫望山說，華芝蘭真能幹。莫望山說她挺累，書店掙這兩個錢，全是她用苦力換來的。一天到晚只知道悶著頭做事，我這個人又不會逗她開心。聞心源去買了兩份盒飯，兩個人在攤位上吃起來。聞心源問書店的經營情況。莫望山說郵購市場挺大的，比搞零售好，穩當。登一次廣告能掙萬把塊。聞心源說生意讓他越做越精，郵購不擔風險，也不與別的書店爭市場，與同行不會產生矛盾。莫望山說就是太累人，除了廣告，圖書館的訂單要一個一個寄，匯款來了要登記十來個資訊數位，半點都馬虎不得，錯一個字就收不到，也就華芝蘭，一般人都幹不了。聞心源說兩口子能這樣齊心協力白手起家自己創業，也是挺有意思的。莫望山問聞心源，沙一天好像心裡有事，是不是還是畫那事。聞心源說他也早覺察到了，準還是人體畫冊的事，他可能認為他故意整他。莫望山說這就夠護他的了，他擔什麼責任啦。聞心源說事情總是當事者迷，旁觀者清啊。

聞心源走進沁園，裡面已經坐了七桌人，他們包了十桌。聞心源故意晚一些時候去，他只是想聽一聽他們的聲音。聞心源流覽一下，裡面好像還有出版社發行部的。人民社的談胖子和南風社的人已經看到了他，他們把他拉過去坐到一起。聞心源不讓他們告訴發起主持人，他說他想聽聽個體書店的聲音。主持人沒等人到齊就宣布開會，主持人是個留小鬍子的中年人。他說利用書市這個機會，他和大江書局的崔老闆和綠洲書店的喬老闆請大家來坐一坐。有三個意思，一是大家認識認識，交個朋友。二是國家既然提出多種經濟並存，那麼我們個體經濟也應該有我們的權利，什麼掛曆不能批發，什麼教輔不准搞，連國家領導人的書也不讓我們賣，這不是明打明的另眼看待嘛！我們大家可以議論議論，給政府上個書提個意見。三是我們醞釀醞釀，能不能也組織一個行業組織，組織一個非國有書商聯合會。事情總得有人挑頭，今天我們三位挑個頭，坐一坐，認識認識，資料一會兒就發給大家。

聞心源還是讓崔永浩發現了，崔永浩讓大家歡迎聞心源講話。聞心源很尷尬，大家都在鼓掌，他只好站起來，走了上去。他聲明今天他不是以新聞出版局工作人員的身分來參加這個會議，他只是想聽聽大家的心裡話。就他個人而言，他並沒有歧視個體書店，他的一位朋友，曾與他患難與共過的好朋友就是個體書店的老闆，而且開書店還是他的主張。他說個體書店裡也不乏英雄好漢和經營人才。下面響起了熱鬧的掌聲。但是也不能排除這支隊伍裡的人良莠混雜，也有不那麼守法守規矩的人。事情往往是這樣，一粒老鼠屎壞一鍋湯。怎麼樣不讓壞人壞這鍋湯，只有一個辦法，大家聯合起來，制定共同規則，靠集體的力量來維護自己的聲譽。下面又響起掌聲。就在這時，他看到有幾個人走進會議室。其中一個剛走進來兩步，立即又轉身走出門去。當那人轉身時，聞心源發現這人臉上好像有個傷疤。夏文傑！他立即結束自己的講話，追出會議室，夏文傑再一次消失得無影無蹤。

第九章 再尋出路

37

總編室遵照沙一天的吩咐，費了三天周折，把新元《規範市場，繁榮出版》和《買賣書號危害論》兩個系列文章全部找齊，放到了沙一天的辦公臺上。沙一天翻了一下，一共十二篇，每個系列六篇。他先看了後一個系列：《出賣權利 葬送市場》為之一，《獲取小利 失卻品牌》為之二，《抬高定價 坑害讀者》為之三，《壓低折扣 搞亂市場》為之四，《偷工減料 牟取暴利》為之五，《混水摸魚 以假亂真》為之六。沙一天看完這六篇文章，心裡說不出是什麼滋味。那天在書市，聽宣傳部長那麼誇聞心源，他心裡就有過這種滋味，像一團東西，沉甸甸地懸在心頭，咽，咽不下；吐，吐不出；又酸又妒，真他媽難受。他們在衙前村插隊時，並沒有發現聞心源有特殊的文才，倒是他常常出村子裡的黑板報，給大隊書記寫講話稿。沒想到這小子在部隊十幾年，練得這一手。平心而論，這些文章一點不像是一個才到地方工作兩年，原來一點不懂出版這一行的人所寫，無論擺的問題，還是論及的危害，還是提出的建議，都觀點鮮明、切中要害、簡明易行，尤其是行文，流暢而富哲理。難怪會讓宣傳部長留下如此深的印象。據說這位部長厲害得很，省報的總編副總編寫的社論、言論常挨他指責。沙一天把報紙收起放到了書櫃下層的櫃子裡。當他直起身子坐到圈椅裡時，心裡有一種莫名的失落感，或者說落伍感。

在他們三個人裡，沙一天一向自我感覺良好，也一貫以中心自居。分別這十幾年，這一切似乎在改變。別說莫望山，他自己也自覺不自覺地遇事總想聽聽聞心源的意見。原來他在衙前村不顯山不露水，在部隊這幾年竟會練得滿腹經綸，而且對人不卑不亢，誰都不在他眼裡，局長副局長的話他也敢提出自己的不同意見，那股子勁，好像天下的事他什麼都明白，什麼都在他的手心裡一般。還有那個莫望山，牛一樣的脾氣，肚裡有貨，一句不露。明明幫了他沙一天，害得自己毀了一生前途，哪怕是罵他一頓也行，可他愣是什麼也不說，讓你自己去尋思。沙一天真受不了，如今他在他們面前反一錢不值，大學也是個「工農兵學員」。

沙一天在圈椅裡沉重憂鬱了半天，心頭那一塊比鉛還沉的東西懸在那裡讓他挺難受，想找個人說說心裡話，消解鬱悶。他吃驚自己立即想到了華芝蘭，而不是葛楠。他吃驚自己把人家拋棄這麼多年，居然一直沒能把她忘掉。

想見華芝蘭的願望像泡沫一樣在心裡膨脹又消滅，再膨脹再消滅。他已經六神無主。他不可自恃地拿起了電話，他居然不用翻那個小本一下就記起了野草書屋的電話。他非常緊張，以至撥電話的手不住地顫抖。電話接通那一霎，他的心撲通撲通急跳起來。啊！是莫望山。他一邊跟他寒暄，一邊急轉腦子找話題。沙一天畢竟是沙一天，他很快就平靜下來，他問莫望山最近生意怎麼樣？有沒有需要他辦的事？又有些日子沒見了，得抽空過去看看，然後才自然地結束電話。扣下電話後，心裡那個願望在鼓動他，讓他再打。

章誠暫時讓他安靜下來。章誠起草了一份關於加強選題策劃的意見，規定編輯自主策劃選題在社內出版的圖書必須佔百分之六十，賣書號出書總量只能佔百分之四十。這是沙一天讓部長和局長批評後讓章誠搞的應對措施。沙一天看完章誠的意見，在開頭和結尾中改了兩句話。章誠起草的東西，他都是要改動幾處的，不改他心裡無法平衡。

章誠走後，沙一天心裡那個願望又作怪起來。他對自己無能為力，只好再一次拿起電話。電話通了，仍是莫望山。這回他有了準備，沒顯出多少慌張。他跟莫望山說剛才忘了告訴他一件事，最近他們出了一批新書，如果需要的話，可以來看一看。莫望山自然非常感激。接受完莫望山的感激之後，沙一天沒了要說的話，他只好扣了電話。電話扣下之後，沙一天心裡更加沉重，他覺得老天對他十分不公，連個電話都不讓他打。

自從那天在書市見到華芝蘭之後，華芝蘭會時常會佔據他心靈空間。她的沉靜與葛楠的任性形成鮮明的對照。他對華芝蘭的沉靜的理解是不幸福。她肯定不幸福，莫望山肯定不會真對她好。他知道，男人都這樣，有時候所作所為並非出於真意，往往是一時衝動違背了個人意志，事後會非常後悔。就說他與葛楠，儘管他自己在婚前已與華芝蘭不止一次發生性關係，但他心理上卻接受不了葛楠不是處女。他的新婚之夜並不幸福，也不浪漫。這打擊讓他毫無準備，他幾乎一直是在敷衍葛楠，但他很老練，儘管敷衍，他一點都沒讓葛楠覺察。他心裡一直反反覆覆在問自己，那個男的是誰？可他始終對葛楠張不開這口。葛楠知道他當知青時的故事，但葛楠不知道那個女人就是華芝蘭。沙一天從華芝蘭沉靜的眼睛裡看到了憂鬱，這憂鬱是莫望山帶給她的，也是他沙一天一手製造的。他對不起她，他這一輩子都對不起她。

想到這些，沙一天心裡那個願望再一次強烈起來。他警告自己不要發瘋，但是沒有用，那個聲音幾乎在吼。他對自己說，接通了要是莫望山，一句話都不說，立即扣死。這個念頭鼓勵著他行動，他無法控制地按照心裡的那個聲音，再次顫抖著手拿起了電話。撥完電話，他用右手的食指對著電話機上的開關，他準備迅即按斷電話。電話通了，蜂音響了一下，第二下，沙一天的呼吸快要停止了，他的神經已經受不了這種刺激。再一下，響到第五下，那邊傳來了說話聲。沙一天一聽那聲音，激動得嗓子突然發不出音來，是華芝蘭的聲音。當華芝蘭問到第二句誰呀，他才說出自己的名字。華芝蘭停頓等了一下：「有什麼事？」華芝蘭說話的聲音很小很輕，沙一天知道她身邊有人，她不願讓別人知道是他給她打電話。沙一天故意大聲說：「我要見妳！」華芝蘭又是停頓，他的話顯然讓她吃驚，她壓低著聲音冷冷地說：「你開什麼玩笑。」沙一天說：「不是開玩笑，有重要的事情必須見妳。」華芝蘭說：「這輩子我不想再見你。」華芝蘭這話一點沒讓沙一天洩氣，他似乎抓住了她，他要讓她不敢不見他，沙一天非常不講禮地威脅她說：「妳要是不見，那我只好天天打電話找妳，我還會讓莫望山通知你我要見妳。」華芝蘭長久地沉默，沙一天對華芝蘭的沉默感到欣喜，他真的抓住了她。良久，華芝蘭才說：「有什麼事，可以在電話上說。」沙一天說：「不行，必須見面說才行。」華芝蘭說：「你這人怎麼這樣？」沙一天竟笑了，華芝蘭說了這句話，等於是答應了。在感情問題上，每個人說的話都是有代價的，說什麼樣的話就要付出什麼的代價，罵人就要付出罵人的代價。他喜歡華芝蘭罵他，只要她肯罵他，就等於答應跟他見面了。沙一天以不容商量的口吻說：「明天上午。」沙一天沒說完華芝蘭立即打斷他的話說：「不行，我要做生意。」沙一天說：「那就今天晚上六點鐘。」華芝蘭說：「六點不行，我要給莫嵐他們做飯。」沙一天說：「那就七點半在離廟街不遠的金河飯店大廳見，不見不散。」華芝蘭啪地扣了電話。

沙一天七點二十走進金河飯店大廳。他給葛楠打電話請假，謊說有客人要陪，不回家吃飯。他知道華芝蘭會吃了飯來，自己先在路邊的面店吃了一碗麵。來飯店的路上，街邊賣烤白薯的引起了他的注意，他想起華芝蘭愛吃烤白薯，他用心挑了兩個烤白薯，揣到風衣口袋裡。飯店的咖啡廳裡人不多，他選擇了靠牆角的一個兩人座。

當他在咖啡廳坐定之後，他才發現咖啡廳裡有一女人在彈古箏。他要了一杯龍井，一邊喝著茶，一邊聽著古箏，一邊想著與華芝蘭重新見面，想著如何把自己的心裡話對她傾訴。七點四十整，當華芝蘭走進金河飯店大廳四處張望時，沙一天如見救星，立即起身迎接，慌忙中帶倒了椅子。華芝蘭是吃過晚飯，收拾好一切後跟莫望山說的。她說她要上街買點東西。莫望山說要不要陪她去。華芝蘭說不用，讓他在家把高文娟和馮玉萍登記的表核對一遍，明天她要到郵局去取款，交待好後，她才出門的。她跟莫望山說這些時，雖然不能看莫望山的眼睛，但她也沒有緊張。華芝蘭沒有刻意打扮，她當然不能刻意打扮，她也沒有想要刻意打扮。她只是洗了把臉，搽了一點面霜，攏了攏頭髮。

「妳可來啦！謝謝，謝謝。」沙一天的喜出望外是必然的，他坐到七點半不見華芝蘭來，心裡就開始打鼓，他怕華芝蘭不來，他想華芝蘭可以不來，也完全有理由不來，她有權利不理睬他。結果她來了，他當然驚喜。華芝蘭故意拿著勁，對沙一天的驚喜沒作反應。沙一天不計較，她能來見他，已非常滿足。沙一天在前引路，主動為她挪椅子，讓她入座。「妳喝點什麼？」「我什麼也不喝。」華芝蘭繃著臉。「晚上喝咖啡喝茶都容易失眠，喝杯橙汁吧？」「我什麼也不要，妳有什麼話快說，家裡還有事，我待幾分鐘就走。」「小姐，來杯熱果珍吧。別整天這麼累，要注意自己的身體。」「身體？我們老百姓還講究什麼身體，身體是你們當官的注意的。有什麼事快說，我家裡還有好多活，不像你們有官飯吃著，不擔憂慮不擔愁。」聽到華芝蘭說吃，他這才想起風衣口袋裡的烤白薯。「我差點忘了，我給妳買了兩個烤白薯，還熱著呢，妳快吃。」華芝蘭沒有接，也沒有吃，看了看沙一天：「難為你還記著我愛吃烤白薯。」有了這句話，沙一天心裡沸騰起來：「芝蘭，我對不起妳，我一輩子對不起妳。」

華芝蘭平靜地說：「到今天你說這種話，不覺得太無聊嗎？」沙一天掏心掏肺地說：「我是無聊，無聊我也得說，這是我現在的心裡話。妳不知道現在我有多痛苦。」華芝蘭甚覺可笑：「你痛苦？你還知道什麼叫痛苦？你是不是有吃有穿有官有位有家有室閒得難受了，才想起這世上還有個華芝蘭。我跟你說！你認識的算你曾經愛過的那個華芝蘭死了！她在那個痛苦的暑假，讓你糟蹋夠了之後，當你告訴她你不能與她結婚之後的第十二天她死了！現在坐在你面前的華芝蘭是莫望山讓她再生的。你要是還有一點人性的話，你不要再害她了，也不要再打擾她，再給她添麻煩。」沙一天苦惱地辯解：「芝蘭，妳誤會了，妳誤解我了，我沒有想再打擾妳，更不會給妳添麻煩，我只是心裡苦，想找個能理解我的人說說話。妳知道嗎，我現在沒有一個可以說心裡話的人。葛楠她壓根兒看不起我，無論在家裡，還是在外面，我所做的一切她都不欣賞。我原以為她跟我結婚，她會幫我。我想錯了，我想當官，我想出名，我想夫貴妻榮，可這些在她心裡卻是可笑的事，在她眼裡我不配想這些事情！她只知道端著大小姐的架子，一天到晚要我繞著她的指揮棒轉才合她心意。我想做的，只能自己悶著頭做；我想說的，只能自己跟自己說。無論高興也好，苦悶也好，我都只能想到妳。我知道自己當時利慾薰心，我帶給妳的痛苦，我這輩子無法彌補，我不想求妳原諒，妳一天到晚罵我，咒我，都是應該的。我想這或許就是老天爺給我的報應。」

華芝蘭被他的話打動，她靜靜地聽他訴說，她幾乎被感動了，但她立即警告自己，她不能，她不能接受他的懺悔，她不能糊塗，這樣下去，不光害了他們兩個人，害的是四個人，不，是五個人，連莫嵐都一起害了。於是她讓自己振作一下，平靜地說：「你苦悶了，想找我說話，我是你什麼人？你要是個真正的男人，應該直接跟葛楠懺悔，我不信，她就沒法溝通。」沙一天無奈地說：「我說什麼妳都不會信，妳知道嗎？她連孩子都不願為我生！」華芝蘭的臉一下紅了，不知道為什麼她會這麼在意這句話，也可能是因為莫嵐。

他們之間出現了沉默。華芝蘭很快讓自己冷靜下來，她還是平靜地說：「你跟我說這些有什麼意思呢？」沙一天可憐地說：「我沒有別的意思，只是想把心裡的話告訴妳。我已經對不起妳，也已經對不起莫望山，儘管我今天才明白自己做了一輩子對不起自己的事，今天我才更覺得妳的可貴和可愛，但我絕對不會再有別的想法，更不會破壞你們的幸福。我知道你們過得很辛苦，但你們過得很美滿，很有意義，我很羨慕你們。以後有什麼用得著我的地方，我一定會盡我的力量。

我只希望妳不要那麼恨我，我會終生把妳當作我最知心的朋友。」華芝蘭沒再指責他，她只是說：「夫妻之間不可能沒有矛盾，但應該坦誠，兩口子還有什麼話不能說的呢？」沙一天說：「話是沒有錯，可是她要是老拿妳的話當把柄取笑妳，妳還敢跟她說心裡話嗎？」華芝蘭沒再說什麼。沙一天說：「我是不幸福，但我不再夢想這輩子能有幸福，是我自己罪有應得。我這輩子做了一件混蛋的事！一件喪盡天良的事！老天爺懲罰我是應該的，我願意接受一切懲罰！不管妳愛聽不愛聽，也不管妳聽了還是沒有聽，我把積壓在心底多年的話終於說了出來，我這心裡舒坦多了。」華芝蘭說：「我不能給你什麼幫助，我只能說，既然做了夫妻，心裡就不能藏著掖著。另外儘管我們之間沒有什麼，但我還是不希望你再找我，這樣沒有好處。我要走了。」沙一天沒挽留，他站了起來，真誠地說：「我再一次謝謝妳，謝謝妳耐心地聽我說了這麼多廢話，希望妳把這兩個烤白薯帶回去。」華芝蘭沒說話，把烤白薯塞進了口袋裡。

38

莫望山每個月到江安縣拉一次書。一年的心血，一年的勞作，掙到了十五萬塊錢。他先把借家裡人的錢連本帶息全部還清，再給媽一萬塊錢，讓媽光榮退休安度晚年。再花五萬塊錢買了一輛麵包車，做圖書生意沒有車不行。然後再租了一套三室一廳的房子，既然有老婆又有孩子，總得有個家。高文娟和馮玉萍住到書店樓上，省得再租房子住，也看了店。花著自己掙來的錢，給自己辦著這些事，莫望山的心情特舒暢，也特充實。

莫望山來到江安縣新華書店，按老規矩先到業務室開票。業務室的那位小姐見了莫望山，忽然像見了怪人似的緊張，莫望山往自己身上看，以為他帶來什麼讓她緊張的東西，結果什麼也沒找著，只好把一張疑問的臉交給業務小姐。小姐怪模怪樣地說這個月沒有書。莫望山好奇地問怎麼會沒有書呢？業務小姐說以後也不會有了。這回輪到莫望山緊張了，他眼急了，問出什麼事啦？業務小姐讓他去見經理。

莫望山走進經理室，經理的椅子上換了人，五十多歲的男人換成了四十多歲的女人。「請問經理在嗎？」莫望山拿出了陌生人的禮貌。「我就是經理，有什麼事？」女經理的聲音挺好聽，挺脆，莫望山發現她的嘴唇特薄，常說嘴唇薄的人會說話。「我是野草書屋的，我來拉書，怎麼說這個月沒有書了呢？」「野草書屋！野草書屋是什麼書店？怎麼到我們新華書店來拉書呢？」女經理除了說話聲音脆，還挺傲，有一股逼人的氣勢。看來她在這個地盤上有後臺，而且這後臺挺硬。一般都是這樣，一個女人要是在一個地方見人就有逼人的氣勢，老愛居高臨下看人，這女人一般都有很硬的後臺，要不她傲不起來。莫望山這樣想著讓自己明白對方，是警告自己千萬別意氣用事。「我們是有合作關係的，老經理沒跟妳說？」女經理仰起了臉，把眼睛對著天花板，可能這是她想事情的一種習慣。她突然把臉放正，說：「噢，我想起來了，你是不是那個個體書店？替圖書館代購圖書的，是吧？」莫望山慶幸女經理終於想起了他的事，高興地說：「是是。」女經理這才把椅子扭轉過來面向著莫望山，一板一眼地對莫望山說：「我告訴你，這樣子的合作是非常錯誤的！」莫望山當頭挨了盆冷水，剛生出來的一點高興，讓她全澆滅了。她怎麼會對他說出這麼句不愛聽的話呢！他有些不相信似的問：「妳說什麼？錯誤？怎麼錯誤啦？」「新華書店怎麼能跟個體書店混在一起呢？這說得清嗎？你怎麼能利用國家幾十年來建立起來的國營圖書流通管道為個人服務呢！」這話傷了莫望山的自尊，生意做不做是一回事，妳有什麼權利鄙視人呢，莫望山放下臉上一直堆著的笑說：「個體書店怎麼啦？個體經濟也是國家經濟的一部分。」「這是你這麼認為，新華書店是事業單位，怎麼能夠跟個體書商攪一塊呢！」「妳這是什麼理論？我們是合作做生意，互惠互利。」「互惠互利？誰證明？誰監督？我還懷疑你們同流合污呢！別廢話了，這種合作讓我廢除了！」女經理說這話的同時，俐落地揮了一下手，以表示她對這事的痛恨和處理的果斷。「妳這樣有點太不講理了，圖書館的訂單都交了，錢我們也收了，我們是有約在先，妳連招呼也不打，怎麼跟圖書館交待，咱們做生意得講道德，講信譽。」「你呀，別跟我擺大道理了，事情就這樣定了，這事你本來就不應該打新華書店的主意，讓我們給你服務，叫你賺錢，你倒是挺會算……」莫望山只能苦著一張臉看著眼前這位女經理的面孔，他已經聽不到她說話的聲音，只看到她那兩片薄薄的嘴唇在不停地張合，頻率之快不是常人所能及。他在懷疑她的大腦，懷疑她的神經，是不是哪一方面出了問題，造成了某種程度的錯亂。他不明白一個人而且是女人，長得還看得過去的女人，說話辦事怎麼會如此不講道理，不講人性，不講規矩。對人說話居然會這麼隨心所欲，不作思考，也不負責任。莫望山有了這番感想，反而鎮靜下來，他不無感歎地問：「這麼一件大事，妳這麼幾句話就交待了？」「你還想怎麼樣呢？當初你們合作不也就你們兩個人私下裡說幾句話就定的嘛！經過誰研究批准啦？你跟我們店有正式合同嗎？」「當然有合同啊！我沒有帶，你們店裡也有一份哪！」「那也叫合同？就你們兩個私下裡議了這麼幾條，你們自己簽個字就算完了？經過誰公證啦？有什麼法律效用？這種合同法律是不承認的，我還懷疑你們當面一套背後一套，私下裡搞貓膩呢！」莫望山真想照她那還算光鮮的臉蛋狠狠地抽一巴掌。可他揮不起這手來，君子協議，被小人攥著了小辮子。女經理發現他讓她問住了，十分快感，十分得意，說：「還有什麼事嗎？我還有別的事呢。」莫望山憋了一肚子氣，可一想再跟這樣的人爭還不如上街找個傻瓜吵架呢。當時簽了合同，該蓋個公章的，他這樣後悔地告誡自己。他曾經在報紙上看到過一篇文章，說中國人做生意觀念上的弊病之一是重義重禮，而不重法律不重契約。生氣已經無濟於事，要命的是這事往下怎麼辦。

莫望山回到店裡一說，華芝蘭、高文娟和馮玉萍都停下了手裡的活。高文娟說告這不講理的，馮玉萍說這人也太缺德了。華芝蘭哀歎說這些吃官飯的都變態了，正經事情不做，整天你整我，我整你，沒有事也找出事來整，心裡都髒透了。禍不單行，又一個不好的預兆也顯露出來，這次廣告的收訂情況很不好，訂數差不多比往常少一半。華芝蘭說在報紙上登郵購廣告的書店一下子多了好幾倍，光東北那個磐石縣就湧出了十幾個郵購書店。莫望山拿過圖書館訂單登記簿查看，已經收訂的幾批訂單，僅十萬多碼洋的書，卻牽涉到近二百家出版社，光北京就一百四十七家出版社，平均一個社才五百塊錢左右，多的千把塊，少的不過幾十塊錢。莫望山悶著頭抽菸，一邊抽菸一邊對華芝蘭，又像是自言自語，他說：「郵購生意是沒法做了。」華芝蘭停下統計，說：「沒法做也得想法把這沒做完的生意做完。」話說得板上釘釘沒商量的餘地。莫望山說：「想法？沒什麼法好想的，只兩種選擇，一是歇手，向各圖書館賠禮道歉，說明新華書店不願合作了，把錢退給他們，這樣做失信，丟點臉，但不至於賠錢。另一個是硬著頭皮做下去，直接向出版社進書，先把錢匯去，不過這麼小的量，或許人家根本就不理咱，就算理咱也可能不會給折扣。這麼多出版社，就算他們都同意給咱書，沒三兩個月也要不來這些書，要來了做了，臉面保住了，但可能要賠錢，這小半年生意差不多要白幹。」華芝蘭還是咬定主意不放，說：「要講信譽，就算賠錢也該做完這件事，給各圖書館發個信，從現在起，停止訂購本店書目之外的圖書，已訂的圖書，我們千方百計把書幫他們購來，這也算是有個交代。」莫望山苦笑著說：「這算是夫人的決定？」華芝蘭不吭聲。莫望山說：「好，就聽妳的，把這事做完，小高小馮，這半年我們可就要艱苦了。給出版社起草一封信，這由我來寫，說明困難，請求幫助；芝蘭妳把各社的書款都算出來，我們按八折給他們匯書款；小高小馮繼續搞讀者郵購，實在不行，我只能苦這老臉，一家一家上門去求佛化緣。」

書店改變經營方向的計畫，是莫望山躺在床上跟華芝蘭商量的。莫望山仰著臉躺床上，對著帳頂說：「不搞批發是沒法把店開下去了，搞批發必須找一家掛靠單位，工商執照也要重新辦理。兩件事要定，一是掛靠到哪裡？二是重新另開一個店好還是辦這個店的增項好？」華芝蘭側著身對著莫望山說：「誰願意讓咱掛靠呢？」莫望山說：「這就要找朋友熟人了，能不能靠到沙一天的南風出版社那裡？」華芝蘭堅決地說：「不要，我不想跟他打交道。」莫望山理解她的心情，笑笑說：「按理是不該掛到他那裡，但掛靠必須是事業單位，我想掛靠南風出版社或許方便也有把握，沙一天一定肯幫這個忙，掛在出版社那裡生意也好做一些。」華芝蘭任性地說：「不要不要，就是不要。」莫望山只好甘休，說：「再一條路只能求我老爸了，讓他跟學校商量一下，掛靠到他們學校的三產。」華芝蘭說：「這主意好，掛靠學校好，學校辦書店好像也不要交稅。」莫望山說：「說心裡話，我真不願意求他。」華芝蘭說：「我去求你爸，他會給我面子的。」華芝蘭這麼說，莫望山也只好作罷。兩個人接著商量重新開店，還是辦增項。華芝蘭說：「如果增項跟重辦一個樣，還不如新開一個店。」兩個人的意見一點一點集中，兩個人也越商量越一致，最後就統一到一個被窩裡去了。

莫望山和華芝蘭統一思想，除了野草書屋繼續搞零售郵購外，必須重新辦一個批發書店。為了順利地把執照辦下來，莫望山讓苗沐陽主動約賈學毅，理由是感謝他幫助要回書，再求他幫著辦執照。苗沐陽對莫望山的事視同自己私事，上次發現他們兩口子分居後，心裡非常彆扭，她把這事告訴她媽，她媽告訴她他們已經離婚。這無異於霹靂，苗沐陽無法理解，離婚肯定是沒感情了，可莫望山為什麼對華芝蘭還相親相愛，為什麼還把她們母女接來省城？她媽說，莫望山這人講義氣，他不忍心讓她們母女在農村受苦。莫望山在苗沐陽心中就頂天立地，莫望山讓她肅然起敬。她覺得他這人太好了，自己受了這麼多罪，回了城，掛心上的卻是別人。她發自內心想幫他，只要莫望山的事，她會盡自己全力幫忙。

莫望山正要跟苗沐陽去拜訪賈學毅，莫嫵媛做了虧心事一樣蔫著頭來書店找莫望山。莫望山一看她那樣就知道不會有好事。果不然，莫嫵媛來還是為了錢。莫望山讓苗沐陽在樓下等他，他把妹妹領到樓上。莫嫵媛勾著頭說：「上次的四萬塊錢湊齊後，單位沒有收，說是市里規劃局沒批地皮。本來打算存起來，有家公司願意借高利貸，說是兩分利，一年就還，想多賺幾個利，就借給了他們。沒想到，那公司倒閉了，人也跑了。」莫嫵媛說完，就低著頭木頭一樣立在那裡。莫望山真來了氣，他說：「你們做事情用點腦子行不行？自己拿不準，問問別人總沒有錯吧？我怎麼看妳越活越糊塗，原來我的妹妹不是這個樣啊！妳跟著他過傻啦？」莫嫵媛的眼淚撲嚕撲嚕滾了下來。華芝蘭立即起身過來扶住莫嫵媛，她說：「不會好好說，心裡煩也不要朝自己妹妹撒氣啊！你有事快去吧，這事不用你管了。」華芝蘭說著就推莫望山下樓。

賈學毅定的地點是「白天鵝」，這是他的窩點。莫望山給賈學毅帶去了兩瓶「五糧液」，兩條「大中華」。賈學毅客氣一下就把東西交給了那個秦晴，他一點都不忌諱。莫望山一直沒見過賈學毅，但見面認識後，他打心裡不喜歡賈學毅這個人，他感覺這人身上有一股子說不出來讓人厭惡的東西。雖然是春天，天氣還很涼，但莫望山覺得這人身上從頭到腳渾身油膩膩的，儘管他身上噴了香水，但那香氣裡裹著一種酸味，是那種餿了的豬頭肉味，讓人翻胃，不願意跟他挨近。莫望山自然不能把這種厭惡露到臉上。人是有思維的精靈，哪個人都可以做到不讓別人知道自己的內心感受，尤其是社會還處在等級分明的階段，對在官場裡掌握著一定權力的人，更是如此。你可以孤傲，你可以看不起他，你甚至可以厭惡他，但你又必須求他，他手裡的那點權力正好能左右你的命運，掌握著你做事成敗的關鍵。莫望山裝出十分真誠的樣子，首先感謝他幫他要回沒收的圖書，莫望山接連敬了他兩杯酒。然後再開始說要辦的事情。賈學毅說用不著說了，苗沐陽在電話上都說清楚了，辦增項與開新店差不多，一樣地要走那些手續，不如開一個新店。把店名、主辦單位、場地、資金等等一切東西準備好了，讓小苗捎過來就行了，現在主要任務是喝酒，然後去跳舞。苗沐陽為了哥的事情，再一次忍受了賈學毅的無恥侵擾和口臭，莫望山也為了自己的生存同樣忍受了秦晴的騷擾。

賈學毅一曲又一曲輪番替換著跟苗沐陽和秦晴跳舞，莫望山對這卻沒一點興趣。好在挨了一曲尷尬，能和苗沐陽休息一曲，或者跟苗沐陽搖晃一曲。苗沐陽也是這種心情，她倒是很耐心地教莫望山三步四步，但莫望山也只是應付而已。賈學毅感覺苗沐陽對他反感，他也看出了苗沐陽對莫望山有真情，在慾望和距離的折磨下，賈學毅忽然生出一個絕妙的主意。當賈學毅再次與苗沐陽走進舞池時，賈學毅跟苗沐陽挑明瞭一切。正在苗沐陽尷尬之時，賈學毅開始了他的進攻。「小苗，妳是真想幫你這個哥呢，還是只做做樣子？」「你這話是什麼意思？我當然是真心幫我哥，要不我會求你嗎？」「妳既然是真心幫妳哥，那妳連舞都不願跟我跳，我還會幫他嗎？」苗沐陽有些急，心裡罵這人真下流，可嘴上還是說：「我這不是一直在跟你跳嘛！」「妳這也叫跳舞？妳這是在應付。」賈學毅的話立即起了作用，苗沐陽渾身上下立即溫柔了許多。賈學毅感覺到了她的變化，他輕輕地把苗沐陽摟緊了一些。「妳要是真心想幫妳哥，我倒有一個非常不錯的主意。」「什麼主意？」「不過妳可不要再這樣倔強，我賈某人不會強人所難，說句實在話，我身邊女人有的是。」「賈處長，我是尊重你才來求你的，我也給你一句話，我求你，是想請你幫我哥，可不是像秦晴那樣喜歡你，如果你要我跟秦晴那樣來回報你，你看錯人了，那我寧可不要你幫我哥。」「沒想到小苗的脾氣還這麼大，我並沒有那個意思，我只是喜歡，想妳能實實在在大大方方跟我跳舞，不要拒絕我，逃避我，傷我的自尊。」「或許我有些過分，我只是要你明白我的意思。現在你明白了，幫不幫由你自己。」「我決定幫，而且一定好好地幫。妳沒有覺得我和常河堂都不適合搞圖書發行公司嗎？」「我早已經感覺到了。」「我們現在還是虧損，這樣搞下去是沒有意思的。我想讓妳哥來承包咱們的公司。」苗沐陽情不自禁地停住了舞步，她不相信地看著賈學毅。「妳不要這樣看著我，我說的是真的，不過需要一個過程，需要讓常河堂回機關，需要讓局裡認識到承包的必要。」「需要多少時間？」「我想大概跟辦執照的時間差不多，有兩三個月就行，他可以先繼續經營著原來的書店，妳以後也可以作為局裡派出的代表參加公司經營。」

莫望山真沒有想到會有這樣的好事等著他，新天地公司是國營公司，這樣做起生意來就會方便得多。再說圖書館那批書，怎麼也得兩三個月才能了結。莫望山高高興興回到家，把事情跟華芝蘭一說，華芝蘭和高文娟、馮玉萍都拍手稱好。莫望山想起了妹妹的事，他問華芝蘭：「嫵媛的事情怎麼辦的？」華芝蘭故意騙他，說：「不是一千兩千，四萬塊，一下從哪裡去弄？」莫望山反急了，說：「你就這麼讓她空手走了？」華芝蘭說：「不走怎麼辦？你不是也煩她嘛！」莫望山不無埋怨地說：「嗨！我是說她幾句，讓她長點記性，不要聽那小子擺佈，那小子沒本事，盡鬼點子。你讓她空手回去，她上哪去想辦法？」華芝蘭看他真急了，這才說真話：「我能讓她空手回嗎？」莫望山笑了，說：「我說呢，我老婆不是這種人。」華芝蘭一噘嘴說：「誰是你老婆？」「錯了，夫人。妳給了她多少？」「已經這樣了，她還能上哪去弄錢？我把郵局取回來的，湊了四萬塊錢都給了她。」「你全給她了？！」「太多嗎？」「讓她寫借條了沒有？」「沒有。」「給是該給，分兩次好一些，該叫她寫借條，要叫他們知道，誰掙錢都不容易。」

江秀薇在衛生間做飯，配菜都是在自己的房間進行，切、剁、削、剝、配、摘，烹飪前的一切工序全部在住的房間裡搞定；油、鹽、醬、醋、酒、花椒、大料、十三香所有佐料，也都在自己的房間裡存放，到衛生間僅僅是在那煤氣灶上炒一下，煮一下，燉一下，炸一下而已。每做好一個菜，她都是逃似的往房間裡送，盡力縮短在那裡的停留時間。上廁所的人倒並不那麼反對，除了可以看到溫柔美麗的江秀薇外，烹飪的撲鼻香氣明顯沖淡了廁所的臭氣，讓人們蹲廁所也不那麼憋氣難受；聞心源和泱泱卻總不免感到，飯菜的味道遠不如在部隊三室一廳裡的好。對此，一家人誰也不好道破，道破了可能會影響食欲。

江秀薇端著最後一個砂鍋燉豆腐進門時，泱泱興高采烈地喊：「媽媽，媽媽，報紙上又登了爸爸的文章！」「我看到了。」「媽媽，妳說我爸偉大不偉大？」「妳爸只能算聰明，有文才，還不能算偉大。」「還不能算偉大！我們老師都崇拜我爸哎！」「老師崇拜也不能算偉大，只有英雄和領袖人物才能稱偉大。」「不管妳同意不同意，反正我認為我爸爸是偉大的。」泱泱居然噘起了嘴。

聞心源就在這時進了門。泱泱像燕子一樣張開雙臂迎接他，還要他爸爸躬下腰，讓她從後背爬到背上，讓他背她。聞心源連包也不顧放下，真就背著泱泱在屋裡轉，泱泱便幸福得美不可言。

「泱泱，不成體統了，這麼大了還跟幼稚園的孩子似的。」「媽媽嫉妒嘍！媽媽嫉妒嘍！」泱泱還沒從聞心源背上下來，電話響了。副處長大小算個官，局裡給他的房間安了專線電話。有了電話當然方便，但也煩，常常弄得一家人不得安寧，尤其是他這種工作，沒有一天太平的時候。

電話是葛楠打來的，她說有人打電話，說大江書局從火車站提了一批貨，這批貨裡有黃色書刊。聞心源沒有急，他讓葛楠立即通知市局，讓他們去查一查，明天上午給回話。江秀薇以為聞心源不吃飯又要出去，趕緊給他盛了米飯，拿了筷子和調羹，讓他吃了東西再走。聞心源笑了，說：「好老婆，我不出去，我要陪夫人和女兒一起共進晚餐。」一家人都笑了。

今天聞心源處事這麼冷靜是因為他有事，報社約了他一篇稿子。省報連續發表了他幾組文章，不僅讀報的人知道了新聞出版界有個叫新元的人，重要的是報社的編輯也看好了他，常常會主動向他約稿。他們約他就出版社的使命與生存矛盾寫一篇文章，明天就要。再說江都市的事情省局不能全都包辦，儘量讓市局去管，越俎代庖的事做多了，出力不討好，還出矛盾。儘管要突擊稿子，吃過晚飯，聞心源還是堅持陪江秀薇和泱泱先上街散步，一家人早上分別晚上聚，在一起時間不多，這一點天倫之樂還是不能輕易放棄。

聞心源右手牽著泱泱的左手，江秀薇左手牽著泱泱的右手，一路撒著歡笑走出大院。泱泱要聞心源讓她猜謎，這是他們的老習慣。聞心源就給她出了個謎，謎面叫大河無水小河乾，打一個字，是對人的稱呼。泱泱立即從爸爸媽媽手裡抽回自己的手，一邊走一邊念謎面一邊在自己手心裡畫。

大河無水小河乾，就是大河小河都沒水，泱泱忽然喊了起來，說她猜出來了，問媽媽猜出來沒有。江秀薇笑著點點頭。泱泱忽然想起了什麼，跟聞心源說媽媽賴皮，媽媽肯定是剛才看她在手心裡寫讓她看見了才猜出來的。聞心源說不要緊，算媽媽沒有猜中。泱泱就說大河小河都沒水，就是河字沒有三點水，是兩個可，兩個可加一起，是哥，叫哥哥的哥，對不對。聞心源說泱泱是聰明孩子，猜對了。泱泱就撒嬌，要爸爸媽媽都親她一下。聞心源和江秀薇就都彎下腰來親泱泱的臉蛋。泱泱更來了勁，還要猜。聞心源就再出了道謎。謎面是：一個比天低，一個比天高，打兩個字，是一種職業，比如老師、裁縫、木匠這樣的職業稱呼。這一回泱泱汲取了教訓，只在心裡念謎面，不出聲，生怕被媽媽聽到了。她在心裡念，一個比天低，一個比天高，兩個字肯定都與天有關係。於是她就在手心裡寫天字，寫著寫著，泱泱突然問江秀薇，媽媽妳猜出來了沒有？江秀薇笑著搖搖頭。泱泱問聞心源等不等媽媽猜。聞心源說不等。泱泱得意地朝江秀薇歪頭一笑，那句媽媽笨的話露在了臉上。泱泱說，比天低，就是比天字上面的一橫低，那就是個大字；比天高，就是比天字上面那一橫還要高，就是天字出了頭，是個夫字，這兩個字叫大夫。沒等泱泱要求，江秀薇主動一下把泱泱抱起來，在她臉蛋上一邊親了一個。泱泱還不滿足，要聞心源也抱。聞心源也就把泱泱抱起來，也在她臉蛋上一邊親了一個。泱泱還要猜，聞心源說行了，散步不能光動腦子，光動腦子就起不到散步舒心的作用，明日再猜。泱泱聽話地又一手抓住爸爸的手，一手抓住媽媽的手。他們一邊走著一邊欣賞著城市的晚景。

聞心源趕完稿子，已經十二點了。他輕手輕腳地拿著洗漱工具出門上了洗刷間。聞心源回到房間脫衣服時，無意中看到了秀薇沉睡的臉。這是一張秀美的睡臉，雖然泱泱都十歲了，她的臉還跟姑娘一樣白嫩，兩條柳葉眉密而不濃，眼角和眼袋都沒有一絲皺紋，小巧的鼻子高高挺著，薄薄的嘴唇，棱角分明的小嘴，恰到好處地長在這白嫩的瓜子臉上，一切都顯示著純正的柔美。聞心源還沒這麼認真細緻地看過江秀薇，越看越覺得幸福，他忍不住輕輕地在江秀薇的額頭吻了一下。江秀薇在夢囈中翻了個身，手搭在聞心源的胸脯上又沉入夢鄉。

聞心源上班，市局的人已經拿著樣刊在等他。舉報的人沒有騙他們，是外省一本地區文化館辦的《白玉蘭》期刊，借研究性學的幌子，兜售黃色下流的東西。還有兩篇色情小說《玉蘭春夢》、《風流尼姑》。貨是河南安陽發過來的，大江書局經營不能說沒有問題，上次包發「人體畫冊」，這次又收黃色書刊，昨晚去查的時候，還想藏包，只是行動快，沒有給他們時間，這批貨連包都沒能拆，標籤上有件數。崔永浩一口咬定這批貨不是他訂的，說常常有不認識的外地書商主動發貨來，也不打招呼，貨到了後才打電話來。這批貨他還不知道是誰發的，對方還沒來電話，事前也沒有打招呼。涉及到外省，市局不好查辦。聞心源讓他們把樣刊和情況留下，與老崔保持聯繫，一有情況立即告訴。

聞心源與河南省新聞出版局的發行處聯繫，對方告訴他，他們也已經發現了這本雜誌，經查是地區文化館賣的刊號，賣給貴省一個叫夏文傑的書商。他們查到工廠，貨全部發完，夏文傑已不知去向。又是夏文傑！聞心源放下電話，市局也來電話，說大江書局的崔永浩已接到電話，是夏文傑給他發的貨。崔永浩告訴他貨已被查封，夏文傑說這筆帳要記在崔永浩頭上。聞心源問知道不知道夏文傑的下落，市局的人說崔永浩也不知道，這個人漫遊全國，來去無蹤。夏文傑，聞心源再一次念著他的名字。聞心源心裡非常彆扭，叫一個書商牽著鼻子的滋味真不好受。這如同常常遭敵人暗算，卻弄不清敵人在哪？聞心源還是軍人的脾氣，遭了人暗算，卻拿不到禍首，心頭之恨便時時懸在胸口。

想當年他參加邊界戰爭，蹲在前沿連隊火線採訪，當晚這個連隊遭敵人偷襲，犧牲了五名戰士，全連上下恨得咬牙切齒，飯都吃不下。第二天深夜，他隨著尖刀班摸上了敵人的高地，端了他們一個暗堡，把一個班的敵人全部消滅，這才消了這口氣。道理是一樣的，你退他就進，你軟他就硬。現在他在暗處，自己在明處，主動權在他那裡。必須改變這種狀態，讓他在明處，自己在暗處，才能爭得主動。要造成這種態勢，不能再守株待兔，必須主動出擊，布下天羅地網，讓他無處藏身。

聞心源召集全處開會，把夏文傑確定為打擊的重點。第一步從派出所那裡獲取他的照片和身分證號碼，搞清他外貌的特徵和他作案的手段和方法，通報全省各出版社、各地文化局、印刷廠和重點賓館，同時通報各省新聞出版局，請他們配合協助查捕。開完會，葛楠沒有立即離開聞心源辦公室。聞心源看她的表情知道她有事，他做出聽她說事的樣子。葛楠說這樣通報是一個方面，其實更有效的辦法可以在個體書商裡培養耳目。葛楠的話讓聞心源感興趣，他探身傾聽。葛楠說夏文傑打交道的人都是書商，而且都是些喜歡做點不法生意的書商，應該在這些人裡物色對象，有他們這樣的人做耳目才能真正讓夏文傑暴露到明處，才能掌握主動。聞心源一邊點頭，一邊琢磨著葛楠的主意。讓聞心源疑慮的是，直接與那些書商接觸，書商不一定會幹。葛楠說可以再找仲介人，找那種與咱們和他們都能接近的人。聞心源明白她的意思，她是提醒他利用莫望山的關係，但是她說不出口，因為這有風險，開書店是人家居家過日子的行當，要是弄出事來，人家還怎麼過日子。

聞心源稱讚葛楠的主意好，稱讚的同時他想起了沙一天。沙一天把葛楠不願意生孩子的事告訴了聞心源，聞心源有些為難地開了口：「葛楠，想跟妳說點妳個人的私事。」葛楠有些奇怪，聞心源是個工作狂，他對自己對部屬總是只講工作，不談私事，今日不知道是因為哪陣風。聞心源說：「沙一天是我的朋友，妳呢，是我一個處裡的同事，人生一輩子有幾個朋友不容易，什麼是人生？我以為人生一輩子三句話，認認真真做成幾件事情，實實在在交幾個朋友，瀟瀟灑灑過一段日子。你們兩個年齡也不算小了，為什麼還不要孩子呢？」葛楠靜靜地聽聞心源說話，聽到聞心源說到生孩子的事，她一愣。葛楠問：「他找過你？」聞心源說：「朋友之間當然是無話不說。他就是不說，我和江秀薇也說過這件事，江秀薇也讓我勸勸妳，人生一輩子怎麼會不要孩子呢？這是一個多大的缺憾。」葛楠依然平靜地說：「謝謝你們兩口子的關心，這個問題結婚之前我就想好了，我想，在自己還沒有完全確定人生座標時，還是先不生孩子的好。要是自己還不能確定對將來的孩子是否能負起當父母的責任，還是不生的好。」葛楠的話讓聞心源一愣，還不能確定對孩子是否能負起當父母的責任？什麼意思？難道她對他們的婚姻沒有信心？葛楠對沙一天的冷淡，讓聞心源更加為難，不談不好，再深談下去更不好，他只好把話收住。聞心源說：「我只是從旁觀的角度勸妳，夫妻間的事情，別人是沒法幫忙的。」葛楠笑了：「謝謝你的好意。夫妻之間最重要的是相互信賴，他連工作上的應酬都當秘密，都要撒謊騙自己的妻子，自己的內心世界，個人的隱私就更不必說了，還談什麼同心同德，心心相印。夫妻間沒有這種基礎，怎麼可以談生孩子的事呢？」原來葛楠早知道那次汪社長來電話，沙一天是故意在她面前撒謊。

40

這些日子賈學毅心情很不錯。「人體畫冊」雖沒能扳倒符浩明和沙一天，但確實讓他們擔了驚受了怕，而且誰都沒覺察是他從中搗鬼。賈學毅正偷著樂，來了電話。對方開口就以老朋友的口氣稱呼他賈處長賈大經理，問他近來可好。他不認識對方，對方卻對他瞭若指掌，知道他是省新聞出版局的發行處長，是新天地書刊發行公司的經理，人家還直言不諱地說知道賈處長運道不好，當官玩女人兩不耽誤，問他能不能賞臉，一起喝點咖啡。賈學毅立即想起了那個晚上的電話，他問對方，興泰的事，是不是也是他打的電話。對方大笑起來，笑完才問他是否還記得夏文傑。賈學毅立即警惕起來，夏文傑！聞心源不是正在到處抓他嘛！他一時記不起他們有過什麼交道。既然人家能打著這個人的名義來找他，他肯定認識夏文傑，也肯定與他有過不一般的交往。賈學毅知道自己交往的人太多，與人的關係也太複雜，只要有人找他，他都不敢輕易說不認識，這樣會出問題的。對方說，九點半他在天夢大酒店的勿忘我咖啡廳等他，說完就扣了電話。

賈學毅從沒被人這麼指使過，可他也明白，敢這麼指使他這人絕不會是普通的人。對這種人小瞧不得，怠慢不得，尤其是刻意用心把你的底細都搞得很清楚的人。

天夢大酒店勿忘我咖啡廳，很合他意，雖還未見面，但賈學毅對這個陌生人已經有了一些好感，他覺得這人做事很用心也很細心，絕不是那種只知道點鈔票的低檔商人，要不他不會選擇在天夢大酒店用這種方式與他見面。

賈學毅走進勿忘我咖啡廳，自然地挺起肚子提了提氣。咖啡廳裡客人不少，但他一眼就發現了坐八號桌那位西服革履的年輕人。他們的目光像正負極一樣相互吸引到了一起，賈學毅毫不遲疑地朝他走去。小夥子立即恭敬起立迎接：「賈處長，初次見面，冒昧，冒昧。」兩個沒約定標誌，也沒人介紹，見面竟一見如故。賈學毅對陌生小夥子印象很好，瀟灑而幹練，禮貌而有格調，完全不像觀念中的書商。小姐上咖啡後，小夥子開口直奔正題，他說：「有三套古龍的武俠小說，是買書號出版的正版書，三套定價四十五塊錢，新天地書刊發行公司在江都市可以呼風喚雨，準備發一萬套給新天地，保證在江都市獨家批發，折扣是六五折，實洋二十九萬二千五百元，賈處長的辛苦費是十個折扣，四萬五千元。」小夥子說完，他拿起提包，從裡面拿出一個信封，他說，「裡面就是四萬五千元現金支票，如果同意，我立即通知發貨，到貨後十日內付款，帳號也在信封裡。」賈學毅意外得沒能開口說話，他端起咖啡杯，喝的同時再一次認真地看了小夥子。這麼年輕，做這種事情，這麼大方，這麼冠冕堂皇，這麼滴水不漏。先給回扣，再說事情，他沒有經過，也沒見過這種氣魄。賈學毅感到了外面世道變化之快，再不參與，自己只怕要被他們這樣的年輕人摔掉。小夥子看出賈學毅的含糊，直截了當說：「夏文傑夏老闆說你是個爽快人，當年他辦星星書店許可證的時候，你非常義氣地幫了他的忙，他把你這情意一直掛在心上。中國人最講知恩圖報，滴水之恩當湧泉相報。」夏文傑忽然從賈學毅記憶的倉庫裡蹦了出來，是有那麼個人，幾年前辦書店找過他，記得他臉上有道傷疤，是勞改犯。當時賈學毅幫他，沒有要他的禮，倒不是他清政廉潔，賈學毅看他骨子裡有股子匪氣，他不想讓他記仇，免得他找麻煩。沒想到他還挺講義氣，他幫他批了許可證，事後他一把就塞給他五千塊，到如今還把他當恩人記著。他又警告自己，聞心源正在抓夏文傑。眼前是四萬五千塊哪！一年的工資不過五千塊，要抵他八九年的工資哪！他又想，夏文傑是通緝犯，他與小夥子是什麼關係？賈學毅的手有些顫，他又喝了一口咖啡。小夥子繼續說：「你也不用知道我是誰，我也不需你任何手續，天知地知，你知我知，大家發財。」賈學毅一句話沒說，拿起那個信封塞進了衣服口袋，站起來與小夥子握了握手，轉身離開了勿忘我咖啡廳。讓賈學毅下決心做這筆交易的是小夥子的精明幹練，他認為與他做交易出不了問題。再一層，他不願意，也不敢得罪夏文傑這種人。

離開咖啡廳，賈學毅直接上了新華路工商銀行，順利地辦了入戶手續，提出三萬元，存進一萬五。出得門來，再把那三萬元分成兩份，存入不同的銀行儲蓄所，一切利索之後搭車回了單位。賈學毅哼著小調進辦公室，天上掉下個金元寶，他沒法不快樂，他看著整個大樓裡的人一個個都傻，唯有他活得自在。回到辦公室他立即拿起電話找常河堂打了電話。常河堂長著一根直腸子，做事從來不拐彎。他在電話上直接頂了賈學毅，說既然讓他管業務，業務上的事必須聽他的，個體書商發武俠小說都是五五折，六五折絕對不行，不降到五五折不收貨。賈學毅頭一次感覺到常河堂這小子原來是棉花包裡藏針，軟中有硬還會紮人，他覺得該讓他明白點道理和規矩。賈學毅非常平靜地問：「常河堂，新天地誰是經理？是你指揮我，還是我指揮你啊？六五折怎麼就不行啊？這是出版社的正版書，正常的批發折扣不是七二、七五嘛！怎麼六五反而不行呢？」常河堂讓賈學毅噎得說不出話來。要說的話沒能說出口，憋在心裡就不舒服。不讓說，又不舒服，只好找別的辦法發洩。常河堂叫來苗沐陽，把這筆業務交給了她。苗沐陽也說武俠書折扣太高沒法批。常河堂不帶情緒地說這是處長親自訂的貨。苗沐陽這鬼精靈一下就聽出了味，說處長的胃口不小啊。常河堂扭頭瞅了瞅苗沐陽，什麼也沒說。苗沐陽說人家武俠書都是六五折批，咱們要六五折批就得倒貼稅賠錢，要是七折批可能就走不動。常河堂說這樁買賣賠定了，能六五折出手就不錯。

那小夥子人挺有模樣，辦事也瀟灑，書做得卻太差，紙差，印刷裝訂都差，不知是偷人家的發排稿，還是沒校對，沒有一頁沒錯別字，書攤小販看了書都搖頭，書走得非常慢。賈學毅特意到門市來看過一次，但他不認為是因為書的印製和折扣問題，而是常河堂這人，讓為他是變著法在向他示威，在塌他的臺，故意要他難堪，讓大家都知道賈學毅在吃回扣謀私。賈學毅從門市回來，直接找了省店的業務科長白小波，他跟白小波說：「新天地進了三套武俠書，數要大了，六五折平調給省店，辛苦費是五個扣，你能幫多少忙？」白小波說：「領導的事就是我們的事，領導要我們幫多少，我們就幫多少。」賈學毅說：「你別我們你們的，我是衝你。我不想讓常河堂做了，這人是頭豬，你拉走一半，五千套怎麼樣？」白小波說：「行，你就甭管了，領導交辦的事我們全力以赴。辛苦費我們要。感謝領導的關心，說實在的，我得對得起弟兄們，得給他們掙點福利。這年頭靠死工資，日子沒法過。是我們去拉還是他們送？」賈學毅問：「五千套有沒有困難？」白小波說：「領導的話就是指示，沒有困難要辦，有困難更要想一切辦法去辦。全省有這多麼基層店，都是你的部下，這點事算什麼。」賈學毅快要醉了，要是有這樣的助手，做起事來多省勁。

賈學毅放下電話，立即再找常河堂，他是用蔑視他的口氣跟常河堂說，這三套武俠書不為難他了，也不勞他多費心思，把剩下的五千套全部裝車，立即送省店儲運庫。常河堂聽賈學毅話中有話，立即解釋不是他有什麼為難，他也沒多費什麼心思，確實是折扣太高。賈學毅毫不客氣地打斷常河堂，要他別再廢話，立即裝車，今天下午一定送到。事情做到這裡，賈學毅心裡這口氣並沒有完全消盡，常河堂那幾句話像沙子一樣揉在他眼裡，讓他非常難受。讓自己的手下說三道四，只能說自己無能！這口氣不能這麼了事。

賈學毅當晚在白天鵝約見秦晴，這次約會是臨時增加的，秦晴以為賈學毅突然想念她，見面就跟他撒嬌。賈學毅只好先跟她嬉戲一番，待秦晴滿足之後，賈學毅才給她交待任務。賈學毅要她找一個肯幫忙的書商，主動與常河堂聯繫，做一筆壞書生意，常河堂願意更好，不願意騙他也行。至於秦晴用什麼手段他不管，一定要把事情做成，越快越好。秦晴說常河堂不是挺老實的嘛！為什麼要整他。賈學毅說他是條毒蛇。

一個禮拜後的下午，新天地的司機從火車站提來一批書，剛卸完貨，市局的人就卡著鐘點趕到了。常河堂一點沒客套，自己是省局發行處的，來的人他也認識，再說新天地是省局的公司，也不做違法的買賣。他極平常地問怎麼有空光臨。那個和常河堂很熟悉的人說對不起了，大水沖倒龍王廟，一家人也認不得一家人了，有人舉報你們進了黃色書刊。常河堂哈哈大笑，說隨便檢查。等市局的人把包打開，常河堂傻了，包裡不僅有淫穢圖書，還有幾盤黃色錄影帶。市局的人毫不客氣地把書清點登記，讓常河堂簽了字，然後他們叫常河堂找人把書裝到他們車上。

不早不晚，賈學毅救火般及時趕來。市局的兩個都認識賈學毅。賈學毅先給兩位發菸，再讓苗沐陽倒水。然後再當著市局的二位責問常河堂是怎麼一回事。常河堂說他也不知道是怎麼回事，他根本就沒有訂過這種書。賈學毅說發貨的人見過嗎？常河堂說是經常有外地個體書商打電話主動要求發貨，但從沒有人說過這種書。賈學毅就埋怨怎麼能跟個體書商打交道呢。數落完常河堂，賈學毅再回過頭來與市局的人商量，給他一點面子，也給新天地一點面子，這事是不是由他們省局自己來認真處理，請他們把情況直接交給聞心源副處長。市局的人自然不好說別的。賈學毅這一招真毒，讓省局直接處理，一是常河堂在省局丟盡臉面，二是扔給了聞心源一隻刺蝟。

聞心源並不是弱智，發行處出的事讓市場處來處理，這不是故意為難他嘛。處理輕了說你包庇委過，處理重了說你趁火打劫整人。聞心源不上這當，來個矛盾上交。在市局的材料上寫了個意見。說新天地經營中出現這種問題，性質是嚴重的，但這批貨不訂主發，主要責任不在新天地。新天地書刊發行公司由發行處主管，請局裡領導直接與發行處研究處理為好。葛楠覺得這事蹊蹺，她找常河堂，常河堂跟她說了一切。

葛楠直接找了趙文化，葛楠最容不得正不壓邪。趙文化沒否定葛楠的分析，但沒證據，憑猜疑不好處理。事情弄到後來，常河堂挨了個警告處分。常河堂處分決定宣布那天，賈學毅與秦晴相約在白天鵝，那天晚上賈學毅頭一次讓秦晴品嘗了龍蝦三吃。兩個人吃到高興處，賈學毅下流地問秦晴施了什麼招。秦晴脫了鞋從桌子底下伸過腳來踹他，說好不管用什麼手段的，現在反過來吃醋。其實賈學毅並不在乎她，他對秦晴也只是圖個使用方便，又沒有後顧之憂。

第十章

書才是里程碑

41

每一個人都有各自排遣不愉快的方式。葛楠要是不愉快，她就逛商場花錢，錢花完了，逛累了，心裡也開心了。沙一天要是不愉快，他就拼命地與葛楠做愛，把自己搞得筋疲力盡，也就不再不愉快。夜裡葛楠再一次感受到沙一天異常，他特別亢奮，做起來如狼似虎，好像過了今天就沒有明天似的。葛楠感覺出了沙一天的不正常，但她找不到他不正常的原因。她感覺他心中似有恨，但她猜不出他恨誰。

吃早點的時候，葛楠問：「沙一天，是不是社裡又出了什麼事？」沙一天非常驚奇地問：「妳聽誰說出事了？」葛楠說：「沒有人說，只是覺得你心裡好像有什麼事。」沙一天說：「沒有什麼事，一切都挺正常的，社裡一點一點在規範運營。我們的月獎金不是在一點一點增加嗎？」葛楠說：「這我倒是沒注意到。」沙一天是把工資都交給葛楠，但葛楠從來不管他多少，給她她就放在一起花。話說到這裡，葛楠不好再問下去，問也沒有用，他要是想告訴她，自己早就說了，他不想說，怎麼問他也不會說，就算說只怕也是編瞎話搪塞，這又有什麼意思呢？

沙一天是不愉快，他之所以不告訴葛楠，是因為他的不愉快不能告訴葛楠。他的不愉快來自華芝蘭。那天見了華芝蘭，回來心情更加陰沉起來。那一天他跟華芝蘭說的不全是真話，他對不起她，對葛楠的牢騷都是真的，可說不會再給華芝蘭添麻煩，不會再對華芝蘭有什麼想法，卻是假話。其實他心裡就是忘不了華芝蘭，想念華芝蘭，想得到華芝蘭的原諒，想在華芝蘭那裡得到在葛楠身上得不到的慰藉，才這樣丟不開華芝蘭。他怕把華芝蘭嚇退，怕她不願再見他才這麼說。可是有了那一次約會，他更丟不開她。他又約了她兩次，可她都沒赴約，不知道她是真有事，還是藉口不見他，弄得他心神難安。

沙一天不能如願，就在葛楠身上撒氣，搞得葛楠弄不清他哪裡出了問題。沙一天在做著一個難圓的夢，他知道華芝蘭現在心裡恨他，他才要去找她。他要想法讓她不恨他，讓她重新把他看成天下難得的好人，原諒他，理解他，重新再愛他。當然，假如華芝蘭不在江都市，還在那個衙前村，他不要想到她。現在她在江都，他對葛楠已經有了不滿，發現葛楠不如她對他好，他才想她。反過來說假如是他與華芝蘭在一起，再碰上了葛楠，發現了葛楠身上有華芝蘭完全不具備的東西，他也許也會拋開華芝蘭去追葛楠。現實是他雖然沒跟葛楠推心置腹說過什麼，但葛楠卻已發覺了他內心深處的那些陰暗的東西；他傷害了華芝蘭，華芝蘭卻沒對他恨。他不願意華芝蘭也跟葛楠那樣看透他，他要她永遠崇拜他永遠愛他，可華芝蘭不給他機會。

沙一天坐在辦公室仍心煩得無法做事，章誠讓他暫時擱下了煩惱。章誠來找他，說上次傳達部長的批評後，他想了很多。部長的批評非常有道理。一個出版社的牌子是倒著還是豎著，是亮還是暗，是知名還是無名，全靠它出版的書來決定。人家一提商務印書館就想到《新華字典》、《現代漢語詞典》，一提人民文學出版社就想到《魯迅全集》，想到《子夜》，想到《家》、《春》、

《秋》，想到四部古典和外國名著。南風出版社能讓別人想起什麼呢？難道讓人家想起賣書號？要把一個社建設好，關鍵在圖書選題，沒有好書，出版社就是一張白紙，什麼也留不下，這個社的人也白佔著這個位置，無所作為。章誠這話說得沙一天忽然肅然起敬，立時有了使命感。是啊，他是一社之長，自己做了些什麼呢？給後人留下了什麼呢？書才是里程碑。章誠還說，應該先從本省的作家抓起，抓小說難，先抓紀實文學，讓作家們來寫國內，黨內、軍內發生的大事。他已經與一個作家談好了，讓他寫廬山會議，書名也定好了，叫《禍起廬山》，還有毛澤東、周恩來、劉少奇、鄧小平，他們的人生歷程都是寶貴資源哪！

沙一天的情緒被章誠調動起來，但他馬上就冷靜下來，他疑惑地問：「這些人的書能寫能出嗎？」章誠說：「怎麼不能呢？人民社不是出了《毛澤東生活實錄》嘛！他們還出了外國人寫的《毛澤東傳》呢！賣了三十多萬冊。要快幹，抓住時機幹。」沙一天從心裡佩服章誠的眼光和腦子，他不得不承認，幹工作，搞出版，他哪方面都比自己強。沙一天是個腦子很靈的人，只要有人點撥，他常常會忽發奇想。給後人留下什麼呢？這話提醒了他，他立即有了社長的責任感，他立即順著章誠的思路展開聯想。

沙一天像早就有了打算一般說：「這些日子，我也一直在想這個問題，不能只與書商合作，這樣合作下去，牌子就倒了。要抓自己的東西，抓別人沒有抓的東西。要是領袖的書能出，我想能不能考慮出一套叢書，叫《共和國紀實》，把這些選題都裝到裡面，形成一種規模。我來當這套叢書的主編，你當副主編，成立一個編委會，請幾位省裡史學專家當編委。發動全社編輯來抓稿子，誰能拿到這種選題就往這筐裡裝。」章誠為沙一天與他有共識而高興，他說：「《共和國紀實》好，編委會還可往高裡請，我再找幾個作家，找幾個編輯一起商量商量，形成一個意見。」沙一天立即糾正說：「不是等意見形成後再操作，現在就操作，一邊操作，一邊策劃。」

章誠離開之後，不一會兒，沙一天的心情又陰沉下來。沙一天站起來走到窗前，他看著窗外街上的車流，來來往往，喧鬧和混亂攪得他心裡亂糟糟的。不光是華芝蘭，還有那個章誠，都讓他煩。這小子讓他琢磨不透，他找不到章誠這麼死心塌地為這個社操心的原動力。要說權，社長的位置他佔了，人家毫無怨言，居然還積極配合他，業務上大大小小的事都要他替他拿主意。要說利，他搞這麼多方案，也沒有什麼利可圖。要說名，也沒見他到局裡去找過誰，好像一切都無所謂。他很有些不理解，難道天底下真有不為名不為利一心為事業而奮鬥的人？沙一天無心做事，他再一次忍不住拿起了電話。華芝蘭怕他老打電話到書店，把呼機號告訴了他。他讓尋呼臺連呼兩遍。

五分鐘之後，他的電話響了。沙一天激動地拿起電話。「你老呼我做什麼？」是華芝蘭回的電話。「我想見妳。」「不是我不願見你，我實在走不開，你有什麼事啊？」「我想跟妳聊聊。」「聊什麼？現在聊什麼都沒有意義，有問題自己去面對，自己想法去解決。」「社裡的事讓我煩。」「做事情總是會煩的，公家的事是這樣，私人的事也這樣，我們就不煩嗎？我們的書店到現在辦不下批發執照，收了圖書館的錢，可江安縣新華書店突然不合作了，十多萬碼洋的書，分在二百來家出版社，款都匯出去了，還沒有一家出版社理睬我們，你的事還能比我們煩？」「我能幫妳做什麼呢？」「我不要你幫我做什麼，你只要不煩我就行了。」「如果妳認為我找妳是煩妳，那我以後儘量不煩妳。」「我們都三十好幾了，做事情還是理智一點好。好了，我有事要做。」電話扣了，沙一天拿著電話，聽著一聲一聲嘟音，心裡一片茫然。

42

大江書局停業整頓震動了廟街。收一批主發來的壞書就停業整頓，要是出了壞書不得進局子。消息傳出的第二天，崔永浩在大門口豎起了轉讓店面的招牌。崔永浩豎起那塊招牌，莫望山正好從北京回來。莫望山把那塊招牌端詳了一會兒，有些不解，他沒工夫去探究其原因，自己有事急著要辦。江安新華書店的中間作梗讓他的生意幾乎停擺，華芝蘭要信譽，莫望山只能擦這爛屁股，這屁股擦起來很費事。錢沒賺著，讓他耗盡了精力。二百來家出版社的書款匯出去一個月，發來貨的不到五十家。承包新天地公司的事，賈學毅正在運作。莫望山乘這空當上了北京。

莫望山到北京，知道這事難纏，沒敢住賓館，住到了新世紀出版社的地下室招待所。莫望山找數量大的出版社先跑，頭一家上了喜馬拉雅出版社，他給他們匯了三千多塊錢。莫望山在北京的一條竹竿胡同裡找到了這家中央級出版社。來到發行部一問，主任說不知道，還說三千多塊，數小了點，他們收款都是幾萬幾萬的。莫望山有些擔憂，錢少會不會不在乎隨意處理。那主任說問一問，只要匯了，就丟不了，只是不知道哪個部門收了。主任從一科問到三科，都說沒有。幸虧華芝蘭想得細，莫望山拿出了匯款單的影本。主任說一起到郵購部去看一看。錢是郵購部收了。郵購部說款是收到了，但短錢，沒法發書。莫望山一聽頭皮發麻，又沒法埋怨人家。只好央求說：「錢是少了點，可按郵購來處理是不是有點不合適，我們是書店，是為圖書館代購，我們還要給圖書館優惠呢？」主任說：「你代購不代購，優惠不優惠與我們有什麼關係？你訂的書都是三本兩本，怎麼好按書店的折扣給你發貨呢！」莫望山只好把聲音再放軟，向那主任和郵購部的負責人說軟話，把自己為圖書館服務的一套辦法，縣新華書店怎麼從中作梗統統說了一遍，懇求他們給予照顧。如果嫌貨少不好發，他可以把書提出來自己發。郵購部的頭說這事與他們沒有關係了，讓主任看著辦，讓哪個科發貨，他就把錢轉給哪個科。主任帶著莫望山回到他的辦公室，似乎莫望山給他出了個大難題，叫他很不好處理。他還算有同情心，打電話把三科的科長叫來，讓三科給莫望山發貨。三科科長看著莫望山不是很高興，說品種這麼多，數量這麼少，這不是添亂嘛，這樣的書店要是多了，還怎麼做生意！莫望山又非常不好意思地懇求三科科長幫忙。磨了兩個小時，才算把事情辦完。

莫望山早晨出去，晚上天黑回到招待所，一天才跑了四家，只辦成了三家，一家死活不同意按書店折扣供貨，還要讓他自己提貨自己發貨。莫望山回到地下室，咕嘟咕嘟先喝了兩杯子自來水，一天之中，沒一家出版社給他倒水喝。他想，要是照這個速度幹下去，一百四十多家出版社，跑下來怎麼也得三十天，加上星期天，差不多要四十天。書跑下來了，只怕人也就跑傻了。動了一晚上腦筋，他想出了一個辦法。先電話與各出版社聯繫，是否收到了款，是否發了貨，是否同意按書店折扣供貨，是否同意發貨，把這些問題搞清楚了再去跑，可能會省事得多。果不然，有的社收到了款，而且發了貨，他認真地感謝人家；有的收到了款，還沒發貨，同意發貨，他也感謝人家，請求人家儘快發貨；有的收到了款，嫌數量少，不同意發貨的，他就答應直接去出版社提貨，他自己發；有的收到了款，但不同意給折扣，他準備直接上門去談。他在那裡沒白沒黑整整忙活了十六天，這十六天飯不能按時吃，覺睡不好，一天到晚求爺爺告奶奶，累得他人不像人，鬼不像鬼。

與其說莫望山的精神不如說莫望山面對的困難感動了新世紀出版社發行部的許主任，他非常同情莫望山，也非常欣賞他的做事原則。他把莫望山直接從出版社提來的貨都拉到他們社的書庫，他幫他發回去，他還讓莫望山留下一份清單，再有問題來電話，他幫他與出版社聯繫。莫望山要請他的客，結果是他給莫望山送行。莫望山帶回了新世紀出版社的書目，他要好好發他們的書。

晚上，莫望山躺到床上，腦子裡老閃著大江書局那塊轉讓店面的牌子。他跟華芝蘭說，他想把大江書局的店面要下來，大江書局的市口好，房子好，也大，租金也不算貴。就算真能承包下新天地公司，野草書屋的生意也不必放棄，可以在那裡分開搞。萬一要承包不下來，苗沐陽姨這邊的房子就不退，批發和零售郵購分兩邊搞，生意也會好些。華芝蘭十分贊同莫望山的打算，她說不管是承包了新天地，還是新開批發店，她都仍舊搞野草書屋。

莫望山請崔永浩喝酒，老崔無心喝，他一口應承把這店面轉租給莫望山。他跟房主簽了三年合同，現在只用了十七個月，他與房主商量，或者合同終止，由莫望山重新與房主簽約，或者用原來的合同由他續租。房主同意按原租金由莫望山另簽約重租。莫望山問老崔下一步準備幹什麼，老崔說這裡是非太多，他準備到廣州去幹。莫望山看他那欲言又止的難受心情，很是同情，人家從外省跑這裡來開店，本來就不容易，到頭來落此結果，不得不放手，逼得再遠走他鄉，實在讓人可憐。莫望山後來才知道，崔永浩離開江都並不是因為受處罰，他只是借了這個機會，真正讓他不得不離開江都的是夏文傑。

之前一個夜裡，夏文傑敲了老崔店門。夏文傑一口咬定，那批貨是老崔主動告發。那天老崔看夏文傑帶了兩個腰圓膀粗的小夥子，已沒半點朋友的情分，他知道夏文傑要跟他來黑的。老崔說是不是他主動告發，市局的人和書局的人都知道，可以任意調查，如果說真是他老崔主動告發，要他的左手他就給他左手，要他的右手他就給右手，要他的腦袋他就給他腦袋。夏文傑一年到頭白天黑夜都戴著墨鏡，老崔看不清他的表情，但他聽到了夏文傑貓頭鷹哭一般的笑聲。夏文傑說是不是主動告發，不重要，但貨你是收到了，應該按規矩辦。崔永浩什麼也沒說，立即上樓讓妻子開五萬塊支票。夏文傑多鬼，支票可以掛失，他給崔永浩留了帳號，說三天之內收不到，他就會是這樣見他。崔永浩望著夏文傑離開那背影，就在這一剎那間，他決定離開江都。

莫望山當然不知道這些詳情，老崔也不會跟他說這些，是老崔手下的夥計告訴莫望山的。老崔當時倒是跟莫望山說了許多兄弟情分的話。老崔跟莫望山說，既然要做書生意，就得搞批發，搞郵購一輩子也做不成大生意。要搞批發，單從出版社一個口進貨不行，第一要進個體書商的貨，折扣低，銷路好；第二自己要做書，要利用南風出版社社長的關係，搞幾個書號，好好做幾本書，生意才能做大，書店才能做響。莫望山對老崔的一番肺腑之言很感激，不管自己接受不接受，人家是真心。莫望山沒有說謝，只是緊緊地拉了他的手。莫望山跟老崔見了房主，重新簽了合同回來，聞心源在書店等他。

聞心源跟莫望山上了樓。莫望山說準備把大江書局的店面續租下來搞批發。聞心源說想做大老闆。莫望山說郵購生意做不下去了，想把新天地公司承包下來。聞心源聽了好奇，怎麼會有這等好事，是誰的主意？莫望山說是賈學毅，他們一直虧損經營。聞心源覺得蹊蹺，他說事情倒是不錯，不過要小心這個人。他這人是不會真心誠意幫一個人的，裡面一定有他的目的，沒有他的利，他對一切都不會感興趣。聞心源是通過苗沐陽進公司這件事真正認識賈學毅的，趙文化從來就沒說過不招應屆畢業生，事情變來變去，都是他搞的鬼。上面也有人告訴聞心源，江都有人給主管領導寄了「人體畫冊」，說賈學毅幾次打電話探聽過上面對這事的處理意見。這事聞心源沒告訴沙一天。莫望山說他明白他的意圖，做生意嘛，就是大家發財。聞心源說多長個心眼不吃虧。莫望山問聞心源特意來找他有什麼事？聞心源把要他幫著注意夏文傑行蹤的想法告訴了他。莫望山說怎麼不早點告訴他，前幾天夏文傑回來找過崔永浩。莫望山估計夏文傑還在江都，他會注意，但只是為了幫他，不為別的。

聞心源找莫望山的那一天晚上，夏文傑約見了賈學毅。電話是夏文傑身邊的那個女孩子打的，賈學毅覺得女孩子的聲音很好聽。女孩子問：「賈處長，還記不記得夏文傑？」賈學毅說：「妳是誰呀？」女孩子說：「不用管我是誰，他今晚想見見你。」賈學毅問：「在哪裡？」女孩子說：「下班你不要回家，五點半等我的電話。」賈學毅放下電話，心裡有些不安。他覺得跟夏文傑這種人拉扯下去，是玩火。一會兒小夥子，一會兒姑娘，他簡直在搞地下工作，這他媽能有好結果嗎？但他又懼他，他有短處在他的手裡捏著，四萬五千塊可不是個小數，夠判幾年的，他不敢不見。女孩子五點半準時給賈學毅來了電話，告訴他在新聞出版局辦公樓對面的馬路邊，有一輛上海轎車在等他，車號是5818。真他媽跟特務似的，完全是地下接頭那一套，沒想到過去地下工作者的那些戰鬥經驗，培養了夏文傑這樣的人。賈學毅走過馬路，一眼就看到了那輛5818。司機是個女孩子。上了車，賈學毅問是不是她打的電話，女孩子反問他，你說呢。賈學毅說聽說話的聲音，很像是她。女司機朝他笑笑。轎車七拐八彎，賈學毅不知道把他拉到了什麼地方。

賈學毅下得車來一看，這不是到岫山了嘛！他看不出這是什麼地方，他從來沒來過。院子的大門是個不顯眼的江南民居建築，外面什麼牌子也沒掛，車開到大門口，女孩子從什麼地方拿出一個特別的車證往擋風玻璃前一放，大門立即就自動向兩邊縮進去。這是一個院子，既不是賓館，也不像招待所，也不像飯店。院子挺大，都是青磚青瓦一色的二層小樓別墅。女孩子把車一直開到第三座小樓的門前。進門是個廳，女孩子指了指左邊的門，賈學毅推門進去，裡面是一個包間，夏文傑戴著墨鏡已經坐在餐桌前。賈學毅說：「你把我領什麼鬼地方來了？跟特務似的。」夏文傑說：「委屈處長了，沒有辦法，都是叫你們逼的，你們不是把我通報全國了嗎，我還怎麼在大街上自由行動。」賈學毅說：「別你們你們的，你們是誰呀？我可不在其中，什麼都不知道。」夏文傑說：「你真不知道？」賈學毅說：「也不能說一點不知道，也不能說全知道。市場的事現在由市場處管，我發行處管不著這一段，但我是聽說了，他們跟各省都打了招呼。」夏文傑氣勢洶洶地說：「整個兒一個全國通緝，這叫打招呼啊！他媽的印兩本破書，什麼罪呀？用得著這樣趕盡殺絕嗎？」賈學毅不知道自己為什麼，他在夏文傑的氣勢面前竟硬不起來。他就附和著說：「是啊，其實不必這麼興師動眾的。」賈學毅給女孩子打了個手勢，示意她上菜。女孩子就過來問賈學毅喝什麼酒。賈學毅說酒就不喝了吧。夏文傑說沒有男人不喝酒的，除非你不是男人。賈學毅說那就隨你吧。夏文傑讓女孩子打開一瓶「五糧液」。用玻璃杯，一人倒了半杯。倒著酒，菜就上來了，鵝頭、鹵水拼盤、龍蝦，院子不起眼，確是正宗粵菜。喝著酒，夏文傑說話就沒那麼氣勢洶洶，他說：「賈處長，咱們可以算朋友了吧？」賈學毅說：「不是朋友我也不會到這裡來，這到底是什麼地方，別有洞天啊。」夏文傑說：「堂堂政府的處長，你真的連這地方都不知道？」賈學毅說：「區區小處長，在機關就是個大幹事，孤陋寡聞啊。」夏文傑說：「夫人沒告訴你？這是給省裡頭頭腦腦蓋的行宮，剛竣工，名還沒定，聽說要叫無由山莊。」賈學毅說：「無由？由，只怕是來自那個岫。無由，沒有緣由；無由，無憂；這人有點學問哎。」夏文傑說：「聽說是省裡那個宣傳部長起的名。」賈學毅不無佩服地說：「你老兄神通廣大啊，我在機關別的算不上，消息還算是靈通的，我聽都沒聽說過，你一個被人通緝的書商居然在這裡享受起來了！這世上的事越來越怪了。」夏文傑哈哈大笑，說：「老兄你別心裡不平衡，這叫蝦有蝦路，魚有魚路，鱉有鱉路，這樣的事，夫人居然沒給你透個信？」賈學毅一愣，他這時才意識到夏文傑的利害，他居然已經買通了她，這臭女人，她倒也挺能幹。但賈學毅不能在夏文傑面前兜他的家底，他只好用突然暴發的哈哈傻笑來掩飾。夏文傑也不傻，也跟著傻笑起來，笑夠了才說：「既然是朋友，咱就不說隔肚皮的話，你幫過我，我也幫了你，夫人那裡該孝敬的我也孝敬了。咱還要互相幫下去，我在這裡正式地謝謝你，乾了這一杯。」賈學毅警告自己小心，不能陷得太深，但嘴上還是說：「哪裡的話，有什麼好謝的呢，份內工作嘛！」夏文傑說：「還是當官的水準高，份內工作，對，份內工作，既為政府做了事，也為朋友辦了事，還為個人得了好處，這份內工作太好了。」半杯酒下了肚，賈學毅聽夏文傑的話不那麼順耳。夏文傑說：「咱們再為份內工作幹一杯！」賈學毅控制了自己，說：「別別別，咱還要說話辦事呢，喝那麼多受不了。」夏文傑說：「醉了怕什麼，今晚上你還回去嗎？這後面就是客房，你那個什麼秦晴，檔次太低了一點吧，你看我們余小姐，可是一條浪裡白條喲。」女孩子立即捧著酒瓶過來，一邊倒酒一邊說：「賈處長，今晚你就別走了。」邊說邊拿柔軟的小肚皮蹭賈學毅的胳膊肘。賈學毅一下就酥了半邊身子，扭頭看，秦晴差不多好做她的媽。賈學毅立即端起了酒杯。

轉眼工夫，兩個把一瓶酒乾了。夏文傑說：「賈處長，認識你是我的榮幸，我夏文傑在官場裡也算有了個朋友。我不會給你添麻煩的，我只要你做兩件事，一是聞心源這小子要有什麼動作，你提前告訴我；二是咱們用你的新天地做點生意，大家發點小財。你我之間，誰也不認識誰，我做什麼事，你只當什麼都不知道。有什麼事情，小余會隨時跟你聯繫的。來，咱們一醉方休！」賈學毅真喝多了，但也沒醉到不省人事的地步，這樣他可以名正言順地以醉的名義做一些醒著不便做的事情。他記得夏文傑向他問了聞心源辦公室和招待所房間的電話，還問了江秀薇的單位和聞心源女兒上學的學校。他還知道是余小姐扶他去的房間，進了房間余小姐就沒有走，幫他脫了衣，與他一起同浴，相伴到天明。

江秀薇突然打電話到聞心源辦公室，要他下班到她單位接她。聞心源問她發生了什麼事。江秀薇接到了一個恫嚇電話。那人在電話說，江秀薇你長得好白嫩喲，要是撒點硫酸在妳臉上，一定會很好看，妳要想保住妳這張臉，讓聞心源少管閒事。江秀薇嚇得臉都白了。聞心源趕去江秀薇單位把她接回家，江秀薇極度害怕，她本來就膽小。江秀薇要聞心源換工作，別再「打非掃黃」，聞心源不知怎麼安慰她好。一家人惶惶不安，日子全攪亂了。自此，聞心源天天送泱泱上學，給江秀薇也找了個同伴。

那天，聞心源開會耽誤了時間，到學校接泱泱，學校說泱泱回家了。聞心源趕到家，江秀薇正做著飯，泱泱沒回來。聞心源立即又回到學校。聞心源問學校有沒有組織別的什麼活動，看門的老大爺說沒有組織什麼活動。聞心源問泱泱的班主任張老師住在什麼地方，老大爺就告訴他張老師住在什麼地方。聞心源趕到張老師家，張老師一家正在吃晚飯。張老師也非常奇怪，她說泱泱放學就回家了。聞心源問張老師，泱泱平時在學校和哪幾個同學特別要好。張老師拿出她的小本，給有電話的幾個同學打了電話，都說泱泱回了家。還有兩個沒電話的，張老師要陪聞心源一起去，聞心源沒讓，他自己騎車趕去。一圈跑下來，該找的地方都找了，該問的也都問到了，沒有找到泱泱，聞心源急得頭上冒汗，兩手顫抖。聞心源回到招待所，江秀薇一看聞心源的樣，哇地哭了起來。

這時電話鈴響了，是張老師的電話，張老師說趕緊報警。聞心源帶上泱泱的照片上了派出所。聞心源從派出所回來，渾身沒了一絲力氣，飯也不想吃。江秀薇拿著泱泱的照片不住地流淚，一邊流淚一邊催聞心源：「你快去找啊。」「妳別煩了好不好！我也想找啊！可我到哪去找啊！」聞心源的怒吼把江秀薇嚇傻了，結婚到現在沒見他發過這樣的火，她不相信他會發這麼大的火。「你朝我發火？你怎麼這麼沒有用啊，你今天要找不來泱泱，我就不活了！」江秀薇什麼也不顧了。聞心源沒有辦法，只好再上派出所，派出所給周圍的幾個派出所輪番打了電話，一點消息都沒有。

聞心源午夜十二點從派出所回來，江秀薇看他空手而回，哭聲再起，哭著哭著，江秀薇一下暈了過去。本來身體就弱，這樣的打擊她確實承受不了。聞心源把江秀薇抱到床上，給她做人工呼吸，江秀薇醒了過來。聞心源給她沖了一杯糖鹽水，一點一點喂她喝了。江秀薇喝完水還是哭。她說我不要你管，你去給我把泱泱找回來。

凌晨一點，電話鈴響了。是一個女人的聲音，她問他是誰，聞心源向她報了姓名，她接著說一個人做事不要太絕，給自己給孩子留條後路。接著聞心源聽到了泱泱的哭聲。聞心源對著話筒喊泱泱。江秀薇一聽到泱泱的聲音，又暈了過去。聞心源對著話筒喊：「你們千萬別傷害我的孩子！有什麼事衝我來！有什麼要求你們只管提！」接著是一個男人的聲音：「你現在著急了，你整別人的時候怎麼一點不手軟？我告訴你，這是給你一次警告，你要再敢找麻煩！你女兒就沒有下一回了！」說完電話就斷了。江秀薇蘇醒過來，問泱泱在哪裡。聞心源說在他們手裡。江秀薇問他們是誰？聞心源說可能是夏文傑。江秀薇問夏文傑是幹什麼的？他跟你有什麼仇？聞心源說他是不法書商，製造黃色書刊。江秀薇又哭起來，一邊哭一邊說我不管你什麼黃色紅色，我要我的泱泱，要是他們敢拿泱泱怎麼樣，我先跟你拼了。

聞心源立即向派出所報告了情況。派出所說一定穩住，再來電話，答應他們的一切要求，他們馬上過來。聞心源頭一次感到了絕望和孤獨，這個向來在困難面前不皺眉頭的男子漢頭一回沒了主意，他只好給莫望山和沙一天打了電話。電話鈴聲把莫望山和華芝蘭一起驚醒，意外讓兩個人手忙腳亂起來，莫嵐被驚醒，問爸爸媽媽在做什麼。莫望山只好讓華芝蘭在家陪莫嵐，他一個人趕去聞心源那裡。

沙一天接電話時，先罵了打電話人神經病。葛楠問他什麼事，他若無其事說聞心源的女兒泱泱被人綁架了。葛楠驚得掀開被子立即穿衣下床，沙一天居然說她，妳急有什麼用，都淩晨兩點了，去了也幫不上什麼忙。葛楠很不高興，說你想睡你就睡吧，我去看看。沙一天這才懶懶地起床。

莫望山、葛楠、沙一天趕到招待所，派出所的人正在瞭解夏文傑的情況。葛楠悄悄地進了屋，挨到江秀薇身邊，輕輕地摟住她，江秀薇的眼淚又止不住地流淌。光憑這個電話和現有的情況，派出所毫無辦法。他們立即向區公安分局報告，請求分局支援，監視無由山莊。派出所的人做完這些，叫莫望山和沙一天他們離開，這麼多人集中在這裡沒有用處。天已經麻麻亮，電話沒有再響。葛楠只能說些安慰話，勸江秀薇別急，注意自己身體，別把自己搞垮了。聞心源送他們下樓，一直把他們送出那幢樓。

「爸爸！」泱泱背著書包正朝他們走來，看到聞心源，揚起兩條胳膊，像燕子一樣向聞心源撲來。聞心源衝過去把泱泱抱在懷裡。泱泱的哭聲在大院裡回蕩，打破了清晨的寧靜，驚動了大院裡的人們。兩邊的樓上不斷有人打開窗戶，他們不知道大院裡發生了什麼事情。

43

桂金林給賈學毅送去一份情況通報。賈學毅接過通報沒看，叫桂金林坐。賈學毅跟聞心源面和心不和，局裡人都已覺察。桂金林是賈學毅調來局裡，他原先在西城區文化局。賈學毅和文化局一起處理一個音像書店，桂金林參與了這事，鞍前馬後地圍著賈學毅轉，賈學毅看他很懂事，很會看領導眼色，把他直接調到省局。桂金林從此視賈學毅為恩人，賈學毅則把桂金林當心腹。桂金林很鬼，他很快看透賈學毅心胸狹窄，嫉賢妒能，不如人，又不服人，誰要是佔了他先，不管那人得沒得罪他，他都視作眼中釘，肉中刺，他會用各種手段不斷折騰他，直到那人倒楣為止。聞心源能幹，有文才，為人又厚道，還寫得一手好文章，而且講原則，連局長副局長都敬他三分，深得局裡人敬服。賈學毅心裡很不舒服，總在心裡琢磨他，找他的不是，伺機把他挪開，可他苦於找不到機會。沒承想冒出個夏文傑來，夏文傑要跟他過不去，他就樂得坐山觀虎鬥。去他娘的原則，只要能治了聞心源，管他是罪犯還模範，他心裡一樣地開心痛快。桂金林心領神會地含著笑坐到沙發上，等賈學毅看通報。賈學毅看完通報假模假樣說：「我看這人是要名不要命。」桂金林說：「跟這種人做事得累死。」賈學毅立即拉籠：「當初我是指著名要你的呀，局裡不知道為什麼不給，我不想要常河堂，他們卻偏偏塞給我。小桂啊，你給我說句心裡話，願意不願意跟我幹？」小桂巴結地說：「老領導了，你還不瞭解我？你指到哪我打到哪！」賈學毅說：「這就好，我想法把你弄發行處來。」賈學毅拋出一個漂亮而誘人的誘餌，看著桂金林貪婪地吞進釣鉤，而且往深處咽了咽，他這才慢慢操起釣竿，穩穩地開始收線。他問：「最近聞心源在忙什麼呢？」桂金林說：「他還能忙什麼，過去說管市場的是滅火隊，現在他來了，成偵緝隊了。」賈學毅說：「他還在找夏文傑？」桂金林說：「他好像在書商裡物色人做眼線，夏文傑綁架了他的女兒，他不會放過他。」賈學毅說：「他就不怕人家把他女兒做了？」桂金林說：「當兵的出身，就這德性，什麼都不怕。他想要做的事，天塌下來都不管。」賈學毅說：「作為下級，你還是要提醒他，工作是公家的，性命可是自己的。」桂金林甚是奇怪，賈學毅怎麼心善起來了？他說：「你真是大人有大量，你還對他這麼關心，他跟葛楠可沒少說你的壞話。」賈學毅說：「我不在乎，嘴長在人家自己身上，愛說什麼說什麼，我又不想當官，他們說什麼都無所謂。我不像他六親不認，局裡的公司，他一點都不給關照。你留點心，聞心源對書刊市場要有什麼舉動，不管是對夏文傑還是對別人，你都提前告訴我，我好有個準備，省得讓這小子抓著辮子，給局裡難堪。」桂金林滿口答應。

常河堂辭職在賈學毅的意料之中，他布的就是這步棋，事情完全按他的意圖順利進行。常河堂向賈學毅交辭職書時，賈學毅心裡得意洋洋，嘴上卻假惺惺說：「何至於這樣呢？一個人一輩子誰不碰壁呢，碰幾次壁，多幾次挫折，人就成熟了。」常河堂毫不客氣地說：「我不需要這樣的成熟，你另請高明吧。」賈學毅說：「聽你這話，你辭職是衝我嘍？」常河堂說：「自己做過什麼缺德事，自己心裡清楚。」賈學毅放下臉說：「常河堂我告訴你，你少在我面前來這個，想威脅我？我不吃這一套！我怕什麼？老子檔案袋裡處分已經有了一個，再給一個我挑著，再給兩個我背著，我怕誰，我又不想當官，你辭不辭職與我無關，你愛上哪就上哪，我管不著！你願意與我說話就說話，不願與我說話現在就走！」常河堂立即轉身出了賈學毅辦公室，他直接把辭職書交給了趙文化。他對趙文化說他不在新天地幹了，也不願再回發行處，他要求到市場管理處工作。他還說賈學毅絕對是條蛀蟲，那批武俠小說他至少拿兩萬塊錢回扣。趙文化問常河堂是否有證據。常河堂說要有證據我早就告他了。趙文化遺憾地告訴他，沒有證據，誰都沒有辦法。他讓常河堂先休息兩天，局裡會考慮他的要求。

賈學毅不失時機地把新天地書刊發行公司承包經營的報告交到趙文化手裡。報告寫得很有說服力，公司虧損的原因，主要是缺乏經營人才，機關人員管理經驗有餘，經營經驗不足。報告也作了設想，假如再招聘經營人員，不僅局裡沒有編制，還會帶來許多後遺症。報告進而論證了承包經營的好處。一是收入穩定，二是不擔風險，三是不需投資，四是不帶來人事負擔。最後提出了承包條件，主要核心條款是三條，一是合法經營，二是處裡派正式幹部又具有經營能力的苗沐陽作為局方代表參與經營和監控，三是第一年給局裡上繳利潤十萬元，上半年下半年分兩次交清。以後視情況逐年增加。三天後局長辦公會批准了賈學毅的報告，並責成發行處繼續領導監督新天地公司經營，每年兩次向局裡寫出工作報告。

賈學毅在下班前給苗沐陽打了電話，讓她在公司等他，說有重要事情跟她談。賈學毅到了新天地，沒有進公司，在門外叫苗沐陽上車，說找個地方一邊吃飯一邊談。苗沐陽跟著賈學毅下車，一看又是白天鵝賓館。苗沐陽說處長你怎麼老上白天鵝，這裡是你的定點飯店嗎？賈學毅說這是我一個朋友開的，自己朋友的飯店可以便宜一點，實惠一點，方便一點。賈學毅要了一個包間。苗沐陽說就兩個人要包間做什麼。賈學毅說包間好說話。賈學毅要了四菜一湯，賈學毅給苗沐陽倒酒，苗沐陽死活不喝。賈學毅仍一個勁地勸說：「不喝酒，做不好生意。」苗沐陽很固執：「不見得，真要是不喝酒做不好生意，我還是願意不喝酒，寧願做不好生意。」賈學毅只好作罷自斟自飲，他讓苗沐陽自己要飲料，苗沐陽連飲料也沒要，她只喝茶。賈學毅一邊喝酒一邊問苗沐陽常河堂辭職知道不知道，苗沐陽確實不知道，她給常河堂打抱不平，他一心撲在公司的生意上，外面發來貨他事前不知道，處分他不公正。賈學毅開導苗沐陽太年輕，太單純，說那批書常河堂得了好處，組織上保全他面子才沒有揭開來，簡單給個處分算了事。苗沐陽還是不相信，常河堂絕對不會做這種事，說他辦事死，腦子不那麼靈活可以，說他吃回扣，絕對不可能。賈學毅沒再爭，要她相信組織不會冤枉好人，接著就轉話題，談承包的事。賈學毅先給苗沐陽戴高帽，說她來公司後，工作積極，大膽潑辣，業務能力強，思想新，有判斷能力，人又正派。苗沐陽忍不住笑了，問他為什麼要給她戴這麼多高帽子，她可受不了。賈學毅嚴肅地糾正，讓她別小孩子一樣長不大，他這是代表組織在談工作，他接著告訴她兩個好消息，一個是局裡已經同意由她哥莫望山來承包新天地書刊發行公司。苗沐陽真沒想到，很驚喜。第二個是她將作為局方代表出任新天地書刊發行公司副經理。苗沐陽笑了，她覺得他這是在跟她開玩笑，她這麼個毛丫頭，剛到局裡不久就當副經理，讓人家笑掉大牙。

賈學毅看苗沐陽老在玩笑，進入不了狀態，他正色道：「小苗，我不是在跟妳開玩笑！妳怎麼老拿我的話不當話呢？妳也不小了，什麼事情都應該明白，現在是什麼時代了，還論資排輩？妳堂堂財經學院畢業的大學生，當經理有什麼不合適呢？妳憑良心說，妳來到公司以後我對妳怎麼樣？」苗沐陽見賈學毅不高興了，這才收斂起來，說：「你對我一直挺好呀！我還總想著要感謝你呢！」賈學毅說：「感謝就不必了，只要妳心裡明白就行。我這人沒有別的愛好，就是喜歡幫女孩子辦事，尤其是妳這樣漂亮又討人喜歡的女孩子，要我做什麼都行。」苗沐陽聽賈學毅這麼一說，心裡就有那麼一點緊張，他怕男人說這種話。賈學毅說：「我建議局裡提妳為副經理，不只是為了討好妳，也不只是考慮局裡的利益，妳不是一直想幫妳哥嘛！還有什麼方法比這更能幫妳哥呢？而且妳完全具備這個能力。」苗沐陽真有點害怕了：「處長，我真的不行，我怎麼能當領導呢！你還是找別的人吧。」賈學毅說：「妳真是孩子脾氣，真要是找一個跟妳哥作對的人去當副經理，妳哥還能把這公司搞好嗎？」苗沐陽沒了話。她一點沒想到賈學毅會這麼真心實意地為她也為她哥著想，苗沐陽說：「這麼說，真得好好謝謝你。」賈學毅笑了，把酒杯裡的酒一口乾了。

吃完飯，賈學毅要領苗沐陽進舞廳。苗沐陽先推說國標她跳不了。賈學毅說那就不跳國標，隨便跳。苗沐陽又推說家裡有事。賈學毅不高興了，說她口口聲聲要謝他，陪他跳個舞都不願意，還感謝啥。苗沐陽無奈地跟賈學毅進了舞廳，國標倒是沒跳，可苗沐陽比跳國標還難受，賈學毅把她越摟越緊，跳到第四支曲子，他居然把兩隻手都摟住她的腰，那不老實的手一點一點下滑，最後竟按在了她屁股上，他那小肚子肆無忌憚往頂，那下流東西竟戳到她的大腿。苗沐陽忍無可忍一下掙脫他摟抱，扭頭就外走。

44

受崔永浩啟發，莫望山決定做一本書試試。那天看電影《火燒圓明園》，慈禧太后引發了他的興趣。莫望山想到了一個選題，書名叫《影響中國歷史的女人》，他找聞心源商量。聞心源對這個選題也有興趣，他痛快地接受了任務。聞心源查閱史料，完善了這個選題，書名改為《影響中國歷史的十個女人》，從妲己、呂后、蔡文姬、武則天、楊貴妃、文成公主、王昭君，一直寫到孝莊、慈禧。聞心源不只是個人想寫作，他是真心實意想幫莫望山。這是他的第一本書，聞心源很用心，他到圖書館借來《史紀》、《二十六史》、《資治通鑑》。每個人物都寫出大綱，從影響歷史進程視角入筆，公允、客觀、真實地把她們寫成真正的女人。字數每人兩萬到三萬字，全書不超過三十萬字。處裡工作忙亂，白天他想都沒有時間想，每天吃完晚飯，與江秀薇和女兒散完步，立即投入寫作，一直寫到十一點半，不管寫到什麼程度，情緒再高漲，文思再順暢，到十一點半就準時打住，因為第二天六點半，他必須起床，他要按時上班。

聞心源苦戰三個月就交了稿。莫望山讀完稿子，拍手叫好。他找到章誠，先讓章誠看書稿，章誠三天就看完，讚不絕口，同意與新天地合作出版。莫望山一接觸出版，才知道出版還有那麼多專業技術，要找美編設計封面，要找編輯搞正文版式設計，要找排版廠排版，還要找專業人員校對，印完了封面還要找複膜廠壓膜，印完正文還要另找裝訂廠裝訂。好在莫望山有耐性，也有興趣，他就一切從頭學，一點一點問，一項一項學，忙不過來把華芝蘭也拉了進來，她當過語文老師，她先校初校，然後再請南風出版社的校對幫校二三校。

莫望山發現高文娟這丫頭很有悟性，莫望山讓她跟著跑了工廠，他沒記的事，她倒記得門清，什麼版式、拼版、上版、開本、印張計算、紙的重量與印張的換算、平訂、膠訂，她把工序記得一清二楚，而且都記在本子上。莫望山乾脆讓她跑工廠，她幹得挺賣力氣。

苗沐陽跑到野草書屋來找莫望山時，莫望山和華芝蘭正在跟美編定封面樣。莫望山見她哭喪著臉，問誰又惹她啦。苗沐陽什麼也沒說噔噔噔上了樓，華芝蘭跟了上去。莫望山沒管她，繼續跟美編商量封面，最後他們定了一個樣子。美編走後華芝蘭才下樓，她跟莫望山說：「沐陽不要咱承包新天地公司，她也不想在新天地幹了，要留在咱這裡幹，咱倒是正缺她這樣的人手，只是讓她這大學生上咱這個體幹，屈才了。」莫望山喊：「沐陽，妳下來，把事情說清楚。」苗沐陽在樓上說：「你先答應了，我才下來。」莫望山說：「我什麼還不知道，答應妳什麼呀？」苗沐陽說：「不要承包新天地。」莫望山說：「承包的事本來就沒定下。」苗沐陽說：「局裡已經同意了，但一定不要承包，賈學毅是個壞蛋，我要留在這裡幹。」莫望山說：「這怎麼行呢！妳是正兒八經的大學生，好好的國營單位不幹，上我這個體書店有什麼前途呢？」華芝蘭悄悄地跟莫望山說：「我也這樣勸她了，她說賈學毅是個流氓，她沒法在那裡待下去了。」莫望山問：「賈學毅這王八蛋怎麼啦？」華芝蘭說：「事倒是沒啥大事，但他一天到晚在打她的主意，她怎麼待下去呢？」莫望山說：「賈學毅不行，咱也可以想法往別的國營單位調啊。」「哥！」苗沐陽在樓上吼了起來，「你說句話，行還是不行，我也不用白吃你的飯，我也很喜歡做這一行，你要是不同意，我立即從這樓上跳下去！我說到做到！」莫望山慌了：「別別別，我怕妳了行吧？」一邊說一邊往樓上跑。

莫望山把苗沐陽領下樓來，三個人坐在店裡，莫望山十分認真地說：「妳把一切都說清楚些。」苗沐陽便把賈學毅那天晚上的所作所為通通說了一遍。莫望山卻笑了：「這是多好的事啊！妳本來就想跟著我幹，這不是不謀而合嘛！既代表出版局，又是自家人，妳還是局裡的幹部，這好事到哪去找啊！賈學毅這話沒錯，真要來個跟我搗亂的，我還能搞公司嘛！至於賈學毅，妳不用怕他，我自然有對付他的辦法，你在我身邊還怕他什麼？」讓莫望山這麼一說，苗沐陽笑了。

莫望山正式接任了新天地書刊發行公司經理，出版局還給莫望山下了一紙任命書，還給他辦了新聞出版局的工作證。個體書店的小老闆，突然搖身一變成了國營公司的經理，成了新聞出版局的幹部，事情順利得有些離譜。這件事的底細只有莫望山和聞心源知道，事情都是賈學毅一手促成，但他幫莫望山只是名，實是為自己個人。一是他沒本事經營這公司，二是他可以坐享其成，個人還得好處。莫望山答應了賈學毅合同之外的三個要求：一是秦晴到公司當出納；二他有權參與、干預經營；三額外開法人年薪。聞心源不贊成，但莫望山想鍛煉鍛煉自己。聞心源搖頭。莫望山說壞事或許成好事，他想有這麼個人老在身邊陰謀著，他做生意辦事就會格外謹慎細緻，會多用一些腦子，他倒想跟這個人鬥一鬥，碰一碰，這不一定是壞事。聞心源覺得這麼考慮有一定道理，他勸他時刻要想著身邊有一條狐狸。

新天地公司重新開張沒搞儀式，莫望山只是重新裝修了公司的門面，換了公司的招牌，讓門面煥然一新。晚上莫望山在江都海鮮餐館請了兩桌，聞心源一家，沙一天和葛楠，還有賈學毅，加上自己公司的人。讓莫望山奇怪的是沙一天沒到場，葛楠說他社裡有事。讓莫望山奇怪的不只是沙一天沒來赴宴，而是請客前華芝蘭說過一句，叫他別請沙一天。一個叫他不要請他，一個請了沒有來，事情在莫望山這裡就有一點複雜。莫望山預感他們之間並沒有結束，是一種什麼樣的沒有結束，他不得而知。

《影響中國歷史的十個女人》，給新天地書刊發行公司重新開張增添了光彩，光江都就批了一萬五千冊。《影響中國歷史的十個女人》是葛楠幫著炒熱。書還沒有出版，葛楠聽說聞心源寫了書，主動求聞心源讓她先睹為快。二校樣退廠時，葛楠就拿走了一校樣。葛楠三個晚上就把書讀完，再上班她就看著聞心源笑不說話，她似乎要重新認識他。葛楠說：「寫得真好，就說武則天，讀者既能看到她弄權篡權的陰險狠毒，又看到她作為女人、妻子、母親的溫柔善良；既看到她詭計多端，又看到她機智過人；既看到她女丈夫的膽識氣魄，又看她美女子的嬌柔軟弱。篇幅不長，卻把人寫活了。」聞心源聽了心裡非常感激，她讀得這麼快，讀得這麼深，難得。葛楠找了她《江都晚報》的同學，把《影響中國歷史的十個女人》的校樣給了她，書沒有出版，《江都晚報》就開始連載，報社還搞了聞心源的專訪。書沒上市，南風出版社發行部的電話就打爆了。

省新華書店也醒過懵來，成立了批銷中心，白小波當了經理。苗沐陽去向他們推銷這本書，他非常看好，當下決定省城獨家包銷三萬冊。苗沐陽說包三萬可以降五個折扣。白小波卻說降三個就行。苗沐陽不解，好奇地看白小波。白小波朝她笑，苗沐陽明白他想要回扣。苗沐陽回來跟莫望山說，莫望山說把那兩個折扣返給他個人，今後他會更賣力幫咱。發完《影響中國歷史的十個女人》，公司才喘了口氣。莫望山閒來無事，在廟街上逛。鬼使神差，莫望山不知怎麼走進了城隍廟。城隍廟裡依舊熱鬧異常，小商品市場生意興隆，幾日不來這裡又變了樣，一個個臨時攤位換成了固定的制式鐵皮房子，成了正規賣場，秩序好了許多。莫望山毫無目的地走著逛著，突然想起莫嵐的書包舊了，上初三了，還背著上小學的花書包，不相稱了，莫望山幫莫嵐挑了只書包。

莫望山繼續往裡走，走進了城隍廟。廟就是廟，裡面很簡單，只塑著一尊城隍菩薩像。莫望山卻有了新發現，城隍廟裡香火突然旺了，有不少人在給城隍菩薩進香。莫望山看著城隍菩薩旁邊「剪惡除凶，護國保邦」的對聯，不禁想起了泱泱被人綁架的事，他腦子裡生出一個念頭，要不要也求求城隍菩薩保佑莫嵐平安。念頭一生出來，莫望山再一次抬頭，像考察城隍菩薩是否靈驗似地看著祂。這時在他前面跪拜的人站了起來，他不禁一驚，是老翟！莫望山小著聲問老翟：「你也信這？」老翟拽拽他的衣袖，兩人出了廟堂。老翟說：「信則有，不信則無。城隍菩薩是保國護邦之神，也算是咱們的父母菩薩了。」莫望山說：「那我也給女兒燒炷香，讓城隍菩薩保佑她平安。」老翟拽住了莫望山。說：「信先要心中有，心中有才能信；信，心中卻無，神會怪罪的；不信，則無所謂心中有沒有，神不會怪罪。我信，每做大事，都來求城隍菩薩，還是挺靈驗的。你先別急著求，回去想好了再求不遲。」

交往一次，莫望山覺得老翟這人夠義氣，那批《毛澤東生活實錄》，賺不賺另說，關鍵是他救了他的急。老翟他倒倒手賺了四個折扣，錢不多，但事後，他反提著兩瓶「劍南春」到野草書屋來看了莫望山，弄得莫望山很不好意思，本該他謝他。老翟說他不是跟他客氣，只是覺得他這人可交，從此多了個朋友。他做事也行，將來准有發達，他也有個靠山。說得莫望山有些害羞。

莫望山把老翟拽進了又一春茶館，要了一壺竹葉青，一邊喝一邊聊起來。三句話不離本行，他們自然就說書。莫望山說：「搞批發，沒有新書，生意就平淡，不好做。」老翟說：「你搞批發時間還短，裡面的道理還要慢慢琢磨。搞批發關鍵要有自己穩固的客戶，一個批發書店怎麼也得有一百來個相對穩定的書攤才能把生意做活。要與書攤搞好關係並不一定要降折扣，有了好書你想著他，他有賣不了的書，想法給他換點新書，你對他有情，他就跟你講義，人與人就是相互幫襯。」莫望山重新認識老翟地看著他，老翟笑了，說：「你罵我，剛才你肯定在心裡罵我了。」莫望山說：「我是在心裡罵過你，不過不是現在。剛才我是在想，這傢伙過去是幹什麼的？」老翟笑著看莫望山：「我今日要試試老弟的眼力，你猜猜我過去是幹什麼的。」莫望山認真地看了看老翟，說：「猜不大準，我猜兩個行不？」老翟說：「行。」莫望山說：「第一你是教書的，第二你是搞什麼研究工作的。」老翟笑了：「老弟看人還是有眼力，過去我是教書匠。江都大學畢業後，留校教哲學，第二年就被打成了右派，那時才二十四歲，一晃三十年過去了。」莫望山問：「怎麼沒給你平反？沒給你重新安排工作？」老翟說：「平反了，也安排了工作，但我沒有去。在農場勞動了幾年，惟一的收穫就是活明白了。人這一輩子，其實就這身子是自己的，什麼名、權、利、錢、財、物、老婆、孩子，統統都是身外之物，生不帶來，死不帶去。要說名，從三皇五帝到如今新中國，能名垂青史的才幾個人？像秦始皇這樣的始皇帝，孔夫子這樣的聖賢，數千年之後，人們雖然還念著他們，可對他們本人來說，又有何實際意義呢？秦始皇弄這麼多兵馬俑保駕他，他也耽不了死，據說至今還泡在水銀棺裡沒爛，可一切榮耀與他又有什麼關係呢？孔夫子這麼先知先覺，他的思想統治了中國幾千年，影響了整個亞洲，他還不是照樣變成泥土？其他利、權、錢、財、物就更不必說了。所以人不必為名、利、權做奴隸，有些人想不開，貪欲膨脹，貪名、貪權、貪利、貪錢、貪財、貪色，其實你想想，名最響終有過時失去的時候；權最大，天下也不會成你個人的；錢財再多，晚上你只能睡一張床，白天只能穿一身衣，吃飯也只有一張嘴；女人最多，你也只有那麼點能力，弄不好還把自己折騰出病短了壽。為了這個貪，你要絞盡腦汁，機關算盡，心計用絕，勾心鬥角，爾虞我詐，弄不好最後除了自己之外，再沒有一個知己朋友。我說的不要貪，並不是去做清貧和尚，人要在世上活，總得要有點錢，沒有錢，日子就沒法過，我是說不要貪，貪就會陷入無邊無際的欲海，就會讓自己葬身自己開掘的泥潭。人想開了才能有一顆平常心，有了平常心才會與人和睦相處，日子才過得無憂無慮，做事情才會順暢平穩。」

老翟這番話，讓莫望山新鮮又吃驚，他看不出老翟肚子裡會有這麼多學問。老翟看出了莫望山的心思，他說：「莫望山你肯定沒有嘗過真正孤獨的滋味，只有真正嘗過孤獨滋味的人才能活明白。我嘗過，在那幾年裡，無論喜也好，憂也好，病也好，痛也好，生也好，死也好，除了自己再沒有第二個人過問你，也沒有一個可以說心裡話的人，惟一能陪伴我的就是書，書成了我最好的朋友，最好的知己，那些年我就一直跟書交談，跟書談自己的一切。現在賣書，實際還是在教書，不同的只是不講課了，而是給讀者薦書，薦書也是教書，只是方式不同而已。」莫望山敬服得五體投地：「一定得去看看你的書店。」老翟說：「不用去看，我那裡學術書多，暢銷書也有，不賣暢銷日子過不下去，有利無害就行。」莫望山說：「慚愧，你給我的名片不知弄到哪兒去了，到現在還沒有你的電話。」老翟說：「真正的朋友是用不著名片的。」他拿了一張紙，寫下了自己的電話。莫望山拿起來看，翟石韜，求知書店。老翟說：「批發書店要搞火，根本要有充足的貨源，得出去跑動跑動，現在經常有訂貨會，上訂貨會是交朋友的最好方式，一個訂貨會下來，你會認識幾十個人，會與上百家出版社建立業務關係。搞批發，在全國起碼要有五十家左右核心出版社，『二管道』的朋友也得交，『二管道』也有好人。其實做生意就是交朋友，你交到了真正的朋友，生意也就做成了。南風出版社的社長不是你朋友嘛！這樣的合作要長期下去，自己做書還是賺頭最大，有主動權，書的品質也有保證。」兩個一直聊到日頭偏西，聊得莫望山心裡熱乎乎的像喝了酒。

一沒有新書，公司的火勁就下來了。高文娟說庫房裡沒什麼書了，苗沐陽說幾個出版社都跑了，最近沒出什麼新書。華芝蘭說這兩天，一天批發零售加起來碼洋才千把塊錢，掙的利連工資都不夠。莫望山感到了做生意的難。原來搞郵購，壓力還沒有這麼大，進一批書，登一次廣告，倉庫裡有書，郵局裡來錢，沒什麼風險。可好景不長，誰都不傻，都發現了這路子，蜂擁而上。生意就這麼個量，人多了到每個人碗裡的就少了。批發更要命，今日有好書今日火，明日沒好書明日就賠。做生意跟上套的牲口拉碾一樣，一步都偷不得懶。不能坐視公司的生意蕭條下去，莫望山召華芝蘭和苗沐陽到樓上商量。華芝蘭說是不是請出版社的人吃頓飯，請他們帶最近的新書和新的出書計畫，人也認了，關係也有了，出書的情況也知道了。苗沐陽說關係是可以搞，但省裡就這麼多出版社，也沒什麼新書，好書也少，還是要想法與北京、上海的名社大社建立關係，要走出去。眼下先到新橋和櫻花那裡看看，「二管道」的書商那裡有沒有上市的新貨。

樓上正商量著事，兩位說話挺顯身分的人走進了公司門市。「生意不錯嘛！你們頭呢？」開口的是位三十冒頭的大個子，鼻子好像不透氣，鼻音特別重。「我們經理在開會。」高文娟不明對方身分，有點拘束。「都有什麼新書好書啊？」「老師，請問你們是……」「我們是文管會的。」「好書挺多的，有剛出的《影響中國歷史的十位女人》，有《大氣功師》，有新版的《世界文學名著珍藏本》……」高文娟熱情地一一介紹。「嗯，一樣來一套看看。」高文娟挺高興，以為來了大客戶，一看就是單位買書，她極認真地一種給他們挑了一套。「行了行了就這些吧。」「老師，一共三百八十五塊六，文管會的，我跟領導彙報一下，優惠百分之十，要開發票嗎？」「算了算了，先放著吧，你批的這些書都報批過嗎？」「老師，到哪報批？」「你們連送樣書審批都不知道嗎？不管是哪裡出的，在江都上市，都必須先送樣書到文管會審批，批准後才能上市批發，你們是真不知道，還是裝聾做啞？」大個子一邊說一邊欣賞著自己說話的效果。「老師，出版社的書不是都報批了才能出版嘛！」高文娟有些心虛。「出版社是給圖書出版處報，我們是管市場的，書店必須給我們報，你們連這點規矩都不懂就開業經營，這不是瞎胡鬧嘛！立即停業學習，等驗收合格了再開業，叫你們經理來！」「老師你別急，我馬上叫經理來。」高文娟叫別人別急，她自己先急得手忙腳亂了。

莫望山、苗沐陽、華芝蘭從樓上下來，老翟已經在下面給文管會的兩位點上了菸。見了面，老翟反成主人似的。「我來介紹介紹，這位是文化市場管理委員會的解科長，就是解放軍的解，這一位是文管會的小王王幹事。這一位是新天地書刊發行公司的新經理莫望山，哎，名片呢？都自己人，解科長你大人有大量，他剛接手這個公司，又是省新聞出版局辦的，老經理交班沒交待清楚，好多事還沒上道，樣書是一定要送的，高小姐，把書捆成兩包。」「哎，老翟，這是你的公司還是他的公司？」解科長對莫望山的態度不滿意。「解科長，剛才老翟說的都是實情，我剛接手，過去我只搞郵購零售，沒搞過批發，好多規矩確實不懂，工作不周到，請你多包涵。」「那何必匆忙開業呢？應該先學習培訓好了再開業嘛！這樣吧，這些書我們先拿回去審著，你先關門學習規章制度，然後寫一個公司經營管理的制度報到文管會，驗收合格了再重新開業。」莫望山一聽急了：

「解科長，這公司已經開業幾年了，只是換了人員，是不是邊經營邊學習？」「樣書沒有審，你也不能批啊！」「就這本《影響中國歷史的十個女人》是咱們南風出版社新出的，作者你們應該認識，是咱們省局的聞心源處長，新元是他的筆名，其他的書都是重版書和名著。」老翟看情勢不妙，立即插了過來，「莫經理我要說你了，什麼事情都不能想得太簡單了，家有家法，行有行規，辦書刊發行公司，連文管會的政策規定都不知道怎麼行呢！解科長，莫經理也知道錯了，我看就讓他們邊學習邊營業得了，學習後寫個報告給你。」「哎，可別以為是我們故意找你們彆扭，咱省新聞出版局辦的公司，更不能搞特殊化，更要嚴格要求，上面也是這樣要求我們的。有些事情不注意是不行的，是要出大紕漏的，好多事讓老翟教教你們，你看，你們門口連個衛生管理員都沒有，要叫『環衛』看到了，不罰你們才怪呢！你們沒到『環衛』接頭吧？不去接頭怎麼領罰款收據呢？沒有『環衛』的收據，你怎麼實行三包，吐痰的、丟廢紙的、丟菸頭的、扔果皮的你怎麼罰款。三塊五塊也是錢，你罰了名正言順，還是一筆不小的收入。你不搞沒有收入還違章。你不罰別人，『環衛』要罰你，一個菸頭罰二十五、五十都成。我這是愛管閒事給你們提個醒，我要是發壞給『環衛』打個電話，不罰你才怪呢！罰了你你還不知道錯在哪呢！」「謝謝解科長指教。」莫望山抬起頭來時，看到秦晴躲在一邊偷著笑，他心裡咕咚打了鼓。「科長，書，我給捎過去？」老翟哈著腰提著兩捆書。「不用了，我們有車，以後新書要提前送。」「是，那我們……」「今天先開門，明天上午你到我們那裡去一趟。」「喲！解科長，在這兒吃了飯走吧？」老翟用手戳莫望山。「不了，我們還有別的事。」

「什麼東西！」苗沐陽回到屋裡氣不打一處來，「整個兒一幫地痞。」老翟恨不能上去捂苗沐陽的嘴：「哎喲，我的小姑奶奶，妳這話也就在這屋裡說，妳要想把公司順順當當辦下去，工商、稅務、文管會、派出所、環衛、街道辦，哪一頭都得罪不得，要打點不好，妳等著吧，他們會攪得妳一刻都不得安寧，開張請他們沒有？」「沒有。」「要我說，不請他們又怎麼的啦？我們也是省政府機關的公司。」「苗小姐，強龍壓不過地頭蛇，這氣不能賭，他們是不能把妳怎麼的，可他三天兩頭來查妳，妳陪得起嗎？他讓妳停業，讓妳審批了再銷售，不是什麼都耽誤了嘛！跟他們慪氣沒勁，權當做一回夢，要他們一次，妳心裡就平衡了，咱是要做生意的。」老翟還真跟自己人似的，「生意怎麼樣吧？」「不怎麼樣，現在斷貨了。」「我就是為這來的，咱不能兩天打魚三天曬網，你老有新書小攤才老來，我給你帶來了兩本書。」苗沐陽一看，是兩本以書代刊的書，一眼就看出是書商做的，一本叫《案例精選》，一本是《明星生活大曝光》，苗沐陽搖著頭把書遞給莫望山，莫望山也搖頭。老翟知道他們心裡想什麼，立即拿出了司法局的批件，你們這裡一種批三萬冊鬧著玩似的。

莫望山有些矛盾，貨源很缺，可又考慮這是省局的公司，書刊的格調低不合適。華芝蘭也不積極。這時秦晴反倒插過來，說有什麼不合適，出版社能出，咱就能批。莫望山看著秦晴那一副腔調，實在不舒服，不舒服他也得接受她。但她的話尤其是剛才的偷笑提醒他，必須合法經營，不能讓人鑽空子。老翟說：「我看你們得統一經營思想，我覺得，咱們黃的黑的不能搞，但正式的出版物怎麼不能賣，要說文明建設，那不要開書刊發行公司，搞學雷鋒多好！書刊發行公司就是賣書賺錢，你要名就別想賺錢，名著檔次高，批得動嗎？要檔次，跟新華書店那樣搞啊，庫存幾千萬。可人家有課本教材，餓不著，你行嗎？能不能批，文管會說了算，審批手續明天我跟你一起去辦。」莫望山拿眼看苗沐陽，苗沐陽感到她的話對莫望山那麼有分量而十分欣喜。她能體諒到莫望山的心情，他的事業欲太強，恨不能一夜之間讓公司賺上幾十萬。她更明白自己的責任，她絕不能讓他失敗，「沒什麼可猶豫的，只要文管會批准，咱就能做。」莫望山還是沒有立即決定，他告訴老翟，晚上八點前他給他電話。

讓莫望山難決定的是華芝蘭的目光，自始至終，華芝蘭一直沒有說話。回到家莫望山才問華芝蘭，怎麼在公司不說話。華芝蘭說她覺得今天的事情挺蹊蹺，文管會早不來晚不來，單單她說了秦晴之後，第二天就來了，而且她也看到秦晴在偷著笑。莫望山問她說她什麼啦。前天收款，她短一百塊錢，昨天收款，她又短五十塊，我懷疑她做手腳自己拿錢。下班前，華芝蘭專門說了她，結果今天文管會就來找麻煩。華芝蘭說我不是不同意跟老翟交道，只是覺得這個人太鬼太精，我不明白他為什麼要這樣幫你，我怕你讓他給耍了。莫望山很在意華芝蘭的話，他分析文管會搗亂肯定是秦晴搗的鬼，她應該跟他們熟悉，以後注意不讓她鑽空子。短錢的事沒有商量，誰短扣誰的工資，她要是不幹，就不要當出納，讓她搞業務。這事必須先跟賈學毅挑明。至於老翟，莫望山說華芝蘭多心了，老翟不是一般的俗人，他是個什麼都看透了的人，常人很難理解，跟他交往之後才能理解他。

第十一章

決賽前的運動員

45

這一年的除夕是個特別平淡的除夕，一點沒有過年的氣氛。沙一天和葛楠既沒有到沙一天爸那裡與老人一起吃年夜飯，也沒有回葛楠家與她老爸一起喝守歲酒。中國人最看重年節，不知為什麼，他們夫妻倆卻沒把除夕當回事。過年的事沙一天一個字沒提，葛楠也一句話沒說。出版社分了十斤雞蛋、幾斤魚、一隻雞；出版局分了一桶油、一盤蝦。除了這些葛楠沒想再買什麼，沙一天也沒再買什麼。晚上葛楠做了一盤紅燜大蝦，炒了一盤雞蛋，燒了魚，還有個雞蛋湯。沙一天沒說好也沒說差，兩人沉悶地吃了年夜飯。吃完飯，沙一天還是一臉心事。葛楠只知道前一段時間，他們把《共和國紀實叢書》大炒了一把，其實只推出了第一本《禍起廬山——彭德懷浮沉錄》，據說賣了二十多萬冊。那些天，沙一天整日喜滋滋的，喜著喜著後來就沒了生氣。也不知道他在忙些什麼，葛楠懶得問，他不主動說，問也是白問。

葛楠收拾廚房的時候，沙一天在客廳捧著電話開始打電話。葛楠在廚房裡隱隱約約知道他在給誰打，但沒認真注意他說些什麼，無非是些過年話，拜年之類的意思。頭一個電話是給省委宣傳部長拜年，問送去的書收到沒有，再就是叫苦說他們跟人民社不一樣，每一分錢都要從市場上去掙來，不像人民社，黨和國家領導人的講話，還有學習資料，都是上面撥款，下發，一印就幾十萬，上百萬冊。還有教材。他們《共和國紀實叢書》這麼好的選題，稿子都有了，可連買紙的錢都沒有，稿子只能壓在那裡。說完再檢討，說大過年的，跟部長訴苦，說這麼多喪氣的話，真不應該。沙一天突然沒了聲音，可能是部長在說話了，只聽沙一天聽一會兒就矢口否認一會兒，不是沒有沒有，就是部長不是這樣，絕對不是這樣，要不就是這是造謠這是造謠。說到最後，沙一天虔誠地躬著腰，好像部長就在跟前似的，一句一點頭，一句一點頭，說過了年，有空到部裡向部長當面彙報。接著是給主管新聞出版的副部長打的電話。幾乎把對部長說的話重複了一遍，不同的是，副部長沒讓他把話說完就打斷了，直接作起了指示，沙一天就提前躬起腰點頭。接著又給另一位副部長打電話，副部長不在，好像是家裡的傭人接電話的，出去吃飯了。沙一天再撥了另一位副部長的電話，他對這個電話不熟，是照著電話本看一個號碼撥一個號碼。電話接通後，那位副部長對沙一天也不熟，他說了三遍我是南風出版社的沙一天，那位副部長似乎仍沒對他感什麼興趣，好像是非常冷淡地問他有什麼事。沙一天說沒什麼事，說過年了，提前拜個年，怕到午夜鐘聲響起的時候打不進電話，再問送去的書收到沒有。沙一天沒趣地放下電話，這位副部長的態度讓他有些傷自尊。他停頓了一下，在猶豫下面的電話還打不打。停頓持續了五分鐘，沙一天還是堅決地拿起了電話。沙一天接下來撥的是省人事廳廳長的電話，電話一接通沙一天立即在沙發上坐直了身子，彷彿其他姿勢都不適宜對這位廳長打電話。廳長那裡一聽到他的姓名就對上了號，可能在說感謝的話，只聽沙一天不停地說廳長哪裡哪裡，一點小意思，不成敬意，不成敬意。葛楠不知道沙一天給這廳長送去了什麼，廳長居然對他會這麼客氣。接下來沙一天就說挺好挺好，只是壓力大一些，這個社不好搞，沒有公糧，要自己養活自己之類的話。接下來就是過年話，祝廳長身體健康，春節愉快之類。

沙一天打完這個電話，那位元副部長搞出來的陰雲被驅散了，陽光立即照到了他的臉上，他樂得唱了一句愣格裡格愣格，喜洋洋囉喂嗨！這時候葛楠就收拾好了廚房。葛楠一進客廳，沙一天立即就收起喜洋洋，因為他不知道葛楠心裡是否也喜洋洋，要是她不喜洋洋而他喜洋洋，兩個人就不協調，不協調就容易弄出不高興。沙一天收起喜洋洋的同時，還做了一個明顯的動作，他讓自己在沙發上坐得儘量放鬆自然一些，他差不多把後背倚靠到了沙發上。他看葛楠打開了電視機，他很禮貌地對葛楠說，不影響妳看電視，我到裡面去打。沙一天說裡邊，是說他的書房。葛楠沒管他，她在廚房裡一句半句聽到了他一些話，他在求人，在巴結人，求人巴結人就得把自己的脊梁弄得挺彎，把渾身的骨頭弄得挺軟。他這麼大個人兒，這樣委屈自己是挺可憐。其實她有時候很想幫他，她也有幫他的能力，幫他打通打通關節，參謀參謀，出出主意，但是他不想依賴她，不要她參謀，不要她出主意，他不願意讓她進入他的內心，好像她要是進入了他的內心，他就做不成丈夫，做不成男人似的。

葛楠在客廳裡有一搭沒一搭地看電視，沙一天電話上的那些話，一不留神就跑出書房，跑到葛楠那裡來干擾她。不管葛楠想聽不想聽，那些話照樣鑽進她的耳朵。他在書房裡先打給了局長，拜完年，接著又訴他的苦，他說好像部長知道了社裡的情況，會是誰在多事呢？下面是局長在給他出主意，到最後聽他說，看來這樣繼續下去肯定是不行的，等過了春節，就照你的意見辦。葛楠聽不懂他們的話，沙一天陷入困境她一點都不知道。章誠早就提出建議，要求把各編輯部的帳號撤銷，要不就完全失控。但沙一天意氣用事，他覺得不能聽章誠指揮，他不願做傀儡。結果社裡帳面上只有上繳的書號錢，社領導、總編室、辦公室和司機班服務人員的工資獎金，再加全社的水電費、房屋維修、車輛維修、午餐補貼、過年過節的福利，還有一幫退休老同志的工資也都要從這裡面出，入不敷出。各編輯部帳上的錢卻越來越多，等社裡想要調撥時，各編輯部帳上一夜之間又都沒了錢，有的說付了生產成本，有的說買了紙。人家各部門都過起了自己的小日子，工資、獎金、福利，方方面面，安排得周到，想得齊全。部門與部門，人與人之間，誰也不通氣，一個個鼓了腰包偷著樂。不少人已經買了車，不管什麼「長安」、「北京吉普」、「奧拓」，那也是車。林風已經坐上了小豐田，與外省的那個書商打得火熱。看他們開著自己的車，那舒心得意樣，辦公室和總編室的人只能在背後嫉妒，要不就編出些他們的新聞過嘴癮。

章誠把《共和國紀實叢書》的選題策劃好後，找編輯部談，一聽說兩年規劃，三年出書，沒有一個編輯部願接。誰都不傻，左手給書號，右手接人民幣，交完書號管理費，剩下的就是自己的收入。看得見，摸得著，既省事，又實惠，二百五才不幹。兩年規劃，三年出書，還要先給作者採訪資料費，當年賣不完，第四年才能結算，花了心血還不知道賺不賺錢，誰願幹這種沒影兒的事。章誠無奈，只好自己找作家，組織創作，自己再審稿編稿，再找權威人士把關，整整花了兩年心血。現如今他把《開國大典》、《東方巨響——兩彈一星揭秘》、《人格的魅力——周恩來外交風雲》、

《歷史的轉折——中日邦交正常化》、《巨人的握手——中美建交紀實》、《東方的宣言——鄧小平登上聯大講臺》、《歷史的審判——審判四人幫紀實》等十部書稿全部組到，作者都是紀實文學高手，品質相當不錯。稿子編完，也請人審完，但是社裡連買紙的錢都沒有。章誠春節前跟沙一天攤了牌，過了春節再搞不到錢，他就把稿子轉給別的出版社，要不他對不住那些作家。

出版社搞到這地步，沙一天已經感到很累。可這鞍子在他肩上套著，想脫還脫不掉。脫不掉就得往前走，站在那裡不動，誰看著都不順眼，都認為你有了毛病。往前走，說得容易，這臺車已經破了，破得不可收拾，想挪一步都難。沙一天如今就處在這種想脫脫不掉，想走走不動的境地。人家章誠在幹實事，誠心誠意在救這個社，在幫他。現在章誠已經為他準備好了挽救這個社的契機，他再要把握不好，過了這個村，沒有那個店，以後只怕再難找到改變這個社命運的機會，等待他的不知會是一個什麼樣的結果。沙一天跟局長在電話上說了半天，說完，他又撥了趙文化的電話。葛楠忽然有了一個想法，看他給不給她爸拜年。葛楠有了這個想法後，電視就看得不那麼專一，也沒什麼吸引人的好節目，從中央臺到省臺到市臺，都是文藝晚會，除了唱歌，就是相聲。葛楠的耳朵常常跑進書房，注意著沙一天給沒給她爸打電話。

沙一天終於走出了書房。葛楠把不高興顯而易見地扮到臉上。他打了幾個小時電話，居然沒有想到要給她爸打一個電話問聲好。葛楠沒有說，只是把不高興扮出來讓沙一天看。沙一天看到了葛楠的不高興，但他沒能理解，以為她在計較他沒有陪她一起看電視，冷落了她。於是他就假惺惺地挨過來，左胳膊剛摟到葛楠柔軟的肩頭，葛楠生硬地一晃把他的手給晃掉了，他找了個沒趣。沙一天沒讓事態發展，抱歉地說在這個位置上沒有辦法，什麼都要求人家。葛楠沒理他，只顧看電視。沙一天看葛楠的不高興很嚴重，沒再作勉強，老實地坐到一旁看電視。越是如此，葛楠越生氣，她都把氣挑明瞭生給他看，他都一點覺不出自己今晚什麼事做得不合適。

葛楠忍無可忍，只好自己拿起電話，給老爸拜年，說明天一早就過去。沙一天這才想到該跟岳父說幾句話，可葛楠只當沒聽到，啪地把電話扣了。葛楠突然發現沙一天有一個毛病，他的鼻腔裡不停地非常有規律地發出「吭吭」聲，而且每次都是連續「吭吭」兩聲，結婚這幾年來，她從來沒發現他有這個毛病。葛楠不吱聲靜靜地聽著，他竟這麼嚴重，他差不多每十五秒就要「吭吭」兩下。這聲音在葛楠的耳朵裡越來越響，頻率越來越快，非常令人討厭，她的腦袋快要被他震炸了。她實在憋不住了：「沙一天，你鼻子裡不吭行不行？」沙一天一怔，吃驚地看著葛楠，這話無異於葛楠突然發現了他的隱私一樣，他看著她一句話都說不出來。葛楠看他那呆傻樣，覺察到自己有一些過分了，她緩了口氣，問他什麼時候有了這個毛病。沙一天吃驚地說，他上高中的時候就得過鼻炎，落下了這個毛病，他自己也知道難聽，討人嫌，可他改不了。這一回輪著葛楠吃驚了，他居然高中的時候就這樣，她怎麼會一直到今天才發現呢。

這時，還有一個比沙一天更忙的人——賈學毅。他不在打電話，這不是他做事風格，他在給局長、趙文化，還有一個管行政人事的副局長送年禮。新天地原來有一批庫存，賈學毅把出版社這頭的帳賴了，回過頭來折價轉給了莫望山，讓莫望山把這筆款掛在帳上，歸他支配，說他要給上面打點。這事賈學毅從來不讓手下代勞，他只叫司機一人幫他開車搬禮品，陪他一家一家送禮。賈學毅今年的禮動了一番腦筋，這幾位局長的年禮上足可以看出他在官場裡沒白混。符浩明的禮是一套臺灣出版的精裝原版影印本《明清善本豔情小說叢書》，全套十二本，收入《肉蒲團》、《燈草和尚》、《桃花豔史》、《株林野史》、《癡婆子傳》、《浪史》……共二十四部小說，小羊皮封面，書上沒定價。他是想，符浩明能娶個比他小十八歲的小老婆，送他這套情色小說肯定對他胃口，這些小說他大都看過了，有的性描寫比《金瓶梅》更露骨。弄這套書讓他費了不少心血，花幾千塊錢是一方面，還搭上了許多人情。書的線索是夏文傑提供，他說省進出口圖書公司有這麼一套書，賈學毅找了省進出口圖書公司的經理批了條子才搞到手。省公司一共才搞來六套，他弄了兩套，一套留給了自己。符浩明拿到這套那驚喜，賈學毅明白自己做對了。但符浩明欣喜歡之時沒有忘記教訓，他收起笑容，說這書請你拿回去，我不要。賈學毅並沒有尷尬，他當然知道符浩明不會忘記他對那要脅，他不想接受他送色情小說。但賈學毅已不是毛頭小夥，他說很鎮靜地開了口。他說：「局長，我想你是知道這套的價值所在，對一般人來說這是色情小說，但對你這一省新聞出版局長兼『打非掃黃』辦主任來說，這工作必備的工具參考書，你要是連這種書都沒見過，怎麼確定色情圖書標準？怎麼宣傳『打非掃黃』工作意義？我也知道你還記著我那個小本本，我當時就說得清清楚楚，我不是要整人，我只是防人。再說我賈學毅這輩子已經沒什麼好蹦達了，已經什麼念想都沒有了，也不需要領導再幫我什麼了。說穿了，我現在只想兩件事，掙點錢，找個把喜歡的女人陪陪，我給你送書，只是表明我沒忘了領導，書算不得貴重禮品。」符浩明聽了賈學毅這番話，笑了，說那我就收了這套工作工具書，你要記小帳就記在省「打非掃黃」辦名下。

賈學毅向符浩明告辭後，出得門來轉身就罵了句老狐狸。趙文化的禮是一幅鄭板橋的真跡，還有一隻西夏提花花瓶，無法估價。趙文化喜歡附庸風雅，他是通過內線花了幾千塊錢從廟街的文寶齋搞來的。趙文化說了謝謝就收下了。趙文化從來不把字畫古董當什麼貴重禮品，要這樣看這些東西，太俗了。那位管行政的副局長的禮純粹是禮，兩瓶「五糧液」、兩條「中華菸」，一箱日本奇異果，一箱美國蘋果。那一位管行政的副局長沒有特別的嗜好，饞酒貪菸，他就送給了菸酒水果。那位副局長還沒領教過賈學毅的小本本的威力，他痛快地收了，過年給領導送點小禮，人之常情。

賈學毅送完禮，心裡並不高興，他一面給他們送禮，一面又在背後罵他們。這些人在他心目中都是偽君子，在位置上裝出一副官樣，其實心裡跟他沒半點差別。他要是直接給他們送錢或實用家用器具，他們誰都想收但不敢收，送這些東西，他們打心裡喜歡，而且收得十分痛快。賈學毅也知道，他們對他都不怎麼樣，他們也都知道他的為人，也跟他保持著看法和距離。但越是這樣，他越若無其事地想他們所想，幫他們所需，他不信他們就沒有一點良心。一切都沒出賈學毅所料，他們明明知道這些東西，並不是他賈學毅掏自己的腰包，都知道花的是新天地公司的錢，但他們都還是非常客氣地感謝了賈學毅。別看符浩明裝模作樣地拒收，當他看這些書時，還會感念他。這就夠了，賈學毅要的就是這個。他跟沙一天不一樣。沙一天心裡正做著升官夢，他是在巴結投靠他們。投靠就得賣身，在他們面前裝孫子。放棄自己的一切，得像奴才一樣把他們當爺待，看你一天到晚在他們面前躬著身子立著，他們才會想到要給你一把合適的交椅坐。至於沙一天本人，一天到晚只能覬覦著上面挨近自己的交椅，盤算哪一把交椅能空出來，什麼時間能空出來，然後豎起耳朵聽著上面吆喝，時刻做好往那把交椅上爬的準備。賈學毅早不想這個了，他的人生目標很明確，觀念很清晰，要想當官，那就離錢和女人遠點，既然不能當官，那就把錢和女人摟緊點。他是這麼立論，也是這麼實踐的。他玩得挺嚴密。女人的事情，先把老婆安撫好，只要後院不起火，就沒有什麼憂可擔；錢，他知道要網好網，只要把網網好了，就無風險可言。他貼身口袋裡的那個小本本，實際是一張網，那一張網的每一個網眼裡都已有了人，都有了極為豐富的資訊資料，他想什麼時間使用就什麼時間使用。

46

新世紀出版社發行部許主任給莫望山來電話，說桂林有個訂貨會，北京有幾十家中央社科出版社去參加，還有京外的出版社，問他去不去，若去，他幫他訂房間。莫望山把這事告訴了翟石韜，老翟說這是非常好的機會，願意陪他去一趟桂林。莫望山把公司交待給華芝蘭，他讓苗沐陽跟他一起去參加訂貨會。苗沐陽高興得有點激動，高文娟卻悄悄地噘起了嘴，桂林山水她只在電視電影裡見過，她也想去。高文娟的嘴是噘給莫望山看的，莫望山對她說，參加訂貨會不是去遊山逛景，生意做好了，遊山逛景的機會多的是。高文娟把噘起的嘴收了回去，她只想讓老闆知道她的願望。

沙一天似乎掌握著莫望山的行蹤，莫望山出差上午剛離開江都，中午他就呼了華芝蘭。沙一天約她一起吃晚飯。公司現在有師傅做飯，華芝蘭用不著再擔心莫嵐吃飯的事，但她沒同意與沙一天共進晚餐。下午兩點他們仍在金河飯店咖啡廳見面。華芝蘭說不清這次為什麼會這麼痛快答應見面，或許是沙一天履行了自己的諾言，這一段時間，他確實沒再給她添麻煩；或許是莫望山不在家，華芝蘭沒有思想顧慮。兩人見面，華芝蘭覺得沙一天變化不小，他很憔悴，見著她也不像上次那樣有精神。「你是怎麼啦？出什麼事了嗎？」華芝蘭主動開了口。「沒法幹了，一條龍把社裡搞亂了。」沙一天非常喪氣。「知道不行，改回來不就行了嘛。」「人心散了，賺錢賺黑了，對社裡的事不再感興趣。社裡沒有錢，有選題也不能投入，個人都發了財。當初要是聽了章誠的話，不給編輯部設帳號就好了，現在完全失控。上面也不滿意，妳說我還怎麼幹？」「社裡工作上的事，光自己愁沒有用，有事跟大家商量，章誠不是很內行嘛！過去你可不是這樣，點子很多，也很有主見！現在怎麼啦？你先得弄清楚，現在社裡主要問題是沒錢，還是人心不齊？」「眼下急的是缺錢，人心也不齊，章誠搞了一套很好的選題，沒錢買紙生產，投資期限長，編輯也沒人願幹。」

「什麼選題？」「叫《共和國紀實》，有寫彭德懷的、寫中美建交、中日建交、鄧小平上聯大、審判四人幫的，一共十種。」華芝蘭一下來了興趣：「這選題很好啊，你們做不了，可以跟我們合作啊。」「我倒沒有想到，是啊，可以跟你們合作，我們拿選題，拿書號，你們投資，這樣既幫了你們，也幫了我們。」沙一天也有了情緒。「事情是好，但不能是我們兩個人談。」「這怕什麼？」「不怕什麼，也沒有什麼好怕的，但我們兩個談不好，免得讓人誤會。」「我直接去跟莫望山談？」「不，你要跟葛楠談。」「跟她談？找罵啊？」「找罵也得跟她談，你要如實把社裡的情況告訴她，把剛才說的合作想法也一起說，你讓她知道你的處境，當妻子的不會無動於衷。夫妻之間也是你對她真心，她才對你真心，你越是有事瞞著她，她越生氣。」

沙一天看著華芝蘭，心裡湧起一股熱乎乎的東西。他明白，她在給他出主意，是要他們夫妻和好，他很感激，但他心裡很苦，華芝蘭能這樣對他，說明她不再記恨他，但也說明她只是把他當作莫望山的朋友，她鼓勵他好好做自己的事情，希望他跟葛楠好好地過日子，沒有別的。沙一天企望的並不是這些，他不只是要她不再記恨他，他是要她仍舊喜歡他，像過去那樣喜歡他。現在一切都已成為過去，過去不再屬於自己，她跟莫望山很好，他們的公司搞得也很好，他們一起把他當朋友。沙一天非常失望，甚至是絕望。其實沙一天完全不懂女人的心。他沒有去想，一個被他如此傷害，為他承受了如此痛苦的女人，不恨他，是因為什麼？他更沒有去想，前幾次約她，她為什麼都拒絕，而莫望山一出差她就爽爽快快來見他，還關心他，給他出主意，這是因為什麼？她之所以讓他跟葛楠說，一方面是希望他們夫妻間密切關係，另一方面是她無法直接跟莫望山說這事，她為什麼就不能說呢？沙一天也沒有去想。沙一天無奈地說：「我試試看吧。」

莫望山頭一次參加訂貨會，一切都讓他新鮮。新世紀出版社的許主任給他訂了房間，他和老翟住一個屋，苗沐陽與廣州一個書店的女孩子合住一個房間。老翟什麼都好，只是夜裡打呼嚕讓莫望山受不了。老翟呼嚕的水準可說是重量級的，他不只是發出那種怪聲，讓莫望山無法入睡，他的呼嚕能打出許多花樣來，打得驚心動魄，莫望山無法入睡，拿被子蒙上頭，一夜也不知道自己睡著沒有睡著。第二天醒來老翟精神振奮，還問莫望山睡得怎麼樣。莫望山只能把一雙通紅的眼睛給他看，老翟說他受苦了。

訂貨會場分設在三個會議室裡，一個社一張桌子。莫望山先找到新世紀出版社的許主任，然後由許主任把他一一介紹給北京的那些中央大出版社。苗沐陽一走進訂貨會場，渾身上下落滿了出版社業務人員的眼睛，不只是因為她年輕漂亮富有青春魅力，更主要的是她的名片上印著省新聞出版局新天地書刊發行公司的字樣和她下筆的訂數。她看上的圖書下筆不是三千冊就是五千冊，國營書店下不了這個訂數。出版社的業務人員恨不得叫她親妹妹。有的出版社業務人員乾脆盯在她身後等著，直接把她往自己的攤位上拉。苗沐陽成了訂貨會上的焦點人物，一上午下來，他們訂了一百五十多萬碼洋的貨，還收了兩提兜書目。老翟也收了一提兜書目。老翟說，下午不要再去會場了，在房間把書目細細過一遍，篩選好了打上鉤，明天上午再到攤位一個社一個社落實。

老翟拉莫望山出去散步碰上了那個作家。老翟認識他，把他帶到了房間。作家也開始走向市場，自己帶著一部書稿來會上招商。這部書稿叫《走向罪惡》，作家叫白雪，括弧裡注明是臺灣女。來人卻是個粗壯如牛的黑漢子。老翟拿疑問的眼光看著作家。作家笑了，說現在咱們國內的讀者太幼稚，也太氣人。大陸作家的作品，好壞都沒興趣，港臺作家的作品，一炒就火。既然讀者對自己這樣不負責任，咱何必要對他們負責任呢，咱們也耍耍他們，大陸作家寫的東西，標上臺灣作家，看他們買不買。老翟說這倒不是沒有道理，可以試一試，這書也就大眾通俗讀物的水準。作家說我是寫純文學的，但我咽不下這口氣，這樣通俗的東西，我鬧著玩就能寫。第一批我準備寫三部，那兩部初稿也完了，正在修改，一部叫《粉紅色的交易》，另一部叫《迷失在迪斯可舞廳》。三部一起推出，一起宣傳，媒體那裡我還有幾個朋友，他們會幫著炒。老翟問這稿子你準備怎麼賣。作家說一次性買斷也行，版稅也行。老翟問一次性買斷想要多少錢？作家說兩萬塊。老翟說兩萬塊不算低，現在出版社稿酬最高三十五塊錢一千字，二十五萬字還不到一萬塊錢。讓他考慮考慮，明天吃完早飯咱就定，不成再找別人。作家滿口答應。

作家走後，老翟問莫望山想不想做，想做他就助一臂之力。莫望山拿出計算器計算起來。稿費兩萬，加書號費一萬，三萬塊。假如說一本書賺一塊錢，三萬冊才夠本。他問老翟能賣多少，老翟說至少賣五萬冊，炒作好了十萬也可能。不信咱現在就拿著稿子串幾個房間試試。說幹就幹，他們立即拿著書稿找書商。效果不錯，成都的說他能要五千到一萬，西安的說他能要五千，上海的說他能要六千，廣州說能要八千，莫望山下決心放開手腳做一把。

第二天上午，他讓苗沐陽去會場訂貨，他和老翟跟作家簽了合同，一個月之內，三部稿子一起交稿。先付一萬塊定金。簽好合同，莫望山與老翟一起再到會場。省店批銷中心的白小波在訂貨會上成了香餑餑，出版社的人大都認識他，一個個跟在他屁股後面拉他訂貨，請吃飯讓他應接不暇。量大結算又沒風險，出版社誰傻？莫望山自愧不如，招牌不同，禮儀也不同，出版社對個體書店另眼看待，他頭一家就碰了釘子。莫望山找出書目，照著書目找樣書，這個社有兩本佛洛伊德的書不錯。莫望山剛拿起《夢的解析》，那位看攤的小夥子用一種讓人不舒服的腔調問：「哪兒啊？」「江都，新天地書刊發行公司。」「新天地發行公司？個體吧？」「是省新聞出版局辦的。」「省新聞出版局辦的？我怎麼沒聽說過？個人承包的吧？」「不能承包嗎？」「承包了，就別打著什麼省新聞出版局的旗號蒙人！」莫望山來了氣。老翟趕緊上前：「年輕人不能這樣說話，不要說新聞出版局辦的發行公司，就是個人辦的書店也不應該這樣，國營書店的錢是錢，個體書店的錢也是錢。生意做不做無所謂，不能傷害人。」「個體就是個體，個體就得先交錢後發貨，怎麼的啦？」新小夥子還挺硬，「交錢還得看我願意不願意呢！新華書店來，沒說的，隨便添，個體就不行。」新世紀的許主任立即過來，說：「幹什麼幹什麼呢，是來做生意還是來過嘴癮呢？大家都是朋友，何必呢！」小夥子還不買許主任的帳，說：「你認他是朋友，我不認，你想跟他做你做，我們就得款到後發貨。」莫望山看他這德性倒也不生氣了，他反而和氣地說：「買賣是雙方自願的事情，你不讓訂就算了，我們也不是非要訂你的貨不行，你愛留給誰銷就留給誰銷。」苗沐陽聞聲趕來，看那小夥子這麼不講禮貌，她準備給他點顏色看看。苗沐陽立即讓那小夥子找出她已交的訂單，小夥子不知道她要做什麼，找出她那份訂單，猶豫地給了她。苗沐陽拿回訂單立即在訂單上寫了訂數作廢的字樣。小夥子一看急了，問苗沐陽是怎麼回事。苗沐陽說我們兩個是一個公司的，希望你做生意稍用點心。小夥子被苗沐陽將在那裡結結巴巴沒能說出話來，他只記住了苗沐陽這個人，卻沒記住新天地發行公司。最後愣充硬漢地說，嚇唬誰呢！一本不訂，少不了我一分錢工資。逗得周圍的人忍不住都笑了。

莫望山和老翟換了另一家。這一家有日本西村壽行的兩本暢銷書，看攤的是個女的，而且是主任，很熱情，莫望山先徵求苗沐陽意見，苗沐陽說西村壽行的偵破言情小說在中國很火，這書要訂。莫望山問女主任：「我們省店批銷中心的白小波訂這書沒有？」女主任說：「一樣要了一千。」莫望山說：「我們不是想搶行，市場就是競爭，我們一樣想要三千，批了我們再添，江都能不能給我們獨家？書款最好是托收，要不行我們回去就給妳打款。」女主任說：「行，你添吧，我來與白小波商量，儘量保證你獨家，回去就發貨。」下午，那位女主任主動找莫望山，說白小波爽快地答應把這書讓給他們。莫望山覺得白小波這人夠意思，公家的生意嘛！何必這麼死心眼。莫望山他們下午又訂了五十多萬碼洋的貨，大部分出版社同意先發貨，後托收。個別社要求先款後發貨，暢銷書爽快答應，一般書就算了。

參加這次訂貨會，雖然生了點氣，但初次出擊，訂了一大批貨，收了一大堆名片，認識了不少人，收穫還是主要的。上了火車莫望山才想起忘了給莫嵐和華芝蘭買東西。苗沐陽說她早買好了。莫望山說不行，她的是她的，他的是他的。他又在火車上買了一些桂圓和柿餅之類的廣西特產。莫望山的認真深深打動了苗沐陽，買點東西是小事，但這小事反映一個人的人品，說明他對人真誠。他對這種生活小事都那麼認真，那麼用心，別的就不用說了。她總想問問他和華芝蘭的事，可她開不了口。

華芝蘭的話在沙一天心裡句句是真理，光愁是解決不了問題。他召集了社長辦公會，沙一天把符局長的指示扛在肩上當令箭，對各編輯部採取了斷然措施，封帳號，終止他們的財權，恢復社裡正常秩序。領導班子統一思想後，當即召開編輯部主任和財務人員開會。結果沙一天還是撲了個空，閃得腰痛還說不出口。帳號是封下了，也沒空，上面一般都還給面子留下千兒八百的，可加起來還不夠發一個月工資。沙一天又失算了，他似乎有點不識時務，順風耳千里眼如今已不再是神話，各編輯部早在春節前就行動起來，什麼獎金、編輯費、勞務費還有過節費，錢都進了儲蓄所的個人帳號。

南風出版社有意拿《共和國紀實叢書》這套選題跟莫望山合作，是聞心源告訴莫望山的，葛楠把沙一天這個主意告訴了聞心源，聞心源覺得這事對雙方都有利，這等於兩個老同學互相幫助。沙一天把華芝蘭的話記在了心裡，但他對莫望山開不了口，回家把社裡的困境如實告訴了葛楠。葛楠感到奇怪，他從來不跟她說這些。她想，或許他真的沒了轍，她也理解他不好直接跟莫望山說，他怕丟自己的面子。沙一天當然不能跟葛楠說這是華芝蘭的主意，葛楠感覺到了他們社的問題，也感覺到了問題的嚴重，沙一天這種抑鬱型性格，有了精神壓力，頭一個徵兆是神經衰弱，失眠，他幾乎天天失眠。葛楠把這些都告訴了聞心源，說一千道一萬，他們是夫妻，她不能眼看著他不管。另一方面這套選題是好東西，對莫望山來說也是好事。按說她是可以直接找莫望山談的，但她發覺沙一天一直在躲避莫望山，她搞不清沙一天為什麼要躲莫望山，她也不知道他們之間有什麼秘密。葛楠曾跟他開過玩笑，問他第一個戀人現在做什麼？讓葛楠意外的是，沙一天居然緊張地問她，妳的第一個現在在哪裡？反弄葛楠一大紅臉，心裡痛了好幾天。聞心源非常理解葛楠的心情，他立即找了莫望山。

莫望山走進沙一天辦公室，沙一天緊張得額頭上泛潮。莫望山問他是不是感冒了。沙一天就順坡下驢說有一點。莫望山說明來意，沙一天立即把章誠叫來。章誠進來，莫望山還沒開口，沙一天搶先說莫經理想支持咱，我們是朋友，這事我們兩個人談不合適，還是咱們三個談好。莫望山聽了沙一天的解釋很不舒服，他覺出他現在變得更不如過去實在，官場裡的毛病更多了。莫望山開誠佈公說，這一套書全部由他跟社裡合作，合作的方式是，社裡出書號，生產全部由他投資，每個書號除了給一萬塊管理費之外，再給五千元編輯費。出書後，公司發「二管道」，社裡發新華書店主管道，公司返給社裡的書以五折結算，至於社裡以什麼折扣給新華書店公司不管，這樣社裡還可以從發行上賺一些利潤。只一條，社裡絕對不要再發「二管道」，這樣不只是衝他們公司市場，兩家發容易搞亂，打折扣仗就更沒意思了。這套書發行三年後，經營權全部交給社裡，如果社裡不打算再版，他們再商量合作方式。莫望山的方案無疑是實際的，對社裡的幫助也是極富真誠。章誠當場就起草了合同，章誠理解沙一天，合同由他與莫望山簽訂。

圖書市場再次突然火爆，時間老人已經悄悄地跨進了二十世紀九十年代的門檻。舉國上下一時間洛陽紙貴，印刷廠裝訂廠的大大小小的老闆們都精神抖擻起來睜大了眼睛，懂得了把握商機，也懂得了隨行就市變本加厲的巧門兒。書商、出版社、還有那些作家們，也都體會到了錢的重要和錢的可愛。紙價一漲，書價也就由過去的一毛多錢一個印張逐步漲到三毛、六毛、八毛一個印張。新天地公司一時在廟街響了起來。老翟跟莫望山說過，批發書店要搞火，關鍵要不斷有新書。莫望山體會到老翟這話是辦店箴言，桂林訂貨會訂的那批新書讓他真正認識了市場這個怪東西的脾氣。近六十家出版社的新書一本接著一本，源源不斷。有的他看上的，像西村壽行的偵破言情小說，走得一般；有的他不怎麼看得上的，像什麼《生命中不能承受之輕》，批得特火。小攤被吸引過來，三五千冊書三天兩天就完，有的今天到貨，第二天就趕緊打電話跟出版社添貨。新天地公司在廟街取得了真正的霸主地位。白雪的第二本書《粉紅色的交易》把新天地的生意推向火爆的高峰。高文娟帶車到工廠拉書還在路上顛得屁股痛，苗沐陽這邊開批發單的右手已經有些發酸，開出的提貨單已過了一萬冊。白雪忽然間風靡全國，第一本《走向罪惡》在全國各地暢銷，印數已達三十萬冊。

高文娟正在拉來的《粉紅色的交易》，開機就是二十萬冊。《江都商報》、《江都青年報》、《江都晚報》、《文化觀察》都爭著搶著報導白雪和白雪的系列作品。白雪的名字和她的作品不斷地出沒在全國各地報紙的文化圖書版面，讓許多男性讀者遺憾的是，哪張報紙都沒有登過白雪的照片，書上既沒白雪的照片，也沒她的簡介，只能讓他們自己的思維去創作，去想入非非。看著書攤要貨的熱烈，看著讀者對白雪的喜愛，莫望山在心裡偷著笑。

高文娟挺著豐滿的胸脯跳下車來，小攤販們視她如救星。鄉村的陽光和風雨把高文娟的皮膚吹曬得乾燥泛黃，江都市的陽光雨露開發了高文娟的潛質，把她的膚色一點一點滋潤成油脂般白嫩細膩，跟城裡姑娘不同的是她的白裡還透著紅，再配上那一頭秀髮，只怕連她親娘都不能一眼就認出自己的丫頭，她身上已經找不到一點鄉下姑娘的氣息。她指揮著兩個小夥子豹子一樣躥上車，憑批發單發貨。莫望山站在店裡心裡甜蜜蜜地看著自己能幹的手下，幾年前在大江書局門前看到的情景，居然在他的公司門前再次重現。沒出半個小時一車書搶了個精光，幸虧工廠後一輛車書及時趕到，緊張局面才摻進喜笑。苗沐陽的右手有些酸痛，她只好讓另一個臨時工替她開票。華芝蘭點錢的手指有些麻，只能把在野草書屋繼續搞郵購的馮玉萍叫來幫忙。一把一把點自己用智慧和勞動掙來的鈔票，是生意人最得意的時刻。莫望山此時很得意，他看著忙得不可開交的苗沐陽和華芝蘭，看著一把一把鈔票鎖進保險箱，心裡的快活沒法用語言表達，他最真切的感受是，沒想到他這輩子還會有這般輝煌。越是在這時，他越想到自己是老闆，於是她們再忙，他也不過去插手，他只在現場照應著生意，指揮著手下的人有條不紊地進行交易。

公司的門廳裡清靜下來，已經過了十一點半。當她們喘過氣來，莫望山發現這些女同胞都不約而同地做了一個美麗而誘人的動作，她們都用手裝作若無其事地在胸部的衣服那裡做了一個摳摸的動作。內向的莫望山知道她們身上都出了汗，胸罩可能濕了，身上都不怎麼爽快。莫望山隨即想到，這樓上的廁所裡該安一個熱水器噴淋，讓她們隨時能沖一沖身子。

一道菜香讓大家想到了自己的肚子，其實每個人的肚子早就提出過吃飯的請求，只是因為手裡活忙，誰也沒理肚子。老師傅端來了一盆辣子雞丁，一盆雞蛋炒黃瓜，一盆紅燒茄子，一盆豆腐排骨湯，一盆炒空心菜。一盆米飯，他們不分餐也不定量，每個人自由選擇，自盛自便。一邊吃著飯，各人一邊說下午的工作，這幾乎成了習慣。高文娟說：「下午我跟朱小東去工廠，今天開始發貨，爭取三天之內把外地的貨都發完。」莫望山說：「同一個地方的貨一定要同時發，免得有意見。」高文娟說：「還要到南風出版社去把《迷失在迪斯可舞廳》的校樣退給工廠。」莫望山說：「看來妳有些忙不過來了，今年大學生分配時，咱也找兩個搞電腦的，搞平面設計的，以後排版和封面設計都自己搞。」苗沐陽說：「得趕快安一臺傳真機，有些書店要資料，寄太慢；另外長沙有一個『二管道』的訂貨會，要去參加一下。」莫望山說：「妳也有點分不開身了，也得添個幫手。」華芝蘭說：「要買一臺驗鈔機，昨日去銀行交款，查出了一張假鈔。」馮玉萍說：「野草那邊，鄄購量反又增加了，有的圖書館還喜歡在咱們這裡訂書，只是往各個圖書館送書老沒有車。」莫望山說：「看來車也不夠用了。」莫望山真正有了老闆的感覺和老闆的壓力，是與南風出版社簽完十部書的合作合同之後。這是他有生以來做的最大的一件事情，他估算一下，投資至少要一百五十萬元。莫望山回到家，把在廚房製造家庭交響樂的華芝蘭請了出來，說有重大事情要跟她商量。華芝蘭看他那副認真樣有點滑稽，平常在家裡他不是這麼嚴肅。莫望山說：「現在我正式開始當老闆了。」華芝蘭說：「幾年前你就是老闆了。」莫望山說：「那算不上老闆，現在開始才是真正的老闆。既然搞公司，就得有公司的樣，就得像公司，不能再像擺攤賣書那樣湊合。先要建機構，我當經理，下面設兩個副經理，一是妳華芝蘭。」華芝蘭笑了，說：「你別逗了。」莫望山一本正經說：「我不是逗，是做正事兒。妳當副經理主管財務和公司的管理，包括人員管理、行政管理、思想管理、貨物管理。另一個副經理是苗沐陽，她主管業務工作，圖書生產業務、經營業務。下面要設幾個部，一個是業務部，苗沐陽兼主任；一個是出版部，高文娟當主任；一個是儲運部，高文娟現在手下的朱小東當主任；一個是財務部，妳兼主任；再一個是郵購部，叫馮玉萍當主任。人還不夠用，可以再聘一些，再成立一個技術部，找個搞電腦的大學生來，搞平面設計和電腦排版。各部的人員，讓各部的主任來考慮，但是除了儲運可以招農村臨時工，其他部門一定要招有專業文化知識的才行，我們要準備大幹了，準備投資一百五十萬元。帳上有多少錢？」華芝蘭說：「錢沒有問題，有些出版社的應付款時間還沒到，可以周轉一下。這些書可以分批次投入，周轉資金就不會那麼緊張。一下子上市，效果不見得好。」莫望山覺得華芝蘭的意見有道理，這樣穩打穩紮風險也小。

莫望山正說得興起，莫嵐從學校回來。莫嵐已經上高三，成大姑娘了，明年就要考大學，成績一直不錯。莫嵐見爸爸媽媽面對面坐著，一本正經地在說話，她好奇地問：「爸爸媽媽兩個人在開會？」莫望山說：「我在任命妳媽當公司的副經理，正在找她談話呢！」一家人都笑了。笑過之後，莫望山讓莫嵐也坐下，他還有心裡的話要說。莫嵐就老老實實在沙發上坐下，神情專注地看著莫望山。莫望山說：「以前翟伯伯在城隍廟茶館曾經給我講過人生的道理，翟伯伯原來是大學教師，是個很有學問的人，他講的一個主要的觀點是，人生一輩子只有身體是屬於自己的，其餘名、權、利、錢、財、物都是身外之物，人不要貪，對那些東西貪多了，只有一個結果，傷害自己的身體。所以人要淡泊名、權、利、錢、財、物。只有這樣人才有平常心，才活得輕鬆自在愉快。我非常同意他的觀點。人生是不能貪，貪必定要佔，佔必定要侵害別人，因貪而佔，因佔而侵，就會做出傷天害理的事。但是我要補充他的觀點。人生不要貪，但要爭。貪是私欲膨脹，爭是奮鬥向上。人活著，生存所需要的一切，人生的幸福，不會從天上掉下來，而只能靠自己的一雙手去爭取，去奮鬥才能得到。這個爭不是跟人家鬥，也不是靠不擇手段搶，更不是靠別人恩賜。爭不是貪，而是爭得應該屬於我自己的東西。我三十多歲才回到城裡，我和妳媽媽要是不一起去爭取，我們現在可能還在衙前村。在衙前村不是不能活，妳外公外婆舅舅姨一輩子都生活在那裡。但人生一輩子不只是要活著，人到世上來一趟要有作為，要實現自己的價值。回城後，我們無依無靠，辦什麼事都要求人家，說什麼話也沒人聽，因為我們沒有權力，我們沒有自己的地位，所以說話跟人家放屁差不多，沒人聽你的。我沒有權力，沒有地位，不等於沒有才能，不等於沒有能力。我早就想明白了，自己的路自己走，我要靠自己的能力實現自己的人生價值，靠自己的能力爭得自己的地位，靠自己的能力爭得自己說話的權利。在人類社會中，要社會承認你，要有說話的權利，只有靠兩條，一是權力，二是財富。要麼你做官，用自己手中的權力，實現你的理想，創造你的業績；要麼你擁有財富，用你的財富，做你想做的事情，實現你的人生理想。離開了這兩樣東西，你在這個社會上可能一事無成。」

莫嵐聽得非常專注，莫望山說完，莫嵐情不自禁地為爸爸鼓掌。莫嵐說爸爸剛才的話，整理出來是一篇非常精彩的演說。莫望山跟莫嵐說：「爸爸和媽媽已經教不了妳知識，但我希望妳能記住爸爸媽媽的奮鬥精神。一個人要實現自己的理想，沒有奮鬥精神，最美好的理想也只能是空想。」

華芝蘭和莫嵐都沉默了。她們兩個都頭一次聽莫望山說這樣嚴肅的話題，她們兩個也是頭一次真正瞭解到他內心的真實思想。她們原以為，他一直這麼沉默，一直悶著頭做事，一直全身心投入地搞書店，是要掙錢，要改變他們一家的命運，把日子過得好一些。沒想到他心裡還有這麼深遠的思考，還有那麼深刻的思想，還有這麼遠大的理想。她們兩個都被他的話震驚了，他在她們兩人心中更高大了許多。尤其是莫嵐，她把爸的每一句話都記到了心裡。

莫望山的機構設置和任命在公司一宣布，一個個都喜笑顏開，秦晴卻啪地把一串鑰匙摔在桌子上，說不幹了。以前收款短錢的事，莫望山開誠佈公地跟賈學毅談了，莫望山說得很明確，她再要短款，這人實在是不能用了。賈學毅也非常惱火，他把秦晴安插到新天地，一來為了給她安排個事做，自己能掙到飯錢，她那個小書店根本經營不下去，他這麼幫她，她還賺不到一分錢。更主要的還是想讓她掌握公司的財務資訊，不至於叫莫望山耍他。沒想到她為了小利壞他的大事。賈學毅當天晚上把秦晴叫到白天鵝，見面就給了她一記耳光，劈頭蓋臉把她罵了個臭死。等她哭夠了才把他的真實意圖告訴她。讓她去新天地不是要她去做這種搗亂的事，是要借公司做自己的生意，賺大錢。

莫望山走到秦晴跟前，很平靜地對秦晴說：「不幹可以，現在給賈學毅打個電話就行。」莫望山把電話拿給秦晴。秦晴翻起死哈蟆似的眼睛，不敢打。莫望山突然一吼：「不敢打就給我老老實實坐這兒收錢，要是錯一分錢就扣妳的工資！」秦晴嚇一哆嗦，老老實實坐了下來。公司的人都驚了，從沒見莫望山這麼凶，也沒聽到過他有這麼大嗓門。

莫望山的新舉措給新天地公司注入了一劑興奮劑，一個個都像決賽前的運動員，高度興奮，都有了百米衝刺的慾望。莫望山把儲運部和郵購部放到了野草書屋那裡，業務部、出版部、財務部放在公司這邊。他決定選擇《東方的宣言——鄧小平登上聯大講臺》和《歷史的審判——審判四人幫紀實》為頭一批生產的兩種書。莫望山的決定一宣布，高文娟跟苗沐陽摽上了膀子。一個小時後，苗沐陽把方案和宣傳方案放到了莫望山的寫字臺上。苗沐陽前腳出，高文娟後腳進，把印製計畫和設計打算也放到了莫望山的寫字臺上。莫望山在兩位小美人的擁戴下工作，心情十分舒暢。華芝蘭看著苗沐陽和高文娟出出進進繞在莫望山的身邊，心情沉重起來。她眼睜睜看著莫望山在人生路上，一步一步艱難地走到今天。他們一起插隊到徜前村，聞心源當兵去了部隊，沙一天推薦上了大學，他卻留在那裡默默地當著農民。沙一天給她製造了悲劇，他把悲劇改寫成了正劇。開始回城了，他先讓妹妹回了城。她想給他生個孩子，他說這樣不好，一碗水難端平，會傷害莫嵐。他們離婚，讓他回了城，他一天也沒有忘記她們娘倆，千方百計把她們從鄉下接到了江都。開書店做生意，受人擠、受人氣，受人欺，一塊錢一塊錢地賺。他開了書店，再承包下公司，改變了他自己的命運，也改變了她們母女倆的命運，也改變了高文娟、馮玉萍和苗沐陽他們這一批人的命運。可他自己有什麼呢？她與他只是在同居，有一個心愛的寶貝女兒莫嵐，可她不是他親生。她不想再與他重婚，其中的原委，連她自己也不能說清。她為他屈，為他虧，她覺得她頭一個對不起他，像他這樣的人，完全可以擁有一個更美滿的家庭。

沙一天再次與她見面之後，華芝蘭的心裡亂極了。這些年來，感激、報答一直覆蓋著她對莫望山的愛，以致她說不清對他的感情，是愛多一點，還是感激多一點？她為他做的一切，是愛多一點，還是報答多一點？她越是往感謝和報答上想，她越覺得自己該離他遠些，可她內心的真實情感卻又難以與他拉開距離。華芝蘭一直生活在這種矛盾之中，見了沙一天之後，這種矛盾的感覺更加強烈。她不敢認真去想，也不敢面對，她惟一能做的就是讓自己沉默。

從國家到地方政府，突然冒出了一非常有中國特色的機構，這個機構叫「打擊非法出版，掃除黃色出版物辦公室」，簡稱「打非掃黃辦」。聞心源並沒有被夏文傑嚇倒，他先換了宿舍和辦公室的電話，家裡的事，自己辛苦一點，堅持接送泱泱上學，江秀薇有同伴陪同，也沒再遇到麻煩。他不信夏文傑這亡命徒沒一點人性，會無視法律，以身試法。工作上，他加大打擊力度，對違法行為決不手軟。同時利用輿論，積極引導，他在報紙上又發表了一篇文章《睜開你的眼睛，愛護你的孩子》，文章說：有人說窗戶打開了，進來了新鮮空氣，自然也免不了進來些蒼蠅蚊子。這作為一種社會現象來分析研究，可以理解，但若作為社會文明滑落的一種注解，那就是在為罪惡開脫。假如一個小偷偷了人家的錢，問他為什麼要偷人家的錢，小偷說因為他家開著門，因為他的口袋敞著口，可能都會笑這個小偷胡說八道。誰都知道小偷偷錢，並不在人家開不開門，敞不敞口袋，而在他的道德本性。即使人家不開門，他也會撬開門去偷，人家的錢包藏在包裡，他也會用刀片把人家的包割開。黃色書刊的氾濫，社會風氣的敗壞，最內在的原因還是人的素質和精神滑落。人們在解決溫飽之後，在經濟發達，生活富裕之後，沒有高尚的情操，沒有向上的情趣追求，必然導致私欲的膨脹。「買賣書號」、「非法出版」、「黃色出版物」，這些辭彙，在一九八五年以前的中國，書刊和媒體上幾乎看不見使用，今日卻充塞於報端。問題的嚴重不在於這些現象和罪惡的存在，而在於我們對這些現象和罪惡的認識。我們有相當多的人對這種擾亂社會、危害社會、毒害青少年的罪惡並不從內心痛惡，而且有相當多的國家出版發行機構的官員和工作人員，為了一己的利益，直接參與到這種罪惡之中……

J省也不例外，「打非掃黃辦」由省新聞出版局和省公安廳聯合組成，省新聞出版局的市場管理處撤銷，一部分業務合併到發行處，大部分工作歸到「打非掃黃辦」。消息一傳出，常河堂立即上招待所找聞心源。聞心源正在準備寫他的第二部書《影響中國歷史的十位帝王》，他寫《影響中國歷史的十個女人》，翻閱了大量歷史資料，在研究那些后妃的同時，瞭解了大量的帝王生活，於是他萌生了再寫《影響中國歷史的十位帝王》的想法。莫望山非常感興趣，一口答應仍由他來投資出版。只是苦於沒有時間，寫作完全在業餘時間進行，進度緩慢。常河堂走進房間，聞心源桌子上的東西讓他不好意思坐下。《資治通監》、《史記》、《二十四史》、《清史》鋪滿了桌子，擺到了床上。常河堂知道他在看書寫作，這樣打擾佔用他的時間很不自在。常河堂開門見山，說自從辭了新天地公司的副經理後，賈學毅一直把他掛在空裡，從來不管他的死活，讓他掛得挺難受的，他要求到「打非掃黃辦」幹。聞心源說領導還沒找他談，他也不知道自己下步幹什麼。常河堂說局裡都在說，你到「打非掃黃辦」當副主任，主任由符局長兼，公安廳也出一位副主任。聞心源說只要他到「打非掃黃辦」工作，他會向組織上反映他的要求。有了這句話，常河堂立即就告辭。

常河堂剛離開，江秀薇和泱泱散步回來了。聞心源要寫作，她們不再要求聞心源陪她們一起遛彎。江秀薇回來遲遲疑疑地說她在院子裡碰上了招待所所長。聞心源眼睛在書上，沒過腦子地說所長怎麼啦？江秀薇說他說這院子裡要倒出兩套三居室，一個是調北京去了，一個提了副局，最近都要搬家。聞心源立即放下書，問江秀薇是不是真的。江秀薇說他是這麼說的，她也沒有跟他多說話，讓聞心源趕緊問問局裡，這裡的房子歸誰管，有沒有這回事。

聞心源立即給局行政辦主任打了電話，行政辦主任說省政府機關的房子統一歸省政府辦公廳管理局管，這院子是第五管理科管，可以先跟科長提出申請。聞心源說這種個人利益的事，個人出面不是太好，還是局裡說好些。行政辦主任答應他們把人了的情況向管理局反映。

聞心源剛打完電話莫望山來了。聞心源以為他是來催書稿，讓他不要逼他。莫望山不是來催稿，而是有事求他。聞心源奇怪莫望山跟他客氣，兄弟之間怎麼能說求呢？莫望山趕緊檢討，是他錯，他是聽說聞心源老家縣城在賣城鎮居民戶口，兩萬塊錢一個戶口，他想給華芝蘭和莫嵐兩個人買戶口，先把她們的戶口辦到縣城，然後再把她們的戶口遷到江都，這樣一輩子就踏實了。明年莫嵐就要考大學，要不然，她還要回到縣裡去考試。聞心源立即就給叔叔打電話，他叔叔是人大辦公室當主任。確有其事，兩萬塊錢一個人，只是名額有限。聞心源把莫望山的情況告訴了他叔叔，按說他們屬於知青家屬，都應該直接回城的。他叔叔說這倒是個特殊情況，他可以幫忙說說，要辦得抓緊，這口子不會開太大。莫望山說他明天就去。聞心源給了他叔叔的名字、住址和電話。

聞心源雙喜臨門，一喜任命為省「打非掃黃辦」副主任，副主任是正處級待遇，等於提升了一級；再一喜是行政辦主任告訴他，他直接找了管理局的副局長，同意把第五管理科的一套處級房分給聞心源。難民生活終於要結束，下班的路上聞心源買了隻燒雞，回家一說，江秀薇和泱泱拍手歡笑。

機構調整後，葛楠和常河堂都跟著聞心源到了「打非掃黃辦」，桂金林帶著市場管理處的一部分工作回了發行處，各如其願。

星期天，聞心源放下他的寫作，到裝飾材料市場看了看裝修房子的行情。看完材料回來，他們順便上了管理科，他們想打聽一下，是哪個樓哪套房子分給他們，好早作準備，人家搬走後他們好抓緊時間裝修。科長不在，一位管理員在值班。聽聞心源一說，管理員一臉為難。管理員的表情讓聞心源心驚，他問房子是不是還沒有倒出來。管理員為難地說告訴他，不是房子沒有倒出來，而是沒有房子。聞心源急了，明明倒出兩套房，明明局裡答應分給了他，一眨眼怎麼就沒有了呢？管理員說他也說不清，都是上面定的，是有兩套房子倒出來，但一套已分給了辦公廳新調來的一位副處長，還有一套給了省裡領導的一個秘書。

聞心源心裡的火躥到了腦門。這算什麼風氣！誰都知道他在招待所住了五六年，誰都看見他老婆在公共衛生間做飯，這還有沒有公道。管理員被聞心源責問得無言以對。他只能解釋，朝他發火沒有屁用，都是上面定的，他一個管理員沒權決定這種事。聞心源回到招待所忍無可忍，這書他哪還寫得下去，拿起筆來直接給辦公廳秘書長寫了信，標題叫《公理何在》。把他轉業到新聞出版局，沒有住房住招待所，在公共衛生間做飯，如何體諒局裡沒有房子的難處，自己如何克服生活中的困難，以及行政辦如何為他聯繫住房，管理局如何答覆，又如何變卦全都寫在信裡。信寫好後，本想立即到郵局寄出，他想還是直接到辦公廳找領導好。

急上加忙，第二天一早，吳河市文化局來電話，發現了製造黃色出版物的窩點，請求支持。聞心源只好扔下個人的事，把信投進郵筒，立即帶著葛楠和省公安廳的同志當天下午就趕到吳河市。下塘縣印刷廠一個工人向文化局舉報，說他們廠裡正在印兩本淫穢圖書，印數每種五萬冊。一本叫《吧妹的天堂》、一本叫《從打工妹到富婆》。吳河市文化局沒有打草驚蛇，為了不走漏風聲，他們連下塘縣文化局都沒有聯繫，直接派人下去暗查，證實那工人提供的情況確鑿。通過那個工人，搞清那個書商就住在縣裡的花都賓館409房間。聞心源和吳河市公安人員在賓館配合下，打開409房間，一對狗男女正一絲不掛淫亂在床上。當場審問，這一男一女不是主犯，主犯叫蔡勇男，人在廣州，每天晚上用電話遙控指揮他們。聞心源與葛楠商量，為抓到主犯，分工吳河市局控制吳河這對男女，讓他們按原計劃與蔡勇男保持聯繫，他和葛楠立即趕赴廣州，拘捕蔡勇男。正在這時，蔡勇男來了電話，公安人員讓嫌疑犯照常聯繫。嫌疑犯按照公安人員的吩咐，告訴蔡勇男這裡一切正常。蔡勇男讓他們精心監督生產，他要到珠海去一趟，也可能到澳門玩玩，三日後回到廣州，仍舊住銀河賓館808房間。

聞心源和葛楠趕到廣州，也住進了銀河賓館。他們在總臺查到蔡勇男，確實住在808。聞心源和葛楠立即與廣東省「打非掃黃辦」聯繫，省公安廳也與廣州市公安局通了氣，讓市局全力配合。為感謝廣東支持，聞心源當晚請客協調，廣東方面通力合作。聞心源堅持到把廣東的客人送上車，他轉身就蹲在路邊吐了一攤，把葛楠熏得喘不過氣來。聞心源的酒量有限，在這樣的場合，除了葛楠只有他，市公安幾位酒量不凡，輪番敬酒回敬，他的臉就發了白，白得沒了血色。葛楠把聞心源架進電梯再架進房間，聞心源醉得不省人事，她只能留下照顧。葛楠先給他擦了臉，又給他灌了些水，然後拉沙發坐到床前。葛楠做這些沒有一點勉強，她願意這樣照顧他。做完這一切，葛楠坐在沙發上靜靜地看著聞心源。聞心源沉沉睡去，醉得跟死人一般。

夜深了。盛春的窗外一片寂靜，樓下花園裡的花草樹木都已沉睡，空曠的夜空，不時有流星劃過，院子裡春蟲和蟋蟀的低吟輕唱，讓春夜更加寧靜美妙。葛楠能聽到聞心源輕柔的鼻息聲，她覺得好奇，人說男人都打呼嚕，他怎麼不打呼嚕？葛楠看著聞心源的臉，她想到了另一張這輩子想起就發狠的臉。聞心源好像什麼地方與他有些相像，或許是臉型，或許是鼻子，可那人卻沒有他的品質。她一輩子痛恨的是他騙了她，讓她輕率地失去了女人最寶貴那純真，他手忙腳亂地給了她痛苦之後，立即就鼾聲如雷。事前的甜言蜜語都變成了謊言，他去了美國，如同去了另一個世界，再沒半點音訊。四年後，他居然帶著一個留洋女同學回來見她。從此她獨來獨往，我行我素，痛苦之中自尋瀟灑。後來碰上沙一天，她被他的耐心所感動，也為他的英俊所折服。可是她沒有想到他那麼自閉，那麼虛偽，那麼虛榮。他也打呼嚕，尤其是她發現他鼻子的毛病之後，他的呼嚕更加煩人，有時候她心煩得無法入睡，只能吃安定。

電話鈴聲把葛楠嚇一跳。她沒想到賈學毅半夜三更會打來電話，賈學毅問他們一晚上到哪兒去了，一直聯繫不上。葛楠非常討厭地問他有什麼急事，怎麼這個時候還會打電話。賈學毅說今天他值班，不是他多事，是趙文化要他打電話，吳河那邊急得火上房了，不知這邊進展，下班前趙文化交待一定要找到他們。葛楠說這邊進展順利，廣東方面全力配合，已經給吳河那裡去了電話。賈學毅問聞心源到哪兒去了，葛楠說晚上請廣東的朋友們吃飯，他不勝酒力醉了。葛楠說具體情況她會直接給趙文化打電話，蔡勇男後天才回廣州。

聞心源翻了個身，葛楠探身問他要不要喝水，聞心源翻過身來伸手拽住了葛楠胳膊，葛楠緊張得喘不過氣來。葛楠感到他的手在拉她，把她拉向他的身邊，她有些猶豫，但還是情不自禁地一點一點遷就他。聞心源拉的動作突然中止，然後手指就沒了力量，直至完全鬆開，手臂也完全無力地滑落下去，嘴裡夢囈般地叫著秀、秀、秀……

葛楠不知道自己在沙發上睡了多久，她醒來的時候聞心源已經不在房間，聞心源把毛毯蓋到了葛楠身上。葛楠回到自己房間洗漱完再來到聞心源房間，聞心源已經跑步回來。聞心源滿臉羞愧。葛楠說：「你真英雄，為了公事，連命都不要了，真傻！」聞心源不好意思地向葛楠道歉：「真不好意思，謝謝妳，叫妳一夜沒睡好，我有沒有發酒瘋做什麼不合適的事？」葛楠看他那一臉驚慌的樣故意逗他：「做沒做什麼你自己還不清楚嗎？」聞心源真的慌了：「我，真對不起……」葛楠忍不住笑了：「真傻，醉得跟死豬似的你能做什麼呀？不過你那傻樣還真挺可愛的。」聞心源看著葛楠很感激地說：「真不好意思，謝謝妳的照顧，真的謝謝。不是我這人不懂感情，不尊重別人的感情，我是自知承擔不了這個責任，所以有時候道貌岸然的，挺虛偽挺討厭的是吧？男女之間的感情我是這麼理解的，性愛是男女情感交流的最高形式，但男女情感交流不只是性愛。男女之間的真誠和友誼更可貴。」

聞心源的這番話，讓葛楠很沒有面子，好像他在拒絕她。她是喜歡他，也敬仰他，但她並沒有追求他。她苦笑著說：「別擔心，我哪來你家那位林黛玉的命，一個人得認命，世上的事情都是老天爺安排的。我認命。」聞心源一愣，他看著葛楠問：「你們現在怎麼樣？」葛楠笑笑，沒有回答他的話，卻反問：「你說我們能怎麼樣呢？」說到這裡，他們的話便進了死胡同，聞心源苦笑著搖搖頭說：「清官難斷家務事。世上的事情完美的東西沒有，尤其是愛情。我們江秀薇作為妻子、母親，她非常稱職，但要說情趣，要說對我事業的理解，她就沒法與妳相比。我每寫一個作品，頭一個想到的是想聽到妳的感覺和意見。我想我和沙一天在妳心中也是如此，我們也各有所長。他的瀟灑，他的機智，他為人處事的隨和，我是比不了的。人與人之間相處，只能投其所好，掩其所惡；揚其所長，避其所短；相互體諒，盡力互補，這樣或許大家會過得更有意思一些。」葛楠一直微笑著聽聞心源說，似乎很有道理。

聞心源出差那一天，江秀薇感冒了。江秀薇在心裡罵，死心源，走就走吧，非要親熱。一親熱就害了她，帶著汗上了趟衛生間，熱身子讓冷風一吹遭了涼，第二天鼻涕眼淚一起流，下午就燒到三十八度六，小丫頭泱泱肩上就壓上了許多沉重的負荷。泱泱已上初三，學習很緊張，除自己料理自己外，還要照顧媽媽。幫媽媽買藥，燒開水，再服侍媽媽吃藥，然後才上學。

泱泱中午到食堂買飯，被招待所所長瞧見。泱泱上初中後，中午都是自己獨自在食堂吃飯，所長格外關心泱泱，總要另外給她打一點她愛吃的菜。所長除了照顧泱泱吃中午飯，還隔三差五地給泱泱一些魚、肉、扁豆、蘑菇之類的東西。江秀薇批評過泱泱，不讓她隨便接受別人的東西，尤其是女孩子。泱泱很委屈，江秀薇就不忍心再說她，她畢竟還是個孩子。所長問泱泱，怎麼不在食堂吃？泱泱告訴他她媽病了。所長說感冒了不能吃這種飯菜，要吃稀的軟的。他讓廚師給她媽下雞蛋麵。泱泱就自己先吃飯，然後把所長下的雞蛋麵端回家。江秀薇又批評泱泱接受別人的東西。泱泱委屈地哭了，說媽媽病了，她也不會做飯，人家所長說病人不能吃硬飯，要吃稀的軟的。江秀薇看著委屈的泱泱，心裡痛，自己病著，也不能當面去謝絕所長的照顧。泱泱晚上再去買飯時，所長問泱泱，媽媽的病好些了沒有？泱泱說還有三十八度五呢！煤氣罐裡的氣也燒完了。泱泱說得很可憐。所長又問泱泱，媽媽愛吃麵條嗎？泱泱說媽媽不讓要人家的東西，也不要外人照顧，打點稀飯和饅頭就行了。所長就沒讓廚師下麵條。

第二天，大約是下午兩點多鐘，泱泱上學之後。所長親自推著一罐煤氣上了招待所江秀薇他們住的那幢樓。所長直接把煤氣罐扛上樓，給他們換好，洗淨手，然後敲了江秀薇的房門。江秀薇夜裡出透了汗，退了燒，但是這兩天一直沒好好吃飯，出汗後有一種虛脫的感覺，頭重腳輕，站起來就發暈，她倚著枕頭躺在床上。泱泱上學關門的時候忘了打開保險，門沒上鎖。江秀薇看進來的是所長，而且他隨手打開保險鎖上了門，很是緊張。她從心裡警惕著他，討厭著他，可她又無奈地一次一次接受著他的幫助。這也許是人類群居的緣故，你討厭他可又不得不與他生活在一個空間裡。江秀薇儘管在心理和生理上都對所長排斥反感，但她還得客氣地與他打招呼。「所長，你有什麼事嗎？」「聽說妳病了，我來看看妳，煤氣罐我給妳拿來了，已經幫妳換上了，空罐一會兒帶走。」所長對付女人很有一套。他覺得女人大體都差不多，所謂貞節正派，不過是表面文章多一些層次，功到自然成，只要肯下工夫，癩蛤蟆真能吃著天鵝肉。他知道江秀薇與招待所那些服務員絕對不是一個層次的人，是受過大學教育的國家幹部，又是那種秀美內向的冷美人，更不能操之過急。所以他放著長線，已經下了幾年工夫。「別，以後你別再這樣照顧我們。」「我知道妳是個正派的人，我也知道妳不那麼喜歡我。可我也不知道為什麼，我就是願意幫助妳。我也常常問我自己，我是不是挺壞，人家漂亮與妳有什麼關係？可我心裡又說，漂亮就是供大家看的，要不女人打扮幹什麼呢？不就是要人看，要人誇嘛！我是想克制自己，妳也看到了，這麼多年了，我對妳怎麼樣？我是想儘量不管妳的事，可我不管行嗎？我不管誰來給妳換煤氣罐？誰來照顧泱泱吃飯？妳也是命苦啊！人家帶著葛楠在廣州住包房，花天酒地，醉生夢死，把老婆孩子扔家裡不管。」「你說什麼？別胡說，聞心源不是這種人。」「好好好，算我胡說，可滿機關的人都在胡說？賈學毅奉趙副局長的指示有急事打電話找他，他喝醉了，半夜了，葛楠還在他房間侍候他呢！妳想想，都是狼一般的年齡，葛楠正跟沙一天鬧離婚呢，她對聞心源一直特別好，這妳也應該知道，他就是菩薩也會讓她勾動心的。」「別說了！」江秀薇的眼眶裡溢滿了淚水，越湧越多，突然像兩條小溪嘩嘩地流淌。所長乘勢向前，非常自然地坐到了床沿上。「妳這麼個病秧子，我不照顧妳，誰照顧呢？」所長說著就試探著伸手為江秀薇擦淚。「你走！」沒想到柔弱的江秀薇會吼出如此響亮的聲音，所長嚇了一跳，「你走你走你走！」江秀薇捂著臉哭了起來。所長看著傷心的江秀薇。他突然明白了什麼似的，在某種場合，女人生氣中的話意思常常是反的，你走你走你走，實際是你來你來你快來安慰我。所長於是就毫不遲疑地上前輕輕地摟住了江秀薇。「我是真心才告訴妳這些，我要不告訴妳，妳被人騙了都蒙在鼓裡。妳別哭，我會照顧妳的，妳要是讓我上刀山下火海，我連眉頭都不皺一下。」所長嘴上說著甜言蜜語，手就放肆地伸過去摩挲江秀薇的胸脯。江秀薇恐怖地睜大了眼睛：「你走不走？你再不走我喊人啦！」江秀薇說得很動氣，但話語很輕。沒想到，江秀薇的細聲軟語更刺激了所長的慾望：「妳應該報復他，反正閒著也是閒著，咱們也……」所長那長著硬胡茬噴著異味的嘴湊向江秀薇。「哎呀！」江秀薇忍無可忍，在所長的脖子上狠命地抓了一把。「臭娘們！假正經！你喊呀！」所長惱羞成怒，他鐵鉗似的兩隻大手一下捏住了江秀薇那兩隻柔弱的小手，「我還說妳不甘寂寞勾引我呢！我給妳那麼多魚，那麼多雞，那麼多菜，妳怎麼都吃進去了？妳怎麼不拒絕？到現在妳正經了！妳喊啊！妳鬧啊！鬧得滿院子全機關都知道才好呢！我看妳的臉往哪兒擱，聞心源怎麼在單位混！」江秀薇的臉一下刷白，嘴唇不住地顫抖。所長用枕巾塞住她的嘴，把江秀薇的兩隻軟弱的小手交給了右手，那只左手貪婪地伸進了江秀薇的睡衣。江秀薇睡衣裡面只穿著背心和褲衩。所長順利地拉下了江秀薇的褲衩，他看到了渴望已久令他發狂的一片潔白，他有生以來還沒見過如此細嫩的潔白。他捏住江秀薇的兩隻手，滿臉的胡茬就在那片潔白上摩娑。江秀薇扭動著身子全力反抗。可她這麼個嬌弱的女子，哪是所長的對手。「我是看得起妳，同情妳才來找的妳，女人有的是，招待員一大群呢，都還是不錯的小姑娘，只要我願意……」

當所長急不可耐地要進入江秀薇身體時，他感到江秀薇被他捏住的兩隻手突然麵條一樣軟了，他一鬆手，江秀薇的兩條胳膊斷了一樣滑落到一邊，她的頭也無力地歪到了一邊。他伸手一試，江秀薇的鼻孔裡沒了一點氣息。所長立即毛髮倒立，冒出一身冷汗，所有欲念被恐懼驅趕到九霄雲外。他把江秀薇的頭搖晃了兩下，江秀薇沒一點反應，仍舊歪在一邊。所長惶恐地給江秀薇套上褲衩，手忙腳亂幫她整好衣服，倉惶地退出房間，一溜煙逃下樓去。

所長的魂飛了，心呼騰呼騰跳到了嗓子眼裡。在他辦公室裡像隻無頭蒼蠅一樣亂轉，他在想他掉沒掉東西在那屋裡，他在想她會不會醒來。他突然想到了要救人，他撥了醫務室的電話，說聞心源的女兒告訴他，她媽病了，他忘了這事，讓他們立即派人去看看。打完電話，他又想起，慌亂匆忙中忘了把那只煤氣罐帶回來，萬一真要出了意外，那只煤氣罐就是他的罪證。那只該死的煤氣罐！他不知道怎樣去讓它離開那該死的地方。他拿不定主意，是自己直接去拿回那只該死的煤氣罐，還是讓別人去拿好，他失去了原來的那個人樣，沉浸在恐懼和後悔的折磨之中。

救護車在所長的惶恐中開進招待所院子，所長在屋裡向外窺探，救護車停到了那幢樓前。所長的手腳無法控制地哆嗦起來，一定是出事了，可不知道已經到什麼程度。所長在屋裡團團轉，可他不敢邁出這屋子一步。無論是已經出了危險，還是沒出危險，他現在都不敢見江秀薇。救護車怪叫著開出院子，把所長的心也扯著遠去。所長在屋裡無法讓自己安定下來，不論發生了什麼，他必須先把那只煤氣罐拿回來。他裝得若無其事地走出辦公室，在院子裡轉著，再若無其事地來到這幢樓前，若無其事地走進樓去。來到二樓，他看到那只混蛋煤氣罐神氣地立在衛生間門口。他沒有急，先走到窗口看了看樓下，院子裡依然安靜。他迅速快捷地衝到衛生間門口，拖起煤氣罐一口氣下了樓。出得樓來，他再若無其事地提著空罐，直接回了辦公室。到做晚飯的時候，他又若無其事地把空罐帶回伙房。

第十二章

人在江湖身不由己

49

高文娟挺著胸脯走進公司大門時，伴著那風風火火的腳步，亮著嗓門喊書出來了，那神氣有一點點張揚。《共和國紀實叢書》首批推出的是《東方的宣言——鄧小平登上聯大講壇》、《歷史的審判——審判四人幫紀實》。這兩本書是莫望山任命高文娟當出版部主任之後，她獨立負責的第一項工作。不知是女人的天性，還是高文娟的個性，她不像馮玉萍那麼悶騷，有事只在肚子裡做功課，高文娟要強，心氣也高。高文娟對苗沐陽既羨慕，又不服氣。苗沐陽的大學文憑是傷高文娟自尊的銳器，但高文娟並不自卑，她自信哪方面都不比她差。她覺得自己悟性好，做事不怕苦，為人也不自私。她承認苗沐陽並沒有因為她是大學畢業，又是公司副經理，又算是莫望山的妹妹，而對她居高臨下。但高文娟自己很在意這些，她努力不給苗沐陽在她面前顯露這些的機會，她也不願別人用這些來區分她和苗沐陽，她要的公眾形象是她一點都不比苗沐陽差。為此她付出了許多辛苦。苗沐陽穿時髦，她就穿身材，她覺得她比苗沐陽更豐滿窈窕；苗沐陽紮長馬尾，她就散披肩。為提高自己，她一直瞞著大家自修大學，直到省高等自學考試畢業生名單在省報上張榜公佈，莫望山拿著報紙問她報紙上的這個高文娟是不是她，她才公開這個秘密。莫望山沒有誇她，卻拿眼睛盯著她看了整整一分鐘，看得她滿臉通紅，看得她兩隻手沒處擱放。高文娟覺得莫望山這一眼比什麼樣的讚美都好。為保質保量出好這兩本書她也沒有少下工夫。設計版式，她翻閱了幾十個出版社的圖書；學習排、印、裝各道工序工藝，她跑到印刷廠、裝訂廠，一道工序一道工序看，一項一項問；降低成本，她跑了三個紙張公司，選品質最好價格最便宜的紙；提高裝幀品質，她到美術出版社找最有名氣的美編設計封面。自己的心血終於有了成果，她無法抑制地把內心的喜悅和驕傲張揚出來。公司裡的人立即把高文娟圍住，爭先恐後地要看樣書。

高文娟從工廠拿回十套樣書，她先拿出一套交給了華芝蘭。華芝蘭立即發出驚歎，稱讚書印得比南風出版社的還好。苗沐陽聞聲從樓上跑下來，高文娟給了她一套，苗沐陽也是讚不絕口，說當初她參加訂貨會，要是有這樣的樣書，訂數肯定要翻番。苗沐陽不相信地問高文娟，版式和插頁真的是她自己設計，高文娟則格外不值得一提似的笑著點點頭。讓高文娟有一點遺憾的是莫望山不在家，莫望山正拿著人民幣在縣裡為莫嵐和華芝蘭的戶口層層攻關，四處奔波。高文娟按規定，給苗沐陽三套樣書，一套做樣書陳列，兩套搞徵訂。又給華芝蘭一套樣書，做財務收款和成本結算樣書。華芝蘭讓高文娟給出版社送三套樣書去，合同約定新華書店主管道由出版社發，可新華書店徵訂數還沒有報來。高文娟請苗沐陽掌握銷售情況，她好及時做好加印的準備。苗沐陽立即安排全國的發貨計畫，省外發貨八萬套，兩萬套投入本市批發。

苗沐陽剛把發運計畫交給朱小東，南風出版社發行科來了電話。他們要求同時提貨四萬套書。華芝蘭一聽急了，外地交款已經八萬套，就算江都一本不發，也缺兩萬套。華芝蘭接過電話說：「開印前要你們報訂數，你們說徵訂數還沒來，沒法確定，現在書出來了，你們一下要四萬套，首批印出的書根本沒有你們的數。」發行科說：「這樣不行，新華書店徵訂是還沒報數，他們緊急徵訂也得兩個半月，再過半個月才能報。但省店打算主動備貨，給新華書店城市店主發，要求同時供貨。如果新華書店和「二管道」不能同時供貨，要影響到我們社在主管道的形象，直接影響我們的聲譽。」華芝蘭說：「這事不能怪我們，是你們沒有配合好，沒有提前做好徵訂，我們立即給你們加印，一個禮拜後就供貨。」發行科說：「第二次印刷不行，這樣要得罪新華書店。要是這樣，後面的合作無法進行，另八種書的合同只能終止。」華芝蘭一聽著了急，說：「有事好商量，不能這樣要脅。」發行科無心跟華芝蘭爭下去，說：「我們的要求是出版社的正當權利，給不給貨你們看著辦。」說完那邊就扣了電話。

出版社像是故意出難題，要他們報數，他們不報，沒他們的書，又突然要書。當時苗沐陽給發行科去電話，發行科沒有向章誠彙報。章誠為了改變發行的被動局面，主動與省店商量，讓他們搞電傳緊急徵訂。白小波聽取了章誠的意見，跟各大城市電話電傳徵訂，有了兩萬訂數，他想再備兩萬套貨。章誠這樣做，不是要與新天地搗亂，也不是因為這套書是他的創意，是他組的稿，他考慮的是南風出版社的現實。「一條龍」的經營方式雖然停止，但新的經營體制還沒有形成，社內人員消極怠工，等待觀望。莫望山的合作給出版社轉機帶來一個契機，他想利用這個契機重振社風，改變南風出版社在書業界的形象。

華芝蘭放下電話心裡很不舒服。她把南風出版社的要求告訴了苗沐陽和高文娟。苗沐陽問高文娟，印四萬套，最快要幾天。高文娟說至少要一個禮拜，但可以安排兩個印刷廠印，四個裝訂廠裝。第五天就可以開始送貨。苗沐陽跟華芝蘭說，可以答應他們的要求，三天後同時提貨。咱們立即加印，版權頁仍然印第一次印刷。咱們發運計畫照做，鐵路上不可能讓咱們一天發完貨，省店也不可能一天收完貨。做一個詳細的送貨計畫，每天按計劃給兩邊同時供貨，先發外地，最後才在江都上市批發，對省店也這樣統一要求。前後週期怎麼也得一個禮拜，一點不會矛盾。」華芝蘭和高文娟覺得苗沐陽分析得很對。華芝蘭立即給出版社回了電話。印刷廠、裝訂廠加班加點，晝夜突擊，按計劃按時出書。第三天裝訂廠拉了一萬套書一早趕到省店儲運庫送書。省店儲運庫說誰讓你們送的？連計畫都沒有報送什麼書啊！提前一周預告，按約定的日子才能送書，連這規矩都不懂，還做什麼書啊！工廠說是他們省店催著趕印出來的，儲運卻說誰催著要就給誰送去。工廠沒有辦法只好把書仍舊拉回工廠。

苗沐陽聽了氣得想罵人，她直接給章誠打了電話。苗沐陽說，一個單位一個人說話辦事要講信用，他們是不是故意搗亂？沒報數，突然要書，書送去了，卻又故意不收貨，這是鬧著玩嗎？本來應該簽了協定才能供貨，考慮到出版社是自己的合作單位，沒有辦這些手續，現在書在工廠壓著怎麼辦？章誠尷尬又生氣，事情都是他一手操作的，他是誠心為本社和省店利益著想，誰知計劃經濟和大鍋飯的影響如此根深蒂固，像一臺銹蝕的機器，想讓它轉動起來非常艱難。章誠一邊向苗沐陽解釋一邊答應馬上與省店聯繫。

章誠找了白小波，白小波正有氣沒處出。他也沒一點辦法，書店就這麼個經營機制。他們業務科上周就把主發計畫給了儲運，只是沒有樣書。工廠給儲運送書幾十年一直是這麼個規矩，要先給業務科送樣書預告，業務科做好分配計畫，然後把計畫和樣書交儲運。工廠再到儲運預約時間，儲運批准時間後告訴工廠，或許一周之後，或許十天之後，碰上發教材推到一個月之後也是可能的，工廠再按儲運批准的時間送書。他們批銷中心進貨也必須走這個程序。急也沒有用，你急，人家不急，他也改變不了。白小波答應立即請領導出面再與儲運協調一下，儘快收貨。高文娟和華芝蘭聽了好笑。工廠給他們沒白沒黑地趕，他們卻是這麼一套官老爺經營作風，這也叫做生意？苗沐陽決定不再跟他們客氣，該發貨發貨，江都明天就上市。

圖書上午在江都上市批發，中午章誠就救火一樣來電話找苗沐陽。章誠在電話上吼起來，說：「省店還沒收貨，你們怎麼能上市呢！」苗沐陽說：「不是我們不供貨，是他們自己不收貨，我們印了書總不能放在倉庫裡看哪！」章誠說：「這樣做，我們和省店的關係不好處理。」苗沐陽說：「那是你們之間的事，我們也管不著。」章誠說：「他們剛才來電話了，說你們違約，他們要減數，只要兩萬了。」苗沐陽說：「違約？是誰違約？約在哪裡？」章誠說：「說好同時在江都上市，你們一搶先，他們還怎麼要貨？你們再等兩天又怕什麼呢？」苗沐陽說：「等兩天？我們已經等了三天了，等，對他們當然算不了什麼，鐵工資，鐵飯碗，多賣少賣，早賣晚賣都無所謂，不少拿一分錢工資。我們可不行！別忘了，是我們投資，風險全壓在我們頭上！」章誠說：「那他們不要貨怎麼辦？」苗沐陽說：「不要，我們也拿他們沒有辦法，沒有合同，官司也沒法打，我們只能汲取教訓，以後學聰明一些。書印出來了，我們只好認倒楣，不要說減數，他們就是一本不要，我們也沒有辦法，自己慢慢銷唄。」

白小波多方周旋，他直接找經理發了火。他很不服氣，憑自己的能力，憑新華書店的管道，經營經驗和信譽，他不信幹不過個體書商！他要求承包批銷中心，由他來獨立經營。發火還真管用，第二天省店儲運就收了兩萬套書。苗沐陽嘴上說話給章誠聽，其實心裡高興著呢，他們減兩萬，正好救了他們的急。工廠再次開機，又加印了五萬套。

新天地上上下下忙得團團轉，公司就一個人悠閒，秦晴。她一會兒打個電話，一會兒請假上趟街。一會哼歌，一會兒照鏡子補妝，全公司的人沒一個不討厭她。高文娟看著秦晴打電話那偷偷摸摸樣，想到南風出版社的這些電話，資訊是不是她發出去的。高文娟把她的想法告訴了苗沐陽，苗沐陽也這麼認為，苗沐陽又把這想法告訴了華芝蘭。華芝蘭說沒有證據不好說，大家提防著點。高文娟幾乎蹲在工廠監工，《東方的宣言》和《歷史的審判》兩本書的加印再次如期完成，一切運轉都轉入正常。下班前，朱小東打來電話，他在車站發貨，順便提了一批外地發來的貨，入庫發現是一批盜印書，而且是盜印臺灣的書，《肉蒲團》、《燈草和尚》、《癡婆子傳》，每種五千冊。華芝蘭、苗沐陽和高文娟一起趕到庫房。這三種圖書絕對禁止銷售，貨是河北發來的，可不知是誰發的。苗沐陽敏感地覺察到可能有人要害莫望山。高文娟說：「趕快把書轉移到別處。」華芝蘭說：

「轉移沒有用，火車站有咱們的提貨手續，恐怕只有主動舉報上交。」高文娟說：「主動舉報上交，發貨人一定要報復咱。」苗沐陽說：「能不能請聞主任他們配合一下。咱們主動告訴聞主任，但我們不主動把貨交上去，讓聞主任他們主動來查，然後沒收，這樣我們就沒有責任。」華芝蘭覺得這樣也不妥，這樣把事情鬧大了，不好收場，還是先封存，等莫望山回來處理。

莫望山及時回到江都。莫嵐和華芝蘭轉成了城鎮非農業人口，而且都隨他遷到了江都市。吃過晚飯，華芝蘭跟莫望山說了盜印書的事，把他們的打算也告訴了莫望山。莫望山居然說這件事他知道。華芝蘭奇怪，公司的生意好好的，賣這樣的書做什麼呢。莫望山本不想把事情的原委告訴她，華芝蘭一猜就猜到是賈學毅幹的，莫望山誇她有頭腦。莫望山認為這書是賈學毅自己在跟人做，十有八九是跟夏文傑在合夥搞，這種書只有夏文傑這種人才敢做。自從聞心源讓他注意夏文傑的行蹤之後，他一直留心著賈學毅，只是還沒完全掌握他們的行動。在他出差之前，賈學毅神祕地找了他，說他也想做點生意，倒點書賣，希望莫望山幫他一把，不管是什麼書，一定要幫忙。莫望山答應了他，原以為他可能想從進貨的折扣中賺外快，沒想到他會倒來這種書。莫望山覺著，這事事前賈學毅肯定知道，要不他不會提前打招呼。賈學毅敢冒這種風險，要麼跟那個書商有生死之交，要麼那個書商捏著他致命的把柄，要麼他直接在參與這一盜印活動。華芝蘭問莫望山這些書怎麼處理，莫望山已有打算，這種書絕對不能在自己公司銷，但也不能主動舉報上交，先請朋友幫忙化整為零再說，他說他打算違心地幫賈學毅一次。但他沒把真實意圖告訴華芝蘭，他要弄清這事的來龍去脈，然後引夏文傑這條毒蛇出洞，連同賈學毅一起收拾。華芝蘭認為這樣做等於公司賣了壞書，毒害了社會。莫望山不當回事一樣，說常在河邊走，你不想濕鞋也得濕，身在這行中，想乾淨也乾淨不了。

50

江秀薇在醫院輸了兩天液，醫生診斷為虛脫造成眩暈休克。江秀薇什麼都沒說，她自己清楚是什麼致使她眩暈休克。江秀薇在心裡反覆演練了與聞心源見面的程序，下班進門還是讓聞心源的舉動打亂了計畫。聞心源充滿愛意地在為泱泱剝新鮮荔枝，一個剝，一個吃。剝荔枝的心裡甜蜜蜜，吃荔枝的心裡蜜蜜甜。聞心源一邊剝荔枝一邊給泱泱講他如何逮捕蔡勇男的過程，泱泱一邊吃一邊聽故事，聽得有滋有味。

聞心源和泱泱見江秀薇回來，還沒來得及招呼，江秀薇一頭紮到床上嗚嗚地哭起來，哭得聞心源和泱泱都慌了手腳。聞心源看著極度委屈的江秀薇，五臟六腑一下子全挪了位置。他知道這些日子苦了她，但他不知道這些日子她心裡有多痛。那天，在她暈過去之時，她意識清楚地知道所長剝掉了她的褲衩，她還感覺到了他那滿嘴的胡茬在她全身摩挲，她就是在這時拼出全身力量奮起反抗的一剎那暈過去的，她苦惱的是，不知道這個畜牲此後還幹了什麼。她醒來時，已經躺在醫院病床上。她恨自己柔弱，連自己的身子都保護不了。江秀薇躺在病床上，渾身不適，感覺身子被癩蛤蟆爬過，渾身沾滿了令人噁心的髒東西。想到那一刻，說不出心裡有多難受，她拿不準，他究竟對她幹沒幹那件事。她自己的感覺和暗自的檢查，叫她難以確定。她強忍著痛苦，在醫院躺了兩天。兩天中她一刻都沒能停止思想，她一遍又一遍把那事經過細細檢索，越想越害怕，越想越恨那畜牲。出院到家後，她什麼也不顧，先到街上找浴室洗了澡。在浴室裡，她在身上一遍又一遍打香皂，把她認為骯髒其實還是聖潔的身子洗了又洗，擦了又擦。她覺得自己的身子再也不乾淨了，怎麼洗怎麼擦，她都覺得洗不掉她被玷污的屈辱，擦不盡身上的骯髒。她躺在床上沒一絲睡意。她怨自己軟弱可欺，她氣聞心源扔下她不管，她恨所長人面獸心。怨到最後氣到最後恨到最後把責任全扣到了聞心源頭上，要是他在家，一切都不會發生。一想到聞心源便想到葛楠。一想葛楠她心裡更酸更痛。她不相信所長的話，她相信自己的男人，可她不敢相信葛楠。她第一次見葛楠就有那種感覺，她是她的敵人，這女人會跟她搶聞心源，而且她深感自己哪一方面都不是她的對手。一個男人再正派也經不住一個女人整天在他身邊勾引。俗話說，哪隻貓兒不吃腥。把一條鮮魚送到貓的嘴邊，再傻的貓也不會不吃。這個意念一鑽進她的腦袋，她的心撕裂般地痛。

聞心源來到床前，顧不得泱泱的感受，輕輕地把江秀薇摟到懷裡，輕輕地哄孩子睡覺一樣拍著江秀薇。江秀薇像滿肚子委屈的孩子哭得更加動情，一連抽泣了五六個回合哭不出聲來。江秀薇掙脫聞心源的懷抱，趴到枕頭上才放聲吼出憋在肚子裡的委屈。「你回來做什麼？外面有吃有喝還有女秘書陪著，還要這家做什麼？」江秀薇一邊抽泣一邊說。「妳這是怎麼啦？沒頭沒腦的，夫妻都十幾年了，妳還不瞭解自己的丈夫？」「妳知道人家怎麼說妳們？」「人家要說什麼誰也阻止不了，一個人怎麼樣，不是憑誰說成的，而在他自己本身怎麼樣。」「那她為什麼半夜三更還在你房間？你們在做什麼？」「那天我確實喝多了，吐得一塌糊塗，是她服侍了我。」「一男一女，在一起一夜，我不信你們就那麼純潔！你們是神不是人？」「不管妳信任不信任我，但我相信，我的妻子江秀薇要是碰到這種情況，她絕不會做對不起我的事。」江秀薇心一顫，她放低了聲音。「我信任你，但我不信任她；你做不出來，她做得出來！」「我要為她辯護，妳會更加生氣，但我可以坦白地告訴妳，她不是那種淺薄的女人。」聞心源的話像錐子一樣刺痛了江秀薇，葛楠不是那種淺薄的女人，她是那種淺薄的女人？江秀薇定神地看著聞心源，她忽然看到了泱泱對她不信任的目光，泱泱已經十分討厭她的話。江秀薇立即收住了自己的話，陷入了沉默和痛苦。

聞心源滿心的勝利喜悅被趕得無影無蹤，泱泱非常同情爸爸，但她又不能直接反對媽媽。她眼巴巴地看著爸爸，無聲地淌下了兩行熱淚。聞心源鼻子一酸，眼睛裡也湧滿了淚，他不想在孩子面前掉淚，他一下把泱泱抱在懷裡。泱泱忍不住哭了，一邊哭一邊說：「爸爸，媽媽在家病了，還送醫院搶救了，你原諒媽媽好嗎？」「泱泱，爸爸沒有生媽媽的氣，是爸爸對不起妳媽媽，我沒有照顧好妳媽媽。」江秀薇看著這一幕，心裡更加痛苦。

江秀薇一沉默，聞心源自然要主動承擔起家務，用行動來求得江秀薇的諒解，以求天下太平，家庭安寧。聞心源燜好米飯，端著油菜去炒菜。往鍋裡倒了油，拿起鍋鏟要逛鍋，江秀薇默默地從他身後擠過去，一把奪下了聞心源手裡的鍋鏟。聞心源心裡的那塊石頭落了地，儘管她還拉著臉，但她的行為宣布了沉默的結束。

聞心源沒想到江秀薇這回沉默的時間這麼短。他要感激女兒，是泱泱的舉動引起了她媽的注意，讓她媽進行了反思。泱泱大了，不再是不懂事的小丫頭，江秀薇不能不重視她的感受。聞心源哪會想到江秀薇心裡另有隱痛。吃過晚飯江秀薇才把拉長的臉慢慢恢復到正常。她終於主動開了口，她告訴聞心源，符局長和趙副局長五一節來看了她，說了許多讓她過意不去的客氣話。符局長說很對不住，讓他們這麼多年在公共衛生間裡做飯，讓人聽了簡直是笑話，請他們原諒，生活上這個困難一定儘快想辦法解決。江秀薇還告訴他，辦公廳的管理局長來過電話，好像是房子的事。聞心源聽了這些，心裡舒坦了許多。人嘛，就是這樣，將心比心，心意到了，情也到了，事情辦不辦，辦成辦不成是另外一回事，當領導的能想到下面能體諒下面，知道下面是個什麼樣的人就行了，至於生活上的困難都是次要的。

江秀薇一直睜著雙眼沒能入睡，聞心源輕輕撫摸著她，她卻沒有反應，聞心源以為她在等泱泱入睡。其實江秀薇在鬥爭，她在考慮要不要跟聞心源說那件事，怎麼說。她覺得不能不說，對所長這畜牲，不給他點厲害看看，他不會斷這念頭。但要說，怎麼說呢？怎麼能說清楚呢？聞心源會怎麼想？他會原諒她嗎？泱泱已經睡著了，聞心源有些急不可耐，江秀薇不能再沉默，她有一個感覺，要是她現在不說，這一輩子她再開不了口了，那畜牲再得意忘形會更麻煩。江秀薇讓聞心源停止行動，說有重要的事情跟他說，於是她把所長的事前前後後一點一點告訴了聞心源，但她只說到他強行撫摸，她奮力反抗中暈過去，她的結論是她的病弱保護了自己。江秀薇說所長拿來的東西都記著帳，她要聞心源拿著單子去找所長算帳。

令聞心源吃驚的事情發生了，他和江秀薇的房事突然沒有了快感，人說久別賽新婚，慾望和激情都還是有的，一切都如常進行，卻沒有快感。聞心源有一點心驚，不知是因為什麼。是疲勞過度？是工作太投入？是因為妻子受了別人的欺負？還是因為秀薇懷疑他與葛楠？他感到身體內的許多神經已經背叛，不再聽從大腦的指揮，已經懶惰，不再興奮，或者已經壞死，到關鍵時刻腦子的指揮系統失靈，於是事情便毫無感覺地平淡結束。出於自尊，他沒有說，不知道秀薇有沒有覺察。越是如此，他越是無能為力。

聞心源出現在所長辦公室時，所長的臉一下變成了豬肝色。這些日子，他一直提心吊膽擔著心事，他怕江秀薇告發他。聞心源突然找上門來，他沒有一點心理準備，他沒想到江秀薇這麼柔弱愛面子的女人敢把這種醜事告訴丈夫。他緊張得無地自容，也無法掩飾。聞心源把那張單子往桌子上一摔，說：「謝謝你的一番苦心。」所長心裡一哆嗦。不等所長找到搪塞的話，聞心源接著說，「你算一算，帳現在就了結。你做的那卑鄙下流事，自己跟領導說去，我給你個坦白交待的機會，如果你要是不願這麼做，現在就告訴我。」所長撲通雙膝跪到聞心源面前，嘴裡一個勁地哀求：「聞主任，你饒了我吧？看在我老婆孩子的份上，你饒了我吧？看在老鄉的份上……」「饒不饒你，那是組織上的事，你跟領導說去！」所長的臉一下成了土色。

聞心源向趙文化彙報完吳河蔡勇男制黃案回到辦公室，想起管理局副局長找他的事。他想可能是那封信起了作用，管理局副局長要還他公道。於是他從行政辦問到了管理局副局長的電話號碼，給他撥了電話。電話接通後，聞心源通報了自己的姓名。副局長在電話裡冷笑，說：「聞心源，你挺能啊，除了寫文章還能寫誣告信。」聞心源渾身的血一下湧到了臉上，他從來沒聽到上級領導這樣諷刺過自己。轉業到地方，他沒忘了軍人的本色，他不願為個人的一點困難和利益，整天纏著領導叫苦連天，再加上托了宣傳部長這層關係，即使工作不合自己的心願，還是軍人的脾氣，既然接受了，就得當本職工作來做，在這個崗位上，就得對得起這個崗位。這些年，除了江秀薇的工作，他沒有向領導提出過任何個人要求。好歹等到了機會，他們卻置他的困難而不顧，拿房子做個人交易，這種歪風他絕對不能忍受。於是他寫了這封信，他沒有誇大事實，實事求是反映了情況，他們不但不接受意見，反挖苦諷刺他，這天下還是共產黨的天下，不能讓這些人胡作非為！聞心源壓著火，盡力冷靜地在電話上說：「局長大人，請你注意你的身分，你是共產黨的局級幹部，對自己的話要負責任。如果我寫的是匿名信，你可以諷刺，也可以挖苦。我的名字寫在上面，坐不改姓，立不更名，我的信上有一句不實之詞，由我負責。明天咱們一起讓秘書長來評評這個理。他要是說是我錯，是我誣告了你們，我願意接受任何處分；如果要是你們不講原則，不按規定辦事，你準備接受什麼處分？秘書長要是不主持公道，我跟你一起去見主管的副省長，你敢不敢？」副局長火了，說：「你有什麼了不起？不就是破了個案子，寫了幾篇文章嘛！」聞心源說：「我沒有跟任何人說我了不起，我也從來沒向組織要求過什麼，我沒有房子住，要求分房是正當要求。我倒是覺得你自以為了不起！你火什麼？自己做錯了事還不准人家說嗎？我告訴你，管理局的權利就是為機關服務，既然服務就得接受機關的監督，服務好了，我們可以表揚你，服務不好，我們當然可以批評你。你激動什麼，你屁股底下要是沒有坐著骯髒的東西，你就沒有必要心驚。你心驚，屁股底肯定坐著見不得人的東西。你之所以聽不得群眾的意見，是因為恭維話聽得太多了，拍你馬屁的人太多了。」

副局長讓聞心源的一番慷慨陳詞轟昏了頭，思維整個兒亂了套，竟一時找不到一句合適的話可說，半天冒出一句：「你怎麼能跟首長的秘書攀比呢？」聞心源更加從容，他竟笑著問：「請問局長大人，我怎麼就不能跟首長的秘書比呢？難道首長的秘書就可以隨便佔房？難道首長的秘書就可以為所欲為？你們管理局的服務方針就是這個嗎？」副局長根本不是聞心源的對手，他很快就理缺詞窮，他說：「你不要得理不饒人，一個人要講點覺悟。」聞心源更覺好笑，他說：「你知道自己沒理，所以心虛，聽不得意見。要講覺悟，我不是自吹，你可能不如我，你要是在招待所住五六年，在公共衛生間做五六年飯，該分的房不分給你，而搞關係給了別人，你會怎麼想？你會怎麼做？在這五六年之內我沒跟局裡要過一次房，也沒跟領導提過一次要求。這一次是你親口答應分給我的，卻又突然給了別人，而且無論資歷、職務還是實際情況，都應該排在我後面。你將心比心想一想，這事要是擱在你身上，你能不能像我這樣正確對待？今天我是讓你逼的！如果你能找出一條光明正大符合規定的理由，這房子應該分給他們，我絕沒有怨言！」就在這時候，可能有人進了副局長辦公室，副局長讓聞心源不要放電話。

副局長辦完事再拿起電話，口氣完全變了，他說：「新聞出版局沒有把你的困難詳細跟我們說過，有困難可以商量。」聞心源說：「你要是開始就這麼說話，大家就用不著說這麼多廢話，也用不著上這麼大火。」副局長說：「我們會儘快想辦法解決你的困難。」聞心源說：「管理局以後做事要是有這樣的態度，我在這裡就先謝謝管理局。」

51

葛楠在廣州給沙一天打電話就感覺他有點反常。葛楠與沙一天結婚這些年，她一直沒能完全看透沙一天究竟是個什麼樣的人。一個人的內心世界別人是無法看到的，一個人的內心世界卻又無法掩藏。人與人之間心裡結了介蒂，總會以某種方式表現出來。沙一天讓葛楠感覺到的是，他自尊心特強，骨子裡卻又非常自卑。儘管讀了不少書，也有一定的文字水準，但他只有應付公文的能力。他的聰明全部表現在揣摩領導的意圖上，他會根據領導的嗜好，根據領導的隻言片語，把領導想說卻表達不完整，說到卻又沒完全想透的精神，寫成完全讓領導出乎意料卻又十分合領導胃口的講話稿。符浩明器重沙一天，就是他在與另一位副局長競爭局長時，沙一天給他準備了一份彙報資料。宣傳部長到局裡開座談會，探討新聞出版改革，老局長身體不好，讓符浩明彙報。這資料擺了新聞出版的現狀，列出了現實存在的問題，提出了改革的設想，觀點鮮明，事實具體。符浩明下了工夫，把資料全背下了，他沒有照著資料念，而是脫開稿子說，一下把宣傳部長打動了，符浩明順利地當上了局長。沙一天能從各種講話和報刊上的各類文章中摘選出新鮮時髦的觀點，但他卻沒能力創造觀點，他無法從生活的現實中發現新的問題、新的趨向、新的思潮和新的觀念，他也沒有用屬於自己的語言表達思想的能力。聞心源又是系列文章又是出書，沙一天既急又恨，這種急恨還不能簡單地說是嫉妒。表面上他往往表現出不以為然，不屑一顧，故意視而不見，做出不在話下的姿態，背地裡卻偷偷拿來研讀，讀得心驚，讀得氣餒，讀得心虛，讀得眼高手低，到頭來便只有虛張聲勢。在沙一天的潛意識裡，聞心源已不是好友，無論仕途還是愛情，他都把聞心源視為對手。

葛楠拿到火車票給沙一天打電話，讓他到車站接她。這次出征，大獲全勝，一舉端了制黃泛黃的窩點。蔡勇男回到銀河賓館，領著那個小情婦剛打開808房間還沒來得及關門，公安人員衝進房間，蔡勇男當場就擒，人贓俱獲。葛楠本想好好向沙一天炫耀一番，沙一天卻不搭腔。葛楠問他怎麼啦？沙一天淡淡地說明天他有會，不能到車站接她。不接就不接，葛楠沒有多想，仍高高興興回家，進門說：「我回來啦！你猜我給你買了什麼？」沙一天居然坐在沙發上沒一點反應。如此冷落，葛楠接受不了：「你病了還是怎麼的？」沙一天竟吼道：「妳才病了呢！」葛楠驚奇地問：「你怎麼啦？我出差十幾天，而且辦了一件大案，回來沒一句好話，也沒有一句問候，反朝我發火。」沙一天沉默。葛楠更火，她最不能忍受別人無視她。「有話你就說，有屁你就放！」沙一天陰陽怪氣地說：「自己做的好事自己知道。」葛楠頭一次見沙一天這副模樣，他還會發火？驚奇讓葛楠冷靜下來，她問：「我做了什麼對不起你的事情，值得你這樣動氣？」沙一天像捏著了葛楠的小尾巴，不無得意地說：「全局的人都知道了，裝什麼傻！」葛楠立即想到了賈學毅深夜的電話，葛楠放下臉來，一本正經地問：「是不是賈學毅在局裡造了什麼謠言？」葛楠急，沙一天不急；葛楠火，沙一天不火，他勝券在握，慢悠悠地說：「若要人不知，除非己莫為。自己做了什麼還不清楚嗎？還要人家說！」沙一天這副樣子引得葛楠忍不住放聲大笑，她一邊笑一邊說：「一個堂堂男子漢居然聽信謠言，對自己的妻子沒一點信任感。我總盼著你拿出一點男子漢的氣概讓我看看，你卻一次又一次讓我失望，沒想到你的男子漢胸懷今天在這種事情上表現出來了，你真讓我噁心。」葛楠盡力壓住火，忍著氣把話說得平靜而有力量，「你能這麼說話，我得感謝你，你總算在我面前說了一回心裡話，總算袒露了你心靈深處的一點東西。你是信別人的話，而不相信我，我不怨你，這是你的權利，是你的自由。不過你真要這麼想，我要告訴你，你這是對我人格的污辱！你既然敢這樣想我，證明你並沒有真正瞭解我，也沒有真正理解我，那我們湊合在一起也就毫無意義。」說完，葛楠進了自己的房間。接著沙一天的被子、枕頭和他所有的衣服，一樣一樣飛出了臥室。葛楠然後再出來，很負責任地把沙一天的東西都抱進了他的書房，書房裡有一張小床。接著她把在廣州給沙一天買的一套西服扔在了客廳的沙發上。接下來她就一切如常地整理東西，洗澡，然後插上門睡覺。這就是葛楠，夫妻間生氣她絕對不往家跑，她不願把自己的不愉快帶給老爸，也不願老爸介入她個人的事情。

沙一天蔫在沙發裡，他不知道自己該怎麼辦，是起身阻攔她的行動，還是隨她而去。起身阻攔，他就得向她認錯，向她低頭，從此他再不能在她面前挺胸站立；要是隨她發洩，他們的婚姻可能就此陷入危機。沙一天在沙發裡猶豫著，他還沒能做出決定，葛楠就關上了房門，剝奪了他選擇的權利。沙一天是故意生的氣，因為故意，這氣生得就有些誇張，一誇張就顯出虛張聲勢，顯得人為，明眼人一眼就看出他是在找茬生事，效果必然是直接激化矛盾。沙一天本意並不想激化矛盾。接了賈學毅那個電話後，明知他不懷好意在故意離間，也相信聞心源不是那種人，也相信葛楠不會做出那種出格的事，但這個電話還是給他送去了許多不舒服。哪個男人對妻子的緋聞會無動於衷？再說他本來就不舒服，本來就對葛楠有許多想法和不滿，本來就伺機要調整一下他們之間的關係。他甚至覺得與葛楠結婚到現在他從來就沒有舒服過，她總比他高一頭，無論在她還是在她爸面前，他都不能隨心所欲，不能揚眉吐氣，更不能想做什麼就做什麼。儘管他們誰也沒有約束他，從言語到行為也從來沒有那樣要求過他，但他從他們的目光中、他們的意識裡、他們的語氣裡理解到他們就是這樣要求他限制他的。她爸見面總要跟他說你爸身體怎麼樣啊？你們要常去看看他哪！一副居高臨下的姿態，好像他去看自己的爸要他批准，他去看自己爸也是他的關懷似的。更甚的是葛楠，過一段日子就裝模作樣地買些水果，沸沸揚揚地去看他爸，彷彿她是公主，是下嫁他，是把皇恩賜給他爸似的。既然這麼孝順，你不會多給他點錢？不會把他接到家來一起住？但這些不舒服，這些不痛快，他不能說，只能悶在心裡。把不舒服悶在心裡，那滋味自然不好受。好容易有了這個機會，他想藉機煞一煞葛楠的威風，管一管她，從此樹立起丈夫的權威，沒想到事態的發展完全出乎他的意料，不是他管她，而是她要甩他。

沙一天故意生氣的原因還不止這些。春節後他再一次上符局長家送那些只有他才能幫他買的禮物，符局長很關切地要他立即結束「一條龍」經營，要他像科技出版社那樣實行綜合目標責任制。儘管符局長替沙一天攬下了責任，說他們的「一條龍」經營是他有意讓他們嘗試的，首先是他的責任，但說到底，他沙一天在南風徹底失敗了。《共和國紀實叢書》這套選題，葛楠、聞心源和莫望山都誠心幫了他。莫望山投資，救活了這套書，讓南風出版社賺了錢。沙一天的感受卻是莫望山沒幫他，他幫了章誠；這套書是為南風掙了利潤，爭了榮譽，擴大了南風社的影響，但全社人把這些都記在了章誠頭上。昨天上班走進辦公樓，居然有人在他背後指指點點，他已經感覺到出版社內出現了一股排他勢力。三個月前他就在社務會上佈置，要求各個編輯部一個月之內把經營的帳目結算清楚，交社財務。三個月過去了，沒有一個編輯部把帳交出來。他找社辦主任，主任說他們不交他也沒有辦法。兩個月之前他親手把科技出版社的責任制實施方案修改成本社的責任制，發給了各編輯部，讓他們討論修改，半個月之內把修改稿退回總編室。半個月之後，沒有一個編輯部交上來，他讓總編室主任催，還是沒有人交。最後他為此專門開了編輯部主任會，要求一周內一定交齊。一周後確實都交了，但誰都沒改一個字，發下去什麼樣，交回來還是什麼樣。有的公開說沙一天把南風引向了歧途，章誠力挽狂瀾拯救了南風。更難聽的是沙一天壓根就沒有真才實學，不是當社長的料。還有的說幹活的當不了官，當官的幹不了活，佔著茅坑不拉屎，耽誤了出版社的發展。沙一天感覺出版社再待不下去了，可局裡又沒有空著的位置，符局長什麼也沒有表示。

人家賈學毅做了那種傷風敗俗的事，老婆在關鍵時刻還幫他斡旋擺脫困境。葛楠卻從來不關心他的命運，她不是沒有關係，從省裡到市里，都有她爸的部下，她要幫他，他早不要遭這份罪了。他向她透露過想回局裡的意思，她卻用不屑的目光看他，好像他做了什麼卑鄙的事情，根本沒有資格再回局裡。明明知道他心裡想什麼，她就是不肯幫他，在一旁看他的笑話，為聞心源卻赴湯蹈火在所不辭，於是他決定給她點顏色看看。問題是他只想到了要管教她，卻沒有用心考慮以什麼樣的方式進行，結果就鬧成這麼糟糕的局面。

聞心源讓所長上天無路入地無門時，葛楠推開了賈學毅的辦公室。「勞苦功高！辛苦辛苦，請坐請坐。」賈學毅像迎接貴賓。「別嘴上一套心裡一套，當面說好話背後使腳絆。」「這說到哪裡去了，你就是借我十八個膽我也不敢對妳葛楠怎麼著。」「我只問你，為什麼要造謠說我們在廣州住一個包房？」「這，這從何說起？」「要我告訴你時間、地點和在場的人嗎？」賈學毅十分尷尬：「他們聽岔了。我是說妳……」「別再編瞎話了，你好歹也算個處級幹部，算個縣太爺哪！做這種下賤事，也不怕玷污了這個稱呼？別以為天底下的男人都跟你這麼下流。我無所謂，你損不了我什麼，人家聞心源可是有家有室有孩子有事業有理想的人，也是有前途的人。他礙著你什麼啦？人家一心一意實實在在做事，你不支持也就罷了，卻在背後損他，你是什麼居心！做人得有點品質，別沒有點人味！我給你一周時間，你在什麼場合造的謠，就在什麼場合收回。到時候我會找趙副局長驗證的，要不，你就等著，看看難堪的究竟是誰。」沒等賈學毅回過神來，葛楠轉身走出了屋，她身後的那扇敞著的門跟賈學毅一起傻在那裡。

52

秦晴接完賈學毅的電話，忽然就變得特別乖。她拿腔捏調地跟華芝蘭說：「華經理，剛才賈處長來電話，說那個書商到江都來了，讓我把那筆書款給他送去。」華芝蘭故意裝傻，問：「哪筆書款？」秦晴擠眉弄眼做暗示，說：「就是那批不能發轉給別人的書。」華芝蘭說：「妳把單子給我看看。」秦晴就找出那張進貨單，單子上把《肉蒲團》、《燈草和尚》、《癡婆子傳》三種書合在一起寫成古典小說，五千套，定價是六十五元。碼洋三十二萬五千元，折扣是五五折，實洋十七萬八千七百五十元。華芝蘭問：「妳是送支票嗎？」秦晴說：「不，他們要現金。」華芝蘭問：「我們哪來這麼多現金？」秦晴說：「前幾天我一點一點準備了。」華芝蘭問：「妳怎麼沒跟我說？」秦晴啞了。華芝蘭生氣了，說：「誰給妳這麼大的權力？妳居然敢把十七萬現金悄悄地放在辦公室！妳膽子也太大點了。」秦晴低著頭說：「是賈處長讓我這麼幹的，他打電話跟我說，書商過幾天就來，把現金準備好。」華芝蘭更火：「那妳為什麼不跟我說？賈處長是公司法人不假，可這裡的經理是莫望山，是莫望山負責經營，是莫望山拿身家性命承包了這個公司，出了問題妳負責還是賈處長負責？」秦晴像根木頭立在那裡。華芝蘭說：「妳給我記住，以後辦公室存現金不能超過一萬塊錢。妳怎麼去送？」秦晴說：「打的。」華芝蘭說：「拿這麼多錢打的怎麼行呢？讓朱小東跟妳去。」秦晴說：「不要，他們交待只允許我一個人去。」華芝蘭說：「出了問題怎麼辦？」秦晴說：「大白天出不了事，我又不拿什麼箱子，就放在提包裡，賈處長在那裡接呢，他跟我一起去送。」華芝蘭交待：「一定先拿發票，然後再交錢。」秦晴說：「知道了。」

莫望山跟華芝蘭說他要出去一趟，然後平平常常下了樓。莫望山沒有開自己的車，他已經買了一輛「捷達」，他招手要了出租。莫望山上了車，讓司機跟著前面的「夏利」走，秦晴的賊膽真夠大的，她居然敢拿著十七萬塊錢坐計程車。莫望山跟蹤秦晴並不是擔心她出事，而是要看看賈學毅是在跟誰做這生意。他始終想著聞心源託付的事。秦晴的車出了廟街就轉彎上了新華路，由新華橋下橋再插到了江海路。莫望山估計她要上省局。果不然，車在省出版大樓前停了下來。秦晴沒有下車。莫望山也讓司機停下，注意著省局的院子的大門。不一會賈學毅走出了大門，秦晴的手伸出車窗向賈學毅招手，賈學毅只當沒看見，他招手另要了一輛出租，上車就走。秦晴的車跟隨而行。莫望山也讓司機跟隨而行。他們從江海路上了人民路，再由人民立交橋下橋，拐彎上了中山路，過江都河，直插環城路，出了南一環路直奔岫山。

岫山不是什麼高山，它是緊挨城區的一座海拔不過二百多米的小山。但岫山確是一座秀麗的山，山由那個天然溶洞得名。岫，洞也。岫山的溶洞雖不能與江蘇宜興的「善卷」、「張公」、「靈谷」、「太極」相比，但一個喧鬧的省城市區，有這麼一座山，有這麼一個洞，可算是天下難求了。岫山的山勢平緩，連綿起伏，成為江都市南面的一座天然屏障。山上雪松巍峨，千姿百態。這裡空氣清新，日照燦爛，雨水充足，除了雪松，滿山花木繁茂，四處芬芳，美麗幽靜，是一個玩耍休閒的好去處。

賈學毅的車在一個素潔的院門前停下，門口有武警站崗。秦晴下了車，跟賈學毅一起在傳達室登記進了門。莫望山在二百米外下了車，待賈學毅和秦晴進了院，他才慢慢走近那個傳達室。莫望山問傳達室裡那位中年人這裡是什麼地方，中年人看了看莫望山，問他要做什麼。莫望山說想找個人。中年人問他找誰？莫望山說夏文傑。中年人問，夏文傑是這裡的工作人員嗎？莫望山說不是，他在這裡住。中年人說對不起，這裡不對外接待任何人。莫望山問剛進去那一男一女他們找誰？中年人說這不能告訴你。莫望山問為什麼？中年人說這是這裡的規定，不接待外人，也不接受查詢。莫望山問那麼他們怎麼隨便進去了呢。中年人說他們進去肯定符合這裡的規定。莫望山問什麼規定？中年人說不能告訴你，只要能進這裡的都知道有什麼規定。莫望山自言自語難道這裡是安全部的機關？中年人朝他笑笑，沒有說話。

莫望山轉身要離開傳達室，老遠見秦晴向大門走來。莫望山立即閃到一邊。秦晴出了大門，門口沒有出租，她就朝大路那邊走去。看她的表情，說不上是高興，也說不上不高興。

緝捕夏文傑的秘密行動是臨時決定的。莫望山在無由山莊回來的路上給聞心源打了電話，斷定夏文傑就在無由山莊。聞心源立即與公安溝通，公安通過內部查實，夏文傑確實在無由山莊。半個小時後，聞心源叫上葛楠，乘上公安的警車出發。葛楠上了車才知道要去抓夏文傑。山莊門衛已經接到上級通知，看到警車到來，及時打開了電動大門，警車一路通行，三號樓立即被包圍，任何人插翅難飛。聞心源和公安的副主任帶著兩位員警衝進樓去，直奔202房間。202房間沒上鎖。那位副主任吼著夏文傑的名字，一腳踹開房門。房間裡居然空無一人。他們同時推開其他房間，一個個房間裡同樣都沒有人。聞心源喚來服務人員，服務員說半個小時前他們還在這裡，可能進城去了。他們再到院裡看夏文傑的車，車已不在院裡。

賈學毅是條狡猾的狐狸，他在無由山莊下車，發現有可疑的計程車跟蹤。進了院裡，他沒有立即進樓，當莫望山進入他的視線時，他心裡一驚，他立即讓秦晴返回，引開莫望山。賈學毅沒把這事告訴夏文傑，但他讓秦晴慌忙離開，引起了夏文傑的注意。儘管賈學毅一再說莫望山肯定是不放心那十七萬塊錢，夏文傑心裡還是疑雲四起。他等余霞收完錢，讓賈學毅也立即離開。賈學毅很不情願，他打算在這裡過夜，再和余小姐重溫好夢，夏文傑卻一點沒顧他的情緒，不容商量。賈學毅走後，夏文傑也讓余霞收拾東西，隨後他們悄悄地離開了無由山莊，連賈學毅都不知道他們轉移到了什麼地方。

莫望山主動約了賈學毅，賈學毅說還是在白天鵝賓館見。賈學毅沒守約，莫望山再一次抬腕看錶，已過了十五分鐘。大廳不允許抽菸，莫望山只好到門廳外抽菸。莫望山抽完一支菸，賈學毅還沒到。莫望山回到大廳，向小姐要了杯茶。其實莫望山的一舉一動都沒能逃過賈學毅的眼睛，賈學毅此時就在二樓的電視監控室裡喝著茶。他覺得好笑，很好玩。莫望山是個不錯的演員，他的心煩，他的急躁，一舉手一投足，都很滑稽，讓賈學毅看了個夠，非常有意思。莫望山突然約見，賈學毅覺得蹊蹺，他防了一手。他由莫望山想到聞心源，由聞心源想到夏文傑，他覺得應該防一手，看看他搞什麼名堂。賈學毅硬是讓莫望山在大廳裡空等了半個小時，確定他沒有別的舉動，賈學毅才從旁門出去，重新從大門走進大廳。莫望山發牢騷，說當處長的架子也太大點了，讓他乾等了半個小時。其實莫望山這話是多餘的，晚來的理由隨手可撿，處裡有事，家裡來了人，路上車出事，張口就來。賈學毅還是要了單間，兩個人要了幾樣菜，要了兩瓶啤酒。賈學毅問莫望山：「有什麼事？這麼急著見我。」莫望山說：「兩件事，一件是這種黃書再不要搞了，這次幫了你，下次就幫不了了。」「既然幫了一次，為什麼不能幫第二次呢？」「這次幫你是你幫過我兩次，我也幫你兩次，咱們的人情就兩清了。」「我們就只有這點人情嗎？你別忘了，我還是這個公司的法人，我為什麼要把公司承包給你呢？」「咱明人不說暗話，你要賺錢可以，你可以做別的書，搞這種書，是拿自己的身家性命開玩笑。我不想幹這種危險事，那天秦晴去送錢，我捏著把汗。」莫望山故意這麼說，以消除他的疑心。「我一直看你是個敢做敢為的人，沒想到你這麼膽小，你不說，我不說，不就連鬼都不知道！」「我喜歡堂堂正正做生意，光明磊落賺錢；不喜歡搞歪門邪道，偷偷摸摸賺錢心虧。」「這回你不是賺得也挺舒服嘛！」「這回我一分也沒賺，你五五折來，我五五折轉給人家還白貼了運費，我想秦晴不會不告訴你。我不喜歡像夏文傑那樣做生意。」莫望山是突然說出夏文傑這個人的，他要看賈學毅的反應。儘管賈學毅老謀深算，莫望山突然甩出夏文傑這個名字，還是讓他意外地一驚，這一驚把他內心的秘密暴露無遺，莫望山確認自己的判斷沒有錯。賈學毅的意外只是一閃而已，他立即恢復常態，說：「我跟他還是有本質上的區別的吧，他在製造，咱們也就是銷售。」莫望山說：「你在局裡應該比我更清楚，『打非掃黃辦』最近的一個檔說得很明確，『打非』、『掃黃』要從銷售環節抓起。」賈學毅說：「我看到聞心源那篇文章了，說盜印在暗處，打一槍換個地方，有的甚至在外省造貨，不好抓，也抓不著，想堵堵不住；說銷售在明處，好抓好管。只要沒有了銷售管道，就能堵住黃色出版物的源頭，他做美夢呢！日本、香港，不比咱們管得厲害，不是照樣到處氾濫。咱們好好商量，把這套書做完怎麼樣？」莫望山說：「不行。」他態度很堅決。賈學毅說：「這麼說你是想要斷我的財路了。」莫望山說：「你可以搞別的書。」賈學毅很不高興地說：「別的書輪著我去搞嘛，我不是還要上班嘛！」莫望山說：「那我就沒有辦法了，每個人做事有每個人的原則。」賈學毅說：「好好好，你去搞你的原則。第二件事是什麼？」莫望山說：「秦晴必須離開新天地。」賈學毅問：「為什麼？她礙你什麼事了？」莫望山說：「她不適合搞財務，像她這樣管錢早晚有一天要出大事，我不能冒這個風險。」賈學毅說：「你這不是完全要架空我嘛？」莫望山說：「苗沐陽本來就是局裡的人。」賈學毅笑了：「老兄太精了，苗沐陽還能算我派去的人，她能為我著想？」莫望山說：「你要是不放心，可以派別的人來，但絕對不能再讓秦晴在那裡。」賈學毅喝著啤酒沉思良久，放下杯子說：「既然莫老闆這麼不喜歡秦晴，秦晴可以離開，我跟局裡商量，可以派桂金林去，不過他去必須當副經理。」莫望山說：「可以。」說到這裡，話完了，酒完了，肚子也飽了。

賈學毅提出腰酸背痛的，要去洗桑拿。桑拿是個時髦的洗澡方法，莫望山只聽說，沒洗過，賈學毅提出來了，不好駁他的面子。賈學毅去打電話，莫望山到門口招呼車。兩個人上了計程車，賈學毅說到「大江東去」。莫望山一點不熟悉這行裡的情況，聽憑賈學毅指揮司機。「大江東去」洗浴中心門面的霓虹燈搞得燈火輝煌。讓莫望山吃驚的是，在門口恭候的居然是崔永浩。莫望山問崔永浩怎麼會在這兒。賈學毅說別只顧悶頭賺錢，不顧朋友，這桑拿是崔老闆開的。崔永浩說與江都割捨不下，還是留了下來。賈學毅說還是被江都的姑娘迷住了吧。三人說笑著上了樓。崔永浩招呼領班給他們兩人安排了位置，上了茶。莫望山頭一次上桑拿浴室，像劉姥姥進了大觀園，什麼都新鮮，什麼都不懂。原來他們進的是休息廳，有洗完的在這裡修腳的，還有小姐拿個矮凳坐在顧客前給捏腳的，也有躺著喝茶看錄影的。休息廳裡服務員都是小姐，顧客男女混雜，有不少像是情侶，一對對躺在那裡毫不避人耳目地動手動腳纏纏綿綿。莫望山很是驚奇，他沒想到社會已經開放到這一步了。喝了幾口茶，賈學毅就非常老練地叫莫望山一起先下去洗澡，看來他是這裡的常客，這裡的領班跟賈學毅很熟。莫望山跟著賈學毅下了樓，領了牌，換了鞋，進了更衣室。他看著賈學毅，他脫衣，他也脫衣，他脫鞋，他也脫鞋，他進浴室，他也進浴室，他下池泡澡，他也下池泡澡，他起來噴淋，他也起來噴淋，他進蒸室去蒸，他也進蒸室去蒸。一進蒸室，莫望山沒法再跟著他了，裡面的溫度有五十多度，喘不過氣來，進去渾身就冒汗。莫望山覺著要窒息，賈學毅卻舒舒服服躺下了。實在忍受不了，莫望山逃了出來，坐在外面大口喘氣。莫望山再不敢進去，可又不知道下步還該怎麼洗，他只好重新進池裡去泡。莫望山在池裡泡夠了，賈學毅還在裡面蒸，莫望山不明白他是怎麼練得這功夫。賈學毅好歹出來了，結果他還要搓背。賈學毅叫他也去搓，莫望山沒有去，他看著給賈學毅搓背的小夥子，立即就想起了舊社會，現在居然還有幹這一行的。莫望山一直在池子裡泡著等賈學毅，等他搓完背，再沖洗完，他已經等得非常不耐煩了。莫望山終於跟著賈學毅回到了休息室，小姐給他們續了茶。

不一會，領班小姐過來請他們。賈學毅老練地起身跟領班走，莫望山躺在那裡沒有動。賈學毅回過身來叫他，莫望山說不是洗完了嘛，還做什麼？賈學毅說真沒來過？莫望山說沒有。賈學毅說老崔請客，小姐按摩。莫望山略一考慮，說，我不用按摩，你去吧。賈學毅說別活得那麼虛偽好不好。莫望山說不是虛偽，我好好的，用不著按摩。賈學毅站在休息廳裡沒法再勸，自己跟著領班小姐走了。莫望山在休息室一邊喝茶，一邊看電視，一邊等賈學毅。他的身子都涼透了，還不見賈學毅回來。他招手叫來領班小姐。領班小姐問他需要什麼。莫望山說他什麼也不需要，他現在就想走，可是不知道怎麼走。領班小姐驚奇地看了看莫望山，接著笑了，她很客氣地把莫望山送到更衣室門口。莫望山找到了自己的櫃子，換上衣服來到服務臺結帳。服務臺說是老闆請客。莫望山說不行，這客不能請，兩個人的帳都由他結。服務臺說，那位先生的單子還沒傳來，不知道做了哪些專案的服務，沒法結。莫望山說那就結我自己的，服務臺收了他一百六十塊錢。莫望山扔下賈學毅，自己搭車回了家。

第十三章 沙灘上的高樓

53

華芝蘭打電話約葛楠，葛楠甚覺奇怪。儘管她曾經向華芝蘭和江秀薇提過建議，希望相互間經常走動，但她們誰也沒主動發過邀請。華芝蘭約葛楠在望江樓見面，莫望山正在白天鵝跟賈學毅攤牌。

葛楠來到二樓荷花廳，華芝蘭已經在臨窗的四人桌前等她。華芝蘭點了四樣小菜，要了半斤蝦、一條清墩桂魚、一個素炒青筍，一人一盅「佛跳牆」煲湯，一人一杯清茶。「今天怎麼有這雅興？」葛楠見面說了這麼一句。「有些日子沒見了，想見妳一面。」華芝蘭沒有說出真正的原因，其實她是為沙一天見她。前兩天沙一天又約她，她沒有空，沙一天在電話上把他和葛楠的事說了，說他們鬧翻了，她已經跟他分居。沙一天並沒有托華芝蘭做葛楠的工作，他只是跟她訴苦，華芝蘭決定見葛楠。她們不是同學，也算不上知己朋友，她們只是因男人而有了這層關係，所以她們見面就沒了女朋友們見面時那種熱鬧和熱烈。她們冷靜地喝著茶吃著菜，顯得有些冷淡。華芝蘭在考慮怎麼跟她開口，葛楠在揣摩華芝蘭找她究竟有什麼事。

「葛楠，我就是沙一天在衙前村的第一個戀人。」這句話不同凡響，華芝蘭說出口需要勇氣，葛楠聽了震驚。「我想，既然咱們是朋友，就開誠佈公一些，今日我是為了你們兩口子見妳。」華芝蘭的話沒有半點虛假，十分真誠。她的真誠，一下消除了葛楠和她之間的距離。「我們的事，他告訴妳了？」葛楠也就沒繞圈子，切入了正題。「是的，他給我打過電話。葛楠，我一直很敬重你，你的知識、閱歷、家庭教育、素養我都沒法相比，沙一天能找到妳這樣的妻子，應該說是他的福分。」「難道他也這麼認為？」「他沒跟我說過，我是這樣跟他說的。」「妳怎麼看他？」葛楠單刀直入，她要考慮她與她談什麼，談到什麼程度。「他人長得不錯，很招女人喜歡。人也聰明，腦子好使，有心計。情調也還可以，嘴挺會說，會哄女人，也會討人喜歡，在官場，能做個一官半職。但他做不了太大的事情，他的心胸不那麼開闊，有些小聰明。小事兒想得挺周全，大事反沒有準主意。我們在一起時間並不長，看得不一定准。」葛楠笑了，笑得很自然，她非常佩服華芝蘭的坦率：「你看得很準啊，英雄所見略同。是他讓妳來找我的嗎？」華芝蘭搖搖頭，也笑了，笑得很自然：「我們有十幾年沒聯繫了，到江都後他見了我幾次，每次見面只是訴苦，他似乎在妳面前不敢說心裡話。」「是的，這就是他心裡陰暗的一面，他總是把我們家庭的差異當作包袱，就怕我看不起他，他什麼都不願跟我說，好像我會拿他的把柄一樣。」「妳沒有把這個想法告訴他？」「我怕他受不了。」「其實不妨告訴他，他這人可能要等對方讓他沒有顧忌才會坦誠，讓他真正看到自己的醜陋，或許對他更好一些。」「這一點我可能不如妳。」葛楠又笑了，笑得不那麼自然。「其實我們真正進入戀愛只幾個月就分手了，分手的原因，也是他致命的弱點，大事情他沒有主見。再是因為虛榮，我這個農村姑娘只能是他的拖累，不可能對他有任何幫助。」華芝蘭也笑了笑，笑得有些苦澀。「妳現在還怨他恨他嗎？我是不是問得有些傻？」葛楠又笑笑，笑得有些尷尬。「不。

要我也會問這個問題。我要是還怨他恨他，就不會來找妳了。」

華芝蘭臉上露著坦然的微笑，「妳可能會想，那妳為什麼還這麼關心他？人的情感有時候用話沒法說清楚。我總想，人活一次不容易，人與人相識也不容易。他跟妳相識了對妳有過一點愛，不管他後來對妳怎樣，妳是不會忘記他的。今天我找妳，並不只為他，也是為妳。我找妳是想勸勸妳。我想夫妻一場，就是緣分，該好好過日子。我們女人沒有十全十美的，男人也一樣，更沒有十全十美的。他虛榮、愛面子、小心眼、想當官，想當官不算是什麼壞事。我很贊同莫望山的話，他說男人，要麼當官，要麼賺錢，要是這兩樣都沒有，男人在社會上就沒有地位，就沒有說話的權利。作為妻子，我覺得你有能力幫他。我說的能力不是指你有關係，我是說你具備管他的能力。男人是要妻子管的，要像管孩子一樣管他，幫他認識自己，改掉毛病；幫他出主意，不要讓他走錯道；幫他隨時調整情緒，保持良好的精神狀態。男人一般都會服妻子管，有的甚至渴望妻子管，不服妻子管的只有兩種人，要麼他是個混球，要麼他是個天才。」

葛楠不無欽佩地看著華芝蘭，這個平時不哼不哈默默做事的農村大姐，肚子裡竟滿腹經綸。「妳說得很有道理，或許我和他壓根就不是一路人。」「我說的管，就是要把不是一路的人變成一路人。」「這恐怕很難，江山易改，本性難移，要想改變一個人，沒有那麼容易。」「愛情有這個力量，愛情會讓人改變一切。」「或許我們彼此都還沒有愛到這個程度，說句實話，我對他的理解，可能還不如妳。妳別誤會，我不是說妳對他還保留著感情。」「我不介意，說一點沒有，是騙人，那畢竟是我們的初戀。想跟做不一樣，想可以，作可不行。我之所以來勸妳，是因為我已經經歷了挫折，沒經受愛情挫折的人，是體會不到挫折是什麼，它可能影響她的一輩子。」葛楠笑了，笑得很開心，她想，妳怎知我沒經受挫折，我也同樣經受過挫折。但葛楠沒有說出來。她說：「你看我們兩個女人這麼一本正經地在為一個男人操心，值得嗎？他配我們這麼兩個優秀的女人來為他操心嗎？」華芝蘭沒再接葛楠的話，她開始熱烈地勸葛楠吃菜，兩個人吃得很高興。吃到最後，葛楠深有感觸地說：「我早要有妳這麼個大姐就好了。妳的話我記住了，我會考慮的，但要是不如妳願，我希望妳也不要生氣。」

華芝蘭沒有想到的是，她約見葛楠，受到了苗沐陽的監視。華芝蘭打電話約葛楠並沒有避人，苗沐陽就在她身旁。這事正大光明，問心無愧，不需要迴避誰。苗沐陽也並沒有要與她作對的意思，儘管她對莫望山的感情已經由敬仰發展到愛慕，她外表時尚，內心並不狂熱，而且相當傳統。她尊重現實，也講實際，何況華芝蘭也是她敬服的人，她對他們這一代人非常敬佩，也非常同情。

是沙一天的電話引發了她的不滿，改變了對華芝蘭的看法。一次沙一天來電話，是她接的，沙一天居然開口就叫芝蘭。芝蘭？！芝蘭是你隨便叫的嗎？你們是什麼關係？她當然不知道沙一天和華芝蘭過去的關係，她腦子裡的直接反應是第三者。她為莫望山抱屈，他這麼一心一意愛著她，拼死拼活在為改變他們的命運而奮鬥，她居然背著他搞婚外情！她從心裡氣華芝蘭，表面看她那麼成熟，那麼善良，那麼體貼人，那麼能幹，內心卻這麼狡猾，這麼不安分，這麼不講良心，這麼不講道義。妳這樣對得起莫望山嗎？妳對得起莫嵐嗎？妳對得起這個家嗎？自此，苗沐陽便多了一種警惕，除了公司的業務外，她拿一根神經警惕著華芝蘭，她要維護莫望山的尊嚴，她要捍衛莫望山的名譽。

聞心源找所長算帳後，並沒治癒江秀薇的心病。當時，所長折了脊梁一樣跪倒在聞心源面前，事後，他並沒有主動找領導去坦白，聞心源和江秀薇一直沒有聽到他受懲處的消息。江秀薇憔悴了，她意識到了丈夫的不正常，心裡既難過又惶恐。她清楚地感受到聞心源對她已不再有全身心投入的愛，他只是在履行做丈夫的責任和義務。江秀薇常常傻乎乎地問自己，難道自己真的不再有魅力？還是他身體累出了病？無論從哪一方面想，她都害怕得雙手發抖。她沒有勇氣問他，他也沒有時間跟她談。他每天都是早晨出去，吃晚飯才回家，有時連晚飯也不回來吃。就是回來，晚上他還要加班寫書，現在有了書房，他一寫就寫到半夜，有時候都不回到她的房間睡覺。就是這討厭的書！都說搞腦力勞動的男人，性功能最容易早衰。

夫妻之間有了這樣的心理差異，生活是無法和諧的。更叫江秀薇害怕的是她想到了那一層，她始終忘不了那畜牲曾經脫了她的褲衩，他曾經用嘴親遍她的身子，平常就跟狼一樣盯著她，到了那種時候，他會不做那缺德事！一想到這，江秀薇的心臟就抽搐起來，錐紮一樣刺痛。心痛之中，江秀薇想，心源很可能是因為這不再喜歡她！哪個男人會容忍自己的妻子跟別的男人做這種事？要有了這種事，男人還有什麼尊嚴？江秀薇把一切的一切都記到了所長身上，她在心裡狠狠地下了決心，她要報復他，她要讓他死，他死了她才能安寧。

江秀薇陰沉起來，一天到晚在用心思，她要想出一種報復他的辦法。她自知沒能力殺死他，殺不了他，一定要讓他坐牢。可是坐牢要有罪惡，沒有證據證明他犯罪，他牢沒坐，她和聞心源反倒丟盡了人，往後的日子更沒法過。江秀薇想不出報復的好辦法心裡更痛苦，她只能默默地在心裡咒他。她一天咒他二十四遍，咒他死，咒他得絕症，咒他出門被車撞死，咒他煤氣中毒熏死，咒他喝酒醉死，咒他騎自行車摔死，只要是能致他於死的方式她都咒。

招待所二層的服務員小秦來找江秀薇做裙子，小秦啟發了江秀薇，她終於想到了主意。她記得夏天一個中午，她送泱泱下樓上學，回來發現鑰匙鎖在了屋裡，她去找小秦拿備用的鑰匙。來到門口正要叫小秦，門開了，從裡面走出了所長。所長平時見了她總是笑笑地主動沒話找話說，奇怪的是那天他居然紅著臉悶著頭連招呼也沒打就逃似的走了。江秀薇進屋，小秦衣衫不整躺在床上哭，江秀薇心裡有了數。她什麼都沒說，只是跟小秦要了鑰匙開了屋就還給她。小秦買了一塊麻紗料，請江秀薇幫她做連衣裙，她知道江秀薇穿的那些漂亮的裙子都是自己做的。江秀薇有了那個心思，很樂意地接受了小秦的請求。

兩個人一邊做裙子，一邊隨便聊天。從小秦的家庭一直聊到找對象的事。一說到找對象，小秦掉了眼淚。她原來有個對象，是同鄉，也在江都打工，後來不理她了。江秀薇問她是什麼原因。小秦不說。江秀薇問是不是他知道了她跟所長那事。小秦一愣，問她怎麼知道。江秀薇就把那天看到的事說了。小秦說他是個大流氓，他不光強迫了她，所裡至少有七個服務員都讓他強迫過。江秀薇問她們為什麼不告他。小秦說他是所長，告了他她們就沒法在這裡做服務員了。江秀薇說這樣想太傻了，告倒他，她們照樣可以在這裡工作，不告倒他，還有更多的姑娘會受害。小秦疑惑地問江秀薇，她為什麼要告他，是不是吃醋了。江秀薇傻了，她怎麼也沒想到，她們對她會是這樣一個印象！她非常委屈地說：「我怎麼會吃這種醋呢！他是個什麼東西！」小秦說：「我們見他對妳挺好，時不時給妳送這送那的，關心得過分，我們都以為妳們兩個是是相好呢。」

江秀薇的臉都變了色，人言可畏，一人一口唾沫能淹死人，想不到她們會這麼看她，還不知道她們私底下怎麼說她呢。她非常生氣地說：「你們也太看低我了，我見了他都噁心。」小秦說：「我們是不敢告他，要告，你幫我們告。」江秀薇說：「我知道你們的心思，怕名聲不好，又怕丟了工作。我有個辦法，既告了他，還不叫你們丟臉。」小秦說：「能有這樣的好辦法？」江秀薇說：「你們只要給省機關的紀委打個電話就行，只說事，不報名姓，聲明保護個人隱私，讓紀委直接查他就行。向紀委說明，只告發，不接受調查。幾個人反映，上面肯定會管他。這樣你們就丟不了醜，也丟不了工作。」小秦說：「這倒是個辦法，只是不知道電話號碼。」江秀薇說：「撥省機關總機，一查就知道，我也幫你們打。一定叫這混蛋罪有應得。」

54

葛楠是送單位的節日副食到聞心源新家的。聞心源的房子在九號樓三層，樓層不錯。世上的人還真是欺軟怕硬，聞心源講奉獻講自覺，人家把他當傻瓜耍，從他頭上邁，騎在他脖子上拉屎拉尿；聞心源在電話上把管理局副局長罵一頓，罵得副局長無言以對，立即就給聞心源倒出了一套房子。

葛楠走上三樓，迎面撞見招待所所長的老婆從江秀薇家出來，兩眼紅紅的，見葛楠故意勾下頭當做沒看見，葛楠很是納悶。葛楠要是早來一步，她會目睹所長老婆一把鼻涕一把淚一口一個畜牲控訴所長，請求江秀薇饒恕。

葛楠走進房間，江秀薇迎接她的眼神說不上是什麼表情。葛楠放下魚和蝦，說了該說的話。江秀薇把魚和蝦放進冰櫃裡，沒說該說的客氣話，只是淺淺地一笑。葛楠和江秀薇一起在廚房的水池洗手，兩人都沒有開口說話，都顯出一些彆扭和尷尬。回到客廳，江秀薇沒主動邀請葛楠坐，葛楠自己不想立即就走。葛楠看了房子，房子沒搞什麼裝修，只是刷刷牆面，鋪了地板，連門窗都沒有包。葛楠借此開了口，說房子怎麼沒裝修。江秀薇說老房子了，先這麼住著再說。這時葛楠才真正看了江秀薇的臉。「妳的身體不太好是吧？臉色和精神跟上次見妳時大不一樣。」葛楠努力把氣氛調節一下。「沒什麼。」江秀薇與葛楠說話仍是低著頭，她不與葛楠對眼。「妳是不是也聽到了那些謠言？」江秀薇抬起頭來看葛楠，她真佩服她的膽量，她讓她感到自愧不如。「說心裡話，我是喜歡聞心源這樣的男人，有事業心，有能力，有才幹，也有責任感，人正派，還勤奮。這樣的男人不是太多，我很羨慕妳，一輩子有這樣的男人陪伴也就心滿意足了。這些話我也坦白地跟他明說過。妳知道他怎麼說，他說男人見了漂亮美麗的女人都會動心，不正派的人可能會不顧現實、不計後果、不負責任地隨自己的欲念去行事，往往鬧得不可收拾；正派的人可能會冷靜地對待，他會考慮到現實、責任和後果，他會克制自己，把對方作為一種美的東西來欣賞，而不會去佔有。我覺得咱們女人有時總犯糊塗，喜歡聽別人的話卻不相信自己的人。其實自己的日子得自己過，別人會幫妳什麼呢？我看他對自己已經付出的努力和通過自己努力得到的榮譽和地位非常珍惜，他對妳也非常珍惜，他對妳還有泱泱組成的家庭更是非常珍惜，他是個理智的男人，絕不會去做什麼糊塗的事。我看他這些日子心情很不好，這也是他現在儘量不讓我跟他一起辦事的原因。妳也知道，我跟沙一天合不來。」江秀薇一驚，聞心源沒跟她說過他們的事。「說真的，沙一天要是有他一半的氣質，有他一半的坦蕩，我都會好好跟他過。我非常欣賞聞心源這樣的男人，我願意幫他。我跟他一起去辦事，對他會有很多幫助。他已經夠累的了，又要工作，又要寫作，妳要是再不信任他，他會崩潰的……」

江秀薇自始至終一直靜靜地聽著，不插一句話，也不表示反對，也不表示贊成，就這麼聽著。聽著聽著江秀薇的眼睛裡突然就湧滿了淚，而且越湧越多，突然就斷了線的珍珠一般一顆顆滾落到身上，滾落到地板上，任它們滾落，也不用手去擦，彷彿她寧願它們跌破，也不願用手把它們擦碎。葛楠也為這些珍珠般的熱淚感動，她停住了自己的話，與江秀薇坐到一起，伸出胳膊，把江秀薇像妹妹一樣緊緊地摟著，其實江秀薇比葛楠還大兩歲，江秀薇居然非常願意像妹妹一樣讓她摟著。

聞心源和莫望山一起進了屋。兩個男人被兩位女士的情狀所驚異，江秀薇和葛楠都不好意思地分開上了洗漱間。莫望山是來給聞心源送稿費的，他的《影響中國歷史的十位帝王》銷了五萬冊，得稿費七萬五千塊，聞心源整房子前他給了他三萬，這次又給他帶來了四萬五。葛楠和江秀薇回到客廳，葛楠開玩笑地說：「得了稿費要請客。」聞心源說：「本來就是這麼安排的，都別走，今晚我請客。」莫望山對江秀薇說：「嫂子，還是要多支持心源，寫書得稿酬，光明磊落，花自己用心血掙來的錢痛快，自豪哪！」江秀薇卻說：「我再不贊成他寫東西了，把身體都搞垮了。」說完這話，她紅了臉。莫望山說：「當然不能拼命，我從來都不催他。我正在策劃另一套叢書，我想叫它《新中國風雲錄》，也搞十部，我想好了，就按中國的大事記來寫，一九四九年開國大典寫一本，一九五〇年抗美援朝寫一本，一九五七年反右擴大化寫一本，一九五八年大躍進一本，一九六〇年三年自然災害一本，一九六四年社教一本，一九六六年『文化大革命』一本，一九七〇年九一三事件一本，一九七六年龍年大災一本，一九八九年政治風波一本，每本書的書名就叫中國某某年，你看怎麼樣？」聞心源說：「這倒真是個好點子，也是套好選題，搞好了會非常暢銷，只是上面會不會同意出這套書。」莫望山說：「我想好了，咱們不去寫上頭，寫百姓，寫老百姓的平常日子，國家大事只作背景，從下面從底層老百姓的生活來反映社會的歷史。心源你一定要寫一本，紀實文學才是你的強項，我給你選好了，你寫《中國：一九八九》。這個選題你最適合，你在部隊一直當新聞幹事，你能把握這個題材的分寸。」聞心源說：「只怕沒有時間。」莫望山說：「時間是自己擠出來的，沒有問題，抽空咱們再好好把這個選題合計合計，把作者都選定後，開個會，我先付一部分定金。」葛楠說：「你現在真成大老闆了。怪不得華芝蘭這麼愛你呢！」葛楠的話說得莫望山有些摸不著頭腦。

吃過飯後，莫望山鄭重其事與聞心源、葛楠說了賈學毅的事。他說賈學毅和夏文傑合夥在盜印黃色圖書，他把賈學毅如何強行給他進書，他如何跟蹤秦晴到無由山莊，他又如何向賈學毅攤牌的事都說了一遍。聞心源勸莫望山立即停止承包新天地，離開賈學毅，別當他的槍手。莫望山說承包合同到年底正好到期，停止承包可以，只是他的野草書屋沒有批發權。聞心源說這事他來跟市局打招呼，立即重新申請執照。莫望山上次就想辦個炎黃書局，辦執照的材料都搞好了，有了承包這檔子事才把它放下的。聞心源說抓緊時間辦，合同到期就結束承包，讓賈學毅自己跑到前臺來。莫望山說賈學毅已經把桂金林派到公司來當副經理。聞心源說這樣正好，你給他一定的權力，他肯定會有所行動的。談完賈學毅的事，聞心源跟莫望山說有一件事要跟人商量。莫望山看聞心源一臉嚴肅，心裡一沉，問他是不是轉賣賈學毅那批書的事。聞心源說不是。莫望山更沒了底，聞心源這麼說事情就很嚴重。

原來聞心源要勸他調整書店的經營方向，在積累資本的初期，買些書號，搞些合作出版，可以理解，但有了一定的資本之後，再按這條路走下去，說不定什麼時候就會翻車。買賣書號，畢竟是違背現行出版管理規定的經營方式，目前書業的最大問題是產、供、銷三個環節嚴重錯位。出版社不再做總發行，而在當推銷員，每個社都在建庫，都在搞直接推銷，都在做中間環節的事情，完全在浪費資源。而發行所、省店不好好做中盤，只顧課本教材供應，只經銷本地區幾個出版社的書，搞區域割據式的經營，全國的主管道難以形成；而許多銷貨店零售店不在搞零售，卻在買書號出書，倒過來與出版社爭出版利潤。這樣一種混亂經營狀態絕對是不允許繼續下去的，整頓改革的重點可能就在這裡。

莫望山默默地聽聞心源說，葛楠也聽出了神，她覺得聞心源的思維總是超前，有一種超凡脫俗的新鮮感。聞心源說產、供、銷三個環節，還是應該按照市場的客觀要求，各自遵循各自的職能，做好自己份內的事情才好。作為書店、發行公司，應該在管道開拓和批發覆蓋面上下功夫才行；不要把全部精力都用在買書號出書上。聞心源說得莫望山心情很沉重，他沒有說什麼話，他只說得好好想想。

葛楠離開時心情還不錯，當她騎車走入濃重的夜色之中後，心情突然沮喪起來。她感覺自己做了件傻事，居然會把自己對聞心源的愛慕之情告訴江秀薇，而且她沒有得到江秀薇的回應，她的坦誠不知被她理解還是被她誤解。她這樣毫無道理地把自己的心聲傾吐給人家，人家會怎麼想？昨天在趙文化那裡得到證實，賈學毅並沒有收回那些謠言。葛楠跟趙文化談了賈學毅，也跟他談了聞心源，還跟他談了沙一天。為了他們的談話不受干擾，趙文化兩次拒接了電話。令葛楠奇怪的是，賈學毅這些惡劣行為，趙文化聽了反應非常平淡，他一直微笑著聽葛楠講，既不點頭，也不搖頭，卻又聽得十二分的認真，一直到葛楠把要說的說完。顯然他對賈學毅早就瞭若指掌，可他為什麼又要聽葛楠重複呢？葛楠從他最後的一句話裡明白了他的意思。趙文化說：「這些情況妳跟符局長說過嗎？」葛楠說：「沒有。」趙文化說：「應該讓他也知道這些才好。」葛楠慢慢明白了趙文化心裡的東西。全局的人都在議論，局裡人事要有大的變動，傳言說符局長可能提宣傳部副部長，趙文化接局長的班。但閃了幾道閃，打了幾聲雷，沒見雨點。趙文化這些日子似乎特別低調，不顯山不露水，生怕人家說他搶班奪權。趙文化的話葛楠覺得出兩個意思，一是上面還有符局長，他無能為力；二是賈學毅的問題責任在符局長，而在他。葛楠接著問趙文化怎麼看聞心源。趙文化玩笑地說她是不是在考核領導。葛楠說不是考核領導，而是跟領導交心。趙文化不知是出於真心還是搪塞葛楠，他對聞心源的評價與葛楠基本一致。

葛楠對趙文化有了新認識，覺得這個人在官場混油了，是個滑頭。現在這些官，連點本位主義的榮譽感都沒有了，他們一天到晚上班、請示、彙報、開會、作報告、找人談話，想的並不是事業，也不是怎麼把這個單位搞好，他們都在十分用心十分認真地上下應付。應付上面，為的是給上面留個好印象，給自己添分；應付下面，是安撫群眾，免得鬧事寫匿名信。葛楠非常失望。趙文化看到了葛楠的眼神，他當然不願讓人看透，更不願意別人對他誤解，尤其是葛楠這樣不一般的女人。於是他立即示以關懷，他問她跟沙一天是怎麼啦？葛楠說她不想跟領導談個人私事，趙文化就不好再說別的。

兩件事加在一起，葛楠更加沮喪。她對賈學毅醜行的不滿領導沒有什麼反應，她對聞心源才幹的讚賞領導也沒給予肯定，這個社會越來越複雜，世上的人也越來越虛偽。葛楠一路上越想越沒有意思，情緒壞到了極點。

55

沙一天到符局長家找符局長，符局長正蹲廁所裡拉屎。符局長最近直腸有點毛病，空閒想拉的時候，蹲得兩腿酸麻，卻拉不出一截屎；正做事開會沒時間拉，突然來了那一陣，顛著屁股往廁所跑，連褲腰帶還沒解開那東西就要往外拱，動作稍遲鈍一點就弄褲襠裡；真要拉起來，還沒完沒了，直腸一個勁地痙攣，卻少見東西下來。年輕卻說不上漂亮的局長夫人很客氣地招呼沙一天坐，親切而帶點媚氣地問他是喝綠茶，還是花茶，還是紅茶。沙一天說隨便。局長夫人說天冷了，還是喝紅茶好，暖胃。沙一天就謝謝。年輕的局長夫人忽閃著兩隻眼睛把茶送到沙一天面前，沙一天感激地起身接茶。受寵若驚中連年輕的局長夫人的手指也一起接了。年輕局長夫人嗯了一聲，誇張地抽出那手指，順手又用中指和拇指在沙一天的手背上輕輕捏了一下。沙一天便緊張得差一點摔了茶杯。年輕的局長夫人露出一點媚笑坐到了沙一天對面的沙發上。符局長遲遲地在廁所裡出不來，搞得沙一天非常局促不安。沙一天越是局促，年輕的局長夫人越是拿眼睛忽閃忽閃地在沙一天身上掃，從頭上一點一點掃到膝蓋，再從膝蓋一點一點掃到頭上。掃了一遍，再掃一遍，沙一天被掃得心裡發虛渾身緊張。沙一天渾身緊張的時候，年輕的局長夫人開了口。她說有一件事想要麻煩沙社長。她的侄兒在部隊當兵，馬上要復員了，能不能接收到他們社工作。沙一天問是農村兵還是城市兵。年輕的局長夫人說現在這個還重要嗎？北京不都有浙江村新疆村了嘛！咱們省城還在乎農村還是城市嗎？沙一天說只是問一下，要是農村戶口辦起手續來比較難，但是放心，這事就這樣定了，到出版社工作沒問題，再難，也得辦。年輕的局長夫人的臉蛋立即笑成了一朵燦爛的桃花。她趕緊起身為沙一天續水。沙一天藉機問想做什麼？年輕的局長夫人說侄兒在部隊開過車。沙一天說那就到社裡開車。他當即把名字記下。年輕的局長夫人說那就謝謝你啦。沙一天說這謝啥呢！局長一手栽培才有我今天。年輕的局長夫人說，可不，他待你比自己的親兄弟還親，沒有一天不念叨你。

抽水馬桶一瀉而下的水聲打斷了沙一天和局長夫人的話。符局長唉唉著不知是埋怨直腸，還是埋怨醫生，嘟囔著一步一挪地移著酸麻的兩腿來到客廳，或許是他在廁所裡蹲的時間太長的緣故，局長的到來，帶來了一些廁所的異味。沙一天當然不能把這反應到臉上。符局長坐下後，年輕的夫人端上茶，然後就到裡屋看電視去了。沙一天是來訴苦的，開口就說：「南風實在沒法待了。」符局長問：「怎麼會搞到這種地步？」沙一天說：「經濟已有好轉，可是『一條龍』讓編輯們都搞到了油水，賺錢把心賺野了，都不想回頭，責任制方案發下去，抵觸情緒很大，一條意見都不提。」符局長有些不高興：「章誠呢？他怎麼不做做工作？」沙一天加油添醋說：「章誠也有點看熱鬧的意思，工作不像過去那樣熱情投入。」符局長說：「我知道他有情緒，你壓了他，可不能撂挑子啊！用這向我示威，我才不怕呢，誰要敢這麼跟我對著幹，有官也不給！」沙一天訴苦說：「南風出版社確實不好搞，人家汪社長日子過得多自在，選題不用策劃，市場不用開發，獎金多福利好，三天釣一次魚，兩天打一次保齡球，這種社傻瓜都能搞。」符局長說：「所以我才讓你去南風出版社，就是要你到困難中去鍛煉鍛煉，這對你有好處。」沙一天說：「現在都說我把南風出版社搞糟了，還說都是你一手支持的，瞎搞改革。」沙一天已經摸透了符局長的脈搏，符局長一直把他視作他培養的人，他的好與壞關係到他的政績。他要是能，把出版社搞好了，是他培養得好；他要是把出版社搞砸了，是他用錯了人。果不然符局長聽了這話很不高興，他竟動了怒：「放他娘個屁！他有本事他來搞搞，不要說咱們，全國的出版改革搞什麼啦？什麼也沒改，什麼也沒革，只是搞了些調整，調整社店利益，調整社社利益，調整店店利益。你甭聽他們胡說八道，該幹什麼幹什麼。現在社裡經濟形勢有轉機，是你離開南風的好時機，我會給你說話的。不過你還要在南風堅持一下，現在情況還不明朗，部長已經超齡三年，早該退了，他退了我能不能上還不清楚，不管有沒有機會我都會幫你說話的。什麼時間跟我一起去見見組織部長。」

沙一天這才來了精神，他立即湊上前說：「需要帶什麼，我來準備。」符局長一看沙一天喜形於色，不是太高興，他早就覺察到了沙一天情緒化這個毛病，於是他說：「小沙，南風的改革不能說是失敗，但也不能說是成功，當然這不是你一個人的責任，你沒能用好章誠，這可是你的失誤。章誠這小子還是有才的，人聰明，也有知識，又有實踐經驗。一個人不一定自己什麼都要會，但要會用人，不會用人就成為孤家寡人。最近我聽人家說，你跟葛楠又搞得挺僵，怎麼回事？」一提起葛楠，沙一天就來了愁。符局長問了，他不能不說。他說：「她一天到晚耍大小姐脾氣，什麼都她說了算，連孩子都不願生，哪個男人受得了。」符局長說：「現在你受得了得受，受不了也得受，南風的事情人家已經閒話不少，這時候你再搞婚姻風波，不是給人家送話柄嘛！再說葛楠你惹得起嘛！男子漢大丈夫，能伸能屈，為了自己的前途，你就受點委屈吧。」沙一天滿肚子委屈的樣子，說：「我沒有想跟她離婚。」沙一天的委屈讓符局長同情，他寬慰沙一天：「葛楠是有毛病，誰都有煩心的事，丫頭前天回來說，她們單位不景氣，她很可能要被裁下來。」沙一天抓住了機會，局長心煩的事，就是他幫局長的機會。局長要是讓他幫他辦這煩心的事，就是對他最大的信任。沙一天想都沒有想，說：「這怕什麼，乾脆調我們社來算了！」符局長猶豫，說：「這樣做好嗎？她不懂出版編輯這一行啊。」沙一天說：「這怕啥，編輯當不了，在辦公室搞行政還是可以的吧？」符局長笑了：「丫頭工作態度還是不錯的。」沙一天說：「沒問題，我立即就辦。我想越快越好，免得跟復員搞在一起。」符局長問：「她跟你說了？」沙一天說：「說了。」符局長說：「我是不同意的，這樣兩個人湊一起更不好。」沙一天說：「我有辦法。先把女兒調過來，接收她侄兒時，我不露是你的關係，就說是我朋友的關係，這樣就沒有問題了。」符局長又笑了：「這些事我不管了，你看著辦吧。」

沙一天從符局長家回來，心事重重，牛好吹，事情卻難做，一下子進兩個人，不是件容易事。尤其是局長夫人那侄兒，還是農業戶口。他一路上琢磨，得想法讓局長夫人把她侄兒弄成志願兵。他還在想，怎麼去見葛楠，見她的老爸，見了他們怎麼開口。葛楠是鬧彆扭五天之後才回家的，她這人對誰都橫，就不橫她爸。沙一天不知道這事她會怎麼跟她爸說。還是局長看得遠想得周全，這個時候不能再讓人製造負面輿論。他可以委曲求全，只是不知道葛楠想不想與他和解。

沙一天悶著頭想心事，上了樓，一抬頭，黑暗裡站著個人，把他嚇出一身冷汗。仔細看是莫望山。莫望山進門就從兜裡拿出兩萬塊錢，擺到茶几上。沙一天看到錢有些緊張，他是需要錢，但他又怕收這樣的錢。莫望山看出他的心思，實實在在跟沙一天說，這些錢與你們社沒一點關係，該給的管理費我一分沒少都給了，你們社發主管道的書，我一個折扣也沒有提高，該賺的也讓你們社賺了。作者的稿費，章誠的選題策劃費，各位編輯的編輯費，我都另給了。這兩萬塊錢是我給你沙一天的，不是給南風出版社社長的。我們朋友一場，你雖然沒插手這套書，也沒說什麼話，都是章誠直接跟我打交道，但畢竟他們誰都知道咱是同學，是一起插隊的知青，這就夠了。他們認我們之間的同學情、朋友情，咱也要講這同學情、朋友情，走到天涯海角，誰都可以忘，同學朋友不能忘。茶几上這兩疊錢似乎讓沙一天很尷尬，他沒說話，悶頭坐在沙發上，兩眼看著自己的腳尖。他的內心很複雜，他想了許多，自己這個堂堂一社之長，不如一個個體書商；自己拋棄的初戀情人，成了他的老婆；莫望山一直念他是同學朋友，他卻背著他想與華芝蘭重溫舊情。他想有所表示，想跟他與老同學那樣說話，可他什麼也說不出來。

莫望山則認為他的自尊和虛偽在作怪，他主動岔開話題，他問：「葛楠呢？」沙一天說：「回娘家了。」說完這句話他感到這時候光說這麼一句話不夠朋友，於是又加了一句，「跟我鬧彆扭呢。」莫望山當然不能問為什麼，他只能勸他。他說：「人家畢竟不像咱們，自小是在幹部家庭長大的，有點傲氣耍點脾氣是自然的，男人嘛，不能與女人計較，女人都愛聽好聽的，你去哄哄她，低低頭不就行了嘛。」莫望山的話讓沙一天感到了許多溫暖，這些日子他真的成了孤家寡人，連個說話的人都沒有。沙一天說：「我們的婚姻或許是個錯誤。」莫望山一愣，他從來沒聽說，也沒有感覺到他們有什麼不合適。他一直在心裡羡慕沙一天，他卻說他們的婚姻是個錯誤。莫望山真誠地問：「你們怎麼啦？」沙一天今日也特別地坦直，他說：「她連孩子都不願生。」莫望山的腦子亂了，世上的事情究竟是怎麼一回事，夫妻倆好好的怎麼會鬧出這等事來呢？做妻子的不願為丈夫生兒育女，這確實是個非常大非常嚴重的問題，這很難說她是真的愛自己的丈夫。華芝蘭沒為他生一男半女，不是華芝蘭不願生，是他自己不讓她生，他怕對莫嵐不公平，為這華芝蘭至今總像是欠著他終生難還的債。葛楠不願為沙一天生孩子，華芝蘭在那樣的情況下卻為他生了女兒，真是人心難測。沙一天說出這樣的難題，莫望山不知道該怎麼勸他，他只能問：「好好談，她怎麼會不願生孩子呢？」沙一天說：「一談就崩，就這麼不講理。」莫望山說：「還是別鬧僵，慢慢勸她，女人的天性都是喜歡孩子的。」沙一天說：「就她特別，她特別不喜歡孩子，這人只愛她自己。」莫望山說：「她不是很孝順嘛！想法讓她爸幫你說話。」

沙一天受了莫望山的啟發，第二天下了班就直奔葛楠家。葛楠還沒到家，沙一天先把孝敬老岳父的東西獻上。這一回沙一天用了心思，除了給老爺子買了上等的野山參、鹿茸酒之類的補品外，還特意花一千多塊錢給老爺子買了一方歙硯，老爺子退休後，潛心書法，達到癡迷的程度。為討其好，沙一天查過資料。歙硯中外馳名，因產安徽歙州而得名，石出龍尾山，又稱龍尾硯。南宋時推崇李廷矽墨、澄心堂紙、諸葛氏筆、龍尾歙硯為文房四寶。老爺子捧著硯臺，喜不自禁，說有詩誇它，玉質純蒼理致精，鋒芒都盡墨無聲。正誇著硯臺，葛楠進了門。老爺子說：「楠楠，快來看看，一天給我買硯臺。」葛楠冷冷地說：「只怕他這心沒用在正經地方。」老爺子說：「這死丫頭，這張刀子嘴從來不饒人。一天能給我買這麼好的硯，還不是衝妳，要不是他對妳有這份情，他捨得給我買這麼好的硯。好了好了，牙齒和舌頭還有弄不到一塊的時候，小倆口哪有不拌嘴的，一天來就是向妳認錯了。快讓阿姨把飯菜拿上來，吃了飯趕緊回家。」葛楠自然不能不回家，但她不是衝沙一天，是衝她爸，她不願讓爸為她擔心。

回到家，葛楠一句話不說。沙一天拿出一條暗綠色純羊毛針織裙，葛楠秋冬喜歡穿深色的衣服。沙一天拿著裙子說：「謝謝妳給我買的西服，挺合身，顏色也挺好。我給妳買了一條裙子，不知道妳喜歡不喜歡。」葛楠斜了一眼，顏色和款式都還不錯，但她沒有說，倒是接了過來。沙一天心裡一塊石頭落了地。沙一天按捺著高興，默默地看電視，希望葛楠早一點進房間。葛楠看了一會電視，沒有她感興趣的節目，她就早早地洗漱。沙一天覺得葛楠洗漱的聲音特別親切，特別動聽，那聲音似乎充滿對他的原諒，充滿著對他的愛。葛楠走出衛生間，他迫不及待地立即就進去洗漱。沙一天洗得興致勃勃，洗得乾乾淨淨。他帶著幾分激動輕輕地去推葛楠的房門，他的心一下涼了，葛楠仍不讓他進房間。

56

當波音737在跑道上拉起飛向藍天的瞬間，苗沐陽的心也隨之飛了起來，她情不自禁地摟住了莫望山的一條胳膊。她摟得很緊，像摟住一棵大樹，摟住一座山，摟住了一生的依靠。苗沐陽早就到了婚嫁的年齡，可她依舊保持著學生那份天真，那份浪漫。苗沐陽是頭一次乘飛機，清晨起床她就沉浸在新奇和嚮往之中，只是在高文娟妒火的掃射下，不好流露。苗沐陽是個難得的好姑娘，聰明、善良，既現代又傳統，富有個性又充滿愛心。她明白，這個時候在高文娟面前尤其要克制。高文娟不是別人，如果說她是莫望山的左膀，那麼高文娟就是他的右臂，她是真心希望莫望山一切都好，希望他的事業發達，希望他發財，希望他幸福。苗沐陽先跟高文娟道別，拜託她辛苦。然後再與華芝蘭道別，儘管她對華芝蘭有了看法，但公司的事一點都不含糊，公司的事她比華芝蘭還上心。離開公司來到機場，她簡直像隻小鳥，走路都一蹦一跳的，或許她覺自己這樣才更可愛。莫望山的胳膊被苗沐陽摟麻了，但他很舒服。她正好把他的胳膊緊緊埋在她那兩座高高的乳峰之間，溫暖而充滿愛意。當莫望山意識到這種超越兄妹之情的愛意，他有些惶恐。生意場上他大刀闊斧，在情感方面，他卻縮手縮腳，他已經選擇了華芝蘭，有了這一選擇，他再沒有選擇別人的權利。

「啊！快看，快看，多好看的雲海。」苗沐陽的座位靠著窗，她一下驚喜地叫起來。舷窗外，碧藍的天空下，一片潔白的雲海。這雲海像一望無際的雪原，千姿百態。這雲海又像一垛垛棉絮，在堆砌，在坍塌，變幻出無窮奇觀。這時她才真正領略「白雲蒼狗」的意境。苗沐陽貪婪地看著，一邊看一邊情不自禁拉莫望山，讓他一起分享。但莫望山已不是頭一次看這樣的奇景，他已經無法跟她一起，他只能附和著她。

空中小姐送來飲料，問她喝什麼，苗沐陽卻拿眼睛看莫望山，莫望山說給她來杯鮮橙。苗沐陽欣喜地接過鮮橙，她的欣喜不是鮮橙好喝，而是因為他知道她喜歡喝鮮橙。空姐送來了午餐，苗沐陽說不愛吃，那三個字帶上了拖腔。連苗沐陽自己也說不清，她為什麼忽然變得嬌氣了。莫望山說，小姐，這是在飛機上，不是在酒店餐廳，別講究了。苗沐陽聽莫望山這麼一說，只好打好飯盒，她用叉子叉起番茄，然後再吃那兩片柳丁。莫望山無聲地把自己飯盒裡的番茄和柳丁也給了她。苗沐陽格外地高興。莫望山又拿起一個麵包，用餐刀把它剖開，塗上黃油，再夾進一片火腿。一邊做著這些一邊說，到北京就過了吃飯時間，趕緊吃點東西，到那裡只怕吃飯都沒工夫。苗沐陽就乖乖地接過吃起來，而且吃得有滋有味，好像莫望山在那個麵包裡放進了特別好吃的東西。用過餐，莫望山說好好休息一會兒，醒來就到了。苗沐陽乖乖地倚傍著他的肩膀，不一會就跟著莫望山沉入夢鄉。

這是北京圖書訂貨會之前的「二管道」會前會。跟正式訂貨會完全不同，這裡沒有展廳，也沒有攤位，一個書商包一個房間，多了也要不起，一個間房一個會期要六千塊，房間讓組織者提前包下，不按賓館價開房，除此賓館裡再沒有空房。會期四天，沒白沒黑，沒男沒女，不管是兩個人三個人四個人，訂貨、吃飯、睡覺都在這房間裡進行。書商與書商之間，不做書的交現款，一律五折發貨；做書的更簡單，相互間碼洋調換，你訂我一萬，我訂你一萬，生意做起來省事，但也有些提心吊膽。政策還沒放開到個人可以辦出版社這一步，書商做的書都是買書號合作出版，按政策條文卡是非法出版，管理部門想抄就抄。好在聽說市新聞出版局已經介入，有了他們的利，就不要再擔這份心。

老翟已先他們一天到會，給莫望山包下了506房間。老翟跟另一個書商合要了501。莫望山和苗沐陽趕到賓館，有的已經開張。莫望山找到老翟放下箱子，立即跟苗沐陽佈置房間。莫望山參加過幾次這種訂貨會，知道這裡的格局和方式。他指揮苗沐陽先一起把兩張床對成直角靠到了牆角，然後把寫字桌橫到進門處空間當攤位陳列樣書。再把帶來的招貼，從門外貼到門裡，貼滿房間。苗沐陽此時也沒有了奶聲和奶氣，恢復了往常的潑辣和幹練。莫望山這次帶來了《共和國紀實》的最後四本書，《禍起廬山——彭德懷浮沉記》、《巨人的握手——中美建交紀實》、《歷史的轉折——中日建交內幕》、《東方巨響——中國兩彈一星揭秘》。其餘已出的六本也一起成套陳列。

506房成了整個賓館裡的焦點，書商們不要錢似的搶著要貨。苗沐陽進入賓館到凌晨一點，當天就收了兩萬五千套的現款。四本書定價加起來九十塊錢，現金就收了一百三十五萬，把房間的保險櫃塞得滿滿的。等人散盡後，苗沐陽跟莫望山說收這麼多錢，放在房間裡，有些害怕。莫望山看著一堆錢，覺得是個問題。莫望山在房間看著錢，讓苗沐陽到總臺聯繫存錢。賓館總臺說人已經下班，只能到明天早上八點上班之後再存。兩個人晚飯也沒能出去吃，幸好老翟那裡有速食麵，一人泡了一包速食麵。莫望山睏了，和衣倒床上要睡。苗沐陽說一個人睡一張床害怕。莫望山就把兩張床拼到一起，讓苗沐陽睡裡邊，他睡外面。他告訴苗沐陽參加這種會不能像住賓館那麼講究，睡覺不用脫衣服，打個盹，天亮就得幹。苗沐陽沒有聽他的話，她還是洗了澡，換上了睡衣，乘莫望山上衛生間沖澡，她鋪好了床，先在裡床睡下了。半夜，莫望山被苗沐陽弄醒了，她鑽進了他的被窩。莫望山醒來嚇了一跳。苗沐陽說：「你打呼嚕，我睡不著。」莫望山說：「睡不著？睡不著兄妹也不能睡一個被窩呀！」苗沐陽說：「我們不是親兄妹。」莫望山說：「不是親兄妹更要避嫌疑。」苗沐陽說：「你現在是自由身，你跟嫂子已經離婚了。」莫望山一愣：「誰告訴妳的？」苗沐陽說：「爸爸告訴我的。」莫望山問：「哪個爸爸？」苗沐陽說：「你的親生爸爸，他說你回城就跟嫂子離了婚。」莫望山說：「就算離婚了，咱也不能睡一個被窩呀！」苗沐陽說：「我問莫嵐了，你們一直分居，表面上還裝得挺好的，我不知道你是為什麼？」莫望山有些緊張：「莫嵐？妳跟莫嵐說什麼啦？！」苗沐陽不高興了：「你這麼凶幹什麼？我沒有跟莫嵐說什麼，還是在我姨家的房子那裡，我聞到小床上的被子有菸味，我才問她的。你不知道嗎？華芝蘭一直偷偷在跟沙一天約會。」莫望山說：「胡說！」苗沐陽說：「不是我胡說，而是你糊塗。我發現兩次了，沙一天還經常來電話。華芝蘭最近還找過葛楠，葛楠和沙一天快要離婚了。」莫望山說：「妳記住，不管我跟華芝蘭怎麼樣，莫嵐是我和她的好女兒，咱們兩個人也不能亂來。」苗沐陽噘著嘴說：「誰亂來啦？你可以娶我。」莫望山說：「娶妳？那怎麼行呢！」苗沐陽還是噘著嘴說：「你嫌棄我？」莫望山說：「不是嫌棄不嫌棄的事，咱們不合適。」苗沐陽說：「怎麼不合適？」莫望山說：「咱們是兄妹一家人，我比妳大那麼多，太虧妳。」苗沐陽說：「一家人卻不是親血緣，這不是更好嘛，你才比我大十一歲，如今大二十的都有，要說虧，我不認為虧不就行了嘛！」莫望山說：「妳這是一時衝動，到時候後悔就來不及了。」苗沐陽說：「我可不是一時衝動，我都二十九了，不是小孩子。」苗沐陽說著就翻身趴到莫望山的胸脯上。

莫望山很冷靜，這事他不是沒有覺察，他早在心裡想過，她媽跟他爸，他再跟她，這算什麼！還不讓人笑掉牙，還有華芝蘭，還有莫嵐。莫望山坐起來說：「沐陽，我喜歡妳，但我喜歡妳做我的妹妹，我會像親哥哥一樣待妳，但我不能娶妳，這樣會讓人終生笑話的。」苗沐陽不高興了：「你封建，我們礙著誰啦，怕人家說，人家會說我們什麼呢？我們哪一點不正當啦？」說著她轉過身朝裡床哭了起來。莫望山咬著牙不去管她。莫望山畢竟已是不惑之年，他不再像毛頭小夥那麼衝動。她想哭就讓她哭吧，長痛不如短痛，哭過了就好了。沒想到苗沐陽越哭越傷心，哭著哭著哭出了內容。「我哪點比她差，我是長得不如她，還是文化不如她，還是做事不如她，還是做女人不如她，她這麼背叛你，你待她還這麼好，你寧願跟她非法同居，卻不願意名正言順娶我……」

莫望山一句話不說，也不去勸她。莫望山讓苗沐陽心靈震撼的是他們頭一次見面，莫望山當著他們全家人的面摔碎了那只杯子。她並沒有感覺他野蠻，也沒有覺得他蠻不講理，她覺得他有血性，他是被生活逼得走投無路。她一直努力在幫他。辦起書店後，苗沐陽感受到了他的堅強，他的智慧，他做事的執著，他為人的正直。他把華芝蘭和莫嵐接到城裡，她更感覺他為人厚道，心地善良，做事有能力又有魄力，她對他由同情變為敬仰。他跟華芝蘭離了婚，可他對華芝蘭仍像對自己的妻子一樣愛，一樣忠誠。苗沐陽對他由敬仰而產生了愛慕，她覺得天底下這樣的男人太少了。今天在這種特殊環境下，她好不容易鼓起勇氣向他表白了自己的心跡，可他拒絕了她，毫無商量餘地地拒絕了她，這對一個純情而又純潔的姑娘來說，打擊太大了。

莫望山睜開眼，一看已經八點了。苗沐陽梳洗完畢穿戴整齊，坐在桌子前的椅子上，兩眼呆呆地看著他。她臉上沒有怨恨，也沒有喜悅，非常平靜。莫望山很愧疚，他平靜地說，沐陽，妳別這樣，妳要是這樣，我這心理就沒法平衡，就沒法做事，咱們就得分開。苗沐陽平靜地說，不管你怎麼想，反正我主意已經定了，你可以不娶我，我也可以終生不嫁。苗沐陽立即過來把床再分開。莫望山和她一起把房間重新佈置成昨天的樣。

莫望山讓苗沐陽看房間，他過去叫起老翟，跟他一起去存錢辦卡。路上老翟問莫望山，小苗哭過，是不是你夜裡不老實欺負人家了。莫望山說事情要這樣倒好了。老翟也不是外人，莫望山把苗沐陽要嫁給他的事都告訴了老翟。老翟說這沒有什麼不可以的。莫望山說是沒有什麼不可以的，可我觀念上和心理上都接受不了。老翟勸他，你心理上接受不了，可你想沒想過她非你不嫁，這要承受多大痛苦。莫望山說，問題難就難在這裡呀！只能慢慢讓她冷下來，讓她死心。

57

莫望山成了皮爾・卡丹的代言人，全身上下都是皮爾・卡丹。幾年前他在天夢這裡請客丟了臉，今天他仍舊在這裡請市局喬副局長和發行處處長。飯店還是這個飯店，人還是這幾個人，但莫望山已不是當年的莫望山。莫望山拿過菜單一氣就點了龍蝦三吃、三紋魚、赤貝、蛇羹、大閘蟹、脆皮乳鴿，一人一盅王八湯。輕輕鬆鬆，快快樂樂海吃山吃了一頓，吃得副局長和處長美不可言，事情就順利地落到了實處。莫望山把炎黃書局的執照鎖到抽屜裡，桂金林還在苗沐陽、高文娟面前端著副經理的架子神氣活現，還暗探一樣留心著莫望山的一切業務活動。莫望山讓桂金林約見賈學毅要攤牌時，桂金林仍木頭一根。

莫望山在北京參加訂貨會時就做好了打算，會上收的現款沒再匯入新天地書刊發行公司帳號，全部入了野草書屋的帳。賈學毅應約在白天鵝賓館與莫望山見面時，新天地書刊發行公司的帳上只剩六萬多塊錢，正夠交下半年的利潤。桂金林給賈學毅打完電話，回過頭來傻呵呵地問莫望山他參加不參加。莫望山看他那傻樣有些可笑，也有些可愛，說你想參加一起參加也無妨。桂金林屁顛屁顛跟隨莫望山其後，他想的是晚上又可以飽餐一頓。讓桂金林好奇的是莫望山沒要包間，也沒進餐廳，而走進了咖啡廳。

賈學毅剛落座，莫望山沒等小姐送上咖啡就拿出了終止承包新天地書刊發行公司的正式信函。賈學毅一看信函，那張肥碩的嘴半張在那裡，一時竟沒能說出話來。莫望山便借此機會說了該說的話，他問賈學毅，承包這幾年，他是否對得住他，是否對得住新聞出版局。賈學毅當然無法否認，這幾年莫望山讓他得的好處比他前半輩子所得的工資還多；他也對得住新聞出版局，他每年都按時上繳利潤，沒少新聞出版局一分錢，他奉公守法，沒給新聞出版局添一點麻煩。賈學毅聽著莫望山的話，連喝了三口咖啡，這才說：「你狠！算你狠！你比我還狠！」莫望山自然沒再接受他指示聆聽他教誨，他把新天地書刊發行公司的經營許可證、營業執照、稅務登記證和公司的印章、財務專用章從提包裡一樣一樣拿出，一樣一樣當面交割，交割完畢，他讓賈學毅在一份早就準備好的交接手續上簽字。賈學毅的思緒全亂了，他沒一點準備，可他除了拿憤恨的眼睛瞪桂金林外，找不到任何制止莫望山行動的岔子。賈學毅無奈地在交接手續上簽了字。莫望山沒再坐下去，他端起自己的咖啡，說：「以水代酒，感謝你這幾年的支持，祝新天地繼續興旺發達。」說完他就告辭徑直走出白天鵝賓館。

自始至終，賈學毅像個傻瓜一樣不知道自己來這裡做了件什麼事情。直到莫望山走出賓館，他都沒能說出一句有分量的話。莫望山走後，桂金林問賈學毅還吃不吃飯，賈學毅十分惱火又十分節制地咬牙切齒對桂金林一字一字地說：「吃——你——娘——個——蛋！」

苗沐陽到新聞出版局直接找了趙文化。她跟趙文化說，沒法在賈學毅手下做事，她要求停薪留職，如果不同意，她就辭職。她把申請交到趙文化手裡。趙文化沒有立即給她答覆，他說研究後再給她信兒。

趕著莫望山走順字，莫望山正想尋找新的辦公地點，市新聞出版局同意市新華書店把在廟街的一幢四層樓庫房改建成書刊批發市場。莫望山聞訊立即趕到籌建組，當即要下了二層二百平米的面積，辦公、業務、經營全有了。市店正愁招租不出去店面，非常感激，價格也給了特別的優惠。炎黃書局正好佔了二層的半層樓，施工隊按照莫望山提供的圖紙裝修，一上樓梯就看到炎黃書局的金字招牌，朱紅底，燙金字，字仍是莫望山自己寫的漢隸，筆力蒼勁，體態美觀。裡面經理室、業務部、經營部（高文娟的出版部改成了經營部，他聽了聞心源的話，書店不應該有出版，招惹是非）、批發部、財務部，又增加了宣傳策劃部和技術部。宣傳策劃部負責策劃選題、圖書宣傳；技術部負責電腦排版和封面、版式設計，有板有眼，氣勢不凡，整個兒一個出版社。炎黃書局與市書刊批發市場同時開業，省委宣傳部、市領導都目睹了炎黃書局的氣派。

莫望山和苗沐陽參加北京圖書訂貨會回來，華芝蘭和苗沐陽一起感到莫望山在故意親近高文娟。《新中國風雲錄》叢書要舉行匯稿會，苗沐陽一直在做會務準備工作，到開會時，莫望山居然讓高文娟上會，而讓苗沐陽在公司抓業務。這個會是宣傳策劃部的事，業務部和宣傳策劃部歸苗沐陽管，高文娟管經營部和技術部。高文娟情緒高漲，聯繫賓館、準備材料，幹得風風火火。苗沐陽表現出特有的平靜，她給莫望山送《新中國風雲錄》宣傳計畫時冷靜地說，迴避不是上策，拿別人來做擋箭牌，這是傷害別人。莫望山抬起頭看了看她，什麼也沒表示。

莫望山為讓這套選題順利通過，同時保證品質，提高它的權威性，他先與南風出版社的章誠談好合作方案，然後與出版社一起出面從省社科院和黨史研究室聘請三位權威專家和省委宣傳部、省局的領導組成了叢書編委會，先把稿子送給三位專家審讀，然後參加匯稿會。會上一部書稿一部書稿進行論證，作者和專家同在，當場確定修改意見，效果比預期的還好。晚上莫望山在賓館設宴招待作者和專家，他真誠地一個一個敬他們酒。飯後安排了卡拉ＯＫ、保齡球等娛樂活動。莫望山一是高興，二是真心要謝專家和作家，他的酒多了，沒能參加這些活動，只能讓高文娟去張羅。

高文娟是卡拉ＯＫ結束後才得空去莫望山房間看他。打開門滿屋子的酒氣把高文娟頂了出來。她捂著鼻子打開房間燈，發現莫望山躺在地毯上，衛生間裡吐得一塌糊塗。她先把莫望山拖起，把他拖到床上，再去清理衛生間，然後擰了熱毛巾回房間給莫望山擦臉。高文娟先幫他翻身讓他仰著，然後再替他擦臉、擦嘴、擦脖子。擦乾淨這些後，幫他脫了西服西褲。脫著脫著，莫望山抬起一條胳膊把高文娟摟到了胸前。高文娟沒有掙抗，她心裡很緊張。高文娟打心裡敬莫望山，是他改變了她的命運，幫她和馮玉萍買了這個城市的戶口。她一心一意要報答他，拼命為他工作。她對他沒有更多的奢望，只是報答。現在他把她摟在胸前，高文娟心裡好緊張，她有一點害怕，她還沒有經過男女之間的事，她知道他喝醉了，她不知道他要做什麼，她手足無措地讓他摟在胸前。莫望山一轉身把高文娟翻到了床上，他側著身仍舊把高文娟摟在懷裡。他的手在掀她的衣服，高文娟明白他要做什麼。她看了看他，他還睡著，沒有睜開眼，也沒有語言。他的手沒能掀開她的衣服，他在撫摸她的胸脯。高文娟遲疑著，她的心已無法平靜，她從來沒有讓男人這麼撫摸過。她的心狂跳不止，渾身發燒發燙，無法讓自己冷靜下來思考。他撫摸起來很不方便，她不由自主地一個一個解開了自己的衣扣，解開了乳罩的搭扣。兩隻豐滿堅挺的小白兔立即拱了出來。啊！他的手捧住了它們，她這是頭一次感受男人有力的愛撫。這隻手把她燃燒起來，她跟他一起醉了。不知道她哪來這膽子，她一點都沒有害怕，她無師自通，毫無思考就意識清晰地做了一個姑娘不該做的一切。直到那下身一陣撕裂讓她禁不住叫出聲來，她才陷入驚慌。她在夢遊中聽到他在輕輕地語無倫次叫著一個人的名字，她隱隱約約覺得他像在叫沐陽，又像在叫芝蘭。高文娟一下就癱軟了，他沒能把她帶進天堂，除了那撕裂的疼痛，她什麼都沒感覺到。

高文娟沒有在莫望山房間過夜，完事後莫望山就鼾聲如雷，高文娟立即跑回了自己的房間。她把噴淋的水開到最大，在熱水的沖刷下，她哭了。她的眼淚匯入噴淋的熱水，沒有痕跡地流淌。她不知道自己為什麼要哭，她並不恨莫望山，也不為自己羞恥，反正她想哭，她忍不住地哭。或許這時她才意識已經不是原來的高文娟了，意識到她的姑娘時代就這樣草率地結束了，一個女人的生活就這麼倉促地開始了，她一點沒有準備，太突然太匆促，太簡單了。哭夠了，澡也洗完了，她也累了，躺到床上不一會兒，她就沉入了夢鄉。

莫望山清晨醒來，只覺得頭痛。他下床時一愣，奇怪自己怎麼一絲不掛，他找褲衩發現了床單上的那些鮮紅。他依稀想起了晚上曾經做過的事。他慌張地穿衣洗漱，然後去敲高文娟的門。高文娟見他，臉紅了，他證實了自己所做的一切。莫望山抱著頭對高文娟說：「對不起。」高文娟說：「沒有關係，是我願意的。」莫望山說：「不，妳不可能願意。」高文娟說：「我願意，我早就願意，是你給了我一個報答的機會。你千萬不要自責，你要是自責，我反而不好意思了，也不好意思在你那裡待下去了。」莫望山還是不住地說：「我對不起妳，請妳原諒。妳是不能在我這裡待下去了，我沒法面對妳，我一定給妳安排好。」高文娟說：「我不願意離開，我自己幹不了什麼。」莫望山說：「這樣我會很彆扭的。聞心源勸我在擴大批發覆蓋面上做文章，我正在想搞連鎖批發店，我讓妳來獨立負責一個店，妳會搞好的，有困難我再幫妳，妳可以幹妳一生想幹的事情。」高文娟低著頭，她拿不定主意。

匯稿會結束回來的當天晚上，莫望山主動向華芝蘭坦白了這事。華芝蘭靜靜地躺著聽他說。莫望山側過身來問華芝蘭：「妳能原諒我嗎？」華芝蘭說：「妳不需要原諒，這是妳的權利。」莫望山說：「怎麼能這樣說呢？妳對我難道連醋意都沒有了嗎？」華芝蘭說：「我沒有資格吃醋。」莫望山說：「你要這麼說，就是不肯原諒我。」華芝蘭說：「原諒不原諒不是一句話的事，咱們都已過不惑之年了，在乎這一句話有什麼用呢？我說了我原諒你，事情就沒有發生過嗎？你就心安理得了嗎？恐怕不可能。這不只是我一個人的問題。你想沒想到苗沐陽會有什麼感受？只怕她比我的反應要更加強烈。難道你心裡沒有一點感覺？我早就跟你說了，咱們該結束了。我這麼說，不是說你不愛我，也不是你對我不好，說實在的，這一輩子，我欠你太多了，再這麼下去，我欠你的就更多，搞得我一輩子都無法心安。來省城這些年，你說我愉快嗎？我愉快。我和嵐嵐的戶口都遷到了江都市，成了省城的居民；我有事做，做得很有意義，也實現了自己的價值；如今嵐嵐要考大學了，咱們也買了房，還三室一廳，一切都美滿，一切都幸福。可我心裡真愉快嗎？我不愉快。你對我的愛，不是愛，是可憐，是同情。你一輩子在可憐我，一輩子在同情我。一個人一輩子生活在別人的可憐和同情中，她能幸福能愉快嗎？或許是我固執，我就是固執，我曾勸我自己不要鑽牛角尖，說你真心實意在愛我，這愛和同情可憐是沒法區分的，誰也區分不了。可我心裡還是無法改變，沒有辦法改變，誰也改變不了。你越是用這樣那樣愛我的行動來打消沖淡我的這種意念，我越這麼感覺，越這麼想，你就是一天到晚說愛我也沒有用……」

莫望山被華芝蘭的話震撼了，這是她發自內心的呼喊，也是他一直百思不解的事。這二十多年來，他心裡再沒有接受過別的女人，他一心一意把這個家當家，把莫嵐當自己的親生女兒，他竭盡自己的全部能量在這個社會中苦鬥，無依無靠，忍辱負重，忍氣吞聲，吃辛吃苦，為的就是這出頭之日，有他說話的權利，在這個世界上爭回屬於自己的一塊立足之地，靠自己的努力來改變自己的命運，改變她和女兒的命運。可是無論他為她做什麼，她的接受，她的感受，與他總是有距離。原來根子在這裡，在這婚姻的基礎。這基礎本來就是沒有根基的，是建在沙灘上的高樓，越高越危險。要是沒有她與沙一天的變故，要是她不懷孕，他們根本走不到一起。他不會去求她，她也不會愛他。平心而論，當初他確實是同情她的處境，也為沙一天理虧，他不願意華芝蘭用這樣的方式毀滅自己的青春，他也不想叫全村人罵城裡人不是人。可是結婚後，他除了想回城，一點沒有華芝蘭配不上他的意念，可她還是不能像接受沙一天那樣接受他，像當初愛沙一天那樣愛他。到這時他才真正體會到愛情無法勉強。

莫望山理解了華芝蘭的心情後，平靜地說：「芝蘭，妳是不是挺煩我？」華芝蘭問：「你感覺我煩你嗎？」莫望山伸過胳膊把華芝蘭摟到身邊，華芝蘭則溫順地貼向他。華芝蘭把臉埋在他的胸脯上，輕輕地說：「我一直把你當太陽一樣看，你是自由的，你為我已經付出了太多太多，我不能再拖累你，你什麼時間厭倦了就告訴我。」莫望山把華芝蘭摟得更緊。他對華芝蘭說：「自從心源勸我改變書店經營方向之後，我這心裡一直矛盾著。心源的忠告不會錯，他絕不只是從他的工作出發，他是把我當兄弟才說的那些話。可我卻又想不通，我不搞歪的，不搞邪的，憑自己的智慧和勞動，正當地賺錢，會有什麼錯呢？改變經營方向，江都圖書大廈這樣的大型圖書超市是好，可我現在沒有這能力；搞連鎖店，從上到下都需要經營人才，現在也沒有這個條件。我覺得他說擴大批發的覆蓋面沒有錯。我想不妨再開一個店，搞連鎖批發。我要安排高文娟，她不能再在炎黃待下去，但我必須公道。我打算讓她去管一個書店，一個炎黃的連鎖店。她還年輕，我不能毀了她的一生。我為她做的一切，希望你能理解。再一個，把野草書屋也增加批發，先搞三個店的連鎖經營。」華芝蘭說：「你歷來是個負責任的男人，你想怎麼做就怎麼做，我不會在意的。我只是提醒你，苗沐陽對你是真的，女人的感覺最準確，為了你，什麼傻事她都做得出來。她已經知道我們沒有真正的婚姻關係，現在嵐嵐大了，我會找機會跟她說的，你該好好打算打算自己往後的日子。」華芝蘭不像是在跟丈夫說話，倒像是在為朋友商量終生大事。這就是華芝蘭對莫望山的愛。他對她的愛飽含著同情和責任；她對他的愛浸透著報答和寬容。

莫望山的撤離，抽掉了新天地書刊發行公司的大梁，公司立即癱瘓。趙文化問賈學毅：「幹得好好的，人家為什麼突然就不願意承包了呢？苗沐陽也要求離開新天地，究竟是什麼原因？」賈學毅說：「這是沒有辦法的事，合同到期了，不願意再承包了，這是人家的自由，沒法強迫。苗沐陽走，是要幫她哥，誰也擋不住。」趙文化說：「你們發行處工作上有沒有問題？下一步怎麼辦？」賈學毅說：「公司是局裡辦的，只能重新組織人來搞。」趙文化說：「如果要搞，只能是你們發行處向局裡承包，再要搞勞動服務公司這種東西，就沒有必要搞。」賈學毅說：「容我們商量一下，承包不是件小事。」趙文化說：「條件可以參照莫望山承包的條件。」賈學毅說：「要按這個條件，恐怕沒人敢承包。」趙文化問：「為什麼？」賈學毅說：「人跟人不一樣，莫望山本來就是搞書店的，有經營經驗，局裡的人都是門外漢，要按這個條件自然搞不來。」趙文化說：「那你們儘快拿出意見來。」趙文化這麼快就主動找賈學毅，是讓局裡的人和賈學毅知道，他在這個位置上，他在認真地做事。最近上面又有風吹下來，符局長有可能上宣傳部，他有可能接局長的班。賈學毅拿出了發行處集體承包的方案，每年給局裡上繳八萬元，視經營情況再逐年增加。趙文化不同意搞集體承包，必須個人承包，為了讓承包人全身心投入公司經營，他建議局裡人承包可以停薪留職，局裡同意了他的意見。

趙文化跟賈學毅談話，賈學毅說趙文化是變著法想整他，想藉機把他趕出新聞出版局。趙文化沒跟賈學毅急，他說：「局裡並沒有指名要你承包，你這樣發火有些莫名其妙。」賈學毅說：「要是我們處沒人敢承包怎麼辦？」趙文化說：「這很簡單，沒人承包就停辦。」趙文化的這句話讓賈學毅意外又難受，他覺得趙文化把著了他的脈，局裡的人眼不花，耳也不聾，都知道這幾年賈學毅借著公司的名義賺了不少黑錢。這次趙文化表現出的強硬，與他晉升局長的消息是一致的，局裡的人都感到他在做一種姿態，但局裡人認為他做得對，認為早應該這樣管管賈學毅了。賈學毅已經覺察到了這一點，其實賈學毅明白得很，更深層的原因是，他老婆跟的那位省委領導已經退位到了政協，政協和政府雖則一字之差，可權力天壤之別。

晚上賈學毅去會了夏文傑，夏文傑又回到了無由山莊。賈學毅把局裡的意思說了一遍，夏文傑說是好事，他分析，賈學毅官運已經到頭，財運正當頭，桃花運剛開了個頭，既然不能當官，那就賺錢，有了錢，想幹什麼就幹什麼，搞多少女人，別人也只能豔羨，只要不是強姦。多爽快！他讓他趕緊回去答應，八萬塊錢算什麼，搞一本書就賺出來了。賈學毅讓他說動了心，他何嘗不想當老闆，何嘗不想為自己賺更多的錢，可開公司一天到晚在拿錢賭博，一刻也不能怠懈，要管理，要經營，要有人才，他現在最缺的是會經營的得力的人手。夏文傑聽了賈學毅的心事，哈哈笑了，說：「人才有的是，余霞就是人才，你們已經合作過了，而且情深意篤，她，歸你了，幫你管個財務，搞個公關，當個秘書，白天黑夜都能用。」賈學毅聽了眉開眼笑。賈學毅說：「要是能讓那個小夥子也來幫我就更好了。」夏文傑說：「胃口不要太大，只要你承包了公司，你的就是我的，我的就是你的，有什麼事你只管來商量，我包你發財。余小姐，陪妳老公睡去吧。」余小姐就挺著胸脯過來，挽起賈學毅的胳膊去她的房間。

第十四章

政治搭台，經濟唱戲

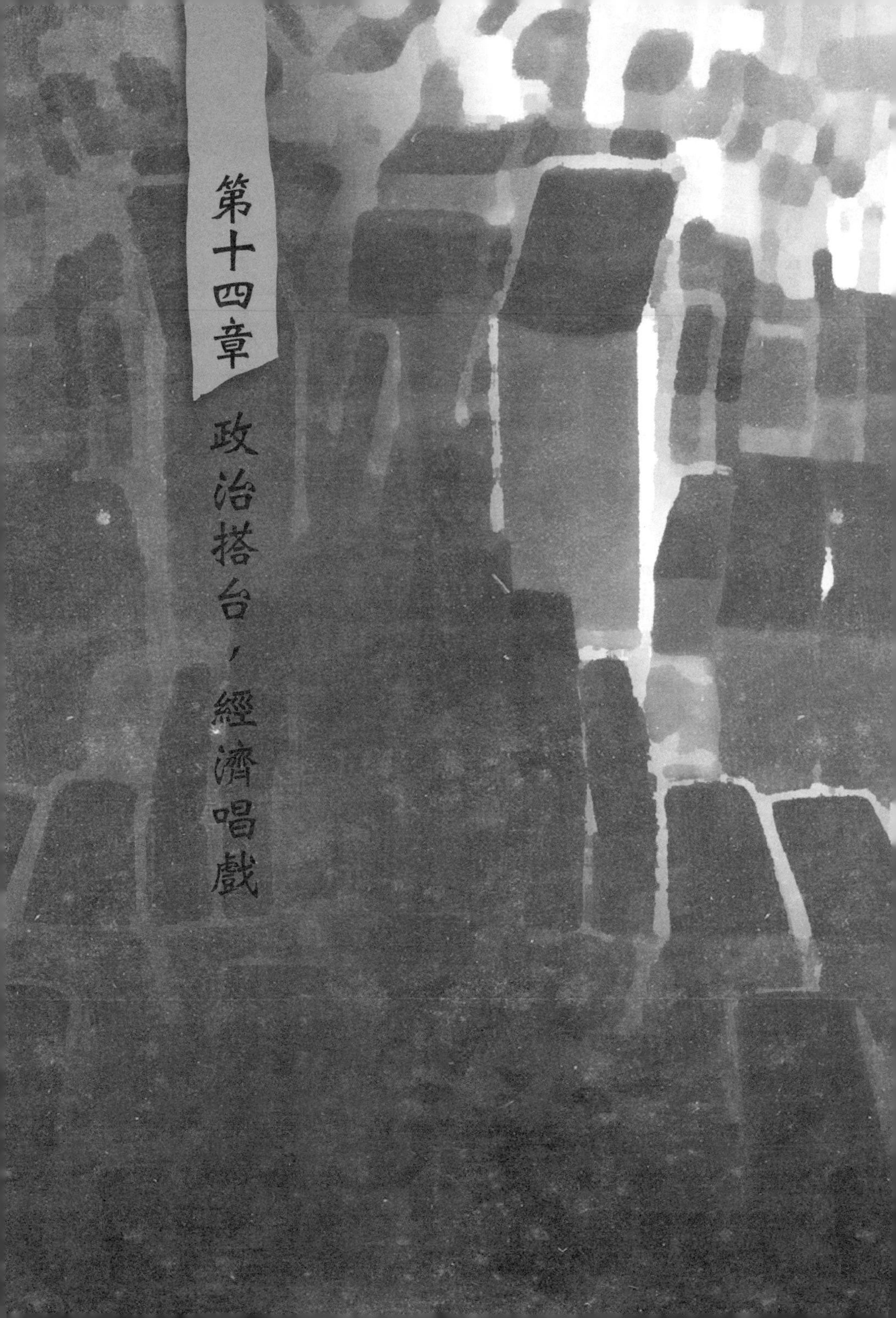

58

組織部的人到新聞出版局搞沙一天和聞心源的民意調查，聞心源正跟全國「掃黃辦」的人在吳河市查封光碟生產線。省委組織部幹部處的人工作很扎實，挨個找省新聞出版局的處級幹部談話，談話的內容只有一個，讓他們推薦處級幹部裡誰能提副局長。幹部處的人與處長們談完話直搖頭，在家的八位處長有七位都推薦自己，僅有一位老處長推薦了聞心源。怪不得老百姓說，三大作風變了，理論聯繫實際，變成了理論聯繫實惠；密切聯繫群眾，變成了密切聯繫領導；批評與自我批評，變成了表揚與自我表揚。幹部處的人沒法含蓄，只能直截了當提出沙一天和聞心源來徵求意見。

七個處長像開了會一樣口徑一致，說沙一天把南風出版社搞得一塌糊塗，說他不講政治。幹部處的人要具體事例？除人體畫冊，他們又說不上別的來。幹部處的人問，抓業務，抓經濟，抓改革，不就是講政治嗎？他們更沒法回答。問到聞心源，他們又都說他個人英雄主義嚴重，好出風頭。還說作風也不那麼正派。幹部處的人問，他在報紙上發表的那些文章是吹捧自己還是研究工作探索改革？他的寫作是在工作時間還是在業餘時間？他與葛楠的關係不正常，有什麼證據嗎？他們又都一個個沒了話，誰也說不出一點具體事來。

欲加之罪，何患無詞，不只是掌權人，老百姓也會。局裡人上班有了話題，說聞心源和沙一天不光在爭葛楠，還在爭副局長。工作組到局裡的當天晚上，沙一天上了符局長家。沙一天沒有直接問工作組的事，而是向符局長彙報，他女兒的事辦妥了，星期一就可以去上班，在行政辦當秘書。夫人侄兒的事也研究確定了，跟民政局安置辦也聯繫好了，復員回來到民政局安置辦轉關係，然後直接到社裡報到上班。符局長明白，沙一天今天來的目的不是要彙報這些，而是要瞭解工作組的情況。但符局長什麼也不能跟他說，他也沒有什麼可跟他說，工作組還沒有與他見面，他們與處長們談話的情況和要跟他談的事都還是個未知數。符局長只能叮囑他，在社裡沉住氣，越是在這種時候越要沉住氣。

沙一天離開符局長家，心裡跟來時沒兩樣，他沒能得到想得到的資訊。沙一天背著那只青銅漢鼎出門，葛楠正好進門。漢鼎是沙一天不知從哪搞來的，結婚就一直擺在家，葛楠不知他拿它做什麼。葛楠看沙一天那副見不得人的鬼頭鬼腦樣，猜到了他要做什麼。她沒問，卻忍不住好笑。沙一天知道她在笑他，硬著頭皮出了門。沙一天要去見趙文化。走到半路，他忽然猶豫起來。不是葛楠的冷笑讓他不好意思，他覺得過去他沒怎麼靠近趙文化，他知道趙文化與符浩明之間的關係微妙，表面上雖然一唱一和很協調，骨子裡卻誰也不跟誰交心，除了工作關係，他們之間生活上基本沒什麼來往。沙一天想，趙文化不是傻瓜，局裡誰都清楚，沙一天是符浩明的人，沙一天一直與趙文化保持距離，趙文化對此嘴上不說心裡記著帳。現在用著他了，臨時來抱佛腳了，趙文化能不反感？沙一天想到這一層，半路又掉頭往回走。剛走幾步，沙一天收住腳，臨時抱佛腳，也比不抱好呀。

即使自己當不成副局長，趙文化要是當了局長，以後更捏著他的命運，不趁機趕緊調整關係，等他當了局長再來朝拜，不是更被動嗎？想到了這一層，沙一天又掉轉頭來，毫不猶豫地朝趙文化家走去。沙一天走進趙文化家，趙文化很客氣地迎接了他，儘管那微笑裡可能含著嘲諷的意味，你小子今天才活明白。趙文化沒讓沙一天特別尷尬，也沒跟他兜圈子，直截了當問他對聞心源的看法。這問題確實把沙一天弄得十分尷尬，聞心源怎麼說也算是他的朋友，而且現在客觀上成了他的對手，他的勁敵，要讓他貶他、損他、攻擊他，他還沒有心理準備。可現實就這麼殘酷，讓他無法迴避，也沒有猶豫的時間，更沒有退縮的餘地。事情已經把他逼到有他就沒有他、他上他就不能上的份上。他飛快地給自己警告，這個時候不說，可能會後悔一輩子。於是他放低了聲音，放慢了節奏，擺出一副非常為難的樣子說：「他能力挺強，為人也正，做事也很有魄力，不過，他的工作興趣似乎不在咱們局裡，他更想去報社或者新聞單位，或者專門搞寫作。他幹那些似乎更合適，他的性格也適合幹這些。在一個單位負責一方面的工作，很大程度不在於個人的工作能力，而在於把周圍的人攏在一起工作，他有些獨來獨往，別人覺得他有股傲氣，有些清高，不那麼尊重別人的意見，包括自己的領導，這樣就很難做好一個單位的工作。」沙一天說著，越說越溜，越說越沒有顧忌。趙文化一直拉著嘴角，含笑聽著。那目光似乎在欣賞人的原始劣根性表演，欣賞人性的殘酷，而且他一邊欣賞，一邊在深思，以致沙一天說完話，他那含笑的神態仍凝固在臉上。反弄得沙一天更不自在，他拿不準趙文化是怎麼看他這一番表演，是理解？是同情？還是厭惡？沙一天的不自在，讓趙文化意識到了自己的走神。他調整了自己的坐姿，做出無所謂的姿態說：「跟組織就是應該有什麼說什麼，這不叫背後犯自由主義，只有大家都說真話，組織才能真正瞭解每一個人的真實想法。請你放心，組織對每個人都是負責的，不會把每個人的真實思想隨便洩露出去的。你們兩個是朋友，現在都是上面考核的對象，工作上要相互配合，思想上還是應該實事求是，什麼叫批評與自我批評，給組織反映真實思想，也是批評和自我批評的一種方式。回去好好工作，正確對待這個問題，一句話，相信領導，相信組織。」

沙一天忐忑不安地離開了趙文化家，他一點都無法評估自己的趙家之行，是利多弊少，還是弊多利少。沙一天走進家門，葛楠用那樣一種眼神瞅他。沙一天讓她瞅得心裡發虛發毛。沙一天掩門的時候，聽到了葛楠一聲冷笑，那笑聲讓他渾身發涼。沙一天還聽葛楠說，跑官誰也管不了，可別做那背後損人的缺德事。葛楠就是葛楠，她絕不會委屈自己。

讓局裡人想不到的是，關鍵時刻，趙文化竟會與符浩明尿到了一個壺裡，他竟會捨棄聞心源而說明沙一天。趙文化在工作組面前替沙一天說話，並不是因為沙一天給他送了那只青銅漢鼎，何況還說不定是仿製品；也不是因為沙一天在趙文化面前貶損了聞心源，改變了趙文化對聞心源的看法。趙文化做這樣的選擇，也不是受符浩明的影響，符浩明並沒有找他，也沒給他任何暗示。這個選擇是趙文化經過自己慎重思考後獨立做出的。局裡只有葛楠一個人猜透趙文化的心理，那一天她與他長談後，她就看透了他，他是個滑頭，是個在官場裡混油了的滑頭。葛楠猜到沙一天肯定是去趙文化那裡拉了票。趙文化平時喜好字畫，一米八的身材卻常常做出一副溫文儒雅的姿態，任何時候都表現出頗有學問的樣子。其實他的學問全在審時度勢。工作組來到局裡，他知道他們的任務，他也知道他這一票的重要。符浩明全力保舉沙一天確定無疑，組織部門也多少知道符浩明與沙一天的特殊關係。那麼除了群眾的意見外，他這一票至關重要。

局裡人都以為他會力薦聞心源，一是聞心源的能力和業績在那裡擺著，二是聞心源凡事都把他當直接領導，從沒越他而向符浩明直接彙報請示過任何事情；三是局裡的人都知道他與符浩明貌合神離，而且他曾在不少場合對沙一天的走狗行為嗤之以鼻。趙文化之所以做出這樣的選擇，自然有他的道理。高貴也罷，卑賤也罷，其實老百姓的道理最簡單，誰願意要個比自己各方面都強的人做自己的副手呢？這不是自己要自己的難堪嘛！再說符浩明雖然離開了新聞出版局，但他是升遷到宣傳部，是新聞出版局在省機關裡的主管領導，跟自己的直接領導作對，與自己有什麼好處呢？趙文化為官多年，有一點他是明白的。共產黨的官不是百姓選的，而是一級一級由上面任命提拔的，任命提拔跟封官沒有多少區別，要被上面任命提拔，必須讓上面管你的人認識你，瞭解你，賞識你，喜歡你。過去他敢與符浩明明爭暗鬥，是他錯誤地估計了形勢，他以為符浩明能離開新聞出版局，卻沒有想到他會升任宣傳部副部長，自己的利益比聞心源的利益更重要。

聞心源從吳河凱旋第二天，上面下達了任命書。符浩明提為省委宣傳部副部長，趙文化提為新聞出版局局長，沙一天提為新聞出版局副局長，章誠終於也當上了南風出版社的社長。與他們一起任免的還有賈學毅，免去發行處長職務，任命他為新天地書刊發行公司經理，正處級待遇；任命葛楠為發行處副處長。下來一個，提了一大串，各得其所，彈冠相慶。

聞心源回到江都，葛楠當天告訴了他這些將要發生的事。葛楠一副事不關己的樣，聞心源也沒有向她表示祝賀，也沒有問他們的家事。葛楠問聞心源：「知不知道民意調查也有你？」聞心源說：「不知道。」葛楠問：「是真不知道還是假不知道？」聞心源說：「真不知道，沒有任何領導跟我說過這件事。」葛楠不解地問：「你對這事就一點不考慮？就這麼無所謂？」聞心源笑笑，直率地說：「哪個人不想進步？不考慮是假的，我可能不光想當副局長、局長，我還想部長，當省委書記。但這不是個人考慮的事，這是領導和組織考慮的事情。個人考慮又能怎麼樣？不考慮又怎麼樣？我總認為，一個成熟的，有強大生命力的執政黨，它必定要建設一套與使命和時代相一致的先進的幹部制度，否則它必將經受挫折和失敗的考驗。東歐、蘇聯就是最好的例證。有生命的東西，它的每一個組成部分必定都是健康的、新鮮的、充滿生機的。我們黨內有腐敗，就像病毒和病菌已經侵入健康的肌體一樣，其中幹部路線上的腐敗則是致命的癌細胞。」

葛楠聽得入神，她忽然感悟出一個道理，一個人要是素質好，幹什麼都明白，幹什麼就會成就什麼；一個人要是素質不好，幹什麼都糊塗，什麼事都做不好。她還想，為什麼像聞心源這樣的人才，領導就發現不了呢？葛楠沒有做聲，她沒有把心裡話說出來，她深深地為聞心源遺憾，深深地為我們的領導和組織遺憾，也深深地恨沙一天，她認為他會在背後損聞心源。聞心源說：「抽空把手裡的工作交給常河堂，再找個晚上的時間吃頓飯，送你上發行處上任。」葛楠沒表示高興，也沒有反對。

沙一天從符局長辦公室出來，像新媳婦一樣不敢抬頭，他感覺有許多眼睛在盯著他看，有許多人在朝他笑，那目光和笑容裡沒有祝賀恭喜，而是譏笑和嘲諷。他腦子裡迴響著一句話：「狗日的，神氣什麼？這官誰還不知道是怎麼弄來的。」沙一天儘管低著頭下樓，他還是踩空了一級樓梯，差點兒崴了腳。他不好意思地抬起頭來看四周，上下樓梯一個人都沒有，他自己對自己笑了。笑容還沒收，迎面蹦出個葛楠。葛楠一副藐視的神態，來到跟前，她對沙一天說，這回你如願了。

沙一天出得門來，他沒把葛楠的話往心裡聽，他抑制不住喜悅。立即想見華芝蘭。他在一個公用電話上給她打了電話。接電話的是華芝蘭，他說他急著想見她，有重要事情要商量。華芝蘭停頓了一下，同意在金河飯店見面。華芝蘭剛出門，苗沐陽就找了莫望山，他讓他到金河飯店去看看。莫望山苦笑一下，他說沒那個必要，看又怎麼樣，不看又怎麼樣，一個人為人，首先要相信人。苗沐陽氣得直跺腳。

「我當副局長了。」華芝蘭剛坐下，沙一天就先告訴了她這個喜訊。「你如願了。葛楠那裡怎麼樣？」「她提了發行處副處長。」「我不是問這，你跟她溝通了沒有？」「沒有那個必要了，強扭的瓜不甜，我看透她了，讓她自由吧。」「你變化挺快，你真的不在乎她？」「一點不在乎她，我在乎妳。」「你說什麼？我看你有點得意忘形了。我早就跟你說了，我之所以還見你，還關心你，並不是我還愛你，我是想夫妻不成，可以做朋友，人生一輩子不容易，人與人之間何必要搞得你死我活呢。為什麼只能要麼這樣，不然就那樣呢？為什麼不能有第三種選擇呢？」「我要補償妳，要不，我一輩子對不起妳。」「你已經對不起我了，也對不起莫望山，你再要胡思亂想，就更對不起我，也更對不起莫望山。你再這樣是在破壞我們家庭，在損害我！你不是要叫我不仁不義吧！」「我已經考慮好了，我準備跟葛楠離婚，我求莫望山放棄妳，我求妳嫁給我。」「沙一天，我看你思維已經不正常。我今天明白地告訴你，只要莫望山還需要我，我不可能離開他，也不可能再嫁給你。現在你跟葛楠鬧到這種地步，我再操心也無濟於事，我不想再這樣見你，你大小也算是個官了，自己好自為之吧。」

華芝蘭說完立即離開座位，走出了金河飯店。沙一天傻坐在那裡，不知究竟發生了什麼。令他費解的是，他當了副局長，她為什麼不與他一起高興，她為什麼反而不願見他了。

聞心源回到家，跟江秀薇說出差耽誤了書稿的生產。江秀薇說她已經幫他校完了書稿，書稿按時交給了莫望山。聞心源有些驚喜，問江秀薇是不是把書稿全都看了？江秀薇微笑著點點頭。聞心源問她感覺怎麼樣？江秀薇說很好，非常不錯。以新聞記者的身分，用實地採訪的形式來反映那一場風波在人們心裡的真實反映，非常真實，尤其是「愛國情結的扭曲」那一章非常好看，也非常感人，她校稿時，掉了好幾次眼淚。還有「歷史的啟示」那一章，有思想，也很貼切。聞心源忍不住把江秀薇抱了起來，接著兩人就親到了一起。正親得銷魂，咚！門開了，泱泱放學回了家。泱泱一邊喊著爸爸不害羞，偷著親媽媽，一邊撲向父親。聞心源就轉過身來抱泱泱。泱泱已經上了高一，不好意思再讓爸爸抱，她要騎爸爸肩上。聞心源真的就蹲下，泱泱就騎在爸爸的脖子上，兩手捧住他的頭，這種凌空的感覺好極了，好多年沒有體會了。她讓爸爸在房間裡走，聞心源就在房間裡走。江秀薇看著直笑，說泱泱妳越大越不成器了，女兒不像女兒，爸爸不像爸爸。

沙一天提著一隻燒雞和一瓶二鍋頭站到他老爸面前時，老頭的眼睛笑成一條線。沙一天心情糟透了，為當這副局長，他他媽付出了多少心血？買了多少人情？承受了多少委屈？丟掉了多少尊嚴？夾了多少年尾巴？終於如願以償，原以為華芝蘭會為他歡呼，他可以藉機向她攤牌，把她從莫望山手裡奪過來，沒想她反不以為然離他而去。沒有一個人給他道喜，沒有一個人為他慶賀。想來想去，他還有個老爸。他當副局長，老爸會高興，老爸會與他同賀。沙一天給老爸斟上酒，爺兒倆乾了杯，老頭子把酒杯放下，嘻著嘴問沙一天：「副局長是個多大的官？」沙一天說：「副局長就是省裡的廳局級幹部。」老頭子問：「廳局級有多大？有過去的江都府這麼大嗎？」沙一天說：「比江都府要小一點，跟過去的知府差不多。」老頭子說：「有知府那麼大！那就不小啦！要坐四人抬轎子呢！今兒個早上，那些老傢伙問我，你兒子當副局長了，副局長是個多大的官兒啊，我還說不上來。」沙一天知道他說的那些老傢伙，都是祖祖輩輩生活在貧民窟裡的老市民，看電視也就看個京劇，聽個崑曲兒什麼的，連新聞聯播都不愛看。沙一天說：「不要跟那些人去亂說，他們懂什麼。」老頭子說：「不對，就得跟他們說，他們越不懂越得跟他們說，要不他們怎麼會服我呢？」沙一天說：「無所謂，你做給他們看，你每天到茶館去喝茶，去聽書，清晨打打太極拳，他們不會不羨慕你的。」老頭子聽了兒子的話，渾身舒坦，從小到大算沒有白疼他。沙家的祖墳冒煙了，發跡了。官一當大，人就講禮儀，說出的話也跟平民百姓不一樣。老頭子一高興，又想到了孫子的事。老頭子問：「葛楠那裡做通了沒有？」沙一天說：「做不通，她死活不想要孩子。」老頭子說：「怎麼弄這麼個怪人，一個女人怎麼會不要孩子呢！」咕咚，老頭子一口又乾了一杯。沙一天說：「現在時代不一樣了，只要自己過得舒服，還管什麼孩子。」老頭子生了氣：「生兒子，是男人一輩子最大的能耐！我有什麼能耐？我的能耐就是生了你這麼個有出息的兒子！我走到哪裡都榮耀！這種人沒個人性兒，就是仙女咱也稀罕，跟她離！離了重找一個好的。」說著又跟沙一天碰杯乾了。沙一天問老爸：「你真要我們離？」老頭子說：「離！這種不通情理的要她做啥？她就是中央幹部的女兒咱也不稀罕！」老頭子幾杯酒下肚，兩眼有些朦朧，他使勁睜著眼問沙一天：「這麼些年在外面混，就沒有個相好的？」沙一天說：「現在是新社會，幹部哪能做那種事。」老頭子說：「拉倒吧，我們廠原來那個廠長，才多大個芝麻官，廠子裡像樣一點的姑娘媳婦，他想弄誰弄誰。」沙一天說：「你喝醉了。」老頭子說：「我沒醉，別看你老爸沒當官，我年輕時還有個相好的呢！」沙一天說：「我媽不跟你拼命？」老頭子狡猾地笑了：「這種事哪能讓她知道。」沙一天說：「你喝多了。」沙一天給老爸盛了飯，拿起酒瓶一看，爺兒倆把一瓶酒都乾了。

沙一天從老爸那裡出來沒有立即回家，酒喝得不少，他推著車子走。老爸的話勾起了他的心事，他當了副局長，她諷刺他，為聞心源不平。到了這地步，還有什麼意思。當務之急得趕緊弄一套房子，有了房子才能再找人。華芝蘭怕是不行了，她對莫望山死心塌地，得另物色人。沙一天想到了一個女人，林風。林風貌樣一點不比葛楠差，比葛楠還小兩歲。找對象挑剔才耽擱下。她能幹，買了車，還買了房。她約過他幾次，他當時腦子裡只想往上爬，不能跟錢和女人沾邊，都婉言謝絕了。沙一天找到林風的電話，在電話亭懷著好奇心撥了林風家裡的電話。林風一下就聽出了沙一天的聲音，她很意外。沙一天問她晚上有沒有空，願意不願意出來坐坐。林風毫不猶豫地跟他說，不要到外面，家裡只她一個人，讓他到她家裡去。沙一天問她怎麼走，林風告訴他她現在住桃花源社區十二幢二單元四層401。沙一天像接到指令一般，蹬上車朝林風的住處飛去。

莫望山約聞心源在樓外樓喝酒。莫望山在苗沐陽面前拿出一副君子風度，其實他心裡很酸很苦。他把整個心都給了華芝蘭和莫嵐，沒給自己留一點點，結果她竟會背叛他。莫望山今天喝的是悶酒，聞心源擋都擋不住，還沒有說話，半茶杯酒他一口就喝了。聞心源把酒瓶奪了過來。「這麼喝傷身，有話慢慢說。」「還要我怎麼樣？啊？我哪一點對不住她？」莫望山的眼裡含著淚，華芝蘭傷透了他的心。「你沒有對不住她，我相信她也不會這麼做。」聞心源只能勸說。「我親眼見了，沙一天來電話，她騙我上街買點東西，買她娘的鬼啊！他們約會已經不是一次了！」「你還是沉住氣，我相信華芝蘭不是那樣的人，她不跟你直說，肯定有她的想法。我來跟她談。一定給你個交待。」「沙一天這狗日的他想幹什麼？吃著碗裡的，看著盆裡的。我哪點對不住他？我他媽把他的女兒都養這麼大了！」聞心源一驚，他是頭一次聽說。他曾經懷疑過，婉轉地問過莫望山他們的結婚時間，莫望山沒有說。「我不要孩子是為什麼？就是為了他女兒！我怕一碗水端不平，傷害了莫嵐！他還有點良心沒有？」聞心源被莫望山感動了。一個男人能為朋友做這麼大的犧牲，不是一般的胸懷。「這酒我們不喝了，這樣的酒不能喝。」聞心源收起了酒瓶，「莫嵐的事，沙一天知道嗎？」「他配嘛！要不是我看得緊，她母女倆一個都沒有了。」說著莫望山趴桌子上哭了起來。聞心源知道他心裡苦，他不勸他，讓他把心裡的痛苦都哭出來。

59

所長出事了！所長早上上班接到紀檢處處長的電話，處長讓他上午九點鐘到紀檢處去一趟。所長接完電話，手和腳都軟了，坐在椅子上連站起來的力氣都沒了。聞心源找他已讓他天天失眠，想不到江秀薇和女服務員會告他。他坐在那裡把這些年所做的事想了一遍，越想他越不敢去坦白。搞那麼多女孩子，而且多半是處女，槍斃兩回都有餘。臨走他給老婆子打了個電話，說他這一去可能就回不來了，弄得老婆提心吊膽，又沒法替他分擔。

所長出事是小秦跑來告訴江秀薇的。說該死的讓車給撞死了，騎自行車下立交橋，一頭鑽到了公共汽車底下，腦漿都碾了出來，當場就斷了氣。江秀薇聽後說不上是一種什麼心情，她有一點慶幸，又有一點害怕，她心裡很亂。

莫望山雙喜臨門，莫嵐考取了復旦大學法律系，《新中國風雲錄》如期出版。莫望山先在天夢大酒店設宴慶賀莫嵐考上大學，莫望山把父親、父親現任妻子、母親、母親現任丈夫，妹妹、妹夫、姐姐、姐夫，還有舅舅、舅媽都請來了。莫嵐榮耀得跟公主一樣，一家人幸福無比。

莫望山那天跟聞心源喝酒回來，什麼都沒跟華芝蘭說。莫嵐正在複習迎考，他把一切都咽進肚裡。《新中國風雲錄》的新聞發佈會聲勢搞得很大。莫望山越幹越精，這套書的書名，相當有新聞性，初稿出來，他請省委老宣傳部長做這套書的編委會主任，其餘的專家當編委。消息一傳出，幾家出版社爭著要跟莫望山合作，出版社都感到出這套書得名又得利。莫望山當然要給章誠，因為他的選題給過他。這套叢書雖然與南風出版社合作，但整套叢書的著作權在莫望山手裡，他跟作家簽約時就明確了這一點，因為選題是他策劃，創意是他的，又是他出的採訪經費和全部投資，莫望山跟南風出版社只簽了三年的出版合同。

新聞發佈會消息傳出，省城的電臺、電視臺和所有報刊都到了場。章誠代表出版社介紹這套書的創意，聞心源代表作者介紹這套書的主題和特色，專家權威評價這套書的價值，最後老宣傳部長給這套書定位。莫望山露面卻不說話，聞心源的忠告讓他變聰明了。會沒開完，省新華書店的經理和副經理白小波一起找莫望山，一口要包銷全國十萬套。莫望山很願意跟白小波合作，他跟別的官商不一樣，不管個人掙多掙少，人家把這當一輩子的職業幹，人也正，又不死板。莫望山讓他找南風出版社，主管道由出版社發，數量不限，書有的是，開機就印了二十萬套，只要求千萬別再出現工廠送書儲運不收的怪事。白小波說，別拿老眼光看問題。

白小波說這話是有底氣的，在他的積極宣導下，省店的改革已經有了起色。白小波在實踐中已經認識到新華書店的使命。中國書業最缺的就是中間環節，中國的圖書市場要搞活，必須依靠中間環節，出版社那種直接向全國銷貨店推銷的原始經營方式，是沒有辦法的辦法，絕對做不大也做不久。省店領導採納了他的建議：一搞大型超市，二搞連鎖經營。江都圖書大廈已在施工，營業面積一萬平米，建成後，是江都歷史之最。省店內部也實行競爭上崗，搞企業化管理，經營作風大變。

聞心源在新聞發佈會上才真正認識老宣傳部長。老部長姓安，名泉。聞心源端著酒杯去敬酒，說：「這杯酒應該在八年前敬你。」安部長覺得奇怪，問：「這話怎麼講？」聞心源說：「我們老主任王仲乾你還記得嗎？」安部長恍然大悟，說：「你小子到今天才來找我！你早幹什麼啦？」聞心源說：「轉業讓你幫助安排工作就夠麻煩的了，哪還敢再打擾領導。」安部長問：「現在在哪？」聞心源說：「一直在新聞出版局，現在當『打非掃黃辦』副主任。」安部長說：「我的印象是你的專業是搞新聞嘛！來來來，坐下坐下說。」安部長旁邊正好空一個位置。聞心源說：「沒辦法，理想是理想，現實是現實，安置辦把我安到了新聞出版局，他們說你不是要求搞新聞嘛！新聞出版局就是管新聞搞出版嘛！」安部長笑了：「真是亂彈琴。」莫望山不失時機地插上說：「就這樣他也沒少寫文章，報紙上那個新元就是他的筆名。」安部長的眼睛睜圓了，說：「我想起來了，幾年前，我還讓符局長捎過口信，讓你來找我，你怎麼一直沒來找我呀！」聞心源說沒說符局長沒告訴他，只說怕見領導。安部長說：「不願見領導這可是個毛病。」聞心源說：「我也知道是毛病，可不大想改。」安部長說：「工作一忙，加上人也老了，就把這事給忘了。」安部長這才跟聞心源乾了杯，再跟莫望山乾杯。安部長說：「你這書商很有眼光，也很懂市場經濟。」安部長對白小波說，「咱們新華書店得好好向人家學習經營，學習做生意，不能老一套，沒一套沒法搞活。」莫望山看部長高興，乘機說：「部長，我有個打算，不知行還是不行？為了鼓勵創作，繁榮出版，我們炎黃書局打算每年給省新聞出版局提供十萬元資金，搞『炎黃杯優秀圖書獎』，到時候請你主持。」安部長樂了，說：「趙局長，趕緊跟炎黃書局簽協議，這是好事啊！你們新聞媒體也可以報出去！」

苗沐陽和高文娟給首長們敬酒，把午餐會推向了高潮。她們先打開卡拉OK，兩人一起向大家獻上了一曲《今天是你的生日，我的中國》，這實際是她們兩個在炎黃書局的最後一次合作，但這最後一次合作，她們合作得天衣無縫。兩個人的歌聲博得了全場熱烈的掌聲。接著她們來到主桌，向領導們一一敬酒，每人一杯打通關，而且是白酒。全場給她們熱烈鼓掌。不少人用愛慕的目光盯住她們，一些上了年紀的人也讓她倆激起生命的熱情，許多女人給她們送去羨慕或嫉妒。

莫望山酒沒醉，人已醉。連華芝蘭也被這場面深深感動。新聞發佈會後，全書局的人一齊投入了繁忙。《新中國風雲錄》的銷售出其地好，第一批貨供不應求，三個工廠不停機地加印。書局的人誰都沒有覺察高文娟與往常有什麼異樣，她似乎更專注地投入在《新中國風雲錄》的生產中，從書局跑到工廠，從工廠跑到出版社，馬不停蹄，風風火火。幸虧莫望山已經給苗沐陽和高文娟都配備了摩托，兩個人不偏不倚，都是本田，苗沐陽的是紅色，高文娟的是紫色。全書局只有苗沐陽發現了高文娟的變化，她的話少了，不再像以往那樣張揚，做事更認真更投入更扎實，她像跟誰在賭氣。苗沐陽除了埋頭業務，分出一隻眼睛來觀察莫望山和高文娟。可生意忙得她有些顧此失彼，本市的批發紅火，外地的生意也應接不暇。廟街批發市場裡的老闆們，一個個看著炎黃書局，嫉妒又眼紅。

苗沐陽在公司上下一片喜氣中找了華芝蘭。苗沐陽沒叫她嫂子，平靜地對華芝蘭說她有事要跟她說，說完苗沐陽就下樓朝外走。華芝蘭看著她的背影，狐疑地跟隨著她下了樓。她們在茶館一個角落裡面對面坐定，苗沐陽一臉嚴肅，弄得華芝蘭心裡沒有底，但她知道她要跟她談莫望山，只是不知是因為她，還是高文娟。「妳打算什麼時候收手？」苗沐陽開口就要華芝蘭難堪。「我不明白妳這話，我沒有做任何對不起妳，對不起公司的事。」「妳別打岔，妳知道我說的是什麼。前些日子都忙，我忍著沒說。現在莫嵐上了大學，公司的生意也紅火了，我不能再忍了，妳不覺得自己太過分了嗎？妳這樣傷害一個全身心愛妳，為妳犧牲了自己一切的人，心不虧嗎？」「沐陽，既然妳這麼誤會我，我有必要把話說明白。一、我沒有做任何對不起莫望山的事；二、我一點都不妨礙你們，他和我都是自由的人，而且我早就勸他接受妳；三、我與他維持現在的關係，一方面是為了不傷害莫嵐，另一方面是報答他。我會離開他的，但必須是他真的不需要我的時候。至於我跟沙一天的事，妳是不會理解的，我也不想跟妳解釋。我倒是要勸妳，妳不能這樣等待，越等待越被動，越容易出岔子。」讓華芝蘭如此一說，苗沐陽反沒了話。

60

沙一天老爸領著胡同裡的兩個老頭到新聞出版局大樓找兒子，沙一天正關著門在懊喪。

桃花源這個社區的名字，讓沙一天一路浮想聯翩，編織了許多玫瑰色的夢。沙一天想，林風絕對想不到，今夜會喜從天降，丘比特的箭正在向她飛去。像她這樣年過三十，已是明日黃花的老姑娘，一位副局長主動向她求婚，只怕是做夢都難以想到。他設想著她見到他會是一種什麼樣的心情，當他向她表白心願後她又會是一種什麼樣的狀態，她家裡只有她一人而且是她主動邀他上她家，她會怎樣歡迎他。沙一天越想越甜，越想越美，結果走錯了路。

桃花源社區是改革開放後的第一期社區商品房，一色的六層樓。沙一天找到十二幢二單元，爬上四樓。滿懷深情地敲響了林風家的門。林風開門的速度可以證明她的急切，她見面的頭一句話是怎麼走這麼長時間？林風非常熱情地把沙一天迎進屋，茶几上已經擺上了水果，還泡好了茶。

林風一邊迎接他一邊問：「你是從哪裡過來？騎這麼長時間，累了吧？」沙一天說：「路上遇到了點小麻煩。」林風問：「怎麼啦？」沙一天不好意思地說：「走錯了。」林風笑了：「蹬急了吧？」沙一天不好意思地笑笑。林風說：「急什麼？我不是跟你說家裡就我自己嘛！」兩個人這麼一說，氣氛中立即彌漫著溫情。林風給沙一天削了個梨，沙一天一邊接梨一邊問：「妳爸媽怎麼不在家？」林風詭祕地笑笑：「這是我的家，我爸媽還住在老房子，就咱們倆不好嗎？不是更自由嘛！」沙一天聽了心裡慌亂起來，他想起正事，立即讓自己鎮靜下來，再一次把林風打量。沙一天這才發現，林風一點沒把他當外人，穿了一條潔白的真絲睡衣，而且沒穿胸衣，走動中乳房和內褲在睡衣內若隱若現。她的臉是那種古典式的鵝蛋臉，眼睛不算大，但挺有風情，尤其是一笑那彎彎的眼睛勾男人心動，身材苗條，胸脯豐滿……

林風發現了沙一天的眼神，嬌嗔地說：「討厭，你這麼看人家幹什麼？」沙一天收起偵探一樣的眼睛，鄭重其事地說：「林風，妳知道我今天來找妳做什麼嗎？」林風說：「討厭，誰知道你來找我做什麼？」沙一天說：「妳猜猜看。」林風還是笑著說：「我猜不著，男人沒有一個好東西。」沙一天說：「妳猜錯了，我今天來是要跟妳商量一件重大的事情。」林風有些失望地問：「什麼重大事情啊？」沙一天說：「我想先聽聽妳對我的看法。」林風不無玩笑地說：「你人還不錯，在社裡給過我許多照顧，要不我可能沒有今天這日子，我一直想感謝你來著，可你老端著架子，不給一點機會。」沙一天笑著聽著林風的話，待林風說完，他直截了當地說：「我打算跟葛楠離婚。」林風好奇地問：「離婚？」沙一天說：「是離婚。」林風咯咯地笑了，笑夠了才說：「你真老帽兒，有沒有婚姻怕什麼，該幹什麼幹什麼，喜新不一定要厭舊，相愛也不耽誤另外找朋友啊！」沙一天說：「我說的是真的。」林風又是笑：「就你是真的，好像人家都是假的一樣。你找我是不是感到寂寞了？那就好，你要寂寞，我就陪陪你。」林風說著就走過來坐到了沙一天旁邊，手搭到了沙一天的肩上，「你這人還不錯，在社裡這麼多年，沒聽說你拈花惹草，人也還乾淨。先沖個澡吧，管道天然氣，隨時都可以洗澡的。」沙一天說：「林風，我是真的，如果妳要是願意，我要娶妳。」林風笑得更一發不可收拾，她一邊笑，一邊拿小拳頭捶沙一天，說：「你真逗，還真事兒似的，你要娶我，走吧，現在就娶。」

沙一天完全成了傀儡，思緒完全亂了套，他已搞不清他是來找她取樂，還是要跟她談婚姻。真是人不可貌相，看她在社裡文文靜靜的，到了男女單獨相處的地方她竟這麼放蕩。他還沒想好他該怎麼應付，她已經一絲不掛立在了他面前。接下來她成了導演，他成了演員；再接下來她成了主角，他成了龍套；再接下來她成了主子，他成了奴隸。從進門到離開，沙一天一直像個傻瓜，迷迷糊糊離開時，她說有空再來，他還嗯地答應了。

沙一天想到這會兒才明白，弄半天她是玩他，他傻乎乎地讓她給玩了一次。他隱隱還記得她說這年頭錢是老大，有了錢，什麼都有了，沒有錢，什麼都沒了。她說她已經跟G省的那個書商結了婚，這是他給她買的房子，還給她換了車。他要是來這兒，這兒就是他的家，她就是他的老婆，他要是不到這兒來，這裡是她的自由世界，她想幹什麼就幹什麼。外表風姿綽約，像個人物似的，內裡竟是個蕩婦，她似乎在報復自己，要挽回被自己浪費的青春。

沙一天老爸領著兩個老頭突然闖進了沙一天辦公室，中止了沙一天的懊悔。沙一天起身把他們一一讓到沙發上落座，老頭們沒顧沙一天，只管四處亂看。沙一天問他爸：「你們怎麼上這兒來了？有什麼事嗎？」他爸說：「沒有事，我和街坊來看看你。」沙一天明白了，准是老爸在他們面前說大話，他們不信，跑這兒驗證來了。沙一天給他們一人泡了一杯茶。

賈學毅進門來找沙一天。賈學毅不知怎麼學乖了，畢恭畢敬地給沙一天送上了一份報告，還實實在在叫了一聲沙副局長。沙一天老爸應著聲用手捅兩個老頭，意思是怎麼樣，沒騙你們吧？沙一天還沒有完全適應這個稱呼和這個座位，答應的同時臉上還有些不好意思，於是對賈學毅格外客氣，請他坐。這時沙一天老爸和兩個老頭起身要告辭。沙一天問：「你們是怎麼來的？」他老爸說：「乘公共汽車來的。」沙一天為了滿足老爸的虛榮心，說：「我讓司機送你們回去。」沙一天老爸巴不得有這好事，說：「好好好。」沙一天打了個電話，不一會兒，司機上來領三個老頭。那兩個老頭對沙一天說了兩遍謝謝，點了三次頭。

賈學毅的報告是新天地書刊發行公司請示局裡，要求局裡出面，以南風出版社的名義，向中華文學出版社、青春出版社、軍文出版社三家中央出版社租型，出版一套「愛國主義教育叢書」，一共十五種，都是五六十年代轟動全國的優秀長篇小說，其中有《保衛延安》、《鐵道游擊隊》、《三家巷》、《紅日》、《紅岩》、《紅旗譜》、《苦菜花》、《迎春花》、《山菊花》、《敵後武工隊》等等。在全省發行五千套，以配合省裡進行愛國主義傳統教育，為建設精神文明做一件實事。沙一天看完報告，不相信似地看著賈學毅，覺得這種事不像是賈學毅所為。

這確實不是賈學毅的主意，是夏文傑的點子。前些日子與夏文傑一起在「大江東去」洗浴中心洗、泡、蒸、按、玩，享受了全套服務，精神舒坦後，通宵沒回，兩個就在休息廳睡覺。睡覺前賈學毅又為公司的生意犯愁，夏文傑就賣個點子給他，包你名利雙收。夏文傑的點子叫到哪山樵哪柴，靠哪山吃哪飯。賈學毅琢磨一陣，明白這意思，找著點感覺，卻沒完全摸到脈搏，要他具體化。夏文傑說再具體，點子就要升值。賈學毅說升值就升值。夏文傑開價事成之後給他百分之二點子費。賈學毅一口答應。夏文傑就說了這個方案，還特別教他跟三社租型簽約時只簽五千套，至於印多少全他們說了算，一切以新聞出版局甚至省委宣傳部名義出面，中央這幾家都是老社大社，他們也不會在乎幾個租型費，這種買賣，既得名又得利，既賺錢又買好。賈學毅抽自己耳光，罵自己是豬腦子。

賈學毅知道沙一天在想什麼，於是他甜著臉替他說：「沒想到我能想出這麼個點子吧？這叫政治搭臺，經濟唱戲，做了政治工作，又賺了錢，兩全其美。」沙一天也笑了，說：「這是個很好的主意，新天地公司如果能照這個路子走下去，前途無量。咱們就是要揚長避短，利用自己的優勢，做別人做不了的事，打破競爭的狹小圈子，擴大自己的市場。這也叫君子愛財，取之有道。局裡肯定支持，就以南風出版社的名義租型，也不用他們的書號，我來跟章誠說，讓他們出個函就行了，以局裡的名義，正式給三個社聯名發函。我跟趙局長說說，跟省委宣傳部領導也打個電話，請他們也幫著說話，這事就成了。」賈學毅說：「現在公司是我承包經營，經濟上的事我說了算，需要花什麼錢，你就說，事情做成之後，局裡領導出的力我一定會按勞分配。」

沙一天很積極，他把這事作為他上任之後抓的頭一件大事，他還給符副部長做了彙報，符副部長很讚賞，鼓勵他要多做這種事，符浩明主動提出省宣傳部可以附一個文給有關部門。一應信函三日內全部辦齊，賈學毅帶著余霞親自上了北京，又辦事又玩樂，美不可言。到北京也是一路綠燈，愛國主義教育，誰不支持呢？賈學毅為了節省時間，把三個社的領導和總編室的同志請到一起，中午一頓飯合同全部辦齊。作者稿酬由他們付，再給出版社百分之六的租型費，印五千套。一周之內，十五種書的膠片全部拿到，樂得賈學毅大白天在賓館跟余霞盡情作樂。賈學毅回到江都後立即投入了這套書的印製，原書的封面全部作為環襯，十五種書全部重新統一設計封面，標上愛國主義教育叢書，加上南風出版社的社名。

賈學毅把白小波約到白天鵝賓館，白小波今非昔比，大權在握。賈學毅先在白天鵝給白小波灌酒，余霞左一個白經理，右一個白總，他們沒想到白小波是海量，酒只管喝，事情辦起來一點不含糊。在簽合同時，白小波對每個條款看得很細緻。這套書全部由省店包銷，六五折供貨，結帳後返省店百分之二做勞務獎勵，先給白小波個人一萬元做勞務補貼，結算後返百分之一給白小波個人，這後面一條是賈學毅的口頭承諾。白小波借著酒勁先把一萬現金收了，再把返省店百分之二改成百分之三。賈學毅和余霞都一愣，兩個人的眼神分明在說，這小子的胃口不小啊！白小波看出了他們的意思，白小波說給他個人的百分之一他不能拿，拿這種錢燙手，用了燒心。簽完合同，賈學毅和余霞左右侍候，要帶白小波去崔老闆的「大江東去」，白小波藉故酒多了，謝絕了他們的好意。

61

聞心源記不清是第幾回讓江秀薇夢中叫醒。江秀薇又做了噩夢，她手腳亂舞，嘴裡不知道喊些什麼，就像有人在跟她打架一樣。聞心源拉開燈，江秀薇滿頭是汗，手腳還在舞，嘴裡還在喊。聞心源把她叫醒，江秀薇緊緊地抱住了聞心源，驚恐萬狀。聞心源問她是怎麼啦？怎麼老做噩夢？自從所長出事後，儘管她沒有看到他的死相，可她老做噩夢，總夢到惡鬼，不是追她，就是要強暴她，把她嚇得魂不附體。江秀薇不敢把實情告訴聞心源，也不能與泱泱說，更不能與葛楠說，只能獨自鬱悶，精神越來越差，臉色一天天憔悴。憋不住，她把做噩夢的事告訴了單位的一位老同事。這位老同事特迷信，說她是被色鬼迷上了，要燒紙送解。江秀薇不解，燒紙？燒什麼紙？送解？怎麼送怎麼解啊？老同事說，一切由她來幫她辦，她認得一個半仙，特靈驗，花上幾百塊，千把塊錢，事情就辦了。江秀薇知道她是搞迷信，她不信那一套，可這事又沒法跟聞心源商量，就半推半就應了她。

聞心源一上班，葛楠立即讓他看了上面那個電話通知。上面的電話通知，是圖書處的處長轉給葛楠的。葛楠接過通知一愣，通知說南風出版社出版的《新中國風雲錄》，有人反映《中國：一九八九》有問題，跟中央的精神不一致，請省裡立即組織人審讀，上報意見，同時速寄樣書兩冊，圖書暫停銷售。圖書處長讓葛楠看完後送沙一天，葛楠抄下通知後，沒有將通知送沙一天，她仍舊把通知退給了圖書處處長。圖書處處長笑笑，說寄樣書，組織審讀，他們已經有了意見，停止銷售發行處得有意見。葛楠就把通知拿了回來，加上了發行處的意見。葛楠與沙一天一直處於死機狀態，誰也沒主動找誰溝通，夫妻只剩下名義這條空帶子維繫著，說不斷就不斷，說斷就斷了。在葛楠心裡，事情簡單得沒法再簡單，她認為，既然他敢污辱她的人格，那就沒有什麼夫妻情分可言，溝通也是騙人。再看到他為自己的一官半職喪失人格那可憐樣，她對他已沒有一點好感。

沙一天原來急於溝通是怕影響他當副局長，如願後，傳宗接代成了他當務之急，在父親慫恿下產生了離婚的念頭，再不想做什麼溝通。葛楠走進沙一天的辦公室，她先把上面的通知連同圖書停止銷售的處理意見給了沙一天。沙一天沒有看葛楠，直接看兩個處的處理意見，看了處理意見後再看上面的電話通知。葛楠注意了他，在他看的整個過程中，他臉上的表情沒有半點變化，無論莫望山、聞心源，還是南風出版社，似乎與他沒有半點關係，他根本不認識他們。看完之後，他立即在空白處簽了意見，簽得非常瀟灑，沒有半點猶豫。葛楠覺著他只寫了同意兩個字，猜不出他是一種什麼樣的心情，難道他沒有一點同情心？葛楠本來不想跟他說話，但她還是忍不住開了口。葛楠問：「你同意，同意什麼呀？我們的意見是讓你定，在上面沒有明確意見的情況下停止銷售是否合適？」沙一天仍沒有看葛楠，而是看著自己的寫字臺說：「我簽的不是同意，是照辦。」葛楠疑惑地問：「照辦？照什麼辦？」沙一天仍看著自己的寫字臺說：「照上面電話通知的精神辦。」葛楠說：「現在就停止銷售？」沙一天沒再說話。葛楠說：「這書的作者是聞心源，是莫望山與南風出版社合作的！」沙一天說：「我有什麼辦法？是上面在查他們。」葛楠在心裡冷笑：「你是沒有辦法，你當然不會為朋友拿自己的烏紗帽開玩笑。」

葛楠立即從沙發上站起來，把離婚協議給了沙一天。沙一天沒有意外，一副給什麼看什麼的態度。看完之後，他立即在協議上簽了字。葛楠接過一份離婚協議，說：「抽空一起到街道辦去一趟。在你沒有房子之前，你可以住在我那裡，結婚後買的彩電、音響、沙發、四個書櫃全都歸你，等你有了房子你拉走，存摺上的錢，咱一人一半，我算了算不到八萬塊錢，給你四萬。」沙一天說：「你看著辦吧。」葛楠說：「別看著辦，同意就說行，不同意就說不行，不同意再提出新的意見。」沙一天說：「行。」葛楠說：「有些勉強，還是在這上面簽字吧。」葛楠把財產分割的意見書一式兩份拿了出來。沙一天看了看，在他的位置上簽了字。沙一天簽完字，說：「我沒有別的要求，只是希望在工作上給我支持。」葛楠說：「這種擔心是多餘的，只怕你自己都沒有擺正你和出版局的關係。你想問題太狹隘了吧，這個局不是你的，我在局裡工作不是為你工作，也不是你給我開工資，怎麼會把個人感情跟工作摻合在一起呢。」世上像他們這麼離婚的只怕不多。

章誠給莫望山打電話的時候，莫望山已經知道了那個電話通知。圖書處和發行處都沒有直接給他打電話，是聞心源告訴他的。葛楠給聞心源看過那個通知後，聞心源覺得有必要讓莫望山知道這件事。莫望山正在送高文娟。莫望山接完章誠的電話，沒有跟書局的人說停止銷售的事。莫望山繼續辦他要辦的事，他把新知書店的經營許可證、營業執照、稅務登記證一起放到高文娟面前，高文娟忍不住哭了。苗沐陽也感到突然。創辦新知書店，給野草書屋增加批發經營項目，都是莫望山獨自辦的。莫望山與聞心源喝酒之後，表面上什麼也沒說，與華芝蘭仍然同居一床，在莫嵐眼裡他們與往常一樣，但莫望山不再與華芝蘭商量公司的事情。他給新知書店注入十萬元資金，店面離翟韜的求知書店不遠，那裡是大學區，幾所大學聚集在周圍。野草書屋新的營業執照也重新增項換好執照。高文娟明白莫望山是為她好，是在為她的一生著想，是對她歉疚，但她打心裡不願意離開，她願意在莫望山的呵護下工作。華芝蘭把高文娟攙進了她的辦公室，高文娟和馮玉萍是她找來的，她一直把她們倆當自己的小妹妹一樣待。

莫望山把苗沐陽叫進他的辦公室，告訴了她《中國：一九八九》停止銷售的消息。苗沐陽聽了沒當回事，對公司沒什麼損失，她說：「停止就停止，書已經全部發完了，重印的單子，不知小高開沒開。」莫望山說：「趕緊問一問，開了讓工廠先別印，沒有開就先別開。」苗沐陽問：「你準備什麼時候開我？」莫望山一愣，問：「妳是什麼意思？」苗沐陽說：「要開我可千萬別跟高文娟似的，我可受不了，我會想不開的。儘管你安排得很周全，也是不錯的安排，但我會想不開的。」莫望山說：「我沒有想讓妳走啊，都走了，誰給我幹活？這個書局不要了嗎？」苗沐陽笑了，笑得很燦爛。她說：「不想就好，我可告訴你，除非我自己想離開，要是你叫我離開，我立即當你的面……」她做了個抹脖子的動作。莫望山也笑了，說：「妳可別嚇我，我膽小。」苗沐陽非常認真地說：「我可不是跟你開玩笑，我說的是真的。」莫望山說：「妳還是把妳的真藏起來吧，這種話我不愛聽。野草書屋、新知書店都是炎黃書局的連鎖店，說離開，也沒有全離開。這樣吧，經營部和技術部的事我多管一些，妳還是管妳的業務和宣傳吧，把儲運妳也管起來，妳嫂子還是管財務和野草書屋。」苗沐陽笑著點點頭，那笑裡有一種冷意，她想說，到現在你還讓我叫嫂子？她沒說，悻悻地走出經理室，剛出門，又返了回來。她說：「有件事忘了告訴你，嫵媛姐和姐夫之間不那麼對勁，最近老吵，好像姐夫在賭博，你抽空回去看看。」「爸就什麼也不管啊？」「爸說過姐夫，可他不當回事。」「我知道了。」

苗沐陽走後，莫望山立即給三位專家打電話。上面的精神讓三位專家哭笑不得，說他們肯定是沒有讀書，聽小人讒言。既沒有寫黨和國家領導人，也沒有寫國家上層的活動，只是從最底層的學生、民眾來反思這場風波。又不是從消極面來反映歷史，有什麼不行的？莫望山聽了他們的牢騷，心裡鬆了一下。他告訴專家們，上面要求省裡重新組織審讀。專家們說可以，不管是誰來讀，也讀不出與中央精神不一致的內容來，也讀不出歪曲歷史的文字。

莫望山沒有跟苗沐陽一起回家，吃過晚飯他自己開車回了家。妹夫石小剛還沒有回來，莫嫵媛和兒子在看電視，還是結婚時他爸送的那臺十八寸舊彩電。「你們怎麼回事？一天到晚吵什麼？」「他不是人！」只一句話，莫嫵媛就哭了。「哭什麼？好好說。」莫望山拉過外甥，摟在懷裡，讓莫嫵媛說。「根本就沒有集資蓋房這事，都是他瞎編的。」「什麼？他膽兒不小啊！那些錢呢？」「賭、喝、嫖、玩，都讓他玩光了。」

莫望山一聽，氣得牙床子都抖，心裡的火冒了上來，這小子膽也太大點了，敢玩我！老子的錢是玩著命掙來的，他敢拿去玩！莫望山壓住心頭的火，問莫嫵媛：「嫵媛，我只問妳一句，妳要說實話，妳還想不想跟他過？」「孩子怎麼辦？」「妳甭管孩子，我是問妳，妳究竟還想不想跟他過？」「孩子不好辦。」「妳別孩子孩子，這麼說妳是捨不得離開這小子。妳要是捨得離開他，我就不管他了，跟他離了就拉倒。妳捨不得離開，就是還想跟他過日子，我就不能不管他。你知道他在哪裡？」「在自來水公司宿舍。」

莫望山把車停到自來水公司宿舍的院子裡，上了傳達室。莫望山進門，先丟給老大爺一根菸。老大爺接住菸，拿在手裡瞄了一眼：「萬寶路，不錯。」莫望山打著火，給老大爺點了菸。「什麼事？問吧。」老大爺挺神。「手癢了，想找地方玩兩把？」「玩大的還是隨便鬧著玩？」莫望山略一考慮：「玩大的。」老大爺拿眼瞄了瞄他：「不會是公安吧？」「你看我像嗎？」「實說吧，找誰？」「你老眼還挺毒，石小剛。」「石頭啊……」老大爺沒了下文。莫望山摸出那盒萬寶路，把它擱到老大爺的桌子上，老大爺這才接著說，「左邊那個樓，三單元五層，樓梯右手那個門。千萬別說是我說的。」

莫望山輕輕敲了三下門。裡面問是誰，莫望山很隨便地說：「你哥。」門開了一條縫，莫望山呼地推開闖了進去。屋子裡煙霧騰騰，連人模樣都看不清。莫望山用手揮了揮眼前的煙才看清石小剛坐在那裡，正在碼牌。「哥，你怎麼來了？」石小剛見進來的是莫望山，立即站了起來，很緊張。莫望山很平靜地說：「你小子也太貪玩了，兒子病了你知道不知道？」「他怎麼啦？」「急性闌尾炎，送醫院了，什麼時間不能玩，快走吧。」石小剛站起來跟莫望山走，牌桌上的人不幹了。「哎！結了帳再走啊！」石小剛一臉為難：「張師傅，明天我一定給你。」「明天？明天我興許再見不著你呢？」「多少錢？」莫望山忍著氣問。「不多，就一千二百塊。」莫望山掏出錢包，點了一千二百塊，很客氣地說：「對不起，孩子病了，早走一步。」

石小剛忐忑不安地跟在莫望山身後下了樓，再跟著他上了車。莫望山一踩油門出了院子，直接插到環城路。石小剛看著窗外，覺得有點不對勁：「哥，你這是上哪？」「快到了。」莫望山急打右輪，拐進了一塊工地，工地上黑洞洞沒一個人。「你給我下來！」莫望山這一吼，嚇得車裡的石小剛一哆嗦，他遲遲疑疑下了車。「你說！你準備怎麼辦？」石小剛撲通跪到地上：「哥，我再不敢了。」「不敢？我看你膽子大得很，集資蓋房你都敢編，從我手裡騙走八萬塊錢，你多能啊！我怎麼再相信你？你給我站起來！」莫望山突然怒吼一聲。石小剛哆哆嗦嗦站了起來。「玩麻將挺開心，是吧？」莫望山一拳上去，可能是莫望山心裡火上加火，出手很重，石小剛呼騰四仰八叉倒在地上，「這一拳是替你兒子打的。」莫望山上前一把揪起他的胸脯，「玩女人挺快活，是吧？」莫望山揚起左手給他右臉一個耳光，「這一巴掌是替嫵媛打的。」莫望山再把他拉起來，「泡酒吧挺逍遙自在，是吧？」

莫望山再揚起右手，給他左臉一個耳光，他倒回去三步，「這一巴掌是替我自己打的。」石小剛一邊喘著一邊哀求：「哥，你別打了，我真的不敢了。」「你給我起來！」石小剛哆哆嗦嗦站了起來。「八萬塊哪！要是過日子，一家人是多好的日子，你拿去玩了！老婆孩子你不管，自己掙不來錢，騙錢去玩，你還有一點良心嗎？老天爺怎麼讓你這種人活在世上？兩條路擺這裡你選，一條是洗手不幹，老老實實過日子，這個家還容得下你；另一條，你愛怎麼玩就怎麼玩，明天就去離婚，搬出我們家！你自己選吧！」「我洗手不幹了，老老實實過日子。」「你要再幹呢？」「你剁了我的手。哥，我尿泡尿行吧？」「快尿！」石小剛尿完，再又站到莫望山面前，莫望山又氣又可憐。「剛才的話是你說的，你記住今天是什麼日子，我也給你記著。我告訴你，這一次我跟你說話，下一次，我就不會跟你廢話！上車！」

上面《關於〈中國：一九八九〉一書處理意見》的傳真件傳到省局，局裡的人都感到震驚。意見說經有關部門初步審讀，《中國：一九八九》確有自由化傾向，而且此書系重大敏感選題，未辦理報批手續。據悉此書為買賣書號違規出版，責成作者就書的傾向寫出檢討，南風出版社就審稿、違章違規等問題寫出檢查，聽候處理。炎黃書局系民營書店，沒有與出版社合作出版的資格，違規經營，應沒收其非法利潤，吊銷執照。局計財處通知銀行凍結了炎黃書局的帳號，市局的人到書局註銷執照，書局頓時一片慌亂，一個個臉都成了土色。

市新聞出版局的人一走，莫望山立即召集全體人員開會，他向全體人員宣布：「《中國：一九八九》停止銷售，不等於這套書停止銷售；炎黃書局吊銷執照，不等於野草書屋和新知書店吊銷執照，把野草書屋的執照換過來照常營業。我們沒有做損害國家的事，也沒有不法經營，相信政府不會傷害無辜，法律也不會顛倒是非。有教訓，我們可以汲取；有錯誤，我們也可以改正。全書局的人員要齊心合力共度難關，等待時機重創輝煌。」莫望山的話說得鏗鏘激昂，但他感到書局的人心亂了，莫望山也感到自己的威嚴也打了折扣。

老翟慘白著一張臉喘著粗氣跑進書局。老翟說：「別再愣著啦，事不宜遲，咱們有些人處理這種事常常是寧左勿右，倉庫和工廠的書立即轉移。」兩人正說著，高文娟來了電話，她說她已經帶著車到了倉庫。莫望山的鼻子都酸了，差一點兒掉下眼淚。時危見臣節啊！莫望山讓華芝蘭在辦公室看家，他和苗沐陽、老翟一起上庫房。華芝蘭明顯覺察到莫望山對她的疏遠，但她毫無怨言。她知道自己做了什麼，她並沒有做傷害他的事，她問心無愧，她相信他會理解她。莫望山剛買的大哥大正好派上用場，他立即與兩個工廠聯繫，讓他們把倉庫的全部存書送到江都大學求知書店新租的倉庫。儘管莫望山讓華芝蘭提前把炎黃書局帳上的資金大部分轉到了野草書屋的帳上，但炎黃書局的帳上仍有一百六十多萬流動資金被凍結。

莫望山和苗沐陽走後，華芝蘭坐在屋裡心裡怦怦亂跳，她坐不是立不是，心裡亂成一鍋粥。她想不能讓這一百六十萬白白地被沒收，這是多少人多少年的心血哪！

聞心源是趙文化與他談話後去找莫望山的，趕到書局，莫望山和老翟都去了倉庫。聞心源急三火四趕來，也只是要看看莫望山，他也沒有解脫的辦法，但他是作者，這事他有責任與他一起承擔。他還想勸勸他，要他沉住氣，自己寫的自己清楚，政治上絕對沒有問題，肯定是有人故意在找麻煩。趙文化跟他談話時，他也是這麼說的，他以黨性保證，如果這書真有自由化傾向，他願接受任何處分。檢查可以寫，但他不承認有錯。問題只怕上面先入為主，偏聽偏信，要想法找一個跟上面能說上話的人，把真實情況反映上去才行。莫望山不在，他把這些話告訴了華芝蘭，華芝蘭請他想法找人。聞心源看著華芝蘭的著急和擔憂，真恨不能自己去找找那些人，把自己心裡的話都掏給他們。但他什麼也做不了，他只能勸華芝蘭別太著急，事情總會有辦法解決。

聞心源剛要走，華芝蘭把他叫住，她問：「莫望山最近是不是跟你說過什麼？」聞心源一直想跟華芝蘭溝通，可總開不了口，她已經問了，他就照直說開：「妳跟沙一天是不是在來往？」華芝蘭坦率地說：「見過幾次面，怎麼啦？」聞心源說：「這事妳跟莫望山說過嗎？」華芝蘭說：「沒有，我怕節外生枝。」聞心源說：「妳不覺得這樣做不合適嗎？」華芝蘭說：「我們沒有什麼，他只是想訴訴他的苦悶。」聞心源說：「妳不想想，他為什麼不找別人，單單要找你訴說心裡的苦悶？一個男人，找一個女人訴說心裡的苦悶，他心裡絕對不會沒有想法。既然沒有什麼，為什麼要瞞著望山呢？要換成他這麼做，你會怎麼想？望山為沙一天為妳付出的夠多的了，這樣做，對他太不公平了。」華芝蘭說：「我沒想到會這樣，我只是為沙一天和葛楠著想，我想盡力勸他們和好，結果沒能如願。我過去恨沙一天，是望山幫我調整過來的，這樣活著沒有意思，我關心他，希望他好，並不是還愛他，這只是一種朋友的關心。是我的錯，我開始就應該跟望山明說就好了。」聞心源說：「這不要緊，現在還可以說，我也跟他說。」

華芝蘭顫抖著手給沙一天撥了電話。沙一天聽到華芝蘭的聲音心裡很激動。華芝蘭說：「我要見你。」沙一天問：「什麼時間？」華芝蘭說：「現在。」沙一天說：「現在走不開。」華芝蘭說：「走不開也得走，四十分鐘之後，在南江寺門口見，要是不去，我會叫你後悔一輩子。」

沙一天坐計程車開進南江寺停車場，離打電話還不到四十分鐘。華芝蘭在門口看到沙一天下車，逕自先買了門票進了南江寺。沙一天也立即買票進了寺。沙一天快步趕上華芝蘭，華芝蘭沒有與他說話，只管悶著頭朝前走。不是星期天，寺裡的遊人不多。華芝蘭沒進大雄寶殿，沒有登塔，也沒有走進碑林，她目標明確地向半山腰的小涼亭走去。沙一天跟在她身後，猜不透她究竟要做什麼。有了那次談話，事後想想也是，她跟莫望山算是患難夫妻，過得好好的，怎麼會無緣無故分開呢？自己太一廂情願，太天真了。再說莫望山娶她，本來就是出於道義，自己這樣唐突地強人所難，是有些得意忘形。寂寞的沙一天徹底打消了讓華芝蘭再回到他身邊的念頭。

登上小涼亭，走得太急，兩人都喘不過氣來。這時沙一天才意識到，這裡記錄著他們的熱戀。他們曾經在這裡擁抱親吻，兩人一直待到山上斷了人，就在這小涼亭的聯椅上發瘋地做過愛。她今天把他叫這裡來是什麼意思呢？沙一天疑惑地問：「妳叫我來這裡，究竟有什麼事？」「我要你幫莫望山。」「我幫不了他，這是上面的決定，誰也無法改變。」「你能幫他。」「我真沒法幫，我能對抗上面的指示嗎？你要我為了他丟烏紗帽嗎？」「就算丟烏紗帽，你也應該幫他，你欠他太多了。」「我欠他什麼啦？」「你答應我幫他，我才告訴你，要不我一輩子都不告訴你，讓你一輩子背罵名。」華芝蘭把沙一天說糊塗了，他真不知道，他還有什麼秘密在莫望山手裡捏著。「我答應妳，只要我能幫他，我一定想辦法幫他，你說我欠他什麼。」

「當年他不光把我從河裡救起來，他還救了你的女兒！」「什麼？我的女兒？莫嵐是我的女兒？！」「莫嵐是你的女兒。我到江都大學找你的時候，已經懷孕。沒臉見人，我投了河。是莫望山救了我，也是他跟我爸說，如果要給這未出生的孩子找個父親，他願意做這孩子的父親。為了培養好莫嵐，不讓她受一點委屈，他堅持不讓我再生，是他領著我一起到醫院上的環。他把自己的愛全都給了莫嵐，現在孩子上大學了，她都不知道莫望山不是她的親生父親。」沙一天被打動了：「我對不起你，對不起莫嵐，也對不起莫望山，我已經得到報應。」「我無所謂，莫嵐也無所謂，可你最對不起的是莫望山！他為了你，在衙前村整整待了十五年，為了你他才與我結婚，為了你的孩子，他才放棄要自己的孩子！」「你要我怎麼幫他？」「你完全可以幫他，上面只說沒收利潤，並沒有說沒收炎黃書局的全部資金，沒收利潤只能沒收這一本書的利潤，而不是這一套書的利潤，現在你們把炎黃書局帳上的資金全部凍結了。」「凍結不等於沒收，這一點我可以想辦法。」

「還有，炎黃書局的執照吊銷了，書局這麼多人怎麼辦？炎黃書局不能經營，可以辦別的書局，要省事的話，可以用原來的執照更名。」「這恐怕不能這麼急，要緩一緩才能辦。還有嗎？」「你能幫他這些就可以了。」「我能見莫嵐嗎？」「現在不能！我會找機會告訴她的。在我沒有告訴她之前，你絕對不能見她！也不能跟任何人說！」「我聽妳的。」「那妳呢……」「我還是我，你沒有資格想三想四，現在你要想的是如何幫莫望山度過難關！」沙一天竟湧出了熱淚：「我明白，我明白。」

舅舅犯心肌梗塞給莫望山留下了終生的愧疚和遺憾。這一天是舅舅的生日，舅舅打電話到書局，讓莫望山帶著華芝蘭、苗沐陽一起到他那裡喝酒。那時華芝蘭正在南江寺痛苦地面對沙一天，莫望山和苗沐陽、高文娟都在江都大學新租的庫房忙著轉移貨源。書局的人跟他舅舅說了上面處罰的事，舅舅立即打了莫望山的手機。莫望山悔不該把事情告訴舅舅，他怎麼也沒想到，舅舅會因此而犯心肌梗塞。

舅舅犯病是打電話兩個小時之後，莫望山趕到急救中心，舅舅已經躺在急救室搶救，這對莫望山來說無疑是雪上加霜。父母離異後，他跟舅舅更加親近，尤其在無家可歸的那段日子裡，是舅舅給了他家的溫暖。在那段日子裡，舅舅成了他最親的親人。莫望山在走廊裡一支接一支抽著菸，他抽著菸在想一個問題，人生一輩子為什麼要經受這麼多挫折和痛苦？自己與世無求，與人無爭，老老實實規規矩矩做自己的生意，別人為什麼要跟他過不去？老天為什麼要給他這麼多苦難？急救室門打開了，一看醫生的表情，莫望山的頭炸了。他衝進急救室，他完全傻了，舅舅連一句話都沒能跟他說就離開了他，而且舅舅是為他心急而死。他沒有哭，心裡卻針紮一樣痛。直到舅媽和表妹撲在舅舅身上號啕，他才一屁股蹲到牆根，撕心裂肺地痛哭起來。《中國：一九八九》攪得江都雞犬不寧。

莫望山陷在極度的悲痛之中的時候，賈學毅在「大江東去」偷著笑偷著樂。給上面那檢舉信是賈學毅一手炮製。俗話說小人不可得罪，賈學毅是地道的小人，誰要是得罪了他，他會記他一輩子。他視聞心源為眼中釘，肉中刺，是他的剋星，時時威脅著他的財運和安全。莫望山早已成了他的仇人。莫望山拒絕銷他進的色情小說，是賈學毅對他的第一恨；莫望山突然停止承包將他的軍，是賈學毅對他的第二恨；莫望山向聞心源揭發他和夏文傑的關係，是賈學毅對他的第三恨；炎黃書局搞這麼紅火，衝他的生意，是賈學毅對他的第四根。他沒請專家幫忙，自己把這本書從頭到尾看了一遍，斷章取義從中找出了一些文字段落拼接起來，寄給了上面管理部門。他在新聞出版局混了十幾年，沒有光吃乾飯，整人的道道很有造詣。他深知新聞出版管理部門的職能其實就是「滅火隊」，哪裡有火哪裡撲，連火都撲不過來，因為許多事情沒法可依，沒有法怎麼依法管理？免不了隨意性、人為。

全國一年出十幾萬種書，管理部門沒有審讀的機構，也無法組織系統的審讀，有沒有問題，只能聽社會的反映。社會反映有問題，他們也看不過來，只能聽專家說，聽領導說，哪個專家說有問題就有問題，哪個領導說有問題就有問題，即使鬧不成問題，給上面也會留下壞印象。好比癩蛤蟆爬到腳面上，不咬人，但能膩味死人。賈學毅就抓住了這一點，從《中國：一九八九》中找到這樣一段話：「中國的民主是非常有限的，因為執政黨代表最廣大人民群眾的利益沒有經過法律和人民確認，各級領導不是人民選舉的，從中央政府到村支書，都是上面任命的，這跟封建社會的官僚制度在形式上是一脈相承的。」

其實這一段文字是掐頭去尾摘出來的，前面的前提已經被刪掉。它本來是一個學生在談自己的教訓時說的話，他的原話是：「那些搞自由化的人很具有欺騙性和煽動性，他們往往從我們現實生活中，找一些我們已經注意到而且正在改進還沒能完全改正的問題，作為他們理論的論據事實。比如作為執政黨的幹部制度，我們已經意識到了它的不完善、不科學，改革已經從基層開始。基層幹部的民主選舉的改革正在進行，但還沒有完全到位。他們就說，『中國的民主是非常有限的，因為執政黨代表最廣大人民群眾的利益沒有經過法律和人民確認，各級領導不是人民選舉的，從中央政府到村支書，都是上面任命的，這跟封建社會的官僚制度在形式上是一脈相承的。』這些說法非常迷惑人，他們否定了這樣一個前提，他們把幾千萬共產黨員與人民群眾完全割裂開來，不承認這幾千萬共產黨員是人民群眾的代表……」這樣這一部反映底層人物對那場風波深刻反思的作品，竟被定為了有資產階級自由化傾向。

賈學毅對自己的傑作得意洋洋，這叫一箭三鵰，聞心源、莫望山和南風出版社遭受懲處，讓他欣喜若狂。炎黃書局吊銷執照那天，賈學毅和夏文傑特意坐著車從批發市場前招搖而過，直奔「大江東去」去逍遙作樂。

第十五章

人出於眾，人必誹之

63

白天鵝賓館二層的205包房裡像在過狂歡節，歡笑的聲浪狂風一般不時衝出門來，在長廊和大廳裡嚣張。賈學毅的得意無法抑制，愛國主義教育叢書一炮打響，這是其一；其二是他讓聞心源、莫望山陷入了困境，當然這不能公開說。沙一天幫了賈學毅的大忙，他急於創造政績，利用與符浩明的關係，積極斡旋，讓省委宣傳部發了一紙通知，推薦這套書為中小學生愛國主義教育的教材。白小波無形中也助了賈學毅一臂之力，白小波把這事作為不可多得的商機，不遺餘力，積極經營，給各個基層店提出了銷售指標，首批一舉發行一萬五千套，體現了主管道連鎖經營的威力。賈學毅樂得合不攏嘴，全套書十五本，總定價四百二十五塊，一萬五千套，碼洋達六百三十多萬，他一把就賺了一百五十多萬。他沒有履行合同，在書的版權頁上只標明印刷五千冊，作者的稿酬沒付，出版社的租型費也沒付。這幾家老社大社過於相信省局那公章，似乎只要是省局操辦的事，一切都可放心。賈學毅特瞭解這一點，他專門鑽大社老社孔子，他不報實際印數，三個社誰也想不到要查印數，他們連那五千套的租型費都給忘了。

賈學毅今日是小範圍慶賀，他請來了省店的白小波，市店的副經理，市局的有關人員都是下一步要繼續利用的。他本想叫夏文傑也來，夏文傑警告他別勝利衝昏頭腦，聞心源雖然沒當上副局長，但這人死榆木疙瘩腦袋，他不會因此而睡大覺的，還是謹慎為妙。賈學毅也沒想故意張揚，他並不傻，賺了錢張揚是愚蠢的，讓局裡的人眼紅了，只會給他添麻煩，所以他連沙一天和符浩明也沒請，他會另外報答。這兩個人現在是他的保護傘，有他們兩個，這條財路就暢通無阻。賈學毅為表示真誠，他點了白天鵝全套品牌名菜，再加余霞的現場煽情，這酒便喝得驚天動地。

賈學毅喝酒並沒有忘記生意，他一邊敬白小波酒，一邊跟他談向全國徵訂的事；一邊給市店敬酒，一邊讓他們做教育局的工作，爭取學校裡集體裝備；一邊給市局的人敬酒，一邊要他們給這套書的印製發行大開綠燈。在酒桌上沒有辦不成的事。賈學毅怎麼也沒想到就在他舉杯吆五喝六的時候，被他拋棄的老情人秦晴會悄悄地站到了他的身後。在場的人誰也沒注意到她的出現，連余霞、桂金林也沒有看到，其餘的人都以為是酒店的工作人員。她是應新朋友之約，在隔壁吃飯。她聽到了賈學毅熟悉的聲音，於是她過來看看。

「賈大經理，今兒個這麼喜幸，是什麼大喜啊，是不是再婚啦？我也來湊個熱鬧，敬你一杯。」賈學毅轉身見是她，心裡嘭地敲了鼓。他說：「妳怎麼也在這裡？」秦晴說：「雖然賈大經理財大氣粗，也不至於把白天鵝統統包下吧，你不給我飯吃，我總還是要想法掙口飯吃的吧。」賈學毅跟她喝了一杯酒，想讓她坐下，卻又沒了位置。秦晴知趣地撤退。賈學毅把她送到門口，問她現在做什麼。秦晴不無抱怨地說還是靠那個小書店混日子。賈學毅摸給她一張名片，說明天給她打電話，給一些暢銷書她賣。秦晴感謝他新歡還能想著她。

余霞把一切破壞了，她來到門口，嬌聲嬌氣地說：「說什麼情話呢？都在等你呢！要聊，等喝完酒找個地方好好聊唄。」秦晴翻了余霞一眼轉身就進了隔壁房間。酒足飯飽，賈學毅又把他們領進了卡拉OK包間，讓大家放鬆。他讓桂金林給他們一人要了一位小姐，陪喝陪唱。歡鬧重又開始，一個個群情激昂，霎時間，包間裡響起了比狼嗥還瘆人的歌聲。

聞心源在市場再次發現那套明清豔情小說純屬偶然。江秀薇吃了幾帖中藥，精神剛有好轉，《中國：一九八九》的風波又搞得她心驚肉跳。又是停售，又吊銷執照、沒收利潤，聞心源還要寫檢查，弄得她心神不寧，她害怕是所長這個色鬼在報復她，她又不敢向聞心源吐露真情。她的噩夢又接連不斷。聞心源心情也不好，丟開一切，儘量抽空多陪家人。星期天，他陪著江秀薇和泱泱到新華廣場逛商場。江都百貨商場裡也有了書店，聞心源讓她們娘倆逛商場，他逛書店，走的時候讓她們到書店來找他。商場裡的書店在地下一層超市的角落裡，放了幾排貨架，圖書也沒有分類，亂放一氣，找起書來很不方便。圖書檔次較低，除了幾本市場上走俏的圖書外，幾乎都是出版社的庫存降價書和書商買賣書號出的書，封面花裡忽哨，紅紅綠綠，紙張差，印裝品質也差。一打聽是個體書店租場地開的圖書超市。聞心源流覽完書店，沒發現想要買的書，和那個書店的小夥子隨便聊天。「這些書都是怎麼進的？為什麼不多進些出版社的正版書？」小夥子說：「搞書店難著呢，個體書店沒地位。省店不讓你參加徵訂，不跟你個體打交道；出版社不信任你，牛氣得很，進書要先付款，還不讓退貨調貨；開了書店總得有貨源，逼得你沒法，只能從書商那裡進貨，折扣低，關係好了還能調貨。如今有些政策是在逼良為娼，你想正經搞書搞不成。說到底出版社和新華書店都還是官商，新華書店給出版社退貨一批一批的，有的能退三分之一；有的新華書店拖欠出版社的書款，一拖就是一年，有的兩年三年地拖，可出版社願意，說人家跑得了和尚跑不了廟，其實賴掉的呆帳死帳不知有多少。新華書店賴掉的帳，出版社的發行人員理直氣壯，出版社領導認。要是個體書店賴掉的帳，發行部的人就跳進黃河也洗不清，社領導會懷疑發行與個體書商同流合污，世上的事情就這麼氣人。現在出版社都在叫庫存太大，供銷關係不合理，利益分配不均，活該倒楣！說禁止盜版，禁止買賣書號，白搭，你讓人家開書店，政策卻偏著，也不給它做生意的機會，新華書店能包銷，個體書店就不能包銷；課本教材、中央領導的書，只准新華書店賣，不准個體書店賣，這叫什麼？這叫壟斷！你壟斷好了，你壟斷我就盜印；你不讓辦私營出版社，我就買書號出書。這就叫上有政策，下有對策，這也是中國特色。」

聞心源覺得這個小老闆很有些思想，也很有些見識，一問，小夥子竟是江都大學中文系畢業的大學生。小夥子也覺得聞心源這人很讓人願意親近。聊到後來小夥子問：「要不要買好書？」聞心源問：「什麼樣的好書？」小夥子帶他到裡面倉庫，聞心源再一次發現了《肉蒲團》、《歡喜冤家》、《燈草和尚》這一批明清豔情小說。聞心源說：「這書是禁銷的，你從哪裡搞到的？」小夥子說：「這也是上有政策，下有對策，也是逼出來的，官道上一本也不出，研究人員也買不到，有人要，就有人出。」聞心源說：「這書肯定賺錢。」小夥子說：「那幫小子黑著呢，書價定到三塊錢一個印張，我是五折拿來的，看你是個可交的人，我六折賣給你。」聞心源說：「給我來一套。」小夥子給他包了一套：「千萬別告訴別人。」聞心源問：「你進了多少？」小夥子說：「不敢多進，怕出事，只進了五套，反正新天地那裡有的是，悄悄地賣完了再去拿，這樣保險。」聞心源讓小夥子開發票，小夥子一邊開發票一邊說：「要知道你能報銷，我就不給你這麼大折扣了。」說完還笑了笑。聞心源開玩笑說：「小夥子，開發票是要你的證據。」聞心源沒有亮出自己的身分，他怕打草驚蛇。

聞心源買完書，江秀薇和泱泱也正好來找他，泱泱問買的什麼書。聞心源說是大人看的書。泱泱說我也要買。聞心源讓她自己去挑。泱泱進去挑了三毛的《撒哈拉的故事》和《夢裡花落知多少》兩本書。聞心源不反對泱泱讀三毛的書。聞心源的手機響了。幾乎像是一夜之間，中國大陸稍有幾個錢的人都裝備上了手機。聞心源的手機不是個人買的，是局裡給他配的。聞心源打開手機，是個陌生的號碼。

秦晴給聞心源打電話時，心裡是矛盾的。逼她打這個電話的不是賈學毅，而是余霞，這小妖精太狂。第二天秦晴給賈學毅打電話，余霞接了電話，一聽是她，余霞在電話上連諷帶刺把她噁心了一頓，什麼舊情不忘，什麼翻過去的黃曆啦，沒有鏡子尿泡尿照照啦，氣得秦晴當即扣了電話。秦晴不甘心，讓店裡的小工打，打通電話找到賈學毅她再接電話。她開口就對賈學毅說，我要殺了這個小妖精。賈學毅勸了她幾句，說他要讓人給她送些好書去賣。下午真就有人給她送來了書。

賈學毅要是不寫這封便信，或許秦晴起不了告發這念頭。賈學毅寫張便條，說這是禁書，只能偷著賣，千萬要小心，弄不好會出事，悄悄地賺錢就行了。賈學毅的囑咐提醒了她，她覺得這是報復余霞和賈學毅的最好辦法，舉報他們，讓他們倒楣。於是她從莫望山那裡問了聞心源的手機號碼，她跟聞心源說新天地在批發黃色圖書就扣了電話。

聞心源沒有找沙一天，拿著那套書直接找了趙文化。這也不為過，趙文化兼著「打非掃黃辦」主任。聞心源把自己的想法告訴了趙文化，他一直懷疑賈學毅在與夏文傑合作。上次無由山莊突然襲擊撲空，就是因為賈學毅發現莫望山跟蹤他，夏文傑有了警覺才突然離開的。夏文傑出入無由山莊，也是賈學毅的老婆給他辦通行證的。趙文化說夏文傑是多年通緝的不法書商，這事一定要安排周密，不要打草驚蛇，拿到證據，立即緝拿。聞心源問賈學毅那裡的書怎麼處理。趙文化說新天地雖然承包，但畢竟是局裡的公司，單抓他們只能丟局裡的醜。還是把他當誘餌好，釣出夏文傑這隻臭鱉來。

沙一天派計財處的人到炎黃書局核算了《中國：一九八九》的利潤，劃走了三十二萬塊錢，帳上其餘資金解凍。葛楠也告訴莫望山，書局可以更名，重新辦理變更，更換執照。莫望山知道這些都是華芝蘭的功勞，也知道這是沙一天在幫他。聞心源已經把華芝蘭的話告訴了他，他不再與華芝蘭計較，一切又都恢復正常。

北京的消息是上面「打非掃黃辦」的人傳給聞心源的。《中國：一九八九》的那封檢舉信是江都寄出，郵戳是廟街郵電所。莫望山想，在廟街想與他和聞心源作對的只有賈學毅。圖書停止銷售，直接損失三十二萬，而且把公司的人心搞亂，把他的名譽搞壞，更讓他仇恨在心的是，他急死了他的舅舅，讓聞心源背黑鍋。這口氣非出不行！他決定要教訓教訓賈學毅，叫他認識認識他莫望山。他拿不定主意的是用什麼方式教訓他。打一頓，最簡單省事，也最解氣。可打他，只能叫他皮肉受點苦，他心裡並不痛。再說打人太原始，太野蠻，萬一出點紕漏，還犯法。最好用一個能讓他心痛，卻又說不出來的辦法才好。這事，他不能跟聞心源商量，聞心源絕對不會同意他做這種事，他只能找翟石韜。老翟也不同意打，他認為真正讓賈學毅心痛的還是錢。現在他仍在靠那套盜印的明清豔情小說賺黑錢，應該想法端他的窩，讓他丟錢又丟臉。莫望山不想讓聞心源為難，新天地是省局的公司。於是他們決定先摸清他的底，然後再利用市局來整他。

朱小東認識新天地公司的儲運科長，也是鄉下人，桂金林的一個遠房親戚。他們在火車站發貨經常碰面，朱小東幫他報過站，有幾分交情。老翟和朱小東一起找了儲運科長，他們把儲運科長請到飯店，老翟以拉攏他偷賣明清豔情小說的手段摸這套書的底。那小子不敢偷賣。但一頓小酒加上一千塊錢，小子就把賈學毅的家底給賣了。庫房裡還有三千多套明清豔情小說，是在與H省交界的太平縣下面一個安樂小鎮的印刷廠印刷的，做這套書的老闆叫夏文傑。情況摸到了，那小子一點都沒懷疑他們的意圖，還答應等有了機會一定跟老翟合作。

莫望山和老翟把市局文管會的解科長還有他的手下一起請到天夢大酒店，除了喝酒，他們把這一情況告訴瞭解科長。沒想到解科長記著賈學毅一筆舊帳，賈學毅查一個音像書店，解出面賣人情，賈學毅沒給他面子，他一直忘不了這窩囊氣，上次去找莫望山的麻煩也是為了出這口氣。莫望山知道解科長也不是個什麼正人君子，乾脆給他加了把火，說賈學毅仗著是省局的公司，從來就沒有把他們文管會放在眼裡。解科長的酒已到七分，一下就來了火，說這回我不讓他進去我不姓解。老翟陪著解科長他們先去太平縣的安樂小鎮找到了那個印刷廠，三年之中，這套書連續印了四次，每次五千套，一共兩萬套。沒有任何委印單，只有桂金林留下過一次提書的簽字。莫望山還是給聞心源打了個電話，他只告訴聞心源他已經摸到了夏文傑的窩點。解科長這回來了個絕的，事前既沒給市局報告，也沒給省「打非掃黃辦」打招呼。從太平縣回來，當晚帶著手下突然殺進了新天地書刊發行公司的庫房，三千套明清豔清小說一本沒漏，全部查封。清點完數，讓儲運科長簽了字，他們蓋了章。

聞心源沒想到賈學毅做人這麼卑鄙。市局還沒有把情況報到省局，賈學毅搶先向趙文化舉報了夏文傑。文管會的人一走，儲運科長立即把情況報告了桂金林，桂金林立即報告了賈學毅。在這之前賈學毅先接到秦晴的電話，秦晴按捺不住報復余霞的慾望，居然直接給賈學毅打了電話，在電話上對賈學毅提出了威脅。接桂金林和秦晴電話時，賈學毅跟夏文傑在白天鵝飲酒作樂。賈學毅感到了危險，他當然不會為夏文傑犧牲自己。接完桂金林的電話，賈學毅竟笑了，他說文管會這幫小子幫了他的忙，如今有了愛國主義教育這套書，早就不想搞那種冒險擔驚受怕的生意了，正愁沒法擺脫夏文傑呢！

夏文傑看賈學毅神情慌張，摟著小姐問賈學毅，這麼多電話，有什麼急事。賈學毅的狗腦子來得快，說狗日的有人把他告發那本書的事捅給了莫望山。夏文傑酒多了，說管他呢！告了他，他又能怎麼著。夏文傑做夢都想不到，第二天一早賈學毅就上了趙文化辦公室舉報了夏文傑。用他的話說，夏文傑又不是我爸，我有什麼義務要保護他呢，他向趙文化檢舉了夏文傑盜印這套書的全部過程。賈學毅的一通話，打亂了趙文化的思路，接了聞心源的報告之後，他一直在想是只抓夏文傑，還是連賈學毅一起抓，沒想到賈學毅會用舉報來開脫罪責。

趙文化聽賈學毅說完，笑了笑，說：「這件事你的責任就是沒有及時報告。要是市文管會昨晚不查封這些書，你今天能主動來舉報？」賈學毅說：「我實際是參與了，知情者不報告就是參與。你想把我扯進去也行，不過這公司是局裡的公司，有我的責任就跑不了你局長的責任。新天地參與盜印禁毀黃色圖書，局裡也不會有什麼光彩，只怕符副部長這一關都不好過。」趙文化不喜歡他用這種口氣跟他說話，他打斷他的話說：「別人的責任用不著你操心。」

聞心源就在這時進了屋，他接到了市局的報告。趙文化跟聞心源說：「賈學毅在舉報夏文傑呢，他說夏文傑完全在他的控制之中，他說最好不要把公司扯進去，會影響局裡的聲譽，他有既能抓住夏文傑，還不讓夏文傑知道是公司舉報的辦法。」聞心源問：「賈處長，你有什麼樣的妙計說來聽聽。」賈學毅說：「夏文傑現在藏在白天鵝賓館，我回去就找他談，讓他立即逃生，公安在各路口做好準備，他的車號是5818。」

賈學毅回到白天鵝賓館，虛張聲勢地向夏文傑報告：「不好了，市文管會昨晚查封了倉庫的三千套書，他們還上了安樂印刷廠，已經報到省局，聞心源肯定不會放過你，你還是趕快走吧。到時候我就說不是我訂的貨，是人家主發來的，還沒與發貨人聯繫上。」夏文傑並沒有驚恐，也沒有立即出逃。他跟賈學毅說：「叫余霞拿五萬塊錢來。」他沒說要走。賈學毅當然不敢催他，他立即通知余霞送五萬塊錢過來。一個小時之後，余霞開著公司的車把錢送到了白天鵝賓館。賈學毅以為夏文傑拿到錢肯定會走，但夏文傑卻沒有走的意思，他跟餐廳要了酒，要了菜，要賈學毅和余霞陪他喝酒。酒至半酣，夏文傑突然說要洗個澡，還要余霞進去幫他搓背。賈學毅在房間裡不敢離開，又不敢打電話。夏文傑和余霞兩個足足洗了近一個小時，鬼知道他們在裡面幹了什麼。

夏文傑洗完澡，讓賈學毅與機場售票處聯繫，給他訂一張去廣州的機票。賈學毅提著的心這才放下來，他立即與機場聯繫，機場回話說已沒有到廣州的票。夏文傑立即改到昆明，機場答覆有票，離起飛還有一個半小時，正合適。夏文傑讓賈學毅送他上機場。賈學毅心裡有底，這時候讓他陪他上哪都可以。賈學毅和余霞在前，夏文傑稍後。夏文傑走出賓館前，先掃視了停車場，沒發現異常，他戴上墨鏡走出賓館。聞心源已經在停車場等了三個小時零十六分鐘。

夏文傑出了賓館突然又改變主意，他要賈學毅開他的車在前，讓余霞開公司的車和他在後。聞心源發現他們分坐了兩輛車，立即把公司桑塔納1515的車號通知公安。夏文傑沒有坐余霞旁邊的座位，他坐在余霞的身後。離開白天鵝，夏文傑不停地察看前後左右，一路上他沒有發現警車盯梢，也沒有發現警車攔截。余霞感到夏文傑很緊張，他的雙手一刻不停地在扳動她的座位靠背。

夏文傑離開白天鵝之後，1515和5818兩輛車完全在員警的監控之下。為了不發生意外交通事故，他們沒採用跟蹤追捕，而是沿途監控，決定在機場緝捕。過了機場高速路的收費站，賈學毅和夏文傑沒發現意外。夏文傑慢慢平靜下來，賈學毅反倒緊張起來。他不知道員警為什麼沒有行動，難道趙文化和聞心源要耍他？他把車停到機場「國內出發」口下車送夏文傑時，仍不見員警行動，心裡反怦怦地亂跳。夏文傑此時顧不得賈學毅的變化，他只是機警地察看四周，揮手讓賈學毅和余霞立即離開，自己獨自走進候機大樓。

夏文傑取了票，辦完登機手續，仍未發現異常，他的那顆緊張的心，稍有一些平靜，他謹慎地站到了安檢的隊伍裡。夏文傑一點都沒有注意到那兩個員警向他接近。當他聽到身後有人喊他的名字時，他才意識到不妙，沒等他邁出腳步，他的兩條胳膊已經被員警鐵鉗般的大手卡住。夏文傑沒有反抗。賈學毅和余霞也在回去的機場高速路收費處被員警拘留。

64

安泉家的會客室裡煙霧繚繞。被煙霧包裹的安泉站在窗前，凝視著院子裡的葡萄架。葡萄葉黃了，在秋風中抖動，不時有一片一片黃葉毫無規律地從藤蔓上脫落，飄飄搖搖落下來，落到一個個不確定的地方。天是陰的，陰沉得伸手就能摸著雲。不一會窗外響起了滴滴嗒嗒的雨滴聲。雨很細很密，像霏霏飄散的粉末。安泉看著眼前的秋景，心裡許多惆悵。那本書是一個月之前開始重讀的，安泉在這一個月裡，一有空就研讀這本書。書是午飯前讀完的，中午他照例躺到床上午休，今天他沒有睡著，這本書引起他許多思考，攪得他無法入睡。他認為，《中國：一九八九》從中國的國情和社會文明建設的進程這個現實出發，以中國最普通的老百姓的視角，對中國的民主和文明建設做了深入地透視，非常深刻地揭示了民主建設的迫切性和現實性。同時作品從中國的歷史教訓和社會主義建設的客觀要求，對社會主義民主建設做了有益的卓有見地的探討，提出了許多值得我們黨，我們黨的幹部，尤其是中高級幹部研究和思考的問題。讓安泉無法平靜的並不是這本書的內容，而是我們究竟應該如何來處理這類問題。他是這套叢書的編委會主任，他沒有什麼需要擔心的，他思考的問題也不是如何來應對上面，他在想，上面指定的有關部門拿出的審讀意見，是不是他們真實的看法，要是他們憑主觀心理揣摩上面的意圖，寫出不合事實的審讀意見，那不是誤導嘛！

想到了這一層，安泉的心情非常沉重，他一直是這個省思想戰線上的領導人物。他沉重地想到，我們有些管理部門，從什麼時間開始有了這樣一種工作作風？他很自然地想到了自己，要是自己沒退休，要是自己不是編委會主任，會不會這樣認真讀這本書呢？自己在職的時候也處理過許多類似的問題，那些處理意見都是經他過目簽字之後下達執行的，這些已經執行過了的處理意見，也並不是他親自調查，親自過目以後再簽發的，這裡面會不會也有這種情況呢？有沒有冤假錯案？有沒有主觀代替客觀？有沒有冤枉傷害無辜呢？

晚上，安泉把聞心源叫去，他把自己的思考告訴了聞心源，他要求聞心源以後在工作中千萬不要也用這樣一種方法來處理問題。安泉說他認識中央管思想工作的一位領導，他打算給他和有關部門寫一封信，他要如實地陳述自己對這本書的看法，他還要談管理部門工作方法的問題，他還想建議該如何處理思想戰線和意識形態中的問題。

一個月不知不覺過去了，從上面業務主管部門傳下來一個精神，《中國：一九八九》一書，不宣傳，也不批評，不給作者、出版社和書店處罰。有了這個精神，沙一天履行了自己的諾言，從中周旋幫忙，把沒收的三十二萬退給了炎黃書局，書局的經營許可證、營業執照都以企業更名方式辦理了更名手續，改名為長江書局。南風出版社也及早送上了檢查和整改措施，恢復經營。這場風波就此了結。

首屆長江杯優秀圖書獎如期在江都舉行。長江杯圖書獎是由炎黃杯圖書獎改名的。炎黃書局更名後，無法再以此冠名。長江杯優秀圖書獎，請安泉擔任了評委會主任，宣傳部符浩明副部長、新聞出版局趙文化局長、沙一天副局長、省社科院、省歷史研究所以及《江都日報》、《江都晚報》、《江都青年報》、《江風都市報》等報紙總編輯和文化名人充當了評委。設一等獎一名，二等獎兩名，三等獎三名，優秀獎十名。一等獎獎金兩萬元，二等獎獎金一萬元，三等獎獎金六千元，優秀獎獎金三千元。

莫望山提供十萬元資金，除獎金外餘下的作為評獎經費。《東方宣言——鄧小平登上聯大講臺》、《中國：一九七六》等十六部社科類圖書獲獎。頒獎會的消息登遍了江都的大小報紙，《光明日報》、《中國文化報》、《文藝報》、《新聞出版報》也都發了消息。長江書局聲名大震。

莫望山又恢復了元氣，他帶著華芝蘭一起參加了北京國際圖書博覽會。苗沐陽為此掉了眼淚，她知道他的用心。莫望山這次故意沒有帶苗沐陽參加博覽會，那件事是原因之一，主要還是華芝蘭有意想參加這個會，他也想用這個機會，改善一下關係。莫望山請新世紀出版社的許副社長在天馬大酒店訂了一個房間，他要讓華芝蘭好好享受一下五星級飯店的生活。一進賓館的房間，華芝蘭衛生間裡感受到了五星級的檔次。上完廁所馬桶上竟會有熱水沖洗器，一按鈕就有溫水幫你沖洗屁股。洗澡兩個噴淋，一急一柔，任你選擇。還有吹風機、熨衣板、燒水壺，連拖鞋都是棉紗的。打開電視，哪個國家的節目都有。房間裡還有保險櫃、電冰箱和各種酒水、點心。

在會上，華芝蘭在日本展區發現了卡通連環畫，她一翻就愛不釋手。她把莫望山拽到日本展區，勸他搞社科文藝類圖書風險太大，不如搞文化、少兒圖書保險，而且文化、少兒圖書市場還大。華芝蘭對少兒圖書更感興趣，她畢竟做過多年老師，瞭解孩子們的心理和喜好。莫望山看上了日本一套生活小叢書，化妝、美容、髮型、裝束、飾物等等，一套六種，圖文並茂，實用，可操作性強。經華芝蘭一再宣傳，他去認真翻看了卡通連環畫《角鬥士》，確實很有意思。他們立即找展館的翻譯，與日本代表談判。

莫望山正在談版權，人民社的談胖子處長打了他手機。這人挺讓莫望山煩，自己整日跟著蹭吃蹭喝不算，還拿著他的錢充大方，每天招一幫人讓莫望山請客，還說是幫他搭橋拉生意。談胖子又催問中午在哪吃飯，莫望山沒好氣地告訴他他正忙著談版權，中午只能在展廳吃盒飯，讓他自己隨便吃，談胖子竟還生氣。

沒想到日本出版社的人對轉讓版權不感興趣，莫望山再三要求，才草簽了兩套卡通連環畫的轉讓合同。後來他追問日本出版社的代表是什麼原因。日方告訴他，轉讓版權對出版社沒有什麼好處，出版社幾乎是義務勞動。莫望山和華芝蘭沒有放棄，第三天，莫望山在日本展區終於找到一位專搞中日版權代理的中國女士，她答應全權代理日方任何一位作家的版權。博覽會的最後一天，莫望山買下了那家出版社的全部卡通連環畫樣書。

北京之行莫望山還要做一件事，這些年，南風出版社和北京的一些中央出版社給了他很多支援和幫助，他要感謝他們。請人吃飯唱歌有點俗氣，他聽說八達嶺飯店有個娛樂中心叫「人間天堂」，說有模仿法國「紅磨坊」的豔舞表演，還有陪你聊天、陪你談生意、陪你欣賞音樂的絕色大學生小姐，還供應西餐。他請許副社長幫約客人，自己先到「人間天堂」選擇活動項目。吃西餐看錶演，門票每人三百二十元。咖啡廳小吃瓜果每位最低消費一百六十元，小姐小費另算。許副社長約了六位客人，加上南風的章誠和總編室主任，連他們夫妻倆一共十位。莫望山和華芝蘭正要去飯店，談胖子又主動找上門來，而且還帶了四個莫望山不認識的人。莫望山向談胖子解釋：「談處長，對不起，晚上我有事，你自己帶他們去吃吧，吃完開張票，我給你報。」談胖子居然不滿意，說：「打發誰呢？你以為我是要飯的叫花子啊，有兩個錢擺譜了是不是？人家上『人間天堂』，你讓我自己吃，什麼意思？沒有出版社幫你，你賺個屁錢！」莫望山不想把心情搞壞，他沒理談胖子，拉著華芝蘭上了計程車。莫望山選擇了吃西餐看演出，客人們也都說沒看過。演出水準雖然一般，歌唱得不如電視上的歌星，舞蹈也不及舞臺上的專業水準，但形式讓人開了眼界，小姐全身除了那「三點」全都露著，氣氛不同一般。

看完演出，莫望山自己都覺意猶未盡，他帶著他們上了咖啡廳，要了兩個咖啡桌，給八位客人一人請了一位小姐。五星級就是五星級，小姐都跟空姐一樣漂亮。華芝蘭說知道這樣，她就不來了，莫望山一把把她攬到身邊，說不來你怎麼會知道這些呢。那些小姐真不一般，她們很快就與陪伴的客人找到了聊天的話題，他們一邊喝著咖啡嗑著瓜子吃著點心水果，一邊聊天，有的在聊文學，有的聊藝術，有的聊旅行，有的聊生活，什麼話題都可以。她們也陪客人跳舞，舞姿很是迷人。莫望山開玩笑，問可不可以帶她們出去。小姐說她們不可以，她們不搞其他服務，要那樣的小姐只能到別處找。華芝蘭不停地掃瞄著每一個小姐，她們的姿色的確美麗，任何女性都會嫉妒。有個問題她想不明白，這麼漂亮的小姐，為什麼不找個正經職業，要搞這種服務。離開「人間天堂」

時，華芝蘭才找到答案，小姐的小費每人要五百。兩三個小時，聊聊天就掙五百塊，這對在校大學生來說，誘惑力是無法阻擋的。

回到賓館，莫望山心情很好，兩人沖了澡就上了床。親熱之後，華芝蘭跟莫望山說，莫嵐的事她已經跟沙一天說了。莫望山一驚，問她什麼時間跟他說的。華芝蘭把封帳號那天下午找沙一天的事告訴了他。莫望山問跟莫嵐說沒有，華芝蘭說還沒告訴女兒。莫望山說沒告訴就不要告訴她。華芝蘭說早晚一天要說，她大學二年級了，說也無妨了。莫望山堅持還是不說好。華芝蘭說沙一天知道了，事情就不能不說，要是叫她先知道了再說，就被動了。莫望山說他真怕失去她。華芝蘭說女兒是個懂事的好孩子，他永遠是她的父親。莫望山只能說但願如此。

說完莫嵐的事，華芝蘭提出要獨立經營野草書屋。莫望山問她為什麼。華芝蘭說不能一輩子拖累他。這樣對苗沐陽不公平。莫望山問她為什麼老替別人著想。華芝蘭說她已經知足了，他把她們母弄到省城來，把嵐嵐培養成大學生，如果再給她一個書店做，她這輩子還有什麼不滿足，她想試試我自己的能力。莫望山說她想獨立搞書店可以，但不要離開他。華芝蘭說實際上她已經離開他了，法律上他們早已不是夫妻。莫望山問她是不是想回到沙一天那裡？華芝蘭說不，起碼現在她還沒有這個想法。然後，華芝蘭問他難道真的不喜歡苗沐陽。莫望山沒有回答，用吻堵住了華芝蘭的嘴。

日本卡通連環畫《九龍珠》改變了長江書局的經營方向。為了使經營符合國家政策，他們重新選擇了合作出版社，也改變了合作方式。長江書局在發行行業裡仍是長江書局，在出版行業裡，他們成了希望出版社的第六編輯室，莫望山同時成了希望出版社第六編輯室主任。希望出版社是少兒圖書專業出版社，在全國很有影響，專業也對口，宣傳和發行都很順暢。

莫望山在與白小波的合作中，他已經改變了對新華書店的看法，他也從心裡佩服白小波的為人。他覺得他身上有他許多缺乏的東西。他是以個體經營的精神為國營事業奮鬥。跟他合作很愉快，有量，結算信譽又好。卡通連環畫的發行他首選的合作夥伴是白小波。白小波大膽拍板，首版包十萬套。而且同意「二管道」由莫望山自己發行，只要保證同時供貨。老規矩，以五個折扣的現金給他們做獎金福利，他已經體會到了這對工作積極性創造性的作用。《九龍珠》全套十二卷，每卷五冊，價格定得不高，每冊兩塊錢，一卷也只十元錢。他們一卷一卷推出，孩子們看了第一卷就等著看第二卷，等全套十二卷出齊，加起來一套就是一百二十元。第一卷開機先印了十五萬套，結果貨發出去，一周之內四處要貨，然後再加印五萬套。第二卷上市，反過來又有要第一卷的，只好再加印五萬套。《九龍珠》最少的發了二十五萬冊，最多的發了三十五萬冊。全套發完，碼洋達三千六百萬。新知書店、野草書屋，還有老翟的求知書店，都成為長江的連鎖店，莫望山每一個店給了他們二千套。華芝蘭的野草書屋又加添了五千套。連鎖店莫望山只收生產成本，利潤歸分店。

接著長江書局又分批推出了《角鬥士》和《神馬》兩套卡通連環畫，生意大得全國注目。長江書局在行業報紙上使用頻率猛增。莫望山成了香餑餑，領導稱讚他，同行關注他，專家研究他，出版社親近他，新華書店對他也刮目相看。長江書局竟成了業內工作的參照系。莫望山賺了錢，在梅苑社區買了套三室一廳，把原來那套舊房裝修後，讓母親和那位伯伯搬了進去，離開了那個兒子。

莫望山賺了錢，很想做一件在全國業界有影響的事情，他想把「長江杯優秀圖書獎」搞成全國獎，這事要得到國家政府主管部門的支持。他先找了聞心源，聞心源又帶著他找了安部長。安部長願意支持，他給老出版局長寫了一封信，讓他幫助周旋。莫望山拿著安部長的信，到北京拜訪了老出版局長。莫望山把「長江杯優秀圖書獎」的方案交給了老局長，老局長認為是好事，找了他原來的部下現職的局長，現任局長報給了分管副部長，這位副部長很欣賞莫望山，他一直想找個個體書商的典型來推動發行體制的改革，他一口就答應願意當這個獎項的評委會主任。「長江杯優秀圖書獎」評獎就升格到了全國，請主管部門、行業協會的方方面面的領導，還有著名評論家、著名作家組成了評委會，每屆提供十五萬元經費，獎金比茅盾文學獎還高。

莫望山從北京回來，翟石韜主動到廟街約莫望山喝茶。兩人在茶館面對面落座，沏上茶，翟石韜卻沒有說話，只顧喝茶。莫望山一看翟石韜有話不說的樣子，猜到他心裡有大事要說。莫望山這才想到上北京沒有跟他打招呼，莫望山說：「老哥是不是在生我的氣。」翟石韜說：「氣談不上，我在為你憂。」莫望山有些吃驚，老翟要說憂，准是大事。他問：「大難已過，還會有什麼要憂呢？」老翟說：「智者千慮，必有一失。我要說的憂，只怕你不愛聽，或者聽不進去，會說我杞人憂天，我不想潑冷水，不掃你的興，以後再說吧。」老翟這麼說，莫望山就不能放過他。他說：

「這就不像當哥的樣了，難道兄弟之間還需要忌諱？」莫望山說了這話，老翟就不能不說。他說：「儘管是兄弟，可誰都是人，人非聖賢，誰能無過？」莫望山說：「弟弟我做錯了什麼，老哥你只管說。」老翟說：「你還沒有過，我只是怕你出錯。人一輩子，誰都只能做自己分內的事，不能做分外的事，要是做了分外的事，即便是好事，別人也會不舒服。要是有人對你不舒服了，你很可能就防不勝防，不測就會隨時跟著你，踩你的腳後跟。」莫望山沉思良久，然後平靜地說：「你是不是覺得我不應該搞長江杯優秀圖書獎？」翟石韜笑了，端起茶杯一飲而盡，說：「這就叫心有靈犀一點通，聰明人何需細講。木秀於林，風必吹之；堆出於岸，流必斷之；人出於眾，人必誹之。」

莫望山聽了老翟的話，心裡真的不開心了，可老翟的話他不能不聽，他服他。其實翟石韜心裡的話並沒有都說出來，揭人不揭短，他知道莫望山做這事心裡想的是什麼。關於名利的事，他們早在那次喝茶時就說穿了，莫望山不是不明白。老翟能體會他的心情，他本來胸懷抱負，命運卻不給他機會，把他埋沒，這口氣誰都咽不下。不靠天不靠地，靠自己的本事，靠自己的努力，爭回屬於自己的東西，總是可以的吧。老翟自己也有過這種心情，也曾經與命運較過勁。後來他活明白了，他放棄了。但是，這不是什麼人都能放棄的，也不是想放棄就能放棄得了的。明白了這一層，老翟只能點到為止，他怕傷著他。

65

夏文傑夠種。他獨自攬下了明清豔情小說盜印案的全部責任，沒咬賈學毅一個字兒。其實樣書是賈學毅提供的，最初的主意也是賈學毅出的，書也是他發的。這些聞心源雖然沒能拿到全部證據，但他全猜到了。遺憾的是夏文傑居然一點沒懷疑賈學毅從中害他，他死都想不到，連逮捕他的方案都是賈學毅提供並親自配合的。幾經審問，夏文傑交待，這幾年來，他盜印暢銷書二十九種，印製色情畫冊五種，印製色情圖書十六種，總碼洋達四千一百多萬元，還犯有恐嚇綁架罪。法庭調查他供認不諱，數罪並罰，判處有期徒刑十五年。夏文傑宣判那天，賈學毅在場，當法官宣讀到那個數字時，賈學毅腦子裡的一根神經嘭地被扯了一下，他下意識地低下了頭，不敢再看夏文傑一眼。夏文傑卻平靜地看了他，他沒有賈學毅那麼害怕，這對他來說，已經很不新鮮，那裡面他熟得很。

聞心源、莫望山、翟石韜也都在現場。賈學毅逍遙法外，莫望山很不甘心。宣判結束，當員警把戴手銬的夏文傑押下法庭時，莫望山心裡一動，他說了句罪有應得。可就在這瞬間，他心裡突然冒出放棄再教訓賈學毅的念頭。他在心裡跟自己說，善有善報，惡有惡報，一切順其自然吧。

寫檢查並沒讓賈學毅當回事，但聞心源的一句話卻叫賈學毅睡不著覺。聞心源當著趙文化和他的面說，有的名義上的共產黨員，其實人格連罪犯都不如。賈學毅接連幾夜沒睡好覺，不知是做賊心虛，還是良心發現，夜裡常做噩夢，每回不是夢到夏文傑，就夢到公安，要不就被日本兵追殺，要不就過橋橋斷掉入水中。一個禮拜下來，他的臉色憔悴了許多，連余霞都感到奇怪，這幾夜他沒有一點性欲，老實得像隻病貓。

賈學毅收斂起來，是聞心源的那一句話讓他心裡不安。聞心源不知是故意說給他聽，還是提醒他，聞心源好像把手伸進了他心裡，用指頭在他的心室裡摳了一下那樣讓他難受。難受到後來他認定，聞心源准知道夏文傑案的全部內幕，他有種尾巴在聞心源手裡攥著的感覺，只要聞心源抬手，他就原形畢露，他想什麼時候抬就什麼時候抬手。賈學毅從此在自己的後腦勺上安了個警報器，他不停地警告自己做事要小心。

新天地的不法生意仍在繼續，海盜船已經高速擺動起來，想停也停不下來。省裡一下文，本省的學校一輪徵訂就消化了兩萬套，賈學毅點錢點得手發抖。賈學毅先給三個出版社把五千套的稿費和租型費匯去，把原來的膠片也都還給了他們，與出版社按合同結了帳。他把折扣再放低一些，讓省店多賺一些。有財大家發，誰也沒有話說。

沙一天讓賈學毅再一次壯了膽。沙一天說他立了一大功，這是愛國主義教育！公費給學校裝備這種圖書完全必要，讓全省更多的學生接受愛國主義教育，功在千秋！這樣的錢應該大賺特賺，還要寫報告，請省委省政府給你們新天地公司記功！賈學毅的心又活動了，他想，這些書，都是五六十年代的作品，這幾個出版社同樣是吃前人的遺產，並沒有什麼功勞！既然是遺產，出版社吃得已經不少了，我們吃一點又何妨呢？賈學毅這麼一番自我辯解，腦子又開了個竅。這事既然已經做大，就要想法把它做得更大，事情做大了，大到省裡，乃至全國都掛號，都知道這事的意義，即使有什麼事，牽涉到方方面面，誰也不好處理。千萬別弄成公司的事，弄成個人的事，憑公司和他個人是抵擋不住的，必須有一幫人一群人一個整體與他一起擔當才行。他立即行動起來。

賈學毅的第一個舉動是找白小波，讓白小波認識發行這套書的偉大意義，同時願意再降兩個折扣供貨。白小波也認為這確是件有意義的事，也是最能體現主管道能力的事。白小波表示，如果再降折扣，他們就直接優惠讓利給學生。賈學毅說這樣好，既然是做政治生意，咱就政治到底。意見一致後他們以公司和省店的名義，聯名給局裡寫了一個擴大「愛國主義教育叢書」發行的報告，報告中強調愛國主義教育對當代青少年的重要，對精神文明建設的作用，列舉了這套叢書受歡迎的事例，然後提出讓省店在全國徵訂擴大發行。白小波跟賈學毅說全國徵訂不會少於兩萬套。印製工作他早有打算，原膠片還給了出版社，但在還之前他已悄悄地拷了兩副膠片，想印就印。

沙一天在報告上批示：很好！這是公司和局裡做的一件有深遠意義的事情，請省店和公司把它作為一項政治任務來做，及時掌握情況，善始善終。沙一天還以省新聞出版局的名義給省委宣傳部寫了一個報告，請趙文化閱示。趙文化也批示：這種事情要多做，公司不要只看經濟效益，要搞兩個效益，要總結經驗，積極推廣。

賈學毅第二個動作是給趙文化到北京請三位一流書法家和兩位畫家，給他寫了三幅字，畫了兩幅畫，尤其是那位佛學大師的字更是價值連城，給趙文化的那幅字竟成了他的絕筆。賈學毅是星期日白天把字畫送到趙文化家的，他怕晚上看不出效果。當賈學毅把這五幅字畫鋪滿客廳時，趙文化醉了。趙文化一邊欣賞一邊自言自語：「你是怎麼弄到的？」賈學毅說：「是難，但世上無難事，只怕有心人嘛！」趙文化哈哈笑了。賈學毅說：「咱們文化人有了錢，還是要搞文化，不要那麼俗氣。公司的錢也是公家的錢，公家的錢不好隨便往個人兜裡裝，但可以搞文化，局長，你看我什麼時間像別人那樣給你送過錢？」趙文化扭頭看了看賈學毅，他覺得這人還是有頭腦的。於是趙文化肯定地說：「對，錢上的事不能瞎來，錢不能沾，搞點文化還是可以的。」賈學毅要的就是他這句話。他心裡話，狗日的，這五幅字畫你知道花多少錢？說出來嚇死你，一個字就上萬！

賈學毅皮笑肉不笑地走進了沙一天的辦公室，沙一天在想心事。

那天從南江寺回來，精神似乎有點錯亂，一會兒沉思，一會兒笑。他難以相信華芝蘭說的是事實，可誰會拿這事開玩笑呢？他做夢也想不到老天爺會從天上給他扔下個女兒來，而且是個非常漂亮，非常聰明，非常討人喜愛的女兒，他沒操一點心，沒受一點累，沒出一分錢，沒做一點事，女兒已經是大學生了。他真恨不能跑上海復旦去看看她，讓她甜甜地叫他一聲爸爸。一想到這他就忍不住笑。可他又想，莫望山這小子是怎麼想的，他居然會心甘情願地跟他拋棄的女人結婚，還為了不讓他的女兒受傷害自己甘願終生不要孩子？這些年，他吃苦受累多災多難，竟是為他的女兒創造一個美好的家庭環境，他的腦子難道進水啦？怪不得華芝蘭對他這麼死心塌地，怪不得她要這樣來求他。想到這他又滿臉憂愁。他覺得世上的事情真沒法用腦子來想，他破格提了南風出版社的社長，可他不懂出版社業務，把出版社搞了個亂七八糟；出版社沒搞好，他卻還是當上了副局長；當了副局長是值得慶幸，可葛楠卻跟他離了婚；葛楠不願給他生孩子，華芝蘭卻給他養了個女兒；他並沒有給莫望山什麼幫助，莫望山卻願為他放棄自己的一切。他搞不懂了，這世上的事，世上的人太複雜了，他沒法搞明白。有了女兒就有了責任感，他決心用下半輩子補償華芝蘭，補償女兒，可現在他連住的房子都沒有。

賈學毅進屋什麼也沒說，徑直來到沙一天寫字臺的跟前，把一串嶄新的鑰匙噹啷擱到沙一天的面前。沙一天疑惑地抬起頭看著得意洋洋的賈學毅，不發話，卻用眼睛問了十萬個為什麼？賈學毅賣乖地說：「想局長之所想，急局長之所急，幫局長之所需，這就是在下對局長的全部心意。」沙一天還是沒有說話，這意外得讓他不可思議。賈學毅繼續接受著沙一天對他聰明能幹的欣賞，他說：「『天上人間』社區，八幢1808，四室兩廳，前後陽臺，一百六十平米。」沙一天這才驚魂落定，說：「你開什麼玩笑？」賈學毅繼續得意洋洋，說：「我什麼時間跟領導開過玩笑？」他從夾著的包裡一樣一樣往外拿東西，一邊拿一邊說，「這是房產證，看清了，房主沙一天；這是今年的物業管理費收據，這是社區的居住出入證，這是房間電話號碼和電話安裝公司、電話局查詢的號碼，一切齊備，全都歸你了。」沙一天如夢中醒來，一本正經地說：「老賈，這到底是怎麼回事？」賈學毅說：「這是你的勞動所得，愛國主義教育叢書是你一手策劃和支持的，市場經濟，按勞取酬，這是你該得的。為了避免別人眼紅，你就說貸款購房，分期付款。什麼事都沒有你的。」沙一天心裡沒一點底，這一套房少說得七八十萬，做這點工作怎麼可以得這麼多報酬呢。於是他說：「不行不行，我哪能得這麼多呢！」賈學毅說：「你的觀念跟不上時代了，現在的價值觀念不同了，一個資訊可以賣一百萬，你信嗎？利益不是你一個人得，我沒那麼傻，拿自己的錢白送人情？公司、省店、我們，還有局長，凡參與這件事的人員都有利，但不是平均主義。」沙一天再一次不認識賈學毅似的看著他，他警告自己，這是個危險分子，千萬不能上他的當。於是他說：「這太多了，我真不敢接受。」賈學毅說：「這套愛國主義叢書，從租型出版，到向全省發行，都是你親手做的方案，你說這種方案值多少錢？」沙一天說：「這是我的工作。」賈學毅說：「對，是工作，那公司老闆也是工作，你知道嗎，他們的年薪，少則五十萬，多則八十萬、一百萬哪！這是你該得的，是你勞動所得，是你智慧所得。再說我賈學毅拍你的馬屁做什麼？我們正正經經在搞愛國主義教育哪！」沙一天讓賈學毅說動了心，但他還是不放心，他只好說：「這樣好不好？一半算我的報酬，一半算我借公司的。」賈學毅說：「也好，你不是還要給公司做事嘛！這房子七十萬，四十萬算是以往工作的報酬，三十萬先欠著，到再分配的時候抵扣。咱們還是要努力啊！」

賈學毅離開後，沙一天拿起那串鑰匙，他的手還是不住地顫抖，這輩子他都沒想到會掙這麼多錢。沙一天在辦公室無法安靜下來，滿腦子房子和錢，他忍受不了自己對自己的折磨，他走出了辦公室，鎖上了門。沙一天身不由己打車上了「天上人間」社區，走進第八幢樓的電梯時，兩腿不知道為什麼還是軟軟的。到了十八層，找到1808，他拿著鑰匙，打開防盜門，打開大門。啊！他的心狂跳起來，他看到了對面的自己。走廊那頭迎著大門是與牆同高的大鏡子，鏡子裡的他與鏡子上的裸體少女正重疊在一起。那個少女很熟悉，他想起來了，是那幅外國油畫《泉》在鏡子上的浮雕。沙一天驚喜地看著屋裡的一切，實木地板，沙發、廚房裡灶具、潔具、餐具齊備，衛生間淋浴、澡盆齊全，臥室裡有床有臥具，書房裡有書架，書架上有書。沙一天暈了，他沒法再看，他一下倒在長沙發上。他閉上眼睛，讓自己靜靜地躺著，不作任何思想。他不敢想，也不願想。他不願想，可思想還是信馬由韁地四處亂闖。

他立即想到華芝蘭，要補償她，補償莫嵐，不，要改名叫沙嵐，小名還是叫嵐嵐。沙一天毫無顧忌地撥了莫望山的手機，問華芝蘭現在的電話。莫望山對他的直截了當有些驚奇，聽出了他的急切，莫望山不知道他要做什麼，問他有什麼急事。沙一天說沒急事，要問她一件事。莫望山立即把華芝蘭的電話告訴了他。沙一天撥電話時，他的手又顫抖起來。電話接通的一剎那，沙一天竟說不出話來。華芝蘭拿著電話問了兩次哪裡，沙一天才毫無過程地說：「芝蘭，妳快來『天上人間』社區，搭車來，我在第八幢1808等你。」華芝蘭讓他這沒頭沒腦的話搞糊塗了，她毫無反應地說：「你又怎麼啦？我忙著呢。」沙一天急切地說：「我買房子了，四室兩廳，一百六十平米哪！」華芝蘭還是平靜地說：「那好啊，你好好享受吧，我忙著呢。」說完她扣上了電話。那一聲細小的啈噠聲，等於給沙一天當頭一悶棍，他拿著電話立在那裡，那盲音像在一個勁地罵他傻、傻、傻。

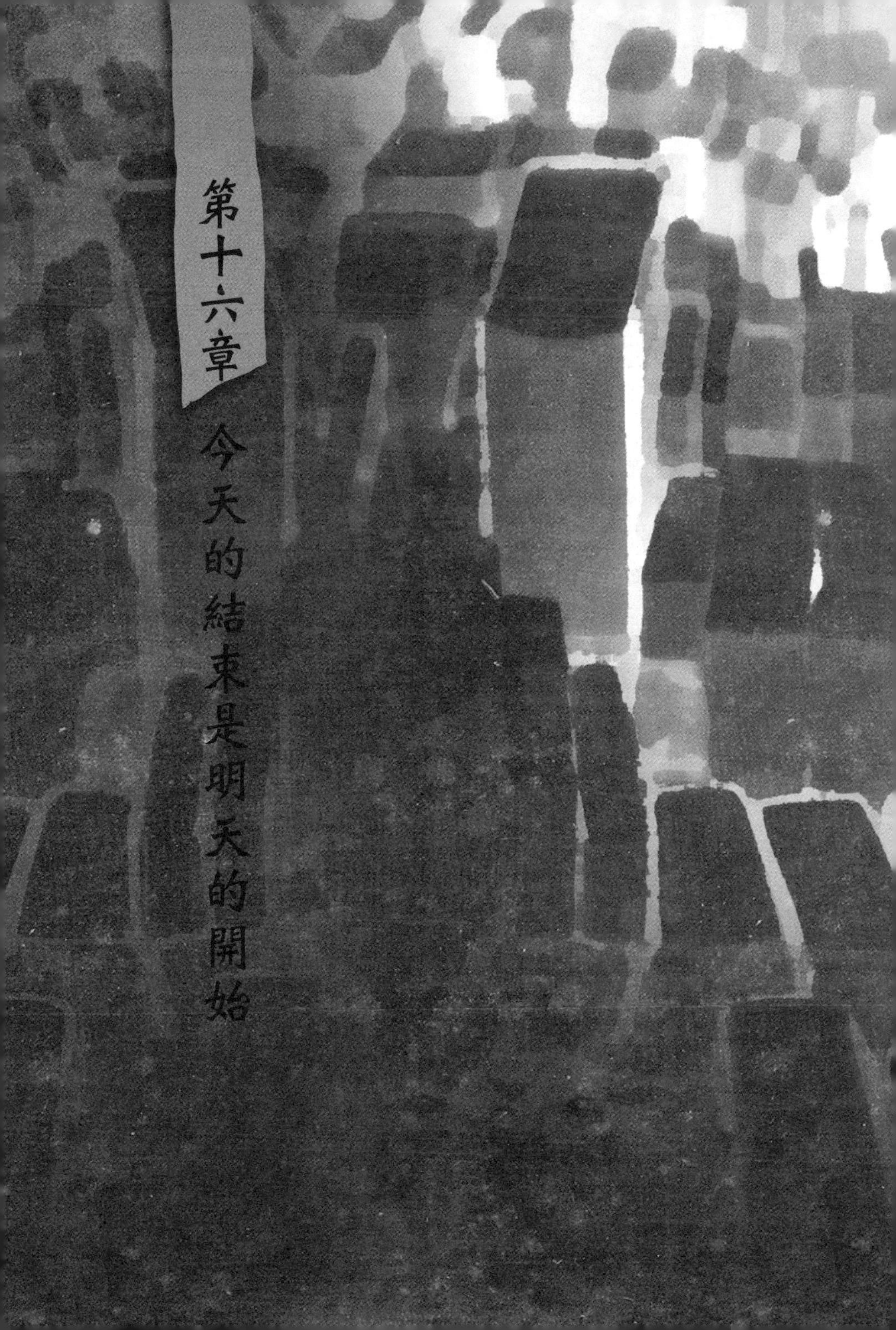

第十六章 今天的結束是明天的開始

66

長江杯優秀圖書獎頒獎大會在人民大會堂J省廳舉行。主管部門的領導、評委會專家，首都各新聞媒體和業界知名人士來了好百位，評委專家的檔次規格一點不次於國家圖書獎。莫望山坐在人民大會堂J省廳的主席臺上，面對著會議室裡方方面面的領導、評委和獲獎者，心裡感慨萬千。他的耳畔響起了紅旗獵獵的風聲和《國際歌》的歌聲，腦子裡翻滾這半輩子的酸甜苦辣，翻滾得他鼻子一陣陣發酸。就在這時主持人喊了他的名字，輪著他講話了。

莫望山酸著鼻子走上講臺，酸著鼻子說：「各位首長，各位專家，各位作家，各位老師，各位朋友，我莫望山，一個普通中學教師的兒子，一個三十五歲才回城的知青，今天能站在人民大會堂的講臺上說話，都是黨……」他突然硬咽不止，淚如泉湧，說不出一句話。

主持人和在場的領導都驚了，會場裡一些紛亂。有誰能體會到他那一肚子無法訴說的苦水。莫望山意識到了自己的失態和給大會帶來的混亂，他咬住舌頭止住了流淚和抽泣，他放開嗓門說：「我莫望山之所以有今天，靠的是黨的政策，靠的是政府的支持，靠的是社會的幫助，靠的是出版發行界領導和朋友們的支持，我在這裡謝謝大家，我給大家鞠躬！」莫望山在熱烈的掌聲中，回到了自己的座位上。

葛楠有事還是找聞心源商量。葛楠走進聞心源辦公室直歎氣，聞心源問她有什麼愁事。葛楠說賈學毅在盜印愛國主義教育叢書，管不管？聞心源說這事他已經覺察，但部裡、局裡、省店都絞在裡邊，又是愛國主義教育叢書，要慎重。葛楠說，他們隨意在揮霍這套書的巨額利潤，看著賈學毅犯罪還逍遙自在，心裡真憋氣。

隔天聞心源還沒打開辦公室門，裡面電話鈴聲急促。是G省「打非掃黃辦」來電話，他們在昆州市查獲了J省新天地書刊發行公司盜印中華文學出版社、青春出版社、軍藝出版社的十五種圖書，每種書各印三萬套，所印圖書全部封存。他們已將情況通報了上述三家出版社，希望J省立即來人協助處理。

聞心源把電話紀錄報給了沙一天。沙一天的臉當時就綠了，說趕快找趙局長。趙文化一看，額頭上也出了冷汗。聞心源看到，兩位局長滿腦子的怎麼辦從眼睛裡一串一串往外冒，冒到後來，他們四隻眼睛一齊盯住了聞心源。聞心源非常明白領導的意思，他內心有一種聲音在呼喊，這是犯罪！不能放過他！不能再放過他！這次再要放過賈學毅，是失職，是同罪。

聞心源平靜地說：「三家都是中央的大社名社，盜印的碼洋要過千萬，在全國都可以說是數一數二的大案要案，再說新天地是咱省局的公司，而且是省局出面租的型，省委宣傳部還發了文，要是在全國報紙上一曝光，會轟動全國。」兩位局長都認為聞心源在幸災樂禍，故意在看他們的笑話。趙文化按捺不住，說這些誰還不清楚，現在要的是主意！沙一天更認為聞心源在看他熱鬧。聞心源沒管他們反應，他說：「這事主意得局領導拿。」趙文化急了：「有什麼好幸災樂禍的，要我們怎麼辦就直說！」聞心源也來了氣：「既然領導覺得我是幸災樂禍，那我就不插手了，你們看著辦吧。」聞心源轉身就走。

沙一天急忙拉住聞心源：「心源你看你，大家心裡不是煩嘛，你是主管，當然要聽你的意見。」趙文化也說：「這個時候就別計較了，趕緊想對策，有想法就說。」聞心源胸有成竹地說：「事情是違法犯罪！應該嚴厲打擊。但這牽涉到局和宣傳部，要想保全名譽，只能爭取私了。」兩個異口同聲：「怎麼個私了法？」聞心源感到了他的話在這時候的分量，越知道自己話的分量，他就越平靜，儘管賈學毅可惡，但他不能不考慮省局和省委宣傳部的名譽。他說：「要想私了，必須立即分別與三個出版社領導直接通話，承認管理上的漏洞，承認新天地公司的不法錯誤，立即按原合同規定，支付稿酬和租型費，並答應給適當的賠償，先穩住陣腳。然後由局領導親自帶隊，帶上現款，進京請罪，履行合同，先把原來賣了的圖書，按標準支付稿酬和租型費，這三萬套徵求出版社的意見，他們若要，就轉交給他們，由他們與工廠結算成本，由他們與省店聯繫發行事宜；他們要是不要書，要求銷毀，只好認倒楣，承擔損失；他們要是同意仍由新天地發行，那就另簽合同，發行後按合同付稿酬和租型費，以求得三家出版社的原諒。如果工作做得好，經濟上立即兌現，這事可能化解。」

趙文化和沙一天都鬆了一口氣，「但私了是徇私，是包庇犯罪。如果決定正面打擊，我立即帶人去昆州市，與G省配合，查核事實，然後與三個出版社見面核定事實，等候法律制裁。究竟怎麼辦，還是得領導拿主意下決心。」趙文化和沙一天臉色又都陰沉下來，聞心源說完先退了出來。聞心源一走，趙文化和沙一天，你看我，我看你，兩個還是不約而同地說，只能私了，只能私了。趙文化讓沙一天立即把賈學毅叫來。

賈學毅一點都沒有像趙文化和沙一天那樣著急，他並沒有感到這事有什麼了不起，愛國主義教育的圖書，加印一點，賣了之後，按合同給他們付租型費就得了，沒有什麼可大驚小怪的。再說這件事，每一步都有請示彙報，都有批示。參與者不只是他，利潤大家分了，好處大家得了，他無官一身輕，要坐牢大家都坐牢，無所謂。他知道他急，他們怕丟官。官可丟不得，為這官他們花費了多少心血，做人做鬼，做驢做狗，做兒子當孫子，容易嗎？

「你他媽沒事人似的！誰叫你到外省去偷印啦？自己省裡不能印啊？！」趙文化這時失去往日的風度，已顧不得身分，開口罵了起來。「先別自己咬自己好不好？加印是你們同意的，有批示在那裡，到外省印還不是為了多賺點利潤嘛！」賈學毅反不慌不忙。他暗自慶幸自己聰明，一切都辦得有理有節。

「在省裡加印兩萬，你是說了，沒說再要到外省加印三萬啊！」沙一天的話顯然沒一點力量，他怎麼會有力量呢？他已經住進了「天上人間」1808。「那兩萬是省內徵訂的數，省店在全國徵訂了兩萬，備點貨，不印三萬印多少？」賈學毅讓沙一天無話可說。「別吵了別吵了，你趕緊算算，要給出版社和作者多少錢，立即準備現金，明天你跟沙副局長一起上北京，去向三個出版社認錯，立即按合同兌現。那三萬套書徵求他們意見，按聞心源的意見辦。」平時沒見趙文化有這記憶力，急中可能生智，他把聞心源的話一句一句都記到了心裡，就像是他自己的主意一樣，工作特顯魄力。

賈學毅聽了冷冷地說：「沒有錢，帳上的存款不到兩萬塊。」「你賺的錢呢？！」趙文化又急了。「錢你也應該知道，職工工資要發，獎金要發，局裡也要上交，該得的也要發，這一批三萬套，成本就要二百二十五萬，我們預付了六十萬。帶現金付稿酬付租型費，你知道要付多少？我早把帳算了，我們跟人家簽的合同是五千套，現在印了六萬五千套，扣除已付的五千套，我們要給人家補六萬套的稿酬和租型費，六萬套的碼洋是一千八百萬，稿酬按百分之八算，就是一百四十四萬塊錢；租型費按百分之六算，就是一百零八萬塊錢，我們要給人家帶二百五十二萬，先結已銷售的，也要一百二十六萬，我上哪兒去偷啊！」

趙文化一屁股坐到椅子上無話可說。他在心裡罵，賈學毅你這王八蛋真是條毒蛇！他恨不能一口嚼了他。那三幅字和兩幅畫就在自家客廳裡掛著呢！賈學毅給過他價，一個字一萬塊，一幅畫多少錢，猜也猜得出來，其他狗屁沒得到，倒是費去了他不少心思，時刻想著要清除上面的灰塵。沙一天一臉沮喪，他更沒話可說。他在「天上人間」1808裡舒服三個月了。「那就等著人家把咱們送上法庭吧。」趙文化憋到最後說了這麼句氣話。屋子裡一片沉默。

趙文化拿起電話，叫聞心源到他那裡去。聞心源進了趙文化辦公室，他看到的是三個垂頭喪氣的人。趙文化說：「現在想私了也了不成了，他們帳上只有兩萬塊錢，稿酬和租型費要二百五十二萬，你說怎麼辦吧？」

聞心源覺得他該說話了，不管賈學毅他們搞了什麼名堂，那是省裡的事，新天地書刊發行公司畢竟是自己局裡的公司，與上面和三個出版社聯繫也都是局裡出的面，現在出了問題，損害的是省局的名譽和利益，他不能不管。「帳上沒有錢也得做工作，能等著人家把省局往法庭上送嗎？真要是把這事情在媒體上曝了光，事情就不可收拾。不管想什麼辦法，一個社怎麼也得先給他們十萬塊錢，只有把三個出版社穩住，才可以慢慢商量事情怎麼處理，今天下午必須與三個社聯繫上。另外也得給上面打電話，給方方面面都打招呼，不是還有愛國主義教育這個名義嘛！請上面領導也幫忙做做工作。」

三個人聽了聞心源的話，都跟越冬的蛇照著了春天陽光一樣，挪動了一下身子，臉上都有了一些希望。於是趙文化立即分工：「沙副局長你帶著賈學毅明天立即進京，聞心源你也去，幫著出出主意。賈學毅，我不管你用什麼辦法，必須立即準備三十萬塊錢現金，明天帶走。」待趙文化發完指令，聞心源提出了不同意見。

他說：「不是我不服從領導安排，也不是我故意躲避，我這『打非掃黃辦』副主任，直接去做這種和稀泥的事，不太合適，再說，我們必須立即派人去昆州，要按不住那頭，麻煩更多。」趙文化覺得有道理，於是說：「你不去也行，不過無論是你去還是派人去，必須立即與G省『打非掃黃辦』聯繫，不要讓他們再節外生枝。」聞心源打心裡不願與他們一起進京，為了省局的名聲，他已經違心地給趙文化和沙一天出了主意，再要他去為賈學毅開脫罪責，四處遊說，他做不出來。

聞心源剛給G省「打非掃黃辦」打完電話，莫望山打了他的手機。聞心源在電話裡感覺到了莫望山的喜悅，他說北京之行非常成功，一切圓滿，莫望山要他晚上過去聚一聚。聞心源猶豫了一下。莫望山說不管有什麼事，一定得來。聞心源說出了點事，但他還是答應過去。莫望山也給沙一天打了電話，沙一天說實在是有急事，婉言謝絕了。

晚上聚會只四個人，華芝蘭也說店裡有事沒過來。除他們兩個，還有老翟和苗沐陽。苗沐陽似乎老練了許多，不言不語，只用心給他們倒酒，添水，讓小姐換碟子。莫望山情緒很好，他不無炫耀地說：「首都就是首都，讓人提氣開眼界，文化氛圍就是不一樣。莫望山把北京的頒獎活動描繪了一番，說：「一切都非常好，美中不足是我沒能控制住自己，到我講話的時候不知道怎麼回事就哭了，怎麼忍都忍不住，連句話都說不出來，真是丟臉。」聞心源說：「我理解你的感受，一個用自己的生命與命運抗爭的人，取得成功後，他無法用語言表達自己的感受，眼淚才是他最真實的情感。」

莫望山伸出手握住聞心源的手，緊緊地握著，苗沐陽被他們的情緒感染，她悄悄地擦了淚。莫望山看著她，不解地問：「難道妳也會與我們心靈相通？」苗沐陽說：「你以為我是根木頭嗎？」老翟卻一直心事重重的一言沒發。聞心源臨走才悄悄告訴莫望山，這一回賈學毅麻煩了。莫望山問是什麼事，聞心源把事情一說，莫望山沒興奮，反沉穩了。他跟聞心源說，真是善有善報，惡有惡報，不是不報，時間未到，時間一到，全部要報。

莫望山送走聞心源，老翟才回過頭來問莫望山：「望山，你還記得咱們兩個在城隍廟茶館裡聊天的事嗎？」莫望山說：「這怎麼能忘呢？」老翟說：「我勸你還是去拜一拜城隍菩薩，信則有，不信則無，因為我信，我已經摻合了你許多事，所以我勸你信，抽空去拜拜，一個心念而已。」莫望山和苗沐陽覺得老翟今天有些怪，他的話裡似乎藏著什麼玄機。

67

北京的談判非常不順利。他們先採取各個擊破的戰術，分別到三個社，直接向社領導檢討，沙一天主說，賈學毅幫腔，除了沒跪到地上，能說出的話都說了。然後再預交上十萬元租型費。前兩個社態度還好，都接受了十萬元。到了軍藝出版社碰上了麻煩。那個副社長也許是軍人性格，非常強硬，他說這事顯然事先就有預謀，用的是省局和南風出版社的名義，實際是新天地書刊發行公司在操作，據瞭解這是個人承包的公司。處理問題前必須先弄清幾個問題，第一，為什麼不經過出版社同意，公司就事先拷了備用的膠片？

拷了幾副膠片？第二，假如Ｇ省「打非掃黃辦」不查獲盜印，省局會不會主動找三家出版社履行合同？第三，缺乏解決問題的誠意。圖書已經銷售了三萬五千套，碼洋要一千多萬，稿酬和租型費都應在成本裡面，除了那五千套以外一分錢未付，那三萬套所得利潤就二百多萬，加上稿酬和租型費就有近四百萬的毛利，到現在只拿十萬塊錢來搪塞？顯然是沒有誠意。第四，要解決這個問題，起碼的條件是把前面已經銷售的三萬套書的稿酬和租型費一次結清，然後再商量如何處理現在扣壓在工廠的三萬套書。要不是這樣，我們一分錢也不接受，只能按法律程式來解決。沙一天、賈學毅一下被他剝光身子扔進了大海，身邊連根稻草都沒有。人家句句在理，可他們現在對這些要求無能為力。

晚上沙一天向趙文化彙報，趙文化說再跑一下上面主管部門，能不能請他們幫著疏通一下。第四天沙一天把三個社的領導約到酒店，上面主管部門的有關人員給出版社分別打了電話，他們想一起再商談一次。沙一天只想到自己在上面疏通，沒料到三個社之間也溝通，結果軍藝出版社副社長的意見成了三個社的一致意見。貼了一頓中午飯，得到的結果是必須先結清已經銷售的三萬套書的稿酬和租型費，然後再談後面三萬套書的處理。沙一天只好請求三個社待他們回省商量後再做決定。三個社給他們十五天期限。

沙一天回到省裡，趙文化的態度讓他吃驚。趙文化說：「我沒有辦法，只能把事情如實向部裡報告。」沙一天一愣，趙文化怎麼會突然改變態度？頭一個發現趙文化變化的是葛楠。事發後第二天，葛楠到趙文化辦公室彙報工作，趙文化辦公室裡多了新鮮東西，尤其扎眼的是沙一天的那只漢鼎，居然在趙文化的書櫃裡，牆上掛了一幅名人的字，一幅名人的畫，書櫃裡還擺上了一只古瓷花瓶。沙一天發現趙文化不光態度改變，不只是他那只青銅漢鼎放到了他辦公室，他還發現局會議室裡也掛上了一幅名人的畫，兩邊一邊掛了一幅名人的字。辦公室主任告訴他都趙局長親自佈置的。沙一天心裡敲起了十五只鼓。

事情報到部裡，符浩明自覺力不能所及，他那孱弱的雙手承接不住這麼大個問題，只能把問題推給部長。部長掂量一下，感覺分量太重，他的腰吃不消，只好把問題報送給分管的副書記。副書記兼著紀委書記，剛從中央開會回來，領回了要嚴打歪風懲治腐敗的精神，正英雄無用武之地，一看報告，情緒頓時高漲，立即在報告上批示：就拿這個典型開刀，按法辦事，公、檢、法、紀組成聯合專案組突擊清查，穩准狠地打擊，警示全省。專案組審理案件異常順利，順利得益於賈學毅的那個小本本和白小波他們的帳本。

專案組頭一個找的就是賈學毅，他當即掏出了那個小本本。幾年來的小帳在上面記得清清楚楚，張三李四王二馬五，比他們新天地公司的財務帳還清楚。另一個是白小波他們勞務獎勵的帳本，新天地返給他們的百分之三，一次次，一筆筆，具體到每個業務人員，而且都有個人簽字，帳目清楚，白小波個人沒額外揣一元錢到腰包裡。更重要的是通過這百分之三，非常準確地推算出了這套書的銷售總額和全部利潤。

三個社聯合把新天地書刊發行公司和賈學毅告到江都市中級人民法院，省新聞出版局被連帶為第二被告。賈學毅在專案組面前的狼狽，讓聞心源心驚，他沒想到賈學毅居然會羅織這麼大一張網，令他深思不解的是這些人為何這麼脆弱。賈學毅被收監之前，聞心源獨自見了賈學毅一面。賈學毅竟然沒有憂愁，也沒有悔恨，他十分平靜。賈學毅把椅子讓給聞心源坐，自己坐到桌面上。聞心源說你的屁股又坐錯了地方。賈學毅不解地抬頭看聞心源，忽兒擠出了一些苦笑。賈學毅說，他這輩子屁股老坐錯地方。賈學毅從桌面上下來，仍坐到椅子上。看看桌子對面站立著的聞心源，賈學毅認真地說：「你勝了，我敗得心服口服。我原以為拉上這一幫人，你就不敢動我。現在我才明白了，你身後有大眾，我拉再多人也沒用。」聞心源沒想到賈學毅會想到這一層。他什麼也不想說，也不必說了。

副書記以貫徹執行中紀委會議精神的姿態，以創造政績的具體行動來抓這件事的，事情進展的速度驚人。全省人民很快就在省報上看到了消息，標題是《特大盜版案一舉破獲》。賈學毅盜版圖書並製作盜印黃色圖書兩罪並罰，開除黨籍，撤銷職務，判處有期徒刑七年。沙一天犯有瀆職罪和受賄罪，開除黨籍，撤銷職務，判處有期徒刑兩年。趙文化收受字畫，但沒有私藏，懸掛在單位，對此負有直接領導責任，給予黨內記大過處分，行政由正局降職為副局。白小波雖然收受回扣，但沒有往個人腰包裡裝錢，全部用於單位福利，分配制度是完善的，彌補了「大鍋飯」激勵機制的不足，免於處分。

沙一天的弟弟把沙一天判刑的事告訴了他老爸，這老說這事時多少帶幾分出氣的意思，平日老爸總拿沙一天臭他，罵他沒出息。老人家聽完小兒子的話之後，一句話沒說。好事不出門，醜事傳千里，當天胡同裡就沸沸揚揚，弄得家喻戶曉，無人不知。可惡的是那兩個街坊老頭，還特意去看望了沙一天老爸，名義是安慰，實際是去醜他。平時他們讓他壓得夠嗆，他在他們面前太神氣，大話說得太多，他們心裡不舒服。這種時候，用不著兩個老頭說話，只要他們在沙一天老爸面前站著，老頭就無地自容了。

第二天，沙一天弟弟叫來姐姐，想叫著老爸一起去看看沙一天。門沒有鎖，老爸還在床上躺著，滿屋子酒氣。沙一天姐姐一邊說她爸一邊叫他起床，老爸沒理她。沙一天姐姐去拉老爸，一拉他的手，嚇出一聲慘叫，她老爸已經硬了，地上扔著兩隻高粱燒的空酒瓶和一只「心律平」空瓶。老人家喝了兩瓶高粱燒，吃了一瓶「心律平」。有鄰居說，昨晚天黑透後，看到沙一天老爸出門到對面的小商店裡買了兩瓶高粱燒。沙一天姐姐和弟弟找到局裡，聞心源與他們一起到公安局那裡協調，想讓沙一天出來辦喪事。公安局說沒有這先例。聞心源找來了莫望山，他們兩個擔起了這件事。

省委宣傳部和新聞出版局成立善後工作小組，聞心源是小組成員，在G省盜印的三萬套書分別歸三個出版社。G省對三個印刷廠違章印書的處罰是：出版社只付紙張材料費，不付印裝費。沙一天「天上人間」社區的房子沒收，公開拍賣，所得款項上繳省財政。新天地公司撤銷，庫存圖書抵押給三個出版社作租型費和稿酬補償。

清晨，華芝蘭以十分平常的口氣問莫望山：「沙一天房子的拍賣會你去嗎？」莫望山也以十分平常的口氣反問：「妳呢？」華芝蘭非常肯定地回答：「我去。」莫望山有些勉強地說：「我似乎該去看看。」

華芝蘭第一個出現在拍賣現場，整個案件的公開審理，華芝蘭一次都沒有到庭旁聽，莫望山倒是一次也沒落。華芝蘭為什麼要參加沙一天房子的拍賣，誰也說不清楚，或許這就是人跟動物的最大區別，人講情感。莫望山去的時候拍賣會還沒有開始。葛楠走進拍賣場時，已經叫到六十六萬，起叫是五十萬。莫望山一直保持沉默。當有人出價七十五萬時，莫望山看了華芝蘭一眼，華芝蘭沒發言，莫望山便喊了七十六萬。七十六萬出現後，拍賣場裡響起了一些嘈雜聲，似乎人們都在跟自己的人商議什麼。接下來是一片寂靜。

掌槌人喊了七十六萬一次，七十六萬兩次，他喊完兩次的同時舉起了那個槌，當他要張口喊三次的瞬間，華芝蘭果斷地舉起了牌，她喊出了七十八萬。華芝蘭喊完後沒有朝莫望山看，莫望山卻一直看著她，她似乎知道他在看她，她是故意不看他。掌槌人喊了三次，無人響應，一槌定音，華芝蘭以七十八萬買下了沙一天「天上人間」的1808。

那天下班前，華芝蘭打電話給莫望山，說晚上她請他到天夢大酒店吃飯，莫望山不明白華芝蘭是什麼意思。華芝蘭點了鵝頭、鵝掌，要了龍蝦崽，還單給莫望山要了一盅野山菌燉烏雞，這些都是莫望山最愛吃的東西。她還破例跟莫望山一起喝了白酒。吃到中間，華芝蘭說：「望山，咱們分開吧，我要搬到那裡去。」她沒有說「天上人間」社區，也沒有說1808，也沒有說沙一天那房子，她只說那裡。她知道莫望山不會聽錯。華芝蘭的決定沒讓莫望山意外，也沒有讓他吃驚。那天華芝蘭以七十八萬買下沙一天的房子，他就跟自己說，華芝蘭要離開你了。其實在這之前，華芝蘭為了書局的事主動去找沙一天告訴他莫嵐身世，沙一天努力幫莫望山處理了書局的事之後，莫望山就已經預感華芝蘭要離開他。甚至更早在華芝蘭來江都之後，莫望山提出重婚而華芝蘭沒答應時，莫望山心裡就冒出過這個感覺。二十多年歲月，他感覺她是一個好妻子，可他一直沒能得到她的心，他能做的都為她做了，他該盡的力也都盡了，他感到累了。莫望山只是平靜地問：「妳決定了？」華芝蘭點點頭。點完頭，她才補充說：「這輩子能做你的妻子，是我一生的幸運（莫望山注意到了她沒有說幸福，而說幸運），你是一位難得的好丈夫，我永遠愛你。但我必須離開你。我隨時歡迎你去我那裡看我。」她說完竟會做出一個許多年以前才有的俏皮的笑。

莫望山也給了她一個笑。莫望山提了另一個問題，他說：「莫嵐能不能跟我？」華芝蘭說：「她既不跟你，也不跟我，她長大了，她要獨立生活，但她是我們兩個人的。她回來願意到我那裡住，就在我那裡住；願意在你這裡住，就在你這裡住。她永遠會孝順咱們的。」莫望山輕鬆地伸了懶腰，伸完懶腰說：「那麼，今晚是咱們的最後一個夜晚囉。」華芝蘭熱情地回應：「是的，讓我們兩個人都記住今晚。」

68

莫嫵媛硬拽著苗沐陽陪她走進莫望山的辦公室。她下崗了，她想到公司來幹，又怕自己的哥哥不高興。石小剛讓莫望山打老實了，他也再沒錢去賭，去玩，老老實實埋他的自來水管。莫嫵媛倒沒有仗著自己哥是大老闆，想三想四，讓她滿足的是他給了她一個聰明又懂事的兒子，學習在班裡不是第一就是第二，還說長大了他掙了錢，先買套新房子建個自己的家，讓爸爸媽媽搬出外公家。

莫望山沒有火，下崗不是妹妹的錯。自己的妹妹，他不管誰管？他這裡也正缺人手，《角鬥士》和《神馬》的最後一卷正要出書，苗沐陽又要策劃宣傳，又要抓業務，還要插空幫他管生產，忙得小臉蛋都瘦了。莫嫵媛曾在單位當過打字員，也跟工廠打過一些交道，莫望山讓她接手管經營部。

莫望山和苗沐陽正在向莫嫵媛交待經營部的工作，莫嵐一頭衝了進來。進門就撲到莫望山的懷裡，一邊哭一邊說：「不要！不要！就是不要！我只有一個爸爸！我爸爸是莫望山！」莫望山知道華芝蘭跟她說了那件事。苗沐陽和莫嫵媛悄悄地退出辦公室。

莫嵐放寒假回到江都，莫望山和華芝蘭一起到車站接她，把她送到「天上人間」1808。新房子讓莫嵐喜歡得雀躍歡跳。她說：「我爸爸真偉大，買這麼好房子。」華芝蘭說：「妳這話也對也不對，這房子原來確實是妳爸爸的，後來要賣掉，我又把它買下了，可買這房子的錢裡，有妳現在爸爸的心血，所以說也對也不對。」莫嵐說：「我讓妳說糊塗了，能不能簡單點。」華芝蘭把莫嵐帶到客廳，把一切都告訴了她。沒等華芝蘭說完，莫嵐就跳了起來，像一頭發怒的小獅子一樣對著華芝蘭吼：「不！不要說！我不要聽！我只有一個爸爸！我的爸爸叫莫望山！他不配做我的爸爸！他是流氓！」莫嵐吼著跑出了那個家。

莫望山轉過轉椅，把莫嵐像小孩子一樣摟在懷裡，還用手輕輕地拍著她的背，哄孩子睡覺一樣哄她。他什麼也不說，這時候他說什麼都沒有用，只會更讓她憤怒。莫望山不見任何人，也不接任何電話，就這麼靜靜地抱著莫嵐，父女倆像怕別人要把他們分開似的擁著。不知過了多久，或許是莫嵐怕父親累著，或許她覺得不能老這麼偎著，莫嵐站了起來，坐到了莫望山對面的軟椅上。莫嵐一直看著莫望山，莫望山也看著莫嵐。看著看著，莫嵐說：「爸爸我怎麼辦呢？」莫望山說：「該怎麼過還怎麼過。妳媽只是把妳的真實身世告訴了妳，並沒有要妳去認那個人，更沒有要妳去跟那個人過。妳還是我和妳媽的好女兒。」莫嵐笑了，說：「我真傻，怎麼一下就鑽了牛角尖呢！是啊，我知道就得了，我沒有必要去認他，他也沒有資格來認我，我的爸爸還是莫——望——山！你永遠是我的好爸爸！好了！我開心了！我不痛苦了！」莫嵐慢慢又恢復了原來的模樣。「爸，我現在就想幫妳做事情，有什麼我能做的事情？」「現在還沒有妳做的事，妳好好地學妳的法律，將來當律師，幫爸爸打官司。」「嗯！我爸爸永遠不會有官司。」「哎，這很難說的呀！萬一別人要欺負妳爸爸，要坑害妳爸爸，那官司不打就不行嘍。」「要是那樣，我就一定把他送進監獄去！」父女倆一起笑了。

苗沐陽探進頭來看了一眼，這父女倆是怎麼回事，一會兒哭，一會兒又笑。

葛楠做夢也想不到他會給她寫信。她拿起信時，覺得這字好熟悉，拆開一看，果真是他寫的。他在信上說他已經回到祖國，在美國一家通訊公司北京分公司當技術總監。他還說對不起她，當時跟那個同學結婚完全是一時衝動鑄成大錯，兩年前他已經跟她離婚。冷靜下來，他才感到，他真正愛的還是她。他希望她來看他。只要她願意，他可以調她來北京分公司工作，做不了技術工作，可以做行政工作。最後他說，他急切地等待她的回信。

葛楠看完信，在辦公室沉思良久。她心裡很亂，無法確定如今這世上還有沒有可以信任的人。她想找個人聊聊，她想到了聞心源。聞心源接替沙一天當副局長是眾望所歸，葛楠找他並不是衝這，她覺得這個人是可以交心的朋友。葛楠走進聞心源辦公室，聞心源正在寫東西，她看到稿紙上的題目是《中國書業究竟缺什麼？》。葛楠情不自禁地說：「你做這麼大的文章？」聞心源說：「我已經考慮好長時間，我在想，業內這麼多人頂著風犯罪，體制、政策、法律、還有管理部門的工作，是不是也存在問題。」

葛楠不無欣賞地說：「人跟人就是不一樣，同樣是一個人，有的人胸懷跟海一樣大，總是憂國憂民，想的總是帶戰略性的問題。有的人胸懷就小酒杯那麼點，心裡只裝他自己那點雞毛蒜皮，一天到晚盤算個人那點小九九。可惜前一種人太少，後一種人太多。」

聞心源很感興趣地聽著葛楠的話，他一直覺得她很有思想，他也很欣賞她，有時他也傻想，把葛楠的思想給江秀薇一點就好了，可他弄不明白，她怎麼會沒能影響沙一天。葛楠把那封信的內容告訴了聞心源。聞心源認為瞭解一個人不只是認識，需要交往，更需要共事，不能光憑感覺或聽他說。有些人做朋友挺好，但一交往，一共事就完了。只有交往，只有共事，才能真正瞭解一個人為人處事的原則，才能瞭解這個人的內心世界。」葛楠接受了聞心源的意見，她覺得聞心源的話很有道理，她對沙一天就是缺少交往，也沒有共過事，雖然在一個局裡相處，但只是看到，只是聽說，所以對他的性格，對他的為人處事並不瞭解。於是她立即就給他回了信。

聯合工作組是春節以後到江都的。葛楠接到電話時，感到莫名其妙，一個民營書店，居然要幾個部門組織聯合工作組來搞調查。葛楠放下電話就找了聞心源。聞心源立即通過全國「打非掃黃辦」瞭解。那位副主任似乎不好說。聞心源問上面調查長江書局究竟是因為什麼？那位副主任說他也不太清楚，調查可能是考察性的。聞心源和葛楠一起去向趙文化和宣傳部新派來的曹局長彙報。曹局長說了十二個字：熱情接待，積極配合，實事求是。晚上聞心源找了莫望山。莫望山隨即讓他妹妹和苗沐陽把華芝蘭、老翟、高文娟一起叫來。他們都感到奇怪，卡通連環畫《九龍珠》、《角鬥士》、《神馬》都有版權轉讓合同，後面正在生產的幾種書，合同也都已經寄去，只是日方還沒有寄回來，合作原則是一樣的；內容也沒有問題；他們現在是希望出版社的編輯部，出版圖書合理又合法；定價也不高，稅也沒少交。要說問題就是印數問題，版權頁上不標印數不是他們的發明，中央的許多出版社從來不在版權頁上標印數。

到大家都沒有話說的時候老翟才開口，他說：「我的話可能要驗證了，你到現在也沒有去拜城隍菩薩。我早就提醒過你，凡事都要順其自然，不可違背天意。我們只能做自己分內的事，不能做分外的事。我就很不贊成你搞什麼全國優秀圖書獎。一個個體書商居然在人民大會堂給全國出版社頒獎，這就過了，太過了，肯定有人看不慣。別人找事，你就要遭事。事情既然來了還是要認真對待，第一是帳，第二是資產，第三是稅，好好準備準備吧。」

調查組又加進了省局「打非掃黃辦」、發行處、計財處、版權處和稅務所的人，還有希望出版社的人，呼呼啦啦開了三輛車，兩輛轎車，一輛中型麵包，動靜好大，批發市場上上下下感到震驚。長江書局出大事啦！上面來了龐大的工作組！這話傳遍了江都市的大街小巷，而且一夜之間傳遍了大江南北。朋友得到消息，追來電話關心。也有不那麼地道的書商暗暗高興，暗喜欠長江的一大筆書款暫時不用還了，或許可以賴掉。也有的立即猶豫起來，暫時停止與長江書局的業務。

調查組在江都整整折騰了一個禮拜，看了長江書局所有的內部管理規定和工作程序，查了長江書局幾年的帳，盤了長江書局的資產，查了長江書局的稅單，到工廠一種書一種書核實了每一次的印數，一項一項列出了日本卡通連環畫每一種書的版稅支付情況，長江書局的每一個骨幹幾乎都談了話。讓人奇怪的是，工作組從進來到撤離，沒有一個人跟莫望山談話，也沒有對長江書局的經營作任何評價和限制。調查組走了，留給莫望山一個謎團，留給大家一個疑團，連省新聞出版局都沒弄明白調查組來調查究竟想證明什麼。

莫望山夜夜失眠，他不知道自己究竟做錯了什麼，他對老翟的理論確實將信將疑，他不相信老翟有這麼神通，他怎麼會先知先覺？莫望山悄悄地上了城隍廟，上了香，磕了頭，他站起來默默地看著城隍菩薩。城隍菩薩在朝他笑，他的笑一直是那樣一種程度。莫望山一直凝望著，看著看著，城隍菩薩突然哈哈大笑起來。莫望山搖了搖頭，城隍菩薩又恢復了原來那種程度的笑；他再凝望，城隍菩薩再一次哈哈大笑。莫望山沒再凝望下去。他覺得城隍在笑他，他忽然茅塞頓開，城隍是在笑他，笑他無知，笑他天真，笑他幼稚。

莫望山一路沉思，把老翟的話咀嚼。這世上的東西，是你的才是你的，不是你的成了你的也不是你的，也得吐出來。夏文傑吐出來了，賈學毅吐出來了，沙一天也吐出來了，趙文化也吐出來了。他自然也得把不該得的東西吐出來。生意是憑本事闖出來的，但他得了許多本不該屬於他的名譽和地位。老翟那天的話讓他不開心，是老翟的話戳到了他心裡的私處。從回城的那一天開始，他就一直咬著牙在為一個目標奮鬥，他要證明他不比別人差。他得到了，得了一個普通中學教師的兒子、一個普通的高中畢業生、一個三十五歲才回城的知青、一個個體書商不該得到的東西。

莫望山第二天上班，向莫嫵媛和苗沐陽交待了兩件事，一是已經與日本簽約，還沒生產的卡通連環畫全部停止生產，轉交給野草書屋，由野草書屋來做。二是倉庫裡的書能發的立即發，發不了的分給野草書屋、新知書店和求知書店，讓他們發。莫嫵媛和苗沐陽都沒有問他為什麼，她們看到莫望山的臉上寫著不要問為什麼的字樣。

苗沐陽的生身父親苗新雨特意來找莫望山，讓莫望山有些意外。老人家沒有拐彎抹角，開口就問：「望山，你究竟喜歡不喜歡沐陽？」莫望山說：「喜歡。」「要是喜歡就立即娶她。」「我還沒有想好。」「你現在就想，今晚就給我一個答覆。」「為什麼要這麼急？」「不能再拖，再拖，沐陽不瘋也要出事。」「還沒來得及跟女兒商量。」「這事用不著跟女兒商量，再說她不是你的親生女兒。」「比親生的還要貼心。」「你還沒有親生的，你不會有這種體會。」「我原則上可以答應你，我愛她，我娶她，但要等我從上海回來之後再定。」「謝謝你，我要的就是這句話。那你快去快回。」

調查組走了一個月之後，傳來一個消息，消息是上面那位老出版局長打電話透露給安泉的，安泉透露給了聞心源，說上面取消了「長江杯優秀圖書獎」評獎。莫望山越來越感到老翟的預感是對的。又過了幾天，安泉讓聞心源到他家去一趟。聞心源去了，回來後立即找了莫望山。聞心源只婉轉地問莫望山，想沒想出去見見世面，考察考察資本主義的書業經營之道，澳大利亞是個很不錯的地方，而且手續很好辦，到澳大利亞銀行存相當於六百萬人民幣的美元就可以辦投資移民。莫望山有些驚奇，聞心源立即說不過一句玩笑。建議是安泉提的，他覺得這個建議有道理。莫望山問他上面究竟是什麼精神？聞心源說安泉什麼也沒跟他說。事情的真相，江都只有安泉和聞心源知曉。問題的根子是「長江杯優秀圖書獎」頒獎活動引起的。

那次頒獎活動後，有人向上面告了那位主持評獎活動的宣傳部領導。在一次新聞出版業務工作會議上，竟有人直言不諱地說，為什麼個體書商的成績讓某些人這麼關注，而新華書店改革的成就卻沒有人過問。上面找這位領導談過話，問他為什麼要這樣露骨這樣不恰當地捧一個個體書商。這句話後面是一長串刪節號，包含的意思很深很複雜。此後，上上下下立即就傳出那位領導接受了長江書局巨額賄賂的謠言，這就是調查組的背景。之所以上面遲遲沒有結論，一方面，長江書局作為個體書店，管理和經營在國內可以說是沒有可比的，儘管有變相買書號的行為，但內容都是好的，他們的管理，尤其是人的管理和經營機制，比有些國營書店要強得多。另一方面，上面對長江書局的看法，完全是兩種對立的意見，一種意見應該積極扶持，市場經濟就是允許多種經濟成分在同一市場正當競爭，讓民營書業浮出水面，才能推動國營書業的改革。一種意見是書業是意識形態領域，不能完全放開，買賣書號是變相同意成立私營出版社，容易失控，此風不可長，長江書局已經做過了頭，不能再這樣支持。事情是上面一位權威領導做的最後結論：不宣傳，不批評，讓它在競爭中自生自滅。

為證實這一切，聞心源借葛楠進京開會的機會，給全國「打非掃黃辦」副主任帶去一封信，聞心源說不需他回信，只要他回個電話，證實他信上寫的是還是不是。不久，那位副主任給聞心源來了電話，說是。

莫望山突然去了上海，在上海住了一夜。莫望山跟莫嵐達成了什麼協定，莫望山沒告訴華芝蘭。莫望山和苗沐陽的婚禮非常簡單。莫望山回到江都後，把苗沐陽的父母和莫望山自己的父母一起請到天夢大酒店，擺了一桌豐盛的酒宴，除此誰也沒請，連聞心源、老翟、莫嫵媛、高文娟都沒有請。或許他再不想張揚什麼了。要按著他原來的心思，要按著苗沐陽的脾氣，他們會把婚禮辦得比當年沙一天和葛楠的更隆重。吃了飯，莫望山當著雙方父母的面把一枚鑽戒莊重地戴到苗沐陽的手上，然後分別給苗沐陽生身父親、莫望山母親、莫望山父親和苗沐陽母親一人一個存摺。送走父母，他們挽起苗沐陽的手上自己的回車家。

莫望山接受了聞心源轉達的安泉的建議，開始找門路辦理出國手續。莫望山帶著苗沐陽先拜訪了老翟。他說：「老翟，請允許我稱你一聲老師，這些年不僅教給我做生意的本事，而且教了我許多做人處世的學問。」老翟說：「你早青出於藍勝於藍了。」莫望山說：「要拜託老師兩件事，一件是請你幫著接收長江書局三個人。」老翟說：「沒有問題。」莫望山給了一張紙條，上面是那三個人的名字。然後說：「另一件是請你幫著照應華芝蘭。」老翟一下摟住了莫望山說：「你放心，我會把她當弟妹一樣來照顧的。」

隔天莫望山又帶著苗沐陽去看了高文娟。高文娟已經結婚，丈夫開計程車。高文娟哭了，哭得很傷心，苗沐陽勸了半天才勸住。莫望山也拜託高文娟兩件事，一件是也要她接收長江書局三個人，也給了她人名，還有一件是請她常去看看華芝蘭。高文娟哭著點了頭。

晚上莫望山去看了聞心源，他告訴聞心源，去澳大利亞的簽證已經辦好了，苗沐陽去讀研究生，他陪讀。這些年，多謝兄長和嫂子關照。臨走莫望山給了泱泱一個存摺，希望她考上個好大學。

莫望山約聞心源一起去探望了沙一天。在會客室，沙一天一直勾著頭。這些日子，他在這安靜的小屋裡，把自己四十多年的人生梳理了一遍，梳明白了一些道理。他現在明白的道理是兩句話，一句是人算不如天算，另一句是聰明反被聰明誤。他在聞心源和莫望山面前抬不起頭來，不只是因為自己成了罪犯，更多的是他對不起他們。

莫望山說：「人生一輩子誰都會有成功，誰都會有失敗，咱不過是敗了一回，但絕不是敗了一生。我已經跟苗沐陽結婚，過幾天就上澳大利亞。華芝蘭把你的房子買下了，我想她會等你的，你不要光看著現在這間屋子犯傻，你要看到這屋子外面的世界，想外面世界的事，你或許會長許多見識，你要好好待她。我上澳大利亞，不是去旅行結婚，而是敗走麥城。」聞心源只說了一句話：「你爸的後事都處理好了，是望山一手操辦的。我會經常來看你的。」沙一天這才抬起淚眼說：「我對不起你們兄弟倆。」

莫望山開著車和聞心源從沙一天那裡回來，經過新華廣場，看到了江都圖書大廈。聞心源建議莫望山進去看看大廈。大廈每層兩千五百平米，一共四層，第一層是社科、科技類圖書，第二層是少兒、文教類圖書，第三層是文藝、生活類圖書，第四層是音像、電子類圖書，大廈陳列近十萬種圖書。正值星期日，整座大廈到處是人，交款的人在收款臺前排長隊，這場面確實令人鼓舞。

在三層碰上了白小波。莫望山深有感慨地說：「新華書店搞到現在，圖書超市應該說是一大壯舉，圖書銷售從此結束了小門市小本經營的時代，開創了超市規模經營的新時代。」白小波說：「我這人喜歡較勁，爭鬥中才能出智慧。莫老闆不妨也來一個超市，好給我增加點壓力呀。」莫望山感傷地說：「超市好是好，只怕十年之內能收回成本就不錯，這樣的事只有國營企業和外國老闆投資才能搞，我現在望塵莫及，等我以後發了財再打算吧。」聞心源說：「咱們的市場起步晚，只能走一步看一步。」看完大廈，莫望山跟聞心源說：「這樣走，心不甘哪！」聞心源說：「不甘心好啊，我還怕你不願回來呢？」

莫望山最後才去跟華芝蘭告別。晚上莫望山到「天上人間」1808向華芝蘭告別，苗沐陽說她想再到她爸那裡去一趟，莫望山明白她的心意，看她爸是真，故意讓他和華芝蘭單獨告別也是真。華芝蘭似乎專門在等他，莫望山按一下門鈴華芝蘭就打開了門，彷彿她就在門後專等他的到來。莫望山進屋，華芝蘭卻朝門外張望，她問：「沐陽呢？」莫望山玩笑地說：「人家知趣得很，不願意來當電燈泡。」華芝蘭說：「看把你燒的。」莫望山頭一次來這裡，先參觀房子。莫望山在這裡再一次見到了原來的岳父和岳母，華芝蘭悄悄地把兩位老人接到了江都，她沒跟莫望山說。莫望山在岳父岳母面前有些局促，他想老人肯定在心裡罵他，終究還是離開了他們的女兒。兩個老人都老了，他們其實已經沒有那麼多精神來管兒女們的事，他們在自己的房間看電視，看著老兩口相攙相扶的親密樣，莫望山內心得到了一種安慰。

參觀完房間，兩個面對面坐到客廳的沙發上，莫望山不知道從何說起。他說：「芝蘭，咱們這輩子算什麼呢？」華芝蘭說：「咱們這輩子過得比誰都有意思，咱們誰也沒有虛度，咱們的每一分錢都是用自己的血汗換來的。我不是笑沙一天，他一輩子都不會找到這種感覺。」莫望山說：「可是到今天，我連踏踏實實做事，太太平平過日子的立身之地都沒有了。」華芝蘭說：「我相信，這是暫時的，一國都要兩制了，老百姓的自由和權利只會越來越實在。」莫望山說：「但願我能早點回來，我走後你是不是把長江和野草都管起來。讓嫵媛管野草書屋好不好？」華芝蘭說：「一點沒有問題，你放心走，我不會讓長江書局和野草書屋這兩塊牌子倒下來的。」莫望山說：「有六個人我安到老翟和高文娟那裡了，剩下的妳安排吧。」

我那邊的房子想讓嫵媛他們搬去住，也省得老在我爸他們那裡擠著。」華芝蘭說：「那邊的房子是你的，你怎麼安排都可以。」莫望山：「你說得不對，那邊的房子是咱們兩個的。」莫望山拿出一個存摺，讓華芝蘭交給馮玉萍和朱小東，他們五一結婚，算是他的賀禮。莫望山說：「還有一件事，妳一定要答應我，莫嵐明年畢業，我想送她去美國讀書。」華芝蘭說：「這完全由她自己選擇，我不阻擋。」莫望山說：「莫嵐會跟妳商量的。」華芝蘭說：「是你們商量好了來套我吧。」

莫望山說：「我們敢嗎？」華芝蘭翻了他一眼。

莫望山站了起來，他說：「不敢再坐下去了，再坐下去，今天就不想走了。」華芝蘭起身說：「想好事。」莫望山跟岳父岳母再次打了招呼，要他們好好保重身體，兩個老人要起身送他，莫望山沒讓。莫望山和華芝蘭來到門口，兩人默默地站住了，兩對眼睛都把對方攝進瞳仁。突然間他們不約而同地撲向對方，進行了生死離別的吻別。

莫望山沒有讓任何人送，華芝蘭、老翟和高文娟還是不約而同地去了機場。莫望山不願意當著眾人的面流鼻涕掉淚，他說天下沒有不散的筵席，今天的結束是明天的開始。他拉著苗沐陽早早地與他們一一握手告別，提前進了候機室。苗沐陽和華芝蘭、高文娟還是忍不住流了淚。

莫望山登上了飛機，兜裡的手機響了。電話是聞心源來的，一是送他，二是高興地告訴他，他的那篇長篇文章《中國書業究竟缺什麼？》，《商報》頭版以整版的篇幅登出。飛機已經上了跑道就要起飛，莫望山從舷窗口對著江都默默地說：「再見，但不是我要離開你。」飛機起飛了，全國聞名的大書商莫望山隨著引擎的轟鳴在中國大陸銷聲匿跡。

69

葛楠到監獄探望沙一天不是故意要表達什麼，也不是有難以割捨的情感。她要離開江都了，畢竟夫妻一場，覺得該去看看他。沙一天一副沒臉見人的窩囊樣。葛楠告訴沙一天，打算到北京去闖闖。沙一天驚疑地抬起頭。葛楠看著他疑惑的眼睛，葛楠不想再讓他疑惑，她告訴沙一天，他回國了，他就是她的第一個。現在還不知道會跟他走到哪一步。沙一天垂下頭，說了句對不起。葛楠說別那麼說，要說這，我更對不起你，我沒有盡到做妻子的責任，正像華芝蘭說的，我沒有管你。我只有一句話送你，人與人相處，不要太聰明，對人太聰明了，反要被聰明誤。

葛楠與初戀情人重逢，連葛楠也說不清是天意，還是命運。熱戀中，他去了美國，臨行前她把最珍貴的愛給了他，一出國他立即就喜新厭舊，樂不思蜀。婚姻失敗了，他才飛回來，重又尋覓她，努力重修舊好，葛楠從心理上首先接受不了。葛楠聽聞心源的話，打算交往交往看看。公私兼顧，借出差的機會去北京做了兩次全面偵察。獲得的資訊是他們確實離婚，他確實單身，而且潔身自好，對她一腔愧疚。葛楠的心軟了，她開始搖擺。聞心源讓她下了決心，她決定停薪留職，到北京去闖闖。

聞心源的《中國書業究竟缺什麼？》發表後，全國的兩個行業報紙做了轉載。文章從中國書業的特色、現狀、問題入手，從法規、產供銷的職能、市場、體制、經營模式、管理等方方面面提出了卓有見地的主張，引起了業界和管理部門的高度重視。但聞心源接替沙一天卻忽然複雜起來，一向老實巴交默默無聞的人民出版社汪社長也積極「活動」，想競爭這個位置。南風出版社的章誠也非常渴望得到這個位置。局裡還傳出一股風，說聞心源的《中國：一九八九》雖然最後免予追究責任，但上面還是記著他的帳，不可重用。局裡機關就把這些當做每日茶餘飯後的談資。

事情或許真的如此，上面的領導似乎很為難，有話傳出來，手心手背都是肉，他們都是黨培養多年的幹部，至於工作能力，思想品質，工作作風，處世為人，辦事能力，這些都是些無法量化的業績。這理論才是扯淡，德才、作風、為人、能力怎麼就沒法衡量？誰正直，誰滑頭；誰自私，誰廉潔；誰正派，誰流氓；誰能幹，誰無能，都是可以比較的，有事實在那裡擺著，群眾心裡明鏡似的。關鍵是上面掌權的人是一種什麼樣的態度。

公務人員發現沙一天坐椅上的純毛墊子生了蟲那一天，副局長的人選敲定了，不是聞心源，也不是汪社長，也不是章誠，而是大家一點不熟悉的一個叫開新的人。姓開名新，宣布任命後，大家才知道，開新原是宣傳部的幹事，後去給一位省委副書記當了秘書。秘書直接提副局長，新聞出版局上上下下不那麼服氣。人都有一點本位主義，大家的不服氣，並不說明大家就都那麼服氣聞心源，不過相比之下是自己局裡的人罷了。要是聞心源當上了副局長，提起聞心源也照樣會有人嗤之以鼻，當今社會某些知識分子和文化人就這德行。

讓葛楠猶豫不定的是聞心源能不能當副局長，她願意在聞心源手下工作。上面故意跟她較勁，你指望聞心源當副局長，他們卻偏不讓他當。葛楠不想較勁，用她的話說，與其在自己看不起的領導手下浪費青春，還不如趁早自己打自己的主意。

聞心源沒參加開新的歡迎宴，他一家人給葛楠送行。江秀薇自己下廚，為葛楠做了熏魚、五香脆花生、油炸山楂糕、涼拌烏魚絲四個涼菜，做了糖醋桂魚、野山菌燉烏雞、可樂雞翅、清炒青筍、香菇菜心五個熱菜和一個芙蓉蛋湯。清淡鮮美，色、香、味令葛楠讚不絕口。吃得正香，聞心源接到曹局長電話，讓聞心源明天上午八點半，去省委宣傳部部長辦公室，部長要與他談話。聞心源問是什麼事，曹局長說不清楚，上面沒有透露。葛楠也覺奇怪，不是開會，不是有什麼事，而是談話，而且是宣傳部長直接找他談話。

談話一般有兩種情況，一種是升官，領導找你談話，鼓勵一番，要求一番，表示一番，同時捎帶著收穫些感謝和恩典；再一種是出了問題，領導代表組織公事公辦，或者要你交待認識問題，或者要給你處分，或者給你警示以示關懷。

事情有些怪，要說升官，局級幹部的提拔使用都是組織部管，該組織部找談話，或者出版局的領導與組織部的人一起與他談話；要說問題，聞心源沒受過人家一份禮，也沒得過一分昧心錢，也沒燈紅酒綠。葛楠說，會不會是那篇文章？據說省委副書記都問過了這事，領導是不是要重新考慮你的工作安排？還有，聽說軍區要組建出版社，說是跟部裡要人來著。都是小道消息，是真是假，大家不得而知。

其實，葛楠心裡有數，她曾拿著聞心源的文章，直接見過省委副書記。副書記是她爸的老部下，她叫他叔叔。葛楠只叫了聲叔叔，把報紙給了副書記。副書記問，這新元是誰？葛楠說他是省「打非掃黃辦」副主任，他的真名叫聞心源。葛楠沒有把這些告訴聞心源，也沒告訴江秀薇，她認為沒有必要跟他們說。再說，這麼一篇文章能起什麼作用也難說，現在的價值取向變了。

聞心源一直堅持騎自行車上班，他的工作沒法按刻板的班車時間行事。自從那次帶著泱泱被那個小夥子無理撞倒後，聞心源騎車堅持不走大路走小路。聞心源騎在車上，心裡免不了琢磨部長會跟他談什麼。胡同裡人少車也少，聞心源自由自在一邊蹬車一邊想心裡的事。這個部長上任以後，聞心源跟他沒有過單獨接觸，不像安部長，他們之間有了交往，還有了思想上的交流，而且性格和思想很合拍。要是安部長，他會立即打電話問他。問題這是新部長，他對他一無所知。管他呢！為人不做虧心事，半夜敲門心不驚。

聞心源老遠看到前面巷子口一家住戶的門前，一位老太太無緣無故歪倒在路邊。聞心源翻身下車，沒顧架住車就上前去扶老太太。老太太臉色蠟一樣慘白，額頭上流著黃汗，睜著大眼睛看著聞心源，嘴裡想說話卻氣急得說不出話來。聞心源見她右手的食指在動，不明白她在指什麼，聞心源從她的眼神裡反應過來，她是心梗，她在指口袋裡的藥。聞心源急忙摸老太太的口袋，果然口袋裡有一個救心盒，打開盒子，他照著說明找出了硝酸甘油片，拿兩片硬填到了老太太的舌下，又找到硝酸甘油讓她吸入，然後讓老太太平躺好，急忙向院子裡喊人。一個小女孩應聲出來，聞心源讓她趕快叫老太太家人。

不一會，一位小夥子瘋了一般從院子裡衝出，人沒有出來，吼聲先飛出院子：「誰？誰撞的？誰撞我媽了？」小夥子跑出門來，不看他媽，也不問聞心源是怎麼回事，一把揪住聞心源的胸脯，動手就要打。聞心源一下卡住小夥子的手臂，冷靜地說：「你要幹什麼？你媽是犯心肌梗塞，幸好我經過看見，你不趕快想法救你媽，你胡鬧什麼？」「嘿！新鮮，你來得挺快，編故事騙錢的吧？

我媽她怎麼無緣無故就犯了心肌梗塞呢？她怎麼早不犯晚不犯，單單你到這裡就犯了呢？你撞了人不救，倒要我想辦法，有這道理嗎？你讓大家評評這理兒！」有不少人聞聲圍了過來。聞心源還是平靜地說：「你別把好心當作驢肝肺，我救她反成撞她了？」「嘿，還想賴，小紅丫頭就是見證，你說你沒撞，你的車子怎麼會倒在這裡？這車不是我推倒的吧？不是你撞又是誰撞的呢？」小夥子非常滿意自己的處事不驚臨危不亂。

看熱鬧的人群裡已經有人發話了，撞了就撞了，帶人家去看吧。聞心源有嘴難辯，他的車確實倒在路上，但他還是平靜地說：「我是看她已經倒下，顧不得架車。」小夥子抖起了腿：「這麼說，你倒成捨己救人的英雄了！小紅，你說是不是她撞的？」小紅害怕地說：「我不知道，我只看到他在扶奶奶，車子倒在那裡。」「還是啊，車子倒在那裡，你在扶我媽，不是你撞是誰撞的呢？有第二個人在嗎？」「我不想跟你爭，現在救人要緊，快想法送醫院搶救。這是我的工作證，如果能證明是我撞的，我可以負責一切責任。我急著要去開會，急救藥我給她服了，我得走，不能讓領導等我。」聞心源說著把工作證交給那個小夥子。「嘿，想溜？沒門！我告訴你，你趕緊給我叫車，要耽誤了，一切後果全部由你負責！」看熱鬧的人一層一層圍上來，聞心源清醒地意識到，他跟他已無法說清了。「為了老人的生命安全，我可以叫車，我相信事情會搞清楚的。」聞心源說完立即拿手機打了「120」急救中心。

聞心源掏出身上全部的八百多塊錢先交了押金，另外把身分證工作證一起給老太太做搶救抵押。聞心源焦急地坐在急救室外。小夥子卻悠悠地蹺著二郎腿坐在聯椅上吸著菸。聞心源的手機響了，他站起來到一邊接電話，小夥子警惕性很高，立即起身跟隨，生怕他藉機跑掉。曹局長急了，問他在什麼地方，部長的秘書來電話催了，怎麼還沒去。聞心源對著手機說：「局長，請你轉告部長的秘書，上午我去不了了，我騎車上班時撞……不不，我騎車碰到……不不，我騎車上班在路上看到……」聞心源讓小夥子氣糊塗了，連他自己都說不清了。曹局長說這怎麼行呢，部長等急了，看樣有急事呢。聞心源問究竟有什麼事。曹局長說他也不知道，聽秘書的口氣像是好事。聞心源滿腹狐疑，難道會讓他上報社？

回到急救室門口，聞心源心煩意亂。要是老太太真的醒不過來，他無法想像他面對的將是一種什麼樣的麻煩。難道真是油瓶倒了你別去扶？他再一次感到悲哀。身旁的小夥子一邊抽著菸，一邊輕輕地哼起流行歌曲，腳不停地在地板上響亮地敲著拍子。急救室裡躺著的好像不是他媽，他在等待的也不是死神對他媽生與死的判決，倒像是他得意地成就了什麼業績，心裡有無盡的快樂。聞心源突然發覺，這小夥子很像那次故意撞他車子的那個年輕人，短暫的又是不愉快的一面，他已經記不清他的模樣，他的一言一行一舉一動那麼像那個年輕人。他媽要是醒過來說明了一切，他會是個什麼樣子呢？問題是他媽還能不能醒過來。

急救室的門打開了。聞心源和小夥子一齊轉過頭去。急救室裡急匆匆走出一位護士。急救室的門又打開了，匆匆進去了兩位醫生。急救室的門又一次打開了，又急步走出了一位醫生和護士。聞心源感覺自己的心臟也快要梗塞，他渾身無力地倚靠到聯椅上，一切都無能為力，他只能把全部希望寄託在那些白衣天使身上，寄託在老太太的生命力上……

2001年7月1日至10月7日初稿於黃寺宿舍

2001年10月20日至2002年5月7日四次修訂

2010年8月22日至9月23日重新修訂於大慧寺清虛齋、臺北王朝飯店

國家圖書館出版品預行編目資料

相聚相離：三個書商，和他們的女人／黃國榮著.
－－第一版－－臺北市：知青頻道出版；
紅螞蟻圖書發行，2014.7
面　；公分－－
ISBN 978-986-5699-19-2（平裝）

857.7　　103010466

相聚相離：三個書商，和他們的女人

作　　者／黃國榮
發 行 人／賴秀珍
總 編 輯／何南輝
校　　對／周英嬌、黃國榮
美術構成／Chris' office
出　　版／知青頻道出版有限公司
發　　行／紅螞蟻圖書有限公司
地　　址／台北市內湖區舊宗路二段121巷19號（紅螞蟻資訊大樓）
網　　站／www.e-redant.com
郵撥帳號／1604621-1　紅螞蟻圖書有限公司
電　　話／(02)2795-3656（代表號）
傳　　真／(02)2795-4100
登 記 證／局版北市業字第796號
法律顧問／許晏賓律師
印 刷 廠／卡樂彩色製版印刷有限公司
出版日期／2014年 7月　第一版第一刷

定價 350 元　港幣 117 元

ISBN 978-986-5699-19-2　　Printed in Taiwan